i
imaginist

想象另一种可能

理
想
国
imaginist

水妖

The NIX

Nathan Hill

九 州 出 版 社

[美]内森·希尔————著　姚向辉————译

THE NIX by NATHAN HILL

Copyright © 2016 by NATHAN HILL

This edition arranged with BRANDT & HOCHMAN LITERARY AGENTS, INC.

Through BIG APPLE AGENCY, INC., LABUAN, MALAYSIA.

Simplified Chinese edition copyright

© 2019 Beijing Imaginist Time Culture Co., Ltd.

All rights reserved.

图书在版编目(CIP)数据

水妖 / （美）内森·希尔 (Nathan Hill) 著；姚向辉译 .
–– 北京：九州出版社，2018.12

ISBN 978–7–5108–7705–6

Ⅰ . ①水… Ⅱ . ①内… ②姚… Ⅲ . ①长篇小说—
美国—现代 Ⅳ . ① I712.45

中国版本图书馆 CIP 数据核字 (2018) 第 282239 号

水妖

作　　者	（美）内森·希尔 著；姚向辉 译
出版发行	九州出版社
地　　址	北京市西城区阜外大街甲35号（100037）
发行电话	（010）68992190/3/5/6
网　　址	www.jiuzhoupress.com
电子信箱	jiuzhou@jiuzhoupress.com
印　　刷	山东鸿君杰文化发展有限公司
开　　本	880mm×1230mm　1/32
印　　张	23.625
字　　数	545千
版　　次	2019年3月第1版
印　　次	2019年3月第1次印刷
书　　号	ISBN 978–7–5108–7705–6
定　　价	78.00元

献给珍妮

往昔此舍卫城有一王。此王招集某家臣而如是云："汝家臣，汝限于舍卫城之生盲，彼等总集于一处。"彼之家臣："唯然，大王！"应诺彼王而带领居于舍卫城之生盲，近于王而云："大王！于舍卫城之生盲等已集。"彼王如是云："然则，当使生盲等见象。"彼之家臣向某生盲等使见象之头云："象为如是。"又向某生盲等使见象之牙、体、脚、背、尾、尾尖云："象为如是。"

彼家臣既向生盲等使见象，彼王近于生盲等云："汝等生盲！象为何物？试语之！"

见象头之生盲云："大王！象恰如瓮。"见象耳之生盲云："象恰如箕。"见象牙之生盲等云："象恰如犁尖。"触象鼻之生盲等云："象恰如犁辕。"触象体之生盲等云："象恰如谷仓。"

彼等如是云而互以拳争。"象为如此，象非如彼；象非如此，象为如彼。"

然彼王大喜。

——《无问自说经》[1]

1　此处所引经文稍有修改。——中译注，下同。

目　录

序 章

1988年夏末

　　假如萨缪尔早知道母亲要走，他也许会多留意一些。也许会更认真地听她说话，更加密切地关注她的行为，记下某些关键性的东西，把足够多的记忆塞进脑海，供以后慢慢取用。他也许会有不一样的表现，说不一样的话，做不一样的人。

　　也许会成为一个值得她留下的孩子。

　　但萨缪尔不知道母亲要走。他不知道好几个月来她一直在逐渐离开——悄悄地，一点一点地。她将物品一样一样从家里拿走。衣柜里的一件裙装。相册里的一张照片。餐具抽屉里的一把叉子。床底下的一条被子。每个星期，她都拿走一样不同的东西。一件毛衣。一双鞋。一个圣诞装饰。一本书。慢慢地，她在这幢屋子里的存在感越来越稀薄。

　　她这么做了快一年，萨缪尔和他父亲才觉察到一丝异样，某种不安定感，某种令人困惑的损耗感，时而令人不安甚至预示着灾难。他们偶尔会突然有所察觉。看着书架，他们心想：我们的书好像不止这几本？走过瓷器柜，他们很确定缺了什么。但究竟是什么呢？他们说不清楚——那是一种印象：生活中的细节正在重组。父亲和儿子不知道，不再吃炖菜的原因是炖锅已经不在家里了。书架之所以看上去光秃秃的，那是因为她拿走了上面的诗集。瓷器柜之所以显得有点空荡荡的，那是因为成套餐具里少了两个盘子、两个碗和一个茶壶。

有人在以极慢的速度劫掠这个家。

"墙上的照片好像不止这些？"父亲站在楼梯底下，眯着眼睛左看右看，"大峡谷的照片是不是应该挂在上面的？"

"不是，"母亲说，"那张收起来了。"

"是吗？我怎么不记得？"

"你说要收起来的。"

"我说的？"父亲被说蒙了。他觉得他快要发疯了。

几年后的高中生物学课堂上，萨缪尔听到了一个故事：某种非洲海龟会游过浩渺汪洋到南美洲产卵。科学家无法解释这段漫长的征程。海龟为什么要这么做？最受认可的理论认为，海龟在亿万年前就开始这么做了，当时南美洲和非洲还连在一起。那时候分开两块大陆的也许只是一条河，海龟总是去对岸产卵。但后来大陆开始漂移，那条河的宽度每年增加不到三厘米，对海龟来说根本难以察觉。因此它们继续去对岸的同一个地方产卵，每一代海龟都比上一代游得稍微远一点，亿万年转瞬即逝，河流变成海洋，但海龟根本没有注意到。

萨缪尔心想，我母亲就是用这种方式离开的。她就是这么搬走的——慢慢地，难以觉察地，一点一点地。她逐渐削减自己的生活，到最后需要剔除的只剩下了她本人。

某一天，她消失了，带着一个手提箱离家而去。

第一部分

派克袭击者 _2011 年夏末

1

一天下午，同一个标题几乎同时出现在几个新闻网站的首页：派克州长遇袭！

电视随即跟进，突发新闻打断正常节目，新闻主播一脸肃然地看着镜头说："芝加哥传来消息称谢尔顿·派克州长遇到袭击。"人们暂时只知道这一丁点儿信息：派克州长遇到了袭击。接下来几分钟就像炸了锅似的，所有人只有两个相同的问题：第一，他死了吗？第二，有视频吗？

恰好在现场的记者率先传回消息，他们用手机打到台里，顺势开始现场直播。他们说谢尔顿·派克当时正在芝加哥希尔顿酒店主持餐会并发表演讲。结束后，州长在随从的陪同下走进格兰特公园，与支持者握手，亲吻婴儿，总之就是亲民活动的各种套路，这时人群中忽然冲出一个或几个人，对他发动了袭击。

"你说的'袭击'指的是什么？"主播问。他坐在播音室里，黑色的地板擦得发亮，灯光配色由红白蓝组成。他的面颊比翻糖蛋糕还光滑。他背后，工作台前的人们似乎在忙碌。他说："能描述一下袭击的过程吗？"

"现在我能够确定的，"记者说，"就是他们投掷了东西。"

"什么东西？"

"目前还不清楚。"

"这些东西打中了州长吗？他受伤了吗？"

"我认为他被打中了。是的。"

"你看见袭击者了吗？他们有几个人？你看到投掷的是什么东西了吗？"

"现场非常混乱。有人在尖叫。"

"他们投掷的东西是大还是小？"

"好像可以说小吧？反正小得能被投掷出去。"

"投掷的东西，比棒球大吗？"

"不，小。"

"高尔夫球那么大？"

"大概就是那么小。"

"有尖锐的边缘吗？重吗？"

"事情发生得非常突然。"

"是有预谋的袭击吗？蓄意袭击？"

"所有人都在问类似的问题。"

屏幕上冒出一行标题：芝加哥恐袭。短句鹰隼般俯冲，落在主播耳畔，像风中旗帜般飘拂。新闻在触屏大电视上展示格兰特公园的地图，触屏大电视是当代新闻播音的标准配置：电视里的一个人借助另一台电视向你传递信息，他绕着电视走，用双手控制屏幕，以极高的精度放大和缩小画面。看上去确实很酷。

等待新消息传来的时候，主播们开始争辩这场意外能够增加还是减少他当选总统的可能性。能够增加，这是他们的结论。因为他的名字在激进的保守福音派追随者圈子外辨识度很低，不过这帮人非常喜欢他在担任怀俄明州州长期间的施政方针：完全禁止堕胎，学童和教师每天早晨必须先公开念诵《十诫》再宣誓效忠[1]，将英语立为怀俄明州的官方和唯一合法的语言，禁止英语不流利的人拥有房产。他允许火器进入州内所有的野生动物保护区。他签发行政命令，要求州法律在各个方面取代联邦法律，在宪法学家看来，这么做实质上就是准许怀俄明州脱离合众国。他穿着牛仔靴。他喜欢在自己的牧场里举办新闻发布会。他随身携带真枪实弹，一把左轮手枪插在腰间的皮套里。

一个州长任期即将结束，他宣布不会寻求连任，而是会将视线投向国家大事。媒体自然认为他的言下之意是打算竞选总统。他磨练出了完美的牧师加牛仔式语言风格，秉持反精英的民粹主义态度，被当前经济衰退伤害得最深的白人保守主义蓝领工人就是他最主要的支持者。他将移民抢夺美国人的工作机会比作郊狼残杀牲畜，他说话时存心将"郊狼"拆成三个音节：郊—儿—狼。他在"华盛顿"里塞了个"儿"字音，于是变成了"华儿盛顿"。他说"好累"而不是"疲倦"。他说"黄皮"而不是"黄色"，说"河沟"而不是"溪流"。

支持者说怀俄明来的非精英普通人就是这么说话的。

反对者喜欢强调法院驳回了他在怀俄明州提出的几乎全部提案，因此他的立法记录实际上是个零蛋。然而这并没有影响支持者继续参加他五百美元一道菜的筹款宴会（顺便说一句，他管这个叫"搂钱大会"），听他一万美元一场的演讲，买他三十美元一本的精

1　指美国公民站在国旗前右手贴左胸宣誓效忠。

装大书《真正美国人之心》，补充他的"战争经费"（媒体热爱这个说法），为他"或许会参加的选战"贡献一份力量。

而现在这位州长遇到了袭击，尽管似乎没人知道他是被何人何物以何种方式袭击的，有没有在袭击中受伤。新闻主播讨论轴承滚珠以极高速度击中眼球会造成何种伤害。这个话题他们讨论了足足十分钟，用图表证明小质量物体以接近每小时一百公里的速度飞行有可能击穿眼球的液膜。这个话题聊不下去了，他们休息播放广告。他们宣传本台即将上映的9·11十周年纪录片：《恐袭一日，战争十年》。他们继续等待。

终于有事情发生了，从近乎停滞的状态中拯救了新闻节目：主播重新现身，宣称一名旁观者用数码相机拍摄了事发经过，视频已经上传到了网络上。

接下来的一周内，这段视频会在电视上被播放几千次，在网络上被点击几百万次，播放数名列当月第三，仅次于青少年流行歌星莫莉·米勒的单曲《你必须表达》和学步婴儿大笑直到仰天倒下的家庭小录像。视频内容如下：

视频始于一片雪白和呼呼风声，大风直吹麦克风的那种风声，然后几根手指摆弄了一会儿，按住麦克风，制造出耳朵贴着贝壳听见的那种呜呜声，镜头调整光圈，适应明亮的白昼光线，雪白渐渐变成蓝天，没有对焦的模糊绿色应该是草地，然后响起响亮的说话声，是个男人的声音，而且离麦克风太近："开了吗？我不知道有没有开。"

画面逐渐对焦，男人把摄像机对着自己的脚。他用恼羞成怒的语气说："到底怎么开？怎么知道开没开？"一个女人的声音随即响起，冷静平和、音调优美，她说："你看一眼机身背面就知道了。背面怎么说的？"她丈夫或男朋友或天晓得什么人，一个无法保持画面稳定的家伙说："你就不能帮帮我？"但用的是盛气凌人的指责语气，想传达的意思是无论他和摄像机有什么问题，反正都是她的不对。顺便说一句，整段视频动不动就会插一段抖得令人眩晕的男鞋特写。白色高帮气垫运动鞋。特别白，看上去很新。他似乎站在野餐桌上。"背面怎么说的？"女人问。

"哪儿？什么背面？"

"背面的屏幕上。"

"我知道这个，"他说，"屏幕上的哪儿？"

"右下角，"女人依然心平气和，"上面怎么说？"

"只有一个 R。"

"意思是它正在录像。开机了。"

"太傻了，"男人说，"为什么不能就显示一个开？"

画面来回切换，一会儿是他的鞋，一会儿是不远处的一群人。

"他来了！快看！就是他！他来了！"男人喊道。他把镜头对着前方，手总算没那么抖了，谢尔顿·派克进入视野，距离他不到三十米，周围是安保人员和宣传活动的职员。公园里聚集了少量的人群。前景的人群似乎忽然觉察到发生了什么事情，比方说来了一个名人。摄像的男人扯着嗓子高喊："州长！州长！州长！州长！州长！州长！州长！"画面又开始抖动，应该是因为他在挥手或跳动或一边挥手一边跳动。

"怎么变焦？"他说。

"按'变焦'按钮。"女人说。画面开始拉近，引起了更严重的对焦和曝光问题。说实话，这段录像之所以还能用在电视上，唯一的原因就是男人最后终于把摄像机交给了他的伴侣，嘴里说："给，你就不能拿着吗？"他跑过去握州长的手。

后来，电视台剪掉了男人的所有废话，因此将在荧屏上重复千百次的视频就从这里开始，暂停，新闻节目给画面右侧坐在一张公园长椅上的女人加了个小红圈。"这位应该就是行凶者。"主播说。于是你望着那女人，她似乎只是在静静地读书。她身材瘦削，满头白发，年约六旬，没什么不寻常的，就像电影里的临时演员，仅仅在填充画面。她在背心外面套了件浅蓝色衬衫，黑色健身紧腿裤看上去弹性很好，适合做瑜伽。她的短发乱糟糟的，像一排长钉似的盖住额头。她身上有一种运动员的紧致感：瘦削，但肌肉结实。她注意到了周围正在发生什么。她看见州长走近，合起书，起身观望。她在画面边缘，似乎在考虑该做什么。她双手叉腰，咬着腮帮子。她好像在权衡自己的选择。这个姿势像是在问：该不该这么做？

　　然后，她开始走向州长，步伐轻快。她把书扔在了长椅上，走得大步流星，就像郊区居民在林荫路上绕圈，只不过她的手臂静止不动，垂在身体两侧，双手握成拳头。她来到离州长足够近的地方，近到扔东西可以打中他，这时发生了一件偶然的事情，人群忽然分开，因此从拍摄者到女人和州长的整个视线都毫无遮挡。女人站在砾石小径上，她低头看了一眼，屈膝从地上抓起一把小石子。她有了武器，大喊一声——声音非常清晰，风刚好就在此时停下，人群似乎也安静了下来，就仿佛所有人全知道这件事即将发生，都在尽其所能地将画面刻进脑海——她大喊："你这头蠢猪！"然后扔出了石子。

　　刚开始只是有点小混乱，人们扭头去看喊叫来自何方，也有人因为被石子击中而退缩和转身。女人又抓起一把石子扔出去，然后又抓一把扔出去，再抓一把扔出去，像个认真打雪仗的孩童。稀稀拉拉的人群躲闪找掩护，母亲挡住孩子的面部，州长猫着腰逃跑，一只手捂住右眼，女人继续扔石子，直到州长的保镖跑过来撂倒她。

更准确地说，不能算真的撂倒，只是抱住她坐倒在地，就像两个筋疲力尽的摔跤手。

到此结束。整段视频还不到一分钟。播出后没多久，一些事实被公之于众。官方公布了女人的名字：费伊·安德烈森－安德森，新闻里的所有人都错误地念成"安德森－安德森"，将它与另外几个名声不妙的双名相提并论，尤其是索罕·索罕[1]。人们很快发现她是当地一所小学的助教，某些政论家于是有了弹药，声称此事证明激进自由派是如何荼毒公共教育领域的。教师袭击派克州长！的头版标题挂了个把小时，直到有人翻箱倒柜找到一张照片，宣称照片里是这个女人正在参加 1968 年的一场抗议活动的情形。照片里，她坐在一大片足有几千个人的空地之中，那是一大群难以区分谁是谁的个体，许多人拿着自制的横幅或标语，有一个人高举美国国旗挥舞。女人戴着大大的圆框眼镜，睡眼惺忪地望着摄影师。她的身体向右倾斜，似乎靠着一个几乎全在画面外的人，这个人只露出了一个肩膀。她左边是个穿军装上衣的长发女人，戴着银色的飞行员太阳镜，恶狠狠地望着镜头。

头版标题变成 1960 年代激进分子袭击派克州长！

就好像嫌报道还不够劲爆似的，这个工作日快结束的时候，又有两件事情火上浇油般一口气将整个事件送进了平流层。首先，有消息称派克州长正在接受眼球的紧急手术。其次，有人挖出一张大头照，证明那女人曾在 1968 年因卖淫被捕，不过既没有起诉也没有定罪。

这就太过分了。一个头版标题怎么可能放得下这么多美妙的细节？激进嬉皮妓女教师恶意袭击致盲派克州长！

1　1968 年刺杀美国参议员罗伯特·F. 肯尼迪的凶手。

新闻一遍又一遍播放视频中州长被打中的片段。他们将画面放大得满是粗糙的像素点，企图让所有人看见边缘锐利的石子是如何击穿州长的右眼角膜的。政论家就袭击的意义争辩不休，讨论它是否代表民主受到了威胁。有人称那女人为恐怖分子，有人说这证明了我们的政治讨论堕落到了什么程度，还有人说州长不计后果地拥护持枪，出这种事也是活该。有人将那女人和地下气象员或黑豹党相提并论。美国全国步枪协会发布声明称，要是派克州长带着他的左轮手枪，这种事情根本就不会发生。电视主播背后，黑乎乎的人影依然在工作台前忙乎，但并不比今天早些时候更忙碌或更悠闲。

四十五分钟后，一名机灵的文案人员造出了"派克袭击者"[1]这个词，所有电视台都欣然采纳，放进他们为报道特别制作的标头之中。

女人被羁押在市中心的监狱里等待审问，目前无法发表任何评论。没有她的解释，当天的叙事成形于糅合了少许事实的观点和假设之上，产生的片面陈述在人们的脑海里逐渐扎根：这女人曾经是嬉皮士，现在是自由主义激进分子，仇恨州长到了预谋犯罪的地步，埋伏在公园里发动恶意袭击。

然而这套理论有个显而易见的逻辑漏洞，那就是州长走进公园纯属临时起意，连他的安保队伍事先都一无所知。因此那女人不可能知道他会来，也就不可能埋伏在公园里了。但这个疑点淹没在了耸动的新闻报道之中，没有得到认真的调查。

1　原文为 Packer Attacker，其中 Packer 除了指派克州长之外，在英文中还有"打包工"之意，暗指该女性的多重身份与经历。

2

　　萨缪尔·安德森教授坐在他狭小的大学办公室里，房间里黑洞洞的，电脑屏幕的辉光将他的面庞照成灰色。窗帘拉上了，毛巾堵住门底下的缝隙。他把垃圾桶放在了走廊里，免得夜班勤杂工进来打扰他。他戴着耳机，因此谁也听不见他在干什么。

　　他登入游戏，熟悉的启动画面上，半兽人和精灵族鏖战正酣。他听见铜管乐队演奏的音乐，欢欣鼓舞的战曲。他输入密码，这个密码设置得比银行账户密码还要用心和复杂。他进入《精灵征途》的世界，他不再是英文系助理教萨缪尔·安德森，而是精灵盗贼道奇，他感觉自己就像是回到了家。漫长的一天终于结束，终于回到家，和乐于见到你回家的人团聚，正是这种感觉让他日复一日地登入，每周游戏时间超过四十小时，精心打扮他的精灵角色，为今天这样一个夜晚做好准备：与网上的匿名伙伴集结，携手杀死某个凶恶的大家伙。

　　今晚的目标是一条巨龙。

　　他们身处地下室、办公室、光线昏暗的书房、隔间和工位、公共图书馆、学生宿舍和客房，从厨台上的笔记本登入，从呜呜排出热风、咔嗒作响的电脑登入，就好像有人在塑料电脑机箱里煎炸食物。他们戴上麦克风耳机登录，在游戏世界里现身，他们再次聚首，就像过去这几年的每个星期三、星期五和星期六。他们几乎全都住在芝加哥或芝加哥周边。他们玩的游戏服务器是遍布全世界的几千台服务器之一，位于芝加哥南城的一座前肉类加工厂仓库之中，基于延迟和反应时间的考虑，《精灵征途》总是把你放进最靠近登录地点的服务器。因此他们全都是货真价实的邻居，只是从没在现实生活中碰过面。

　　萨缪尔登入游戏，有人用语音打招呼："嗨，道奇。"

　　嗨，他输入道。他从不在游戏里说话。他们以为他不说话是因为没有麦克风。其实他当然有麦克风，但他害怕万一他在做任务时开口，而走廊里恰好有同事经过，结果听见他说什么龙不龙的。因此公会对他毫无了解，只知道他从不缺席任何一个任务，另外就是他喜欢拼全字词，不使用已被接受的互联网缩略语。他真的会写"马上回来"而不是更常用的"brb"（be right back）。他会写"不在键盘前"而不是"afk"（away from keyboard）。其他人不清楚他为什么坚持这种与别人唱反调的不合时宜。他们以为"道奇"这个名字和棒球有关，但实际上他是在引用狄更斯[1]。没人看懂这个引用，萨缪尔因此觉得自己很聪明和高人一等——他需要用优越感来抵消羞耻感，因为他花了太多时间玩一个十二岁孩童也玩的游戏。

　　萨缪尔竭力提醒自己，还有数以百万计的人也玩游戏。每块

1　道奇的英文原文是 Dodger，洛杉矶道奇棒球队英文全名为 Los Angeles Dodgers，狄更斯小说《雾都孤儿》里有一个外号叫 Dodger 的盗贼。

大陆都有。一天二十四小时。每次他想到自己活成这个样子，难受得撕心裂肺，他就提醒自己，无论哪个时刻，《精灵征途》的在线人数都差不多等于巴黎总人口数。

他在现实生活中从不告诉别人他玩《精灵征途》，原因之一是他们说不定会问这个游戏在玩什么。他该怎么回答？屠龙和杀半兽人。

你也可以在游戏里扮演半兽人，那么目的就变成了杀精灵。

然而这就是要点，这就是情节，这就是基础设定，最本质的阴和阳。

他从精灵一级打起，花了近十个月打到九十级。一路上有过许多冒险，游历了几块大陆，认识了各种人物，找到宝藏，完成任务。打到九十级后，他创办公会，和加入公会的伙伴组队屠龙宰魔，不过主要杀的还是半兽人。哎呀呀，他杀了那么多半兽人。每次击中半兽人的颈部、脑袋或心脏，每次他将匕首送进半兽人的要害，屏幕上就会闪现"致命一击！"。每次发生这种事情，游戏里就会响起好玩的音效，半兽人的惊恐尖叫。他逐渐喜欢上了这个音效。他渴望听见这个音效。他的角色属性是盗贼，意味着他的特别技能包括偷盗、制造炸弹和隐身，他最喜欢做的事情莫过于潜行进入半兽人聚集的领地，在路上埋雷，等半兽人策骑经过就炸他们一个稀巴烂。然后他会劫掠敌人的尸体，搜集武器、钱财和衣物，只留下失败者赤裸裸的尸首。

这种事为什么会变得如此引人入胜？他实在说不清楚。

今晚将是十二个全副武装的精灵对战一条龙，因为这条龙特别巨大。牙齿利如剃刀，还会喷火，浑身覆盖着厚如钢板的鳞片，要是你的显卡足够好，就能看得清清楚楚。龙似乎在睡觉，像猫似的蜷缩在遍地熔岩河的巢穴里——可想而知，场景设置在一座中空的火山内。龙穴的屋顶非常高，足以让一条龙飞来飞去，因为龙会在战斗的第二关跃入半空，绕着他们盘旋，朝他们头顶抛掷会爆炸的火球。这将是他们第四次尝试杀死这条龙；他们还没打穿过第二关。他们想杀死它是因为它把守着巢穴另一头成堆的财宝和武器，劫掠龙穴和劫掠半兽人一样令人心旷神怡。亮红色的岩浆如血管般在岩石地表下闪闪发亮。地表会在战斗的第三关，也是最后一关中裂开，但他们还没见过那幅景象，因为他们怎么都过不了闪避火球这一关。

"发给你们的视频都看过了吗？"任务领队问，这位精灵战士名叫庞纳吉。几个玩家的角色点点头。他用电子邮件发给大家的是其他公会成功击败这条恶龙的通关视频。庞纳吉希望他们看看其他玩家是怎么闯过第二关也就是空袭关的，秘诀似乎是不停移动和避免扎堆。

咱们上啊！！！斧人写道，他的角色正在虚操一面石墙。庞纳吉再次解释战斗要点，几个精灵原地跳舞。

萨缪尔用办公室电脑玩《精灵征途》是因为学校的网速比较快，能够将他在这种任务中的伤害输出提高两个百分点——通常如此，除非遇到网络阻塞，比方说学生一窝蜂地登记课程的时候。他在紧靠芝加哥北部的一所小型大学里教文学，主干道到这儿都会分出岔道，通往各种大型百货商店和办公园区，三车道的公路上塞满车辆，驾车的都是送孩子去萨缪尔那所学校念书的父母。

就是劳拉·波茨坦这种孩子——金发，有几粒淡淡的雀斑，穿紧身背心和热裤，背心上印着颜色鲜艳的图案，热裤的臀部位置印着各种字词，主修市场营销和商务沟通。而她今天恰好出现在萨缪尔的文学导论课堂上，交了一篇抄袭而来的文章，然后问她能不能离开。

 　"要是有测验，"她说，"那我就不走。但要是没测验，我就真的非走不可。"

"有急事吗？"他问。

"没，我主要是不想丢分。今天错过什么事情会扣分吗？"

"我们正在讨论阅读材料。说不定有什么你想知道的内容。"

"不参加会扣分吗？"

"不，应该不会。"

"那就好。我真的非走不可。"

他们在读《哈姆雷特》，萨缪尔凭经验知道今天肯定很难熬。学生会被文本的语言搞得焦头烂额、疲惫不堪。他布置的小论文题目是分辨哈姆雷特思考中的逻辑谬误，连萨缪尔本人都不得不承认这个作业狗屁不通。他们会问为什么非得做这个，读这个古老的剧本。他们会问：我们在现实生活中难道真有必要知道这些吗？

他对这堂课不抱任何希望。

每逢这种时刻，教授往往在想他曾经有多么风光。二十四岁那年，杂志刊登了他的一个短篇。不是随便哪份杂志，而是那份杂志。他们出了一期年轻作家的特刊。"二十五岁以下最优秀的五位作家，"他们是这么说的，"美国下一代的伟大作家"。他就是其中之一。那是他发表的第一篇小说。结果也是他发表的唯一一篇小说。杂志上有他的照片、小传和了不起的文学成果。第二天，出版业的大人物打来了五十来通电话。他们想要他的其他作品。但他没有更多的作品了。他们不在乎。他签了一份合同，得到好大一笔钱，但他到现在都没动笔写那本书。那是十年前了，早在美国陷入如今的金融泥潭之前，早在房贷和银行业几乎粉碎世界经济之前。萨缪尔有时候觉得他的职业生涯和全球金融急转直下的走势差不多：回头再看，2001年夏天的美好时光仿佛一场令人愉快但异想天开的白日梦。

咱们上啊啊啊啊！！！斧人再次写道。他不再虚操洞穴岩壁，这会儿在原地蹦跳。萨缪尔心想：九年级，满脸青春痘的倒霉蛋，多动症，日后说不定会出现在我的文学导论课堂上。

"你们怎么看《哈姆雷特》？"今天劳拉离开后，萨缪尔当堂提问。

呻吟。皱眉。后排的一个小子高举双手，两根肉乎乎的大拇指齐齐指向下方。"太蠢了。"他说。

"根本说不通。"另一个孩子说。

"太长了。"又一个孩子说。

"太他妈长了。"

萨缪尔向学生提问是希望能激发讨论，随便什么讨论都行：你们认为幽灵是真的还是哈姆雷特的幻觉？你们认为乔特鲁德为什么那么快就再婚？你们认为克劳狄斯是坏人还是哈姆雷特性格糟糕？诸如此类，不一而足。但没有。毫无反应。他们只是傻乎乎地望着各自的大腿或电脑。萨缪尔对电脑无能为力，他没法关掉电脑。每一间教室的每一个座位都配备了电脑，寄给父母的所有宣传材料里必然会提到这一点：联网的校园！帮助学生为二十一世纪做好准备！但在萨缪尔看来，学校其实是在帮助学生为分神做好准备。让他们安安静静地坐着假装学习。做出聚精会神的样子，实际上是在查看赛况、读邮件、看视频或发呆。说起来，这或许是学校在美式工作场所方面能教给他们的最重要的一堂课：如何安安静静地坐在位置上上网并保持精神正常。

"你们有多少人读完了整个剧本？"萨缪尔问，全教室二十五个人里只有四个举起手。他们的手举得缓慢而羞涩，因为完成了他布置的作业而感到尴尬。其他人好像在斥责他：轻蔑的眼神，软瘫的身体，都在宣布他们的百无聊赖。他们像是在把他们的冷淡归咎于他。要不是他布置了这么愚蠢的作业，他们也不会选择不去完成它。

"上！"庞纳吉说着，手持巨斧扑向恶龙。任务小队的其他人跟了上去，学着他们在电影里见过的中世纪战争狂呼乱喊。

在此要多说一句，庞纳吉是《精灵征途》的天才玩家。他是电子游戏的大师。今晚这十二个精灵里有六个由他同时操控。他有整整一个村庄的角色供他按战斗内容组合和匹配，这些人物形成了一整个自给自足的微型经济体系。他用一种先进得难以想象的技术同时操纵多个人物，这种技术名叫"多开多控"，也就是将多台联网电脑接到一台中央指令电脑上，他通过键盘和十五键游戏鼠标做出预先设置好的组合动作。庞纳吉对这个游戏可谓知根知底。他将《精灵征途》的秘密变成了自我思想的一部分，就像长在树篱旁的一棵树最终成为树篱的一部分。他屠戮半兽人，使出致命一击时总要高喊他的标志性台词：老子庞你一脸啊菜鸟！！！

战斗的第一关里，他们要当心的主要是甩来甩去拍打岩壁的龙尾。全体队员只需要上去砍龙和闪避龙尾，坚持几分钟，等龙的血条掉到六成，这时候龙就会腾空而起。

"第二关。"庞纳吉冷静地说，声音经过互联网的传输，变得像是来自机器人，"火球要来了。别站错位置。"

火球开始落向玩家。尽管很多人觉得这是个挑战，需要在履行战斗职责的同时躲过火球，但庞纳吉的六个角色都毫不费力地做到了，他们向左或向右轻轻挪动脚步，火球在几个像素外擦身而过。

萨缪尔努力闪避火球，但脑子里想的主要是今天他在课堂上搞的突击测验。劳拉离开后，他确定这个班级没有完成他布置的阅读作业，惩罚的心思油然而起。他命令学生就《哈姆雷特》的第一幕写一份不少于二百五十字的阐释。呻吟声此起彼伏。他本来没打算搞什么突击测验的，但劳拉的态度让他有了消极攻击的念头。这门课是文学导论，但她关心的不是文学，而是分数。在她眼里，重要的不是这门课的内容，而是它的产值。这让萨缪尔想起了华尔街的交易员，他今天会买咖啡期货，明天会抵押资产债券。重要的不是交易了什么，而是如何衡量交易。劳拉的想法就像这样，一个股票经纪人，只在乎能够量化的东西。她在乎的只有及格线和她的成绩。

萨缪尔以前会批改学生的论文，甚至用红笔勾画。他曾经教他们"放"和"躺"的区别，什么时候该用"那个"什么时候该用"那东西"，"效果"和"结果"有什么不同，"然后"和"然而"真的是两码事。等等等等。但有一天他在校门口的加油站给车加油，抬头看见加油站的牌子——"讯速进出"——他望着牌子，心想：有什么意义呢？

说真的，你说实话，他们为什么非要知道《哈姆雷特》呢？

测验结束，他提前三十分钟下课。他累了。他面前是一群毫无兴趣的人，大多数只顾盯着电脑屏幕或手机，他觉得他体会到了可怜的哈姆雷特在第一段独白里的感受：缥缈如幻。他想消失。他希望自己的血肉能消融成一滴露水。这种事最近经常发生：他觉得他比自己的躯体更渺小，就仿佛他的灵魂开始萎缩，坐飞机会把扶手让给邻座，走在人行道上永远是他给别人让路。

这种感觉恰好符合他最近在互联网上搜索贝萨妮照片的行为——唔，过于明显，没法骗自己。每次他在做什么让自己感到内疚的事情时，他的念头就会转向贝萨妮，就最近而言，这几乎就是每时每刻了，一层又一层难以穿透的负罪感紧紧束缚着他的整个生活。贝萨妮——他最爱的人，他最对不起的人——据他所知，她依然住在纽约。一位小提琴家，参加过所有重要比赛，录制过个人专辑，进行过世界巡演。在网上搜索她就仿佛打开了他内心这个难控的闸门。他不知道他为什么要这么惩罚自己，几个月一次，从傍晚到深夜望着贝萨妮美丽的照片，她身穿晚礼服，抱着小提琴和大把玫瑰花，被爱慕她的乐迷团团包围，无论是在巴黎、墨尔本、莫斯科还是伦敦。

她会怎么看待现在的我？她当然会失望。她会认为萨缪尔根本没长大，还是那个在黑暗中玩游戏机的小男孩。还是他们刚认识时的那个孩子。萨缪尔想到贝萨妮的感觉就像其他人想到上帝时那样。换言之：上帝会如何裁断我？萨缪尔也有同样的念头，只是他把上帝换成了另外这个巨大的不在场之物：贝萨妮。有时候，假如他想得太久，就会掉进一个深渊，仿佛在一步一步地体验他的人生，就好像他不是在过自己的生活，而是在估量和品评某个人的生活，只是非常诡异和不幸，这个人凑巧就是他。

公会伙伴的咒骂将他拖回游戏里。精灵们正在迅速死去。巨龙在半空中咆哮，小队尽其所能释放远距伤害——箭、枪弹、飞刀，还有巫师徒手发出的闪电。

"道奇，火球朝你来了。"庞纳吉说，萨缪尔意识到他即将被击中。他向一旁飞扑。火球落在他身旁。他的血条几乎掉到零。

谢谢。萨缪尔写道。

欢呼四起，龙缓缓落地，第三关开始。刚开始的二十名战友只剩下几个：道奇，斧人，小队的治疗牧师，庞纳吉的六个角色里的四个。他们以前还从没打到过第三关。这是他们在这条龙身上打出的最佳战绩。

第三关很像第一关，但龙开始到处移动，撞破地面下的岩浆河，摇下洞顶能插死人的巨大钟乳石。《精灵征途》的大多数关底都是这么打的。考验的不是技巧，而是模式记忆和多线操作：你能不能避开脚下溅起的岩浆，躲过从洞顶坠落的岩石，盯着巨龙的尾巴，免得被它扫到，跟着巨龙在巢穴里跑动，不停用剑使出特定的十操作组合攻击技，得到最高的每秒伤害输出，尽快让龙的血条降到零，否则等它体内的十分钟计时器到头，就会进入狂暴模式，发疯般地干掉洞窟里的所有人。

　　殊死搏斗的紧要关头，萨缪尔觉得畅快极了。但事后没多久，哪怕胜利的是他们，压倒一切的失望依然会席卷而来，因为他们赢得的财宝只是数据，抢来的武器和盔甲只能帮他们走到这一步，因为随着玩家对这条龙的战胜率越来越高，开发者就会引入新的怪兽——更难杀死，守护着更高级的宝藏：一个永不结束的循环。不存在真正取胜的办法。他看不见尽头。有时候，游戏的空洞和虚无会自己显现出来，就像此时此刻，他望着牧师帮庞纳吉维持生命，巨龙的血条缓慢爬向零，庞纳吉大喊："上啊上啊上啊！"他们即将取得史诗级的胜利，但萨缪尔心想，实际上发生的只是几个孤独男女在黑暗中猛敲键盘，向芝加哥地区的服务器发送电子信号，服务器处理后返回的一坨坨小小的数据。除此之外的所有东西——巨龙、龙穴、流淌的岩浆、精灵、他们的剑和魔法——都只是橱窗里的陈列品，虚假的表象。

　　我为什么会在这里？他心想，哪怕他被龙尾拍死，坠落的钟乳石插死了斧人，牧师掉进熔岩裂缝，被烧成灰烬，只剩下一个精灵还活着，公会想赢就只有一条路，那就是庞纳吉坚持活下去，耳机里响起了公会成员的欢呼声，龙的血条缓慢地降到百分之四、三、二……

　　有什么意义呢？萨缪尔心想，尽管他们离胜利只有咫尺之遥。

　　我在干什么？

　　贝萨妮会怎么想？

3

庞纳吉在黑洞洞的客厅里跳舞，动作像是橄榄球运动员触地得分后在球门区跳的各种舞步的大杂烩。他特别喜欢其中的一个动作：双拳在身前画圈——好像叫"搅奶油"来着。

"庞纳吉牛屎！"有人高喊。精灵伙伴长时间地欢呼庆贺。赞美的叫声通过大型家庭影院隆隆震响。六台电脑的显示屏在用六个不同的角度展示龙的尸体。

他开始搅奶油。

他握拳挥舞，像在启动割草机。

还有那个下流的动作，像在拍打正前方很可能是屁股的物体。

精灵的鬼魂返回躯体，队友一个接一个从洞窟地面冒了出来，他们复活了，你会在电子游戏里死去，但永远不会真的死去。庞纳吉走到洞窟尽头搜刮战利品，分给公会伙伴——长剑、巨斧、板甲、魔法戒指。这么做让他觉得自己慷慨仁慈，就像在圣诞节打扮成圣诞老人一样。

　　其他人纷纷下线，他向每一个公会伙伴道别，感谢他们的绝佳表现，尽量挽留他们再多待一会儿，他们会抱怨说时间太晚了，明早还有正事要做，末了他会说是啊，确实该上床睡觉了。他会退出游戏，关闭所有电脑，上床合眼，然后意识就会开始闪现——又一次连续十二小时在《精灵征途》世界中狂欢之后，充满了精灵、半兽人和恶龙的幻觉片段在脑海里源源不断地倾泻而下。

　　他今天并不打算玩游戏，更没有要玩这么久的念头。今天应该是新健康食谱的第一天。今天是他开始良好饮食的第一天——水果、谷物、全蔬、精益蛋白质、无反式脂肪和精加工食品，适量，营养丰富而均衡，就从今天开始。全新的健康饮食生活习惯始于清晨剥开一颗巴西坚果，咀嚼几口并吞下去，因为根据他买的那本健康饮食书籍的说法，巴西坚果是"你再怎么吃也不为过的五种最佳食物"之一。那本书的续作、相关饮食方案及手机 app 通通倡导一种原始狩猎部落式的饮食——动物蛋白质和坚果占据了食物的大部分组成。他想象巴西坚果所富含的对心脏有益的脂肪、抗氧化物和综合营养素正在涌入身体，起到有益身体的效果，例如清除自由基和降低胆固醇，最好同时还能提升体力，因为今天他有那么多事情要做。

　　厨房迫切需要维修。台面开裂，边角卷曲。洗碗机去年春天就罢工了，垃圾处理机已经坏了一年左右，炉台上四个灶头里有三个无法点火。冰箱最近像是发了疯，冷藏区动不动就停止制冷，害得热狗、午餐肉和牛奶都腐败变质了，而冷冻区则三天两头过度制冷，把他看电视时吃的晚餐冻成了硬邦邦的冰块。厨具柜也需要清理，里面塞满了因为年代久远而发黄的各种微波炉餐具、被遗忘的小袋水果干、坚果或薯片，还有许多装药草和香料的圆柱形小容器，密密麻麻地垒了好几层，是他以前尝试健康饮食的证据。

每次尝试都必须购买一整套新的药草和香料，因为随着时间流逝，上次认真尝试时购买的药草和香料已经在瓶子里脱水结块，无法使用了。

他知道他应该打开每一个储藏柜，扔掉所有东西，确保最遥远、最黑暗、最里面的角落也没有细菌和虫子栖息，但他并不是很想打开柜门查看有没有虫子，因为他害怕他会发现的东西——所谓的虫子[1]。因为假如柜子里有虫子，他就必须熏蒸灭虫，用塑料布遮盖各种物品，在别处腾出空间，制造一个所谓的"临时区"，用来堆放必需的物品（搭建橱柜的材料，硬木地板，新餐具，各种锤子、锯子、成盒的钉子、螺丝钉、PVC 管道和彻底改造厨房所需的其他狗屁东西），然而环顾四周，他意识到这个想法有多么难以实现：比方说，客厅绝对不能有任何建筑垃圾，免得未来的某天晚上需要接待不速之客（也就是莉萨）。她肯定不会觉得成堆的工具和塑料管有什么诱人的浪漫气息；卧室也一样，同样不适合充当临时区，理由相同，虽说他不得不承认，莉萨有很长时间没来过了，主要是因为她坚持要和他在两人关系的这个新阶段里保持"距离"。话虽这么说，但她还是一样叫他开车送她上班，跑腿去各种小购物商场，因为离婚不等于他就能扔下没有驾照和车子的她自生自灭了，尽管他知道大多数男人都不会理会莉萨的要求，但他受到的教育不是这样的。

因此，唯一可行的临时区就只有备用卧室了，不幸的是这个愿望同样不可能实现，因为备用卧室已经塞满了各种杂物，扔掉它们是个连想都不能想的念头：成箱的高中奖状、奖章、奖杯、奖牌、证书，某处还有个写着一部小说的头几页的黑色皮面日记本，他向

1　英文中的 bug 既有"昆虫"之意，也有"缺陷、错误"的意思。

自己保证过，他很快就会抽出时间开始写作——因此他必须整理这些箱子，分门别类收拾好，然后才能清理出一块临时区，有了临时区，他才能翻新厨房，但前提是他真要开始全新的健康饮食计划。

另外，还有预算问题。也就是说，他该怎么为全新的健康饮食计划买单，尤其是他已经掉进了深不可测的债务深渊，因为他必须花钱养他的许多个游戏账号和新的智能手机。是的，假如你并不依赖于顺畅访问电子网络来谋生，那么购买一部四百美元的智能手机和不限短信、通话及流量的套餐无疑显得过于奢侈，尽管事实上购买这部手机后，他收到的绝大多数短信都来自手机制造商——问他对这次购买是否满意，向他推荐保险计划，鼓励他尝试公司的其他软硬件产品——除此之外的少数短信来自莉萨，说兰蔻专柜突然要她去一趟，或者她在兰蔻专柜提前下班或是要加班，或者是今天不需要他来接送，因为有"同事"邀请她"出去"。这些短信让他嫉妒得浑身颤抖，因为它们模棱两可得让人生气，他会蜷缩在沙发上啃着自己松脆尖锐的指甲，思考莉萨是否还忠于他。当然，他已经没有资格期盼莉萨还忠于他们的婚姻了，他明白离婚为他们的关系画上了句号，但他也知道她并没有转投入他人的怀抱，他依然是她生命中的一个重要组成部分，因此有一部分的他认为，只要他对莉萨足够有用，提供足够多的帮助，出现足够多的次数，她就永远不会真的"离开他"，由此可证，他需要这部智能手机。

还有，无论他要开始什么样的正确饮食计划，这部手机上的膳食与锻炼应用都是必不可少的。他可以用这些 app 记录每天的饮食摄入，软件会分析他在热量和营养两方面的动态。举例来说，他记录下他在普通情况下一天内的饮食，据此设定某种"基准线"，用来精确对比他未来的健康膳食。软件说他早餐的三倍浓缩咖啡（加糖）共计一百大卡，午餐的六倍浓度拿铁咖啡和布朗尼又是四百大卡，而他每天的热量上限是两千大卡，因此还剩下不到一千五百大卡，意味着晚餐可以吃两包甚至三包冷冻美洋鲑鱼墨西哥卷，每包里都有切得整整齐齐、看似炸薯条的蔬菜馅料和一袋名叫"西南辣酱"的红色咸味调料，他往往会在调料里再加一小勺食盐（膳食应用说盐的热量为零大卡，他觉得这是味觉的巨大胜利），他总是狼吞虎咽地几口吃掉这些冷冻快餐，尽量忘记微波炉加热食品有多么不均匀，青椒烫得舌头生疼，而比较大的鲑鱼块依然冰凉，咬开时就像在啃湿树皮，整体而言口感差劲得简直难以置信，但这并没有阻止他用鲑鱼卷塞满冰柜，不仅因为包装上印着超级低脂！，还因为 7-11 便利店总是给他五美元买十包的清仓大特价（限购十包）。

　　总而言之，手机应用分析他摄入的食物成分和营养素，对比美国食品药品管理局（FDA）建议的重要维生素、酸类、脂肪类和其他成分的每日摄入量。假如他的饮食足够健康，那么结果图表就应该是一条平缓的绿线，但事实上那条线的颜色却像报警按钮一样鲜红，因为他严重缺乏维持器官健康所需的全部重要营养素。他不得不承认，最近他的眼球和发梢染上了令人惊恐的黄色，指甲变得越来越薄脆，经常啃着啃着就突然垂直劈裂到根部。最近他的指甲和头发完全停止了生长，有些地方开始后退甚至向后翻卷，以前戴手表的位置长出了几乎是永久性的皮疹。一方面，他每日热量摄入往往远不足两千大卡，另一方面，他也明白自己需要的健康饮食完全是另一种热量，也就是新鲜的天然有机食品提供的热量，但考虑到智能手机及捆绑的短信与流量套餐给每月信用卡账单带来的压力，那些食品对他来说昂贵得遥不可及。他明白其中的矛盾，花钱买一台教他如何健康饮食的机器却害得他负担不起健康饮食，这实在是个讽刺的结果。还有，对，手机及套餐是他用信用卡买的，信用卡的欠款正在令人痛苦地增长，付清的可能性就像大陆漂移似的逐渐远离。房贷按揭也一样，债务持续增加，因为地产经纪人几年前（当时芝加哥乃至全美国的房地产市场还没有这么一团糟）说服他通过"负摊销抵押贷款"[1]的方式申请了新的房贷，当时让他发了一笔横财，他买了高清电视、几台高级游戏机和昂贵的家用电脑工作站，现在却成了巨大的财务灾难，按揭金额令人惊愕地不断上涨，而房屋价值已经崩溃，跌到了一个可怕的极低点，就好像他家经历了什么毁灭性的冰毒作坊爆炸。

他因此感到精神紧张，加上其他的财务和生活费问题，压力大得让他的心脏变得不太正常，悸动抽搐，就像有人从内部机械地敲打他的胸腔。正如莉萨说的："没了健康，你就什么都没了。"他靠这句话来为自己辩解：他购买高级电子产品和电子游戏正是在帮自己减轻压力。

这正是今天的转折点。在他完成为新饮食计划做准备的种种琐事之前，他决定先完成他的另外一些琐事——《精灵征途》：每天必须完成的二十个任务，帮他获取非常酷的游戏奖励（例如能骑的狮鹫兽、巨大得难以想象的斧子、让他的角色四处走动的时候显得衣冠楚楚的套装）。这些任务——通常是杀死某个小敌人，跨越险恶地形送信，寻找丢失的重要小玩意儿——一日不断地连续四十天完成这些任务就能以数学上最优的时间解锁奖励。这本身就是一项奖励，因为每次成功做到就会焰火齐放，鼓乐大作，名字登上《精灵征途》最强玩家榜，联系列表里的所有人都会发来恭贺和赞

1　这种抵押贷款允许借款人在贷款期限的前几年每月支付一个最低限度的还款，金额通常低于每月应付利息，但是未付的应付利息将自动计入贷款本金。在这种情况下，借款人最终应偿还的本金金额要远超出最初的贷款金额。

美的留言。在游戏里，这个待遇就像婚礼上的新郎。庞纳吉控制的不是一个角色，他的角色加起来足够组成一支棒球队，等他的主角色完成二十项日常任务后，他还要为备用角色重复这些任务，因此他必须完成的每日任务有两百个左右——甚至更多，取决于他想让多少个备用角色升级。这意味着整个日常任务时间加起来要花他五小时左右；尽管他知道玩五小时游戏对大多数人来说已经超出了最高忍耐限度，但这五个小时于他仅仅是正式玩游戏前的先决条件，只是真正行动前的热身活动，是享乐开始前必须克服的小小障碍。

就这样，等磨人的每日任务结束，天已经黑了，连续五小时机械运动后，他的大脑只感觉眩晕和渺远，像便秘似的塞住了，他丧失了完成更高等级工作（例如购物和烹饪）所需的注意力、驱动力和体力。于是他待在电脑前，用六倍浓度的拿铁咖啡和冷冰冰的墨西哥玉米饼补充体能，继续玩了下去。

到了此刻，他已经玩了那么久，他想睡觉，闭上眼却发现幻觉闪得更厉害了，睡眠离他还远着呢，因此庞纳吉只好下床，重新开机，看有没有哪个西海岸的玩家还在线，再开一盘任务。几小时后，他会登入澳洲的服务器，再次屠龙。然后凌晨四点，日本的铁杆玩家总算上线，他的运气终于来了，他会和他们组队，再杀两次恶龙，到最后杀龙带来的感觉不再是喜悦，而是例行公事甚至有点沉闷。往往在印度人现身的时候，幻觉平息成了麻木而模糊的一团，他觉得世界朦胧一片，就好像脑门离脸隔了将近一米远，但这会儿他睡不着，他需要时间来舒缓精神，于是他取出一张看了无数遍的 DVD 塞进播放器（他的想法是放着电影，他可以打打瞌睡，因为他太熟悉这部电影了，根本不需要过脑子），电影是他收集的大毁灭灾难片之一，地球在这些电影里被毁灭了无数次——陨石、外星人、地磁异常活动——没过十五分钟，他的意识就变得模糊。看到主角搞清楚政府一直在隐瞒事实，明白大难即将临头，这时候庞纳吉的大脑逐渐放空，回想这一天，茫然之间想到今天下午他正准备开始健康饮食，也许是因为到头来发现今天并不适合开始健康饮食而感到愧疚，他又剥开一颗巴西坚果，心想循序渐进也许更好，巴西坚果是他目前生活方式和未来健康饮食生活方式之间象征性的桥梁。他大脑放空，盯着电视的茫然双眼仿佛属于一条死鱼，他吞下咀嚼过的一团巴西坚果，望着足有加州那么大的石块落向地球，能够融化骨头的烈火扫灭万物，杀死人类，彻底湮灭一切。他从沙发上起身，外面已经是黎明时分，他思索着整整一天都去了哪儿。他跌跌撞撞地走进卧室，看见镜子里的自己：泛黄发白的头发，眼球因为疲惫和脱水而充血。然后他爬上床，他不是"坠入梦乡"，而是一头扎进了突然吞噬一切的黑暗。在近乎昏迷的状态下，他努力留在脑海里的记忆是他在跳舞。

他想记住这种感觉：超验的喜悦瞬间。他第一次打败了恶龙。他的芝加哥伙伴都在欢呼。

然而，此刻能让他忘我跳舞的感觉却迟迟不来。庞纳吉努力想象他在跳舞，但感觉却很超然，就仿佛那是他很久以前在电视上看到的东西。按照此刻的感觉，他怎么都不可能搅奶油、发动割草机、拍打幻想中的屁股。

明天，他发誓。

明天将是新饮食计划的第一天，真正的、正式的第一天。今天也许只是真正开始新饮食计划那一天的热身、演习或排练，那一天很快就会到来，那种生活很快就将开始，他会每天早早起床，吃一顿健康的早饭，修缮厨房，清理橱柜，去超市购物，远离电脑，整整一天都过得无懈可击。

他发誓。他保证。那样的一天必将改变一切。

4

"你认为我作弊？"劳拉·波茨坦说，她念大二，屡教不改的习惯性作弊者，"你认为我作弊？你认为我的论文是抄袭的？"

萨缪尔点点头。他想对整个局面露出哀伤的表情，就像不得不惩罚孩子的父母。我比你还要痛苦，萨缪尔想做出同样的表情，尽管内心根本没有这种感觉。内心深处，判学生不及格总是让他暗自欣喜。他不得不给他们上课，这就像是他报复的机会。

"能听我说一句吗？就一句？那—篇—论—文—我—没—有—抄—袭。"劳拉·波茨坦说的那篇论文几乎从头到尾都是抄袭的。萨缪尔之所以知道，是因为那套软件是这么说的。学校购买了这套极为出色的软件包，用来分析学生的每一篇文章，程序将文章与巨型档案库里的其他文章进行比较，档案库里包括了所有被分析过的文章。全国各地高中生和大学生写下的数百万字构成了软件包的大脑。萨缪尔有时候对同事开玩笑说，假如这套软件获得了科幻小说里的人工智能的智慧和意识，肯定会立刻冲去墨西哥坎昆岛度春假。

软件分析劳拉的论文后，发现百分之九十九的内容是抄袭的，除了署名"劳拉·波茨坦"之外，没有一个单词属于她自己。

复合问题
（即"既定观点问题"）

"我不知道那软件在发什么疯，"劳拉·波茨坦说。这位大二学生来自伊利诺伊州的绍姆堡，主修商务沟通和市场营销，身高一米五八上下，头发的暗金色在萨缪尔办公室阴郁的绿色光线下变得像是拍纸簿的浅黄色，白色薄T恤似乎是某个派对的宣传资料，那个派对举办时她肯定还没生下来，"真不知道它为什么会出故障。它经常出错吗？"

"你想说是电脑弄错了？"

"实在太奇怪了。我不明白。它为什么那么说？"

劳拉像是在风洞里吹过身子，头发干枯而蓬乱。她穿着一条磨破边的法兰绒短裤，比咖啡滤纸大不了多少，你很难假装没看见。她晒成古铜色的双腿同样吸引眼球。她脚上是一双拖鞋。毛绒玩偶拖鞋，卷心菜的黄绿色，因为在户外穿得太多，所以脚垫四周沾着一圈棕灰色的尘土。教授心想，她大概是穿着睡衣来办公室见他的。

"软件不会出错。"他说。

"你的意思是绝对？绝对不会出错？你说它永不犯错，没有缺点？"

教授办公室的墙上自然挂着他的各种文凭，书架上塞满了名字很长的书籍，昏暗的房间散发着典型的学者气息。办公室里有一把皮椅，劳拉此刻就坐在这把椅子上，一下一下地轻轻踢着她穿拖鞋的双脚。门上贴着《纽约客》的漫画。窗台上摆着几个小盆栽，他用一品脱的喷壶浇水。三眼打孔机。台历。印着莎士比亚的咖啡马克杯。一套高级钢笔。一幅完美的学者办公室图景。挂衣架，以备不时之需的粗花呢上衣。他坐在人体力学椅子上。劳拉正确地使用了"永不犯错"这个词，他一时间有点开心。办公室里的霉味或许是劳拉的睡眠体味，也可能是他自己的体味，昨晚他打《精灵征途》直到深夜，气味到现在还没有散掉。

"根据软件，"他看着劳拉论文的分析结果说，"这篇文章来自一个名为'免费学期论文'的网站。"

"看见没？我就说吧！根本没听说过。"

萨缪尔这种年轻教授，还会打扮成或许会被学生视为"时髦"的样子。衬衫下摆垂在裤腰外，蓝色牛仔裤，某个时髦品牌的运动鞋。有些人会认为这是好品位的表现，但也有人会认为这是内心软弱、缺乏安全感和走投无路的征兆。他偶尔会在课堂上说脏话，因此看上去并不古板。劳拉的法兰绒短裤印着红色、黑色和海军蓝的花格。她的 T 恤薄得出奇，有些褪色，不过很难说是因为穿过太多次还是生产商存心做成这样的。她说："显然我不可能从网上复制什么傻乎乎的文章。我是说，没可能啊。"

"所以你想说这是个巧合。"

"我不知道电脑为什么那么说。实在太，怎么说，奇怪了？"

劳拉时常会提高句尾的声调，因此连陈述听上去也像疑问。萨缪尔发觉这个习惯和很多种口音一样，你很难不去模仿。他还发觉她在整个撒谎的过程中都能保持眼神接触和身体放松，这个本事真是了不起。说假话时人体会有许多不由自主的反应，但她一个都没有表现出来：她以正常节奏呼吸；坐姿放松而倦怠；双眼直视教授的眼睛，没有转向右上角，否则就会证明她在使用与创造与性关系密切的脑区；面部没有不自然地硬挤出表情，表情恰如其分地闪过面部，大体而言自然流畅，不像一般撒谎者那样，面颊肌肉企图机械地塑造出合适的表情。

"根据软件的分析结果，"萨缪尔说，"这篇论文三年前就提交给绍姆堡镇高中了。"他停顿片刻，等待这条消息沉入心底："那不是你的老家吗？你不就是从那儿来的吗？"

窃取论点
（即"循环论证"）

"知道吗？"劳拉在座位上动了动身子，收起一条腿，这大概是她第一个象征紧张的身体信号。她的睡裤实在太短，身体在皮椅里挪动时，你能听见肌肤与皮革摩擦的吱嘎声，或者是湿润皮肤剥离椅面的吸吮轻响，"我什么都不想说，但我真的觉得很受侮辱。都是什么事啊？"

"确实如此。"

"呃，是——吗？你问我有没有作弊？实在很，怎么说，没礼貌？"

劳拉的 T 恤衫，萨缪尔已经确定它是用染色剂或化学药品或紫外线或研磨工具人工做旧的了，正中央用蓬松的复古字体印着"拉古纳海滩派对，1990 年夏"，背景是手绘的大海和一道彩虹。

"你不能随便说一个人作弊，"她说，"这是污名化。有人做过研究好不好？你越是说一个人作弊，他们作弊的总数就越多。"

作弊的次数就越多，萨缪尔希望她能这么说。

"再说你不该为作弊而惩罚一个人，"她说，"否则他们就只能继续作弊了。为了通过这门课？就好像"——她的手指在半空中画个圈——"恶性循环？"

　　劳拉·波茨坦总是在提早三分钟和迟到两分钟之间走进教室，永远选择最后一排靠左边角落的座位。在这个学期，有好几个男生曾缓慢地改变各自的选座习惯，逐渐靠近她的轨道，像软体动物似的从教室右侧爬向左侧。大部分会在她旁边坐两到三周，然后忽然一天蹿到了教室的另一头。他们像带电粒子似的碰撞和弹开，萨缪尔猜想在课外肯定没少上演性心理情节剧。

　　"你从来没写过这篇论文。"萨缪尔说，"论文是你在高中时买的，然后在我的课堂上又用了一次。我们今天要讨论的只有这个。"

　　劳拉收起了两只脚。腿从亮闪闪的皮革上剥开，发出湿漉漉的啵的一声。

诉诸同情

　　"太不公平了，"她说。她能够轻松流畅地挪动双腿，这象征着年轻人的柔韧性或认真的瑜伽训练或两者兼有，"你要我交一篇《哈姆雷特》的论文，我给你的就是啊。"

　　"我是要你写一篇《哈姆雷特》的论文。"

　　"我怎么知道？你有一堆稀奇古怪的规定又不能怪我。"

　　"不是我的规定。所有学校都有这些规定。"

　　"根本没有。我在高中用过这篇文章，得了一个 A。"

　　"这就太糟糕了。"

　　"所以我不知道这有什么不对。我怎么会知道这么做不对？没人教过我这么做不对。"

　　"你当然知道这么做不对。你刚刚想撒谎骗我。要是你觉得你没做错，就不会撒谎了。"

"但我就喜欢撒谎啊。这是我的习惯。我忍不住。"

"那你该管管自己了。"

"但我不该因为同一篇文章被惩罚两次。既然我在高中已经因为抄袭被惩罚过了，那现在就不该再被惩罚一次。那不是，怎么说，双重控罪[1]吗？"

"你好像说过你在高中得了个 A。"

"不，我没有。"

"我很确定你说了。我很确定你刚刚这么说了。"

"那只是个假设。"

"不，我记得不是这样。"

"是不是这样我最清楚。哼。"

"你又在撒谎吗？这会儿你正在撒谎吗？"

"没有。"

两人互瞪片刻，就像两个都在虚张声势的扑克玩家。这是两人最长的一次眼神接触。课堂上，劳拉几乎总是盯着大腿，也就是她放手机的地方。她觉得只要把手机放在大腿上，就能避开萨缪尔的视线。她不明白这种行为是多么显而易见。他没有在课堂上阻止她看手机，主要是为了能在学期末施舍"参与分"时折损她的成绩。

"呃，"他说，"无论如何，双重控罪不是这个意思。重点在于，你交作业的时候有个最基础的前提，那就是这是你的作业。你本人的作业。"

"是我的啊。"她说。

"不，不是，是你买的。"

1　原文为 double jeopardy，亦称双重审理，指对同一罪行的重复起诉或定罪。这种情况为美国宪法第五修正案所禁止。

"我知道，"她说，"所有权是我的，属于我。"

他忽然想到，假如他把这件事视为"外包"而非"作弊"，那么她说的还挺有道理呢。

错误类比

"其他人做的事情比我差劲多了，"劳拉说道，"我最好的朋友？她付钱给代数家教帮她做作业。我是说，这恶劣得多，对吧？她根本没受过处罚！为什么我要挨罚，但她不需要？"

"她不在我的班上。"萨缪尔说。

"那拉里呢？"

"谁？"

"拉里·布罗克斯顿？我们班上的？我很清楚他交给你的作业都是他哥哥写的。你没有处罚他。不公平。那要恶劣得多。"

萨缪尔想起了拉里·布罗克斯顿——大二，主修不明，玉米色平头，总是穿大码银光篮球短裤和单色 T 恤来上课，T 恤上印着某个连锁服装品牌的标志，你能在全美国的尾货卖场里找到这个品牌——悄悄爬近劳拉·波茨坦但最后飞速逃离的诸多男孩中也有他一个。拉里·他妈的·布罗克斯顿，皮肤惨白，甚至带点恶心的菜色，就像切开的老土豆，企图留金色的小胡子和络腮胡，但可悲地，更像是脸上星星点点地撒了些面包屑。他有点驼背，性格孤僻而内向，出于某些原因，教授看见他就会想到只能在暗处生长的小型蕨类。拉里·布罗克斯顿，从没在课堂上发过言，脚生长的速度超过了身体发育的速度，因此走起路来一摇一摆，双脚就像是两条又大又平的河鱼，他总是穿着笨重的黑色凉鞋，萨缪尔很确定这东西只会出现在公共浴室和游泳池。也就是这个拉里·布罗克斯顿,每次教授在课堂上分出十分钟做"自由写作和头脑风景"时,他就会无所事事、漫不经心、无意识地抠挠生殖器。他和劳拉·波茨坦在一起坐了两个星期,几乎每天下课往外走时都会逗得劳拉哈哈大笑。

滑坡谬误

"我只是在说,"劳拉继续道,"假如你要判我不及格,那你就得判所有人不及格了。因为所有人都是这么做的。然后你就不没人可教了。"

"没人可教。"他说。

"什么?"

"然后你就没人可教了。不是不没人。"

劳拉瞪着他,要是有人用拉丁文和她说话,这个表情倒是挺好用。

"双重否定等于肯定,"他说,"不和没。"

"随便你。"

他知道纠正别人的口语文法是个缺乏风度且居高临下的坏习惯。就像在派对上批评其他人不够博学——真别说,萨缪尔入职的第一周就遇到了这种事,他去院长家吃饭,就是让大家认识一下你的那种员工餐会。院长女士在一步登天坐上如今的行政管理宝座前,曾经是英文系的一名成员。她通过典型的捷径铸造了自己的学术生涯:了解一个极小领域内的所有细枝末节(她的领域是瘟疫期间关于瘟疫的文学作品)。吃饭时,她问他对《坎特伯雷故事集》某个特定段落的看法,他一时语塞,于是她说,声音稍微有点响:"你没读过?呃,哎呀呀,我的天哪。"

不当结论

"还有？"劳拉说，"我认为你搞课堂测验真的很不公平。"

"什么测验？"

"你搞的课堂测验啊？昨天？《哈姆雷特》？我问你今天有没有测验，你说没有。然后一转头就搞了个测验。"

"那是我的特权。"

"你骗了我。"她说，受到伤害的哀痛语气来自千百部八点档电视剧。

"我没有骗你，"他说，"只是改变了主意。"

"你没有对我说实话。"

"你不该逃课。"

拉里·布罗克斯顿到底为什么特别惹萨缪尔生气？每次看见他们两个坐在一起、笑成一团、一起回去，他为什么会产生切实的生理性厌恶？部分原因是他觉得那小子一文不值——他的衣着方式，他漫不经心的无知态度，他地包天的长相，他在课堂讨论时沉默得像是一堵墙，一动不动地坐在那儿，他这坨有机质对课堂和整个世界都毫无贡献。是的，这些因素让萨缪尔烦恼和气愤，气愤又被成倍地放大，因为他知道劳拉会允许这小子对她动手动脚。允许他触碰她，主动摩挲他坑坑洼洼的皮肤，允许他皲裂的嘴唇贴上她的嘴唇，允许他、他的双手、他那咬得参差不齐、渗着紫红色黏液的指甲抚摩自己。她甚至会走进他肮脏的宿舍，闻着臭汗、隔夜披萨、泥垢和陈尿的气味，主动帮他脱掉大码的篮球短裤，她会主动允许这些事情发生，不会因此感到痛苦，而萨缪尔正因此而为她感到痛苦。

后此谬误

"不能仅仅因为我逃课,"劳拉说,"就判我不及格啊。实在太不公平了。"

"判你不及格不是因为你逃课。"

"我是说,只是一节课而已。你没必要这么,怎么说,炸毛吧?"

更让萨缪尔痛苦的是,他觉得劳拉和拉里能走到一起多半是因为他们都讨厌他,他就像两人之间的胶水,他们都觉得他无聊而乏味,这件事足以构成闲聊的话题,能够填补耳鬓厮磨之间的空白。从某种程度上来说,这是他的错。他的课堂上正在上演一部性爱惨剧——后排,左侧——萨缪尔觉得他必须为此负责。

诉诸中庸

"咱们这么办吧,"劳拉忽然坐直,弯腰凑近他,"我承认我抄论文不对,你承认你突击测验不对。"

"好。"

"所以咱们折中一下,我重写论文,你让我补考。皆大欢喜。"她摊开手掌,抬起胳膊,微笑道,"就这样!"

"这算什么折中?"

"我看咱们就别讨论'劳拉有没有作弊'了,开始讨论'该怎么向前走'吧。"

"所有好处都让你占了,这个不叫折中。"

"但你的愿望也满足了啊。我完全为我的行为负责。"

"怎么负责?"

"我说了啊。就说"——她竖起手指做个引号手势——"我完全为我的行为负责"——引号完。

"你为你的行为负责，做法应该是面对后果。"

"你的意思是判我不及格。"

"我的意思，对，就是不及格。"

"但这太不公平了！你不能既判我不及格又要我完全为我的行为负责。只能二选一。这样才对。还有一点你知道吗？

转移注意力

"我甚至都不需要这门课。我甚至都不该上这门课。现实生活中，我什么时候会需要这些鬼东西？什么时候会有人问我懂不懂《哈姆雷特》？这种东西什么时候会变成关键信息？你能告诉我吗？啊？告诉我，什么时候我非得知道这些事情不可？"

"和我们讨论的事情无关。"

"不，非常有关。不可能更有关了。因为你做不到。你说不上来我什么时候会需要这种信息。因为你知道为什么吗？因为答案是我不可能需要。"

萨缪尔知道她说的多半没错。让学生在《哈姆雷特》里寻找逻辑谬误实在愚不可及。然而自从某位教务长掌权后，信誓旦旦地要在所有课程中推广自然科学和数学（原因是我们必须引导学生进行这些方面的训练，否则怎么可能和中国人竞争？大致如此吧），因此萨缪尔每年都要在述职报告里描述他如何在文学课上推广数学。教逻辑是朝这个方向努力的姿态，此刻他只后悔自己教得不够透彻，因为若是他没数错，这次谈话进行到现在，劳拉大概已经犯了十种逻辑谬误。

"听我说，"他说，"又不是我逼你选这门课的。没人强迫你坐在这儿。"

"不，你强迫了。你们都强迫我坐在这儿读什么傻乎乎的《哈姆雷特》，我这辈子都不可能用得上它！"

"只要你愿意，随时都可以退课。"

"不，我不能！"

"为什么不能？"

诉诸冗赘

"这门课我不能不及格，因为我需要人文学科的学分，这样我的秋季课表就能选统计和微观经济学了，这样我明年夏天需要实习学分的时候就能领先一步了，这样我就能在三年半之内毕业了，我必须在三年半之内毕业，因为我父母存的学费基金不够四年了。以前基金里有很多钱，但他们不得不用了一部分请离婚律师，他们解释说'每个家庭成员在这个艰难时刻都必须有所牺牲'，而我的牺牲就是要么贷款念完最后一个学期，要么麻溜地提前毕业。所以要是你逼我重修这门课，我的整个计划就完蛋了。我老妈离婚后本来就过得不好，但现在又发现一个肿瘤？在她的子宫里？医生下周要动手术摘掉？我必须每周回一次家，为了引号陪护她引号完，但我们从头到尾只是和她那群傻朋友玩骰子游戏。我奶奶一个人住，自从爷爷去世后她变得很糊涂，不知道哪天该吃什么药，照顾她成了我的责任，我要给她装好一周七天的药盒，否则吃错药她就会昏迷什么的。我不知道下周谁能去照顾奶奶，因为我要做三天社区服务，这件事也很傻，因为那个派对上所有人喝的都不比我少，但只有我因为公共场合醉酒被捕，第二天我问警察凭什么因为公共场合醉酒逮捕我，他说我站在马路中央大喊'我醉得不行了！'，但我根本不记得我这么做过。这还不算完，我的室友是头猪，一个懒婆娘，每天偷我的健怡可乐，不给我钱，连一声谢谢都不说，每次我打开冰箱就又少了一罐健怡，她把她的东西扔得到处都是，还想给我健康饮食的建议。她是个一百一十多公斤的肥婆，但她自认是什么节食天才，因为她以前体重将近一百六十公斤，一开口就是请问你有没有减掉过五十公斤的经历？然后我说我从来都不需要，但她没完没了唠叨她怎么减掉了超过五十公斤的肥膘，自从走上减肥之路就彻底改变了人生，反正哇啦哇啦减肥之路这个减肥之路那个。她实在太烦人了，她在墙上贴满了减肥日程表，我连一张海报都贴不下，因为我好像是支持她的一分子？好像我的任务就是问她有没有完成今天的卡路里燃烧任务，假如完成了就恭喜她，不把引号自毁食物引号完带回来诱惑她，明明是她的问题，受到惩罚的却是我，我不知道为什么，但还是照做了，尽管我爱吃，但从不买玉米片零食和果酱馅饼，也不买小包装的斑马蛋糕，因为我想当个积极的好室友，我唯一允许自己买回来的就是健怡可乐，恐怕也是我生活中唯一的乐趣，事实上她一口也不应该喝，因为她说在走上减肥之路前，碳酸饮料是她的食物双煞之一，但我说健怡可乐一罐只有两卡热量，喝就喝了没问题的。还有——哦，对了——我老爸上周在一个泡泡派对上被人捅了。虽说他现在没事了，但我发现我很难在学校里集中注意力，因为他被捅了啊，再说他妈的他为什么会去参加泡泡派对啊，这个问题他完全拒绝回答，我一问他就当我是我老妈，开始装聋作哑。我男朋友在俄亥俄州上大学，动不动要我拍几张下流照片发给他，因为他说这样他就不会去想身边的漂亮姑娘了，我担心要是我不发给他，他就会去和某个俄亥俄小婊子睡觉，那岂不成了我的错？所以我只好拍照片，我知道他喜欢姑娘剃光光，我愿意为他这么做，结果我长了好多红色小疙瘩，又痒又难看，有一个还感染了，你想象一下我走进卫生室，向一个九十岁的老护士解释说你剃阴毛的时候刮破了自己，所以需要开个药膏吗。我还没说完呢，我的自行车轮胎瘪了一个，厨房的一个水槽堵了，淋浴房里到处都是我室友恶心的头发，粘在我的薰衣草香皂上，我老妈送走了我们的比格犬，因为她现在承担不了这个级别的责任，我们的冰箱里全是低脂火腿块，放了三个星期，都有味儿了，我最好的朋友刚堕胎，我的网断了。"

诉诸情感

不用说，劳拉·波茨坦已经哭了起来。

假两难推理

"这下我只能退学了！"劳拉哀号道，把每个字用单调的哭腔喊出来，全都挤在一起，"得到一个 F，我就会失去财务支持，就付不起学费，就只能退学了！"

此刻的问题在于，萨缪尔只要看见别人哭泣就会产生哭泣的欲望。从记事以来，他就是这个样子了。他觉得自己像托儿所的婴儿，用哭泣换取其他婴儿的同情。他觉得当着其他人的面哭泣是袒露缺陷和脆弱的行为，见到别人这么做他会觉得羞耻和尴尬，反过来又触发了本人的羞耻和尴尬，孩童时的自我厌恶层层叠加，他长成了一个巨型的爱哭鬼。每次看见别人哭泣，心理医生对他的所有治疗和童年时的所有矫正措施就会冲上萨缪尔的心头。就好像他的身躯化作了一个大大的未愈合的伤口，一丝最细微的风也会给肉体带来伤痛。

劳拉哭得无拘无束。她没有克制哭泣，反而像是用哭泣把自己包裹住了。这是一场全面的哭泣，涕泗横流，伴随着标准的吸鼻子和打嗝式换气，整张脸向内收缩，面颊和嘴唇被拉紧，像是在做龇牙咧嘴的皱眉表情。她眼睛通红，面颊闪烁泪光，一小团黏液可怖地悄悄爬出左鼻孔。她拱着肩膀，瘫坐在椅子里，盯着地面。萨缪尔觉得他离跟着哭只差最后十秒了。他无法忍受眼看着别人哭泣。因此同事或远亲的婚礼对他来说会是一场灾难，因为他哭泣的样子与他和新郎新娘的亲近程度完全不成比例。去电影院看催泪电影也是个问题，尽管他看不见其他人哭泣，但他能听见他们在抽鼻子、擤鼻涕和急促呼气，据此从他脑子里浩瀚的哭泣场景档案里推断出每一个人的哭泣种类，然后亲自上阵"尝试"。要是他凑巧在约会，而他又对约会对象的情绪状况无比敏感和关注，他最担心的莫过于她也许会靠过来寻求安慰，却发现他哭得比她伤心十倍不止。

"我还要退还所有奖学金！"劳拉哭喊道，"要是你判我不及格，我就只能退还奖学金了，我家会破产，流落街头，饥寒交迫！"

萨缪尔知道这是谎言，因为奖学金并没有这样的规定，但他无法开口，因为他在拼命遏制哭泣。冲动已经爬进喉咙，正在攥紧他的喉结，小时候天崩地裂疯狂哭号的记忆席卷而来，他毁掉的生日派对，半途被打断的家庭聚餐，全班同学震惊地坐在那儿，默默地望着他跑出教室，饱含寓意的恼怒叹息，来自老师、校长和他母亲，尤其是他母亲——唉，他母亲多么希望他别再哭了，她站在那儿尽量安抚他，在他发作时按摩他的肩膀，用她最温柔的声音说"好了，一切都会好的"，完全不明白让他哭泣的正是她对他哭泣的关注和理解，这反过来又让他哭得更凶了。他能感觉到冲动已经顶住喉咙，于是他屏住呼吸，一遍又一遍在脑海里念叨"我能控制住，我能控制住"。这个办法暂时有用，直到他的肺部感到灼痛，乞求得到氧气，他觉得眼睛像是被榨尽油的橄榄，因此他必须在两个选项里选一个，要么在劳拉·波茨坦面前肆无忌惮地迸发出一声啜泣（尴尬得难以想象，完全暴露他的弱点），要么使出大笑的把戏，这是他的高中辅导员教他的："哭泣的反面是大笑，假如你想哭，那就大笑，两者会互相抵消。"这个办法当时听起来很可笑，但事实证明，在无可救药的情况下还颇为有效。他知道现在只有大笑才能避免一场天崩地裂的号啕大哭。他没怎么考虑此刻大笑代表着什么，只知道无论怎样都比大哭要好一万倍，因此看着可怜的劳拉（弯腰驼背，痛哭流涕，显得脆弱而痛苦）边哭边说："明年我就没法回来上学了，我会变成一个穷人，无家可归，我不知道我这辈子还能做什么。"萨缪尔的回应是："哈—哈—哈—哈—哈—哈—哈—哈—哈—哈哈！"

人身攻击

这恐怕是个错误的决定。

他看见了大笑对劳拉表情造成的影响，先是诧异和惊讶如涟漪般逐渐扩散，但立刻就凝固成了愤怒甚至憎恶。他笑得那么肆无忌惮和缺乏诚意，堪比动作电影里疯狂的邪恶天才，他明白这种笑法实在很残忍。劳拉的坐姿变得僵硬、戒备而警醒，表情冰冷，哭泣的一切征兆都烟消云散。不必强调这个变化有多么迅速。萨缪尔想起卖场里袋装蔬菜标签上的一个短语：*速冻*。

"你为什么这么做？"她问，声音冷静淡漠得异乎寻常。这是一种濒临失控的怪异态度，有着危险的锋刃，就像一名黑帮刺客。

"对不起。我不是故意的。"

她打量萨缪尔的面容，这个瞬间漫长得令人痛苦。鼻孔底下的那滴鼻涕已经消失。她的转变真是无与伦比，她哭泣过的肉体证据通通不见了。连面颊都是干的。

"你嘲笑我。"她说。

"对，"他说，"是的。"

"你为什么嘲笑我？"

"对不起，"他说，"这么做不对。我不应该的。"

"你为什么这么恨我？"

"我不恨你。说真的，劳拉，我不恨你。"

"为什么所有人都恨我？我到底做错了什么？"

"不，没有的事，不是你的错。所有人都喜欢你。"

"他们不喜欢我。"

"你非常讨人喜欢。所有人都喜欢你。我喜欢你。"

"真的？你喜欢我？"

"是的。非常。我非常喜欢你。"

"你保证？"

"我当然喜欢你。对不起。"

此刻的好消息是，萨缪尔不再担心他即将痛哭流涕，身体放松下去，向劳拉露出他特有的无力微笑，他的感觉好极了，局势已经平定，回到一个从情绪角度来说均衡而中立的水平上，他觉得他们刚刚携手闯过了一片变幻莫测的狗屎海洋，就像两个好战友，或者是飞机邻座，而这架飞机刚穿过了一团极其糟糕的湍流。他觉得和劳拉有了同志情谊，于是他微笑着点点头，甚至使了个眼色。此刻他觉得特别放松，因此真的使了个眼色。

"哦，"劳拉说，"哦，我懂了。"她跷起腿，向后一靠，"你看上我了。"

"你说什么？"

"我早该知道的。明摆着啊。"

"不，我认为你弄错了——"

"没关系。不是第一次有老师爱上我了。挺好玩的。"

"不，说真的，你弄错了。"

"你非常喜欢我。你亲口说的。"

"对，但不是那种喜欢。"他说。

"我知道接下来是什么。陪你睡觉，否则就不及格。对吧？"

"你扯得太远了。"他说。

"你从一开始就是这么盘算的。整件事的目的就是要睡我。"

"不！"他怒道，感觉到了这个指控带来的刺痛，受到指控总会让你觉得（哪怕你是清白的）有点负罪感。他起身走过劳拉，打开房门说："现在你该走了。我们谈完了。"

稻草人谬误

"你知道你不能判我不及格，"劳拉说，完全没有起身离开的意思，"你不能，因为有法律规定。"

"这次会面结束了。"

"你不能判我不及格，因为我有学习障碍。"

"你没有学习障碍。"

"我有。我很难集中注意力和赶上截止期，我没法阅读，也没法交朋友。"

"不是真的。"

"是真的。你去查查看。我的档案里有记录。"

"你的学习障碍具体是哪一种？"

"他们还没给它起名。"

"还真是方便。"

"《残疾人法案》要求你向被确诊为学习障碍的学生提供特别照顾。"

"劳拉，你不费任何力气就能交到朋友。"

"不，不行，我没有交到任何朋友。"

"我看见你一直有朋友的。"

"没一个长久的。"

萨缪尔不得不承认这是真的。此刻他只想对她说点刻薄话。某种侮辱，拥有足够的修辞学分量，可以抵消她声称他看上了她的指控。假如他能深深地伤害劳拉的感情，假如可以足够强烈地侮辱她，那么她的指控就无效了。假如他能说出一句特别刻薄的话，那他就不可能看上她，这是他的逻辑。

"你认为你应该享受，"他说，"什么样的照顾？"

"通过这门课。"

"你认为颁布《残疾人法案》是为了保护作弊者？"

"那就让我重写论文。"

"你具体得了哪一种学习障碍？"

"我说过了，他们还没给它起名。"

"'他们'是谁？"

"科学家。"

"所以科学家不知道你得了什么病？"

"对。"

"有什么症状？"

"哦，非常可怕的症状。每一天都，怎么说，像活在地狱里？"

"展开讲讲，有什么症状？"

"好吧，随便你，我在大多数课堂上过了差不多三分钟就没法集中精神了，我通常不听教导，从不记笔记，记不住人名，有时候我把一张纸从头读到尾却不知道它在说什么。我总是忘记我读到了什么地方，有时候会一跳四行，自己甚至都不知道，大多数图表在我眼里毫无意义，我非常不擅长解谜，有时候让我记东西我会真的头疼。哦，有时候我想说这个结果却说了那个，我写字比狗爬还难看，我一直不会拼 aluminum 这个词，我不知道'躺'和'放'有什么区别，有时候我对室友说我一定会打扫房间里我的那一侧，但其实根本不想做这件事。我在车上总是很难判断距离。我根本没法告诉你正北在哪儿。我听别人说'一鸟在手胜过二鸟在林'，我完全不知道那是什么意思。我去年一年就丢了八次手机，遇到了十次车祸。每次我打排球，球都会打中我的脸，虽然我根本不希望它打中我。"

"劳拉，"萨缪尔感觉到他的时候到了，感觉到侮辱正在聚集和冒泡，"你没有学习障碍。"

"不，我有。"

"不，"他说，演戏似的暂停片刻，决定要非常缓慢而仔细地说出接下来的这句话，以确保对方能完全听清和理解，"你只是不太聪明。"

恐吓论据
（即"诉诸威胁"）

"真不敢相信你居然会这么说！"劳拉说，她站了起来，把包拿在手里，准备愤怒地冲出他的办公室。

"是真的，"萨缪尔说，"你不太聪明，为人也不太好。"

"你不能这么说！"

"你没有学习障碍。"

"我可以让你被开除！"

"你需要知道这个。总得有人告诉你。"

"你太粗鲁了！"

萨缪尔发现其他教授开始注意到这番吼叫了。走廊里的房门纷纷打开，一个个脑袋探了出来。有三个学生席地而坐，书包放在身旁，估计正在做集体作业，此刻也抬起头盯着他。羞耻厌恶的本能陡然启动，片刻之前还能感觉到的勇敢荡然无存。他再次开口，音调低了三十分贝，而且有点怯懦。

"我看现在你该出去了。"他说。

富贵论据

（即"诉诸富贵"）

劳拉跺着脚从他的办公室冲进走廊，转过身对教授吼道："我付了学费！我付了真金白银！我付了你的工资,你不能这么对待我！我父亲向这所学校捐了很多钱！比你一年挣的都多！他是律师，他会起诉你！你把这事闹到另完全一个层次去了！我会要了你的命！"

说完，她再次转过身，跺着脚向前走，拐了个弯，消失了。

萨缪尔关上门。坐下。盯着窗台上的盆栽——可爱的栀子花这会儿显得有点蔫。他拿起喷壶朝它喷了几下,喷壶发出嘎嘎轻响，有点像一只非常小的鸭子。

他在想什么？他在想他此刻很想哭。劳拉·波茨坦说不定真能让学校开除他。他的办公室里有股臭味。他在浪费生命。还有，天哪，他多么痛恨另完全一个这种说法[1]。

1　A-whole-nother，口语用法，在"另一个"（another）中间插入"完全"（whole）。

5

"你好？"

"你好！请问能找一下萨缪尔·安德烈森－安德森吗？"

"我就是。"

"安德烈森－安德森先生。我很高兴能找到你。我是西蒙·罗杰斯——"

"其实叫我安德森就好。"

"先生？"

"萨缪尔·安德森。就是安德森，加上前一半很拗口。"

"好的，先生。"

"您是哪位？"

"我正要说，先生，我是罗杰斯与罗杰斯律师事务所的西蒙·罗杰斯。我们事务所在华盛顿特区。也许您听说过我们？我们专精于备受关注的政治动机罪案。我代表您母亲打电话给您。"

"你说什么？"

"您肯定明白，备受关注的罪案往往具有左翼色彩，以伸张正义为目标。我想说的是，您听说过用铁链把自己锁在树上的那些人吧？他们就是我们的客户。举例来说，还有针对捕鲸船采取的某些行动，录像后在有线电视上播放——这就是我们最拿手的案子了。还有找共和党官僚吵架，放在网上让几百万人观看，你懂我的意思吧？我们为政治参与家辩护——当然了，保证足量的媒体曝光。"

"你刚才好像说我母亲怎么了？"

"哦，对，先生，你母亲。州政府对你母亲提起诉讼，先生，我为她辩护，你看，案子是我们从芝加哥公共辩护人办公室接过来的。"

"州政府的诉讼？"

"我将在法庭和媒体两方面代表她的利益，至少在资金用完前如此，这件事我们以后恐怕要深入讨论，但今天不需要，刚认识就谈钱未免太庸俗了一点。"

"我没听懂。什么资金？她为什么会上媒体？她叫你打电话给我？"

"这些问题里，先生，您希望我先回答哪一个？"

"到底发生了什么？"

"呃，先生，如你所知，先生，你母亲被控袭击和伤害他人。由于，呃，咱们实话实说，证据压倒性地不利于她，先生，她恐怕只能认罪和协商轻判了。"

"我母亲袭击了别人？"

"呃，哦，好吧，咱们从头说。我还以为你已经听说了呢，先生。"

"听说什么？"

"你母亲的事。"

"我怎么会知道我母亲的什么事？"

"上电视新闻了。"

"我不看新闻节目。"

"本地电视台、有线电视台、全国电视台、报纸、通讯社都报道了，还有很多喜剧节目和脱口秀也在说。"

"我瞧。"

"还有，先生，互联网。这次袭击在互联网上流传极广。网络媒体你也不看的吗？"

"什么时候的事情？"

"前天。不妨说她已经达到了病毒传播的程度，先生，网络热搜的程度。"

"她袭击了谁？"

"谢尔顿·派克，先生。怀俄明州的谢尔顿·派克州长。你母亲袭击了他。用石块。多块石块，先生。投掷石块。"

"开玩笑吧？"

"庭审的时候我肯定不会称之为石块。多半会说石子儿，或者小石子，其实我觉得砾石大概更恰当。"

"你在骗我。你到底是谁？"

"我前面说过了，先生，我是罗杰斯与罗杰斯事务所的西蒙·罗杰斯，你母亲在等待开庭。"

"因为袭击了一名总统候选人。"

"严格地说，目前还不是候选人，但差不多就是这个意思。所有的新闻频道白天晚上都在播这个消息。你没听说？"

"我很忙。"

"你只带一门课，文学导论，先生，每周两节，每节一小时。希望你不会觉得我过于冒昧或者手伸得太长，先生，但贵校网站上就登着呢。"

"我明白。"

"因为从这件事爆发到现在，你有差不多四十个小时的闲暇时间，先生，我不禁要想，你的这段时间都花到哪儿去了？"

"我在电脑上。"

"这台电脑联着互联网，对吧？"

"我一直在，你知道的，写作。"

"这会儿的国民情绪，怎么说呢，就像'求你了，咱们能说点除了费伊·安德烈森–安德森之外的话题吗？'，已经过饱和了，我不得不说。因此我觉得很诧异，你居然对此一无所知，而且事情还和你母亲有关。"

"我们并没有联系，她和我。"

"媒体给她起了个好记的名字：派克袭击者。她算是出名了。"

"你确定那是我母亲？听着不怎么像她。"

"你是萨缪尔·安德烈森–安德森对吧？这是你的正式全名吧？"

"对。"

"你母亲是费伊·安德烈森–安德森，对吧？"

"对。"

"她住在伊利诺伊州芝加哥市，对吧？"

"我母亲不住在芝加哥。"

"那她住在哪儿？"

"我不知道。我二十年没和她说过话了！"

"因此你不知道她目前的住址，先生，我说的对吗？"

"对。"

"因此她有可能住在伊利诺伊州芝加哥市，只是你不知道而已。"

"应该吧。"

"因此这位被羁押的女士有可能确实是你母亲，这就是我想说的重点，目前她的住址并不重要。”

“而她袭击了州长——”

“咱们还是别用这么强烈的字眼为好。不是‘袭击’，而是通过象征性地抛掷砾石以行使第一修正案赋予她的权利。我听见了敲键盘的声音，所以你是不是正在网上搜索？”

“我的天。到处都是啊！”

“一点不错，先生。”

“还有视频？”

“已经被观看过几百万次了。还有人重新混音和剪辑，制作成了一首很好玩的嘻哈歌曲。”

“真是不敢相信。”

“不过，先生，那首歌你就略过别听了，至少等事情平息一点再说。”

“我看见有一篇社论拿她和基地组织相提并论。”

“是的，先生。非常肮脏。他们在新闻里说的话，那真是可怕。”

“他们还说了什么？”

“这个嘛，还是你自己去看比较好。”

“举个例子给我听听。”

“紧张情绪，先生，你要知道，紧张情绪和暴民激情正在逐步升高。因为人们理所当然地认为案件有政治动机。”

“他们到底说什么了？”

“她是嬉皮激进派恐怖分子妓女，先生，允许我引用一个非常低级但很有代表意义的例子。”

“妓女？”

“嬉皮激进派恐怖分子，对，你没听错，先生，妓女。请允许我说一句，她受到了恶毒的诋毁。”

"为什么说她是妓女？"

"她曾因卖淫被捕，先生，在芝加哥。"

"你说什么？"

"被捕，但没有受到正式指控，先生，我必须补充一句。"

"在芝加哥。"

"对，先生，芝加哥，1968年。你出生前，中间隔了好几年，足以让她回归正轨并皈依上帝，这一点我肯定会在法庭上着重提出。当然了，我说的卖淫就是性交易。"

"呃，你看？这不可能啊。1968年她根本不在芝加哥，而是在艾奥瓦州。"

"根据官方记录，1968年年末的三个月期间，先生，她待在芝加哥，也就是上大学的那段时间。"

"我母亲根本没上过大学。"

"她没有从大学毕业，但在1968年秋季学年进入了芝加哥的一所大学就读。"

"不，我母亲在艾奥瓦长大，中学毕业后就待在了那里，等我父亲退役回家。她根本没离开过老家。"

"官方记录不是这么说的。"

"她没有离开过艾奥瓦，直到，怎么说，1980年代。"

"根据官方记录，先生，1968年她曾积极参与反战活动。"

"行了，这完全就不可能嘛。我母亲绝对不可能做出这种事。"

"我必须告诉你，先生，事实如此。有照片。有影像证据。"

"认错人了。肯定搞混了。"

"费伊，原姓安德烈森，1950年出生于艾奥瓦州。要我念一下她的十位社保号码吗？"

"不要。"

"因为我有她的号码。"

"不要。"

"所以可能性就非常高了，先生。我想说的是，除非你拿得出相反的证据，或者有某个极其荒谬的巧合玩弄了我们，否则这位被羁押的女士恐怕就是你母亲。"

"随便你。"

"极有可能。百分之九十九确定。在合理的怀疑范围之外。板上钉钉，无论你多么不愿意相信。"

"我明白了。"

"这位被羁押的女士即为'你母亲'。这方面的讨论就到此为止可好？"

"好。"

"如我所说，你母亲恐怕不可能得到无罪判决，对她不利的证据可以称之为确凿无疑。我们能做的，先生，就是寄希望于认罪和轻判。"

"我看不出你为什么需要我的帮助。"

"人格证人。你可以写信给法官，解释你母亲为什么不该蹲监狱。"

"法官凭什么要听我的？"

"他很可能不会，先生。尤其是这位法官，查尔斯·布朗法官。大家叫他查理。不开玩笑，这是他的真名。他本来下个月就能退休，但为了审理你母亲的案件而特地延期。我猜是因为案件影响力巨大。全国闻名。另外，他对抗第一修正案的记录实在多得可怕。就这么说吧，查理·布朗法官大人对反面意见没什么耐心。"

"既然他不会听我的，那为什么要浪费时间写信？你为什么浪费时间打电话给我？"

"因为你算是有个可敬的头衔，先生，你还是个中等知名的人物，而我愿意尽职尽责地帮助我的委托人，直到资金用完为止。我有我的名声。"

"什么资金？"

"你能够想象，先生，谢尔顿·派克州长在某些圈子里非常不受欢迎。你母亲在特定的圈子里算是个民间英雄。"

"因为她扔石块。"

"一位对抗共和党法西斯分子的勇敢战士，我收到的一张支票上这么写着。资助她请辩护律师的钱滚滚而来。足够聘请我至少四个月了。"

"然后呢？"

"我对在此之前达成认罪交易抱乐观态度，先生，你愿意帮助我们吗？"

"凭什么？我凭什么要帮她？实在太想当然了。"

"什么想当然，先生？"

"我母亲的整个大谜团——上大学、抗议、被捕——我完全不知道。她从不告诉我的秘密又多了一个。"

"她肯定有她的理由。"

"但我不在其中。"

"必须要说，你母亲现在迫切需要帮助。"

"我不会写那封信，我不在乎她坐不坐牢。"

"但她是你母亲啊，先生。她生了你，先不说太煽情的，她哺育了你。"

"她抛弃了我和我父亲。一个字也没留下。就我所知，那以后她就不再是我母亲了。"

"一丁点儿家庭团圆的愿望都没有？内心深处就不想要一个母

性角色，填补因为缺少她而变得空洞而虚无的人生？"

"我得走了。"

"她生了你。她亲吻你碰疼的地方。把三明治切成小块，免得你噎住。你希不希望生命中有一个人，会在你过生日的时候寄贺卡给你？"

"我要挂电话了。再见。"

6

  收到第一条与劳拉·波茨坦有关的短信时，萨缪尔正在机场咖啡店听做卡布奇诺时发出的汩汩声音。发信人是院长，那位瘟疫文学的专家。见了你的一名学生，她写道，对你做出了异乎寻常的指控。你真的对她说她很蠢吗？萨缪尔略读完剩下的内容，觉得身体越来越深地陷入了座椅。你的不恰当言论让我震惊莫名。我看不出波茨坦小姐哪里蠢了。我允许她重写论文以争取全部学分。我们必须立刻讨论此事。

  这家咖啡店正对登机门，飞往洛杉矶的午间航班即将在大约十五分钟后开始登机。他来这儿见盖伊·佩里温克尔，他的编辑兼出版商。他的头顶上是电视机，处于静音模式，屏幕上的新闻节目正在播放萨缪尔的母亲朝派克州长扔石块。

  他尽量视而不见，听着周围各种各样的声音：点咖啡的叫喊声，公共广播宣布近期危险等级如何如何和请不要让行李离开视线，孩童哭闹，泡沫和蒸汽，牛奶沸腾。咖啡店旁边是个擦鞋摊，两把抬高的椅子仿佛王座，擦鞋的男人坐在底下，是个黑人，正在看书，打扮成这份工作需要的样子：背带裤，报童帽，一身大致二十世纪初的行头。萨缪尔在等佩里温克尔，佩里温克尔想擦鞋，但正在犹豫。

"我是个衣着入时的白种男人，"佩里温克尔望着擦鞋的男人说，"他是少数族裔，身穿降格的服装。"

"所以这有什么关系？"萨缪尔说。

"我不喜欢这个画面。我讨厌这个视觉呈现。"

佩里温克尔今天下午待在芝加哥，但行程目的地是洛杉矶。他的助理打电话说要见萨缪尔，但时间只够他在机场碰头。于是助理给萨缪尔买了张机票，一张去密尔沃基的单程票，助理说萨缪尔愿意飞当然可以飞，但主要目的只是让他通过安检。

佩里温克尔打量着擦鞋男人："知道真正的问题是什么吗？问题是手机拍照。"

"我这辈子还没让人给我擦过鞋。"

"你别穿运动鞋了。"佩里温克尔说，甚至没看萨缪尔的脚。意思是他们在机场见面才几分钟，他就看见并明白了萨缪尔那双鞋很廉价的事实。另外几点多半也没逃过他的眼睛。

萨缪尔在他的出版商身边总有这种感觉：相比之下不怎么体面，有点衣衫褴褛。佩里温克尔看上去四十来岁，但其实和萨缪尔的父亲差不多年纪——六十五岁左右。他似乎战胜了时间，靠的是比时代更酷。他昂首挺胸，姿态僵硬，带着帝王气度，就好像他当自己是昂贵且包装精致的生日礼物。他的薄皮鞋毫无折痕，像是意大利货，鞋尖略微上翘。他的腰围比机场的其他成年男性小至少二十厘米。他的领带扎得比橡果还要紧还要硬。他略显灰色的头发剃成完美的一厘米平头。站在他身旁，萨缪尔总觉得自己那么肥那么大。他买的都是成衣，不合身，多半大了一码。佩里温克尔的贴身正装将身体塑造出利落的角度和笔直的线条，而萨缪尔的形体显得松松垮垮。

佩里温克尔就像手电筒，照亮了你的全部缺点。他让你有意识地想到你外在投射的自我形象。举例来说，萨缪尔在咖啡店通常会点卡布奇诺，但坐在佩里温克尔对面，他却点了一杯绿茶。因为卡布奇诺似乎太俗套，而且他认为佩里温克尔会给绿茶较高的评价。

然而，佩里温克尔点的却是卡布奇诺。

"我要去洛杉矶，"他说，"莫莉在拍新 MV，我得去片场。"

"莫莉·米勒？"萨缪尔说，"那个歌手？"

"对。她是我的客户。总而言之。她在拍新 MV。新专辑。客串某个肥皂剧。准备参加一个真人秀。还有一本名人自传，我去就是为了这个。暂定名是'迄今为止我犯过的错误'。"

"她好像只有十六岁吧？"

"官方数据是十七岁，但其实二十五岁了。"

"不是开玩笑吧？"

"现实归现实，你别说出去。"

"那本书讲什么？"

"有点不容易操作。你希望它足够老套，以免损害她的形象，但又不能无聊，因为必须写出她的魅力。你希望它足够有智慧，以免人们说那是卖给十二岁小孩的泡泡糖音乐，但也不能太有智慧，因为十二岁小孩确实是主要受众。当然还有最重要的，所有名人传记都需要揭露一个大秘密。"

"是吗？"

"百分之百，对。反正就是能在出版前交给报刊的内容，用来

聚集人气。必须足够有料，可以引起讨论。我去洛杉矶就是为了
这个。头脑风暴。她正在为音乐录影带做录音。几天后就要推出。
蠢到家的屎烂歌。和声部分是这样的：'你必须表达！'"

"朗朗上口。你想好要揭露什么大秘密了吗？"

"哦，当然。我强烈倾向于一小段纯真的女同性恋戏码。高中
时的小小尝试。一个特别朋友，几次亲吻。你明白的。不足以让
父母大惊失色，但应该能帮我们搞几个彩虹旗奖项。她已经抓住
了前青春期市场，但要是也能抓住同性恋市场？"说到这里，佩
里温克尔用双手做个手势，一个小东西炸成一个超级巨大的东西，
"轰隆。"

正是佩里温克尔给了萨缪尔重大突破，是佩里温克尔将萨缪
尔从籍籍无名中发掘出来，和他签了一份慷慨的合约。当时萨缪
尔还在念大学，佩里温克尔正在走访全国各地的校园，寻找作家签
约，做一个书系以推广年轻天才的作品。他只读了一个短篇就招募
了萨缪尔。然后他让那个短篇登上了一本重要杂志。然后他抛出了
一份合同，付了一笔堪称天价的稿酬给萨缪尔，而萨缪尔只需要写
出一本书就行。

当然了，他到现在还没写出来。那是十年前了。几年来，这
是他第一次和他的出版商交谈。

"出版生意怎么样？"萨缪尔问。

"出版生意。哈。好笑。我做的已经不完全是出版生意了。至
少不是传统意义上的。"他从手提箱里翻出一张名片。盖伊·佩里
温克尔：兴趣制造者——没有公司徽标，没有联系方式。

"我现在从事的是制造业，"佩里温克尔当时说，"我生产东西。"

"但不是书。"

"当然包括书。但以制造兴趣为主。关注。吸引力。书只是包

装，仅仅是容器。这就是我领悟到的道理。出版业人员常犯一个错误，认为他们的工作是制造优秀的容器。你说你从事出版业，就好像酿酒商说他从事酒瓶制造业。实际上我们制造的是兴趣。书只是趣味使用的形态，充当我们的衡器和杠杆。"

头顶上，派克袭击者视频播放到了安保人员冲向萨缪尔的母亲，她即将被撂倒。萨缪尔转开视线。

"我做的事情不妨称之为多模式跨平台协同营销，"佩里温克尔说，"我的公司很久前被另一家出版社吞并了，它又被一家更大的公司吞并了，以此类推，就像保险杠贴纸上的达尔文大鱼吃小鱼。现在我们归一家跨国联合企业所有，他们涉足的领域包括普版书籍出版、有线电视、电台广播、音乐录音、媒体发布、电影制作、政治咨询、公共形象管理、公关、广告、杂志、印刷和版权，还有航运，好像？反正是差不多的业务。"

"听上去很复杂。"

"假如各种媒体运营是一场龙卷风，那我就在风平浪静的正中央。"

佩里温克尔望向两人上方的电视，看着重播到第十几次的派克袭击者视频。屏幕左下角的小视窗里，节目的保守派主持人正在说话，天晓得他在说什么。

"喂！"佩里温克尔对咖啡馆的店员喊道，"声音能调大点吗？"

几秒钟后，电视被取消了静音。他们听见播音员问派克遇袭是孤立事件还是预示着更大规模的袭击。

"哦，无疑预示着更大规模的袭击，"一名嘉宾说，"自由主义者被逼进墙角就是这个反应。他们会发动袭击。"

"其实和，怎么说呢，1930 年代末的德国没什么区别。"另一名嘉宾说，"就好像，你们知道的，他们首先抓的是爱国者，我没有发声。"

"对!"主持人说,"假如我们不发出声音,等他们来搞我们,就没有人能发出声音了。"

众人使劲点头。插播广告。

"哎呀我的天,"佩里温克尔摇头微笑,"派克袭击者。真想多知道一点那女人的事情。这个故事我很想听听看。"

萨缪尔喝了口茶,没有说话。茶包泡得太久,茶水有点苦。

佩里温克尔看看手表,望向登机门,已经有几个人在门口徘徊——还没开始排队,但都摆好了姿势,一旦有队可排就扑上去。

"工作怎么样?"他转向萨缪尔,"还在教书?"

"暂时还在。"

"在那个……地方?"

"对,同一所学校。"

"挣多少来着,三万?我给你一个建议吧。能听我给你个建议吗?"

"当然。"

"出国吧,朋友。"

"什么?"

"我说真的。找个舒服的第三世界发展中国家,保证你挣得盆满钵满。"

"我能做到?"

"对,百分之百。我弟弟就这么做。在雅加达教高中数学和带足球队。之前在中国香港。再往前是阿布扎比。私立学校。学生以政府人员和商业精英的孩子为主。他一年挣二十万,外加住房外加车子外加司机。你在你那所学校有带司机的车子吗?"

"没有。"

"我对天发誓,一个人只要受过半拉子教育,居然会留在美国教书，就肯定有什么精神错乱的毛病。中国、印尼、菲律宾、中东，他们发疯似的要你这种人。你随便挑地方好了。在美国，你工资低，成天加班，政客侮辱你，学生讨厌你。去了那些地方，你他妈就是英雄。这就是我的建议，送给你。"

"谢谢。"

"你应该接受。因为啊，哥们儿，我有坏消息要告诉你。"

"是吧。"

深深的叹息，小丑般的夸张皱眉，佩里温克尔点点头。"对不起，但我们必须撤销和你签的合同了。我找你就是为了告诉你这个。你承诺过给我们一本书。"

"而我正在写啊。"

"我方买你一本书，给了你很大一笔预付金，但你到现在还没交付这本书。"

"我遇到瓶颈了。作家的小小障碍。我能熬过去的。"

"我方要履行合同里的无法交付条款，也就是假如所购产品始终无法交付，出版商可以要求退还全部预付款项。换句话说？请你还钱。我只是想面对面亲口告诉你。"

"亲口告诉我。在一家咖啡店。在机场。"

"当然了，假如你无法退还款项，我们就只能起诉你了。我们公司下周将向纽约州最高法院提交法律文书。"

"但那书一定会有的。我又在写作了。"

"恭喜你，真是个好消息！我们会放弃与这本书相关的所有权利，因此你可以随意处置它。允许我们奉上最真挚的祝福。"

"你们起诉我要我退多少钱？"

"预付金全款，加利息，加诉讼费用。好在我们没有在你身上损失钱，我们近期有许多其他投资就没这么走运了。因此你不需要太担心我们。那笔钱还在吧？"

"不，当然不在了。我买了一幢屋子。"

"那幢屋子花了你多少钱？"

"三十万。"

"现在值多少？"

"呃，八万？"

"哈！只有在美国才会出现这种事情，对吧？"

"听我说。非常对不起，拖了这么长时间。我很快就会完成那本书。我发誓。"

"我怎么说你才能听懂呢？其实我们只是不想要这本书了。现在跟咱们签合同的那个世界已经完全不一样了。"

"怎么个不一样？"

"首先，你没名气了。我们必须趁热打铁，而你这块铁，我的朋友，早就不热了。另一方面，这个国家已经往前走了。你写童年纯爱的趣致小说很适合前9·11时代，但现在？对时代来说太平静，太散漫了。还有——恕我直言？——对你这个人就更加没兴趣了。"

"谢谢。"

"别误会。一百万人里只有一个拥有我们专精的那种兴趣点。"

"我不可能拿出那么多钱啊。"

"小事情而已，哥们儿。撤销房屋的赎回权，隐藏资产，宣告破产，然后搬去雅加达。"

广播响了起来：前往洛杉矶的头等舱乘客现在开始登机。佩里温克尔抚平正装上衣。"说的是我，"他大口喝完剩下的咖啡，站起身，"听我说，我也不想闹成这样。真的。我真的不愿意这么做。要是你能拿出点什么东西就好了，能吸引兴趣的东西。"

　　萨缪尔知道他确实还有一样东西，而且价值非凡。这是他能献给佩里温克尔的唯一一件东西。此时此刻，也是他身上唯一的有趣之处。

　　"要是我告诉你，我有一本新书，"萨缪尔说，"完全不同的一本书呢？"

　　"那我会说，我们的民事诉状里就要多一条内容了。你签约为我们写书的同时还秘密为其他人写书。"

　　"不，我没有写。还一个字都没动呢。"

　　"那这个'书'又从何谈起？"

　　"不，不是书。更像个点子。想听听我的点子吗？"

　　"行啊。说吧。"

　　"大致是个名人大揭秘。"

　　"好，这位名人是谁？"

　　"派克袭击者。"

　　"当然。派克袭击者。我们派了个探子去，但她一句话也不肯说。走不通。"

　　"要是我说她是我母亲呢？"

7

计划很快就谈妥了。两人在机场一拍即合。萨缪尔履行与出版商签订的合同，方法是写一本有关他母亲的书：一本传记，幕后故事，大揭秘。

"充满性爱和暴力的龌龊传奇，"佩里温克尔是这么说的，"作者是她抛弃的儿子？好得很，这本书我卖得出去。"

这本书将揭露费伊·安德森的肮脏历史，从抗议运动开始，讲述她的卖淫过往，如何抛弃家庭，东躲西藏，直到向派克州长发动恐怖袭击才浮出水面。

"咱们必须在大选前搞出这本书，理由显而易见，营销，"佩里温克尔说，"派克必须被塑造成一个美国英雄。来自乡间的救世主。你没问题吧？"

"没问题。"

"其实这部分内容已经写好了。"

"写好了是什么意思？"萨缪尔问。

"和派克有关的内容。代笔作家写的。已经完成了。有一百来页。"

"怎么可能？"

"你知道很多人还没死讣告就已经写好了吧？原理相同。这位州长显然迟早会受到袭击。因此我们提前做足了准备。换句话说，你的半本书是现成的。另一半是你母亲的材料。她当然是这本书里的大反派。你明白的，对吧？"

"明白。"

"你能写吗？你能从这个角度描绘她吗？道德和伦理上没问题吧？"

"我要以亲人身份公开羞辱她。我们谈好了。我明白。"

不会太困难，萨缪尔心想，因为这个女人一句话都没说、一个预兆都没有就离开了，留下他单独面对没有母亲的残酷童年。他心想，这就好像蓄积了二十年的憎恶和痛苦终于第一次找到了出口。

于是，萨缪尔打电话给母亲的律师，说他改变了主意。他说他愿意写信给法官为她求情，于是律师把他母亲在芝加哥的住址发给他，安排两人第二天会面，因此萨缪尔彻夜未眠、神经紧张、过度激动，想象着自从她多年前消失后两人第一次见面的情形。感觉很不公平，因为他有二十年没见过她，但现在只有一天时间可以准备。

他想象了多少次这样的场景？他用多少个团聚的幻梦麻醉过自己？在那成千上万次、几百万次会面中，他每次都向母亲证明了他有多么成功和睿智。多么重要、成熟和稳重。多么世故和快乐。他的人生是多么非同凡响，缺少了她是多么无关紧要。他想让母亲看一看他有多么不需要她。

在团聚的幻想中，他母亲总是在乞求他的原谅，而他一滴眼泪都没掉。每次都是这样。

但他该怎样让这样的事情发生呢，在现实生活中？萨缪尔毫无概念。他用谷歌搜索。他把大半个夜晚花在为被父母疏远的孩童开设的支持论坛上，这些网站大量使用大写字母、粗体字、微笑表情图、皱眉表情图、泰迪熊和天使的动图。浏览这些网站的时候，最让萨缪尔吃惊的是人们遇到的问题是何其相似：被遗弃孩童那强烈的羞耻、困窘和负罪感；对父母中离开者那既爱又恨的感觉；伴随孤独的自毁式隔绝欲望；等等等等。就像在照镜子。他的心魔全都公然现身，萨缪尔为此感到羞愧。见到其他人完全表达出了他内心的情绪，他不得不觉得自己是那么老套和平庸，根本不是他必须向母亲证明她不该抛弃的那个令人惊叹的男人。

将近凌晨三点，他发觉他盯着一个动图看了足足五分钟——一只泰迪熊正在做所谓"虚拟拥抱"的动作，小熊反复开合手臂，意思按理说应该是拥抱，但在萨缪尔眼中更像是挖苦和充满敌意的鼓掌，就好像小熊在嘲笑他。

他扔下电脑，断断续续地睡了几个小时，天亮时起床洗澡，喝了差不多一整壶咖啡，然后上车驶向芝加哥。

尽管住得很近，但萨缪尔最近很少来芝加哥，此刻他记起了原因：随着他越来越接近城区，公路越来越让他感觉充满了恶意，像是在打仗——"之"字形前进的司机强行变道、咬车尾、按喇叭、闪大灯，他们所有的个人创伤被公开放大无数倍。车辆的洪流化作缓缓流淌的仇恨，他只能随波逐流。他感觉到了无法在接近出口时开上转弯车道的低烈度持续焦虑。旁边车道的司机见到他打转弯灯就加速，占领他企图利用的空当。全美国没有哪个地方比高峰时间的芝加哥高速公路更缺乏公共精神，更不讲合作和兄弟情谊，更欠缺损利共担的信条。想验证这个结论，最好的办法就是观察一百辆车在最右车道排队的情形，而那正是萨缪尔要下高速公路的那条车道。人们会插队，钻进前方车流中的缺口，欺负所有耐心等待的司机，而他们会气得怒火万丈，因为每个人需要等待的时间就又长了一点，他们还有另一种更强烈的、来自内心更深处的愤怒，因为那个混蛋没有像其他人一样受苦，他们心里还藏着一股邪火，因为他们这些白痴都在乖乖排队。

因此，他们怒吼，打下流手势，把车开得离前车的后保险杠只差几厘米。他们不给企图抢道的人留下一丝缝隙。他们不给任何人让路。萨缪尔同样在这么做，他觉得只要他放一辆车插到他前面去，那就等于让背后所有的车都来插队。于是，每次车流有动静他就猛踩油门，确保不会出现任何空当。他们就这么挪向出口，直到某个时刻，萨缪尔正在后视镜里寻找有可能强行变道的车辆，前方忽然出现一个空当，他很确定左侧有辆该死的宝马忽然加速，企图插到他前面去；萨缪尔踩离合器时有点马虎，车向前一蹿，轻轻碰了一下前面的那辆车。

一辆出租车。司机跳下来，尖叫："我禽你！我禽你！我禽你！"他指着萨缪尔，像是要强调必须挨揍的就是萨缪尔，不是其他任何人。

"对不起！"萨缪尔说，举起双手。

车流停了下来，背后的车辆齐声哀号，其中混杂了喇叭声、愤怒和厌恶的叫喊声。插队车辆瞥见机会，纷纷开到停下的出租车前面去了。出租车司机走到萨缪尔的车窗前说："我他妈禽死你个该禽的禽蛋货！"

然后吐了一口痰。

司机身体后仰，像是要为这口痰助推，然后吐出了一口黏糊糊的浓痰，这口痰可怕地落在萨缪尔的车窗上，贴在那儿就此不动了，甚至不往下流，而是留在原处，就像粘在墙上的面糊，这团黄兮兮的黏液里有星星点点的食物残渣和恐怖的血丝，就像你有时候敲开生鸡蛋偶尔会见到的半成胚胎。出租车司机对他的成就颇为满意，跑回车上开走了。

他母亲住在南环路，剩下的车程里，黏痰像另一位乘客似的陪着萨缪尔。感觉就像他开车带了一名刺客，而他不想和刺客有任何视线接触。他能从眼角看见那团模糊的白色不规则影子，他开下高速路，开过一条几乎空无一人的窄街，阴沟里点缀着快餐店的口袋和餐盒，他开过一个公共汽车站，开过一片野草横生的荒芜空地，那里似乎本来要盖一座高楼，但刚打完地基就被废弃了，他开过一座桥，底下是许多错综复杂的铁轨，曾经服务于附近密集的屠宰场，他行驶在芝加哥市区最南侧的区域里，能看见昔日全世界最高的摩天大楼，他行驶在曾是全世界最繁忙的肉类分装产业区里，前往他母亲的住址。他发现那是一座古老的仓库，离铁轨不远，挂着跃层公寓出租的巨大标牌——从头到尾，萨缪尔的四分之一注意力始终放在车窗外的那口浓痰上。他逐渐惊讶于它居然会纹丝不动，活像用来修补塑料物品的环氧树脂。人类躯体能够做到的伟业让他深深折服。这片区域让他精神紧张。人行道上真的连个鬼影子都没有。

他停好车，再次核对地址。公寓楼的正门口有个电子门铃。门铃旁边有张泛黄的纸条，褪成浅粉色的墨水写着他母亲的名字：费伊·安德烈森。

他按下门铃，但没有听见任何声音，加上它显而易见的年龄、斑斑的锈迹和外露的电线，他不禁怀疑这东西是不是坏了。门铃的按钮顽抗了几秒钟，最后终于屈服于他手指施加的压力，发出清晰的咔嗒一声，他不得不怀疑这个按钮是不是很久没被人按过了。

　　萨缪尔突然意识到他母亲这么多年一直住在这儿。名字就写在这张纸上接受日晒雨淋，无论谁路过都能看见。这种事简直不可容忍。对萨缪尔来说，她离开后就应该不复存在。

　　随着磁铁松开的沉闷声响，门打开了。

　　他走进大楼。过了玄关和装有成排信箱的门厅，看上去似乎还没完工。铺着瓷砖的地板忽然让位于毛坯地面。白色墙壁似乎没有刷涂料，而仅仅是平整过。他爬了三段楼梯，找到那扇门——光秃秃的木门，没有刷漆，没有抛光，就像你在五金店见到的半成品。他不知道他应该看见什么，但肯定不是这么一块什么都没有的空白。这么一面毫无特征的门板。

　　他敲敲门，里面响起一个声音，他母亲的声音。"门开着。"她说。

　　他推开门，从走廊里看见公寓被阳光照得亮堂堂的。光秃秃的白色墙壁。有一股熟悉的气味，但说不准究竟是什么。

　　他犹豫了。他无法立刻让自己走进这扇门，回到他母亲的生活中。过了一会儿，她再次开口，声音从里面某处传来。"没事的，"她说，"别害怕。"

　　听见这句话，他几乎崩溃。他在奔涌而来的记忆里看见了她，她在他的床边徘徊，那是个朦胧的清晨，他十一岁，她即将走出家门，一去不返。

　　这几个字烧穿了他，跨越几十年的时光，鼓励那个胆小的男孩。别害怕。这是当时她对萨缪尔说的最后一句话。

第二部分

故国鬼魅 _1988 年夏末

1

　　萨缪尔在他的卧室里哭泣，哭得无声无息，免得被母亲听见。这是一场小规模的哭泣，只是踮着脚尖在真正哭泣的边缘行走，也许是轻轻的啜泣，伴随着普普通通的断续呼吸和挤扁的面孔。这是一级哭泣：小小的，能隐藏住，有时候甚至能控制住。它们是满足自我、发泄情绪的小小哭泣，往往只是眼睛里泪汪汪的，泪水未必会真的流下来。二级哭泣更加情绪性，由尴尬、羞愧或失望引发。这就是一级哭泣很容易因为其他人在场而升级为二级的原因：他因为哭泣、因为他是个爱哭鬼而尴尬。这个事实会催生一种新的哭泣：面红耳赤、涕泗横流的呜咽，但还没有发展成扯开嗓门大哭的三级。三级哭泣的特征包括雨点大的眼泪、一下下的抽噎、痉挛般的倒气和想立刻挖个地洞藏起来的本能欲望。四级哭泣是流泪加抽泣的痉挛性发作，而五级简直难以想象。学校的心理顾问鼓励他使用这些名词，就像科学家对待龙卷风似的给哭泣分级。

　　那天他觉得他想要哭泣。他对母亲说他要去自己房间看书，这倒是很正常。他大多数时候都一个人待在卧室里，读他在学校流动图书车买的"选择你自己的冒险"系列。他喜欢这些书摆在一起的样子：同质性——红白两色的书脊，《失落亚马孙》《巨石阵之旅》或《恶龙星球》之类的书名。他喜欢书里分岔的小径，每次遇到特别难以决定的选择，他会用大拇指夹住那一页，继续往下读，判断他能不能接受这个选择。他觉得这些书给了他现实世界中几乎缺失的透彻和对称。有时候他乐于想象自己活在一本"选择你自己的冒险"里，只需要做出正确的选择就能让故事变得完满。他在其他绝大多数环境中发现的世界变幻莫测、难以预料，而这样似乎能让这个世界变得易于理解。

他对母亲说他要去读书，但实际上他在享受一场小小的一级哭泣。他不确定自己为什么要哭，只知道待在家里不知为何让他想躲起来。

这幢屋子最近让他觉得越来越难以忍受。

屋子似乎将所有东西都困在室内——炎热的天气，他们的体味。夏末的热浪吞噬了他们，伊利诺伊州的一切都在融化。所有东西都快烧起来了。空气是黏稠的胶水。蜡烛在原处化作一摊。茎秆不再能够支撑花朵。所有东西都在枯萎。所有东西都垂头丧气。

现在是 1988 年 8 月。接下来的那些年里，男孩回想过去，会将这个月视为他还拥有母亲的最后一个月。到 8 月末，她就已经消失了。然而此刻男孩还不知道。他只知道他想为某些抽象的原因哭一场：天气酷热，他忧心忡忡，他母亲表现得很奇怪。

于是他回到自己的房间。他哭主要是为了排解哭泣的欲望。

然而她听见了。彻底的死寂中，她能听见儿子在楼上哭泣。她推开他的卧室门，说："亲爱的？你没事吧？"他立刻哭得更凶了。

　　母亲知道在这些瞬间，她绝对不能就他更猛烈的哭说任何话或有任何反应，因为表现出注意到了就会给哭泣以养料，从而进入可怕的恶性循环，有时候最后——某些时候他哭个没完没了，她忍不住允许恼怒浮现在脸上——会让他变成泪流成河、换气过度、一团孩童大小的烂泥。于是她尽可能安抚地说："我饿了。你饿不饿？咱们出去吃饭吧，你和我。"这个主意似乎让他平静了下来，足以换好衣服，上车时只剩下了哭泣后的轻微抽噎——直到他们来到餐厅，母亲看见汉堡包"买二送一"的活动海报，说："哦，好的。我给你买汉堡包。你想吃汉堡包的，对吧？"萨缪尔一路上满心都是炸鸡块和芥末酱，但担心若是不顺从这个新计划或许会使得母亲失望。于是他点头说好，待在热烘烘的车里，等母亲去买汉堡包。她离开后他想着汉堡包，努力说服自己他想要的一直是汉堡包。但他做不到。他越是想，就越是觉得汉堡包难以忍受——放软了的面包，酸乎乎的泡菜，永远切成蛆虫大小的碎洋葱。她还没带着汉堡包回来，想到要吃那东西他就已经有点恶心想吐了。开车回家的路上，他尽量压抑几乎不可能抗拒的哭泣冲动，而母亲注意到他在吸鼻子，说："亲爱的？有什么不好的吗？"他只来得及说出一句"我不想吃汉堡包！"，就消失在了三级哭泣的深渊里。

　　费伊一个字也没说。她掉转车头开回餐厅，而他把脸埋在热烘烘的乘客座里痛哭。

　　回到家，他们默默地吃饭。萨缪尔和母亲坐在热烘烘的厨房里，他瘫坐在椅子上，嚼着最后一块炸鸡。窗户开着，期待的凉风迟迟不来。电扇将炽热的空气从一个地方吹到另一个地方。他们望着一只苍蝇在头顶上嗡嗡乱飞，贴着天花板转圈。这只昆虫，它是房间里唯一的生命迹象。它撞在墙上，然后撞在纱窗上，然后忽然无缘无故地从他们头顶上掉了下来。它直挺挺地下坠，落在厨台上，势头沉重得像颗弹珠。

他们望着两人之间那小小的黑色尸体，然后对视一眼。表情像是在传达同一个问题：这件事真的发生了吗？萨缪尔表情惊恐。他又在哭泣的边缘上了。他需要转移注意力。母亲必须插手。

"咱们出去走走，"她说，"拿上你最喜欢的九件玩具，装进你的小车。"

"什么？"他说，惊恐的大眼睛里已经有泪珠在打转了。

"相信我，快去。"

"好吧。"他说，事实证明这是个行之有效的好消遣，管用了大约十五分钟。费伊觉得这就是她当母亲的首要职责：创造转移注意力的手段。萨缪尔会开始哭泣，她必须围追堵截。为什么是九件玩具？因为萨缪尔是个谨慎、有条理的肛门期性格的孩子，他会在床底下放个"十件最佳玩具"的盒子。里面的东西都是《星球大战》玩偶和风火轮小汽车模型这种路数的。他时常修正清单，用一件玩具代替另一件，但盒子永远在那儿。无论什么时候，他都完全清楚自己最喜欢的玩具是哪十件。

因此她让萨缪尔选九件玩具是由于她的好奇：他会放弃哪一件？

萨缪尔没有考虑他为什么要这么做。为什么是九件玩具？为什么要带它们出去？不，母亲给了他一个任务，他必须完成它。他很少会怀疑命令是不是过于专断。

哄骗这个男孩竟然如此容易，她因此感到悲哀。

费伊多么希望他能稍微聪明一点，不这么容易上当。她有时候希望他多顶顶嘴，希望他能多打架，能变得更强健。但他没有。他听见一个命令就会乖乖遵守。官僚体制下的小机器人。费伊望着他清点玩具，试图在同一个玩具的两个版本里做出取舍——一个是天行者卢克拿着望远镜，另一个是天行者卢克手持光剑——他心想她应该为他自豪。自豪于他这个孩子多么一丝不苟，多么乖巧可爱。但他的可爱伴随着代价，代价就是这个孩子特别神经质。他很容易哭泣。他脆弱得简直愚蠢，仿佛一碰就破的葡萄皮。反过来，她有时候对他过于苛刻。她不喜欢他谨小慎微地过完一生。她不想看见自己的弱点如此清晰地在儿子身上反映出来。

"我好了，妈妈。"男孩说，她在小车里数出了八个玩具。八个，不是九个——结果他把两个天行者卢克都留下了。玩具只有八件，而不是九件。他甚至无法执行如此简单的一条指令。此刻她都不知道她能指望他什么了。他盲目地遵从命令让她生气，但他没有正确执行命令同样让她生气。她觉得自己要崩溃了。

"咱们走。"她说。

室外的空气同样静滞，黏腻得难以想象。没有任何动静，只有屋顶和柏油路面源源不断地散发热浪。他们走在宽阔的街道上，这条路蜿蜒穿过他们这片城郊，时而分出一条条断株般的岔路，通向死路，有去无回。前方，邻居家的草地遍地枯黄，车库门和房屋遵循相同的建筑方案：正门向内深陷，车库门向外伸展，就好像屋子企图躲在车库背后。

那些光滑的米色车库门，它们似乎捕捉住了这个地方的某种本质，大约是城郊住宅区的孤独感。宽大的前门廊带你走进外部世界，但车库门将你与外部世界隔开。

世界那么大，她为什么会被拴在这儿？

她的丈夫，这就是原因。亨利带着全家来到溪林镇，芝加哥诸多毫无特征的城郊居住区之一，搬进橡树谷弄的这幢屋子。在此之前，他们住过一系列狭小的两居公寓，位于中西部的各个农工业偏远城镇，因为亨利在他选择的领域内顺着企业阶梯向上爬，这个领域是预包装冷冻餐。他们搬到溪林镇时，亨利坚称这是最后一次搬家了，因为他已经得到了"梦想中的工作"——冷冻食品事业部的研发副总。搬来的那天，她说："我看就是这样了。"然后扭头对她八岁的儿子说："我看这就是你未来的老家了。"

溪林，此刻她心想：没有溪，也没有林。

"你说这些车库的门……"她问，扭头却发现男孩直勾勾地盯着前方的柏油路面，聚精会神地看着什么，但她不知道究竟是什么。他没有听见她说话。

"算了。"她说。

男孩拖着小车，塑料车轮咔拉咔拉地滚过街道。有时候石子会卡住一个车轮，小车忽然停下，那一拽会让男孩几乎跌倒在地。每次发生这种事情，他就觉得自己让母亲失望了。因此他每时每刻都在寻找各种各样的砾石，踢开石块和大大小小的树根和树皮，下脚的时候他特地少用力量，担心他的鞋会戳进地面的裂缝，而他会向前栽倒，没有绊到任何东西，只是步伐出了问题，他同样担心这样会让母亲失望。他努力跟上母亲的步伐，因为他要是落后太多，她就不得不停下等他，她也许会因此而失望。然而他也不能走得太快，因为八个玩具里会有一个失去平衡掉出小车，显得他格外笨拙和愚钝，他非常确定他母亲会感到非常失望。因此，他必须保持正确的步伐以跟上母亲，遇到路面开裂和不平整的地方就放慢脚步，见到碎石不但要踢开而且要看起来不像在踢石子儿，假如他能做到上述所有事情，那今天就是个好日子了。他就能够挽救这一天了。他也许能够不那么让母亲失望。他也许能抹除先前发生的事情——再一次变成了一个特大号的白痴哭包。

此刻，他想到这个就觉得很难过。他觉得他肯定能吃下汉堡包，只要他稍微哄骗一下自己，假如他能给汉堡包一个机会，它就肯定能成为一顿可以接受的午餐。他对整件事都觉得很愧疚。此刻，他觉得母亲开车回去给他买鸡块的行为是那么伟大和良善。那种良善是他永远不可能达到的境界。他觉得自己很自私。他的哭泣会引来关注，让他得到他想要的东西，尽管这未必是他的本意。他努力思考有没有办法能告诉母亲：假如他能够决定，他保证再也不会哭泣，她再也不需要花几个小时安慰他，满足他毫不顾及他人感受的轻率欲望。

他想这么说。他在脑海里组织文字。与此同时，他母亲在仰望树木。邻居家前院的一棵橡树。这棵树和其他事物一样，也显得没精打采、干枯而悲哀，枝杈向地面耷拉。树叶不是绿色，而是被炙烤成了琥珀黄。周围万籁俱寂。没有虫鸣，没有鸟叫，连狗都不乱吠，孩童也不嬉笑。母亲仰望这棵树。男孩停下脚步，也抬起头。

她说："你看见了吗？"

萨缪尔不知道母亲要他看什么。"这棵树？"他问。

"快到最顶上那根树枝的地方，看见了吗？"她指给男孩看，"一直往上。那片树叶。"

他顺着母亲的手指望过去，看见有一片树叶和其他树叶不太一样。绿色的，很厚实，直挺挺地立着，像鱼儿似的翻腾摆动，就好像置身于旋风之中。整棵树上只有这片叶子是这个样子。其他叶子都静静地垂在死寂的空气中。这条路上没有一丝风，但那片树叶却在发疯似的翻腾。

"知道那是什么吗？"她说，"是鬼魂。"

"鬼魂？"他说。

"那片树叶被附体了。"

"一片树叶也能被附体？"

"所有东西都有可能被附体。鬼魂能待在其他地方，也能住在一片树叶里。"

他望着那片叶子原地旋转，像是连在风筝上。

"它为什么要那样？"他问。

"那是一个人的灵魂。"她说，"我父亲告诉我的。他的老故事之一。来自挪威，他小时候听来的。那是一个人，没有好到能上天堂，但也没坏到要进地狱。于是卡在了两者之间。"

男孩从没考虑过这种可能性的存在。

"他停不下来，"她说，"他想向前走。也许是个好人，但做了一件非常坏的事情。也可能做了许多坏事，但觉得非常抱歉。也许他不想做坏事，但无法阻止自己。"

听见这个，萨缪尔又哭了。他感觉到自己的脸蛋皱了起来。眼泪来得太快，完全无法阻止。因为他知道他做过坏事，一遍一遍又一遍。母亲注意到他哭了，她闭上眼睛，用手捂住脸，使劲按摩太阳穴。男孩看得出这是毁掉母亲这一天的最后一根稻草，她的耐心已经到了极限，他因为做了坏事而哭泣，这本身又是一件坏事。

"亲爱的，"她问，"你哭什么？"

他还是想说全世界他最想做的事情就是不再哭泣，但他说不出来。他能做到的只是在眼泪和鼻涕之间断断续续地挤出一句话："我不想变成叶子！"

"你为什么会这么想？"她说。

她拖着男孩回家，整个街区只听得见车轮的咔拉咔拉声响和他的哭声。她带萨缪尔回到他的卧室，叫他收好玩具。

"还有啊，我叫你带九件玩具，"她说，"你只带了八件。下次多用点心。"她声音里的失望让他哭得更凶了，甚至无法说话，因此也就无法告诉她，他之所以放了八件玩具在小车里是因为第九件玩具就是小车本身。

2

　　萨缪尔的父亲坚持周日夜晚应该是"家庭时间"，他们必须共进晚餐，三个人一起坐在餐桌前，亨利搜肠刮肚地寻找话题。他们吃亨利从办公室冰柜里拿回来的预包装饭菜，试验性和供市场测试用的食品就保存在那个冰柜里。这些食品往往比较大胆，更有异国风情——杧果取代烤苹果，甘薯取代马铃薯，甜酸肉取代猪排，还有乍看之下不怎么适合冷冻的东西：比方说龙虾卷、烤芝士或金枪鱼三明治。

　　"知道冷冻餐有趣在哪儿吗？"亨利说，"在斯旺森决定叫它们'电视餐'之前，冷冻餐完全没有流行起来。冷冻餐已经存在了十几年，名字刚改成'电视餐'就轰隆一声，销量直线上升。"

　　"嗯哼。"费伊说，直勾勾地盯着她的奶酪火腿鸡排。

　　"就好像人们必须得到许可才能在电视机前吃饭似的，明白吗？就好像人们早就想在电视机前吃饭了，但他们在等着谁支持他们这么做。"

"真是超级有意思哦。"费伊的语气让他立刻闭上了嘴。

沉默一直持续到父亲问大家今晚想做什么为止，母亲建议他去看电视好了。父亲问她要不要一起看。母亲说不看，她要洗碗。"你去看你的吧。"然后望着乱糟糟的碗碟，夸张地喟然长叹。父亲会问需不需要他搭把手。母亲会说算了，你只会碍事。父亲说不如你休息一下，我来洗碗。母亲这时候会开始光火，起身说："你都不知道东西该放在哪儿。"父亲会瞪着她，像是想说点什么，但最后还是忍住了。

萨缪尔觉得他父亲和母亲结婚就好像调羹和垃圾处理机结婚。

"我可以走了吗？"萨缪尔问。

亨利看着他，有点受伤。"这是全家团聚的晚上啊。"他说。

"你可以走了。"费伊说。萨缪尔跳下椅子，冲出屋子。他感觉到了熟悉的想藏起来的欲望。每次家里的紧张气氛在他身体里淤积，他就会有这种念头。他躲在树林里，这个住宅区背后的可怜小溪旁有一小片树林。几棵矮树从烂泥里长出来。一个池塘，顶多齐腰深。一条小溪，这个住宅区的所有泄洪口都通往这条小溪，因此每次下雨后就会多一层缤纷的油膜。从大自然的角度说，这片树林实在可悲到了极点，但树木浓密得足以遮蔽他的身影。他来到这里就成了隐形人。

假如有人问他在干什么，他会说"玩"，但这个字并不足以总结他的行为。他坐在草丛和烂泥里，躲在树叶中，把种子扔到半空中，看着它们盘旋下落，这难道能被称为玩吗？

那天萨缪尔的念头是去小溪边躲几个小时，至少躲到睡觉时间。他在寻找合适的地点，一小片洼地，能够给予他最大的掩护。躺在那儿，再盖上几根枯枝和几把落叶，别人就找不到他了。正当他四处收集用来盖在身上的大小树枝，在一棵橡树下扒开枯叶和橡子寻找树枝时，上方忽然响起了咔嚓一声——树枝折断、木头开裂的声音，他抬起头，刚好看见一个人从树上跳下来，重重落在他身旁的地上。一个男孩，和萨缪尔差不多年纪。他站起身，如同一对猫瞳的绿色双眼圆睁着，恶狠狠地瞪着萨缪尔。他不比萨缪尔更强壮或更高大，外形方面没有任何特殊之处，但他占据空间的方式有着某种难以描述的感觉。他的身体有一种存在感。他走向萨缪尔，他面庞瘦削，棱角分明，两颊和额头抹着鲜血。

萨缪尔扔下树枝，他想逃跑。他命令自己逃跑。那男孩走向他，从背后拔出一把刀，一把沉甸甸的银色屠刀，萨缪尔见过他母亲用这种刀劈砍带骨肉块。

萨缪尔开始哭泣。

他就站在那儿哭泣，两只脚像是扎了根，等待不知名的厄运降临，他向命运屈服了。他直接进入三级哭泣，绝望地化作一个湿漉漉的泪人。他感觉到面庞在收缩，眼珠开始凸出，就好像皮肤从后脑勺抽紧。另一个男孩站在了他面前，血迹清清楚楚地映入萨缪尔的眼帘，他看见鲜血还没有干，在阳光下闪闪发亮，一滴血顺着面颊淌到下巴，又沿着脖子流进衬衫里，萨缪尔甚至没有思考血是从哪儿来的，仅仅因为它存在这个恐怖的事实就号哭起来。男孩的红发剪得很短，视线有穿透力但死气沉沉，他长着几粒雀斑，拥有运动员那种冷静的掌控感，动作非常流畅，他缓缓地将屠刀举过头顶，摆出嗜血狂魔的杀人姿势。

"这就是所谓成功的伏击，"男孩说，"假如在打仗，你就已经是尸体了。"

萨缪尔聚集起他所有的痛苦，通过一声哀号发泄出来，用凄惨的尖叫祈求帮助。

"真要命，"男孩说，"你哭的时候可真难看。"他放下刀。"别害怕。你看。开玩笑而已。"他说。

但萨缪尔停不下来。歇斯底里已经压垮了他。

"好啦,"男孩说,"没事的。你不用说话。"

萨缪尔抬起手臂擦拭鼻子,拉出一道黏糊糊的鼻涕。

"跟我来,"男孩说,"给你看一样东西。"

他领着萨缪尔来到小溪旁,顺着河岸走了几米,来到靠近池塘的地方,这儿有一棵树倒下了,树根和泥土之间有一大块凹陷之处。

"看。"男孩说,指着泥土中的一个地方,他将那儿的泥土按平,做成了一个盆。盆里有几只动物:数只青蛙,一条蛇,一条鱼。

"看见了吗?"他说。萨缪尔点点头。他看见那条蛇没有头部。青蛙从腹部或背部被切开。青蛙有八九只,只有一只活着,四条腿在空中像蹬车似的踢腾。鱼被从腮部割掉了头部。盆底蓄起了一摊黏糊糊的鲜血,它们躺在其中。

"我打算用喷火器烧它们,"男孩说,"你知道的,杀虫喷雾加打火机。"

他用手势比画:擦打火机,将喷雾口凑近火焰。

"坐下。"他说。萨缪尔乖乖地坐下,男孩伸出两根手指放进血泊。

"咱们得帮你坚强起来。"他说。他将鲜血抹在萨缪尔脸上,眼睛下面两道,额头一道。

"看,"他说,"现在你上道了。"男孩把屠刀插在泥地里,让它立在身旁:"现在你真正活着了。"

3

　　太阳正在西沉，白昼的炎热逐渐消退，成群结队的蚊子嗡嗡叫着飞出树林，两个男孩钻出林木线，浑身泥水。他们走在萨缪尔从未见过的土地上，他逐渐远离了他所在的居住区，来到了另一个居住区：威尼斯村，这是它的名字。两个男孩的脸亮晶晶、湿漉漉的，他们在池塘旁洗掉了沾在脸上的动物血。尽管两人身高相同，年龄相同，体格也差不多相同（简而言之就是不高、十一岁和瘦巴巴的，就像完全绷紧的绳索），但无论谁看见都知道他们之中谁说了算。他叫毕晓普·福尔，也就是从树上跳下来的伏击者和动物杀手。他正在对萨缪尔说，他迟早会成为美国陆军五星上将。

　　"责任，荣誉，国家，"他说，"把战火烧到敌人家里。这是我的座右铭。"

　　"什么战斗？"萨缪尔说，他打量着威尼斯村的房屋，他从没见过这么宽敞的住宅。

　　"无论什么战斗，"毕晓普说，"遵命。"

他打算在军校毕业后以军官身份加入陆军，然后成为少校，然后上校，最后总有一天要成为五星上将。

"五星上将的安全保密级别比总统还高，"毕晓普说，"我会知道所有秘密。"

"你会告诉我吗？"萨缪尔说。

"不行。保密的。"

"但我保证不告诉别人。"

"国家机密。对不起。"

"求你了？"

"没门儿。"

萨缪尔点点头："你会成为一名好将军的。"

结果，毕晓普在那一年被他就读的私立学校开除，他来到萨缪尔那所公立小学的六年级，成了萨缪尔的同学。圣心学院之所以开除毕晓普，是因为他自称"老子不服管"，也就是他用随身听放AC/DC乐队的磁带，叫一位修女"死开"，碰到任何一个愿意奉陪的人都要干上一架，哪怕对方是高中生，甚至是神父。

圣心学院是一所天主教 K-12 预科学校，假如你想让孩子进东海岸的精英大学，那么它就是这附近唯一的选择了。几乎威尼斯村所有家长都送孩子去那儿念书。萨缪尔从没进过威尼斯村，但平时骑自行车远途旅行时偶尔会经过威尼斯村的大门。那道大门由黄铜铸就，高三米。大门里的房屋是罗马式的豪华别墅，平屋顶，陶瓦，环形车道绕过夸张的喷泉。房屋之间的距离至少有一个足球场那么大。每家后院都有游泳池。有的车道上停着外国运动轿车，有的停着高尔夫电瓶车，有的两者皆有。萨缪尔想象着住在这儿的会是什么人：电视明星，职业棒球运动员。但毕晓普主要是"无聊透顶的办公室职员"。

"那家伙，"毕晓普指着一幢别墅说，"有一家保险公司。""那家伙，"指着另一幢别墅说，"有一家银行还是什么的。"

威尼斯村有十九幢独门独户的房屋，每一幢都是标准的三层建筑物，六间卧室，四个全套卫浴设施的浴室，大理石厨台，五百瓶容量的酒窖，私人电梯，抗龙卷风级的防爆玻璃，运动室，能容纳四辆车的车库，每一幢的面积都是相同的四百九十平方米，建造时使用了一种经过特别处理的黏合剂，因此散发着淡淡的肉桂气味。房屋的完全相同事实上是个卖点，因为总有家庭会担心他们住的不是这个街区最好的屋子。房产商经常说，在威尼斯村你再也不需要"与阔气邻居比排场"。虽说能住进威尼斯村的家庭永远是他们原先居住地区的"阔气邻居"。然而，等级还是在其他方面悄悄地体现了出来。有些人家的后院加盖了凉亭或带纱帘的两层门廊，甚至灯光绿土网球场。特大号的卫星天线据说连莫斯科的信号都能收到。每幢房屋都是从同一个模子里铸造出来的，但装修各不相同。

举例来说，毕晓普走到一幢别墅前停下，说这家后院有个咸水热浴盆。

"圣心学院的校长就住在这儿，"毕晓普说，"一个死胖子。"

他煞有介事地表演了一番，又是摸下体，又是朝屋子亮中指，最后从排水沟里捡起一块小石头。

"看好了。"他说，把石块扔向校长家。两个人还没来得及考虑一下，这件事情就发生了。石块忽然出现在半空中，他们望着它飞向校长家，时间仿佛暂时停顿，而两个少年意识到石块百分之百会击中房屋，他们无论如何也不可能扭转这个事实。石块飞过晴朗的天空，此刻起决定作用的只有重力和时间。石块划出向下的弧线，勉强错过车道上森林绿色的捷豹跑车，几乎击中正门上方昂贵的花玻璃墙饰，最后砸在捷豹车背后的铝合金车库门上，发出砰的一声巨响。两个男孩互视一眼，既得意又惊恐，石块砸中车库门的声音在他们耳中仿佛是全世界最响亮的声音。

"我俞！"毕晓普说，被捕食动物的自然冲动驱使着他们撒腿就跑。

两人跑过住宅区里唯一的街道，威尼托街，它大致沿用了野鹿在这里还是自然保护区时踏出的弯曲小径，这条小径连接了北边的小人工湖和南边的大排水沟，这两个水体足以支持一个中等数量的鹿群熬过伊利诺伊州的严冬。这个鹿群的后代依然在威尼斯村生活，喜欢践踏精心培育的开花植物和花园。鹿群非常惹人讨厌，因此威尼斯村的居民每个季度付钱请一家灭鹿公司来放置含有毒药的盐砖，盐砖放在高度足以让成年鹿够到的柱子上（不过有一点很重要，居民所养十一公斤及以下的犬只够不到，因此不会有误食的危险）。毒药不是立刻致命的，而是会在鹿的体内逐渐累积，到死亡本能起效的时候，鹿通常会远离群落去等死——真是皆大欢喜。因此，威尼斯村除了标准的贡多拉风格邮箱和前院灌溉机械外，还有一种随处可见的公共设施：摆放盐砖的柱子，挂着危险。有毒。请远离。的标牌，使用的衬线字体得体而优雅，威尼斯村所有的正式指示牌用的都是这个字体。

若不是芝加哥的三名投资人利用了一个法律漏洞，这个住宅区根本就不可能存在。开发威尼斯村之前，这里曾经是乳草自然保护区——得名于在这里蓬勃生长的一种植物，每年夏季都会引来数量巨大的美洲王蝶。市政府想找个私人组织（最好是个非营利和/或慈善组织）管理保护区，包括保护区内的多条自然小径、总体状况和生物多样性。市政府起草的契约声明买家不得开发这片土地，也不得将土地出售给可能会开发它的其他人士。但合同没有规定买家（上文中的第二个买家）能将土地出售给谁。因此，三个生意伙伴中的第一个买下土地，卖给另一个，很快又转卖给第三个，第三个立刻和前两个成立了一家有限责任公司，开始砍伐森林。他们围绕往日的乳草保护区建起结实的铜质围栏，向热衷于出入苏富比拍卖行的高端客户打广告，他们有一句口号说得好："奢华与自然的交界。"

威尼斯村的三位创始人之一还住在这里，他是一名大宗商品交易员，在芝加哥股票交易所和华尔街都有自己的办公室。他叫杰拉德·福尔，是毕晓普的父亲。

除了两个少年，整个住宅区里只有杰拉德·福尔看见了那块石头击中校长家。他望着毕晓普和萨缪尔沿着缓坡跑向威尼托路向南的终点，他站在车道上，黑色宝马的车门开着，他的右脚已经踩在车上，左脚还在车道上，装填车道的高釉光卵石花了他不少钱。他正要出门，却看见了儿子朝校长家扔石块。两个男孩只顾奔跑，直到踏上车道才看见他，脚步急停时的吱嘎摩擦声很像篮球运动员在体育馆地板上发出的声音。毕晓普和父亲互相打量了片刻。

"校长生病了，"父亲说，"为什么要打扰他？"

"对不起。"毕晓普说。

"他病得很厉害。他是个病人。"

"我知道。"

"要是他在睡觉，被你吵醒了怎么办？"

"我一定会向他道歉的。"

"记住了。"

"你去哪儿？"毕晓普问。

"机场。很快就会去纽约的公寓。"

"又去？"

"我走以后你别打扰你姐姐，"他看着两个男孩的脚，他们从树林里出来，鞋子湿漉漉、脏兮兮的，"别把烂泥带进屋里。"

说完，毕晓普的父亲完全坐进车里，狠狠地带上车门，引擎呜呜启动，宝马拐出车道，轮胎和抛光卵石摩擦的声音像是怪物在尖叫。

来到室内，福尔家的庄重感让萨缪尔什么都不敢碰：亮闪闪的白色石板地面，满是水晶装饰的枝形吊灯，又高又细一碰就会倒的玻璃瓶里插着鲜花，墙上挂着带框的抽象画，嵌在凹处的小灯照亮画作，厚重的木制陈列箱里展示着二十几个雪景球，桌面擦得能当镜子用，大理石厨台同样光可鉴人。每个房间和每条走廊都用安放在古希腊科林斯式廊柱上的宽阔拱顶隔开，顶上的花纹细致复杂得几近混乱，像是回火炸裂的步枪枪膛。

"这边走。"毕晓普说，领着萨缪尔来到一个只能称之为"电视室"的房间，因为房间里有一台大屏幕电视，让萨缪尔觉得自己矮了几分。电视比他更高，比他伸开双臂还要宽。电视底下是乱糟糟的线缆，连接着几台家用游戏机，这些游戏机随便叠放在一个小柜子里。游戏卡带胡乱扔在游戏机上，就像用完的炮弹壳。

"喜欢《银河战士》《恶魔城》还是《超级马里奥》？"毕晓普问。

"不知道。"

"我打《超级马里奥》一条命都不死就能救出公主。我还打穿了《洛克人》《双截龙》和《光神话》。"

"咱们玩什么都行。"

"好吧，也行。它们差不多就是同一个游戏。基本目标相同：向右跑。"

他从小柜子里掏出完全被线缆缠住的雅达利游戏机。

"我更喜欢经典游戏，"他说，"各种套路建立前开发的游戏。《大蜜蜂》《大金刚》还有《鸵鸟骑士》也是我最喜欢的，虽说有点怪。"

"我没玩过。"

"嗯，确实很怪。鸵鸟什么的。翼龙。还有《蜈蚣》，还有《吃豆人》。《吃豆人》肯定玩过吧？"

"对！"

"真他妈特有意思，对吧？玩这个。"毕晓普抓起名叫《导弹指令》的卡带插进雅达利，"先看我玩，然后你就知道怎么玩了。"

《导弹指令》的任务是保护六个城市不被雨点般落下的洲际导弹炸烂。假如一枚导弹落地，抹掉六个城市中的一个，游戏就会发出难听的爆炸音效，画面上会多出一团无可名状的东西，按理说应该是蘑菇云，但看着更像一块石子或青蛙打破池塘的平静水面。游戏音效大多是数码转制空袭警报，比特率只有八。毕晓普将瞄准十字放在来袭的导弹前方，然后揿下按钮，地面射出一个小光点，缓慢爬向目标点，每次都能命中徐徐落下的核弹。毕晓普直到第九关才失去一个城市。萨缪尔最后已经不记得关数了，等天空中塞满了飞速坠落的导弹时，他根本不知道毕晓普打通了多少局。毕晓普的面容从头到尾都异常平静，毫无表情，就像一条鱼。

屏幕上亮起"游戏结束"的文字，毕晓普问："要看我再打一盘吗？"

"你赢了吗？"

"赢是什么意思？"

"你拯救了所有的城市？"

"你不可能拯救所有的城市。"

"那这个游戏的任务是什么？"

"毁灭无可避免，任务是推迟它。"

"让居民逃出去？"

"当然。无所谓。"

"再玩一遍。"

第二把，毕晓普打到了第六或者第七关，萨缪尔盯着的不是游戏画面，而是毕晓普的脸——他的面容竟然这么平静、专注和镇定，即便导弹坠落在他保卫的城市周围，即便他的双手这样那样猛拉操纵杆——就在这时，萨缪尔听见房间外传来了另一个声音，先前没有的一种声音。

音乐。清澈，干净，不像此刻电视里的声音那样粗糙和数字化。音阶练习，某种弦乐器，顺着一个音阶上上下下。

"那是什么？"

"我姐姐，"毕晓普说，"贝萨妮。她在练习。"

"练什么？"

"小提琴。她会成为一位世界闻名的小提琴家。她确实万里挑一。"

"我就说！"萨缪尔脱口而出，语气似乎有点过于热忱，就两人的对话来说有点不成比例。但他希望毕晓普能喜欢他。他尽量想变得讨人喜欢。毕晓普好奇地瞪了他一眼，视线随即又转向前方，呆呆地抬头望着电视屏幕，游戏打到第十关、十一关，等等，而外面的声音从基础音阶练习变成了真正的音乐，一段连绵不断、极具穿透力的独奏，萨缪尔不敢相信那是真人发出的声音，而不是来自收音机。

"真是你姐姐？"

"没错。"

"我想去看看。"萨缪尔说。

"等一等，先看这个。"毕晓普说，一击同时消灭了两颗核弹。

"就看一眼。"萨缪尔说。

"但我一个城市都还没丢掉过。我说不定能打出《导弹指令》有史以来的最高分。你说不定会看到历史性的大事件。"

"我去去就来。"

"好吧，"毕晓普说，"你的损失。"

萨缪尔离开房间，前去寻找音乐的来源，他跟着音乐穿过拱顶下的主走廊，穿过闪闪发亮的厨房，来到别墅靠后侧的一个专用房间，他小心翼翼地把鼻子伸过门框，望向房间里，第一次看见了她，毕晓普的姐姐。

他们是双胞胎。

贝萨妮拥有毕晓普的面容，同样的对钩形状的眉毛，同样的平静而专注的气质。她就像"选择你自己的冒险"系列图书封面上的精灵公主，永远年轻、美丽和睿智。脸颊的锐利角度和鼻子更适合她。同样的五官让毕晓普显得怒气冲冲，在她脸上就变得端庄而均衡。她浓密的赤褐色长发，因聚精会神而皱起的眉头，修长的颈部、优雅的双臂、挺拔的脊背，还有尽管自知没有旁人但依然谨慎的裙装坐姿，全都洋溢着得体、优雅和淑女式的成熟，萨缪尔爱死了这一切。他喜欢她随琴而动的身姿，从头部到颈部到躯体跟着琴弓滑过琴弦的动作像流水般轻轻摇曳。她和萨缪尔学校乐队的孩子完全是两个极端，那些孩子机械地从乐器里挤出声音，与乐器搏斗，将乐器视为必须要用蛮力征服的怪物。而她的演奏是那么轻而易举。

此刻他还不知道，但这将成为他一辈子的审美模板。他见到任何一个姑娘，都会在脑海中对比眼前的这个女孩。

她拉完一个长音符，她的手法令人赞叹，琴弓前后拉动，发出的声音却没有中断，而是水银泻地般的连续长音。她睁开眼睛，径直望向萨缪尔，两人互相凝视了令人惊恐的一瞬间，最后她将小提琴放在大腿上，说："你好。"

萨缪尔从未体验过如此让他坐立不安的渴望情绪。他的身体第一次感受到这样的刺痒：腋下冒出冷汗，嘴巴忽然显得太小，舌头突然变得巨大而笨拙，肺部的恐慌感像是一口气屏了太久，在男孩身体里积蓄的这些东西是某种过度觉知，是将他拖向憧憬对象的奇异吸力，与他碰到其他人就想视而不见或躲藏的态度大相径庭。

女孩在等他开口，双手搁在膝头的小提琴上，脚腕交叉，那对灼人的绿眼睛——

"我是毕晓普的朋友，"萨缪尔总算能说话了，"毕晓普带我来的。"

"好。"

"你弟弟？"

她微笑道："对，我知道。"

"我听见你在练琴。在为什么做准备吗？"

她疑惑地盯着萨缪尔看了几秒钟。"为了让手指熟悉那些音符，"她说，"我快要开音乐会了。你觉得怎么样？"

"非常美。"

她点点头，像是在思考他的评语："第三乐章的双音实在很难不跑调。"

"啊哼。"

"第三页的那段琶音也很难。另外我必须拉十度音程，那个很怪的。"

"对。"

"我觉得我总是跟不上，第三乐章。从头到尾都磕磕绊绊的。"

"听起来不像。"

"就好像我是一只鸟，被钉在了椅子上。"

"对。"萨缪尔说。这个话题让他觉得很尴尬。

"我需要放松，"她说，"尤其是第二乐章。第二乐章里有许多很长的旋律线，演奏时要是带上了太多的个人情绪，就会破坏整部作品的音乐性。你必须保持冷静，但独奏时你的身体最不愿意的就是冷静。"

"也许你可以，我说不准，呼吸？"他说，因为每次他进入难以控制的四级哭泣状态，他母亲总是这么对他说：呼吸就好。

"知道怎么做有用吗？"她说。"想象琴弓是一把刀，"她拿起琴弓指着萨缪尔，装出恶狠狠的样子，"然后想象小提琴是一条黄油。现在假装你在用刀切黄油。感觉应该和这个差不多。"

萨缪尔只是点点头，不知道该说什么。

"你是怎么认识我弟弟的？"她问。

"他从树上跳下来，吓了我一跳。"

"哦，"她说，就好像这种行为完全符合逻辑，"他正在玩《导弹指令》，对吧？"

"你怎么知道？"

"他是我弟弟。我能感觉到。"

"真的？"

她盯着萨缪尔看了几秒钟，然后咯咯笑道："不，我能听见。"

"听见什么？"

"游戏。你听。听不见吗？"

"我什么都没听见。"

"你必须集中注意力。仔细听。闭上眼睛，用心听。"

他闭上眼睛仔细听，房屋里的各种声音开始彼此分离，混合在一起的嗡嗡声逐渐有了不同的细节：空调在墙壁内的某处运转，气流呼呼穿过通风管，室外的风吹拂房屋，冰箱和冷柜，萨缪尔识别出这些声音，将它们一一推开，让注意力向房屋深处延伸，从一个房间蜿蜒蛇行到下一个房间，忽然间，他寻找的声音从寂静中跳了出来：模糊而微弱的空袭警报声、导弹爆炸的隆隆声、火箭发射的嗖嗖声。

"我听见了。"他说。然而等他睁开眼睛，贝萨妮已经不再看着他了，而是扭头面对房间里的大窗，窗外是后院，后院外是树林。萨缪尔跟着她的视线望过去，看见就在暮色下的林木线边缘，大概四十五米开外，有一头成年鹿。浅棕色的皮肤，长着花斑。属于动物的黑色大眼睛。它走得跌跌撞撞、踉踉跄跄，摔倒，挣扎，起身，继续向前走，摇晃，摆动。

"它怎么了？"萨缪尔说。

"吃了毒盐。"

鹿的前腿再次失去力量，后腿使劲蹬地，推得身体腹部着地。它重新爬起来，但脖子已经无法伸直，因此它只能原地打转。它惊恐地瞪大眼睛，鼻子里冒出粉红色的血沫。

"这种事经常发生。"女孩说。

鹿转向森林，踉跄着跑进树丛。两人望着它跌跌撞撞地向前走，直到枝叶完全挡住它的身影。万籁俱寂，只剩下屋子另一侧传来的微弱声音：炸弹从天而降，夷平整座城市。

4

学年开始，有一件新鲜事开始发生：萨缪尔坐在课堂上，无论鲍尔斯小姐在教什么——美国历史、乘除、语法——都勤勤恳恳、详详细细地做笔记，认真思考课堂内容，努力理解它们，担心鲍尔斯小姐随时有可能叫他起来，就她刚讲完的内容向他提问，事实上她确实经常这么做，而且还会嘲笑回答错误的同学，在接下来的一小时中建议他们回五年级去，而不是赖在六年级。萨缪尔聚精会神地听讲，绝对不让大脑溜号，坚决禁止自己去想女孩，或者做任何与女孩有任何关系的事情，但这件事依然会发生。刚开始是某种暖意，一阵刺痒，就像别人即将挠你痒痒时你的感觉，一种可怕的期待感。然后你忽然意识到了某个身体部位的存在，这个部位迄今为止只是背景的一部分，只是我们关注焦点之下的某种感觉，就像衣物两肩的布料、袜子的衬底、胳膊肘此刻放在哪儿。绝大多数时候，这部分身体都在焦点之外。但最近，天晓得为什么，他的阴茎会突然竖起，发生频率远远超过萨缪尔的意愿。在课堂上，在课桌前，它会宣告自己的存在。它顶着他的裤子，进而顶着本学区统一尺寸的课桌那坚不可摧的金属底面。问题在于，这种升起、肿胀和压迫虽然让他苦闷，但纯粹从肉体的角度来说，却非常令人愉悦。他希望它消失，同时也不希望。

　　鲍尔斯小姐知道吗？她能看见吗？她知道课堂上每天都有几个男孩陷入幻想、表情呆滞吗？因为他们的神经系统载着他们魂游天外。她就算看见了，也什么都没说。她也从不叫处于这种状态的男孩起立回答问题。对鲍尔斯小姐来说，这似乎仁慈得非同寻常。

　　萨缪尔望向挂钟：离课间休息还有十分钟。他觉得裤子太紧了。他觉得自己被卡在了座位里。有关女孩的景象不由自主地在眼前闪现，脑海里积累的这些画面都是他不小心在这儿那儿瞥见的片段：商场里一个女人弯下腰，乳沟一闪而过；女孩在餐厅坐下，小腿、裙底和短暂亮出的大腿内侧；最后又多了一个画面：贝萨妮在她的房间里，坐得笔直，两膝并拢，身穿薄棉布裙，小提琴抵着下巴，她望着他，绿眼睛仿佛猫科动物。

　　下课铃声响起，他假装课桌里有什么重要的东西找不到了。等其他人都走出教室他才起身，要是有人看见，会觉得他的动作像是一个没套呼啦圈的人在缓慢地转呼啦圈。

　　孩子们排成一队走向操场，步伐坚定而缓慢，但身体里积蓄的能量已经濒临爆炸，十一岁的身躯在鲍尔斯小姐威严的目光下直挺挺地坐了几个小时。他们不发出任何声音，贴着走廊最右侧排成一队前进，经过教职员工贴在白色水泥墙上的标牌，其中有一两个传达的是学习真有趣！之类的信息，但绝大多数都是严格的行为指示：手脚别乱动；只准小声说话；请勿奔跑；耐心等待；使用礼貌用语；请勿浪费厕纸；先吃再说话；注意餐桌礼仪；尊重个人空间；有事请举手；点到再发言；排队；犯错就要道歉；遵从教导；正确使用肥皂。

对大多数学生来说，他们在学校接受教育仅仅是买一赠一的赠品。对他们来说，学校的首要任务就是教你在学校里举止得体。让自己适应学校那些苛刻死板的规矩，比方说，定时上厕所。没有什么比学生的大小便更受到严格管制的了。想搞到一张如厕许可单，你必须经历一整套复杂的仪式，你首先要低声下气地请求，说服她相信你确实有这个紧迫的需要，而不是企图溜出去抽烟喝酒吸毒，然后她才会开出一张足有美国宪法那么长的许可单。她会写下你的姓名、离开时间（详细到秒）和——最恐怖的——你要去干什么（也就是大号还是小号），接着她会命令你大声朗读许可单背后的文字，那些文字列举了你的"权利和限制"，主要有你离开课堂的时间不得长于两分钟，承诺只靠着走廊右侧行走，径直去离教室最近的卫生间，不和任何人交谈，不在走廊里奔跑，不进行任何破坏，不在卫生间里进行任何违法行为。然后你必须在许可单上签字，听着鲍尔斯小姐向你解释你刚签订了一份契约，破坏契约的人会受到严厉的惩罚。绝大多数时候，孩子们瞪大眼睛听她训话，心惊胆战，跳着不安的憋尿舞步，因为计时已经开始，鲍尔斯小姐多宣讲一秒契约法，宝贵的两分钟就会被多扣去一秒，因此等他们终于走进走廊，就只有大约九十秒可以去卫生间、完成任务并返回教室了，同时不能奔跑，而那是不可能做到的。

另外，你每周顶多只能得到两张许可单。

然后还有饮水机的规定：课间休息回来后，学生在饮水机前喝水的时间只有每人三秒钟——本意大概是想让孩子理解合作和无私——可是，一群孩子刚刚趁着课间休息疯狂地发泄完积累多时的焦虑，回来时当然一个个气喘吁吁加筋疲力尽，再加上最近热浪来袭，而他们又极少被允许中途去上厕所，因此这些浑身臭汗、被太阳晒伤、热得几乎中暑的孩子一整天只能靠几个短短的三秒钟补充水分。这对学生来说是一种不讲理的双重难题，假如他们在课间休息消耗掉了能量，就需要在干渴和疲惫中熬完一天，假如不去消耗，到下午三四点就会陷入过度活跃的状态，几乎肯定会因为行为不当而惹上麻烦。于是大多数学生趁着课间休息拼命玩耍，然后在短短的三秒钟内灌下尽可能多的水。一天结束，他们会变成一具具了无生气的脱水僵尸，这正是鲍尔斯小姐要的效果。

就这样，她俯视着他们，大声读秒，每个孩子数到三就必须抬起头，下巴滴着水，摄入的水分对潮热得可怕的中西部夏季来说还差得很远。

"太扯了，"排队的时候，毕晓普对萨缪尔说，"你看好了。"

轮到毕晓普了，他趴在喷水口上，揿下按钮，直视鲍尔斯小姐的眼睛，鲍尔斯小姐数着："一。二。三。"见到毕晓普没有停止喝水，她又说了一遍"三"，语气变得更重，但毕晓普还是没有停下，她说："你喝完了。下一个！"这时大家已经看明白了，毕晓普打算喝到他舒服为止，在排队的大多数孩子看来，毕晓普根本没有在喝水，而是让凉丝丝的水流过嘴唇，他依然直视鲍尔斯小姐的眼睛，到最后她终于意识到这个转学生不是不知道校规，而是在直接挑战她的权威。她对挑衅的回应是摆出强硬的姿势——双手叉腰，抬起下巴，用降了一个八度的声音说："毕晓普。你给我停下。立刻。"

毕晓普用毫无生气的厌倦表情看着她，这个表情实在太胆大包天、太难以想象了，排队的孩子纷纷瞪大眼睛，发狂般地哧哧怪笑，因为毕晓普再过两秒钟就要挨板子了。一个人胆敢如此藐视校规，下场必定是挨板子。

这个板子很有名。

　　板子就挂在校长办公室的墙上，全校最热衷于执行纪律的人就是校长，他不幸名叫劳伦斯·拉奇[1]，却是个矮小而肥胖得出奇的男人，体重几乎全长在腰部以上，双腿瘦得皮包骨头，但上半身硕大无朋。他看着像是一个鸡蛋插在筷子上。你忍不住要担心他的脚腕和胫骨会像铅笔似的折断。他的板子是一块约八厘米厚的木板，宽度如两张作业纸拼在一起，上面钻了十几个小洞。孩子们猜想钻洞是为了符合空气动力学，能让他挥得更快。

　　他打板子以力量而闻名，也以能产生足够力量的技法而闻名。举例来说，那股力量曾经震碎了布兰德·博蒙德的眼镜，这段史实见于六年级学生的口头，据说拉奇一板子打在博蒙德的屁股上，无比巨大的力量顺着可怜孩子的身体传导，震碎了他厚如瓶底的眼镜。拉奇能够巧妙地转移重心，打出摧枯拉朽、连运动员也比不上的恐怖一击，堪比职业网球手时速二百二十公里的一发得分重炮。没错，偶尔会有父母抱怨校长这原始的惩罚体系，但既然打板子是预防和矫正行为不检的终极手段，因此极少会被动用，绝对不会引起家长教师会的声讨。知道屁股有可能遭受毁灭级痛击，连最顽劣的孩子在学校里都会多多少少地保持安静，尽量压低嗓门，陷入提心吊胆的半痴呆状态。（家长有时候会向老师抱怨他们回到家里就会一阵一阵地抽风犯多动症，老师总是平静地点点头，心想：关我屁事。）

　　每个老师对反叛行为都有自己的标准，过了一定的时间点就不再容忍下去。对鲍尔斯小姐来说，十二秒就是这个时间点。毕晓普在饮水机上趴了十二秒。他盯着鲍尔斯小姐看了十二秒，对她的命令充耳不闻，最后她终于忍无可忍，揪住毕晓普的衬衫使劲一

1　其姓氏拉奇（Large）在英文中是"大"的意思。

拉，她抓住的是他靠近脖子的位置，衣服开线的声音响彻教室，有一瞬间毕晓普被她提着离开了地面，她押着他走向拉奇校长那恐怖的办公室。

孩子挨完板子通常是这么回来的：送走十到二十分钟后，教室门会被轻轻敲响，鲍尔斯小姐过去开门，拉奇校长站在门口，一只大手按着学生的背部，学生小脸通红，淌着鼻涕，啜泣不已。刚挨过板子的学生都是同一副面容：板着脸，脸颊湿漉漉的，眼睛擦得通红，鼻涕流个没完，垂头丧气。反叛的劲头不见了，故作勇敢的架势也没了。就连最吵闹、最想引人注意的男孩在这一刻似乎也想蜷缩在课桌底下死个一了百了。然后拉奇会说"我看这位同学准备好回来上课了"，鲍尔斯小姐会说"希望他得到了教训"。就连只有十一岁的孩子也能理解这段对话纯粹是演戏，两名成人不是在互相交谈，而是在说给孩子们听，很容易听懂的言下之意是别过线，否则你就是下一个。挨板子的孩子会得到许可返回座位上，第二轮惩罚随即开始，因为坐在本校区的硬塑料椅子上会使他早已肿胀、如伤口般敏感的屁股感到剧痛，按照他们的说法，就像又在挨板子似的。于是孩子在座位上凄惨地掉眼泪，鲍尔斯小姐会说"对不起，我没听清。你对我们在讨论的问题有什么要补充的吗？"，孩子会摇头表示没有，神态是那么可怜、颓丧、凄惨，全班学生都知道鲍尔斯小姐只是想让大家看见他在哭，用消极攻击的手段进一步让他感到尴尬和羞耻。公开地，当着他的朋友的面。鲍尔斯小姐的残忍是她那些性别不清的蓝色套头衫都难以容纳的。

那天，所有人都在等待毕晓普回来。他们非常兴奋，迫不及待地想要接纳他——经过这场洗礼，现在他知道他们都经历过什么了。他是他们中的一员了。于是他们等待着，准备迎接毕晓普归来，原谅他的哭泣。十分钟过去了，然后是十五分钟，就在时间来到十八分钟的时候，不可避免的敲门声终于响起。鲍尔斯小姐夸张地说："会是谁呢？"然后将粉笔放在黑板底托上，大步走过去开门。他们站在门外，毕晓普和拉奇校长，但她震惊了，全班同学都震惊了，因为毕晓普不但没有哭，反而在明明白白地微笑。他似乎很高兴。看不出痛苦或受伤的迹象。拉奇的手没有放在毕晓普背上。事实上，校长站在毕晓普的一米开外，就好像这孩子携带着什么传染病。鲍尔斯小姐盯着拉奇校长看了几秒钟。拉奇没有按平时的剧本说毕晓普可以回来上课了，而是用士兵谈论战争的漠然语气说："好了，让他回去吧。"

毕晓普走向他的座位，所有的孩子望着他过去坐下，他特地跳起来一屁股坐在椅子上，恶狠狠地抬起头，像是在问：还有谁想来让老子难受一下？

这幅景象留在了目睹这一刻的所有六年级学生心里。他们中的一员走进最严酷的成人世界却得以凯旋。从此再也没有人找过毕晓普·福尔的麻烦。

5

母亲向萨缪尔讲述魅魔（Nix）的故事。她父亲的另一个鬼故事。最吓人的一个。她说，魅魔是一种水妖，它会沿着海岸线飞行，寻找孩童，尤其是喜欢冒险、单独出行的孩子。要是魅魔找到了，就会以一匹大白马的形态现身。没有鞍辔，但很驯顺。一匹友善的大马。它会尽可能地弯下腰，让孩子爬到背上。

刚开始孩子会很害怕，但到了最后，他怎么可能拒绝呢？属于他自己的一匹马？他跳上马背，马站起身，孩子离地面足有三米，他欣喜若狂——第一次有这么大的东西在乎他。他的胆子越来越大。他踢马，让它跑得更快一点，于是马开始轻快地小跑，孩子越是喜欢它，它就跑得越快。

然后孩子会希望别人能看见他。

想让朋友嫉妒地望着这匹崭新的大马。他的马。

事情就这样继续下去。被魅魔荼毒的孩子刚开始总会觉得害怕。然后是幸运。然后是迷恋。最后是骄傲。他踢着马，让它跑得更快一点，直到它四蹄翻飞地奔跑，孩子抱着它的脖子。这是他遇到过的最好的好事。他第一次感觉自己如此重要，如此充满喜悦。永远在这个时刻，在速度和欢愉的顶点，孩子感觉完全控制住了这匹马，感觉完全拥有了它，在他最想因此闻名从而享受第一等的虚荣、骄傲和自豪的时候，马会突然拐下通往城镇的道路，奔向俯瞰大海的悬崖。它全速奔向峭壁，底下就是惊涛骇浪。孩子尖叫，拉扯马背的鬃毛，哀号哭泣，但都无济于事。马跳下悬崖，开始坠落。哪怕在坠落的时候，孩子也会死死抱住马的脖子，假如他没有在石头上摔死，也会在冰冷的海水里淹死。

费伊从父亲那里听来了这个故事。她所有的鬼故事都来自弗兰克外公，他身材瘦高，性格极其孤僻，口音很难听懂。大部分人觉得他沉默时让人害怕，但萨缪尔反而觉得很舒服。感恩节或圣诞节时，他们会难得一次地去艾奥瓦州看他，全家人围坐在桌前一言不发地吃饭。他的回应不是点头就是用"唔"表示否定，想要交谈恐怕有些困难。绝大多数时候，他们只是默默地吃火鸡，直到弗兰克爷爷吃完，起身去隔壁房间看电视。

弗兰克外公只有在讲述故国故事的时候才有可能活跃起来：古老的神话、传说、鬼故事。他在他长大的地方听着这些故事长大，那是挪威最北端极圈内的一个小渔村，他长到十八岁就离开了。他对女儿讲完魅魔的故事后，说其中的道理是不要相信美好得不可能成真的事情。但她慢慢长大，得出了一个新的结论，她在出走前一个月告诉了萨缪尔。她先讲完同一个故事，但最后加上她总结的道理："你爱得最深的东西，有朝一日会最严重地伤害你。"

男孩当时并不明白。

"魅魔现在不会变成一匹马了。"她说。两人坐在厨房里，希望似乎永无止境的热浪能放过他们，冰箱敞着门，电风扇将凉气吹向他们，两人喝着冰水，杯壁上的冷凝水在桌面留下湿漉漉的圆圈，"魅魔从前会变成一匹马，"她说，"但那是很久以前了。"

"它现在是什么样子？"

"不同的人不一样。但通常是一个人。通常是你认为你爱的某个人。"

男孩还是不明白。

"人们会因为许多原因爱上彼此，并不是每个原因都很美好，"她说，"他们彼此相爱是因为相爱很容易，或者因为习惯，或者因为已经放弃，或者因为害怕。人们能够成为彼此的魅魔。"

她喝了一口水，然后将冰凉的杯子贴在额头上。她闭上眼睛。这是一个漫长而沉默的星期六下午。亨利去办公室了，费伊和他又吵了一架，这次是脏盘子问题。家里 1970 年代生产的鳄梨色洗碗机这个星期终于罢工了，亨利一次也没有主动提出过帮忙清理厨房，锅碗瓢盆和玻璃杯从水槽里溢了出来，已经占据了大半个厨台。萨缪尔怀疑母亲是存心让这座小山失控的——甚至比平时贡献了更多的餐具，只需要用一个锅的时候特地用了几个锅——把它当作一场测试。亨利会注意到吗？他会帮忙吗？他既没有注意到也没有帮忙，她从这个事实推断出了某些重大的意义。

"就像我又回到家政课教室了。"那座小山终于让人无法容忍了，费伊对亨利说。

"你在说什么？"亨利说。

"就像高中的时候。你寻欢作乐，我做饭和打扫卫生。什么都没变过。二十年了，真的什么都没变过。"

亨利洗完了所有餐具，然后说办公室有急事，又一次扔下费伊和萨缪尔两个人单独待着。他们坐在厨房里，各读各的书。费伊读的是难懂的诗歌。萨缪尔读的是"选择你自己的冒险"。

"我在高中认识一个叫玛格丽特的姑娘，"她说，"非常聪明和风趣。她在学校里爱上了一个叫朱尔斯的男生。英俊的小伙子，样样在行。所有人都嫉妒她。结果朱尔斯就是她的魅魔。"

"为什么？她怎么了？"

母亲把水杯放回它在木台面上留下的那摊冷凝水里。"他消失了，"她说，"她被困在镇上，再也没离开。我听说她还在那儿，在她老爸的药房里当收银员。"

"他为什么要这么做？"

"魅魔就喜欢这么做。"

"她看不出来吗？"

"自己很难看出来。不过有条原则你该记住，你成年前爱上的任何人都很可能是魅魔。"

"任何人？"

"很可能是任何人。"

"你是什么时候认识老爸的？"

"学校里，"她说，"我们十七岁的时候。"

母亲望着白昼仅存的黄色暮霭。电冰箱隆隆、嗡嗡、咔嗒咔嗒地运转，忽然冒出一声滋滋的电流声，然后就停止运转了。灯也暗了。厨台上的电子收音机时钟随即熄灭。母亲环顾四周，说："保险丝断了。"意思是让萨缪尔去合上断路器，因为配电箱在地下室，而母亲不肯进地下室。

手电筒在他手里沉甸甸、硬邦邦的，铝质波纹手柄裹着胶皮的大圆头似乎很适合在抓捕时使劲砸人。他母亲不去地下室是因为地下室是家宅精灵的居所。至少故事是这么说的，这个故事依然来自他外公：家宅精灵住在地下室，会纠缠你一辈子。他母亲说她小时候遇到过一次，吓得够呛，从此就再也不喜欢地下室了。

　　但她坚持说她的家宅精灵只会对她显形，只会纠缠她一个人，他是百分之百安全的。他去地下室不会受到任何伤害。

　　他哭了。轻轻地、柔和地啜泣，因为要么地下室里有个残忍的精灵在看着他的一举一动，要么他母亲的脑子不太对劲。他在水泥地上拖着脚向前走，将注意力聚拢在前方的光束上。他尽量对那一团亮光之外的所有东西都视而不见。他终于看见了房间另一头的配电箱，他闭上眼睛，尽可能笔直地向前走。他向前迈步，将手电筒伸在身前，一直到他感觉手电筒的头部碰到墙壁为止。他睁开眼睛。配电箱出现在眼前。他合上断路器，地下室的灯亮了。他望向背后——什么都没看见，只有地下室的那堆破烂。他多待了一会儿，振作精神，停止哭泣。他坐在地上。下面比上面凉快多了。

6

这个学年的头几个星期，毕晓普和萨缪尔很快就结成了同盟，因为毕晓普想干什么就干什么，而萨缪尔总会跟着他。如此分配角色对两个人来说都很轻松。他们根本没有讨论或者口头认可过这件事，而是自然而然地站上了各自的位置，就像硬币落进自动贩卖机里的沟槽。

他们在池塘附近的林子里碰头玩战争游戏。毕晓普总会为游戏准备好背景故事。他们和越南时的"老共"作战，和二战时的纳粹作战，和内战时的邦联军作战，和独立战争时的英国佬作战，和法印战争时的印第安人作战。除了在尝试重现 1812 年战争时有点摸不着方向[1]，他们的战争永远有明确的目标，两个男孩永远扮演好人，敌人永远是坏蛋，胜者也永远是他们。

---

1 1812 年战争(War of 1812)是 1812—1815 年发生的一场战争，一方是英国和加拿大，另一方是美国。从战争的结果和影响角度看，这是一场没有输家的战争。

　　要是不玩战争游戏，他们就在毕晓普家玩电子游戏，这是萨缪尔更中意的选项，因为他有可能会碰到贝萨妮，也就是他的爱恋对象。不过现在他大概还不会称之为"爱"，而更像是一种关注与悸动成倍放大的精神状态，生理方面体现为说话时声音起伏变小。每次见到她，尽管不愿意也不希望，但他总会变得像个自我封闭的苦行僧，还有用大拇指和食指轻捻她的衣物的迫切欲望。毕晓普的姐姐让他喜悦，也让他畏惧。贝萨妮很少搭理他们。她对自己的影响力似乎浑然不知。她练习音阶，听音乐，关着门。她去外地参加各种音乐节和比赛，小提琴独奏赢得的绶带和奖杯最终都挂在了她卧室的墙上，与其做伴的是安德鲁·劳埃德-韦伯的音乐剧海报和一小套象征着悲剧与喜剧的瓷质面具。还有干花，来自她数不胜数的独奏音乐会，谢幕时观众会献上大捧的玫瑰花，她仔细干制后粘在了墙上的床头位置，鲜绿色的枝叶与嫩粉色的花朵完全符合床单、窗帘和墙纸的配色。一个百分之百的女孩房间。

　　萨缪尔之所以了解她的卧室，是因为他曾躲在树林里一个安全的地方偷看过两三次。他在日落后走出家门，顶着颜色越来越深的紫色天空，来到小溪旁，踩着泥地穿过威尼斯村背后的树林。他经过种着玫瑰花和紫罗兰的花园，花朵正在夜幕下悄然合拢；他从犬舍和温室背后走过，闻着硫黄和磷肥的气味；他从圣心学院校长家背后走过，校长有时候会躺在定制的室外盐水按摩浴缸里舒展身体。萨缪尔会走得谨慎而缓慢，一方面要留神脚下，免得踩中枯枝或成堆落叶，另一方面还要盯着校长，从这个距离望去，校长是一团模糊的白色影子，身体的许多部位（腹部、下巴和手臂底部）只是因为沉甸甸的赘肉才能被分辨出来。绕过整个街区，穿过这片树林，来到街道的尽头，萨缪尔躲在福尔家背后那些树木的须根之中，离草丛与森林的分界线只有三米左右，他穿着黑色衣裤，黑色兜帽压得离地面还不到三厘米，因此全身上下露在外面的只有一双眼睛。

他在那里默默观察。

橘黄色的灯光，人们的影子在室内移动。贝萨妮出现在她卧室的窗框里，渴望如电流般在他的下腹炸裂。他更用力地贴近地面。她穿薄棉布裙，她总是穿成这样，她永远穿成这样，永远显得比其他人更有格调一点，就像刚去过高级餐厅或教堂。她行走时裙子微微摆动，她停下时裙子轻轻落回身上，流畅地滑回原处，仿佛羽毛优雅地飘落。萨缪尔愿意欣然淹死在那裙摆之中。

他只是想看见她。只是想确认她事实上真的存在。这就是他的全部愿望，只要看见了她，他很快就会离开，早在她换衣服之前就会离开，不至于被控行为不端。只有这一件事情——看见贝萨妮，与她分享这个宁静而私密的时刻——能够安慰他，帮他熬过又一个星期。甚至两三个星期。她和他不在同一所学校，她在房间里待那么长时间，花那么多时间外出旅行，这些都让萨缪尔觉得不公平和不平等。其他男孩爱恋的女孩永远在场，就在班级里你的前方，就在食堂里你的身旁。贝萨妮总是那么遥不可及，萨缪尔因此认为他偶尔偷窥也就有了正当性。他有这个资格。

一天，在福尔家，毕晓普正在玩《导弹指令》，萨缪尔坐在特大号的豆袋沙发上，贝萨妮径直闯进电视室，倒在同一张沙发上。她坐下的时候，一小块肩膀和萨缪尔的一小块肩膀贴在了一起。忽然之间，他感觉全世界的意义都集中在了那几平方厘米之中。

"好无聊。"她说。她身穿黄色太阳裙。萨缪尔能闻到她洗发水的气味，蜂蜜、柠檬和香草的浓郁香味。他一动不动，害怕他要是动了她就会离开。

"来一把？"毕晓普把游戏操纵杆推向她。

"不。"

"捉迷藏？"

"不。"

"踢罐头？闯城门？"

"三个人怎么玩闯城门？"

"出主意而已。头脑风暴。唾沫球。"

"我不想玩闯城门。"

"跳房子？投圆片？"

"你这就是存心犯傻了。"

萨缪尔感觉肩膀与贝萨妮肩膀相接的地方在出汗。他僵硬得像一尊雕像。

"女孩子玩的奇怪游戏？"毕晓普说，"叠纸，猜你会嫁给谁，生几个宝宝。"

"我不想玩那个。"

"你不想知道自己会生几个宝宝？十一个。我猜。"

"闭嘴。"

"可以玩大冒险。"

"我不想玩大冒险。"

"大冒险是什么？"萨缪尔说。

"真心话或大冒险去掉前一半狗屁。"毕晓普说。

"我想去另一个地方，"贝萨妮说，"没有任何原因。我想去另一个地方，只是因为可以去那里而不是待在这里。"

"公园？"毕晓普说，"海滩？埃及？"

"没有任何原因不去一个没有任何原因要去的地方。"

"哦，"毕晓普说，"你想去购物中心。"

"对，"她说，"购物中心。对，我想去。"

"我要去购物中心！"萨缪尔说。

"我们父母不肯带我们去购物中心，"贝萨妮说，"他们说购物中心廉价又庸俗。"

"被逮住穿这些衣服我就死定了。"毕晓普鼓起胸膛，尽可能扮演他父亲。

"我明天要去购物中心，"萨缪尔说，"和我妈妈。我们要去买新洗碗机。我会给你带点东西。你要什么？"

贝萨妮陷入沉思。她望着天花板，手指轻敲颧骨，认真考虑了好一阵，最后说："给我个惊喜。"

那天晚上和整个第二天，萨缪尔都在思考他该给贝萨妮买什么。有什么礼物能完美地表达他想让她知道的所有心意呢？这件礼物必须精炼出他的感情，将爱恋、承诺和绝望的热忱凝聚成强有力的一剂，装进小小的包装盒送给她。

他知道这件礼物的所有要素，却看不清它的样子。那一夜他没怎么睡。完美的礼物就在购物中心千百万个货架上的某处等着他。但到底是什么呢？

坐在车上，萨缪尔很安静，他母亲却焦躁不安。去购物中心的路上，她总会变成这个样子。她憎恶购物中心，每次不得不去购物中心的时候，她对所谓"城郊购物中心文化"的批判就会格外残暴和粗鲁。

拐出他们那片住宅区，开上主干道，它和任何一个美国城郊的任何一条主干道没有任何区别：千篇一律的镜厅复制品。你在城郊得到的就是这个，他母亲总是说，小小欲望的满足。得到你甚至不知道你想要的东西。更大的超市。四车道的公路。更大更好的停车场。新三明治店或录像带出租店。比其他麦当劳更近一丁点儿的又一家麦当劳。麦当劳隔壁是汉堡王，马路对面是哈迪快餐，同一个地段还有摇摇牛排、波南萨牛排馆和能吃多少就吃多少的庞德罗莎自助餐。换句话说，你得到的是选择。

　　或者更准确一些，选择的幻象，因为这些餐厅的菜单本质上都一样，只在马铃薯和牛肉上有些细微的区别。就好比你走进超市，站在意大利面的货架前，看着十八个细面条品牌。她无法理解。"我们为什么需要十八种细面条？说真的。"她问。萨缪尔耸耸肩。我们为什么需要二十种咖啡？为什么需要这么多种洗发水？望着乱糟糟的燕麦货架，你很容易忘记这几百种选择其实只是一种选择。

　　来到购物中心——巨大、明亮而宽阔，开着空调，威严如大教堂——他们在看洗碗机，但其他家用电器吸引了费伊的注意力：方便储存剩饭菜的东西，方便碾碎食物的东西，避免食物粘锅底的东西，方便冷冻食物的东西，方便重新加热食物的东西。母亲望着每一样物品，发出惊讶的啊啊叫声，她仔细打量它们，拿在手里翻来覆去，阅读包装盒上的文字，说："真不知道这是谁想出来的。"她见到这些东西总是很警觉，生怕有人会在她心里创造出某种需求，或者识别出本就存在但她不自知的某种需求。家居与园艺区有一台自走式除草机吸引了她的注意力：富有雄性气息般巨大，外壳是炫目的亮红色。"我都没想到过我会有草坪，"母亲说，"但我忽然非常想要这东西了。有问题吗？"

　　"不，没问题。"后来她在购物中心的另一家厨房用品店里说，重新拾起这个话题，就好像从来没有中断过。"完全没有任何问题。可是，我说不准，我觉得好像——"她停下来，举起一个白色塑料物品盯着看，这个小装置能够切出完美的蔬菜丝，"感觉荒谬吗？我是说我能买这东西？"

　　"我不知道。"

"这真的是我吗？"她说，盯着她像保护幼鸟似的笼在手里的那件东西，"真正的我？我难道变成了这么一个人？"

"能给我一点钱吗？"他问。

"为什么？"

萨缪尔耸耸肩。

"别为了买东西而买东西。买东西本身不是重点。"

"我不会的。"

"我想说的重点是，你不是必须要买任何东西。没有谁真的需要这些东西。"

"我知道。"

她从手包里拿出一张十美元的钞票："一小时后在这儿见。"

萨缪尔攥着钞票，跑进购物中心的炫目白光。这个场所巨大得超乎认知。它像一头会呼吸的庞然巨兽。某处一个或多个孩子的模糊叫声或哭声成了无处不在的喧嚣的一部分，他不知道这个声音来自何处，孩子在什么地方，是快乐还是悲伤——仅仅是一个支离破碎的声学现象。你很难想象购物中心的商铺还不够多，但显然有人认为应该再补充一些，因此每条过道的中央都支起了单独的货摊，销售特殊甚至只是噱头的商品：玩具小直升机，销售员操纵它们从头顶飞过担忧的人群；钥匙链，用激光将你的名字刻在上面；新型卷发器，萨缪尔根本看不懂；礼盒装的香肠；玻璃立方体，里面似乎有 3D 全息画；新型束腰，能让你显得比实际上更瘦削；帽子，当场绣上个性化的文字；T 恤，激光烫印你的照片。购物中心似乎用数以百计的商铺和货摊给你一个简单的承诺：在这儿你能找到你需要的一切。一些看似离奇的东西也不例外。比方说，牙齿美白，不像是你会在购物中心买的东西。还有瑞典式按摩，还有钢琴，但你确实能在这儿买到它们。购物中心压倒性的存在就是为了取代你的想象力。别费神去梦想你的欲望了，购物中心已经替你做好了梦。

企图在购物中心寻找完美的礼物就像读一本选项缺失的"选择你自己的冒险"。他必须猜测应该翻到哪一页。快乐结局肯定存在，但隐藏在某个地方。

萨缪尔走过蜡烛店，吸了一两口肉桂的香味。美甲店熏得他头疼了一小会儿。糖果店装硬糖的塑料盒呼唤着他，但他抵抗住了诱惑。购物中心的音乐和各家店铺的音乐混在一起，感觉像是汽车驶进驶出无线电波的覆盖范围。歌曲淡入，歌曲淡出。先前播放的是欢快的摩城音乐，现在是《扭扭舞》，恰比·切克。他母亲最不喜欢的歌曲，萨缪尔不知道他为什么知道这个事实。他想着音乐，听着商铺里飘出来的音乐，看见了美食广场对面的唱片店，这个点子总算跳进他的脑海，他不敢相信他居然花了这么久才想到它。

音乐。

贝萨妮是音乐家。他跑进唱片店，心情有点尴尬，因为他一直在问自己他能给她买什么，却忘了思考她实际上想要什么。这种行为似乎过于自我中心和自私了，回头必须要好好反思一下，但不是现在，现在他必须在十分钟内找到完美的礼物。

于是他跑进唱片店，看见流行乐盒带的标价都在十二美元左右，超出他的预算，他一时间有点沮丧。但绝望并没有持续太久，因为他瞥见商店最里面有个箱子，箱子上写着"古典音乐"，底下是"半价！"。简直是天意。箱子里的盒带六美元一盘，他非常确定其中之一就是完美的礼物。

然而等萨缪尔开始翻看清仓箱里那堆凌乱的盒带时，他意识到了一个根本性的难题：他对这种音乐一无所知。完全不懂。他不知道贝萨妮会喜欢什么、已经有了哪些。他甚至分不清好坏。有些名字很熟悉，例如贝多芬、莫扎特，但大多数都非常陌生。有些是不知道怎么读的外国名字。他正要选择一个他听过的著名人物——斯特拉文斯基，但他不记得他为什么会知道——却想到假如连他都知道斯特拉文斯基，那么几乎可以肯定贝萨妮早就有了全套斯特拉文斯基，现在多半已经厌倦了，于是他决定要找一些更现代、更有意思、更新鲜的音乐，能够彰显他妙不可言的品位，能够表现出他有多么与众不同和独立自主，不像其他人那样随波逐流。因此他挑出了最有意思的十个封面。没有作曲家肖像，没有古老油画或拥挤的乐团照片，没有手握小棍的指挥家。他选择的是概念画：泼溅的色彩，抽象的几何形状，让人眼花缭乱的螺线。他拿着它们走到柜台，堆在收银员面前，问："哪一盘从来没人买过？"

　　收银员，一个三十来岁的男人，助理经理，长着一张感性的脸，扎着马尾辫，听见这个奇怪的问题连眼睛都没多眨一下，而是认真地看了一遍这十盘盒带，拿起其中一盘摇了摇，开口时带着权威的气息，萨缪尔顿时信任了他，他说："这盘。从来没有人买过。"

　　萨缪尔放下十美元的钞票，收银员将盒带装进一个口袋。

　　"非常现代的作品，"收银员说，"真的超乎想象。"

　　"好。"萨缪尔说。

　　"同一部作品，反复录了十遍。怎么说呢，真的很古怪。你喜欢这东西？"

　　"非常。"

　　"那就好。"他说，给萨缪尔找零，萨缪尔还剩下四美元。他跑向糖果店。完美的礼物在包装袋里摆动，敲打着他的大腿后侧，想到他要买的水果硬糖，他的嘴里冒出了口水，各种白日梦在脑海里东冲西撞，每次他都做出了正确的选择，每个故事都有最完满和最快乐的结局。

　　毕晓普·福尔是个校霸，不是普通意义上的那种霸凌者。他不对弱者下手。他不碰皮包骨头的男孩和羞涩笨拙的女孩。他讨厌轻而易举的事情。强壮、自信、沉着、有力量的那种孩子才会引起他的注意。

　　本学年的第一场赛前动员会上，毕晓普对安迪·伯格产生了兴趣，后者是所有以蛮力称雄之事的常胜将军，六年级只有他一个人长出了黑乎乎的腿毛和腋毛，他是本地软弱、窝囊、矮小的孩子的克星。第一个叫他"冰山"的是体育老师，这个外号有时候被简称为"山哥"，原因是他的块头（庞大）、速度（缓慢）和步态（无法阻挡）。山哥是最标准的那种小学校园恶霸：比同学高大和强壮许多，似乎是智力方面有些低下（这也是他身上唯一低下的地方）所造成的愤怒心魔催长的结果。他身体其他部分的基因已经飞跃到了成人阶段。六年级的他比女老师还要高和重。他的身体不是注定会成为运动健将的那种强壮，而是会变得臃肿。他的躯干状如啤酒桶，手臂仿佛牛腿。

这场赛前动员会一如既往，一到六年级的学生走进气味古怪的塑胶地面体育馆坐上看台，助理校长特里·弗勒斯特（顺便说一句，他打扮成了一只一米八高的红白两色大鹰，这是本校的吉祥物）带领他们练习一系列助威套路，开场白和平时一样：雄鹰！身体健康不吃药！

然后，拉奇校长让大家安静，发表他千篇一律、华而不实的演讲，什么他对言行举止的标准，什么他绝对零容忍、无废话的教育哲学，大多数学生早已溜号，直愣愣地盯着各自的脚尖，只有一年级的孩子除外，他们第一次听见这些话，一个个自然吓得魂不附体。

动员会以弗勒斯特先生不变的"雄鹰，咱们上！雄鹰，咱们上！"结束。

学生跟着欢呼鼓掌，热情大概只有助理校长的四分之一左右，但依然足以淹没安迪·伯格与众不同的叫声，只有他周围的几个学生才能听见他在喊什么，萨缪尔和毕晓普就在其中："小金，是基佬！小金，是基佬！"

叫声当然是冲着可怜的金·韦格利去的，他站在山哥左边两步的地方，毫无疑问是整个六年级最容易被取笑的对象，属于前青春期的所有不幸都降临在他们身上的那种孩子：鹅毛大雪般的头皮屑，显眼的牙箍，慢性脓疱病，高度近视，对坚果、花粉和麸质严重过敏，中耳炎让他脚步蹒跚，面部湿疹，隔月犯一次的红眼病，痦子，哮喘，甚至还在二年级发过头虱，大家绝对不会让他忘记这件事。另外，他从头到脚加起来大概就是十八公斤汗津津的皮包骨头。而且，他有个女孩的名字。

遇到这种时刻，萨缪尔知道"正确的"做法应该是保护金、阻止欺凌和勇敢地抵抗巨人安迪·伯格，因为每年健康课上发的小册子说霸凌者遇到反抗就会退缩。当然，所有人都知道，这是彻头彻尾的胡说八道。去年布兰德·博蒙德真的挺身反抗了山哥，因为他没完没了地嘲笑布兰德厚如防弹玻璃的眼镜，布兰德一时间搭错神经，居然在食堂中央对上他，说："闭上你那张大嘴，你个胖混蛋！"山哥确实退了下去，那天直到放学也没来收拾布兰德，所有目击者都喜气洋洋，因为他们现在似乎安全了，小册子似乎没有骗人，乐观的情绪笼罩全校，布兰德成了小英雄，然而山哥在他回家的路上找到他，一顿拳脚严重得甚至招来了警察，警察盘问布兰德的朋友，但他们已经学到了重要的教训：别他妈多嘴。霸凌者绝对不会退缩。

那年关于山哥的头号传闻（由山哥本人煽风点火）是，整个六年级他率先摆脱了处男之身。对方是个女孩，他说，是个前保姆，她吃不够我的大鸡巴。这种传闻当然无从核实。牵涉的高中女生和她对山哥身体的兴趣都无从核实，但也无人质疑。更衣室内能听见山哥吹牛的人都不敢冒受到伤害的风险直陈一个显而易见的事实：高中女生不可能对六年级男生产生兴趣，除非她精神有问题、丑得恐怖或情感严重受创，或者三者兼具。总之就是不可能。

然而。

然而山哥描述性交的方式让男生们不得不有所怀疑。他描述的细节是那么详尽，具体得全无浪漫色彩。正是这一点让他们踌躇犹豫，让他们在夜里辗转反侧，有时候甚至会妒火中烧，因为他说不定是在说实话，他说不定真的搞了一个高中女生。假如这是真的，他们只需要这一点证据，就足以确认世界不公和上帝不存在了。或者就算上帝存在，也肯定憎恨他们，因为全校没有谁比安迪·该死的·伯格更不配享受性爱了。他们默默忍受每一节体育课，听他说什么他必须抽他老爸的雪茄来掩盖姑娘下体的气味，什么他这个星期没做爱因为姑娘来大姨妈了，什么有一次他射爆了安全套因为他就有那么猛。这些画面让孩子们做噩梦，还有更抽象的恐惧——恶心的安迪·伯格已经在疯狂做爱了，而其他人最近刚和父母谈过"那件事"，与女孩做爱的整个概念依然显得那么恐怖和粗鄙。

或许正是山哥在动员会上奚落金的方式刺激毕晓普采取了行动。他本来觉得这件事过于容易、过于显而易见——金不敢还击，他弯腰驼背的消沉站姿表现出他百分之百地接受了这里的等级划分。金站在那里，本能地准备好了接受欺凌。或许是这种摊手等死的态度激起了毕晓普怪异的正义感、以暴虐手段消灭对手从而保护无辜弱小士兵的欲望。

学生们排队走出体育馆的时候，毕晓普拍拍伯格的肩膀："听说了你的传闻。"

山哥低头看着他，有点生气："是吗？什么？"

"说你睡过姑娘。"

"你他妈最好相信。"

"那么，传闻是真的了？"

"我戳过的屄多得你都数不过来。"

萨缪尔小心翼翼地跟着他们。他通常不敢离山哥这么近，但中间隔着毕晓普，他觉得很安全。毕晓普天生会吸引全部的注意力，就好像毕晓普掩盖了萨缪尔的存在。

"好的，"毕晓普说，"我有好东西给你。"

"什么？"

"给比较成熟的那些人的东西。比方说你。"

"到底是什么。"

"这会儿不想说。会被别人听见的。好东西，而且这玩意儿是非法的。"

"你他妈到底在说什么？"

毕晓普翻个白眼，左右看看，像是在确定没有人偷听，然后靠近山哥，勾勾手指，示意他弯下腰，等他巨大的脑袋凑过来，毕晓普用密谋者的语气悄悄地说："黄书。"

"不可能！"

"小声点。"

"你有黄书？"

"好大一堆。"

"真的假的？"

"我一直在考虑，这儿有谁已经成熟得能看这些东西了。"

"好极了！"山哥说，顿时有了兴趣。那时候还没有互联网，网络还没有让色情物品变得唾手可得因而陈腐老套，那时候也没有个人电脑，对于他这个年纪的孩子，对于在 1980 年代进入青春期的孩子，对于认为色情物品依然是有形之物的最后一代男孩，拥有色情物品就仿佛拥有超能力。色情物品会让你立刻成为其他孩子的榜样和好友。差不多每个学期都会有一个卑微的孩子找到了父亲珍藏的色情杂志，社交地位顿时扶摇直上，直到他惹上麻烦为止，那通常是一天到几个月以后的事情，取决于这个孩子的性格。绝望地乞求关注和渴望被喜欢的孩子往往会偷走整堆杂志，换取短暂的名气，但等他们的父亲发现色情物品不翼而飞、想通究竟是怎么一回事之后，明星就会在一天之内燃烧殆尽。其他的孩子，更能控制住冲动和不那么拼命寻求认可的那些孩子，在窃取色情物品时会比较慎重。他们只会从一堆杂志里取走一本，比方说从最底下数第二本或第三本，按理说他们的父亲已经仔细翻看、享用、消化和抛弃了这本杂志。他们会把这本杂志带到学校，让所有人欣赏，一两周后将它放回原处，再从靠近底部的位置取一本杂志，就这样周而复始。这些孩子能够长期维持名望，有时过了几个月才会有教师注意到一群男孩总是动也不动地窝在操场上，他会过去看看他们到底在干什么，因为小学男生不像苍蝇似的跑来撞去时就等于出了什么岔子。

换句话说，孩子们接触色情物品的时间终究有限，所以山哥的胃口才会一下子被吊了起来。

"在哪儿？"他说。

"大多数孩子只会吓一跳，"毕晓普说，"他们不会明白他们到底在看什么。"

"快给我看。"

"你就不一样了，我看你肯定把持得住。"

"太他妈对了。"

"那好，咱们放学后见。等所有人都走了。食堂后面的楼梯口，卸货台旁边。我给你看我把东西藏在哪儿了。"

山哥同意了，推开众人走出体育馆。萨缪尔拍拍毕晓普肩膀。

"你干什么？"他问。

毕晓普微笑："把战火烧到敌人家里去。"

那天晚些时候，放学铃响过，学校大巴来了又离开，教学楼里空无一人。毕晓普和萨缪尔等在学校背后，你从马路上看不见学校的这个部分：全都是水泥建筑和柏油路，看上去就像地区级高吞吐量航运中心，工业、机械、自动化、末世感。你会看见巨大的空调机组，风扇在铝质外壳内旋转，外壳上结着来自废气的黑色烟炱，风扇呼啸得像准备离开但就是无法起飞的武装直升机编队。风将纸屑和纸板碎片吹进每一个角落和每一条缝隙。你还会看见工业级垃圾压缩机：敦实的金属物体，尺寸如垃圾车，漆成废物处理车辆的那种森林绿，从上到下覆盖着黏糊糊的垃圾残渣。

紧靠着抬高的水泥装卸台，在装卸台远离垃圾压缩机的另一侧，有一条楼梯通往一扇无人使用的地下室门。没有人知道那扇门通往何处。楼梯的一侧被装卸台的水泥墙挡住，另一侧是高得不可能攀爬的铁栏杆。楼梯的顶端也有一扇门，但从不锁也从不关。这条楼梯是个建筑学的谜题，你费神想上几分钟就会明白我在说什么。铁栏杆无疑表达了禁止人们进入的愿望，但就算顶上的门锁着，从装卸台跳到楼梯上也没什么难度。但楼梯底下的地下室门只能从内部打开，外面连个门把手都没有。因此这扇门唯一的用途就是将人困在里面，不但从建筑学角度说非常奇怪，而且发生火灾时会极为危险。总而言之，从这条楼梯上积累的尘土、枯叶和乱扔的塑料包装袋与烟头的数量来看，它有好些年未曾被使用过了，吸引孩子们的正是这一点。

他们在这儿等山哥，萨缪尔对整件事觉得又是害怕又是紧张，因为毕晓普打算把安迪·伯格锁在楼梯井里晾他一夜。

"我真的觉得我们不该这么做。"他对毕晓普说，毕晓普在楼梯最底下，用枯叶、泥土和碎石掩埋一个黑色塑料袋。

"放松，"他说，"不会出事的。"

"但万一出事怎么办？"萨缪尔说，光是想到安迪·伯格会因为这个傻乎乎的恶作剧报复他们，一场二级哭泣就已经在爆发边缘了。

"咱们快走吧，"萨缪尔说，"趁他还没来。大家平安无事。"

"我需要你完成你的任务。你的任务是什么？"

萨缪尔皱起眉头，摸着他口袋那个铁疙瘩似的金属挂锁："等他走到楼梯最底下就关门。"

"无声无息地关门。"毕晓普说。

"对，这样他就不会注意到了。"

"我给你打信号，然后你就关门。"

"什么信号？"

"我会给你一个意味深长的眼神。"

"什么？"

"一个特别显眼的眼神。你看见了就会知道。"

"好吧。"

"关门以后呢？"

"上锁。"萨缪尔说。

"这是整个计划中最要紧的一环。"

"我知道。"

"至关重要的一环。"

"我锁上门，他就没法出来揍我们了。"

"你必须像士兵那样思考问题。注意力必须完全放在任务上。"

"好吧。"

"我没听见。"

萨缪尔踢着地面说："我说遵命。"

"这就对了。"

今天很温暖，空气潮乎乎的，影子正在拉长，阳光呈深橘红色。雷暴云在地平线上聚集，就是中西部那种犹如飘浮雪崩的巨型云团，意味着晚上会有雷阵雨或无声闪电或两者兼有。树木间吹来阵阵狂风。空气中有电荷和臭氧的难闻气味。毕晓普总算藏好了黑色塑料袋。萨缪尔练习如何无声无息地以最快速度关上铁门。最后，两个孩子爬上装卸台开始等待，毕晓普一遍又一遍地检查背包里的东西，萨缪尔用手指摸着口袋里那沉重挂锁隆起的部分。

"哎，小毕？"

"什么？"

"校长办公室里到底发生了什么？"

"什么意思？"

"你去挨板子。到底发生了什么？"

毕晓普暂时停下了乱翻背包的动作。他抬起头，先是看着萨缪尔，然后扭头望向远方。猫一样的眼睛射出锐利而专注的视线，就仿佛他在此时此地再次看见了当时发生的所有事情。他做出一个萨缪尔越来越熟悉的姿态，身体盘起绷紧，双眼眯成窄缝，眉毛皱成对钩形状。这个姿态代表着挑衅，萨缪尔见过好几次：在校长面前，在鲍尔斯小姐面前，在福尔先生面前，在毕晓普朝校长家扔石块的时候。其中的激烈和坚决在十一岁孩童的身上相当常见。

但这次它很快就散去了，因为安迪·伯格绕过教学楼的拐角，迈着他沉重而笨拙的大步，拖着脚指头向前移动，就好像双脚离他小小的脑子过于遥远，他的身躯过于庞大，他的神经系统难以发挥功能。

"他来了，"毕晓普说，"准备好。"

山哥身穿他通常的行头：黑色运动裤，没商标的白色运动鞋，T恤上印着幼稚的玩笑话，今天这件是"牛肉在哪儿？"，全班只有他穿超市廉价品牌鞋不会被嘲笑。庞大体形和暴力倾向让他在时尚方面可以为所欲为。他对当下潮流也有所了解的唯一证据是他正在留鼠尾辫，全班有四分之一的男生正在追随这个时尚。正宗的鼠尾辫需要男生剪短头发，只留下后脑勺正中间的一小块自由生长。山哥到目前已经留出了一条弯弯曲曲的黄色短索，顺着脖颈和后背绵延约十几厘米。安迪·伯格走近装卸台，两个少年跷着腿坐在比他略微高一点的台面上。

"你来了。"毕晓普说。

"基佬，快给我看。"

"首先请向我保证，你不会一惊一乍的。"

"你他妈闭嘴。"

"很多孩子会吓一跳，他们不够成熟。这可是实打实的硬货。"

"我受得了。"

"真的吗？"毕晓普用戏谑和嘲讽的语气说。就是那种你分不清他究竟是在和你开玩笑还是在侮辱你的语气，让你觉得你的脑子转得比他慢一两拍。这份领悟写在山哥脸上，他犹豫起来，忽然不知如何是好。他不习惯孩子在他面前表现出任何勇气或骨气。

"好吧，就当你受得了，"毕晓普继续道，"就当你不会一惊一乍的。反正没什么是你没见过的，对吧？"

山哥点点头。

"因为你见得多了，对吧？你在搞的那个高中生？"

"她怎么了？"

"我只是想啊，你这会儿有什么好着急的呢？你有个想搞就能搞的姑娘。为什么还需要黄书呢？"

"我不需要。"

"但你还是来了。"

"你根本没有。你骗我。"

"让我不得不琢磨，你是不是有什么事没告诉我们？比方说那姑娘很难看。比方说她根本不存在。"

"去你妈的。你到底给不给我看？"

"好吧，我先给你看一张图。要是你没被吓一跳，我就给你看其他的。"

毕晓普在背包了翻了一会儿，最后取出一张叠了好几次的纸，这张纸边缘参差不齐，显然是从一本杂志里撕下来的。他将它小心翼翼、慢吞吞地递给山哥，山哥一把抢过去，毕晓普的百般做作让他生气。山哥打开那张纸，还没完全展开，他的眼睛就瞪大了一点，嘴唇也微微分开，喜笑颜开的面容不复平时的蛮横和冷酷。

"哇啊，"他说，"噢，不错。"

萨缪尔看不见是什么画面让伯格如此欣喜，他只能看见这张纸的背面——好像是宣传某种棕色烈酒的广告。

"牛屎。"山哥说，像极了一条小狗盯着你的食物。

"好是很好，"毕晓普说，"但离牛屎还差得远呢。也就是小菜一碟。要我说，其实挺可笑的。"

"你从哪儿弄来的？"

"和你没关系。想看其他的吗？"

"太他妈想了。"

"你保证不告诉别人？"

"在哪儿？"

"你先发誓。保证不说出去。"

"行啊，我发誓。"

"认真点说。"

"快给我看。"

毕晓普抬起胳膊做了个投降手势，然后指着底下的楼梯井说："底下，我放在底下了，台阶最底下，埋在土里。"

山哥扔下手上的那张纸，打开铁门，跑下楼梯。毕晓普望向萨缪尔，点点头：信号。

萨缪尔跳下装卸台，跑到山哥刚才站的地方。他走过去，按照先前的练习，以极慢的速度关上铁门。他能看见楼梯最底下的山哥，他难看的鼠尾长辫，他肥壮的后背，他蹲在地上，扒开泥土和枯叶，发现了毕晓普藏在那儿的塑料袋。

"这个？塑料袋里？"山哥说。

"对，就是它。"

铁门终于关上，发出几乎听不见的咔嗒一声轻响。萨缪尔将沉重的挂锁套在铁栏杆上扣好。挂锁内部零件闭合的清脆响声让他感觉踏实和满足。决定性的感觉。无法撤销。他们做到了。已经没法回头了。

仅仅两三米开外，毕晓普给山哥看的那张纸在风里扑腾。晚风在装卸台四周形成了涡流，吹得它轻轻旋转，使得它沿着先前叠了三次的折缝重新合起。萨缪尔抓住它，打开它。在图片中的形状化作可识别的人体之前，这张照片给他的第一印象——最显眼的特征，似乎定义了这张照片，差不多是萨缪尔日后记住的唯一要素——是毛发。许许多多黑色的鬈曲头发。包围着女孩的头部，炸开形成一道漆黑的瀑布，看起来沉重得难以承受，勾成小卷的头发一直垂到她身体底下的土地上，她半坐半靠在地上，压开了生面团似的光滑臀肉，一条手臂在背后用肘部撑住地面，另一只手伸向下体，用两根手指掰开自己，手势像是倒放的和平标志，露出那一小块鼓起的鲜红色神秘嫩肉，另一团蓬勃生长的黑色毛发包围着那里，这团毛发向上到接近肚脐眼处浓密而卷曲，但在她长着丘疹的大腿内侧却变得纤细稀疏，就像男孩企图留小胡子和络腮胡时长出的软毛，毛发向下蔓延到身体与地面接触之处，她坐在某个不知名的热带丛林布景中，萨缪尔望着照片，想同时看清所有细节，想厘清其中的头绪，想像安迪·伯格刚才那样享受乐趣，但得到的只有好奇和些许反感或恐惧：成人世界似乎是个可怕的地方。

他把那张纸叠成一个小方块，努力忘记刚才见到的东西，忽然听见山哥在楼梯底下喊了起来："他妈的搞什么？"

　　就在这时，一道炫目的明亮白光突然一闪。毕晓普拿着一台宝丽来相机，相机嗡嗡作响，咔嗒一声吐出一方胶片。

　　"他妈的搞什么！"山哥再次喊道。萨缪尔爬上装卸台的竖梯，跑向毕晓普，毕晓普站在装卸台的边上，望着底下的山哥，像摇扇子似的挥动照片，笑得乐不可支。山哥身边有好几张照片，应该就是他在塑料袋里发现的东西，他大概将袋子翻过来，抖出了所有照片。萨缪尔看得清清楚楚——几乎所有照片都是特写拍摄的勃起的巨大阳具。成年人的阳具，成年人，阳刚气十足，可怕地充血，紫得发黑，有几个湿漉漉地在滴液体。阳具，有些来自色情杂志，有些是宝丽来快照，照明良好的柔焦特写，不知名的阴茎从暗处浮现，从层层叠叠的松垂腹部底下伸出来。

　　"他妈的搞什么？"安迪·伯格似乎找不到其他的词儿了，"这他妈是什么？"

　　"你看看，我就知道，"毕晓普说，"你吓坏了。"

　　"这他妈搞什么？"

　　"你还是不够成熟啊。"

　　"老子他妈要宰了你。"

　　"从发育的角度说，你还有段距离呢。"

　　山哥一步两级地跑上楼梯。他的体形实在庞大，他的动作实在有破坏力，你似乎不可能挡住他。他们难道真以为一个小小的挂锁就能保护他们？萨缪尔想象挂锁从中折断的样子。想象山哥如发疯的马戏团动物般撞破牢笼。萨缪尔后退一步，站在毕晓普背后，一只手放在毕晓普肩膀上。山哥跑到楼梯顶上，抬起胳膊想推开铁门。但铁门纹丝不动。结实的铁门挡住了山哥的巨大冲量，退缩的是两者之中的弱者：他的手臂。

　　他的手腕向后弯曲，肩膀诡异地扭转，发出咔一声清脆的声音，那种恐怖的液体炸裂声。山哥弹回去，重重地落在楼梯上，向下滑了几级台阶，直到在靠近最底下的地方停住，他抱着折断的手臂，呻吟哭号。铁门贴着挂锁震荡不已。

"噢，我的天，"山哥哀号，"我的胳膊！"

"咱们走吧。"萨缪尔说。

"快好了，"毕晓普说，"最后一件事。"

他沿着装卸台的边缘走到山哥正上方，脚底离山哥的头顶大约两米。

"你看，现在我要做什么呢？"毕晓普的声音盖住了山哥无力的哭声，"我要对你撒尿，而你拿我没办法。还有，从今往后，不许你欺负任何人了。因为我有这张照片。"毕晓普朝他挥舞那张宝丽来："你也该看一眼。你和一大堆基佬小画片。你希望这张照片出现在学校里每个人的柜子里吗？贴在所有人的课桌底下？夹在每一本课本里？"

山哥抬头看着他，困在庞大的成人躯体里的六年级孩童心智终于浮现，他显得是那么惶恐、痛苦、可悲、哀伤，像一只动物惊讶得无法动弹，因为不敢相信自己居然挨了一脚。

"不。"他在哭声中吼道。

"那么我希望你能给我乖乖的，"毕晓普说，"别再招惹金了。别再招惹任何人了。"

毕晓普解开裤带，拉开拉链，拨开内裤，像他说的那样，朝着安迪·伯格痛快淋漓地撒了一泡长尿，后者又哭又叫，转来转去躲避。他蜷成一团，毕晓普的尿浇在他的后背、T恤和鼠尾辫上。

两个男孩收拾东西离开，一路上没有说话，直到分手各自回家。毕晓普在这里穿过树林去威尼斯村，萨缪尔继续向前回他家。毕晓普拍拍他的胳膊，说："尽你所能，士兵。"然后飞快地跑掉了。

那天夜里，热浪终于退烧。萨缪尔坐在卧室窗口，望着雷暴雨洗刷外面的整个世界。狂风吹得后院的树木东倒西歪，闪电一次次划破天空。他想象暴风雨里的安迪·伯格，依然受困，浑身透湿。他想象安迪·伯格瑟瑟发抖，孤独惊恐。

第二天上午，空气中有了秋天的第一丝凉意。安迪·伯格没有到校。流言是他昨晚没回家。家里人报了警。父母、邻居、朋友四处搜寻。早晨，终于有人在装卸台旁边的楼梯井里发现了湿淋淋、病歪歪的他。现在他进了医院。没有人提到照片。

萨缪尔猜测山哥被雨淋出了感冒，甚至流感。但毕晓普的看法不同。"他必须要处理掉那些黄色照片，对吧？"那天课间休息的时候，他说，"明白吗？他肯定不希望被人发现时身边有那种照片。"

"对，"萨缪尔说，"但怎么处理呢？"

他们坐在秋千上，但没有荡秋千，望着操场另一头，金·韦格利也在玩游戏，这可真是罕见，因为金平时总是避开操场，事实上他不敢去有可能撞见伯格的公共场合。此刻他玩得很开心，有些忘我。

"山哥在医院里，"毕晓普说，"很可能中毒了。"

"为什么会中毒？"

"被他吃掉了。那些照片。他就是这么处理掉它们的。"

萨缪尔努力想象山哥吃宝丽来照片，使劲嚼硬塑料，被锐利的边角噎住。

"被他吃掉了？"他问。

"百分之百。"

操场的另一头，金望向他们，朝毕晓普无力地挥挥手。他也朝他挥挥手。然后，他哈哈大笑，喊一声"遵命"，起身跑去参加游戏，他的步伐是那么轻快，脚底几乎不沾地面。

8

　　最近人们常会看见圣心学院的校长拖着沉重的双脚，沿着威尼斯村里唯一的道路短距离散步，时间通常选在太阳刚落山的时候，他缓慢而小心地移动庞大的重量，就好像双腿随时有可能化为齑粉。他手里的拐杖是新购置的物件，校长似乎很喜爱拐杖为他增添的那份威严。说来也是难以置信，这么简单的一根拐杖居然能给他佝偻的身躯和痛苦的跛行带来那么大的帮助。校长如今像个高贵的负伤者了，像个战争英雄。拐杖杆是橡木质地的，抛光成光润的黑檀色。顶部固定珍珠手柄的白镴轴环上刻着浅浮雕花纹。见到他添置了拐杖，邻居纷纷松了一口气，因为拐杖使校长的痛苦不再那么显而易见，他们也就不再必须问他感觉怎么样了，于是就避免了又一场有关病痛的对话。这个话题在过去六个月间聊得实在无法再聊了。校长已经向所有邻居讲述了他的病痛，他那种神秘的病症，没有任何医生能够确诊，没有任何药物能够治愈。症状在整个街区早就家喻户晓：胸口发紧，呼吸急促，大量出汗，难以控制地分泌唾液，腹部抽筋，视觉模糊，疲劳，没精打采，全身虚弱，头痛，眩晕，食欲缺乏，心率缓慢，皮肤底下的肌肉怪异地不自觉抽搐和起伏，要是在交谈时恰好犯病，他就会向邻居展示那恐怖的画面。症状往往在中午或子夜突然出现，持续四到六小时后像变魔术似的自行消失。说到病况的细节，他坦诚和直白得令人惊愕。他的语气就像经历了灾祸般重病的那种人，绅士对体面和隐私的追求被病痛蚕食得干干净净。他会描述他既要呕吐又想腹泻时考虑孰先孰后是多么难以取舍。邻居频频点头，紧张地微笑，尽量不让表情泄露听他说这些有多么恶心，因为他们的孩子在上圣心学院（事实上，威尼斯村所有的孩子都在圣心学院上学），而校长能动用一些神秘关系也是众所周知的事情。校长打个电话给普林斯顿、耶鲁、哈佛或斯坦福的招生负责人，就能把一个学生的入学概率提高大概百分之一千。所有人都知道这个，所以只能忍受校长惟妙惟肖地描述医疗过程及其对身体的影响，因为他们觉得这是在投资孩子的教育和未来。因此，对，他们知道他无数次的求医旅程，他看过各种昂贵的专科医师，过敏科、肿瘤科、消化内科、心血管外科，知道他的核磁共振、CT 扫描和令人不快的组织切片研究结果。每次他都要开同一个玩笑，说他到目前为止花得最值的一笔钱就是拐杖。（就拐杖本身而言，所有邻居都不得不同意它确实精妙绝伦。）他坚持认为最好的治疗就是出门活动，所以他每晚外出散步，每天在后院的盐水热浴缸里泡澡两次——早晨一次，晚上一次——他说这是他人生中所剩无几的乐趣之一。

有些心眼不那么好的邻居私下里认为，他每晚出门散步不是为了健康，而是为了逮住一个人抱怨个把小时的机会，因为他实际上是个寻求同情的混球暴君。他们不会对其他人这么说，顶多告诉自己的配偶，因为他们知道这话听起来有多么自私、无情和没人性，某种神秘怪病确实在折磨校长，给他的肉体和精神带来了可怖的痛苦；但另一方面，他们也确实觉得自己是受害者，感觉他们受到了侵犯，因为他们被迫听校长讲述那些事情。那些夜晚，他们有时候会觉得自己深陷重围，整整六十分钟被拴在校长身旁，好不容易才能摆脱他，躲回家里的娱乐室，尝试从晚上剩余的时间里挤出一丁点儿乐趣。他们打开电视，新闻在报道又一场该死的人道主义危机，在某个荒凉的国度又发生了内战，受伤的难民或挨饿的儿童出现在画面里，苦涩的愤怒在他们胸中油然而起，因为这些儿童侵犯和毁坏了他们一整天仅有的放松和私有时间。邻居们这时候会有点义愤填膺：他们自己的生活也很艰难，却没有人愿意听他们抱怨。每个人都有难题，他们为什么不能闭上嘴悄悄地处理掉呢？不麻烦别人？有点自尊好不好？为什么非要把所有人都牵涉进来呢？搞得好像邻居能帮助你似的。内战又不是他们的错。

当然了，他们不会大声说出这些话。校长也不可能怀疑他们有这种念头。不过，住得离他最近的邻居已经养成习惯，他们会关掉家里的灯，坐在朦胧的暮色中，直到看见他走过去。其他人会趁着校长还没开始散步的时候出门去餐厅吃饭。街区尽头的几户人家避而不见的技艺日趋完美，因此校长有时候会一直走到死巷的尽头，敲开福尔家大门问能不能进来喝杯咖啡，萨缪尔第一次得到许可在毕晓普家过夜那天就是这样。

他第一次在外过夜。他父亲开车送他，在威尼斯村厚重的青铜大门前停车时，他显然惊呆了。

"你朋友住在这儿？"他问。萨缪尔点点头。

门卫请他父亲出示驾驶执照，填写表格，签署弃权声明书，解释来意。

"我们又不是要进白宫。"他对门卫说。这不是开玩笑。他的语气里有怨恨。

"有什么抵押物吗？"门卫问。

"什么？"

"你没有事先得到过批准，所以我需要抵押物，以免发生物品损坏或人身伤害。"

"你以为我会干什么？"

"这是规定。有信用卡吗？"

"我才不会给你我的信用卡。"

"暂时的。我刚才说过了，仅用于抵押。"

"我只是来送我儿子，送到就走。"

"你儿子要留在这里？"

"对。"

"哦，那就可以了。"

"什么可以了？"

"作为抵押。"

父亲开车向前走，保安驾着高尔夫小车跟着他。父亲放下萨缪尔，搂了他一下，说"乖乖的"和"有事打电话给我"，憎恶地瞪了一眼保安，回到车上。萨缪尔目送父亲和高尔夫小车沿着威尼托路开远。他抱着背包，里面有过夜的衣服，最底下是他在购物中心为贝萨妮买的磁带。

今晚他要把礼物送给贝萨妮。

福尔全家都在，毕晓普、贝萨妮、他们的父母，他们在同一个房间里等他，萨缪尔第一次看见他们全家同时出现在同一个空间里。但房间里还有别人，这个人坐在钢琴前，萨缪尔认出了他：校长。将毕晓普开除出圣心学院的校长，此刻在贝森朵夫小型三角钢琴前，占据了琴凳上的全部空间。

"你们好。"萨缪尔说，打招呼的对象不是某个特定的人，而是房间里的所有人。

"所以你就是他在新学校里的朋友了？"校长说。

萨缪尔点点头。

"那就好，很高兴看见他融入了集体。"校长说，评论的是毕晓普，却是对毕晓普的父亲说的。毕晓普坐在带软垫的古董木椅里，显得有点渺小。就好像校长的庞然躯体挤占了这个房间。他属于身体与脾性完全相符的那种人。嗓门大。身体大。他庞大地坐在那里，双腿分得很开，胸膛向外凸出。

毕晓普坐在离校长最远的地方，他抱着胳膊盘着腿，蜷成愤怒的一小团。他缩在椅子的最里面，像是想躲进去或与椅子融为一体。贝萨妮坐得离钢琴比较近，和平时一样笔直地坐在椅子边上，脚踝交叉，双手搁在大腿上。

"咱们继续！"校长说，转身面对钢琴，抬起一只手搁在琴键上，"不许作弊。"

贝萨妮从钢琴前转开脸，径直望着萨缪尔。萨缪尔胸口发紧，她的视线蕴含着巨大的电流。他按捺住望向别处的冲动。

校长弹了一个音符，强硬，黑暗，低沉，萨缪尔能在身体里感觉到它。

"是个 A。"贝萨妮说。

"正确！"校长说，"再来。"

又一个音符，这次靠近最右侧，纤细的叮咚一声。

"是个 C。"贝萨妮说，依然盯着萨缪尔，面无表情。

"又对了！"校长说，"来个稍微有点挑战性的。"

他同时按下三个琴键，声音刺耳而难听，像是幼儿在胡乱敲打钢琴。贝萨妮的视线略微松开了一瞬间，就仿佛意识暂时离开身体，眼神变得呆滞而遥远，但她立刻恢复了正常，说："降 B，C，升 C。"

"了不起！"校长欣然鼓掌。

"我能走了吗？"毕晓普说。

"什么？"他父亲说，"你说什么？"

"我能走了吗？"毕晓普说。

"你似乎应该学一学怎么说话。"

毕晓普终于抬起头，望着父亲的眼睛。他们对视了令人不安的几秒钟。"能允许我告退吗？"毕晓普说。

"好的，可以。"

来到游戏室，毕晓普明显不想说话。他把《导弹指令》插进雅达利游戏机，板着脸一言不发，将火箭弹射上天空。玩了一阵，毕晓普越来越生气，说："去他妈的，咱们看电影。"他开始播放一部他们看过好几遍的电影，讲一群少年抵抗俄军突袭，保护家园小镇。看了二十分钟，贝萨妮打开门，钻进房间。

"他走了。"她说。

"很好。"

每次近距离看见她，萨缪尔都不敢相信他的胃里居然能翻腾成这样。甚至是此时此刻，他的内心正在挣扎，不确定自己究竟应不应该待在这儿，毕晓普无疑想一个人待着，萨缪尔不知道他该怎么办，一直在琢磨要不要打电话叫父亲来接他，尽管有一肚子古怪的情绪，但看见贝萨妮走进房间，萨缪尔依然高兴得像是上了天，就仿佛她抹除了所有次要的东西。萨缪尔不得不克制住冲动，没有伸手触碰她，搅乱她的头发，拍打她的胳膊，拨弄她的耳垂，总之就是男孩恫吓他们所爱女孩的那些青春期举动，这些行为实际上是在用他们知晓的唯一方式进行身体接触，却蛮横得像是一个个小原始人。但萨缪尔对此已经有了足够的了解，知道这不是长期相处的良好策略，所以他坐在他平时坐的豆袋沙发上一动不动，希望贝萨妮会再次在他身旁坐下。

"他是个混球，"毕晓普说，"死他妈胖子混球。"

"我知道。"贝萨妮说。

"他们为什么放他进来？"

"因为他是校长。还有呢？因为他有病。"

"太讽刺了。"

"要是他没病，也就不会出门乱走了。"

"有个词专门形容这种事：讽刺。"

"你没有懂我说的，"贝萨妮说，"要是他没病，你就不会见到他了。"

毕晓普坐起来，对姐姐皱眉道："你到底什么意思？"

贝萨妮站在那里，双手放在背后，啃着或者咬住腮帮子，每次她聚精会神就是这个样子。她的头发绾成马尾辫。她的眼睛绿得能刺穿身体。她身穿着裙摆渐变成白色的黄色太阳裙。

"我只是在陈述一个事实，"贝萨妮说，"要是他没病，就不会出来散步，你也不会看见他了。"

"我不太喜欢你想说的意思。"

"你们到底在说什么？"萨缪尔说。

"没什么。"他们用双胞胎特有的那种异口同声说道。

三个人在不自然的沉默中看完那部电影，美国少年成功击退俄国侵略者，结尾的大团圆不像平时那样喜气洋洋，因为某种怪异的紧张气氛和不言而喻的冲突感淹没了整个房间，萨缪尔觉得就像他在家里和正在冷战的父母共进晚餐。电影结束，毕晓普的父母来叫孩子们准备睡觉，他们洗脸刷牙换睡衣，萨缪尔被领进客房。正要关灯的时候，贝萨妮轻轻敲门，脑袋伸进萨缪尔的房间，说："晚安。"

"晚安。"他说。

她看着萨缪尔，迟疑了一瞬间，像是还有话想说。

"那时候是在干什么？"萨缪尔说，"前面在钢琴边。"

"哦，那个，"她说，"客厅戏法。"

"你在表演？"

"算是吧。我能分辨一些东西。有人觉得很了不起。我父母喜欢向客人炫耀。"

"什么东西？"

"音符，音高，振动。"

"钢琴的声音？"

"所有声音。钢琴最简单，因为每种声音都有一个名字。但我能听清所有声音。"

"'所有'是什么意思？"

"每个声音实际上都是许多个声音的组合，"她说，"三和弦，和声。音质，泛音。"

"我不明白。"

"敲墙。拍玻璃瓶。鸟叫。轮胎摩擦街道。电话铃声。洗碗机的转动。万物之中都有音乐。"

"你能从所有这些里听见音乐？"

"我们家的电话音有些刺耳，"她说，"每次一响我就不舒服。"

萨缪尔拍了拍墙，听着声音："我只听见砰的一声。"

"比砰的一声要复杂得多。你听。尽量分隔单独的声音。"她使劲敲了敲门框。"有木头发出的声音，但木头的密度并不均匀，因此会有几个不同音高的声音，彼此非常接近，"她又敲了一下，

"此外还有黏合剂的声音，周围墙壁的声音，墙里空气共振的嗡嗡声。"

"你全都能听见？"

"它们就在这儿。加起来听上去像是砰的一声。这种杂音像是棕色。你把水彩调料盒里所有的颜色化在一起，得到的就像这个声音。"

"我听不见你说的那些。"

"真实世界的声音比较难听清。钢琴经过调律，但房屋没有。"

"太厉害了。"

"大多数时候很烦人。"

"为什么？"

"唔，比方说鸟叫。有一种鸟，唐纳雀，叫起来大概是吱－叽里－叽里－叽里。明白吗？一种夏鸟。"

"嗯。"

"但我听见的不是叽里叽里，而是降 A 大调的第三音和第五音。"

"我不明白你在说什么。"

"是一个 C 平滑换成降 E，舒伯特的一首独奏曲里有它，柏辽兹的一部交响乐里也有，还有莫扎特的一部协奏曲。因此只要这种鸟开始鸣叫，就会引出以上所有乐句。在我的脑海里。"

"真希望我有这个本事。"

"不，千万别。非常可怕。会毁灭你周围的一切乐趣。"

"但你的脑袋里有音乐，而我的脑袋里只有担心。"

她微笑道："我只想能够一觉睡到早晨，但我的窗外有一只唐纳雀。我希望能关掉它。或者关掉我的脑袋。反正两者之一。"

"我有东西要给你，"萨缪尔说，"一件礼物。"

"是吗？"

"购物中心买的。"

"购物中心？"她困惑道，但等她想到了两者之间的联系，她顿时露出了笑容，"噢！购物中心！对。"

萨缪尔从背包里翻出盒带。它亮闪闪的，塑料包装依然紧紧地裹着它。萨缪尔忽然发觉这是个多么小的东西——尺寸和分量都像一摞扑克牌。太小了，他心想，不可能像他希望的那样充满意义。惊恐攥住他的心灵，他以最快的速度将盒带塞给贝萨妮，动作又快又重，免得自己临阵退缩。"就是这个。"他说。

"这是什么？"

"给你的礼物。"

她接过盒带。

"在购物中心买的。"他说。

在他最近的白日梦里，贝萨妮此刻会绽放欣喜的笑容，搂住他，表达她多么不敢相信和惊讶于他选择了这么完美的礼物，说他肯定从内心深处了解她，知道她的脑袋里在想什么，他和她志趣相投，也有一个热爱艺术的灵魂。然而逐渐出现在贝萨妮脸上的不是这种表情。她的眼角和额头渐渐皱了起来，就是人们努力理解难以听懂的含混口音时的那种困惑表情。

"你知道这是什么吗？"她说。

"非常现代的东西，"他重复收银员的话，"超越时代。"

"真是不敢相信，居然会有人录制这部作品。"她说。

"他们录了十次！"他说，"同一部作品，录了十次。"

贝萨妮放声大笑。这个笑声表达的不是萨缪尔渴求的感激和爱意。不，这个笑声让他忽然知道了，由于某个他不明白的原因，他做了蠢事。他缺少一点最关键的信息。

"有什么好笑的？"他问。

"这部作品，"她说，"其实是个玩笑。"

"什么意思？"

"它完全，呃，完全是沉默。"她说，"整部作品就是……沉默。"

他盯着她，没有听懂她的意思。

"这部作品没有音符。"她说，"钢琴师只是坐在钢琴前，什么都不做。"

"他怎么可能什么都不做？"

"他只是坐在那儿数拍子。然后就结束了。这部作品就是这样的。真是不敢相信，居然有人录制这部作品。"

"录了十次。"

"其实算是个恶作剧。非常有名。"

"所以整盘磁带，"他说，"都是空白的？"

"我猜这也是玩笑的一部分。"

"该死。"

"不，很好，"她把盒带抱在胸口，"谢谢你，真的，你想得非常周到。"

非常周到。萨缪尔一直在想她说这句话的样子，哪怕是她离开后很久，他已经关灯，用毯子盖住全身和脑袋，蜷成一团哭了一小会儿。无情的现实驱散白日梦的速度是多么快啊。他在黑夜里苦涩地想着他的期待，想着结果怎么会如此事与愿违。毕晓普不想看见他，贝萨妮反正无所谓。礼物是个失败。破灭的失望，他心想，这就是希望的代价。

他大概想着想着就睡着了，因为几小时后他醒来时依然在毯子底下蜷成一团，热得浑身是汗，毕晓普在黑暗中摇醒他："醒一醒，跟我来。"

萨缪尔晕晕乎乎地跟着他。毕晓普叫他穿鞋，叫他爬出一楼电视室的窗户。萨缪尔在半梦半醒间迷迷糊糊地照着做了。

　　他们来到室外，毕晓普说："跟我走。"他们在彻底的黑暗和寂静中爬上威尼托路的缓坡。大概是凌晨两点，也许三点，萨缪尔不确定。这个时间透着一种诡异的沉寂——没有声音，没有风，甚至感觉不到大自然的存在。偶尔能听见草坪洒水头启动的咔嗒声，还有校长家热浴缸的呜呜运转声。自动、机械的声响。毕晓普走得很专注，好像还有点傲慢。他此刻的步态与他们在树林里玩战争游戏时截然不同，他没有躲在树木背后或钻进灌木丛，不让身影暴露在敌人面前。此刻他走得正大光明，就走在马路中央。

　　"给你，用得上。"他说，递给萨缪尔一副蓝色塑胶手套，就是做园艺活儿的那种手套。戴在手上松垮垮的，肯定属于毕晓普的母亲。手套向上拉到萨缪尔的肘部，每根手指都有两三厘米的活动空间。

　　"到了。"毕晓普说，领着萨缪尔来到校长家附近的一个地方，茂盛的草坪与野生树林在这里相接。草坪上有一根金属柱，高度与他俩的身高差不多，顶上有一方白色盐砖，表面光滑，有一些棕色斑点。盐砖顶上是个黄铜固定碟。毕晓普伸手抓住固定碟，想把它扭下来。

　　"帮我一把。"他说，两个男孩使劲拽固定碟，最后总算弄松了它，发出的吱嘎一声在寂静中犹如枪声。在这么近的距离上，气喘吁吁的萨缪尔能闻到这东西散发着野生动物的气味，但盐砖本身还散发出另外一种气味，类似硫黄的臭鸡蛋味。他离柱子很近，能看见固定在半中腰的标牌：危险。有毒。请远离。

　　"毒死野鹿的就是这东西，对吧？"萨缪尔说。

　　"抓住你那一边。"

　　他们将盐砖从柱子上搬下来。它沉重和致密得惊人。他们抬着盐砖走向校长家。

"我好像不想这么做。"萨缪尔说。

"快到了。"

他们走得很慢，像消防员似的抬着那块沉重的灰色盐砖，他们绕过校长家的游泳池，爬上通往热浴缸的两级台阶，浴缸冒着蒸汽，水流在缓慢旋转，底部亮着一盏蓝色小灯。

"扔进去。"毕晓普用下巴指了指热浴缸。

"我好像不想这么做。"

"数到三。"毕晓普说，他们向前荡，然后向后荡，一次，两次，三次，松手。他们将盐砖扔进浴缸，盐砖溅起一团水花，随即消失在水里，紧接着传来低沉的咚的一声，它落在了浴缸底部。

"干得好。"毕晓普说。他们望着沉到水底的盐砖，闪闪发亮的水扭曲了它的影像。"到早上就化掉了，"毕晓普说，"谁也不会知道。"

"我想回家。"萨缪尔说。

"走吧。"毕晓普抓住他的胳膊，两人沿着马路向回走。来到毕晓普家，他打开电视室的窗户，然后停了下来。

"想知道当时在校长室发生了什么吗？"毕晓普说，"我为什么没有挨板子？"

萨缪尔尽量憋住眼泪，用睡衣袖口擦鼻涕。

"其实非常简单。"毕晓普说，"你必须明白一点，每个人都有他害怕的事情。只要你能搞清楚这个人最害怕什么，你就能随便摆布他了。"

"你做了什么？"

"他拿起他的板子，明白吗？然后他叫我趴在桌上，明白吗？于是我脱掉了裤子。"

"你什么？"

"我解开皮带，脱掉裤子，外裤内裤全脱掉。我光着下半身对他说，'喏，这是我的屁股。想要吗？'"

萨缪尔瞪着他："你为什么这么做？"

"我问他喜不喜欢我的屁股，要不要摸一摸。"

"我不明白你为什么要这么做。"

"然后他就变得很奇怪了。"

"是吧。"

"他盯着我看了很久，然后叫我穿好裤子。然后就送我回去上课了。就这样。简单吧！"

"你怎么会想到要这么做的？"

"总之，"毕晓普说，"今晚谢谢你帮忙了。"他爬进窗户。萨缪尔跟着他，穿过黑洞洞的屋子，回到访客卧室，爬上床，然后又爬下床，找到卫生间，洗手，三次，四次，五次。他无法判断手指上的灼热感觉来自毒盐还是他的想象。

9

邀请函出现在信箱里，一个正方形信封，分量很足的奶油色纸张。萨缪尔的名字写在信封正面，精致的少女笔迹。

"这是什么？"费伊问，"生日会邀请？"

他看看信封，望向母亲。

"披萨派对？"她说，"在旱冰场？"

"别瞎猜了。"

"谁寄给你的？"

"不知道。"

"不如打开看看？"

里面的邀请信印在昂贵的卡板纸上。纸张闪闪发亮，就好像纸浆里加入了银丝。文字像是用金叶子打出来的，盘卷迂回的连笔草书写着：

欢迎光临圣心学院礼拜堂

欣赏贝萨妮·福尔演奏
布鲁赫第一小提琴协奏曲

萨缪尔从未以这种堪称奢华的方式被邀请过。在学校里受邀参加生日派对是稀松平常的小事情，文字写在印着小动物或气球的廉价薄卡片上。这份邀请信掂量起来沉甸甸的。他递给母亲。

"我们能去吗？"他问。

她端详着邀请信，皱眉道："这个贝萨妮是谁？"

"朋友。"

"学校里的？"

"算是吧。"

"你和她很熟，所以她会请你去听音乐会？"

"我们能去吗？求你了。"

"你难道喜欢古典乐？"

"对。"

"从什么时候开始的？"

"不知道什么时候。"

"这可不是个答案。"

"妈妈。"

"布鲁赫小提琴协奏曲？你知道这是什么吗？"

"妈妈。"

"我只是问问而已。你确定你能听懂？"

"这部作品非常难，她已经练习了好几个月。"

"你怎么知道？"

萨缪尔发出愤怒而抽象的怪声，用来表达他的难为情和不愿继续讨论这个女孩了，这个声音大致是"咕啊"。

"好吧，"母亲说，脸上掠过一丝笑容，颇为满足，"咱们去。"

音乐会的那天晚上，母亲叫他打扮得漂亮点。"就当这是复活节。"她说。于是他穿上了衣柜里最好的一身行头：最挺括也是最让脖子发痒的白衬衫，像绞刑锁套一样勒人的黑色领结，一动就会爆静电的黑色宽松长裤，亮闪闪的正装皮鞋，他好不容易才用鞋拔子把脚塞进去，硬如花岗岩的皮革蹭掉了脚后跟的一层皮。成年人为什么要在最欢乐的场合穿上最不舒服的衣服，真是一个不解之谜。

他们赶到的时候，圣心学院礼拜堂已经熙熙攘攘，拱顶下的宽敞门厅里站满了身穿正装和绚烂礼服的男女，排着队等待进入礼拜堂。从停车场就能听见乐手练习的声音。礼拜堂模仿欧洲的大教堂而建，但缩小到了三分之一的大小。

来到室内，宽阔的中央过道两侧摆着木质长椅，沉重厚实的木板上雕着花纹，漆成黑色的表层闪着水光。长椅外的石柱顶上插着火把，在人群头顶上约五米处绽放光亮。孩子的父母和其他孩子的父母聊天，男人礼节性地轻轻亲吻女人的面颊。萨缪尔望着他们如蜻蜓点水般亲吻，很快发觉男人并没有真的亲吻女人，而是在颈部周围的区域内模仿亲吻的动作。萨缪尔不知道女人会不会觉得失望——她们在等一个吻，等到的却是空欢喜。为什么不吻上去呢？

两人落座，研究节目单。贝萨妮的节目在下半场。上半场都是短小的作品——室内乐片段和独奏小品。贝萨妮的节目显然是全场的精华。压轴大戏。萨缪尔的鞋底紧张地拍打柔软的地毯。

灯光变暗，乐手停止混乱的练习，观众全部就座。一段漫长的等待过后，木管乐器吹出一个干净清晰的音符，其他乐器纷纷效仿，根据这个音符定调，咬住这个定点不放，他母亲似乎哽咽了一下。她深深吸气，抬起手按住胸口。

"我以前就做这个。"她说。

"做什么？"

"定调。我吹双簧管。那曾经是我的任务。"

"你演奏音乐？什么时候？"

"嘘——"

事情就是这样，这是母亲保守的又一个秘密。她的生活对他来说仿佛一团迷雾，他诞生前的一切都那么神秘，锁在她令人捉摸不透的耸肩、半心半意的回答、模棱两可的概括和箴言背后——她会说"你太年轻了"或者"你不会明白的"，还有特别让他挠头的"以后再说吧，等你长大了"。但偶尔也会有一星半点的秘密泄露出来。所以，他母亲曾经演奏过音乐。他把这一点放进脑海里的仓库：母亲的身份。她是乐手。还有什么？还有什么他不知道的？毋庸置疑，她有数不清的秘密。他总觉得她有什么事情瞒着他，有什么东西藏在她半心半意的淡漠视线背后。她时常表露得像是脱离了现实，就仿佛她只把三分之一的注意力放在你身上，其余部分在关注她深锁在脑海里的天晓得什么东西。

最大的秘密几年前曾不小心泄露，萨缪尔当时还小，可以问父母一些荒唐的问题。（你们进过火山口吗？你们见过天使吗？）或者是他还足够天真，有权相信一些惊人的事情。（你们能在水下呼吸吗？所有驯鹿都能飞吗？）或者是他在寻求关注和称赞。（你们有多爱我？我是世界上最乖的孩子吗？）或者是他想确认自己在这个世界上的位置。（你会永远是我的妈妈吗？你和爸爸以外的人结过婚吗？）然而当他提出最后这个问题的时候，他母亲陡然坐直，居高临下地用正式而严肃的视线望着他，说："事实上……"

她没有说完这句话。萨缪尔等着她，但她忽然停下，陷入沉思，露出那种冷淡而漠然的表情。"事实上什么？"他问。

"没什么，"她答道，"当我没说。"

"你以前结过婚？"

"没有。"

"那你本来想说什么？"

"没什么。"

于是萨缪尔去问父亲："妈妈以前和别人结过婚吗？"他父亲望着他的眼神仿佛他来自外太空。

"你为什么会这么想？"

"就是问问而已。"

"没有。天哪。你都在胡说什么？"

他母亲经历过什么事，他非常确定。某些神秘玄奥的事情，即便多年以后的现在也依然占据着她的注意力。它有时候会淹没她，让她暂时脱离尘世。

另一方面，音乐会正在上演。高中毕业班男生和女生一生一次的演奏会，五到十分钟的小作品恰好都选在各个学生的能力范围之内。每个节目结束后必定掌声雷动。欢快、轻松、悦耳的音乐，以莫扎特为主。

中场休息。人们起身走向别处：外面，抽烟，去附近的冷餐台取奶酪。

"你演奏了多久乐器？"萨缪尔问。

他母亲在研究节目单，对他的问题充耳不闻："这个姑娘，你的朋友，她多大？"

"和我一样大，"他说，"同一个年级。"

"但她和高中生同台演出？"

萨缪尔点点头："她真的很厉害。"他感到一股自豪油然而生，就仿佛与贝萨妮相爱也使他变得重要起来，她的成就让他也得到了奖赏。他永远不会是什么音乐天才，但有可能成为音乐天才的爱人。他意识到这就是爱的恩宠，她的成功经过某些古怪的折射也会属于他。

"老爸也很厉害。"萨缪尔忽然说。

她望着萨缪尔，困惑道："你在说什么？"

"没什么。只是，你知道的，他很厉害。在工作上。"

"你这么说可真奇怪。"

"真的。他非常厉害。"

她盯着萨缪尔看了一会儿，大惑不解。

"你知道吗？"她低头继续看节目单，"这部作品没有帮作曲家挣到任何钱。"

"哪部？"

"你的朋友很快要演奏的那部。作曲家，马克斯·布鲁赫，他写这部作品一分钱也没挣到。"

"为什么？"

"他被骗了。事情发生在一战前后，他破产了，于是把作品交给了两个美国人，他们应该把酬劳寄给他，但他们一直没寄。这部作品消失了很长时间，最后从 J. P. 摩根的保险库里冒了出来。"

"那人是谁？"

"银行家。产业巨子。金融大亨。"

"超级有钱。"

"对。从很久以前就是了。"

"他喜欢音乐？"

"他什么都喜欢，"她说，"这个故事太经典了。艺术家死的时候什么都没有，强盗资本家反而得到了更多的钱财。"

"他死的时候并不是什么都没有。"萨缪尔说。

"他破产了。连这部作品都不属于他。"

"他有关于这部作品的记忆。"

"记忆？"

"对。他依然记得它。这已经很好了。"

"我宁可要钱。"

"为什么？"

"因为假如你只剩下了对一样东西的记忆，"她说，"你能想的就只有你是怎么失去它的了。"

"我觉得好像不是这样。"

"你还小。"

灯光再次变暗，周围的人们纷纷就座，闲聊的嗡嗡声渐渐消失，一切都变得那么黑暗和宁静，整个礼拜堂像是凝练成了祭坛中央的一团亮光：单独一盏聚光灯照亮了一小片舞台。

"开始了。"母亲悄声说。

所有人都在等待。非常难熬。五秒，十秒。拖得太久了！萨缪尔心想会不会是他们忘了通知贝萨妮。或者她把小提琴忘在了家里。但就在这时，他听见前方某处响起咔嗒一声开门声。然后是脚步声，软底鞋踩着硬地板的脚步声。最后，贝萨妮终于出现了，优雅地飘进那团亮光。

她身穿修身绿色长裙，头发向上绾起，她第一次显得这么娇小。她站在舞台最前面，被这么多成年人和高中生包围着，颠覆了萨缪尔心中的大小比例。此刻的贝萨妮像个孩子。萨缪尔为她担忧。这太过分了，这整件事。

观众礼貌地鼓掌。贝萨妮拿起小提琴，用下巴夹住。她舒展颈部和肩膀。没有任何指令，乐队开始演奏。

开始时是低沉的隆隆声，仿佛远处响起的闷雷，乐队后面远离灯光之处的微弱鼓声。萨缪尔感觉它渗入了身体和指尖。他在出汗。贝萨妮连乐谱都没有！她只能凭借记忆演奏！万一她忘记了怎么办？万一她脑子里一片空白怎么办？他忽然意识到音乐是多么可怕，多么势不可当：无论贝萨妮记不记得她要演奏的部分，鼓声都会滚滚向前而去。木管乐器轻柔地加入了演奏——并不引人注目，只是一再重复的三个音符，每一个都比前一个低沉。这不构成旋律，更像一种准备，就像在为声音打扫圣殿，就像这三个音符是召唤音乐现身的必需仪式。这还不是音乐，而是音乐的锋缘。

贝萨妮挺直身体，将琴弓摆出合适的角度，显然有什么事情就要发生了。她准备好了，听众准备好了。木管乐器吹出一个绵长的音符，渐弱淡出，就像太妃糖拉丝最后拉成虚无。就在这个音符消失的那一刻，就在黑暗将其吞噬的那一刻，一个新的音符从贝萨妮手中迸发而出。这个音符渐强渐响，这时她成了整个音乐厅里唯一的声音。

没有任何声音能比它更加孤独了。

它仿佛集合并凝聚了一个人漫长生命中的全部心跳。开始时比较低沉，渐渐变得高亢，上几个台阶，退回几步，如此往复，犹如舞者旋转着飘向音阶的顶点，速度越来越快，在最高峰大声宣布弃绝和荒芜。贝萨妮一边爬向高峰，一边扭曲最后这个音符——听起来像哭声，像某个人在哭泣。多么熟悉的声音，萨缪尔觉得他坠向这个音符，逐渐抱住它。就在他以为贝萨妮已经来到顶点的时候，另一个更加高亢的音符出现了，它细若游丝，琴弓最边缘轻轻触碰最细的琴弦，只是一声呢喃：清澈，高贵，柔和。贝萨妮微微抖动手指，就仿佛这个音符有生命，在搏动。音符变弱、凋零，它虽然活着，但已经奄奄一息。听起来不像是贝萨妮的演奏变得轻柔，更像她正在快速离去，仿佛有人夺走了她。无论她去向何方，他们都无法跟随。她是正在前往一个国度的鬼魂。

然后乐队做出回应，这个声音饱满而浑厚，仿佛他们需要全体成员齐心协力，才能配得上这个身穿绿衣的娇小女孩。

后面的音乐会像走马灯似的过去。贝萨妮的动作不时让萨缪尔惊叹：她能够同时拉响两根弦，两个声音都那么动听；她能够根据记忆奏出几百个完美的音符；她的手指动得令人眼花缭乱。她做到的事情超出了人类极限。第二乐章演奏到一半，萨缪尔得出结论，他不可能配得上她。

观众欣喜若狂。他们起立欢呼，献上的玫瑰花束大得让她难以保持平衡。她用双臂抱着花束，几乎被花束淹没了，她挥手，屈膝行礼。

"所有人都喜欢神童，"他母亲说，她同样起立鼓掌，"神童让我们暂时忘记平庸的日常生活。我们告诉自己，我们不特殊是因为我们没有天赋，这是个极好的借口。"

"她不间断地练习了几个月。"

"我父亲喜欢对我说，我没什么特殊的，"她说，"看来我证明了他说得对。"

萨缪尔停止鼓掌，扭头看着母亲。

她翻个白眼，拍拍他的脑袋："当我没说，忘了吧。不去和你的朋友打个招呼？"

"不去。"

"为什么？"

"她很忙。"

她确实很忙：表示祝贺的人、朋友、亲戚、父母，以及其他乐手包围了她，庆祝她的成功。

"你至少该过去说一声她演奏得好，"母亲说，"谢谢她邀请你。

这是礼节。"

"有很多人在对她说演奏得好了，"萨缪尔说，"咱们能回家了吗？"

母亲耸耸肩："好的，你说了算。"

他们转身离开礼拜堂，但走得很慢，因为他们被卷进了同样在离开的大股人流，萨缪尔贴着人们的大腿和休闲西装外套，忽然听见有人喊他的名字。贝萨妮在喊他的名字。他转过身，看见贝萨妮挤过人群追了上来，她来到萨缪尔面前，俯身靠近他，面颊贴着他的面颊，萨缪尔以为他应该像成年人那样假装亲吻她，但她的嘴唇一直凑到他耳畔才停下，她轻声说："晚上来我家，悄悄溜出来。"

"好的。"他说。他的面颊热得发烫。她说什么他都愿意照做。

"我有东西要给你。"

"什么东西？"

"你给我的磁带。不完全是沉默。还有其他的声音。"

她抽身后退，两人回到面对面的位置，她显得不再像在台上那样娇小，而是恢复了贝萨妮平时的模样：优雅，世故，富有女性色彩。她望着萨缪尔的眼睛，露出微笑。

"你必须听一听。"她说，转身快步走向父母和欢腾的仰慕者。

母亲怀疑地盯着他，但他假装没看见。他径直从母亲身旁走过，来到礼拜堂外的黑夜中。皮鞋硬如岩石，他稍微有点瘸。

那天夜里，他躺在床上，等待家里的响动完全消失——他母亲在厨房里叮叮当当地忙碌，父亲在楼下看电视，父母卧室的门呼的一声拉开，母亲上床休息。电视关闭，发出啪嗒一声。水流声，马桶冲水声。然后是寂静。以防万一，他又等了二十分钟，然后才打开房门。他紧抓住门把手，慢慢地正转反转，免得发出金属碰撞的咔嗒声。他踮着脚尖穿过走廊，跨过会吱嘎作响的几块楼板，萨缪尔很清楚它们的位置，摸着黑也能避开。他走下楼梯，尽可能贴近墙壁落脚，减小发出咯吱声的危险。他花了整整十分钟才打开前门——轻轻一拉，轻轻一抖，寂静，然后再一下：一抖——门打开了不到一厘米，直到门缝的宽度足够他钻出去。

终于自由了，他拔腿就跑！呼吸着清爽空气，跑过整个街区，奔向那条小溪，钻进隔开威尼斯村和其他一切的树林。整个广阔的世界里只听得见他的脚步声和喘息声，每次感到害怕——被逮住、森林中的危险动物、疯狂的利斧杀人狂、绑架者、巨魔、鬼魂——他就投向贝萨妮温暖湿润的呼吸吹拂耳垂的记忆。

来到福尔家，贝萨妮的卧室黑着灯，关着窗。萨缪尔在外面坐了漫长的几分钟，气喘吁吁，汗流浃背，扫视周围，安慰自己说他们的父母都睡了，不会有邻居看见他鬼鬼祟祟地穿过后院。穿过后院的时候，他动作飞快，踮着脚尖奔跑，免得发出声音。他蹲在贝萨妮的窗户底下，用食指指肚轻轻拍打玻璃，直到她在黑暗中隐约浮现。

夜色如墨，他只能看见她部分面孔：鼻梁的弯角，一缕头发，颧骨，眼窝。她仿佛悬在墨水里的一组身体零件。她打开窗，他爬上去，翻过窗框，金属窗框硌住胸口，他疼得龇牙咧嘴。

"安静。"有人说，但不是贝萨妮，声音来自黑暗中的另一个地方。片刻错愕后，萨缪尔认出了这个声音：毕晓普。毕晓普也在房间里，萨缪尔对此既气馁又感激。因为假如真和贝萨妮独处，他也不知道该怎么做，但另一方面他知道他想那么做——无论那么做是怎么做。和贝萨妮独处——他渴望能够和她独处。

"嗨，小毕。"萨缪尔说。

"我们在玩游戏，"毕晓普说，"这个游戏叫'倾听寂静直到你无聊得脑袋爆炸'。"

"闭嘴。"

"还叫'听磁带静电噪音直到昏睡'。"

"不是静电噪音。"

"就是静电噪音。"

"不止是静电噪音，"她说，"还有其他声音。"

"随你怎么说。"

萨缪尔看不见他们——房间里没有一丝光亮。两个人更像是空间中的印记，黑暗中颜色较浅的影子。他尝试确定自己的位置，凭借记忆构造她房间的地图：床，衣橱，墙上的花。萨缪尔忽然第一次注意到，天花板上点缀着能够在黑暗中发亮的星星。衣物摩擦的声音，脚步声，床架的吱嘎声：应该是贝萨妮坐在了床上，靠近毕晓普在的地方，靠近磁带播放机，她经常在夜里用它听音乐，独自听，播放，倒带，再播放，总是听某部交响乐的某几个段落，萨缪尔之所以知道，是因为他一直在偷窥贝萨妮。

"你过来，"贝萨妮说，"必须靠近听。"于是他走到床边，慢慢地向他们移动，笨拙地伸手乱摸，抓住了一样冷冰冰、瘦骨嶙峋的东西：肯定是一条腿，但不知道属于谁。

"听，"她说，"仔细听。"

磁带播放机咔嗒一声响，贝萨妮坐回床上，织物在她周围起了皱，盒带开头的短暂空白过后，真正有录音的部分开始，播放器里响起了静电噪音。

"听见了？"毕晓普说，"什么都没有。"

"等着。"

那声音模糊而发闷，就像屋里某处拧开了水龙头，远处隐藏在墙里的水管里响起了水流声。

"这儿，"贝萨妮说，"听见了吗？"

萨缪尔摇摇头，随即意识到她看不见。"没有。"他说。

"就在这儿，"她说，"你听，在声音底下，你必须往声音的深处听。"

"你胡说什么啊。"毕晓普说。

"别管你能听见的声音，去听其他东西。"

"什么东西？"

"它们，"她说，"人群，观众，建筑物。你能听见的。"

萨缪尔抻着耳朵听。他侧着头凑近扬声器，眯起眼睛——就好像这么做有用似的——企图在静电噪音中捕捉到哪怕一丁点儿有意义的声音：交谈、咳嗽、呼吸。

"我什么也没听见。"毕晓普说。

"你没有集中精神。"

"哦，好吧。这就是问题。"

"你必须集中精神。"

"好的。让我尽量集中一下。"

三个人听着扬声器里传出的嘶嘶声，萨缪尔对自己有点失望，因为他依然什么都没听见。

毕晓普说："我已经集中得不能更集中了。"

"你闭嘴行不行？"

"我这辈子都没这么集中过。"

"求，你，闭，嘴。"

"集中精神，你必须，"他说，"感觉原力，你必须。"

"不想听可以出去，明白吗？门在那儿。"

"谢天谢地，"毕晓普说，爬起来跳下床，"二位好好享受你们的啥也没有吧。"

卧室门打开，关上，只剩下他们两个了。萨缪尔和贝萨妮，单独在一起，终于，可怕。他坐在那儿，像块石头。

"现在你仔细听。"她说。

"好。"

他凑近静电噪音传来的方向。不是尖细高亢的那种静电噪音，而是比较低沉的那种。麦克风像是悬在空旷而巨大的体育场上方，得到的寂静有一种完整感。仿佛有实质的寂静。不是空房间的那种寂静，而是一个人煞费苦心制造出的压倒性的虚无。它拥有人造的特质。给人以造物的感觉。

"他们就在这里，"贝萨妮耳语道，"听。"

"人群？"

"对。"

"你能听见？"

"他们就像墓地里的幽灵，"她说，"用普通方式听不见他们。"

"描述一下。"

"他们听起来很烦躁。还有困惑。他们认为他们上当了。"

"这些都是你听出来的？"

"当然。声音里的僵硬感，就像钢琴最右边那些特别短、特别紧的琴弦。几乎不振动的那几根。白键的声音。人们听起来就是这个样子，像冰块。"

萨缪尔努力去听，想在持续不变的静电噪音中找到她描述的声音，某种高亢的嗡嗡声。

"但它会变，"她说，"注意听它的变化。"

他继续倾听，但只能听见听起来像其他声音的声音：自行车轮胎的泄气声，小风扇的转动声，关闭的门背后的水流声。他没听见任何原生的声音，只有从他脑海储藏库里反弹回来的声音。

"这里，"她说，"声音变得温暖了。听见了吗？更温暖和完整。

更盛大和蓬勃。他们开始理解了。"

"理解什么？"

"他们也许没有上当。也许没有被捉弄。他们也许不是局外人。他们开始明白了。明白他们也许就是这场演出的一部分。他们开始意识到他们来这儿不是为了听音乐，开始意识到他们就是音乐。他们来就是为了发现他们自己。这个念头让他们感到喜悦。你能听见吗？"

"对，"萨缪尔撒谎道，"他们很高兴。"

"他们很高兴。"

萨缪尔觉得自己也相信他确实能听见了。同一种主动的自我致幻机制让他半夜在床上想象家里有入侵者和鬼魂，房屋发出的每一个声音都在证实着他的幻想。还有他实在没有勇气去学校的时候，他就一遍又一遍告诉自己你生病了，最后他会真的难受起来，身体感觉不舒服，他会陷入沉思：既然他只是想象自己生病了，又为什么会真的感到恶心呢？此刻的聆听也是这样。他越是想，静电噪音就变得越温暖，确实变成了一种欢快的静电噪音。这个声音似乎在他脑海里拓展，绽放，燃烧。

这就是她的秘密吗？萨缪尔心想。她只是想听见其他人无法听见的声音？

"我现在能听见了，"他说，"只要仔细搜寻就能听见。"

"对，"她说，"就是这个道理。"

他感觉到贝萨妮的手抓住他的肩膀捏了捏，又感觉到她靠近他，感觉到床垫的振动和下陷，听见她侧身靠近他时床架发出的轻微吱嘎声。她离他这么近。他能听见她的呼吸，闻到带着牙膏香味的气息。但更重要的是他能感觉到她就在身旁，像是取代了空气的位置，似乎有某种电流围绕着她，你能感觉到另一个身躯的贴近，就像是某种磁力，她的心跳在加大马力，所有这些都在逼近他，那是空间中的一个印象，是意识描绘的一幅地图，是直觉的结论，最后才是真正存在的物质，她的脸孔已经近得他能够看清楚了。

他忽然意识到，他们要接吻了。

不，不对，是她要吻他了。这就是即将发生的事情。他只要别搞砸好事就行。但这个时刻，在意识到她即将吻他和她吻上他之间的几秒钟之内，似乎存在着几百万种搞砸好事的可能性。萨缪尔突然觉得他必须清一清喉咙，挠几下脖子后面颈部和肩膀相接的地方，每次一紧张那儿就会痒得难受。他不想凑上去迎接这个吻，因为房间里很黑，一不小心他会撞上贝萨妮的牙齿。但正因为他害怕撞上贝萨妮的牙齿，所以他觉得自己似乎后退了一丁点儿，这是个矫枉过正的动作，他担心贝萨妮会误以为后退的意思是不想接吻，从而停止她的动作。然后还有呼吸的问题。简而言之：该呼吸吗？直觉的反应是屏住呼吸，然后意识到假如她慢慢接近或吻了很久，肺里的空气或许会用完，吻到一半时他会不得不呼吸，会把憋了很久的一口气全吐在她脸上或嘴里。这些念头几乎同时在接吻前的瞬间跃入脑海，萨缪尔最本能的行为，身体最无意识的功能——坐直，静止，呼吸——由于这个吻的即将发生而变得无比困难，因此当这个吻真的顺利开始时，那份感觉就像神赐的奇迹。

接吻时，萨缪尔最强烈的感受是他松了一口气，因为这个吻确实发生了。另外就是贝萨妮的嘴唇很干燥，有些皲裂。这个琐碎的细节。贝萨妮的嘴唇有些干裂。他吃了一惊。在他的想象中，贝萨妮似乎超越了这些愚蠢的凡俗琐事。她似乎是个嘴唇永远不可能干裂的女人。

那天夜里回家的路上，他诧异地发现万事万物依然是原先的模样，完全找不到这个世界发生了翻天覆地变化的迹象。

10

　　萨缪尔的第一本书是个"选择你自己的冒险"类型的故事，名叫《不归城堡》。他创作故事并绘制插图，共有十二页。设定如下：你扮演勇敢的骑士，要在闹鬼城堡里杀出一条血路，拯救美丽的公主。很老套，他知道。他肯定在塞满卧室书架的许多本"选择你自己的冒险"丛书里见过类似的故事。他认真努力过，想要想出一个更好、更原创的故事。他盘腿坐在卧室地上，盯着面前的那些书，最后得出结论：它们代表了人类世界全部的可能性，涵盖了全部的故事类型。其他有可能被讲述的故事已经不存在了。他想到的点子不是在模仿已有的故事就是愚蠢的。但他的书绝对不能愚蠢。要冒的风险太高了。这是一场全班竞赛，每个孩子都在写自己的书，老师会亲自朗读赢家的作品。

　　对，《不归城堡》是老调重弹。也只能这样了。希望同班同学还没有看烦这个古老的套路。希望故事的熟悉感能安慰他们，就像他们偶尔藏在书包里的旧玩具、旧毯子和旧洋娃娃。

　　接下来的问题是情节。他知道"选择你自己的冒险"的故事线会在这里或那里分支，然后再次分支，周而复始，每个故事到最后会变成一个叙事整体：一个故事蕴含着许多故事。但他的《不归城堡》初稿更像一条有六个死胡同的直线，选项不会引发争辩和惊愕：你想向左转还是向右转？（左转就是惨死！）

　　假如他能想出一些特别好玩、有创意和娱乐价值的死法，他希望同学们能原谅他的缺点：抄袭的设定，缺乏内在联系的多重情节。他做到了。事实证明，萨缪尔有这个天赋，能够以好玩的方式杀死角色。在一种可能的结局中，主角穿过活板门掉进无底深渊，他写道："你在坠落，你将永远坠落，哪怕你合上这本书，吃晚饭，上床睡觉，明天起来，你依然在坠落。"——这个创意让他欣喜若狂。他还借用了母亲讲过的鬼故事，让他毛骨悚然的那些古老挪威故事。他写一匹白马突然出现，邀请主角骑一程，假如读者决定上马，很快就会遭遇可怖的死亡结局。还有活在树叶里的鬼魂，去天堂不够好，去地狱又不够坏。

　　他用母亲的旧打字机敲出文字，留下绘制图画的空间，用蜡笔和钢笔绘画。他用纸板装订书页，在封面贴上蓝布，用尺子打上直线，写出《不归城堡》的书名。

　　或许是因为插图，或许是因为出色的蓝布装帧，或许（他在脑海里留下了容纳这个可能性的空间）是因为写作本身：富有创意的死法，想象的统一性，用"序言"代替"开场白"——他在同义词词典里查到了前者，觉得念起来特别带劲。他不敢肯定究竟是什么打动了鲍尔斯小姐，但她确实被打动了。他获胜了。老师向全班同学朗读《不归城堡》，他坐在座位上听着同学们一次一次又一次惨死，努力不笑出声来。

　　这是他从小到大做过的最棒的事情。

　　所以，一天清晨，母亲走进他的卧室叫醒他，问了他一个奇怪的问题："你长大后打算做什么？"他在文学上取得的成就依然鼓舞着他，他非常坚定地回答道："小说家。"

　　外面的天空是疲惫的蓝色。他眼皮沉重，睡眼惺忪。

　　"小说家？"母亲问。

　　他点点头。对，小说家。夜里某个时候，回顾今天的伟大成就时他做出了这个决定。公主得到拯救时他们开心地鼓掌。他们的谢意，他们的爱。看着他们在他的故事里游荡——在他想吓唬他们的地方吃惊，在他想愚弄他们的地方犯傻——他觉得自己像是巨型迷宫的建筑师，是正在俯视什么都不知道的凡人的神祇，只有他知晓所有终极问题的答案。这让他感觉自己拥有力量，受到重视，让他感觉自己被喜爱。这种感觉能够支撑他，充实他。他决定了，当小说家能够让人们喜欢他。

　　"那好，"他母亲说，"那你就该当小说家。"

　　"好的。"他半梦半醒地说，还不太明白这一刻有多么奇怪，他母亲打扮得整整齐齐，天还没亮就进来问他有什么人生计划，她以前从来没和他讨论过这个话题。但萨缪尔完全接受了，没有任何异议，就像一个人会接受梦境的奇异设定，事后很久才会意识到当时有多么奇异。

　　"你写书，"她说，"我会读的。"

　　"好。"他想给母亲看《不归城堡》。他要给她看他画的白马。他要给她看无底深渊的故事。

　　"有件事我想告诉你，"她说，语气正式得怪异，似乎她私下里练习过无数次了，"我要离开一阵子。我不在的时候，我希望你能乖乖的。"

　　"你要去哪儿？"

"我必须要去找一个人，"她说，"很久以前认识的一个人。"

"朋友？"

"大概吧，"她把冷冰冰的手掌放在他脸上，"但你不用担心。你什么都不用担心。你不需要再害怕了。我想告诉你的就是这个。别害怕。能为我做到这个吗？"

"你的朋友失踪了？"

"不算失踪。我们只是分开了很长时间。"

"为什么？"

"有时候。"她说，忽然停下，转开视线，皱起面孔。

"妈妈？"他说。

"有时候你拐错了弯，"她说，抓住萨缪尔的肩膀，"有时候你会迷路。"

萨缪尔觉得想哭，但不知道为什么。他尽量克制住冲动。

她搂住他，说："你这么敏感。"然后摇晃他。他贴着她柔软的皮肤，直到啜泣停止，他擦了擦鼻子。

"你为什么要现在走？"萨缪尔说。

"因为到时候了，亲爱的。"

"但为什么呢？"

"不知道该怎么解释，"她说，望着天花板，露出无助的表情，然后似乎又鼓起了勇气，"我有没有说过看上去像石头的鬼魂的故事？"

"没有。"

"我父亲告诉我的。他说你有时候能在老家的海滩上发现它。看着就像一块普普通通的古老石块，覆盖着绿色的绒毛。"

"那你怎么知道它是个鬼魂？"

"你不知道，除非带它出海。要是有人带它出海，你走得越远，它就变得越沉重。要是你走得真的很远，鬼魂会重得弄沉你的船，害死所有人。人们管它叫溺死石。"

"它为什么要这么做？"

"不知道。也许是因为愤怒。也许是它过去遭遇过厄运。重点在于，它最后会变得无比巨大，直到你终于无法承受。你越是想承受它的重量，它就会变得越发巨大和沉重。有时候它会钻进你的身体，变得越来越大越来越大，直到你承受不了。你再也没法抵抗了。你只能……沉没。"她站起来，"听懂了吗？"

"应该吧。"他点点头。

"你会懂的，"她说，"我知道你会懂的。记住我对你说的话就好。"

"我不需要再害怕了。"

"这就对了。"她说，俯身亲吻萨缪尔的额头，紧紧地抱住他，像是要记住他的气味。"现在继续睡吧，"她说，站起身，"一切都会好的。记住我的话，别害怕。"

他听见母亲的脚步声沿着走廊远去，听见她费力地搬着沉重的东西下楼梯。他听见汽车发动，车库门打开又关上。他听见母亲驾车离开。

萨缪尔努力服从母亲的命令。他想继续睡觉，但觉得很害怕。随着难以忍耐的惊恐越来越高涨，他跳下床，跑向父母的卧室，发现父亲睡得正香，背对房间蜷缩身体。

"爸爸，"萨缪尔摇晃父亲，"快醒醒。"

亨利眯着眼睛看儿子。"什么事？"他睡眼惺忪地咕哝道，"几点了？"

"妈妈走了。"萨缪尔说。

亨利抬起沉重的脑袋："啊？"

"妈妈走了。"

父亲看了一眼空荡荡的另外半边床："她去哪儿了？"

"不知道，她开车走了。"

"开车走的？"

萨缪尔点点头。

"好，"亨利说，揉揉眼睛，"你先下楼。我马上就来。"

"她走了。"萨缪尔说。

"我听见了。你就先下楼吧。"

萨缪尔在厨房里等父亲，直到听见父母的卧室里传来哗啦一声，他跑上楼，推开房门，看父亲直挺挺地站在那儿，他从未见过父亲的脸涨得这么红。费伊的衣橱门开着，她的几件衣服被扔在地上。

但萨缪尔后来记得最清楚的不是那哗啦一声，也不是小花瓶的碎片——小花瓶显然被巨大的力气砸在了墙上。他记得最清楚的是他父亲的脸色，哪怕过了几十年依然历历在目：紫红色，不仅仅是面颊，而是整张脸，脖子、额头，一直到胸口，那是一种凶险的颜色。

"她走了，"他说，"她的东西全没了。她的东西都去哪儿了？"

"我看见她拎着一个手提箱走的。"萨缪尔说。

"去上学。"父亲说，没有看他。

"可是——"

"别顶嘴。"

"可是——"

"快去！"

萨缪尔不明白他母亲"走了"是什么意思。

去哪儿了？去了多远的地方？什么时候回来？

上学的路上，萨缪尔觉得他离周围的环境很遥远，就好像在用颠倒的望远镜看世界。他在车站等车，他登上公共汽车，他坐下望向窗外，对身旁孩子的嬉闹声充耳不闻，盯着窗玻璃上的一小块水渍，窗外模糊的风景一闪而过。萨缪尔觉得恐惧感正在积蓄，他将注意力集中在非常小的东西上，例如此刻的这块水渍，似乎这样就能暂时抵挡住恐惧了。他必须去学校。他必须找毕晓普聊聊，告诉毕晓普发生了什么。他知道毕晓普能够挽救他。毕晓普肯定知道该怎么办。

但毕晓普不在学校里。不在储物柜旁，不在课桌前。

走了。

毕晓普走了。

又是这个词：什么意思？走了？所有人都在消失。萨缪尔坐在座位上，仔细查看课桌的木纹，甚至没听见鲍尔斯小姐在叫他的名字，一次，两次，三次，甚至没听见全班同学的紧张笑声，也没听见鲍尔斯小姐慢慢地走向他，没看见她站在自己的面前，而全班同学都在她背后叽叽喳喳。直到她触碰他，伸出手放在他的肩膀上，他猛地一缩，才中断了用视线分辨木纹这项令人沉迷其中的精神练习。听见鲍尔斯小姐用她典型的嘲讽语气说"欢迎回到人间"，听见全班同学的哄堂大笑，他甚至不觉得害怕。甚至不觉得尴尬。就好像他的痛苦吞没了其他一切，埋葬了他平时所有的苦恼。走了。

比方说：课间休息，他走了。他走向最偏僻的秋千，然后继续向前走。他就是不想停下。他以前根本没想过他可以不用停下。所有人都会停下。但面对母亲的离去，这个世界全部的正常规则分崩离析。既然她可以离开，他为什么不行？于是他也离开了。他起身就走，简单得让他惊讶。他沿着人行道向前走，甚至懒得奔跑或躲藏。他大摇大摆地走出学校，走向通往威尼斯村的马路。没有人拦住他。没有人说任何话。他飘然而去。这是个崭新的世界。离开居然这么简单，他心想，也许他母亲也发现了。走吧。是什么让人们停留在原处，保持在平时的轨道上？此刻他第一次意识到，不存在任何东西。没有任何东西能阻止任何人在任何一天消失得无影无踪。

他一直向前走。他走了几个小时，眼睛盯着人行道，在心里一遍又一遍重复"脚踩一条缝隙，你妈摔断背脊"的游戏歌谣，终于来到威尼斯村的黄铜大门前，他从栏杆之间钻进去，一眼也没有看保安室，只是继续向前走，就算保安看见了他，也什么都没说，萨缪尔不禁怀疑发生了这么多事情，他会不会变成了隐形人，因为这个世界很奇怪地没有任何反应，他打破了所有规则，这个世界却置若罔闻。他想着这些，走在威尼托路平坦的柏油路面上，他爬上住宅区的缓坡，望向马路尽头，看见毕晓普家门口停着两辆警车。

萨缪尔停下脚步。他首先担心的是警察在找他，但另一方面也算一种解脱，还有安慰。因为这意味着有人在乎他的失踪。他在脑海里想象那个场景，学校打电话给他父亲，他父亲担心得发狂，打电话报警，警察问萨缪尔有可能去哪儿，他父亲说毕晓普家！，因为他父亲知道毕晓普，送过萨缪尔去毕晓普家，他记得这些，因为他是个有爱心的好父亲，不会撇下萨缪尔离开。

这个念头让萨缪尔心碎。他对父亲做了什么？他带来了多么巨大的痛苦。他父亲在家里等待，现在只剩下他一个人了，妻子和儿子在同一天失踪。萨缪尔走向毕晓普家，脚步匆忙：他要自首，警察会送他回家，他会和父亲团聚，他父亲现在肯定担心得要死要活。他知道他应该这么做。

然而，他刚走到校长家就见到了另一样让他停下脚步的东西。

曾经放着一块毒盐砖的柱子周围拉着亮黄色的带子。带子绕在四根插在地上的小棍上，围着空荡荡的柱子组成一个四方形。带子上印着文字，尽管它扭了几圈，有些文字上下或前后颠倒，想传达的信息依然一目了然：警戒线，请勿越过。

萨缪尔望向校长家的热浴缸，看见那儿也拉着带子，围住了整个游泳池和露台。他脑海里的画面陡然一变：警察确实在找他，但不是因为他逃学。

于是他跑了。跑进树林，跑向小溪。他踩着岸边的烂泥奔跑，呼吸带着树叶腐烂气味的潮湿空气，他跑在湿漉漉的沙地上，鞋底落下，压得河水汩汩涌出地面。头顶的枝叶挡住阳光，树木呈现出中午那种雾蒙蒙的蓝色。他看见毕晓普就在他猜想中的地方：池塘旁的大橡树，藏在结实的第一条枝杈上，身体被遮得严严实实，只露出两只脚，萨缪尔之所以能看见，是因为他在寻找它们。毕晓普爬下大树，落在地面上，周围的树叶上下纷飞，萨缪尔刚好跑到树下。

"嘿，小毕。"他说。

"嘿。"

两人对视片刻，不知道该说什么。

"你不是应该在学校吗？"毕晓普说。

"逃学了。"

毕晓普点点头。

"我从你家过来，"萨缪尔说，"警察在你家。"

"我知道。"

"他们来干什么？"

"不清楚。"

"和校长有关系？"

"也许。"

"热浴缸？"

"可能。"

"咱们会怎么样？"

毕晓普微笑。"你的问题太多了，"他说，"咱们去游泳。"

他没解鞋带，直接踢开两只鞋，脱掉袜子，把内外翻转的袜子扔在地上。他解开皮带，皮带扣叮当作响，他脱掉长裤和衬衫，跑向池塘，尽可能避开树枝和尖锐的石块，他甩开瘦骨嶙峋的胳膊和腿，内裤迎风翻飞，灰绿色的迷彩三角裤，大了两个尺码。他跑到池塘旁，踩着树桩跳出去，一个猛子扎进水里，发出响亮的扑通一声，他浮出水面，喊道："士兵，跟我上！"

萨缪尔跟上他，但小心翼翼：他解开鞋带，把鞋放在不会弄湿的地方。他脱掉袜子塞进鞋里。他脱掉牛仔裤和衬衫，叠好后轻轻地放在鞋上。他在这方面很注意。一向如此。他走到池塘边，没有跳进去，而是蹚水走进去，冰冷的感觉先是抓住脚腕，然后是膝盖和腰部，然后池水浸没他的内裤，寒意向全身扩散。

"直接跳进来反而更简单。"毕晓普说。

"我知道，"萨缪尔说，"但我做不到。"

水淹到脖子，痛苦逐渐消退。毕晓普说："好，很好，场景是这样的。"他简述他们要玩的游戏的背景故事。时间是 1836 年，地点是美墨边境，也就是如今的得克萨斯州。事件是得克萨斯独立战争。他们是美国战斗英雄戴维·克罗克特部队的侦察兵，正在刺探敌情，但被困在了墨西哥封锁线的另一侧。他们掌握着有关墨西哥方面桑塔·安纳的部队人数的重要情报，必须送到克罗凯特手上才行。阿拉莫城的命运取决于他们。

"但到处都是敌人，"毕晓普说，"配给所剩无几。"

　　他了解美国历史上的所有战争，无所不知的劲头让人害怕。玩战争游戏的时候，他会全身心地投入。他们在池塘这一带彼此屠杀了多少次？数以百计的死亡，数以千计的子弹，子弹像雨点似的狂扫，他们从嘴里发出机关枪的突突突枪声，口水的白沫喷得满天飞。他们躲在树后，高喊："我逮住你了！"池塘是他们的圣地，地面是圣所，池水是圣水。他们在这里感觉到一种仪式感，就像你走进墓地的感觉，他们想象中自己的无数次死亡就发生在这里。

　　"有人来了，"毕晓普说，手指前方，"墨西哥巡逻兵，要是被他们抓住，他们会拷打我们盘问情报。"

　　"但我们死也不会开口。"萨缪尔说。

　　"对，不会。"

　　"因为我们受过训练。"

　　"说得好。"毕晓普向来坚称美国军人接受了高级而神秘的训练，别的暂且不说，抵抗疼痛、恐惧、诡雷和溺水肯定不在话下。萨缪尔不知道一个人该怎么受训才能保证不被淹死。毕晓普说那是机密。

　　"隐蔽。"毕晓普说，钻到了水面以下。萨缪尔望向他刚才指的小溪上游，但什么都没看到。他努力想象敌方士兵走向他们，唤起平时在这种游戏中感到的恐惧，他尝试想象坏蛋，这在今天之前从来都轻而易举。想看见坏蛋，无论他们那天的敌人是谁——苏联间谍、越共、英国佬、冲锋队——他们只需大声说出来，坏蛋就会出现在眼前。他们的想象力与真实世界合二为一。这个花招实在太简单了，萨缪尔以前根本没思考过，直到此时此刻，因为它忽然不起作用了。他没有看见任何东西，也没有任何感觉。

　　毕晓普从水里探出脑袋，看见萨缪尔盯着树木。

　　"哈喽？士兵？"他问，"咱们要被抓住了？"

"不转了。"萨缪尔说。

"什么不转了?"

"我的大脑。"

"怎么了?"毕晓普问。

他觉得大脑被压垮了。他只能看见他的母亲,她的消失。她就像遮蔽了一切的浓雾。他甚至无法假装不在乎。

"我妈妈走了。"他说,话刚出口,他就感觉到哭泣即将来临,熟悉的束缚感扼住喉咙,下巴像烂苹果似的收紧和皱缩。有时候他真的很讨厌自己。

"走了,是什么意思?"毕晓普说。

"我说不清。"

"离开了?"

萨缪尔点点头。

"会回来吗?"

他耸耸肩。他不想说话。再说一个字,泪水就会决堤。

"所以她有可能不会回来了?"毕晓普说。

萨缪尔又点点头。

"知道吗?"毕晓普说,"你很走运。我说真的。我希望我父母能一去不回。你现在也许不懂,但你母亲帮了你好大一个忙。"

萨缪尔无助地看着他,从嘴唇里挤出三个字:"为什么?"这三个字背后有着巨大的压力。他觉得喉咙像是打了结的消防水管。

"因为现在你可以当个男人了,"毕晓普说,"你自由了。"

萨缪尔没有回答,只是垂下脑袋。他的光脚在底下的淤泥里踩进踩出。似乎有点用处。

"你并不需要父母,"毕晓普说,"现在你也许还没有意识到,但你其实不需要任何人。她给了你一件礼物。这是个好机会。抓住这个机会，你就能成为另一个人，一个更好的新人。"

萨缪尔的脚在池底摸到一块光滑的小石头。他用脚趾夹起来，然后放开。

"就好像你在接受训练，"毕晓普说，"艰难的训练，但最后会让你变得更强壮。"

"我不是士兵，"萨缪尔说，"人生也不是游戏。"

"不，当然是，"毕晓普说，"所有事情都是游戏。你需要的只是决定你想赢还是想输。"

"太傻了。"萨缪尔摸索着走出池塘，来到放衣物的大树旁。他坐在泥地里，将膝盖提到胸口，用胳膊抱住双腿，前后轻轻摇晃。不知何时，他开始哭了。鼻涕流淌，面孔皱成一团，肺部痉挛抽搐。

毕晓普跟着他上岸："这会儿我不得不说你输了。"

"闭嘴。"

"此刻你身上有一种认输的气质。"

毕晓普站在他面前，站得很近。萨缪尔睁开眼睛就是他滴水的内裤，内裤可笑地悬在两腿之间。毕晓普抓住裤腰向上提了提。

"知道你应该怎么做吗？"毕晓普说，"你必须找个人替代她。"

"不可能。"

"不是另一个母亲，只是另一个女人。"

"随你说吧。"

"你必须找个女人。"

"干什么？"

"干什么？"毕晓普大笑，"让你揩油啊，你懂的，让你为所欲为。"

"我不想那么做。"

"有很多女人愿意让你这么做。"

"没用的。"

"当然有用。"他又走近了一步，微微俯身，用手掌抚摩萨缪尔的面颊，他的掌心冰冷而潮湿，同时也柔软而温柔，"你没和女孩亲热过，对吧？"

萨缪尔抬起头看着他，依然抱着双腿。他开始打寒战了。"你呢？"他问。

毕晓普又大笑道："我什么都做过。"

"比方说？"

毕晓普沉默地站了几秒钟，然后收回他的手。他走到大树旁，靠在树上，提了提湿透的内裤："学校里有很多姑娘，你可以约一个试试。"

"没用的。"

"肯定有个什么人的，对吧？你爱上谁了，说说看？"

"谁也没有。"

"肯定是骗人。告诉我。肯定有什么人的。等等，我已经知道是谁了。"

"胡说。"

"我当然知道。你就老实交代吧。"毕晓普向萨缪尔走了几步，双手叉腰，伸出一条腿，这是个征服者的胜利姿势。"贝萨妮，对不对？"他说，"你爱上了我姐姐。"

"不，我没有！"萨缪尔说，但他知道自己的语气毫无说服力。他说得太着急，太大声，太抗拒。他不擅长骗人。

"你爱上她了，"毕晓普说，"你想搞她。这种事我看得出来。"

"你错了。"

"没关系的。听我说，你得到了我的许可。"

“我该回家了。”萨缪尔说着站起身。

“说真的，约她出来。”

“我老爸多半在琢磨我去哪儿了。”

“别走，”毕晓普说，抓住萨缪尔的肩膀，不让他离开，“请留下。”

“为什么？”

“有些东西你应该看一看。”

“我该走了。”

“一秒钟的事。”

“什么东西？”

“闭上眼睛。”

“我闭上眼睛了你怎么让我看？”

“相信我。”

萨缪尔吐出一口长气，表达他对整件事的不耐烦。他闭上眼睛，感觉到毕晓普松开了他的肩膀，听见毕晓普在他前方挪动身体，一只脚落下，然后是另一只脚，有什么湿漉漉的东西落在地上。

“睁开眼睛的时候，”毕晓普说，“请只睁开一丁点儿。一条缝就好。”

“好的。”

“只能睁开一条缝。可以吗？来吧。”

他睁开眼睛，但仅仅睁开了一丁点儿。刚开始只有难以分辨的光影，白昼的抽象明暗。面前的毕晓普模糊不清，是一团粉红色的肉球。萨缪尔的眼睛又睁大了一丁点儿。毕晓普站在一两米外。萨缪尔发现他赤身裸体，湿内裤扔在脚边。萨缪尔的视线飘向了他的裆部。这种事情不由自主，在更衣室、小便池前一次又一次发生，只要有机会将自己的身体与其他男孩的身体对比时就会发生：

谁的比较大？谁的比较小？这种问题似乎无比重要。此刻也不例外。但毕晓普的阴茎不在它应该在的地方，萨缪尔什么都没看见。毕晓普的身体从腰部向前倾斜，双腿从膝盖微微弯曲，姿势像是半鞠躬或行屈膝礼。他把阴茎藏了起来，萨缪尔意识到，他把阴茎夹在两腿之间，因此萨缪尔只能看见一片光滑而柔软的草丛。

"这就是她的样子，"毕晓普说，"我姐姐。"

"你在干什么？"

"我和她是双胞胎。她就是这个样子。"

萨缪尔盯着毕晓普的身体，他的躯干瘦骨嶙峋，皮肤底下的肋骨清晰可辨，但另一方面也很结实，肌肉紧绷而发达。他望着他双腿之间的三角区。

"你可以假装我是她。"毕晓普说。他走向萨缪尔，迈着小碎步，只动膝盖以下的小腿，他走到萨缪尔身旁，直到面颊贴着萨缪尔的面颊，他咬着萨缪尔的耳朵说："假装我是她。"萨缪尔感觉到毕晓普的双手抱住他的腰部，感觉到这两只手扯掉他的内裤，感觉到湿漉漉的内裤落在脚上，感觉到自己的阴茎微微摇晃，寒冷使得他的下体缩成一团。

"假装我是贝萨妮。"

毕晓普转过身，萨缪尔眼前只剩下他苍白而瘦削的肩膀和背部。毕晓普抓住萨缪尔的双手，引导它们抱住他的臀部。他向前俯身，身体紧贴萨缪尔，脱位和超然的感觉再次袭来，就像那天早晨他在公共汽车站的心情，他仿佛在遥远的地方看着这个世界。他低头望去，觉得很荒谬。这底下甚至都不是我，他心想，只是从未放在一起的两个身体部位的怪异结合。

"你在假装吗？"毕晓普说，"有用吗？"

萨缪尔没有回答。他身处远方。毕晓普使劲贴上他，然后放开，然后再贴上他，找到了一种缓慢的节奏。萨缪尔觉得自己是一尊雕像，除了保持这个姿势，他什么都没法做。

"假装我是她，"毕晓普说，"让它成真，在你的思想里。"

毕晓普贴上他，萨缪尔感觉到了时常在课桌底下勃发的冲动，那份喷薄而出的张力，神经抽搐的爆发性暖意，他低下头，看见自己变大变粗了，他知道自己不该变大变粗，但事实如此，他无力阻止，他知道这东西似乎澄清了一些事情，回答了有关他、有关他今天遭遇的重要问题，他忽然无比确定，所有人都知道他此刻在干什么。他母亲，他父亲，学校的老师，贝萨妮，警察。萨缪尔非常确定这是真的，以后的许多年他都会这么认为，他母亲的离开连同这一刻锁定在他的记忆中，他和毕晓普在树林里，以这种方式连接在一起，有节奏地彼此撞击，萨缪尔不怎么喜欢但也不怎么讨厌，从头到尾都在想他母亲很清楚他在干什么，而她消失了。

他认为，这就是她离开的原因。

第三部分

敌人、障碍、谜题、陷阱 _2011 年夏末

1

　　萨缪尔站在母亲的公寓门口，手放在微微打开的门上，让自己做好推开门的准备，但他觉得他做不到。"别害怕。"他母亲曾经说。她最后一次对他说出这几个字是二十多年前，自从那天早晨以后，他就有被母亲的鬼魂纠缠的感觉，他总是想象她就在附近，隔着一段距离监视他。他偶尔会检查窗户，在人群中寻找她的面容。他每时每刻都在琢磨他在别人眼中是什么样子，尤其是在他母亲眼中，有可能正望着他的母亲。

　　但她并没有在看他。萨缪尔花了很久才把她从各种念头中去掉。

　　她一直是一段沉睡的记忆，直到此刻，他努力让自己冷静，恢复镇定，在脑海里重复昨晚扫视那些网站时读到的建议：从头开始。不要互相侮辱。保持边界。慢慢来。建立你的支持网络。还有最重要的，首要的第一戒律——你的父亲或母亲很可能与你记忆中的那个人迥然不同，准备好接受这个事实。

　　确实如此。她不一样了。萨缪尔走进她的公寓，看见她坐在厨房旁的宽大木桌前，像接待员似的等着他。桌上有三杯水，还有一个手提箱，桌旁有三把椅子。她坐在桌前看着他，没有笑容，对他的出现毫无反应，只是双手放在大腿上静静地等待。从前的棕色长发变成了军人般的严肃短发，如今的银色更像一顶浴帽，而不是真正的头发。她的皮肤褶皱属于失去了大量体重的那种人，胳膊底下、嘴角和眼角都是皱纹。这些皱纹出乎他的意料，他意识到他在想象中从未设想过母亲也会衰老。她上身只穿了一件黑色背心，瘦削的肩膀和细瘦的上臂尽收眼底。他不得不提醒自己，她今年已经六十一岁了。他忽然担心她是不是没饭吃，然后又惊讶于自己居然会这么想，会为她感到担心。

　　"请进。"她说。

　　没有任何其他声音。他母亲的公寓有那种弥散性的寂静感，这在城市里非常罕见。她望着他。他也望着她。他没有坐下。此刻他无法忍受自己这么靠近她。她张开嘴，像是想说话，但没有发出声音。他的意识一片空白。

　　就在这时，另一个房间里传来了声音：冲马桶，水龙头拧开又关上。卫生间的门开了，一个男人走出来，他穿白色系扣衬衫、棕色领带和棕色正装裤，两种棕色不完全相同。他看见萨缪尔，说"安德森教授，你好！"，向萨缪尔伸出湿漉漉的手。"我是西蒙·罗杰斯，"男人说，"罗杰斯与罗杰斯事务所的，你母亲的辩护律师，咱们通过电话。"

　　萨缪尔看着男人，一时间有点迷糊。律师露出愉快的笑容。他个子不高，身材瘦削，但肩膀宽得出奇。他的棕色头发剪得很短，因为男性发际线的提前后退而难以避免地变成了缺乏艺术感的 M 形。萨缪尔说："见面需要律师在场？"

"很抱歉，这是我的主意，"男人说，"我坚持要在客户录证词时在场。这是我服务的一部分。"

"这又不是录口供。"萨缪尔说。

"从你的角度看不是，然而你并不是被录口供的那个人。"

律师拍了一下巴掌，慢吞吞地走向桌子。他啪的一声打开手提箱，取出小采访机放在桌子中央。衬衫贴合他肩膀的曲线，在其他部位却松垮垮的，萨缪尔意识到，这让他看起来像个穿了老爸衣服的孩子。

"我在此的角色，"律师说，"是保护客户的利益，包括法律、信托和情感方面。"

"是你求我来的。"萨缪尔说。

"没错，先生！有一点很重要，请记住，咱们都是一条船上的。你答应写信给法官，解释你母亲为什么值得宽恕。我的任务是帮你写上述这封信并确保你来这儿没有——怎么说呢？——歹意。"

"难以置信。"萨缪尔说，但他不确定哪一样更难以置信：是律师怀疑萨缪尔图谋不轨，还是律师居然猜对了。因为萨缪尔根本不想写信给法官。他今天来是为了履行他和佩里温克尔的合约，搜集他母亲的丑事，最终公开羞辱她以换取金钱。

"今天这次见面的意图，"律师说，"首先是帮你理解你母亲的行为，她勇敢地抗议了怀俄明州的前州长。其次，阐述她为什么是个了不起的人。其他一切，先生，都完全在我们的关注范围之外。想喝水吗？果汁？"

费伊始终沉默地坐在那儿，不参与对话，但依然完全占据了萨缪尔的脑海。他对她的警觉就好比是一颗就在附近但他不知道具体位置的地雷。

"咱们坐下好吗？"律师说。他们也在费伊那张桌子前坐下，一张方桌，用经历过日晒雨淋的木板做成，它们的前生多半是围栏或谷仓的一部分。三个杯子在软木杯垫上淌着冷凝水。律师坐下后整了整领带，领带是红棕色的，与偏可可色的裤子形成对比。他把双手放在手提箱上，微微一笑。费伊还是以中立、超脱、冷漠的眼神望着前方。她看上去和这套公寓一样严峻、简洁和荒芜。公寓是一个长方形大房间，向北的一排窗户对着芝加哥市中心的摩天大楼。雪白的墙壁光秃秃的。没有电视。没有电脑。家具简单而质朴。萨缪尔注意到这儿没有任何物品需要通电，就仿佛她删去了生命中所有不必要的东西。

萨缪尔在她对面坐下，点点头，就像他在街上对陌生人点头那样：下巴稍微向下压了压。

"谢谢你能来。"她说。

又点点头。

"你过得好吗？"她问。

他没有立刻回答，而是盯着她看了一会儿，他希望自己的表情投射出了钢铁般的决心和冷酷。"挺好，"他最后说，"还挺好。"

"那就好，"她说，"你父亲怎么样？"

"他好得很。"

"大家都好就好！"律师说。"既然咱们已经问候完了，"他紧张地打个哈哈，"不如咱们就开始吧？"他的额头上冒出了小滴汗珠。他不由自主地拉了拉衬衫，衬衫不完全是白色的，而是某种洗过许多次导致的灰白色，腋窝底下有两块泛黄的地方。

"那么，安德森教授，先生，现在是个非常理想的时刻，你可以就咱们今天最重要的议题开始提问了。"律师伸出手，按了一下萨缪尔和他母亲之间的采访机上的一个按钮。机身上的小二极管发出了令人安心的蓝色。

"你要问我什么？"萨缪尔说。

"你母亲对暴政发起的勇敢抗议，先生。"

"哦，对。"萨缪尔望着她。在这么近的距离下，他发觉他很难接受面前就是他曾经认识的那个女人。她似乎失去了以前所有的柔软之处——柔软的长发，柔软的手臂，柔软的皮肤。一个更坚硬的新躯体取代了所有那些。萨缪尔能看见她下颚部肌肉的轮廓。她锁骨掀起的波纹横贯胸口。她手臂二头肌的隆起线条。她的胳膊就像用来系船的粗绳。

"好的，好吧，"萨缪尔说，"你为什么要那么做？为什么要向派克州长扔石头。"

他母亲望向律师，律师打开手提箱，取出一张纸，这张纸有一面写满了密密麻麻的文字，他把纸递给费伊，她逐字逐句朗读。

"就本人对共和党总统候选人和怀俄明州前州长谢尔顿·派克——以下简称'州长'——所采取的行动，"她说，清了清喉咙，"本人在此做证、主张、宣誓、证明并严肃澄清，本人朝州长所在方向抛掷小石子的行为，无论如何都不该被解读为伤害、攻击、致伤、打击、致残、致畸或毁损的企图，或者激发对伤害威胁或与州长及小石子可能意外击中的任何人的攻击性接触的合理担忧，本人同样无意于对目击或受到本人纯粹政治性和象征性举动影响的任何人造成情感忧虑、伤痛、痛苦、悲伤、愤怒或创伤。本人的行为只是对州长的法西斯政治主张的必要、自发、膝跳反射式反应，反应的产生时间、地点和方式不是本人可控制的，不以意志为转移，州长的极端右翼、拥护枪支、拥护战争、拥护暴力的政治论调将本人置于异乎寻常且实质性的胁迫压力之下，以至于构成了对本人肉体形成确实伤害的合理认定。我同样相信州长对法律和秩序的无情迷信和拥护暴力的姿态意味着他认可有暴力因素的开玩笑行为，正如参与由通过性虐追求性满足的人士认可免除刑事和民事责任的肉体打击。本人选择小石子作为本人象征性抗议的载体，是因为本人没有运动天赋、没有犯罪背景、没有受过投掷球类运动的训练，因此本人投掷极小石块造成的危险仅代表最低限度的伤害，因此小石子绝对不是危险、致命或攻击性武器，本人使用它也绝非为了有目的、有认知、蓄意疏忽、有威胁性、不顾后果或漠视人类生命地造成肉体伤害。本人的目的仅仅、完全、彻底、在所有方面全部是政治性的，为了传达一种既不煽动也不挑衅而且不造成明确危险的政治言论行为，这种象征性的言论类似于抗议者通过亵渎旗帜或毁坏纸版画像等合法行使其言论自由权利的行为。"

费伊把那张纸放回桌上，动作小心而谨慎，就好像那是一件易碎品。

"好极了！"律师说。他的脸涨红了，与先前的苍白有着微妙但不难注意到的区别，萨缪尔会将那种颜色形容为塑料娃娃的乳黄色。他的额头上挂着大滴大滴的汗珠，就像在非常炎热的日子里粉刷外墙时鼓起的气泡。"这个方面咱们已经全厘清了，现在休息一下吧，"律师关掉采访机，"不好意思。"他说，起身走向卫生间。

"他总是这样，"费伊说，目送他离开，"他似乎每隔五到十分钟就要上一次厕所。这是他的套路。"

"到底是为什么呢？"萨缪尔说。

"我猜他是去卫生间擦汗了。他这个人水淋淋的。但他还做了一些牵涉到使用大量厕纸的事情，我不确定具体是什么。"

"说真的，"萨缪尔抓起那张纸看了看，"我完全没听懂你在说什么。"

"他的脚也特别小。你注意到了吗？"

"费伊，你听我说，"他说，两人都因为他对她直呼其名而微微一怔，这是他第一次这么做，"这到底是在干什么？"

"呃，好吧。按照我的理解。我的案子极度复杂。很多项暴力威胁指控外加几项殴打指控。重度。一级。我猜我吓坏了公园里的一大帮人——这是暴力威胁指控——但石块只打中了其中几个——这是殴打指控。还有其他指控，让我想一想"——她扳着手指一一细数——"扰乱治安、公开猥亵、妨害治安、拒捕。检察官强硬得异乎寻常，我们猜是出于法官的鼓动。"

"查尔斯·布朗法官。"

"就是他！顺便说一句，重罪殴打罪名的判决从三百个小时的社区服务到二十五年的监禁都有可能。"

"这个范围还真是宽。"

"法官在判决上有很大的行动自由。所以你知道你要写一封信给他，对吧？"

"对。"

"最好写得非常好。"

冲马桶的哗哗声，卫生间的门开了，律师笑容可掬地回来，在裤子上擦干手。费伊说得对：萨缪尔从没见过成年男性长着这么小的脚。

"棒极了！"律师说，"进展很顺利。"他走路时是如何维持小脚和宽阔肩膀之间的平衡的？他就像是一座颠倒的金字塔。

律师坐下，用手指在手提箱上敲打节奏。"那么，第二部分！"他说，他又打开采访机，"咱们的新话题，先生，是你母亲为什么是个优秀的好人，因此不该进监狱面对最高可达二十五年的刑期。"

"这种可能性并不真的存在，对吧？"

"应该是的，先生，但我希望能够考虑到每一种可能性，原因显而易见。那么，你愿意听一听你母亲的慈善奉献事迹吗？"

"我更感兴趣的是她过去这二十年都在做什么。"

"公立学校，先生。她在公立学校做了很多非常了不起的工作。还有诗歌？请允许我告诉你，她是一位真正的艺术推广大使。"

"这部分对我来说有点棘手，"萨缪尔说，"不好意思，我说的是'优秀的好人'这整个部分。"

"这是为什么呢，先生？"

"唔，我该怎么对法官说？她是个值得尊敬的人？一个了不起的母亲？"

律师微笑道："正是如此。一点不错。"

"我认为我没法发自肺腑地说出这种话。"

"为什么不能？"

萨缪尔的视线从律师转向母亲，然后回到律师脸上："你是认真的？"

律师点点头，依然在微笑。

"我母亲在我十一岁的时候抛弃了我！"

"是的，先生，您大概不难想象到，有关她个人生活的这一丁点儿信息应该尽可能避免让公众知道。"

"她毫无先兆地抛弃了我。"

"也许，先生，为了咱们的目标着想，先生，您不该认为是你母亲抛弃了你，而是暂时离开你，为了在比正常时间而言稍长一些的时间后重新收养你。"

律师打开手提箱，拿出一本小册子。"事实上，就寻找有可能的收养家庭和确保其孩子享受一个足够积极的成长环境而言，"他说，"你母亲做了大量法律功课，远远超过绝大多数生身母亲。从某个特定的角度来看，我愿意说她在此事上的勤勉程度可被视为远超一般水平。"

他把小册子递给萨缪尔。亮粉红色封面上有几张多元文化家庭的微笑照片，最顶上用气泡框出"你就被收养了！"这几个字。

"我没有被收养。"萨缪尔说。

"字面意义上的没有，先生。"

律师又在出汗了，皮肤上一层亮晶晶的薄膜很像清晨时分你在地上见到的露水。他腋窝下出现了两团水渍，沿着袖子逐渐扩散。就仿佛水母正在慢慢吞噬他的衬衫。

萨缪尔望向母亲，母亲耸耸肩，像是在说：你打算怎么办？她背后向北的成排窗户外，灰色的西尔斯大厦高耸于雾霾遮蔽的远处。西尔斯大厦曾经是全世界最高的建筑物，但现在不是了，甚至掉出了前五之列。说起来，连它的名字都已经不是西尔斯大厦了。

"这儿很安静。"萨缪尔说。

他母亲皱眉道："什么？"

"没有车声，没有人声。与世隔绝。"

"哦，住房市场崩溃时，开发商正在翻新这幢楼，"她说，"放弃开发的时候，他们只装修完了几套单元。"

"所以你一个人住在这儿？"

"往上两层楼有一对夫妻。波西米亚艺术家那种。我和他们差不多互相视而不见。"

"听起来很孤独。"

她盯着萨缪尔的脸看了几秒钟。"挺适合我。"她说。

"知道吗？忘记你这件事我做得挺好的，"萨缪尔说，"直到最近发生的这些事情。"

"是吗？"

"是的。可以说你已经差不多被忘干净了，直到本周。"

　　她露出微笑，望着面前的桌子——一个内向的笑容，意味着她想到了一些只有她自己知道的事情。她用手掌扫过桌面，像是在擦灰尘。

　　"我们所想象的忘记其实不是忘记，"她说，"严格地说，我们不可能真的忘记任何事情。我们只是失去了找回去的路。"

　　"你在说什么？"

　　"最近我读到一篇文章，"她说，"有人研究了记忆的工作原理。一组生理学家、分子生物学家、神经学家，他们尝试搞清楚我们的记忆储存在哪里，好像发表在《自然》杂志上，要么就是《神经元》，或者《美国医学会杂志》。"

　　"你的日常消遣读物？"

　　"我感兴趣的领域很多。总而言之，他们发现我们的记忆是个物理存在。比方说，你能看见储存每段记忆的细胞。机制是这样的：首先，你有一个初生的、没有被碰过的干净细胞。然后细胞受到电刺激，改变形状，受到损毁。这个损毁本身，就是记忆。一旦产生就不会消失。"

　　"真有意思。"萨缪尔说。

　　"现在仔细想来，我很确定是《自然》杂志。"

　　"你是认真的吗？"萨缪尔说，"我在这儿袒露我的灵魂，你在说你读到的一项研究？"

　　"我喜欢其中的寓意，"费伊说，"另外，你并没有在袒露你的灵魂。现在还差得远呢。"

　　律师清了清喉咙。"不如咱们说回正题吧？"他说，"安德森教授？先生？您愿意直接开始你的询问了吗？"

　　萨缪尔站起身。他走了一步，然后又一步。靠近沙发的墙边有个小书架，他走向书架。察看书架的时候，他能感觉到母亲的视线落在背上。书籍以诗歌为主，主要是左翼诗人艾伦·金斯堡的作品。他意识到自己其实是在找他那篇著名短篇的杂志。意识到这一点的时候，他已经因为没有找到而感到了失望。

他转过身："我来说说我想知道什么吧。"

"先生？"律师说，"您离开麦克风的拾音范围了。"

"我想知道你这二十年都在干什么。还有你离开我们之后去了哪儿。"

"这个，先生，似乎完全不在我们的询问范围之内。"

"还有你在 1960 年代做的所有事情。被捕。他们在电视上说你——"

"你想知道那些是不是真的。"费伊说。

"对。"

"我是不是激进分子？有没有参加过抗议活动？"

"对。"

"我有没有因为卖淫被捕过？"

"对。1968 年你有一个月行踪不明。我一直以为你当时在艾奥瓦州老家，和弗兰克外公一起等老爸复员回家。但其实并不是。"

"对。"

"当时你在芝加哥。"

"对，待了很短一段时间。然后就离开了。"

"我想知道发生了什么。"

"哈——哈！"律师说，在手提箱上敲了一通鼓点，"我认为咱们走得好像有点远了，对吧？咱们还是回到正题上来吧？"

"但还有其他的问题，对吧？"费伊说，"更重要的问题？"

"我们会说到那些问题的。到时候。"萨缪尔说。

"等什么呢？咱们现在就敞开了明说吧。来，你问我好了。真正的问题只有一个。"

"先从照片说起。1968 年你在抗议现场拍的那张照片。"

"但你来这儿不是为了那个。问你真正的问题吧。你来找我真正想搞清楚的事情。"

"我来找你是为了写求情信给法官。"

"不，不是。来吧。问你的问题吧。"

"那是另一码事。"

"你就问吧。别磨蹭。"

"并不重要。没有意义——"

"我同意！"律师插嘴道，"与主题无关。"

"闭嘴，西蒙，"费伊说，然后直视萨缪尔的眼睛，"这个问题是一切。是你来这儿的原因。现在你就别东拉西扯了，快问吧。"

"好吧。随便你。我想知道，你为什么抛弃我？"

话刚出口，萨缪尔就觉得泪水涌上来了：你为什么抛弃我？这问题折磨了他一整个青春期。他经常对别人说她死了。别人问起他母亲，说她死了反而更简单。假如他说出真相，他们就会问她为什么离开和她去了哪儿，而他什么都不知道。然后他们会奇怪地看着他，就好像那都是他的错。她为什么抛弃他？这个问题让他夜复一夜无法入睡，直到他学会忍受和否定它。此刻提出这个问题，以前的情绪忽然就突破了封锁：羞耻、孤独、自怜。它们吞没了这个问题，他还没说完最后一个字，喉咙就开始发紧，他觉得自己离哭泣仅有一步之遥。

萨缪尔和他母亲，互相打量了好一会儿，直到律师隔着桌子凑到她耳边说了句什么。她的挑衅似乎开始消退。她低头望着大腿。

"咱们还是回到正题上来吧？"律师说。

"我认为我有资格得到一些答案。"萨缪尔说。

"咱们还是回到您那封信上来吧，先生？"

"我不指望能和你变成好朋友，"萨缪尔说，"但回答几个问题呢？这个要求很过分吗？"

费伊抱起双臂，似乎蜷缩回了自己体内。律师望着萨缪尔，等他开口。他额头的汗珠逐渐变大膨胀，随时有可能掉进他的眼睛。

"《自然》杂志上的那篇文章？"费伊说，"关于记忆的那一篇？真正触动我的地方在于，记忆是被编码写进大脑这块肉里的。我们所了解的过去确实被印刻在我们身上。"

"好的，"萨缪尔说，"你想说的重点是什么？"

她闭上眼睛，揉搓太阳穴，萨缪尔回想起童年的记忆，这个姿态代表不耐烦和恼怒。

"不是明摆着的吗？"她说，"每一段记忆实质上就是一道伤疤。"

律师啪的一声合上手提箱："好吧！我看咱们就谈到这里吧！"

"你没有回答我的任何一个问题，"萨缪尔说，"为什么离开我？你在芝加哥发生了什么事？你为什么当它是个秘密？你这些年都是怎么过的？"

费伊终于望向他，她浑身上下的坚硬忽然消融。她的眼神就是她离开的那天早晨看萨缪尔的眼神，脸上满是哀伤。

"对不起，"她说，"我不能说。"

"我需要答案，"萨缪尔说，"你甚至不能想象我有多么需要。我需要知道。"

"我已经说完了我能说的一切。"

"但你什么都还没说呢。求你了，你为什么离开？"

"我不能说，"她说，"我的隐私。"

"隐私？说真的？"

　　费伊点点头，望向桌面。"我的隐私。"她重复道。

　　萨缪尔抱起双臂。"你逼着我提出我的问题，然后你说那是你的隐私？去死吧。"

　　律师在收拾东西，关掉采访机，汗珠掉在衬衫衣领上。"非常感谢，安德森教授，谢谢你的努力。"他说。

　　"我以为你不可能变得更卑鄙了，费伊，但恭喜你，"萨缪尔说着站起身，"说真的，你是前辈高手。你是恶人大师。"

　　"咱们保持联系！"律师说，他赶着萨缪尔走向前门，用一只湿漉漉热乎乎的手推他的后背，"咱们保持联系，看看该怎么推进下去。"他打开门，陪着萨缪尔走出去。他额头上的汗珠有霰弹那么大，衬衫的腋窝处已经湿得耷拉下来了，就好像在那儿倒了一杯影院级的饮料。"我们热烈期盼能早日看到你写给布朗法官的信，"他说，"祝你今天顺利！"

　　他在萨缪尔背后关门上锁。

　　走出公寓楼的一路上和穿过芝加哥的漫长车程中，萨缪尔觉得他随时都会崩溃。他想到那些网站上的提议：建立一个获取支持的人际网络。他需要找个人聊聊，但找谁呢？不可能是他的父亲。不可能是同事。他只在《精灵征途》里还有几个经常交流的伙伴。回到家，他登入游戏。嘿，道奇！和很高兴见到你！的问候语和平时一样如雨点般落下。他在公会聊天室提问：有住在芝加哥附近的人愿意今晚见个面吗？我想出门走走。

　　一阵尴尬的沉默。萨缪尔明白他越界了。他邀请网友在现实中见面，通常只有变态和跟踪狂才会做出这种提议。他正要道歉说算了吧，庞纳吉，他们才华横溢的领袖，公会的《精灵征途》专家，终于仁慈地回复了他。

　　行啊。我知道一个地方。

2

劳拉·波茨坦坐在院长那恐怖的办公室里，仔细解释她和萨缪尔之间发生了什么事情。"他说我没有学习障碍，"劳拉说，"他说我只是不太聪明。"

"噢，我的天。"院长说，像是受了重重一击。她办公室的书架上几乎全是有关黑死病的书籍，墙上挂着似乎很古老的图画，画里的人在遭受疖子或感染的伤害，或者被堆在手推车上，死了。劳拉没想到还存在比她室友那巨大的减肥日历更让人难以忍受的墙壁装饰品，但校长对开放性溃疡历史的显著兴趣证明了她大错特错。

"萨缪尔真的说了你不聪明？"

"对我的自尊造成了巨大的打击。"

"对，我能想象。"

"我是一名精英学生，GPA 堪称完美。他不能说我不聪明。"

"劳拉，我认为你非常聪明。"

"谢谢。"

"你应该知道我非常重视这件事。"

"我还要顺便说一句,安德森教授有时候会在课堂上说脏话。非常让人不安和感到冒犯。"

"好的,我们可以这么做,"院长说,"你重写你的《哈姆雷特》论文,重新评分。另一方面,我会去摆平安德森教授。这个计划听起来怎么样?"

"好的,听起来非常好。"

"要是还有什么我应该知道的,请直接打电话给我。"

"好的。"劳拉说。走出行政大楼的一路上,她都能感觉到伴随胜利而来的轻快暖意。

然而,这种感觉只持续了一小会儿,直到她打开那本莎士比亚就烟消云散了。她坐在宿舍的地上,痛苦地看着那些文字,意识到她回到了起点:努力完成又一个毫无价值的作业,为了通过又一门毫无价值的课程,文学导论,这个学期她选修的五门课之一。在她看来,它们全都狗屁不如。完全是毫无用处的时间黑洞,和真实人生没有半点关系,目前她对大学课程的看法就是这样。所谓"真实人生",她指的是等她拿到商科学士学位后在工作岗位上得到的任务,现在她当然连想象都想象不出那些任务会是什么,因为她还没上过高级商务沟通和营销的课程,从小到大也没实习过。甚至所谓"真正的工作",除非能把高中时在一家二轮放映影院的某个特许经营小摊的打工计算在内。不过这份工作倒是教了她一些重要的职场礼仪,她的老师是一名三十二岁的副经理,下班以后总是留下来边抽大麻边带着他喜欢雇用的漂亮女学生玩脱衣扑克,她必须用上各种社交谈判的招数才能继续享用大麻,同时不至于做出掉价得第二天没脸上班的丑事。尽管严格地说,这是她唯一的工作经验，但她依然坚信自己在营销和沟通方面必将走上成功之路，而她的职业生涯完全不需要她在大学里学习这些愚蠢狗屁。

比方说《哈姆雷特》。她正在尝试再次阅读这本书，尝试挤出一个念头来完成她必须重写的《哈姆雷特》论文。但这会儿，她觉得更有意思的事情是抓起一把回形针轻轻扔到半空中，看着它们掉在宿舍的油毡地毯上弹跳四散。这比读《哈姆雷特》好玩多了。因为尽管每个回形针的样子都差不多，但它们会以混乱、随机、绝不重复的方式弹跳。它们为什么不以相同的方式弹跳呢？为什么不落在同一个地方呢？另外还有它们落在地上滑行那好听的咔嗒——簌的声音。刚才这几分钟，她把回形针在半空中扔了十五到二十次——显而易见，她在用这个行为拖延阅读《哈姆雷特》，她不得不承认——这时她的电话叮咚一声。一条新消息！

嘿———亲爱的

来自杰森。从嘿字拖长的尾巴看得出，他今晚对那事的感觉特别迫切。男朋友的想法有时候也是这么容易识破。

嘿！　:-D

大学课程之所以这么愚蠢，正是因为她永远也学不到生活中需要的东西。比方说希腊雕塑的知识，她在人文学科导论的课程中拼命背诵，这门课是所有学生的必修课，大学通过网络提供教学。但这种浪费时间的行径是多么愚蠢啊，因为她确定到了面试真正工作的时候，他们肯定不会向她展示一系列雕像画片，问"这个代表的是什么神话？"，但这就是课程要求她每周必须完成的两分钟限时测验，一个彻头彻尾的笑话——

　　她的手机发出啾啾鸟叫声："我感觉"（iFeel）有新消息。"我感觉"这个绝妙的新手机应用目前在大学圈子里是最受宠爱的社交媒体。劳拉的朋友都在上面，像上瘾似的用个不停，等到对新事物慢热的人，也就是老家伙们发现它时，这个应用就会被无情抛弃。

　　劳拉拿起手机看。我感觉快乐，今晚！！！她的一个朋友发帖。布里塔尼，她活过了劳拉对提醒名单的好几轮大清洗。

　　电话问：你想忽略、回复还是自动处理这条信息？

　　劳拉选了自动处理。把电话放回地上，压在曲别针上。

　　刚才想到哪儿了？哦，对，艺术测验，是个彻头彻尾的笑话，因为她只需要从上到下乱点并截屏，然后直接断开网络，测验程序会认为这是"系统崩溃"或"网络故障"（简而言之：不是她的错），因此会允许她重新做题。于是，她查找答案，重新连接网络，以优异成绩通过测验，然后又有一个星期不需要去想希腊雕像了。

　　还有生物学，劳拉一想就要反胃。因为她只上了一个星期就非常确定，她未来手握大权的营销和商务沟通工作绝不需要她搞清楚从一个光子到光合作用生成糖分子的化学反应链条，而她最近在生物学课堂上死记硬背的就是这些，但为了满足科学学分的要求，她只能傻乎乎地去上这门课，没搞错吧？我难道会去当科学家？再加上那个教授特别乏味和无聊，课讲得她完全无法忍受——

　　手机又是啾啾一声。布里塔尼的消息：谢了姑娘！！！无疑是在回复"我感觉"应用自动回给她的什么消息。劳拉正在学习和非常认真地尝试阅读《哈姆雷特》，因此决定不和她聊天，而是回了一个表示对话结束的通用表情符：

　　:)

　　总而言之，生物学课程无聊得难以忍受，因此她每周给室友二十美元，让室友朗读教科书的重要段落并录下来。每两周一次的章节测验上，劳拉尽量不引人注意地坐在三百人大教室的墙边，身体靠在墙上，把小耳机塞进靠墙一侧的耳朵里，听着室友朗读这个章节的录音，在试卷上寻找关键词，她颇为敬佩自己一心多用的本事和不需要学习也可以过关的能力。

　　"你不会在用录音作弊吧？"这么做了几个星期后，她的室友问她。

　　"没有。我靠你的录音学习，在健身房。"劳拉说。

　　"因为作弊是不对的。"

　　"我知道。"

　　"而且我从没见过你运动。"

　　"我当然运动的。"

　　"我总待在健身房，但从没见过你。"

　　"唉，去你的鼠蛋吧！"劳拉说，这是她母亲骂人时的口头禅。她母亲另一个口头禅是绝对不要让别人欺负你或者让你讨厌自己，此刻室友就让她非常讨厌自己，因此劳拉没有道歉，而是说："听我说，孱瓜，假如你没在健身房见过我，那肯定是因为有些人不像你那样必须要待很久。"她这么说是因为她的室友——咱们直话直说吧——明摆着病态地（几乎能让你看得目不转睛）肥胖。她的两条腿就像两袋马铃薯。不夸张。

　　"孱瓜"这个词是劳拉的现场发挥，她觉得颇为骄傲，因为有时候绰号就能这么精确地捕捉一个人的特征。

　　手机叮咚一声。

　　今晚做什么？

还是杰森,在试探她。他想短信性爱的企图总是这么显而易见。

家庭作业:'(

这个学期她只有一门课和她的锦绣前程还算沾得上边,商学院开的宏观经济学,全都是抽象的数学,和商业的"人性因素"基本上毫无关系。但"人性因素"才是她进入这个领域的真正原因,因为她喜欢和人打交道,擅长和人打交道,在网上有数不胜数的联系人,他们每天给她发短信,通过她常用的诸多社交网站给她发信息,使得她的手机每天从早到晚叮咚叮咚响个不停,就是调羹轻敲水晶高脚杯的那种悦耳响声,一个清澈而高亢的音符,会让她条件反射似的感到片刻快乐。

这就是她主修商科的原因。

但宏观经济学太傻了,太无聊了,对她未来的职业生涯没有任何用处,因此她毫无愧疚地和课程学习小组的一个男孩联手作弊,男孩主修平面设计,是个 PS 高手。举例来说,他可以扫描立顿绿茶随身杯上的标签,抹掉成分表(长得惊人,对自称是"茶"的饮料来说也未免太"科学"了),换成测验的答案要点,也就是他们必须记住的所有公式和概念,用的还是立顿标签的字体和颜色,因此老师死也想不到答案就摆在劳拉眼前,除非他拿起立顿绿茶的瓶子照着成分表念。换句话说,几乎不可能被发现。男孩算是得到了报答,酬劳是几个拥抱,也许抱得稍微有点紧,贴得稍微有点近,还有一个学期两次造访他在楼下的宿舍,因为她去洗澡时"忘带"自己房间的钥匙了,只好裹着她最爱的小毛巾去他的房间待一阵。

劳拉对作弊有什么不好的感觉吗?没有。学校让她可以轻而易举地作弊，在她看来就等于他们默许学生作弊，更进一步说，她作弊都是学校的错，因为，首先，是学校给了她这么多机会，其次，是学校强迫她上那么多狗屁课程的。

举例来说：《哈姆雷特》。尝试再次读蠢到家的《哈姆雷特》——

她的手机啾啾轻叫。又是一条"我感觉"动态。来自瓦妮莎：我感觉害怕，对这所有恐怖的经济新闻！！！正是这种无聊的状态更新让你掉出了我的提醒名单。劳拉选择了忽略。瓦妮莎又丢了一分。

总而言之，尝试阅读《哈姆雷特》并在哈姆雷特的行为轨迹中辨识"逻辑谬误"，这实在太胡扯了，她敢打包票，去一家大型公司面试商务沟通和营销执行副总裁的时候，他们肯定不会问她什么《哈姆雷特》，也不会问她什么逻辑谬误。她尝试过翻开《哈姆雷特》，但文字很快就在脑袋里乱成了一锅粥：

> 这世界上的事情，
> 由我看来何以如此地厌倦，陈旧，淡薄，无益！
> 呸，哈，呸，呸！

这他妈是什么？

谁会这么说话？还有，谁说这是什么伟大的文学作品？莎士比亚用英语写的段落中，她能看懂的不多，但就这些段落而言，她觉得哈姆雷特就是个沮丧的白痴。要她说，你一个沮丧的白痴唠唠叨叨说什么事情多半是你自己犯傻，我倒是凭什么要坐在这儿听你说胡话啊？再加上他每独白一段她的手机就会叮叮当当地响个十次左右，这简直是一种精神折磨，她在努力读傻乎乎的《哈姆雷特》，却知道有条动态更新等着她打开。收到短信是当的一声,她最亲近的七十五个朋友之一更新了"我感觉"状态是一声鸟叫,她就是这么设置手机的。刚开始她设置成任何一个"我感觉"好友发布任何东西就提醒她,但她很快意识到这么做不合理,因为她有上千个好友,手机因此看上去像一台证券报价机,听起来像个鸟类保护区。于是,她把提醒名单设为更容易管理的七十五人,不过这个名单是流动性的,经常改变,她每周至少花两个小时重新评估和调换受她青睐的人们,她使用一套直觉的回归分析方法,基于的衡量因子包括有趣程度、近期发帖频率、近期上传和标记的好笑图片数量、状态流中是否有与政治相关的内容(政治声明往往导致口角,因此定期违规者必须被踢出七十五人名单)、是否有能力找到值得一看的互联网视频并给出链接,因为持续寻找优秀的互联网视频是一种技能,就像沙里淘金,因此你必须在关注列表的最顶上留几个这种人,他们能在进入病毒传播前找到够酷的视频或段子,在她看过一天甚至一周后,全世界其他人才能见到它们,因而让她觉得自己保住了在文化领域的有利地位,让她觉得自己领先于一切潮流。大体而言就像她去逛购物中心,结果发现每一家商店反映出的都完全是她心目中的自己。那些照片,无论是海报尺寸、真人尺寸甚至橱窗尺寸,呈现的都是一群年轻迷人的多种族朋友簇拥着她这种年轻迷人的女性,在户外场景中尽享人生乐趣,照片里的朋友怎么看都像她的那群朋友,附近若是有同样的户外景点,他们也肯定会去玩耍。看见这些橱窗照片,她的感觉是自己被需要。所有人都希望她喜欢他们。所有人都想满足她的愿望。她在更衣室里嫌弃对她来说不够好的衣服,闻着商场那种醇厚而胶着的气味,这就是她感觉最安全的时刻。

　　手机叮咚一声。又是杰森。

你在家吗？

对，就我一个人，屌瓜在健身房 :-)

　　但现在这个白痴文学教授似乎下定决心不想满足她的愿望，似乎故意要给她一个不及格。让她沮丧的是，连学习障碍都没能说服教授。她有障碍症的文件已经投入了障碍调适服务办公室 。这种学习障碍症得到了确认，因为她在学年刚开始的时候就想出了一个特别了不起的计划，起因是她那位胖乎乎的新室友——患有严重的注意力缺陷多动障碍症，同时服用数种药物——无意之间说到她有资格享受多少种法定的照顾措施，包括别人替她记笔记、测验和考试加时、作业截止期额外延长、合情合理地缺课，等等等等。换句话说，完全不受教授们的管辖，更妙的是还有《残疾人法案》给她撑腰。劳拉只需要回答一份问卷，用她的答案触发某种诊断即可。太简单了。她来到障碍调适服务办公室。问卷共有二十五个陈述句，她只需要选同意或不同意。她本以为很容易就能知道该在哪儿撒谎，但打开问卷，某些陈述却真实得让她心惊肉跳，举例来说：我很难记住我刚读过的内容。对，确实如此！每次被迫读纸质书籍她都会这样。还有：应该聚精会神的时候我却会不由自主地做白日梦。每堂课上这种事都会发生个几十次。她开始稍微有点不安了，因为她担心自己会不会真有什么问题，直到继续往下做遇到的这些问题：

　　想到家庭作业会让我惊恐和紧张。
　　我很难交到朋友。
　　学校的压力有时候让我头痛难忍和 / 或消化不良。

这几条都不算百分之百正确，因此她多多少少又觉得自己是个正常人了，因此当她被诊断患有严重学习障碍的时候，她觉得自己实在厉害得没话说，就像去电影院面试结果当场通过的那次，非常有成就感。使出学习障碍的花招，她并没有什么负罪感，因为她诚实地回答了问卷上的几个问题，所以她差不多有百分之十的学习障碍症，再加上她的课程都那么无聊和愚蠢，她不可能集中注意力，因此可以再加上百分之四十五的环境障碍，所以她患有百分之五十五的学习障碍症，这就是她的结论。

她将一把曲别针扔到不到一米的高度，看着它们盘旋着彼此分开。她心想，要是给我足够多的时间练习，我肯定能让曲别针达到完美的同步。我能把它们扔得像一个整体似的起起落落。

曲别针撒了一地。哈姆雷特说：

唉，只望血肉之躯能够溶化
瞬间化为甘露！

完全是浪费时间。

她还剩下一招，弹仓里还有一颗子弹。她拨通院长的号码。

"安德森教授没有为我的教育创造理想的条件，"院长刚接电话，她立刻就说，"我不认为他的课堂是个良好的学习地点。"

"我明白了，"院长说，"我明白了。能解释一下为什么吗？"

"我不觉得我能够表达我的个人观点。"

"这是为什么呢？具体说说。"

"我觉得安德森教授不重视我独一无二的视角。"

"唔，也许我们应该一起和他谈一谈。"

"那里不是一个安全地点。"

"对不起，你说什么？"院长说。劳拉几乎能听见那女人在椅子里坐了起来。

安全地点。它在校园里是目前最烫手的词语。她甚至不完全明白它是什么意思，但知道它能够拧住学校行政人员的耳朵。

"他的课堂让我感觉不安全，"劳拉说，"不是一个安全地点。"

"我的天。"

"事实上让我感觉受到虐待。"

"我的天。"

"我不是说他有虐待倾向或引号虐待引号完了我，"劳拉说，"我是说我的感觉是我害怕在他的课堂上会遭受虐待。"

"我懂了。我懂了。"

"我无法在情感上应对写《哈姆雷特》论文的任务，原因是他没有创造一个安全地点，让我觉得自己能够向他表达我的真实自我。"

"哦，当然。"

"为安德森教授写论文触发了指向压力和创伤的负面情绪。让我感觉受到压制。假如我用我的语言写论文，他会给我打低分，我会觉得自己很差劲。你认为我应该用觉得自己很差劲来换取成绩吗？"

"不，没这个必要。"院长说。

"我也这么认为。我很不情愿向学生报纸揭露这个情况，"劳拉说，"或者写在我的博客上。或者告诉我在'我感觉'上的几千个朋友。"

对于这场对话来说，这差不多算是将军了。院长说她会亲自处理这件事，而劳拉可以暂时忘记这篇论文，等他们讨论出一个完美的解决方案再说。

胜利。又一个作业过关了。她合上《哈姆雷特》，把书扔到墙角。她关掉笔记本电脑。手机叮咚一声。又是杰森，终于说出了他一直想提的请求：

发我一张照片，我想你！！！

淘气的还是乖乖的？ ;-)

淘气的！！！

哈哈 lol }:-)

她脱掉衣服，拿起相机伸直胳膊，摆出几个性感到冒烟的姿势，都是她二十年来从《时尚 COSMO》杂志、维多利亚的秘密的产品目录和互联网色情内容里学来的。她拍了十几张照片，每一张的角度和噘嘴的方式都略有不同：性感到冒烟，性感又好笑，性感而讽刺，性感而得意，等等等等。

拍完照片，她无法决定该发哪一张给杰森，因为每一张都那么完美。

3

庞纳吉建议他们在一家名叫"荡妇场"的酒吧见面。

萨缪尔写道：

> 听着像是脱衣舞俱乐部。

> 没错，就是，哈哈。

> 真的？

> 不是……但也算是。

酒吧位于芝加哥的另一处城郊，1960 年代中期城区居民第一次大规模迁出时腾飞的那种城郊小镇，如今正在缓慢消亡。上个世代逃过来的居民开始搬回逐渐中产化的都市区高楼大厦。白人群飞[1]让步于白人涌出，第一代城郊小镇——过时的建筑物，破败的购物中心——现在只给人以陈旧的感觉。人们在离开，随着他们的离开，住宅渐渐贬值，驱使更多人以难以阻挡的雪崩之势离开。学校关门。商店歇业。路灯破损。路面坑洞无人修理，一天天越来越宽。零售商店的巨大外壳变成空荡荡的无名废墟，只剩下往日徽标的肮脏轮廓还依稀可辨。

荡妇场在一条商业街上，左边是酒铺，右边是租车店。宽大的前窗贴着黑色塑料遮光膜，没有按平的气泡使窗户看上去凹凸不平。走进酒吧，脱衣舞俱乐部的陈设一应俱全：垫高的舞台，金属柱，紫色系的灯光。但没有脱衣舞女。走进酒吧，你能看的只有电视，二十几台电视摆得到处都是，无论你在哪儿坐下，都能从正面看见至少四台电视。有几台在播棒球赛。其他的调到各种专门播体育、音乐、游戏或美食节目的有线电视台。最大的电视机挂在舞台上方，似乎直接固定在金属柱上，正在播放一部讲述脱衣舞女的1990年代电影。

店堂里空荡荡的。四五个人坐在吧台前看手机或电视。几对人散坐在角落里。最里面的卡座有一群六个人，这会儿很安静。萨缪尔没看见任何符合庞纳吉描述的人（我是个金发男人，穿黑衬衫，这是他对自己的描述），于是找了张桌子坐下等待。吧台上方的电视调到音乐台，流行明星莫莉·米勒正在接受采访，今晚是她的MV首播。"这首歌写的是，你知道的，做你自己？"莫莉说，"就像歌词说的，'你必须表达。'你必须对自己坦诚相待。就是，呃，不要改变。"

1　起源于美国二十世纪中叶的社会学用语，指白种美国人从种族混杂的城区大规模迁移到郊区。

　　"嘿，道奇！"门口有个男人喊道。他确实身穿黑衬衫，但头发与其说是金色还不如说是白色，发梢还有点黄疸变色。他脸色苍白，遍布痘疤，看不出年龄：有可能五十岁，也有可能是命运多舛的三十岁。他的牛仔裤短了约十厘米，长袖衬衫紧了两个号。衣服是买给一个更年轻和更瘦削的躯体的。

　　两人握手。"庞纳吉，"他说，"我的名字。"

　　"我是萨缪尔。"

　　"不，你不是，"他说，"你是道奇。"他猛拍萨缪尔的后背："我觉得我已经认识你了，哥们儿。咱们是战友。"

　　他的衬衫里像是塞了个保龄球，刚好卡在皮带以上：一个瘦骨伶仃的男人却有个大胖子的肥肚皮。他双眼凸出，布满血丝。皮肤纹理像是冷却的熔蜡。

　　女招待走过来，两人点饮料，庞纳吉要一杯啤酒和"双 D 玉米脆片，料要加得超级满"。

　　"这地方挺有意思。"女招待离开后，萨缪尔说。

　　"从我家步行能到的酒吧只有这一家，"庞纳吉说，"我喜欢走路。锻炼身体。我很快就要开始吃一个新的养生食谱了，名叫'更新世食谱'。听说过吗？"

　　"没有。"

　　"就是你像更新世的人类那样吃东西。再确切一些，塔兰托期，在最后一个冰期期间。"

　　"我们怎么知道更新世的人类吃什么？"

　　"因为有科学。就像穴居人那样吃，不过要去掉乳齿象。而且没有麸质？关键在于诱使身体相信你回到了过去，农业诞生之前。"

　　"我不明白你为什么要这么做。"

　　"有一种感觉叫文明是个错误，这就是原因。我们一路上搞得一塌糊涂，拐错了弯。所以现在我们才会发胖。"

他的身体明显向右侧倾斜。拿鼠标的右手似乎是优势肢体。但左臂似乎比身体的其余部分慢几拍，就像处于永久性的睡眠之中。

"玉米脆片好像不在更新世的菜单上吧。"萨缪尔说。

"你要明白，目前对我来说节俭非常重要。我在存钱。你知道有机健康食品贵到什么程度吗？一个三明治在加油站卖七十九美分，但在农夫市场要卖十美元。你知道以每卡路里计算，玉米脆片有多便宜吗？更不用说即时牛肉卷饼、薄饼香肠棒和一些其他东西了，我在有机食品里找不到它们的对应物，但在拐角那家 7-11 能免费拿到。"

"怎么可能免费拿到？"

"呃，假如你知道 FDA 在公共健康方面有强制性规定，这些食物最多只能连续加热十二个小时，然后就必须扔掉，那么你就可以赶在更换食物前几分钟走进 7-11，每次都可以拎走满满一塑料袋的食物，不但有至少十几个牛肉卷饼或薄饼棒，还有更传统的热狗肠、德式香肠、玉米热狗和豆子馅饼。"

"哇，听起来你有一整套办法了。"

"当然了，它们在高温烤架上待了一天，一个个早就变得又黑又硬，毫无水分。吃这些食物实在称不上愉快。有时候，咬开豆子馅饼厚实的外壳就像在啃自己脚上的老茧。"

"这个画面要在我脑袋里待一阵了。"

"但很便宜，明白吗？尤其是考虑到我目前的收入水平，实话实说，丢掉工作以后，我的收入已经降到最低点，失业补助再过大约三个月就会见底，到时候我刚好能看到健康饮食对腰围的影响，假如到时候因为钱花光了而不得不重新开始不健康的饮食，那就会给我带来毁灭性的打击，我非常清楚这一点。因此我必须让饮食计划在金钱方面拥有可行性和长期可持续性，所以为了省钱让以后可以吃得更健康，眼下很重要的就是不能吃得太健康。听懂了吗？"

"好像懂了。"

"简而言之，每吃一周不健康的食品，我就能在脑海里为新生活准备的账本上记下七十美元的收入。这个计划到目前进行得很顺利。"

这个人身上有一种不对劲的感觉，一种失衡和罕见疾病的感觉。他的外形以萨缪尔一时间难以说清楚的方式偏离正轨，像是患有什么稀奇古怪的罕见疾病——比方说坏血病。

饮料送来了。"干杯，"庞纳吉说，"欢迎来到荡妇场。"

"这地方，"萨缪尔说，"荡妇场。听名字像是有故事。"

"以前是脱衣舞俱乐部，"庞纳吉说，"后来脱衣舞女不肯来了，因为市长禁止脱衣舞俱乐部销售酒精饮品，然后禁止脱衣舞俱乐部跳膝上艳舞，然后禁止开设脱衣舞俱乐部。"

"所以现在它只是个脱衣舞俱乐部主题酒吧了？"

"没错。市长是个纪律狂。城市开始走下坡路的时候，他在退无可退的怒火爆发中当选。"

"你一直来这儿？"

"还是脱衣舞俱乐部的时候没来过。"庞纳吉说，抬起手让萨缪尔看结婚戒指，"她，我老婆，不怎么赞同脱衣舞俱乐部。因为男权什么的。"

"有道理。"

"脱衣舞俱乐部对女权主义者来说是降格的象征，等等等等。哎，我喜欢这首歌。"

他说的是莫莉·米勒的新单曲，酒吧里三分之一的电视此刻正播得起劲：莫莉在废弃的汽车影院唱歌，几十个好看的年轻人停车观看，他们开着 1960 年代末到 1970 年代初的美式肌肉车——
科迈罗、野马、挑战者。看着这个 MV 里的诸多道具，你会产生
奇特的错位和含糊感，车辆只是原因之一。汽车影院的废弃状态
说明时代是当下，而车辆已有四十年的历史，莫莉使用的麦克风是
1930 年代广播电台常用的那种粗大的金属拾音头。另一方面，她
的衣物似乎是对 1980 年代时尚的一种讽刺致敬，尤其是特大号的
白色塑料太阳镜和紧身牛仔裤。这是一大锅不停改变的指涉大杂
烩，充满了可辨识的复古符号，除了看上去都很酷，彼此之间没有
任何逻辑联系。

"所以你为什么想找人见面？"庞纳吉恢复正常坐姿，两只脚
难受地压在身体底下。

"没什么，"萨缪尔说，"就是想聊聊天。"

"咱们在《精灵征途》里一样能聊。"

"也是。"

"你这么一说，我想起来，这是我很久以来第一次不是在《精
灵征途》里和人聊天。"

"是啊，"萨缪尔说，他思考了几秒钟，觉得有点不安，因为
这个结论对他来说同样成立，"咱们会不会把太多的时间花在了《精
灵征途》上？"

"不。但是，嗯，有可能。"

"我是说，你想一想咱们花在《精灵征途》上的那么多时间，
几百万玩家成年累月的时间。不仅仅是玩游戏的时间，还有阅读
游戏资料、看别人玩游戏的视频、写游戏博客、讨论、制定战略、
上留言板争论该怎么玩等等。实在太多时间了。没了《精灵征途》，
咱们可以，怎么说呢，过上更有意义的生活。真实世界中的生活。"

玉米脆片放在装千层面的平底锅里被端上来。堆成小山的玉

米脆片上盖着牛肉末、碎培根、碎香肠、牛排块、洋葱、辣椒圈和整整几品脱奶酪，亮橙色的那种，看上去非常浓稠，亮闪闪的像是塑料。

庞纳吉扑了上去，边吃边说话，食物碎片粘在他嘴唇上："我觉得《精灵征途》比真实世界有意义多了。"

"说真的？"

"当然。因为，你听着，我在《精灵征途》里的行为至关重要。怎么说呢？我做的事情能影响到更大的体系？能改变所在的世界。真实生活中你怕是没法这么说吧。"

"有时候也可以。"

"极少。绝大多数时候你不能。绝大多数时候，你做的事情对世界毫无影响。比方说，呃，我在《精灵征途》里几乎所有的朋友都是做零售的，卖电视机或牛仔裤。他们在购物中心工作。我的上一份工作是在复印店打工。你跟我解释一下我能怎么改变更大的体系。"

"我似乎没法接受游戏比真实世界更有意义的看法。"

"我丢掉上一份工作的时候，他们说是因为经济衰退。他们雇不起那么多员工了。但同一年，公司 CEO 拿到的薪水是我的整整八百倍。面对这样的事实，我必须要说，沉迷《精灵征途》是非常理性的回应。我们在满足最基础的人类心理需求，希望觉得自己有存在意义和价值的需求。"

塞进庞纳吉嘴里的玉米片从盘子里拉出一缕缕橙色黏液。他用每一块玉米片铲起尽可能多的奶酪和肉块。上一口还没嚼完，他就去拿下一块了，就仿佛有个传送带系统在疯狂运转。

"要是真实世界像《精灵征途》那么运转就好了，"庞纳吉边嚼边说，"要是婚姻生活也像那样就好了。每次我做了正确的事情，就能挣几个男性分，最后成为大师一百级好丈夫。或者假如我对莉萨做了混账事，就会丢掉几个男性分，离零级越近就离离婚越近。要是事件再伴随着相关音效就更好了。就像电子游戏吃豆小人泄气死掉的声音。或者你在《猜价格》里押了太高赌注的声音。象征失败的那种大合唱。"

"莉萨是你妻子？"

"嗯哼，"庞纳吉说，"已经分居。更确切地说，已经离婚。至少目前如此。"他的视线再次飘向莫莉的 MV，看着互相无关的画面旋风般掠过荧幕：莫莉在教室里，莫莉在高中橄榄球赛场喝彩，莫莉在保龄球场，莫莉在高中舞会，莫莉在草地上和一个英俊少年野餐。制作人瞄准的显然是十几岁到二十几岁的人群，不加掩饰地在他们的习语中打滚，就像狗见到了腐烂的食物。

"莉萨和我没离婚的时候，"庞纳吉说，"我以为一切都挺好。然后忽然有一天，她说她不再满足于我们的关系了，轰隆一声，离婚协议。有一天她就那么离开了，毫无预兆。"

庞纳吉在挠他胳膊上的一个地方，他显然经常挠这儿，因为这个位置上的袖管都被磨薄了。

"电子游戏里就永远不会有这种事，"庞纳吉说，"受到这样的突袭。在游戏里，行为总是会得到实时反馈。在游戏里，无论何时，无论我对莉萨做了什么让她想和我离婚的事，都会听见掉分的音效。然后我会立刻道歉，保证绝不再犯。"

他背后，莫莉·米勒对着欢呼舞蹈的群众歌唱。舞台上没有乐队或录音机为她伴奏，她像是在清唱。但歌迷随着一个人清唱而跳舞雀跃似乎有点不合情理，因此你应该知道配乐来自画面外的某处，这在流行音乐 MV 里已是一个不可或缺的部分。只需接受就好。

庞纳吉说："游戏总会告诉你该怎么赢。真实生活就不会了。

我在生活中屡次失败，却不明白原因。"

"有道理。"

"我是说，我这辈子爱过的姑娘只有她一个人，结果我却搞砸了。"

"我也是，"萨缪尔说，"我的她名叫贝萨妮。"

"是啊，而且我没有任何值得一提的职业生涯。"

"我也是。事实上我觉得有个学生在想办法让学校开除我。"

"我挣的还不够还抵押贷款。"

"我也是。"

"我把大部分时间花在玩电子游戏上。"

"我也是。"

"朋友，"庞纳吉用鼓胀充血的眼睛看着萨缪尔，"你和我？咱们就像双胞胎。"

他们看着莫莉·米勒的 MV，一时陷入沉默，庞纳吉继续吃东西，两人听着音乐，歌曲这会儿第四次回到了合唱段落，因此应该已经快结束了。莫莉的歌词似乎在暗指某种刚好难以触及或埋解之物，主要是因为她在不断改变、模棱两可的先行词后使用代词"它"：

> 不要伤害它。你必须呵护它。
>
> 你必须充实它，亲吻它。
>
> 我想得到它。
>
> 撑起它。因为我要使用它。
>
> 懂它了吗？想一想它。

每唱完一段，莫利就会大喊，而人群齐声喊出她对他们喊的那句歌词："你必须表达！"同时向天空挥动拳头，就好像在抗议天晓得什么东西。

"我母亲在我小时候抛弃了我,"萨缪尔说,"就像莉萨对你那样。某一天,走了。"

庞纳吉点点头:"我懂。"

"我需要她的一样东西,但不知道该怎么得到它。"

"你需要什么?"

"她的生平故事。我在写关于她的一本书,但她什么都不肯告诉我。我只有一张照片和几条笔记。我对她一无所知。"

萨缪尔的口袋里有那张照片,打印在复印纸上,叠成小块。他展开那张纸,拿给庞纳吉看。

"你是作家?"

"是啊。要是我写不完这本书,我的出版商就会起诉我。"

"你有出版商?真的?我也是作家。"

"真的假的?"

"真的,我有个小说点子。我从高中时就开始琢磨了。有通灵能力的警探追捕连环杀手。"

"听着不赖。"

"我在脑袋里全想好了。结尾——剧透预警——是一场史诗级的对峙,线索引向警探前妻女儿的男朋友。等我找到时间就立刻动笔。"

他指甲根部的皮肤,他眼睛四周的皮肤,他嘴唇周围的皮肤,事实上他全身上下所有交界处的皮肤都呈现着代表疼痛的深红色。一个部位变成另一个部位的接合处全是这种疼痛的深红色。萨缪尔觉得他的任何动作,哪怕是眨眼或呼吸,都会引起疼痛。白发已经成簇脱落的头皮上留下了粉红色的秃斑。一只眼睛似乎比另一只睁得更大。

"我母亲是派克袭击者。"萨缪尔说。

"派克什么者?"

"朝那个政客扔石块的女人。"

"我完全不知道你在说什么。"

"是啊,我自己一开始也不知道。我猜事情发生在咱们做任务的那天。打恶龙的那个任务。"

"史诗级的胜利。"

"没错。"

"事实上,你能从《精灵征途》里学到很多,"庞纳吉说,"比方说你母亲的难题?很简单。问一问你自己,她是个什么类型的挑战。"

"什么意思?"

"《精灵征途》里有四种挑战,所有电子游戏都一样。其他任何一种挑战都是这四种的变体。这是我的哲学。"

庞纳吉的手悬在玉米脆片的废墟之上,寻找结构完整性尚可的玉米片,积蓄在盘底的奶酪和油脂沼泽已经泡软了许多块玉米片。

"你的哲学来自电子游戏?"

"我发觉在现实中也同样正确。你在电子游戏里或现实中面对的难题永远是四者之一:敌人、障碍、谜题、陷阱。就这么简单。你在现实中遇到的每一个人都是四者之一。"

"好的。"

"所以你只需要搞清楚你在面对的是哪一种挑战。"

"该怎么做呢?"

"这就要看了。比方说敌人?击败敌人只有一条路,就是杀死他们。杀死你母亲能解决你的难题吗?"

"当然不能。"

"那她就不是敌人了。很好！她也许是障碍？障碍是你需要想办法绕过去的东西。逃避你母亲能解决你的难题吗？"

"不能。她有我需要的东西。"

"是什么呢？"

"她的人生故事。我需要知道她发生了什么事，她的过去。"

"很好。没有其他办法能搞到这些东西吗？"

"恐怕没有。"

"不是有历史档案吗？"庞纳吉说，"你没有家人吗？能不能做个访谈？作家不是都要先调查再动笔的吗？"

"呃，我的外公，我母亲的父亲。他还活着。"

"这不就有了嘛。"

"我有好多年没和他说过话了。他在养老院里。艾奥瓦州。"

"嗯哼。"庞纳吉说，用调羹舀起剩下的玉米片泥汤。

"所以你的建议是我该去找我外公聊聊，"萨缪尔说，"去艾奥瓦，向他打听我母亲的事情。"

"对。自己搞清楚她的人生故事。拼凑起来。假如你的难题是个障碍，而不是谜题或陷阱，那么想解决你的问题，只有这一个办法。"

"我该怎么区别到底是什么呢？"

"刚开始你做不到。"他扔掉调羹。一大盆玉米片已经基本上吃完了，他用手指蘸起了一块奶酪，然后舔干净。

"对谜题和陷阱那些人，"庞纳吉说，"你必须小心。你能解开谜题，但陷阱就不行了。通常的情况是，你以为一个人是谜题，最后却发现他其实是陷阱，然而发现的时候已经来不及了。所以才叫陷阱。"

4

　　一段记忆：夏天去艾奥瓦州，他父母的故乡，萨缪尔坐在汽车后座上。妈妈和爸爸坐在前排，他避开有太阳的那一侧，望着车窗外飞掠的景物，芝加哥糟糕的交通和城区的钢筋水泥边界逐渐变成来来去去更有规律的草场。迪卡尔布绿洲是文明的最后一根触须，接下来就是环绕城市的农田了。没有任何东西打断开阔的天空，天空因此变得愈加开阔，没有山脉，没有丘陵，地形似乎没有任何起伏，只有一望无垠的绿色平地。

　　汽车驶过密西西比河，萨缪尔从开上水泥大桥起就屏住呼吸，低头看着向南而去的驳船，还有牵引船、平底船和拖着车胎的快艇，人们（从高处望去只是粉色小点）在车胎上弹跳。他们下了州际公路，向北顺着河流驶向他父母的老家，他们在那里长大，在高中成为恋人——这是萨缪尔所知的版本。沿着 67 号公路向北走，密西西比河在他右侧，他们经过兜售活饵的加油站，美国国旗飘在海外作战退伍军人俱乐部、公立学校、高尔夫球场、教堂和船只上。

强鹿卡车时而驶过，偶尔有哈雷骑手举起左手向对面驶来的其他车手打招呼。他们经过采石场，橙色砾石被车轮弹飞，在车身和挡风玻璃上留下伤疤。他们经过强制执行的限速标记。他们经过其他标志，有些被霰弹打烂了——前方3.2公里有鹿出没。注意，工厂出入口。本公路由同济会负责。等等等等。红色与白色塔罐林立的氮肥工厂进入视野，接下来是东艾奥瓦丙烷厂那些巨大的白色储气罐，化学之星旗下的这家庞然大物经常弄得整个小镇闻着像是点燃的早餐燕麦，然后是谷仓和镇上的小店：利昂修车店，布鲁斯美容院和枪械修理店，鬼祟彼得的稀罕物品古董店，施温格药店与杂货店。铝质墙板搭建的工具房。所有墙壁都是高密度聚乙烯贴面的备用车库。住宅院子里有三四辆甚至五辆精心保养和装扮的车子。青少年骑着助动车，橙色小旗在头顶飘扬。孩子在野地里骑四轮车和泥地摩托车。卡车拖着小船。所有人都记得打指示灯。

他觉得这段记忆异常翔实，这是因为现实几乎没有变化。为了重访几十年未见的外公，萨缪尔重走这条路线，他发现一切都还是老样子。密西西比河流域依然郁郁葱葱，尽管这里是美国化工业最发达的地区之一。河流沿线的小镇仍旧每家每户都国旗飘扬。二十年残酷的劳动力外包和制造业萎缩并没有折损仪式性的爱国主义。是的，城镇中心似乎从古老趣致的商业区移到了新建的沃尔玛购物中心，但似乎没人在乎。沃尔玛的停车场熙熙攘攘，停满了车辆。

他开车在小镇转了一圈，看见了这些景象。他接受庞纳吉的建议，正在做实地调查。他在感受小镇的气氛，想象住在这儿、在这儿长大是什么滋味。他母亲会怎么看待这个地方？她从不提小镇，他们也几乎不来这儿。他小时候基本上只是每两年夏天来一趟。

不过老家的消息还是一点一滴地传进了萨缪尔的耳朵，他知道外公住在那儿一家名叫柳谷的养老院里，正在被痴呆和帕金森症逐渐带走，萨缪尔预约了今天晚些时候前去造访。在此之前，他打算探索和观察，也就是做他的实地调查。

他首先找到了父亲小时候的家，密西西比河岸旁的一个农场。他也找到了母亲的家，一幢古朴的独栋住宅，楼上的一个房间有宽敞的观景窗。他去了母亲念书的高中，那里和其他地方任何一所普通高中没有任何区别。他拍了几张照片。他去母亲家附近的运动场：标准配置的秋千、滑梯、攀爬架。他拍了几张照片。他甚至去了他外公效力多年的化学之星工厂，这家工厂太大了，你不可能用一张照片装下它。工厂沿河而建，被铁轨和输电线包围，外形像是侧翻出水面的航空母舰。复杂的金属设备和管线绵延数公里，高炉和烟囱，状如水泥碉堡的建筑物，钢架支撑的槽罐，浑圆的储料罐，主烟囱，无数管线似乎全都通往工厂最北角的巨型铜拱顶，如果那里灯火通明，就仿佛一颗小型的太阳正从地面冉冉升起。工厂四周灼热的空气弥漫着硫黄的气味，像是煤炭燃烧的废气。很稀薄，仿佛空气中没有足够的氧气。萨缪尔拍下了这一切。槽罐和弯弯曲曲的管线，砖砌的主烟囱吐出的白色云团在空中消散。萨缪尔无法将工厂的所有设备装进一个画面，于是沿着工厂走了一遍，拍摄工厂的全景图。他希望照片能够引出某种关键的隐喻，希望他在化学之星工厂的残酷性和与工厂息息相关的母亲家庭之间找到某些联系。他拍了几十张照片，确定没什么遗漏之后，他前去赴约。

开车前往养老院的路上，佩里温克尔打来了电话。

"嘿，哥们儿，"他的出版商说，声音充满回音，"只是想问问情况。"

"你听上去很遥远。你在哪儿？"

"纽约。我的办公室。我开免提了。大楼底下有一群抗议者，他们在尖叫乱喊。能听见吗？"

"听不见。"萨缪尔说。

"我能听见，"佩里温克尔说，"他们在二十层楼底下，但我还是能听见。"

"他们在喊什么？"

"实话实说，我听不清楚。公开演讲还是什么的？我能听清楚的只有鼓声。整个儿就是摇滚歌剧。他们围成一圈敲鼓。特别响，每天都来。原因不明。"

"你肯定感觉很奇怪吧？成为被抗议的对象。"

"他们抗议的不是我，也不是我这家特定的公司。更像是在抗议诞生了我们公司的这个世界。跨国经营。全球化。资本主义。肯定就是他们的口号，八九不离十。"

"占领华尔街。"

"就是这个。不得不说这个名字相当浮夸。他们占领的华尔街不过是华尔街三公里外的一小块水泥地。"

"我觉得这个名字只是象征性的。"

"他们在抗议他们根本不理解的东西。想象一下咱们的智人祖先抗议强制征兵？差不多就是那样。"

"照你说的，这场抗议就像在跳求雨舞。"

"对，就像原始部落对天神伟力的回应。"

"有多少人？"

"一天天地越来越多。刚开始十来个。现在有几十个。我们来上班的时候，他们企图拉我们谈话。"

"你不妨和他们聊聊。"

"我试过一次。有个小伙子，二十五岁左右。他在打鼓的那圈人旁边，玩杂耍。他的头发梳成白人男孩的花头脏辫。他穿一件小背心，上面印着什么俏皮话，可惜我记不清了。他的每句话开头都是'好的'，算是他的口头禅。但他发音发成窝的。然后说了什么我就一个字也听不清了。"

"那就算不上真正的对话了。"

"你参加过什么抗议活动吗？"

"参加过一次。"

"怎么样？"

"不成功。"

"一圈人打鼓。几个人玩杂耍。他们就是不合逻辑这个词活生生的化身，出现在金融区的正中央。但他们不明白的是，资本主义最喜欢的东西就是不合逻辑。这是他们需要理解的道理。资本主义会喜滋滋地享用不合逻辑这道大餐。"

"你这个不合逻辑的意思……"

"你明白的，时髦。潮流。所有时尚的起点都是一个谬误。"

"这大概能解释莫莉·米勒的新 MV 了。"

"你看过了？"

"非常洗脑，"萨缪尔说，"'你必须表达'这一句到底是什么意思？"

"知道吗？真正的音乐和冲销量的音乐曾经有明显的区别。我说的是我年轻那会儿，1960 年代？那时候我们知道冲销量的音乐里没有灵魂，而我们想站在艺术家的那一边。但现在呢？有销量才是王道。莫莉·米勒说'我只想当个真我'，意思是所有人都想要金钱和名声，宣称自己并非如此的艺术家都在撒谎。唯一的根本真理就是贪婪，唯一的问题是谁敢坦诚面对。这就是新时代的真实。谁都不能说莫莉·米勒只是个畅销艺人，因为畅销始终是她的目标。"

"她那些歌的主题似乎都一样——要有钱，要寻欢作乐。"

"她的诉求对象是听众内心潜藏的贪婪,告诉他们贪婪是好的。1960年代的摇滚歌星贾妮斯·乔普林试图激发你身上更好的一面。莫莉·米勒说,你现在这个可怕的自我也不错。我不想评判谁好谁坏,但我的工作就是知道这些。"

"但那个玩杂耍的呢?"萨缪尔说,"敲鼓那圈人旁边的那位?他不想当畅销艺人吧。"

"他在模仿许多年前在电视里见过的抗议现场。他已经把自己卖掉了,只是卖给另一组符号而已。"

"但没有卖给贪婪,我想说的重点是这个。"

"你年纪够大,肯定记得海湾战争里的'风暴'诺曼·施瓦茨科夫吧?还有飞毛腿导弹?黄丝带、不可挽回的举动和脱口秀主持人阿塞尼奥·霍尔为军队喝彩加油?"

"记得。"

"没有什么是资本主义吃不下去的。不合逻辑就是资本主义的母语。电话是我打给你的还是你打给我的?"

"你打给我的。"

"哦,对。我想起来了。听说你见过你母亲了。"

"对,见到了。我去了她的公寓。"

"你和她待在同一个房间里。她说了什么?"

"没什么。"

"你们待在同一个房间里,你英勇地克服了几十年的怨恨,她向你打开了从未向任何人打开过的一扇门,吐露她波澜壮阔的人生故事,写个两百五十页好读易懂的文字不在话下。"

"不完全是这样。"

"我知道要求你尽快处理自己的情绪有点勉为其难,但我们毕竟有时间表的压力。"

"她似乎不想谈，但我正在努力。我在做调查。估计需要一点时间。"

"一点时间。好的。你记得去年墨西哥湾那起严重的石油泄漏事故吗？"

"记得。"

"人们对这种事的关注，平均只有三十六天。科学家做过这方面的研究。"

"你所谓的'关注'是什么意思？"

"第一个月，人们表现出的情绪以愤慨和稍后的不满为主。过了五周左右，一般反应就会变成'哦，对哦，我都忘了还有这件事'。"

"所以你的意思是我们有时间限制。"

"时间不但有限，而且正变得越来越少。那次是北美历史上最可怕的环境灾难。相比之下，谁会关注她这样的普通女人呢？她只是朝一个公认的混账家伙扔了几块石子而已。"

"但我该怎么做呢？我还有其他选择吗？"

"宣告破产。雅加达。我已经解释过了。"

"我会尽快的。其实我已经在艾奥瓦了，搜集资料。"

"艾奥瓦。我完全不知道那里是什么样子。"

"想象一下废弃的工厂。供拍卖的农场。插着孟山都小广告牌的玉米地。这会儿我车窗外就是一个。"

"太美妙了。"

"河上有驳船。养猪场。Hy-Vee 超市。"

"我已经没在听你说话了。"

"我今天打算找我外公聊聊。也许他能给我说说我母亲的人生故事。"

"你要我怎么说得更精确一些呢？我们感兴趣的不是你母亲的所谓人生故事。我们更感兴趣的是让暂时为总统选举而疯狂的那些人打开钱包。"

"我到养老院了，先挂了。"

养老院这座建筑物一看就毫无特色，它外观像公寓楼：塑料护墙板，窗户拉着窗帘，意义不明的名字——柳谷。他走进前门，医疗机构化学品那股诱发幽闭恐惧症的侵略性气味扑面而来：消毒水、肥皂、地毯清洁剂、底下无处不在的尿液的甜腻怪味。前台有一张表格，访客必须签字和陈述探访理由。萨缪尔在名字旁边写下"调查"二字。他打算找外公谈话，直到问出个所以然。希望外公真的能开口说话。弗兰克·安德烈森一直是个特别沉默的人。外公有一种内向的冷漠气质，说话口音很难懂，身上散发汽油的味道。大家都知道他是从挪威移民到美国的，但他从不透露原因。"想过得更舒服呗"，他顶多只肯说这么多。关于故乡的生活，他只说过一个具体的细节：他们家的美丽农庄非常值得一看——鲑肉红的一幢大屋，能望见水面，位于全世界最北的城市。提到那幢屋子的那次，他绝无仅有地面露喜色。

护士领着萨缪尔走进空荡荡的餐厅，来到一张饭桌前。她告诉萨缪尔，弗兰克说的话往往没有任何意义。

"他吃的治疗帕金森症的药物会让人有点意识混乱，"她说，"治疗抑郁症的药物让他昏昏欲睡，无精打采。加上痴呆，你很可能什么都问不出来。"

"他有抑郁症？"萨缪尔说。

护士皱眉，抱起胳膊："你看看你周围。"

萨缪尔坐下，取出手机录音，发现他收到了几封新邮件，有院长的，有学生事务处处长的，大学公关负责人的，障碍调适服务办公室的，包容性办公室的，学生健康办公室的，学院顾问办公室的，学生心理服务办公室的，教务长的，申诉专员的，标题如出一辙：紧急学生事务。

萨缪尔瘫坐下去，手指扫了一下屏幕，让这些邮件通通消失。

护士用轮椅把外公推到桌边，萨缪尔的第一印象是他的个头怎么这么小。比记忆中小了许多。他没刮脸，胡子黑白红三色混杂，嘴巴微张，嘴唇上有几点白沫。他很瘦。身穿薄浴袍，开心果布丁的那种绿色。灰色的头发睡得乱糟糟的，野草似的根根竖起。他看着萨缪尔，等萨缪尔开口。

"很高兴再见到你，"萨缪尔说，"你知道我是谁吗？"

5

弗兰克最清晰的记忆是最久远的记忆。他尤其记得那艘船。趁北极天气尚可，每年都有几个月可以在船尾钓鱼。记忆清楚得犹如身临其境：男人们在温暖的船舱里吃饭喝酒，工作已经结束，所以拖网收回了舱里，那是夏天的午夜，太阳不会落下，而是在天空中水平移动。

橘红色的辉光能持续一整个月。

在这种光线的映照下，一切都显得更加盛大：水面，波浪，远处怪石嶙峋的海岸。

当时他还叫弗里乔夫，而不是弗兰克。

还是个少年。

他多么喜爱那种生活啊，挪威，北极圈，海水也冰冷得足以让你心脏停跳。

他在一天结束时的钓鱼是为了娱乐，而不是金钱。他爱的是大鱼的挣扎。你用大网捕捞沸腾的黑鱼群时，无法感觉到你和大鱼之间只隔着一根细线的那种挣扎。

那时的生活多么简单。

他喜爱的活动是这样的：手腕轻轻摆动，钓钩飞出去的感觉；大鱼沉向海底，力量、肌肉和神秘的感觉；钓竿抵在大腿上回拉，力度大得会留下瘀青；直到大鱼在水面下闪闪发亮，他才会看见他钓到了什么鱼；鱼儿终于出水的那个瞬间。

周围的世界此刻也是这个调调。

这就是人生的样子。

就像一条鱼被拽出黑如红葡萄酒的大海。

面孔似乎从虚空中浮现。每次睁开眼睛，都会见到陌生人。此刻是个年轻人，傻乎乎的假笑，眼神里有一丝畏惧。一张希望他能认出来的脸。

弗兰克不是每次都能认出这些面孔，但一眼就会看清他们的欲望。

年轻人在说话，提问，像个医生。经常有新人来来去去。新来的医生，新护士。

同样的流程。

每个瘀伤有一张流程图。每次尿床有一张流程图。要是他显得有点迷糊，那就照着一张流程图做吧。认知测试，解决问题，安全意识。他们测试身体灵活性，平衡感，疼痛阈值，皮肤完整性，对单词、短句和命令的理解力。他们用一到五给这些项目打分。他们要他翻身，坐起来，躺下，去厕所。

他们检查厕所，看他有没有尿到小便器里。

他们测试他的吞咽能力。吞咽有一整张流程图。他们用一到五给他的咀嚼打分，舌头能不能搅动正在咀嚼的食物，吞咽反射的触发性有多好，他会不会流口水或掉落食物。他们提问，看他能不能边吃边说。他们检查他含在嘴里的食物。

直接把手指伸进嘴里翻查。

让他觉得像是咬了钓钩，就好像他现在成了鱼儿，在潜向黑暗的深海。

"很高兴再见到你，"面前的年轻人说，"你知道我是谁吗？"

年轻人的脸让弗兰克想起某些重要的事情。

这是一张倒霉蛋的脸，可怕的秘密会把你的脸变成这个样子，痛苦躲在皮肤底下，扭曲你的面容。

弗兰克越来越不擅长绝大多数事情，但也越来越擅长某些事情。有一件事情百分之百属于越来越擅长的：察言观色。他以前从来都做不到这个。终其一生，他人始终是个巨大的谜团。然而到了现在？仿佛他内心有什么东西被重塑了，就像驯鹿的眼睛随着季节变色：夏天是蓝色，冬天是金色。

弗兰克的感觉与其类似。

就好像他现在对光谱的感知也完全不同了。

他在这个年轻人身上见到了什么？ 1965 年年初，他在克莱德·汤普森脸上也见过这个表情。

他和克莱德是化学之星工厂的同事。克莱德的女儿有一头金色长发，一直留到腰窝，又直又长，只有从前的人才会这么做。她抱怨说头发太重，但克莱德不许她剪掉，因为他太喜欢她的头发了。

1965 年的一天，她的头发在学校里被卷进电动带锯，当场死亡。机器扯掉了她的整张头皮。

克莱德请了几天假，回来时像什么都没发生过。

只是继续辛苦工作。

弗兰克记得非常清楚。

人们说他是多么勇敢。所有人都同意。就好像克莱德越是逃避痛苦，他就越是英勇。

想要过好充满秘密的生活，这就是秘诀。

弗兰克现在很清楚这个。人们永远在逃避。这种疾病大概比帕金森症更可怕。

弗兰克拥有那么多的秘密，那么多他从未告诉过任何人的事情。

克莱德的表情和这个年轻人的表情完全相同。蚀刻在脸上的皱眉表情。

约翰尼·卡尔顿也是，他儿子从拖拉机上摔了下去，被轮胎碾碎了。还有儿子死在越南的丹尼·威瑟尔。还有女儿和外孙女同时死于分娩的埃尔默·梅森。还有彼得·奥尔森，他儿子骑摩托时在砾石路上滑倒了，摩托车压在他身上，砸断的一根肋骨刺进肺部，鲜血充满肺部，他在仲夏时节被血液呛死在一条汩汩小溪旁的砾石路上。

他们全都再也没有提起过这些事。

他们死的时候肯定都内心萎缩、凄凉可悲。

"我想和你谈谈我的母亲，"男人说，"你女儿？"

弗兰克又变成了弗里乔夫，回到了哈默费斯特的农庄。鲑鱼肉般红色的房屋俯瞰大海，前院有一棵高大的云杉，草场，羊，一匹马，炉火熊熊燃烧，一直到极地冬季的漫漫长夜结束：他的家。

那是 1940 年，他十八岁。他在海面以上十二米的高处。他负责瞭望。船上数他视力最好。他在最高的桅杆上寻找鱼群，命令划艇上的汉子们朝这儿或那儿下网。

鱼群涌入峡湾，他拦截它们。

但这段记忆里，他不是在寻找鱼群。这段记忆里他望着自己的家。红色房屋，草场，花园，向下通往码头的小径。

这是他最后一次见到它。

风吹得眼睛酸痛，他在瞭望台上注视着他的家，船正在驶离哈默费斯特，红色房屋变得越来越小，逐渐变成了海岸上的一小团颜色，然后海岸本身也变成了茫茫水面上的一个小点，最后什么都看不见了，只剩下蓝黑色海洋确凿而冰冷地永远包围着他们。红色房屋成为脑海里的一个小点，他走得越远，它就变得越大。

"我想知道费伊发生了什么事情，"面前的年轻人说，他似乎从泥淖中浮现，"她去上大学的时候？在芝加哥？"

他望着弗兰克，脸上是人们听不懂他在说什么的那种表情。人们以为这是有耐心的表情，实际上像是在悄无声息地屙干屎。

弗兰克肯定说了什么。

弗兰克最近觉得说话就像说梦话。有时候像是舌头肿得老大，没法说清字词。有时候像是忘记了英语，只能发出不连贯的乱七八糟声音。有时候，许多句子难以遏制地喷泻而出。还有一些时候，他甚至都不知道自己刚刚和人交谈过。

多半和他吃的药物有关。

这儿有个家伙停止吃药了。就是不肯咽下去。拒绝。非常慢的慢性自杀。护士把他捆起来，强迫他吃药，但他就是不吃。

弗兰克钦佩他的坚决。

护士就不一样了。

柳谷的护士不会拦着你走向死亡，但会引导你以正确的方式去死。假如你没有以你应有的方式死去，家属就会起疑心。

这儿的护士很亲切。他们意图良好，至少新来的时候是这样。问题出在养老院本身。有那么多规矩。护士是人，而规矩不是。

他们在休息室播放的美国公共电视网自然纪录片说，所有生命存在的目的都是繁殖。

在柳谷，所有生命的存在目的都是避免诉讼。

　　一切都有记录。假如一名护士喂他吃饭但忘了写下来，那么在法庭上，严格来说，她就没有喂他吃饭。

　　因此，他们总是带着一厚沓文件走来走去。他们花在看文件上的时间远远超过照看人的时间。

　　有一次他的脑袋磕在床架上，撞出一个黑眼圈。护士抱着记录进来问弗兰克：受伤的是哪只眼睛？

　　护士只需要看他一眼就能回答这个问题，但她几乎把脑袋塞进了文件。她更关心的是记录这次受伤，而不是受伤本身。

　　他们记录一切。临床记录。营养记录。体重变化表。每月护理小结。配餐日志。管饲喂食单。用药历史。

　　照片。

　　他们让他光着身子颤颤巍巍地站好，他们拍摄照片。差不多每周一次。

　　检查身体，确认有没有跌倒过。褥疮。任何形式的瘀伤。是否存在虐待、感染、脱水、营养不良。

　　用于庭审辩护，假如日后需要。

　　"要我请他们别再给你拍照了吗？"年轻人说。

　　他们在谈什么？他又忘记了。他环顾四周：他在餐厅里。餐厅空荡荡的。年轻人露出不安的笑容，笑得像一年来一两次的那些中学生。

　　有个女孩，弗兰克忘了她叫什么，泰勒？还是戴勒？他问她为什么来这儿，她说："大学喜欢做过些慈善工作的学生。"

　　他们来个两三次就会消失。

　　他问这个泰勒或者戴勒，这些学生为什么只出现两次就一去不回了，她说："两次就足够放在大学申请书上了。"

　　她说这话的时候面无愧色，就像她是个百里挑一的好女孩，为了她想达到的目标，只付出最微不足道的一点善心。

她请他讲述他的人生。他说没什么可说的。她说你是干什么的？他说自己是化学之星工厂的员工。她问这家工厂制造什么？他说它制造一种化合物，做成胶冻状后点燃，在越南熔化了上万万男女老少的肌肤。女孩意识到她犯了个大错误，不该问这个问题。

"我在想费伊的事，"年轻人说，"你女儿费伊，还记得她吗？"

费伊比来养老院的那些高中白痴要认真多了。她踏实肯干，因为她受到驱策。她内心有某种东西推动她向前冲。某种巨大、致命和严肃的东西。

"费伊从没说过她去过芝加哥。她为什么去芝加哥？"

时间回到 1968 年，他和费伊在厨房里，头顶上是一盏黯淡的灯，他正在把女儿赶出家门。

他对费伊实在太生气了。

他多么想悄无声息地在那个小镇生活。现在她弄得他做不到了。

离开，永远别回来，他这么对她说。

"她干了什么？"

她把自己肚子弄大了。在高中里。她让亨利那小子把她搞怀孕了。还没结婚就搞出这档子事。所有人都知道了。

最让他愤怒的是，整个镇子都知道了。一时间大家都知道了。就好像她用广告信件通知了所有人。他始终不明白这是如何发生的。比起她的怀孕，更让他愤怒的是所有人都知道了。

那是在他得痴呆症之前，之后他就不在乎这种事情了。

怀孕后她不得不去上大学。她被驱逐了。必须去芝加哥。

"但她在芝加哥没待多久，对吧？"

待了一个月就回来了。她遇到了一些事，但从不提起。弗兰克不知道发生了什么。她对别人说大学太难了，但他知道她在撒谎。

费伊回到镇上，嫁给亨利，他们搬走了。离开小镇。

她根本不喜欢他，亨利，可怜的孩子。他根本不知道自己倒了什么霉。挪威语里有个词形容他的情况：*gift*，既是"婚姻"也是"毒药"。似乎非常适合亨利。

费伊离开后，弗兰克变得像是女儿去世后的克莱德·汤普森：在外面永远板着脸，谁也不会问他费伊的事情，到最后她就根本不存在了。

没有任何东西能提醒他，除了地下室的那些箱子。

家庭作业。日记。信件。学校心理医生的所有笔记。关于费伊的所谓问题。惊恐发作。精神崩溃。编造故事吸引注意。全都记录在案。就在这儿，柳谷。储藏间。地下室。积累了许多年的文字资料。弗兰克全都保留了下来。

他有好些年没见过她了。她消失了，弗兰克当然活该。

用不了多久，他希望他再也不记得她了。

他的意识正在逐渐瓦解。

感谢上帝，很快他就会只是弗里乔夫了。他会只记得挪威。他只会记得自己在全世界最北的城市度过的快意青春。整个冬天熊熊燃烧的炉火。夏天灰蒙蒙的子夜天色。盘旋变幻的绿色极光。从将近两公里外就能看见的黑鱼群。要是运气好，记忆之墙会只包围这一个瞬间：他在船尾钓鱼，将一条大鱼拉出水面。

要是运气好。

要是运气不好，他就只能和其他记忆做伴了。可怕的记忆。他会看着自己眺望红色房屋，望着它在远处越来越小，感觉自己随着它的消失而变老。他会一次又一次地重演那段记忆，他一辈子的错误。清醒的噩梦将是他受到的惩罚：坐船离开家乡，驶入渐暗的黑夜，得到自己的报应。

6

　　萨缪尔从没听弗兰克外公说过这么多话。他漫长的独白令人困惑，偶尔有一些清醒的时刻，萨缪尔抓住机会，记下几个至关重要的细节：他母亲怀孕后因为难堪而前往芝加哥，费伊童年时的全部记录就在这儿，柳谷的几个箱子里。

　　萨缪尔向护士打听那些箱子，护士领着他走进地下室。地下室是一条水泥砌成的长廊，有许多铁链网隔开的储物笼。遗忘之物的动物园。萨缪尔在一层灰尘下面找到了家族宝藏：旧桌椅和瓷器橱，不再走动的老爷钟，堆得像是坍塌金字塔的箱子，黑色地面上的黑色水坑，头顶上的日光灯映出雾蒙蒙的绿色光氛，霉菌和湿纸板的难闻气味。他在这一切之中找到了标着"费伊"的几个大箱子，全都沉甸甸地装满了文件：学校里的小项目、老师的字条、病历、日记旧照片、亨利的情书。他翻阅这些材料，母亲的新形象逐渐成形，不再是他小时候那个遥不可及的女人，而是一个满怀希望的羞怯女孩，正是他一直渴望了解的那个真实人物。

他把箱子装上车，打电话给父亲。

"完美的一天献给冷冻食物，"父亲说，"我是亨利·安德森。有何贵干？"

"是我，"萨缪尔说，"咱们得谈谈。"

"好的，我很愿意和你面对面沟通一下，"他用工作场合的那种礼貌、做作、尖细的轻快语气说，"我乐于尽快和你讨论此事，时间由你安排。"

"别这么说话了。"

"我们最近有一场在线研讨会你也许会感兴趣？"

"是不是，那什么，你老板就站在你背后？"

"我赞同你的看法。"

"好吧，那就听我说。我想告诉你，我搞清楚了老妈的一些事情。"

"我看这就超出我的专业范围了，但我乐于将你转给或许能帮助你的其他人。"

"求你别这么说话了。"

"好的，我明白。非常感谢你的宝贵意见。"

"我知道老妈去过芝加哥，也知道了原因。"

"我认为咱们应该就此面谈一下。能和你约个时间吗？"

"她离开艾奥瓦是因为她怀孕了。所有人都知道。她没脸待下去，所以离开了镇子。现在我知道了。"

线路的另一头陷入沉默。萨缪尔等待片刻，然后说："老爸？"

"这不是真的。"他父亲说，语气变得沉静，用的是他平时的声音。

"是真的。我去找了弗兰克外公。他全都告诉我了。"

"他告诉你的？"

“对。”

“你在哪儿？”

“艾奥瓦州。”

“自从你母亲出走，他和我说过的话不超过十个字。”

“他生病了。他在吃几种非常厉害的药。一个副作用就是丧失抑制能力。我认为他都不知道他说了什么。”

“我的天。”

“你必须告诉我真相。现在就说。”

“首先，弗兰克错了。那是个愚蠢的误会。你母亲在有你之前没怀过孕。”

“但弗兰克说——”

“我知道他为什么那么想。他认为那是真的。但我告诉你，事情不是这样的。”

“那到底是什么样的？”

“你确定你想知道？”

“我必须知道。”

“有些事情你最好还是别知道。孩子不需要知道父母的所有事情。”

“这件事太重要了。”

“回家。”

“你会告诉我？”

“对。”

“不再骗我了？原原本本告诉我？”

“对。”

“无论你觉得多么愚蠢和难堪？”

“对，回家吧。”

开车回家的路上，萨缪尔想象自己是他母亲，第一次前往芝加哥去念大学，未来充满了无数可能性和谜团。他觉得他们在同时经历这段旅程。新世界即将为他们展开。所有事情都会改变。他几乎觉得母亲就坐在身旁。

说来奇怪，但他从未觉得比此刻更加接近他的母亲。

第四部分

家宅精灵 _1968 年春

1

费伊听见金属劈裂的声音，知道工厂正在运转。金属被搬动和放下，被锻打和弯曲。金属撞击金属，金属在歌唱。她看不见化学之星的厂房，但能看见它的辉光，后院橡树外的黄铜色光线。她有时候假装那不是工厂，而是军队。远古的军队，辉光来自火把，噪音来自铸造原始武器。这就是那些声音在她心目中的样子，像是战争。

她心想也许今晚——因为今天的事情，电视此刻正在报道——工厂会变得安静。但没有，即便在这个夜晚，化学之星依然在咆哮。她坐在后院聆听。她望着混浊的辉光。她父亲此刻就在那儿，值夜班。希望他没有看新闻，希望他能集中精神。因为化学之星工厂是个吞噬生命的地方。她参观过工厂，吓得魂不附体，防毒面具和手套，详尽的安全措施演示，用于清洗双眼的紧急喷水口，她的呼吸变得急促，她的头皮阵阵发麻。她听说因为工厂的愚蠢错误造成的事故导致很多人住院治疗了几个月。每次开车路过工厂，她就会看见 C 和 S 交织组成的公司徽标和宣传口号：化学之星——让我们美梦成真。连她的几个舅舅也不愿去那儿工作。他们选择的是炼钢厂、氮气工厂、肥料工厂、谷物工厂，甚至过河去伊利诺伊州轮班制造透明胶带。让透明胶带有黏性的不是胶带本身，而是胶水。乳白色的黏稠泡沫在贮槽内搅拌，装进油桶对外发运。泡沫如何出现在透明胶带上，不再是液体，但依然有极好的黏性，这是个不解之谜。透明胶带如何包装得讨人喜欢，送往全美国的所有店铺，最终出现在货架上——那是另一家工厂的任务，由另一群来来去去的粗壮汉子完成。难怪舅舅们从不谈论他们生产什么。商业就是这个样子。这个偏僻的河畔小镇的生存之道也是这样。她能看见片段，但看不清全局。

那是 4 月，离大学开课还有四个月，她坐在后院，电视正在屋里号叫着喷吐新闻：马丁·路德·金在孟菲斯遇刺身亡。芝加哥今晚在沸腾——暴乱，劫掠，纵火。匹兹堡也是，还有底特律和纽瓦克。旧金山陷入大混乱。白宫三个街区外燃起熊熊大火。

费伊看到无法忍受为止，走出屋子来到后院，望着开阔的夜空，听着化学之星在远处发出响亮的隆隆声，汽笛、起重机、曲轴，金属的瀑布，仿佛火车突然向前猛冲，商业生产永远在不停运转，哪怕是今晚。那些人对骚乱还一无所知，她心想他们为什么还在工作。谁会这么需要化学品呢？工厂是个永不休息的恐怖怪物。

她听见通往后院的门开了，然后是脚步声——费伊的母亲，再次前来通报最新消息。

"是无政府暴乱，"她说得义愤填膺，她一整个晚上都在听知名新闻主播克朗凯特播报，"他们在毁灭自己的城区。"

芝加哥警方似乎已经封锁了贫民区。简易燃烧弹砸向酒铺子。狙击手趴在屋顶上。汽车在街上被砸烂。交通灯被弄坏扭弯，样子像是树枝。砖块砸向橱窗。

"有什么好处呢？"她母亲说，"搞这些破坏？所有人都在电视上看着他们？这些暴徒难道真以为这么做会让别人同情他们的理念？"

马丁·路德·金站在旅馆阳台上遭到枪击，颈部中弹——所有记者和新闻主播都用相同的词汇、以相同的方式描述此事。没有人想到那些词会跳出日常用语，成为大众的口头禅。洛林汽车旅馆。雷明顿步枪。桑树街。（你怎么能隔着桑树街这么好听的一条街道开枪呢？）警察进入戒备状态。大规模搜捕。三十岁刚出头，身材瘦削。白色野马车。住在 5 号房间。

"这些人多半只是拿这个借口来为所欲为，"她母亲说，"脱掉衬衫跑去抢劫商店，就好像什么：嘿，咱们去搞个新音响吧，反正不要钱。"

费伊知道她母亲的兴趣并不在骚乱者身上。她的主要目的是想说服费伊不要去芝加哥念大学。骚乱只是给了她一个可心的新角度。她希望费伊待在家里，去隔壁小城上那所两年制进修学校。自从几个月以前，费伊被芝加哥圈大录取后，她一有机会就要这么提醒费伊，大体而言就像某种不间断的针刺式攻击。

"听我说，"她母亲说道，"我完全支持公民权益，但你不能成为摧毁无辜民众私人财产的野兽。"

芝加哥圈大是芝加哥市区一所全新大学的绰号，学校本名是伊利诺伊大学芝加哥圈分校。随录取通知书寄来的宣传小册子声称圈大是中西部的 UCLA[1]。小册子说，它拥有全世界第一个彻底现代化的校园，完全在过去几年间建成，概念领先于时代。这个校园与

1　加利福尼亚大学洛杉矶分校（University of California at Los Angeles）的首字母缩写。

众不同：运用了社会设计和工程的新潮理论，设计为一个单一的巨大体系；建筑物用最坚不可摧的材料修建；一层楼高的高台步道让你以俯瞰视角在建筑物之间往来，可以称之为空中步行高速公路；创新的建筑结构基于场论数学，在费伊看来就是将一个个方块层层叠放，每个方块稍微偏转一定的角度，以完成多角度多立面的外形设计，从高处看就像一个蜂巢。按照小册子的说法，它的先进性至少和拱扶垛或网格球顶一样重要，也正是学校的最高使命的有机组成部分，这个使命就是：建造属于未来的校园。

费伊悄悄地申请了这所大学。

"要是这些人不是这么破坏成性和愤怒，"她母亲说，"我觉得普通人大概更有可能支持他们。他们为什么不出去把支持者组织起来呢？提出解决方案，而不是砸烂一切？"

费伊隔着后院望向化学之星遥远的辉光。她父亲这会儿应该正在工作，存心对全世界的新闻视而不见。他对费伊上大学这件事只开过一次口，就是费伊向他展示录取通知书和小册子的那次。费伊首先告诉了他。她先在自己卧室里独自庆祝了一小会儿，然后去客厅里找父亲，父亲坐在安乐椅里读报。她把两份东西递给他。他看了一眼女儿，然后看了通知书和小册子。他沉默地读完，慢慢消化新得到的消息。费伊等得都要爆炸了。她希望父亲能称赞她完成了一件了不起的事情。然而父亲读完之后，只是把两份东西还给她，说："别荒唐了，费伊。"然后他打开报纸，抖了抖，抚平褶皱。"另外，别告诉任何人，"他说，"他们会以为你在炫耀。"

"街道上一片混乱！"她母亲说。她这会儿真的很暴躁。最近她似乎特别擅长煽动自己的情绪："我都不知道他们为什么争斗！那些人。他们到底要什么？"

"首先，大概是减少杀戮吧，"费伊说，"不过只是我的猜想。"

母亲长久而蓄意地看着她："约翰·肯尼迪遇刺的时候，我们可没有骚乱。"

费伊大笑："是啊，因为这两者完全相同。"

"你今天晚上是怎么了？"

"没怎么，妈妈。对不起。"

"我为你担心。"

"别担心。"

"你要去芝加哥让我担心死了，"她说，终于说到了重点，"就是——那儿实在太远了。而且那么大。而且充满了，你知道的，这种都市分子。"

她指的是黑人。

"我不想吓唬你，"她说，"但你想一想。哪天晚上你下课出来，他们抓住你，把你拖进黑暗小巷，强奸你，把枪使劲插到你嘴里，你甚至没法向上帝祈祷。"

"好了！"费伊说着起身，"谢谢，老妈。和你聊天真是太开心了。"

"另外，要是你在外面发作了怎么办？要是我不在你身边你怎么办？"

"我出去一趟。"

"去哪儿？"

"外面。"

"费伊。"

"没哪儿，老妈。我只是需要兜兜风。清醒一下。"

这是撒谎。她当然是要去找亨利。温柔的好亨利。今晚她要去找他，在她母亲用更多的暴力和强奸故事吓唬她之前见见他。她开车驶出这片小小的居民区：几幢牧场式平房，名叫"胜景山"（但他们在艾奥瓦州，这个名字总让她觉得莫名其妙，胜景山的广告牌是山顶的宽阔视野，然而这种地貌在本州并不存在）。她开上主大道，经过甜奶美食、一元店、施温格药店。她开过无瑕洗车店对面的 Quik-Mart 加油站，开过灰色水塔，有些老人叫它绿塔，因为许多年前水塔是绿色的，阳光后来漂白了颜色，费伊不知道她该不该怜悯那些活在自己狭隘记忆里的人。她经过海外作战退伍军人协会和名字就叫"餐厅"的餐厅，这家餐厅从不更换海报：白星鱼自助。周五、周六和周三。

她拐上公路，视线穿过林间空地，看见了远处所谓的灯塔。灯塔是她开玩笑起的名字，其实是氮肥厂的一座反应塔，废气从顶部排出并燃烧，蓝色的火焰在夜里颇为显眼。它看上去确实像灯塔，但同时也是有关地形的一个笑话，因为艾奥瓦离大海足有十万八千里。去亨利家就是这条路。她开过空荡荡的街道，除了电视上的新闻，这个夜晚和其他夜晚没有任何区别。电视上的大事件意味着人们不会注意到她，他们不会待在门廊上或敞开的车库里，不会说：你看费伊刚经过，真不知道她要去哪儿？费伊能觉察到别人的关注，邻居的好奇心，镇民固执难懂的凝视，圈大的消息传开后一切如何都随之改变。教堂里以前从不公开发表对费伊看法的人们忽然开始说让人觉得有敌意和消极攻击的话，类似"等你去了大城市，大概就会忘了我们吧"或者"我猜你不会回咱们这个无聊的小镇了吧"或者"还以为你这么一个大人物不会有空理小小的我呢"等等等等。丑陋的言外之意似乎就是：你觉得你比我们强？

事实上，答案是：确实如此。

家里她的写字台上有一封来自圈大的信——徽标和沉甸甸的纸张让它显得异常正式——通知她获得了奖学金。她是那所高中第一个得到大学奖学金的姑娘。有史以来的第一个姑娘。她怎么可能不认为她比其他人强？比其他人强恰恰就是重点所在。

费伊知道她不该这么想，因为这种念头不够谦逊，它们自大、虚荣、充满傲慢，而傲慢是最语焉不详的大罪。某个星期天牧师说，神厌弃内心自傲的人。费伊在座位上险些哭出来，因为她不知道该怎么做个好孩子。做个好孩子实在过于困难，而惩罚却是那么严酷。"假如你是罪人，"牧师在另一天说，"不但你会受到惩罚，你的孩子也会受罚，他们的孩子还会受罚，第三代、第四代都无法逃脱。"

希望牧师不要发现她没有得到允许就去找亨利。

或者发现她偷偷摸摸地去找他。发现她没开车头灯驶近他家的农场。发现她隔了一段距离停车，下车走完剩下那段路。发现她蹲在砾石车道上，让眼睛适应黑暗，留意看门狗，窥视男孩家。发现她用鬼祟的花招招呼男孩，没有惊扰男孩的父母。天晓得她用了什么办法。也许是朝他家窗户扔石子。也许是爬上了一根树杈。少年自然有他们的办法。

小镇当然知道他们的事情。小镇知道所有人的事情。镇民赞成两人的交往。他们朝费伊使眼色，问她打算怎么操办婚礼。"不会让我们等太久吧。"他们说。很明显，他们更希望她结婚，而不是去念大学。

亨利为人温和安静，举止得体。他家的农场很大，经营良好，备受尊重。虔诚的路德宗信徒，认真的工人，身体结实得像混凝土。抚摸他的时候，她能感觉到他的肌肉在绷紧，男孩的冲动逐渐积累，折磨着他。她并不爱他，更确切地说，她不知道她爱不爱他，也可能她爱他但没有爱上他。她厌恶这些区别，用词的小小不同却有那么大的意义。"咱们去散步吧。"亨利说。他家农场一侧毗邻氮肥工厂，另一侧是密西西比河。他们走向河岸。看见她，亨利似乎并不吃惊。他抓住她的手。

"看新闻了吗？"他问。

"看了。"

他的手很粗糙，长着老茧，尤其是手掌，每个指节上方都有。亨利的身体用这些部位接触农场劳作所需的各种工具：铲锹、锄头、扫帚，强鹿拖拉机复杂的长变速杆。连棒球棒也会留下这种印痕，前提是你像他那样使用球棒对付在玉米仓库里筑巢的成群麻雀。地方太小，所以不能用霰弹枪，他曾经向她解释过，子弹会反弹。搞不好会打瞎你的眼睛。因此你只能带着棒球棒进去，打死在半空中乱飞的麻雀。她命令他不许再提这件事。

"你还是要去芝加哥吗？"他问。

"不知道。"她说。

越靠近河水，地面就越松软。她能听见每一个小浪花的哗哗声。背后，氮肥厂的烟囱冒出明亮的天蓝色火苗，就像一小块白昼卡在了黑夜之中。

"我不希望你离开。"亨利说。

"我不想谈这个。"

他们拉着手的时候，他时常用手指摩挲她大拇指和食指之间的柔软皮肤和她手腕上更柔软的皮肤。这像是一种不由自主的强迫性动作，甚至不一定是有意识的。费伊怀疑他这么做是因为假如他们只是拉着手，他就什么都感觉不到了，尤其是隔着那么多层厚厚的死皮。摩擦力能让他知道他的手指就在它们应该在的地方，费伊担心万一他伸手摸向其他地方，他从未碰过的那些地方，她应该怎么办。她在等待（这是无法逃避的）他将手伸进她的衣物。会弄疼她吗，他这双坚硬得无法穿透的手？

"要是你去了芝加哥，"亨利说，"我不知道我该怎么办。"

"你会过得很好的。"

"不，我不会。"他说，用力捏住她的手，停下脚步，转身面对她——严肃而庄重，像是在演戏——仿佛他有什么无比重要的话想对她说。亨利身上一直有这种八点档情节剧的气质。青春期的男孩有时候就是这个样子，他们感受到的情绪会完全不合比例地炸开。

"费伊，"他说，"我做了个决定。"

"好的。"

"我决定，"他暂停片刻确定她听得足够专注，等他有了把握，便继续道，"要是你去芝加哥，我就去参军。"

她忍俊不禁——扑哧一声笑了，她想忍住，但没有做到。

"我是认真的！"他说。

"亨利，别这样。"

"我已经决定了。"

"别犯傻。"

"军队是崇高的，"他说，"参军是崇高的行为。"

"但到底为什么呢？"

"你走了我会感到孤独，只有参军才能忘掉你。"

"忘掉我？亨利，只是上大学而已，又不是死了。我会回来的。"

"你会离我那么远。"

"你可以来看我。"

"你会认识其他男孩。"

"其他男孩。原来是为了这个？"

"你去芝加哥，我就参军。"

"但我不希望你参军。"

"我也不希望你去芝加哥，"他抱起胳膊，"我已经下定决心了。"

"他们有可能送你去越南。"

"是的。"

"亨利，你有可能死掉。"

"要是我死了，那恐怕就是你的错。"

"这样不公平。"

"留下，和我在一起。"

"这不公平。"

"留下，这儿安全。"

她能感觉到这其中的不公平，她对此气愤不已，但同时也奇怪地感觉到松了一口气。那些暴乱，劫掠，电视今晚播映的一切，她母亲，这座小镇：假如她留在亨利身边，就不再需要畏惧这些事情了。假如她留下，生活会变得轻松得多，简单得多。

她为什么来找亨利？此刻她后悔了。她后悔把亨利叫到"灯塔"的淡蓝色火焰下。她没有告诉过他，但她管它叫"灯塔"还有另一个原因：灯塔有两面性，每次她来这里都会有这种感觉。灯塔既是邀请也是警告。灯塔说欢迎回家，但紧接着马上又说此处危险。

2

那是 1968 年 4 月末一个星期六的晚上——费伊的毕业舞会之夜。傍晚六点，亨利带着一枝玫瑰和胸花来接她。把胸花扣在礼服上可真是一种折磨。亨利的手在她胸口摸索，拉起蓝色软缎，将别针穿过布料，就好像两人在当着她父母的面表演哑剧，青春期少男少女的笨拙爱抚。她母亲却在拍照，说你们笑一个。费伊猜想胸花这套把戏多半是父母发明的——保护欲特别强烈的父母，想确保女儿的追求者不太熟悉女性的衣着和胸部。笨拙大概是最恰当的反应，意味着私生子的风险降到了最小。亨利与花朵格格不入，无论如何也扣不好胸花。别针在他手里轻轻划过她的皮肤，在胸骨上方划出一条细细的红印，让她想起了字母 A 中的横线。

"这是我的'红字'！"她笑着说。

"什么？"亨利说。

"其实是我的红线。"

跳舞的时候，一切都简单得多。她占领舞池，跳扭扭舞。她跳麦迪逊。她跳土豆泥、抽抽舞和瓦图西。费伊的整个青春期，每隔几周就有新舞曲在 Top 40 金曲榜单上冒头，给她的生活增添色彩。猴步。狗步。并排舞。她喜爱歌曲和舞步构成的一个完整循环的感觉：歌曲告诉你有关舞步的一切，舞步告诉你歌曲存在的原因。听见马文·盖伊唱的《搭便车》，她很清楚应该怎么跳舞。听见杰姬·李唱的《鸭子》，电视上还没播现场表演，费伊就知道该怎么做了。

于是她来到舞厅，盯着脚下，身穿蓝色软缎的舞会礼服，跳鸭子舞——抬起左腿，然后右腿，然后拍打手臂，然后重复。如今跳舞指的就是这个。所有的毕业舞会、返乡舞会和情人节舞会都是这样，主持人播放的歌曲告诉你该怎么移动身体。今年走红的新花样是阿奇·贝尔和德雷尔乐队的《收紧》——小步向左走，然后小步向右走。"一旦你开始跳收紧舞步，别人就看不见你了。"离亨利不远的某处也有人在跳舞，但费伊没有注意到。她跳的都是本来就应该一个人跳的舞步，足以解释她为什么喜爱它们。跳弗雷迪舞、小鸡舞、扭扭舞的时候，哪怕你在人挤人的舞池里跳舞，你也永远是在一个人跳舞。他们不被允许碰到对方，因此他们单独跳舞。他们完全按照监护人的意愿跳舞。别人告诉他们该怎么跳，他们的反应像是老练的官僚，费伊看着她的同学们，这就是她此刻的想法。他们快乐而满足，很快就将毕业，他们拥护威权，他们的父母支持战争，拥有彩色电视机。恰比·切克说"抓住我的小手你这么跳"，他在告诉一代年轻人该如何回应发生在他们身上的事情——战争，征兵，禁欲——他叫他们顺从。

那晚的舞会即将结束，主持人说还有时间播最后一首歌。"这首歌非常特别。"他说。费伊、亨利和其他学生慢吞吞地走回舞池里，一个晚上又跳又扭让他们脚步沉重，司仪放上一张新唱片，费伊听见唱针落下，听见唱针进入沟槽前的刮擦声，听见静电噪音，然后这首歌开始了。

它听起来甚至不像音乐，更像某种原始而粗糙的尖啸，哄然而起的弦乐声部显得刺耳而混浊——似乎有一把小提琴，还有几把吉他疯狂地重复奏出同一个和弦——低音鼓敲出缓慢而单调的节奏，持续不断的电子混响，歌手不是在唱歌而是在念诵，低沉而痛苦的漫长呻吟。费伊听不清歌手在唱什么，分辨不出任何伴唱，找不到供她跳舞的节奏。听上去更像可怕的性感呻吟。一句歌词蹦出来："鞭笞女童在黑暗中。"这到底是什么意思？周围的学生跟着音乐动了起来，动作和音乐本身一样迟缓而倦怠：他们蹒跚着彼此接近，触摸对方的身体，抓住对方的腰部，互相摩擦身体。费伊从未见过这么缓慢的舞蹈。她望向亨利，亨利担忧而无助地站在那儿，其他人像巨虫似的在他周围蠕动。他们怎么知道应该这么做？歌曲没有给出任何提示。费伊喜欢这样。她抓住亨利的后脖颈，将他拉近自己。两人的身体碰撞在一起。他站在那儿满脸困惑，费伊将手臂举过头顶，闭上眼睛，仰面对着天花板，摆动身体。

另一方面，学生们的监护人满脸警觉，他们不知道发生了什么，但很确定出了岔子。他们强迫主持人停止播放那首歌，跳舞的人纷纷哀叹。他们回到各自的桌前。

"你刚才那是在干什么？"亨利问她。

"跳舞。"费伊答道。

"那是什么舞？叫什么名字？"

"什么都不是。没有名字。就是，你知道的，就是跳舞。"

舞会结束后，亨利带她去公园，安静的社区公园离她家不远，没有照明灯，环境很私密，是小镇能够独处的寥寥几个地方之一。她猜到会有这一出。亨利属于相信浪漫氛围的那种男孩。他肯在

烛光晚餐和心形糖果盒上花钱。他来她家拜访的时候会送上一大捧
百合和鸢尾花，同时笑得像个南瓜灯笼。他会在她的车里放玫瑰
花。（她始终没有告诉他，玫瑰花会因为炎热而皱缩枯萎。）亨利
不明白各种花代表着什么，不知道红玫瑰和白玫瑰、百合和鸢尾的
区别。他不懂这种语言。他不知道该怎么用有创意的方法表达爱
意，只能学习高中里其他人的行为：烛光晚餐，巧克力，鲜花。他
眼中的爱就像气球，仅仅是一个积累的过程，只需要打气就能完成
任务。于是他不停送花，请她吃饭，时不时还有情诗出现在她的更
衣室柜子里，都是用打字机打的，没有署名——

> 我爱你，用我所有的爱
> 比天空中的星辰还要多

"收到我的诗了吗？"他会问。她会说收到了，谢谢，微笑着
看地面，交叉双脚，希望他别问她喜不喜欢。因为她从来就不喜
欢。她怎么可能喜欢呢？她闲暇时喜欢读沃尔特·惠特曼、罗伯
特·弗罗斯特和艾伦·金斯堡。和艾伦·金斯堡相比，亨利显得多
么蹩脚！多么愚鲁和迟钝，多么古旧和迂腐。费伊知道他想打动她，
让她惊叹，但这种诗歌她越读就越是心如止水，就好像她的意识渐
渐地沉进了沙地里。

> 你不在的时候
> 我过了最糟糕的一天
> 因为我无法拥抱你
> 我还感到非常悲伤

　　她提不起兴趣来批评他。她只是点点头，说："我收到了，谢谢。"
亨利会挤出那个表情——自得的咧嘴微笑，胜利者的表情，迟钝的
大圆脸——她看见了就生气，很想说出残酷的真相：

　　要是你会格律，你的诗也许还能稍微像样一点。

　　要是你买本字典。

　　要是你多认识几个多音节的单词。

　　（她这个人真的太可怕了，居然会这么想！）

　　不，这个男孩够可爱了，够好了。好心肠，豁达。亲切，温
柔。所有人都说费伊该嫁给他。

　　两人坐上旋转木马，他说："费伊，我想我们的关系已经走了
很长一段路。"费伊点点头，但不明白他到底是什么意思。他确实
送了她很多鲜花、情诗、烛光晚餐和巧克力，但他从没有告诉过她
任何秘密。她觉得她对他一无所知，不超过其他所有人都知道的事
情：亨利，他们家在氮肥厂旁边有个农场，他想当兽医，是橄榄球
队水准平平的边锋，是棒球队的候补三垒手，是篮球队的三线前
锋，周末常去遛狗和密西西比河钓鱼，课堂上总是很安静，代数需
要请她帮忙——费伊知道他的经历，但不知道他的秘密。他从没有
告诉过她任何重要的事情。比方说，他从没有解释过他亲吻她的
时候，为什么表现得不像个男孩，没有尝试做其他男孩肯定会尝
试的事情。她听过一些传闻（在高中里人人皆知），说什么只要你
点个头，男孩什么事情都做得出来，以任何方式，而且不挑地方！
无论是汽车后座还是天黑后的棒球场，不管是泥地草地土地还是什
么破烂地方，只要运气好身边有个不会拒绝他们的姑娘就行。而允
许甚至欢迎他们这么做的姑娘，意志不够坚定的姑娘，她们的名声
会被一个低声吐出的词语毁坏：荡妇。整个语言中传播最迅速的
词语，在学校里像瘟疫似的蔓延。你必须小心谨慎。

因此，她一直在等亨利动手——拉开她的腰带，双手伸向某个私密部位——然后她严词拒绝，保护自己的贞操，下次他可以再次尝试，意图更强烈，动作更娴熟，而她继续反抗，直到积累了足够多的反抗和拒绝之后，终于让他明白了她有多么守贞、正派和虔诚，没那么容易得手，不是荡妇。到那个时候，她就可以点头了。她在等待这些，等待表演这一整套仪式，但亨利只是亲吻她，将面颊贴在她的脸上，然后就结束了。每次都是这样。夜里他们坐在河岸边或公园里，听着摩托车驶过公路的声音和秋千的吱嘎声，费伊剥着旋转木马上的锈斑，耐心等待。但什么都没有发生过，直到今天舞会后的夜晚，亨利充满了仪式感，他似乎在背台词。

"费伊，我想我们已经走了很长一段路。你对我来说非常重要和特别。我会感到非常荣幸和快乐，非常快乐——"他结巴了，停下来，他很紧张，费伊点点头，用指尖轻轻触碰他的胳膊。

"我是说，我会感到非常荣幸，非常快乐，也非常幸运，假如你，你知道的，去上学，从明天开始，"他暂停片刻，鼓起勇气，"要是你愿意，请你穿上我的上衣，戴上我的戒指。"

他吐出一口长气，完全耗尽了力量。他甚至不敢看她，只是盯着脚尖，鞋带却紧紧地绕在手指上。

此时此刻，费伊觉得他很可爱，因为他的困窘和畏惧，她对他有着多么巨大的影响力啊。她说好的。她当然说好的。他们起身要走的时候接吻了。今天的吻感觉大不相同，变得更加宏大和有力，是一个拥有意义的吻。他们无疑知道他们跨过了一条界线：毕业戒指是个先兆，所有人都知道。订婚戒指几乎肯定就在前方不远处，他们的关系因这些象征物而正当化，因此受到庇护和认可。一个女孩戴上男孩赠予的这种饰品，无论她在汽车后座做什么，她都会受到保护。这些东西是她的隔离层，是她的守护神。羞辱从此与她绝缘。戴上戒指，女孩就不是荡妇了。

亨利肯定也觉察到了这个事实，他们已经得到了为所欲为的许可，因为此刻他抱紧费伊，更激烈地亲吻她，身体紧紧地贴着她的身体。她感觉到一个硬邦邦的东西顶着她的腹部。是他，当然了，就是亨利。他隔着薄薄的灰色正装长裤抬头了。他微微颤抖，亲吻她，硬得像石头。费伊吃了一惊，男孩居然能这么硬，简直像是扫帚柄！她的脑袋里只有这个念头。她知道她还在亲吻他，但那是不由自主的行为——她的全部注意力都放在腹部的感觉中枢上，在那十几平方厘米之中感受到的充满淫秽意味的压力上。她觉得她能通过它感觉到他的脉搏，她开始出汗，更用力地抱住他，借此告诉他尽管来吧。他的双手抚摩她的后背，发出轻轻的摩擦声；他战战兢兢地等待她。现在轮到她做些什么了。这是他的开局，他肆无忌惮地贴上她的身体。这是一场谈判。现在轮到她了。

她决定大胆一些，做他在舞会上一直暗示她做的事情。她用一只手拉开他的裤腰，制造出足以容纳她另一只手的缝隙。亨利猛地一抖，身体变得僵硬，刹那间完全停止了所有动作。接下来的事情犹如电光石火。她的手向下伸，他却向后一跳。她的手指刚抓住他——她有了一瞬间的触感，知道他温暖坚硬但又柔软娇嫩——她刚开始理解这种感觉，他就向后一跳，侧身叫道："你干什么？"

"我，我不知道——"

"你不能这么做！"

"对不起，亨利，我——"

"上帝啊，费伊！"他转过身，整理了一下裤子，双手插进裤袋走开了。他从秋千架的一头踱到另一头。费伊望着他。真是难以置信，他的脸色居然能在瞬息之间变得这么冷淡。

"亨利？"她说，希望他能看她，他不肯，"亨利，对不起。"

"算了。"他说。他把一只脚插进沙地，扭动鞋子，直到完全被黄沙埋住，重复这个动作，漂亮的黑色正装皮鞋被弄得肮脏不堪。

她又在旋转木马上坐下。"回来。"她说。

"费伊，我不想谈这个。"

他是个四平八稳的孩子，温和而谦逊。他肯定被自己的反应吓坏了，此刻正在尝试挽回尊严，抹去刚才发生的事情。费伊坐在旋转木马上，说："没关系的，亨利。"

"不，有关系，"他说，他背对着费伊，双手插在裤袋里，拱起肩膀，就像攥紧的拳头，硬邦邦地缩成一团，"就是……你不能那么做。"

"好的。"

"那么做不对。"他说。费伊认真思考他的话，她剥着宛如红色雪花的锈斑，听着他踱步时脚踩沙地的吱嘎声音，盯着他的后背，最后说："为什么？"

"不是你应该做的事情，不是你这样的女孩应该做的事情。"

"我这样的女孩？"

"当我没说。"

"什么意思？"

"没什么。"

"告诉我。"

"别问了。"

说完，亨利就消失了。他坐在旋转木马上，将全世界拒之门外，变成一块沉默而冰冷的石头。他抱着双臂，望着黑夜。他在惩罚她。她怒不可遏，身体开始颤抖。她感觉到肚子里开始恶心，胸膛里掀起惊涛骇浪，她的心脏怦怦直跳，脖颈的细毛根根竖起。她能觉察到某种感觉快上来了，感觉到熟悉的焦躁和眩晕。她忽然觉得头重脚轻，燥热而刺痒，与自己有了一点隔阂感，就好像她在旋转木马上空飘浮，俯视着自己暴躁不安的肉体。亨利能看见吗？拆屋铁球就要落下了——啜泣和抽噎，浑身颤抖。这种事发生过。

"送我回家。"她咬紧牙关轻声说。

天晓得他明不明白到底发生了什么，但亨利再望向她的时候，似乎已经软了下来："听我说，费伊——"

"立刻送我回家。"

"对不起，费伊，我不该——"

"立刻，亨利。"

于是，他送她回家，尴尬的一路上，谁也没有说话。费伊死死抓住皮革座椅，努力抵抗她正在死去的感觉。他在她家门口停车，她觉得她像鬼魂似的从他身旁飘走，没有发出任何声音。

费伊的母亲立刻看出来了，她说："你发作了一次。"费伊点点头，惊恐地瞪着眼睛。她母亲带她回到房间，帮她脱掉衣服，扶她上床，给她拿来一杯水，用湿布擦拭她的额头，用最平静最甜美最有母性的声音一遍又一遍地轻轻说"没事了，没事了"。费伊把膝盖拉到胸口，哭得上气不接下气，母亲用手指将着她的头发，在她耳畔说："你不会死的，你没有死。"费伊的整个童年她一直是这么做的。两人保持着同样的姿势，直到这次发作结束。费伊渐渐冷静下来，呼吸恢复正常。

"别告诉老爸。"她说。

母亲点点头："要是你在芝加哥发生这种事怎么办？费伊，你该怎么办？"

母亲捏了捏她的手，出去拿另一块湿布。这时，费伊想到了亨利。她心想，几乎有些高兴：现在我们有秘密了。

3

　　费伊并不是天生就会遭受这种折磨的。她曾经能够正常社交，各种机能完全正常。某天发生的事情彻底改变了一切。

　　就是她得知家宅精灵的那一天。

　　那是 1958 年夏末的一场烧烤宴会。西方的紫色晚霞正在消散，蚊子和萤火虫嗡嗡飞舞，孩子们要么玩捉迷藏，要么看着捕蚊灯完成它可怕的任务，男人和女人在室外喝酒抽烟，有的靠在栅栏上，有的彼此依偎，费伊的父亲在为客人烤肉，他们有的是邻居，有的是他的同事。

　　这一切都是他妻子的主意。

　　因为弗兰克·安德烈森名声在外：他有点让人害怕，性格有点冷淡。事情当然和他的口音有关系，也和他是外国人有关系。但更有关系的是他的为人：阴郁，坚忍，内向。邻居看见他打理花园，向他打招呼问好，他连一个字都不说，只是挥挥手，表情像是在说：我断了根肋骨，但我懒得告诉你们。最后他们也不再问候他了。

因此她坚持说咱们要请别人来家里，咱们要让别人认识你，咱们要过得有滋有味的。

于是他们来了，邻居家的男人都在后院里，聊弗兰克一无所知的某个运动队，他只能站在交谈圈子的外围听他们说，因为即便在美国生活了十八年，有些字词他依然不太明白，尤其是与运动相关的诸多词汇。他听着他们交谈，努力在合适的时候做出正确的反应，结果一分神就烤焦了热狗肠。

他示意费伊过来，费伊正在和邻居家的两个男孩玩捉迷藏，她来到父亲身旁，父亲让她"进去拿些热狗肠"。他凑到费伊的耳朵边低声说："去楼下拿。"

所谓楼下，指的是防空洞。

一尘不染、灯火通明、塞得满满当当的防空洞是他花了过去三年的夏天建成的。他在夜里建造防空洞——只在夜里开工，免得被邻居看见。他会开着卡车出去，满载物资归来。一天夜里是两千枚钉子，另一天夜里是十一包混凝土。他有教他建防空洞的指南。他把水泥灌进塑料模具，费伊喜欢摸模具玩，因为水泥硬化的时候会释放热量。刚开工不久，仅有那么一次，费伊的母亲问他为什么要在自家地下室建造防空洞。他只是用可怕的空洞眼神盯着她，表情像是在说别逼我大声说出来，然后就回到卡车上去了。

费伊说，好的，她去拿热狗肠。父亲刚转过身，她就跑向邻居家的男孩，那年她八岁，迫不及待想讨人喜欢，所以她说："你们想看点没见过的东西吗？"他们当然想了。于是，费伊和两个男孩走进家里，她领着他们下楼。她父亲挖开了地下室的石板地面后灌注水泥，因此防空洞就像是从泥土里冒出来的潜水艇。一个四四方方的混凝土盒子，钢筋加固的墙壁能承受房屋垮塌的冲力。防空洞的小门上挂着一把挂锁，密码是费伊的生日，她打开挂锁，走下四级台阶，进入密室，打开照明灯。眼前所见犹如超市的一整条过道被神奇地搬进了她家地下室：明亮的白色日光灯，食物罐头沿着墙壁码放。两个男孩齐声惊叹。

"这是什么？"一个男孩问。

"我们家的防空洞。"

"哇。"

货架上塞满了纸板箱、板条箱、玻璃罐头和铁皮罐头，名称标签都面对外侧：番茄，青豆，奶粉。几十桶四十升装的饮用水在门口堆成金字塔。角落里码放着无线电收发器、行军床、氧气瓶、电池和盒装麦片，电视机接线的另一端埋进墙壁。墙上有个标着进气的手摇曲柄。两个男孩目瞪口呆地环顾四周。他们指着上锁的木柜，问毛玻璃罩子里面是什么。

"枪。"费伊说。

"你有钥匙吗？"

"没有。"

"可惜。"

回到楼上，两个男孩欣喜若狂，掩饰不住他们的兴奋。

"爸爸！"他们疯狂地跑进后院，"爸爸！知道他们家地下室有什么吗？防空洞！"

弗兰克·安德烈森盯着费伊，视线太严厉了，她不敢直视他的眼睛。

"防空洞？"一个男孩的父亲说，"开玩笑吧？"

"不算是，"弗兰克说，"就是一个小小的储藏室，就像酒窖。"

"不，不是的，"一个男孩说，"里面很大！用水泥造的，装满了食物和枪。"

"真的吗？"

"咱们家也能造一个吗？"另一个男孩说。

"你是弄了一套预制组件，"男孩的父亲说，"还是自己从头造的？"

弗兰克似乎考虑了一下要不要回答这个问题，他的态度软了下来，眼睛盯着地面。

"买了施工图纸，"他说，"然后自己造的。"

"有多大？"

"九米乘以三米六。"

"能容纳多少人？"

"六个。"

"太好了！要是俄国人丢氢弹，我们就知道该去哪儿了。"

"呵呵。"弗兰克说，转了过去。他把热狗肠放在烤架上，用长钳翻动它们。

"我到时候负责带啤酒，"男孩的父亲说，"听见孩子说的了吗？咱们得救了。"

"对不起，"弗兰克说，"不行。"

"我们只躲几个星期而已，就像大家又回到了军队里。"

"不，不行。"

"噢，别这样。否则你想怎么样，拒绝我们？"

"已经满员了。"

"能容纳六个人，你自己说的，你们家好像只有三个人。"

"很难说要在底下躲多久。"

"你是认真的吗？"

"当然。"

"你在开玩笑。你会让我们进去的，对吧？我是说，要是真的爆了核弹，你肯定会让我们进去的。"

"听我说,"弗兰克说,他放下长钳,转过身,双手叉腰,"要是有人敢走近那扇门,我就开枪打死他们。听懂了吗?我会瞄准头部开枪的。"

所有人都安静了。费伊只能听见空气嘶嘶流出烤肉的声音。

"好吧,天哪,"男孩的父亲说,"我开玩笑而已,弗兰克,别激动。"

他拿着啤酒走进屋里。费伊和其他人也跟着走进屋里,留下弗兰克一个人待在外面。那天夜里,费伊在二楼黑洞洞的窗户里看着父亲,他站在烤架前,默默地让肉肠再次烤焦变黑。

这将是她对父亲的永久性记忆,这幅景象捕捉到了他的重要特质:孤独,愤怒,弯着腰,双臂放在台子上,像是在对着台子祈祷。

那晚剩下的时间里,他一直待在外面。费伊上床睡觉。母亲帮她洗澡,送她上床,给她倒了一杯水。这个水杯总是放在床头,免得她夜里醒来口渴。这是个粗短的厚底大口玻璃杯,成人用的尺寸。她喜欢在炎热的夏日晚上抓着它,用双手拢住它,感受它的坚实和分量。她喜欢把它贴在面颊上,感受水晶般的光滑和凉意。此刻她就在这么做,将玻璃杯贴在脸上,这时她听见有人轻轻敲门,随后门悄无声息地慢慢打开了,她父亲走进她的卧室。

"有个东西要送给你。"他说,从衣袋里拿出一个小玻璃雕像:一个老人,白胡子,盘坐在地上,双腿之间是一碗麦片粥,手里拿着木质调羹,皱巴巴的脸上全是满足。

"它非常古老。"他说。

他把小雕像递给费伊。费伊拿在手里仔细端详,用手指慢慢抚摩。玻璃很薄,内部中空,看上去很脆弱,颜色发黄,尺寸和小茶杯差不多。小雕像有点像瘦小的圣诞老人,但两者的面貌大不相同。圣诞老人总是显得生气勃勃、喜气洋洋，而这个小东西似乎一肚子坏水。它满脸丑恶的怪笑，也许因为抱碗护食的姿势使然，样子像是一条狗扑在食物上。

"这是什么？"费伊问。他父亲说，它是家宅精灵，以前挪威的一种鬼魂，通常躲在地下室里。在费伊看来，以前那个时代要比现在这个时代更有魔力，世上的一切都是超自然的：空气、大海、山川、荒野和家宅都有各自的精灵。以前你不管走到哪儿都必须当心鬼魂。世上的任何东西都有可能是另一样东西的化身。一片叶子，一匹马，一块石头。世上的事物，你不能光看它们的表面。你必须去寻找被第一层真相所隐藏的本质真相。

"你的地下室也一样吗？"费伊问，"农场的那幢屋子？"

父亲想起往事，神情变得开朗。想到挪威的老家，他的神情总会变得开朗。他是个严肃的男人，只有在描述老家的时候才会快乐起来。那是一幢宽阔的鲱肉红色三层木屋，位于小镇边缘，后院能望见大海，有一条长长的栈桥，每逢清静的午后他就在那儿钓鱼，门前是一片农田，边界上种着云杉，有一个羊圈，养着他们家的几头山羊和绵羊，还有一匹马。一幢位于全世界顶点的屋子，他说，在挪威哈默费斯特，整个地球最北的城市。谈起老家似乎总能让他恢复精神。

"是啊，"他说，"就连那幢屋子也闹鬼。"

"你希望自己还住在那儿吗？"

"有时候吧，"他说，"闹鬼归闹鬼，但不是坏鬼。"

他解释说，家宅精灵并不邪恶，有时候甚至很善良，会帮忙料理农场，照看庄稼，给马刷毛。它们不与人类来往，但星期四夜里若是没有收到你送去的奶油麦片粥——要加几大坨黄油——就会生气。它们不是友好的鬼魂，但也不凶恶。它们喜欢干什么就干什么。它们是自私的鬼魂。

"它们就是这个样子吗？"费伊问，在手掌里转动小雕像。

"绝大多数时候它们是隐形的，"弗兰克说，"只有在它们想让你看见的时候，你才会看见它们。因此你不太会经常见到它们。"

"它到底叫什么？"她说。

"尼瑟。"父亲说，她点点头。她喜欢父亲称呼他那些鬼魂的古怪名字：尼瑟，魅魔，冈弗尔德，卓格。费伊知道它们是古老的词语，来自欧洲。父亲有时候会使用这些词语，会在兴奋或生气的时候脱口而出。他曾经给她看过一本书，书里全是这种词语，她完全看不懂。父亲说那是一本《圣经》，书的扉页是族谱树。上面有她的名字，父亲指给她看：费伊。还有她父母的名字，还有父母的先辈的名字，她从来没听过那些带有奇怪符号的陌生名字。纸张泛黄，又脆又薄，黑色油墨已经褪成紫色和蓝色。所有这些人都留在了老家，父亲告诉她，而弗里乔夫·安德烈森把名字改成弗兰克，勇敢地来到美国。

"你说我们这儿会不会也有个尼瑟？"费伊问。

"这就不知道了，"她父亲说，"有时候它们都会跟着你跑来跑去，跟着你度过一生。"

"它们对人好吗？"

"有时候好，有时候不好。喜怒无常。你绝对不能侮辱它们。"

"我肯定不会侮辱它们。"她说。

"你有可能不小心就侮辱了它们。"

"怎么可能？"

"你洗澡的时候，有没有把水溅在地上？"

她想了想，承认有，确实有。

"要是你弄洒了水，一定要立刻擦干净。否则水就有可能渗到地下室，滴在你的尼瑟头上。那会是严重的侮辱。"

"然后会怎么样？"

"它会生气。"

"然后呢？"

"我给你讲个故事吧。"他说。以下就是他告诉女儿的故事：

许多年以前，哈默费斯特附近的一个农场里住着一个美丽的小女孩，她名叫弗雷娅（费伊忍不住笑了，因为美丽女孩的名字和她的名字如此接近）。一个星期四晚上，弗雷娅的父亲叫她送奶油麦片粥给尼瑟。小女孩打算听父亲的话，但在去地下室的路上，她忽然觉得特别饿。她母亲那天晚上做的麦片粥特别丰盛，放了红糖、肉桂和葡萄干，最顶上甚至还铺了几片羊肉。弗雷娅觉得把这么好的食物浪费在鬼魂身上实在太可惜了。因此，她走进地下室，躲在别人看不见的地方，把麦片粥喝了个精光。她先从上面舔着吃，然后大口大口喝。她刚擦干净下巴，尼瑟就冲了出来，抓住她开始跳舞。她想挣脱，但尼瑟的力气太大了。它紧紧搂住女孩，唱道："你敢偷吃尼瑟的东西！那就跳舞直到昏倒吧！"她不停尖叫，但尼瑟把她的脸按在他的大胡子里，所以谁也没有听见。尼瑟搂着她转圈，从地下室的一头跑到另一头。它太快了，女孩跟不上。她一次又一次绊跤跌倒，但尼瑟一次又一次把她拉起来，猛拽她的胳膊，撕扯她的衣服，直到她躺在地上，只剩下喘息的力气，衣服变成了血淋淋的破布。第二天早晨，家里人发现她的时候，她脸色苍白，濒临死亡。她在床上躺了好几个月，等她能够重新下地行走之后，她父亲再也不让她送食物给尼瑟了。

父亲讲完故事，费伊说："对不起，我不该带他们去地下室的。"

"睡吧。"她父亲说。

"以后我要去看你的老家，"费伊说，"哈默费斯特的农场，鲱肉红色的屋子。我会去做客的。"

"不，"他答道，望向她的时候，他显得很疲惫，也可能是哀伤，先前他孤零零地站在外面低头看着那些烧黑的炭块时也是这个样子，"你永远也不会见到那幢屋子了。"

那天夜里她睡不着。她清醒地躺了几个小时，家里的每一声响动都让她提心吊胆：每一声吱嘎轻响，每一声飒飒风声，都让她以为家里有入侵者，或者幽灵。室外的光线从摇曳的树叶之间照进房间，幢幢怪影在墙上显形：盗贼，野狼，恶魔。她觉得热，觉得发烧，想用床头的那杯水冷却身体，把水杯贴在额头和胸口。她喝水，想着父亲的故事，家宅精灵：有时候它们都会跟着你跑来跑去，跟着你度过一生。多么可怕的念头，楼梯底下的野兽，看着他们，用听不懂的语言交谈。

她盯着地板，似乎视线能穿透地板落向地下室，鬼魂就在那里徘徊，贪婪地等待着。她不小心碰翻了玻璃杯，水流了出来。看着自己做出的事情，看着那一摊水渍，浅棕色地毯上的深棕色斑块，她有一瞬间惊慌失措。她想象着水渗进地板，顺着木料的缝隙向下滴淌，滚过金属板、铁钉和胶水，带着灰尘和泥土流向地下室，冷冰冰地落在底下潜伏于黑暗中的愤怒怪物头上。

深夜的某个时刻——没错，就是这样——家里人在地下室里发现了费伊。

死寂的凌晨四点，他们听见一声尖叫。他们在楼下找到了她。她在颤抖，头部抽搐着磕碰地面。父母不知道她为什么会出现在这儿。她无法说话，无法视物，眼睛翻到了颅骨里面去。她被送进医院，终于镇定下来，医生说她这是神经性发热，神经失调，歇斯底里，也就是说他们诊断不出她究竟得了什么病。卧床休息，他们说，喝牛奶，别太兴奋。

　　费伊什么都不记得，但她知道发生了什么。她非常清楚到底发生了什么。她侮辱了鬼魂，鬼魂来找她了。鬼魂跟着她父亲从故国来到这里，现在开始纠缠她了。这个时刻永久性地给她的童年画上了句号，让她觉得接下来的人生道路———一次次的发作，芝加哥的灾难，母亲身份和婚姻的失败，等等等等——都是无可避免的定数。

　　每个人的人生都有这么一个时刻：创伤打碎你，你变成崭新的碎块。这就是她的这个时刻。

4

　　她高中粉红色最多的一间教室。拥有最多的褶边台布和蕾丝桌垫的教室。最干净和最明亮的教室。最精细复杂的房间，摆着烤箱、缝纫机、冰箱、成排的煮锅和汤罐。无疑是最好闻的教室，为期两周的蛋糕制作课程期间，热巧克力的气味源源不断地流向走廊。家政教室——电气化，光线充足，化学洗涤用品，锋利的刀具，汤罐头，闪闪发亮的银白色铝质煮锅，原子时代的摩登厨具。费伊一次也没有见过男孩出现在这个教室里，甚至不会探头进来要蛋糕或华夫饼。男孩远离此处，理由非常残忍："我绝对不会吃你做的东西！"他们对女孩这么说，发出噎死的声音，抓住脖子假装喘息而死，发出震耳欲聋的笑声。但男孩真正害怕的是那些海报。

　　海报的传闻早已飘进他们的耳朵。

　　海报用图钉固定在粉红色的墙壁上，海报上的女人显得孤独而羞愧，宣传的都是男孩否定其存在的商品：灌洗器、月经垫、吸收性粉剂、石炭酸喷剂。费伊坐在软垫椅上，双臂交叉，弓着后背，厌恶而沉默地读着这些海报。

　　女孩最麻烦的气味问题并非来自漂亮的小胳膊底下，一罐名叫"清风喷雾"的商品的海报这么说。"洗净湿巾"的海报说，专用于男性没有的气味问题。一个女人孤零零地坐在卧室里，头顶上的黑色粗体字母写着：有些事情是所有丈夫对妻子的期待。另一张海报上，母亲对女儿说：现在你结婚了，我可以告诉你了。有一种女性气息比口臭和体味更可怕。漂亮的年轻女儿满脸热忱和快乐，就好像她们在聊电影或回忆，而不是抗菌洗液，女儿说：妈妈，听你传授经验省去了我多少麻烦！

　　已婚女性的世界真是恐怖：温暖的体液和肮脏的皮肤，有毒细菌在女性阴暗部位的褶皱里生长。费伊想象着厨房水槽里积水太久的腐臭气味，想象着没有铺平的湿抹布那种类似汽油的难闻气味。这个秘密，已婚成人的生活遍布毒液，赤裸、潮湿、不喷香水的他们，企图掩盖身体的臭味。丈夫发狂般地夺门而出，妻子陷入绝望。她为什么会在夜晚独守空房？她把家里打扫得一尘不染，尽其所能地展示美貌，但忽视了最基本的问题：女性的生理卫生。这是来舒消毒水广告讲述的故事，费伊的母亲从来没有提过这些。费伊不敢去看母亲的卫生间，害怕她或许会发现的东西。粉色与白色的瓶子和盒子，名称一个个都那么可怕，听起来像是男生在化学课堂上学习的东西：Zonite、Koromex、Sterizol、Kotex。这些词语听上去和科学沾边，聪明而摩登，但事实上并不存在。费伊知道，因为她查过。字典里没有 Koromex 的条目，其他的也一样。这些毫无意义的 K 字头、S 字头和 Z 字头词语，就好像空心的气球。

　　金尼美容顾问的海报说的是如何控制出汗。"封面女郎"化妆品的海报说的是如何隐藏瑕疵。另一张海报宣传的是束腰和带衬垫的胸罩。难怪男孩会害怕。女孩见了一样害怕。除臭剂的广告面面俱到，让你知道你就是你丈夫希望你成为的那个女人。家政课的教师不遗余力根除所有种类的细菌和不洁，教女孩如何变得整洁和好闻，防止她们变成她所谓的"肮脏而低劣的人"。她不把这门课叫"家政"，而是称之为"沙龙舞会"。

她们的老师是奥尔加·施温格夫人，玛格丽特的母亲，本地药剂师的妻子，她努力教一群小镇姑娘学习礼仪。她向她们展示该怎么做有教养的淑女，培养加入遥远的上流社会所需要的气质。每天晚上要梳头一百遍，上下刷牙五十次，每一口食物至少咀嚼三十四下。站要站得笔直，不许弯腰驼背，交谈时保持视线接触和面带微笑。每次说"沙龙舞会"（cotillion）这个词语时，她总会用上夸张的法语发音：*co-ti-YO*。

"咱们必须洗掉你们的农场气！"施温格夫人说，哪怕底下的女孩并不住在农场里，"咱们需要的是优雅。"她会播放唱片，室内乐或华尔兹，说："你们这些姑娘，能碰到我真是太幸运了。"

她教她们学习她们母亲一窍不通的知识。该用什么杯子喝葡萄酒，喝苏格兰威士忌又该用什么杯子。餐叉和沙拉叉有什么区别。不同的餐具该摆在桌上的什么位置。餐刀的刀锋应该面对哪个方向。大浅盘是用来盛什么的。不把胳膊肘放在桌子上的正确坐姿是什么样。如何在餐桌前坐下，如何起身离开。如何优雅地接受别人的恭维。男人替你拉开座位时你该如何起身而不会跌倒。怎么煮像样的咖啡。如何正确地斟咖啡。怎么把糖块垒成可爱的小金字塔，放在费伊从未在家里见过的看似一碰就碎的彩釉瓷碟上。

施温格夫人教她们如何主持餐会，如何为餐会烹饪，如何与宾客愉快地交谈，如何制作精致的菜色。她坚持说，美国东海岸的主妇最近都在做这些精致复杂的菜，大多牵涉某种胶冻，牵涉某种莴苣做的边饰，某种食物包食物的概念。虾肉沙拉摆在牛油果泥的环形模具里。菠萝嵌在青柠胶冻里配上奶油乳酪。卷心菜悬在肉汤凝冻里。桃子切开用蓝莓塞满。罐头梨片撒上黄奶酪碎。菠萝船里装着鸡尾酒酱汁。橄榄甜椒慕斯。鸡肉沙拉做成白色弹头。金枪鱼方块。柠檬鲑鱼塔。火腿卷甜瓜球。

开化淑女都在制作这些闻所未闻的美妙菜色。美国爱上了这些食物：摩登，让人兴奋，背离自然。

施温格夫人去过纽约市，去过芝加哥的黄金海岸。她大老远地去杜比尤克做头发，衣服不是从东海岸经销商的邮购列表上挑选，就是去得梅因、乔利埃特或皮奥里亚这些发达都市的精品店购买。碰到气候宜人的日子，她会说"多么美好的一天呀"，演戏般掀开药店前窗的遮光帘，费伊甚至觉得会有动画小鸟从外面喜滋滋地飞进来。她会让女孩们享受吹进窗户的微风和百合花的芬芳。"知道吗？百合正在盛开"，她们会去采花，插在药店各处的小花瓶里，"淑女的家里永远要注意这些细节。"

今天的开场白依然是有关婚姻的那套说教。

"我上大学的时候成为了一名注册职业秘书，"她说，站得笔直，双手互扣放在胸前，"我决定去上生物和化学课程。我所有的老师都不知道我为什么要这么做。何必费这么多麻烦呢？为什么不多练练打字？"

她哈哈一笑，摇摇头，像是一个人耐心忍受着另一个人犯傻。

"我有我的计划，"她说，"我从小就知道我想嫁给医药领域的从业人员。我知道我必须拓展眼界，否则就不可能吸引医药领域的从业人员。假如我能聊的只有打字和文书，医药领域的从业人员怎么可能对我产生兴趣呢？"

她严肃而庄重地望着女孩们，像是在宣布成人世界的重大真相。

　　"不可能。"施温格夫人说，"这就是答案。不可能。后来我遇到了哈罗德，我知道我选修的理科课程得到了报答。"

　　她抚平她的裙子。

　　"我想说的实际上是，要设立远大的目标。你们不是非得嫁给农夫或水管工。你们或许无法像我一样嫁给医药领域的从业人员，但财会领域的从业人员对你们这些小淑女来说并非遥不可及。或者商业、银行业、金融业。想清楚你们想嫁给什么样的男人，然后安排自己的人生以实现这个目标。"

　　她请姑娘们想一想她们想要什么样的丈夫。我要一个能带我去墨西哥阿卡普尔科度假的男人，有人说。我要一个能买敞篷跑车送我的男人。我要一个当老板的，这样我就不需要担心碰到老板会不会给他留下好印象了，因为我嫁的就是老板！施温格夫人教她们用这种方式做白日梦。你们的生活中可以有地中海巡游，她说，也可以有在密西西比河上钓鲈鱼。

　　"这是你们的选择，姑娘们。但假如你们想要更美好的生活，就必须为此付出努力。你们觉得你们的丈夫会喜欢谈论速记法吗？"女孩们严肃地摇头。

　　"费伊，这些话对你来说尤其重要，"她说，"芝加哥充满了世故的男人。"

　　费伊感觉到整个班级的视线都落在她身上，她缩进椅子里。

　　接下来，她们开始上今天的正式内容：马桶。问题：细菌在什么地方？（在所有地方。）如何清除细菌？（必须彻底清除，双手双膝着地，使用漂白粉和氨水。）她们五人一组，练习如何刷洗卫生间的马桶。费伊等待自己上场，同组的其他女孩望着窗外的男孩，男孩这会儿正在操场上上体育课。

　　今天的内容是打棒球，练习在游击手位置上接滚地球。球棒击球的噼啪脆响，球飞过场地，男孩冲上去抓住球扔向一垒，令人愉快的砰的一声代表着捕手准确地接住了球。这一幕光是看着就让人开心。男孩——在日常生活中假装冷淡和漠然，在课堂上拼命扮酷，总是满脸桀骜地一屁股坐在座位上——上了球场就精神抖擞得像一群小狗，动作夸张而热情：冲锋。停下。接球。转身。扔出去。

亨利也在球场上。他不够快，体形有点粗重，没法当游击手，但他依然在努力尝试。他用拳头猛砸手套，和伙伴击掌，吼叫鼓励的口号。男孩知道女孩会在家政课上看他们。他们知道，他们喜欢被观看。

费伊坐在烹饪台前的高脚凳上，双肘撑着深棕色的金属炉台。她身体底下是一系列久远的厨房惨剧：烧糊的番茄酱，烤焦的蛋糕糊，煎过头的鸡蛋和布丁，炉子上熏黑碳化的食物仿佛远古化石。一道以前留下的焦痕，老师用渗透性最强的去污粉也无法洗掉。费伊摸着这条痕迹，用指尖感受它粗糙的表面。她望着男孩，望着女孩看男孩。望着（举例来说）玛格丽特·施温格，她是老师的女儿，肤色白皙，脸蛋稍微有点胖，身穿昂贵的羊毛衫、尼龙长袜和闪闪发亮的黑皮鞋，金色的头发卷得夸张。她望着玛格丽特和簇拥着玛格丽特的那伙人，那是玛格丽特的跟班，都戴着标明小圈子身份的银箍，她们每天早晨帮玛格丽特做头发，在餐厅替她拿可乐和糖果，散播她对头的可憎谣言。费伊和玛格丽特从小学到现在一直没说过话。她们并不是对头，费伊只是逐渐退出了她的视野。她总是觉得玛格丽特咄咄逼人，通常避免和她对视。她知道施温格家有钱，知道他们家坐落在俯瞰密西西比河的悬崖上，而且非常宽敞。玛格丽特的脖子上挂着男生的班级戒指，另一枚戴在她的右手上。她左手戴着定情的金戒指。（这么打扮的女孩却在讨论象征意义的英语文学课上大打

哈欠。）玛格丽特的准未婚夫（从一年级就固定下来了）属于那
种你难以想象也难以忍受的男生，他在所有方面都是明星：棒
球，橄榄球，田径。他把奖章别在校服前襟上，然后把校服送给
玛格丽特，玛格丽特穿着那件衣服在学校里走来走去，叮叮当当
地响得像只风铃。他叫朱尔斯，玛格丽特抢走了他所有的纪念
品。她对他自豪得无以复加。事实上，此刻她正在看他，他在棒
球内场等着轮到他上场。看他的同时，玛格丽特还在取笑其他男
孩，那些笨拙的男孩，不是朱尔斯的那些男孩。一个球从手套底下
漏出去飞进外野，她说："哎哟！你忘带东西了！"她周围的朋友
哈哈大笑。"哥们儿，在你背后！"她的音量大得刚好能让房间里
的其他人听见，但又小得不足以让她们加入对话。这是典型的玛格
丽特式做派：外向，同时又排外。

　　可怜的约翰·诺沃提尼没有接住右手边的一个地滚球。约翰
身体肥胖，脚腕粗壮，在动作敏捷的少年之间仿佛一头乱撞的河
马。"下次快一点啊，大个头！"她说，"说真的，他到底为什么会在
场上？"轮到保利·梅利克上场，他个头很小，从头到脚顶多一米
五，体重不到五十公斤，她喊道："面条！上啊，面条！"因为他
的两条胳膊确实就像细面条。她嘲笑胖子、瘦子和矮子。她嘲笑所
有弱者。她是食肉动物，费伊心想，长着獠牙的狼崽子。

　　轮到亨利了。所有女孩都在等待，都盯着他，玛格丽特盯着他，
她们看着他的一举一动：亨利用拳头砸手套，摆出类似内野手的蹲
伏姿势。费伊忽然很想保护他，感觉好像整个班级都想看一出好
戏，想听到玛格丽特令人兴奋的残忍，就好像他们都希望亨利失误。
但费伊也只能观看和祈祷。她再次望向玛格丽特，发现玛格丽特正
在回头看她，费伊的胃里一阵翻腾，她涨红了脸，感到自己在瞪大
双眼，觉得她在这场莫名其妙的对峙中已经败下阵来，玛格丽特冰

冷的审视眼神说清楚了这里的尊卑关系：玛格丽特有权想说什么就说什么，费伊不可能阻止她。

就这样，所有女孩都望着亨利，教练击球，球飞过泥土场地，亨利扑向左侧去接球。费伊忽然很生气。生气的对象不是玛格丽特，而是亨利。她生气的是，他即将在大庭广众之下惨败，是他害得她处于这个位置，愚蠢地和玛格丽特·施温格成了敌人。她生气的是她觉得自己对他负有责任，她要为他的弱点负责，就仿佛它们是她自己的弱点。他像幼儿似的蹒跚晃动，这会儿费伊恨死了他。他是她本人怪异而丑陋的镜像。她参加过许多婚礼，知道仪式上的经典台词：现在你们两人结为一体了。大家似乎都觉得这句话很浪漫，但费伊一想到其中的含义就会胆战心惊。此刻这个瞬间就是原因，就好像取出你的全部缺陷再乘以二。

但这个瞬间属于亨利。聚光灯照在亨利身上。他正在飞奔接球。

不用说，他的表现毫无缺憾。他抓住球，双脚站稳，把球直接扔向一垒，动作精确而迅速。完美。地滚球接球技法的典型示范。教练鼓掌，男孩们鼓掌，玛格丽特·施温格一言不发。

很快轮到她们擦马桶了，费伊坐在瓷砖地面上，觉得自己活得很惨。那个瞬间转瞬即逝，没有发生任何事情，费伊原本准备好了和玛格丽特发生冲突，肌肉的紧绷感觉还没散尽。此刻的她，就像一整条裸露在外的神经，内心依然闹得沸反盈天。先前她完全准备好了迎接冲突，此刻却感觉这一架好像已经打完了。更加雪上加霜的是，玛格丽特就在这儿，她也在卫生间里，坐在隔壁的小隔间里。费伊能感觉到她的存在，就仿佛她是个烤炉。

她面前的马桶毫无污渍，雪白闪亮，散发着强烈的消毒水气味——上家政课的其他女孩几分钟前的杰作。老师在她们背后像军训教官似的踱步，讲述不干净的马桶有多么恐怖：疥癣，沙门氏菌，淋病，各种常驻的微生物。

"马桶再干净也不为过。"她说，把崭新的硬毛刷递给她们。她们蹲在地上（有几个坐在地上），清洗马桶内部，搅水，生成泡沫。她们冲洗、擦洗、漂洗。清洗干净的马桶。

"记住冲水的拉手，"施温格夫人说，"拉手很可能是最肮脏的地方。"

老师向她们演示该使用多少漂白粉，如何弯曲手臂以最有效地清洁马桶圈的底部。她教女孩如何帮她们未来必定会有的孩子保持清洁，如何通过保持卫生间清洁来防止感冒传播，如何防止卫生间的细菌向其他房间扩散。

"马桶冲水，"她说，"会将细菌溅到空气中，所以冲水前请先合上马桶盖并走到一旁。"

费伊正在刷马桶的当口，旁边隔间里响起玛格丽特的声音："他在底下看起来很可爱。"

费伊不知道玛格丽特在和谁说话，她觉得恐怕不可能是自己，所以继续埋头刷马桶。

"哈喽？"玛格丽特说，轻敲墙壁，"家里有人吗？"

"什么？怎么了？"费伊说。

"哈喽？"

"你在和我说话？"

"呃，是啊？"玛格丽特的脸出现在隔板底下，她弯下腰，几乎上下颠倒，浓密的金色鬈发滑稽地悬在脸蛋底下。

"我刚刚对你说，"她说，"他在底下看起来很可爱。"

"谁？"

"亨利。还能是谁？"

"呃，是的，对不起。"

"我看见你在看他。你肯定心想他看起来很可爱。"

"当然了，"费伊说，"对，我就是这么想的。"

玛格丽特看着费伊的项链，亨利的戒指挂在项链上。那枚偌大的蛋白石班级纪念戒指。她说："你打算把那枚戒指戴在左手上吗？"

"没想好。"

"假如你们俩是认真的，那就戴在左手上。或者让他另买一枚戒指送你。然后你就可以脖子上一枚，左手上一枚了。朱尔斯就是这么做的。"

"嗯，对。"

"朱尔斯和我非常认真。"

费伊点点头。

"我们很快就会结婚。他有许多打算。"

费伊继续点头。

"许许多多。"

老师注意到她们在聊天，于是走了过来，她双手叉腰，说："玛格丽特，你为什么没在刷马桶？"玛格丽特对费伊做了个会意的鬼脸，像是在说咱们是一伙的，然后就消失在了隔板背后。

"我在心里刷呢，老妈，"玛格丽特说，"我在想象怎么刷。这么做我会记得更加清楚。"

"假如你能和费伊一样认真，就也能去个大城市了。"

"对不起，老妈。"

"你们的丈夫，"施温格夫人加大音量，显然是在教育所有人，"会对室内清洁有一定的期待。"费伊想到教室墙上的海报，那些颐指气使的丈夫，头戴礼帽身穿大衣，怒气冲冲地夺门而出，因为妻子连最起码的女性标准都达不到。她想到电视和杂志广告里的丈夫：咖啡，他希望你能为他的上司煮一壶好咖啡；香烟，他希望你的选择既时髦又有品位；塑形胸罩，他希望你的身材富有女性气息；在费伊眼中，名叫丈夫的这种生物无疑是人类史上最挑剔最苛刻的物种。他们是从哪儿冒出来的？棒球场上的少年——傻蛋、小丑、笨手笨脚的胆小鬼，对自己充满怀疑，情感白痴——怎么可能会变成他们？

　　这批女孩结束练习，她们回到教室里，换下一批上场。她们坐在座位上，百无聊赖地望向窗外。男生还在操场上，有几个因为扑球或滑行，身上已经脏兮兮的了。朱尔斯正在场上，体形仿佛角斗士，面容甜美如曲奇。玛格丽特说："上啊，宝贝儿！上啊！亲爱的！"但他不可能听见。玛格丽特是叫给教室里的其他女孩听的，召唤她们来看场上的景象。地滚球朝朱尔斯飞去，他移动身体去接球，动作流畅而轻松，步伐迅速而坚定，没有像其他男孩那样在泥土中滑行，就好像他脚下是另一片更有质感的土地。他在棒球的前方站住，找到正确的位置，剩下的时间还绰绰有余，显得那么放松和毫不费力。棒球弹跳着飞向他的手套，却忽然射向天空——也许是打在石块或卵石上，也许是碰到了泥土中的凹陷，天晓得——速度极快而又出乎意料，不偏不倚地击中了朱尔斯的喉咙。

　　他倒在地上，两条腿踢个不停。

　　家政课教室里的女孩觉得这一幕非常好玩。有些人咯咯轻笑，有些人哈哈大笑，玛格丽特转身对她们大喊："闭嘴！"此刻的她看上去很受伤，非常羞愧。她看上去就像海报里的女人，被丈夫抛弃的女人：害怕，名誉受损，遭到唾弃——那种被不公正和残忍评判的感觉。此刻的玛格丽特就是这个样子。费伊希望她能收取玛格丽特的脆弱和尴尬，像除臭剂似的装进瓶子，像杀菌喷雾似的装进压缩罐。她要把它们寄给每一个地方的主妇。她要在婚礼上向新郎喷洒这些情绪。她要把它们做成的炸弹从屋顶扔进棒球场，就像扔凝固汽油弹似的。

　　然后，这些男孩就也会知道那是什么感觉了。

5

　　放学后，费伊独自坐在室外，膝头放着一本书，背靠温暖而粗糙的外墙，隔着墙听乐手漫无目的地演奏：小号爬上一个音阶，来到它最亢最嘈杂的顶峰；木琴最小的琴键在被叮叮咚咚敲打着；长号发出只有长号才能发出的噗噗屁声。校园乐队的学生似乎正在休息，在两首曲子之间胡乱弹奏，于是费伊边等边看书。书很薄，是艾伦·金斯堡的诗集，她在重读写向日葵的那首诗，她大概读了一百遍，越读就越是觉得它是写给她的。好吧，不是真的写给她的。她知道这首诗其实写的是金斯堡坐在伯克利山上望着水面，感到抑郁。但她越读越觉得能在诗里看见她自己。金斯堡写道"机器之树那粗糙的钢铁根茎"，拿来形容化学之星工厂同样好用。"河中的油腻河水"就是密西西比河也未可知。至于他描写的向日葵田，换成艾奥瓦州她面前这片玉米田也挺适合，摇摇欲坠的铁丝网围栏将玉米田和学校分开，农田不久前刚耕作和播种过，现在是一片波浪状的黑色湿滑土地。学校在秋天开学的时候，玉米地会热闹得像是交战区：庄稼仿佛宽肩厚背的士兵，腰杆笔直，玉米穗就像铠甲，它们准备好了接受收割，从膝盖被一刀砍断。费伊坐在地上，等待乐队重新开始演奏，想象着收割庄稼，这一幕总是让她感到哀伤，11 月的玉米地仿佛战场，砍断的庄稼白得犹如骨头，玉米秆像是半掩埋的大腿骨，直挺挺地戳出地面。接下来，艾奥瓦的严冬一天一天走近，晚秋的尘雪，11 月的第一场霜冻，到 1 月这里就会变成冻土地带。费伊想象着芝加哥的冬天会是什么样，在她的想象中，芝加哥的冬天会好一些，比较温暖，有那么多的车辆、活动、水泥和供电提供热量，还有那么多热烘烘的人体。

隔着墙，费伊听见有人叽叽嘎嘎地吹簧片，她不禁笑了，因为这种声音勾起了回忆。她曾经是一名乐手——木管乐器声部，也是会把簧片吹出这种怪声的人。这是惊恐发作开始后她放弃的事情之一。

惊恐发作——这是医生对它们的叫法，但费伊觉得并不确切。她感觉到的并不是惊恐，更像是整个身体有条不紊地被迫逐步停机。就像一面电视墙上的电视被一台接一台关闭——一台台电视上的画面缩小到一个针眼，然后彻底消失。每次发作开始时，她的视野都会变窄，她只能注视一个微小的东西，宽阔视野内的一个点，通常是她的鞋子。

刚开始似乎只在她惹父亲不高兴的时候发生，她做了会激怒父亲的什么事情，例如带那两个男孩去防空洞。但后来她会在有可能惹父亲不高兴的时候犯病，只需要一个会在他面前失败的机会，哪怕她还没有失败也一样。

比方说：音乐会。

听过一张引人入胜的交响童话《彼得与狼》唱片后，她参加了校园乐队。她想拉小提琴，大提琴也行，但只有木管乐器声部缺人。他们发给她一支双簧管：黑色，哑光，有些地方的黑漆已经剥落，曾是银色的按键已完全变成棕色，一条深深的擦痕从头到尾贯穿整根双簧管。学习吹双簧管宛如一场由吱嘎怪声和跑调构成的灾难，小拇指一次又一次从按键上滑落，因为她还没学会如何单独移动小拇指。但她喜欢它。她喜欢在彩排开始时用双簧管定调。她喜欢双簧管坚定的音色，一个不可动摇的音符A，给整个乐队树立基准。她喜欢吹双簧管时必不可少的严肃姿势：坐得笔直，双肘呈直角，乐器拿在面前。她甚至喜欢彩排。团队精神。所有人为了一个共同的目标而艰苦奋斗。高雅艺术的总体感觉。他们齐心协力制造出的美妙声音。

第一场音乐会上，每个乐手都有一小段独奏。她练习了几个月，直到那些音符进入身体，直到她不需要看乐谱就能完美地演奏出那段独奏。音乐会的那天晚上，她盛装打扮，抬头望向观众席，她看见母亲，母亲朝她挥手，她看见父亲，父亲在看节目单。他的聚精会神，他研究节目单时的严肃表情，他审视节目单的样子，那其中存在某种东西，费伊为之感到惊恐。

一个念头跳进脑海：要是我搞砸了怎么办？

她从未考虑过这个问题。倏忽之间，以前练习时唤醒的魔力此刻再也无法唤醒了。她无法清空头脑，无法像彩排时那样放松自我。她掌心出汗，手指变冷。幕间休息时，她开始头痛和胃痛，汗水打湿了衣服的腋下。她迫不及待地想撒尿，走进卫生间却发现尿不出来。音乐会的下半场，她觉得头晕，胸口发紧。指挥棒指向她时，费伊无法演奏。气息在咽喉凝固。她挤出来的是一声微弱的哭泣，短促而无助的喘息。所有人都转向她，每一双眼睛都盯着她。她听见音乐从其他人那里传来，但感觉是那么遥远，就好像她待在水底下。听众席的光线变得黯淡。她盯着她的鞋。她从椅子上跌倒在地。她昏了过去。

医生说她没什么不对劲的。

"生理方面毫无问题。"他们立刻补充道。他们让她对着棕色纸袋呼吸，诊断她有"慢性神经性问题"。父亲看着她，像是遭受了羞辱和打击。"你为什么这么做？"他说，"整个镇子都看着你！"这句话再次点燃了紧张，他对她惊恐发作的失望和她担心在他面前发作的焦虑使得她再次发作。

后来，她开始在与父亲毫无关系的情况下惊恐发作，那些时刻看似波澜不惊和风平浪静。她正在和别人正常聊天，有毒的念头忽然间莫名其妙地冒出来：要是我搞砸了怎么办？

片刻之前，费伊的轻率发言忽然膨胀到灾难级的程度：她是不是犯傻了？迟钝了？弱智了？无聊了？交谈变成她很容易就会失败的恐怖试炼。她产生了末日即将来临的感觉，身体唤醒了不战斗就逃跑的反应机制——头痛、战栗、脸红、出汗、过度换气、毛发耸立——情况于是雪上加霜，因为比惊恐发作更痛苦的莫过于惊恐发作时被人看见。

她在其他人面前失败的那些时刻，她觉得有可能在其他人面前失败的那些时刻——这些都有可能触发一场发作。不是每一次，而是有时候，但频繁得足以让她采取了一种特定的自我保护行为：她成了一个从不搞砸的人。

一个人无论做什么都不会失败的人。

其实很简单：费伊的内心越是惶恐，外在表现就越是完美。她表现得无可指摘，因此就挡开了有可能存在的所有批评。她会变成其他人心目中的样子，从而获取他们的喜爱。她每一门课程测试都是优秀。她赢得了学校里的每一种学术奖项。老师布置的作业是阅读一本书的某一章，费伊会彻底读完整本书，然后读完小镇图书馆里这名作者的所有作品。没有哪个科目是她不擅长的。她是模范学生，是模范镇民，按时去教堂，参加志愿者工作。人人都说她肩膀上扛了个好脑袋。费伊讨人喜欢，是了不起的倾听者，从不对人颐指气使或品头论足。她总是点头微笑，永远容易相处。你很难讨厌她，因为她没有任何能被讨厌的地方：她乐于助人、性情温顺、不爱出风头、容易相处。她的外在人格没有能撞疼你的棱角。所有人都同意她为人好得过分。在老师眼中，费伊必成大器，是教室后排的安静天才。他们开会时对她赞不绝口，尤其夸奖她的自律和干劲。

然而费伊知道，这完全是个精细复杂的心理游戏。内心深处，她知道自己是假货，只是个普普通通的平凡女孩。就算看起来她拥有其他人没有的能力，那也仅仅是因为她比其他人更努力，只需要失败一次，整个世界就会看见真实的费伊、真正的费伊。因此她从不失败。真正的费伊和虚假的费伊之间的距离变得越来越远，就像船开出码头，老家慢慢地不见踪影。

做到这些并不是没有代价的。

当一个从不失败的人还有另外一面，那就是你从不做任何有可能失败的事情。你从不冒险。看似擅长所有事的那些人都有个欠缺勇气的共同特征。举例来说，费伊放弃了双簧管。不用说，她再也不参加任何体育运动了。戏剧当然是不行的。她拒绝了所有派对、社交活动、联谊会、午后河畔嬉戏和晚上去朋友家后院围着篝火吃喝的邀请。此刻她不得不承认，结果就是她连一个亲密朋友都没有了。

申请圈大是她记忆中自己做过的第一件冒险之事。紧随其后的是她在毕业舞会上跳出的舞步。然后是她在操场上对亨利做的事情。冒险。此刻她觉得她为此受到了惩罚。整个小镇都厌恶她，亨利也羞辱她——这就是你当出头鸟的代价。

是什么发生了改变呢？是什么激发了这种新的胆量呢？其实就是金斯堡写向日葵的这首诗里的一句，这句诗似乎完全是写给她的，似乎一掌扇醒了她。这句诗在她有所感觉之前就总结出了她对自己人生的感觉：

可怜的枯败花朵？你何时忘记了你曾是一朵花？

她何时忘记了她也有能力做出大胆的行为？她何时忘记了大胆的事情时常在她心中发酵？她翻到诗集的封底，再次打量作者的照片。这就是作者，一个充满闯劲的年轻人，长相稚气，短发有点蓬乱，脸刮得很干净，穿宽松的白衬衫，下摆收在裤腰内，玳瑁壳圆眼镜很像费伊戴的这一副。他站在纽约某处的屋顶上——背后是城市的各种天线，再背后是摩天大楼的模糊身影。

费伊得知金斯堡将在来年担任圈大的客座教授，于是立刻申请了这所学校。

她靠在砖墙上。一个如此丰富的男人，出现在他的视野内会是什么感觉？她担心自己在他的课堂上的表现：多半会失魂落魄，当场惊恐发作。她会像向日葵诗的叙事者那样：狼狈可怜的老东西。

乐团要继续排练了。

乐手开始集合，费伊听见他们在热身。费伊听着他们不和谐的合奏，贴着外墙的脊椎能感觉到声音。她转身用面颊贴着温暖的砖墙，看见教学楼的尽头有动静：一个人转过拐角走了过来。一个女孩。浅蓝色棉布套头衫，金发梳着错综复杂的发型。费伊认出那是玛格丽特·施温格。玛格丽特从包里拿出一支烟，点燃，吸了第一口，呼气，发出轻轻的吐息声。她还没看见费伊，但肯定会看见，只是时间问题而已，费伊不希望被别人发现她正在干什么。她从包里取出摸到的第一本书换掉金斯堡的诗集，动作很慢，免得碰到身旁的灌木丛。她拿出来的是历史课本《美国的崛起》，封面是一张黑白照片，亮孔雀蓝色背景衬托下的托马斯·杰斐逊铜像。这时，玛格丽特终于注意到了她——她很快就注意到了她——她走向费伊，问："你在这儿干什么？"费伊回答："做作业。"

"哦。"玛格丽特说，完全符合逻辑，因为所有人都知道费伊是个勤勉而刻苦的聪明女孩，肯定能拿到奖学金。因此费伊也就不需要解释她的深层动机了，也就是她在这儿读可疑的诗歌和假装自己是个双簧管手。

"什么作业？"玛格丽特问。

"历史。"

"天哪，费伊。好无聊。"

"对，确实无聊。"费伊答道，尽管她并不觉得历史有什么无聊的。

"全都无聊，"玛格丽特说，"学校太无聊了。"

"简直恐怖。"费伊说，但担心自己说得不够诚恳，因为她非常喜欢学校，更确切地说，她喜欢她在学校里如鱼得水的事实。

"我等不及要毕业了，"玛格丽特说，"只希望能早点结束。"

"对，"费伊说，"用不了多久了。"学期行将结束的事实最近让她满心恐惧，因为她喜欢学校带来的明确性：一心一意的目标，显而易见的期待，只要你学习努力加成绩优秀，那么大家就知道你是个符合要求的人。但她生活的其他部分，就不能按照这个标准接受评判了。

"你经常在这儿看书吗？"玛格丽特问，"教学楼背后这儿？"

"有时候吧。"

玛格丽特望着前方的黑色土地，似乎在思考什么。她轻轻地吸了一口烟。费伊顺着她的视线看过去，直勾勾地盯着前方，努力假装冷淡。

"说起来，"玛格丽特说，"我早就知道我是个特别的孩子。我早就知道我有某些天赋。知道所有人都喜欢我。"

费伊点点头，表示赞同，或者她在听，很感兴趣。

"我知道我长大后会成为一个特别的女人。我早就知道这一点。"

"嗯哼。"

"我是个特别的孩子，我长大后会成为一个特别的女人。"

"没错。"费伊说。

"谢谢。我会是个特别的女人，嫁给一个特别的男人，我们会生下了不起的孩子。知道吗？我早就知道这必然会成为现实。这是我的宿命。我的人生会过得非常舒适，会过得很了不起。"

"肯定会实现的，"费伊说，"所有这些。"

"我认为我会过上特别的人生。无论我想做什么都会做得很优秀。我会成为重要人物。"

"你可以的，肯定会的。"

"是啊，大概吧，"玛格丽特说，在地上熄灭烟头，"但我不知道我想做什么。不知道我想过什么样的生活。"

"我也是。"费伊说。

"真的？你？"

"对。完全没有想法。"

"我以为你会去上大学。"

"应该吧。多半不会。我妈妈不希望我去。亨利也是。"

"哦，"玛格丽特说，"哦，我明白了。"

"也许我可以推迟一两年再去，等事情平静下来。"

"也许更明智。"

"也许会在镇上再待一阵。"

"我不知道我想要什么，"玛格丽特说，"应该想要朱尔斯吧？"

"那是当然的。"

"朱尔斯很了不起，我觉得。我是说，他真的非常了不起。"

"他太了不起了。"

"确实，对吧？"

"对！"

"好的，"她说，"好的，谢谢。"她起身拍掉身上的尘土，看着费伊说："哎，那个，对不起，我说了一些奇怪的话。"

"没关系。"费伊说。

"千万别告诉其他人。"

"不会的。"

"其实就是，唉，我认为其他人都不可能理解。"

"我不会告诉其他人的。"

玛格丽特点点头，转身准备离开，她忽然停下，又转回来对费伊说："这个周末有时间来吗？"

"来哪儿？"

"当然是我家了，傻瓜。来和我们共进晚餐。"

"你家？"

"星期六晚上。我父亲过生日。我们给他准备了个小小的惊喜派对。我希望你能来！"

"我？"

"是啊。要是你打算毕业后留在镇上，不觉得咱们应该交个朋友吗？"

"噢，好的，当然，"费伊说，"当然，我很乐意来。"

"太好了！"玛格丽特说，"别告诉其他人。惊喜派对。"她笑了笑，昂首阔步地走开，转过拐角，消失在视线外。

费伊靠回墙上，发现乐队正在全力演奏。她都没注意到。轰然巨响，渐强乐段。玛格丽特的邀请让她忘乎所以。何等的胜利！何等的惊喜！她听着音乐的演奏，感官变得异常敏锐。她发现隔墙听音乐更能让她感受到音乐的实在性，她无法听清音乐，但能够感觉到音乐，震动如波浪般袭来。嗡嗡振动。她将面颊贴在墙上，得到了另一种迥然不同的体验。不再是简单的音乐，而是糅合了各种感官的体验。她能感觉到创造音乐所需要的摩擦，对琴弦、木料、皮革的冲击和抽拉。尤其是一部作品行将结束的时候。音乐越是响亮，她就越是能感觉到更宏大的音符。不是抽象的概念，而是震动的感觉，就像一次触碰。这种感觉顺着喉咙向下移动，声音在有节奏地律动，成了她体内的敲击。音乐使她共鸣。

她最喜爱的莫过于这一点：事物能够无比迅猛地扑向她——无论是音乐、他人还是生活——事物就是有这个让她吃惊的本事，突如其来，犹如一记重拳。

6

　　有时候春天像是突然降临的。树木在开花，雨后的泥泞农田里出现了第一抹卷曲的绿意。万象更新，费伊所在高中的毕业班里，对有些学生来说，这个季节充满了希望和乐观。毕业典礼临近，这些女孩——有稳定的男朋友，白日梦里只有结婚、花园和养小孩——开始谈论灵魂伴侣，说她们能够感觉到宿命，感觉到无法逃避的命运巨手，说她们就是知道。柔和的爱慕眼神，脉搏随之颤抖——费伊为她们感到遗憾，但有时候也为自己感到遗憾。她的生活里似乎缺乏最基础的浪漫色彩。在费伊看来，爱情实在太随意了。完全被偶然性控制。很容易就会从一件事情变成另一件事情，很容易就会从一个男人变成另一个男人。

　　举例来说：亨利。

　　男人那么多，为什么选亨利？

　　一天晚上，两人坐在河岸上，朝水里扔石块，扒拉身旁的沙子，紧张兮兮地尝试说俏皮话和交谈，然后她心想：我为什么会和他坐在这儿？

答案很简单。因为佩姬·沃森去年秋天传了个愚蠢的八卦。

家政课结束后，她跑到费伊的身旁，满脸笑容和做作。"我知道一个秘密。"她说。然后取笑了费伊一整天，在三角几何学的课堂上传给她一个纸条：我知道一件你不知道的事情。

"好事，"吃午饭时，她说，"A级猛料。超级精彩。"

"快告诉我。"

"你还是等一等比较好，"她说，"等放学再说。你最好先坐稳了。"

佩姬·沃森，从三年级起的准朋友，和她住在同一条马路上，坐同一班公共汽车回家。对费伊来说，是最接近"好朋友"的一个人。她们小时候玩游戏，拿一整盒的蜡笔和一整本拍纸簿，用各种颜色、字体和花式写"我爱你"三个字。那是佩姬的主意。她停不下来，永远也玩不腻这个游戏。佩姬最喜欢的是围绕心形图案写一圈我爱你。"一个圆，没有起点也没有终点，"她说，"明白了吗？会永远延续下去。"

那天放学后，佩姬兴奋极了，巨大的八卦和惊人的新闻让她精神抖擞："有个男孩喜欢你！"

"不可能，绝对没有。"费伊说。

"有。百分之百有。我的消息来源非常可靠。"

"谁告诉你的？"

"我的口风很紧，"佩姬说，"我发誓不会说出去的。"

"那个男孩是谁？"

"咱们班上的。"

"哪一个？"

"你猜！"

"我才不猜呢。"

“求你了！猜吧！”

“快告诉我。”

其实费伊并不太想知道。她不希望被打扰。她独来独往，对自己的处境非常满意。别人为什么就不能放过她呢？

“好吧，”佩姬说，“随便你。那就不猜了。不兜圈子了。我跟你实话实说。一股脑儿全倒给你。希望你做好准备了。”

“我准备好了。”费伊说。她等着佩姬开口，佩姬憋着不开口，盯着费伊，吊她的胃口，满脸淘气，用戏剧性的停顿折磨费伊，直到她终于忍受不了为止：“该死的，佩姬！”

“好了，好了，”她说，“是亨利！亨利·安德森！他喜欢你！”

亨利。费伊不知道自己应该以为是谁，但肯定没料到是他。亨利？她根本没有考虑过他。他在费伊的脑海里几乎不存在。

“亨利。”费伊说。

“对，”佩姬说，“亨利。天作之合，你们注定要在一起。你连姓氏都不需要改！”

“还是要改的！安德烈森，安德森，不一样。”

“随便你说，”佩姬说，“他很可爱。”

费伊回到家，把自己锁在房间里。生平第一次认真思考要不要交男朋友。她坐在床上。没怎么睡觉，稍微哭了一会儿。说来奇怪，到了第二天早晨，她觉得她确实挺喜欢亨利的。她说服自己相信她一直很喜欢他的外形。他结实的中后卫体形。他安静的性格。说不定她早就喜欢上了他。来到学校，他似乎不一样了，变得更健壮、活泼和英俊了。她不知道佩姬也去和他说了相同的话。一整天缠着他，转弯抹角地说有个女孩喜欢他。然后揭开谜底：费伊。那天他来到学校，看见费伊，无法理解他为什么从没发现她如此美丽。如此优雅和率真。大大的圆眼镜挡住了一双多么锐利的眼睛啊！

没过多久，他们开始约会。

爱情就是这个样子，此刻的费伊心想。自私和傲慢。我们爱别人，因为别人爱我们。其实是自恋。最好看清楚这个事实，而不是让命运或宿命之类的抽象概念把水搅浑。说到底，佩姬当时可以选择学校里的任何一个男孩。

今晚坐在河岸上，这些念头从她的脑海里疾驰而过，她相信亨利带她来这里是为了道歉。自从毕业舞会后在操场上发生了那样的事情，他一直有点缩手缩脚。他们也谈论过，但都语焉不详。他们不会说任何具体的过程："对不起，我那个什么……你知道的。"他说，费伊为他感到难过，为他提起这个话题时竟然这么笨口拙舌和羞愧难当感到难过。他懊丧和后悔得让人讨厌。送她回家，帮她拿书包，落后她一步，垂着头，买更多的花和糖果送她。有时候碰到自怜自艾发作，他会说什么"上帝啊，我可真傻！"或者请她去看电影，但还没等她接受，他就会说什么"当然了，假如你还愿意和我好"。

一切都是随意选定的。假如费伊上的是另一所学校，假如她的父母搬走了，假如佩姬·沃森那天请了病假，假如她选的是另一个男孩，等等等等。一千个因素的排列组合，一百万种可能性，几乎每一个结局都不是费伊和亨利此时此刻坐在沙地上。

今晚亨利的神经格外紧张，他不停攥紧拳头又放开，扒拉泥土，朝河水扔石块。她拿着一瓶可口可乐小口小口地喝，等待亨利开口。他的计划是带费伊单独来河岸边，到目前为止一切顺利，但接下来该怎么办他就不知道了。于是他什么都不做，只是努力排解紧张情绪。他在沙地里前后晃动身体，拍打面前的什么虫子，硬邦邦地坐在那儿，活像一匹紧张的大马。他的痛苦让费伊生气。她继续喝可口可乐。

今晚的河水散发着鱼腥味，潮湿难闻的臭味有点像腐坏的牛奶加氨水。费伊想起有一次和父亲划着小船来河上。他向女儿演示该怎么钓鱼。钓鱼对他来说很重要。他从小到大都是个渔民。在挪威，这是他的工作。但费伊对钓鱼毫无兴趣，连把小虫穿在鱼钩上都哭个不停，小虫绕着她的手指蠕动，刺破虫子时棕色的黏液会一下子喷出来。

此刻的亨利让她想起那条小虫：即将爆炸。

两个人望着夜色、氮肥厂的蓝色火苗、月亮、水面上破碎四散的反光。约百米外的河水里漂着一个瓶子。一只虫子嗡嗡飞过她的面颊。波浪有节奏地拍打河岸，他们在寂静中坐得越久，费伊就越是觉得密西西比河在呼吸：时而收缩，时而舒张，时而浪起，时而浪落，河水退去时爱抚着石块。

亨利终于转向她，开口说道："哎，听我说。我想请你做一件事情。"

"好的。"

"可是，我不知道我能不能，"他说，"能不能请你这么做。"

"尽管说吧。"她说，扭头望向他，看见他才意识到自己有多久没正眼看他了——多久？整个晚上？她一直在逃避他的视线，为他感到尴尬，有点讨厌他，此刻她发现亨利阴郁地皱眉瞪着她。

"我想……"他说，但停下了。他没说完这句话，而是飞快地凑近费伊，亲吻她。

使劲儿亲吻她。

就像那天晚上在操场上那样，费伊吃了一惊——被他突如其来的味道，他忽然迫近的温暖身体，捧住她面颊的双手的油腻气味。他的强硬态度让她吃惊，他的嘴唇贴在她的嘴唇上，舌头不容分说地穿过她的双唇。他亲吻得像在打仗。她向后倒在沙地上，他伏在她身上，趴在她身上，依然捧着她的脸，肆意地亲吻她。他并不粗鲁，但占主导地位，咄咄逼人。费伊的第一个反应是退缩。但亨利抱紧她，用他的身体按住她。他们的门牙彼此碰撞，但他不为所动。她从未感觉到过亨利是个如此强壮和蛮横的男人。她在他的重压下无法动弹，但她忽然有了另外一些冲动——她觉得冷，装了一肚子可乐，需要打嗝。她需要挣脱束缚和逃跑。

就在这时，亨利停下来，他向后退了十几厘米，看着她的眼睛。费伊看得分明，亨利非常痛苦。他的脸皱成几个死结。他盯着费伊，绝望地瞪大了恳求的双眼。他在等待费伊反抗。等待她说不。费伊正要说不，但及时阻止了自己。后来，深夜里，在今晚的事情结束后，在亨利开车送她回家之后，她躺在床上直到天亮，回想整件事的时候，最让她困惑的莫过于现在这个时刻：她有机会逃跑，却留了下来。

她没有说不。她什么也没说。她只是盯着亨利的双眼。也许，但她不能百分之百地肯定，也许她甚至点了点头：好的。

于是亨利继续下去，刚才的劲头全回来了。他亲吻费伊，舔她的耳朵，咬她的脖子。他的手向下摸，伸到两人之间，她听见几件东西被解开的声音：皮带扣，皮带，拉链。

"闭上眼睛。"他说。

"亨利。"

"求求你。闭上眼睛。假装你在睡觉。"

她再次望着他，他的脸就在十几厘米之外，闭着眼睛。某种东西，某种难以描述的欲望，燃烧着他。"求你了。"他说。他抓住费伊的手，引着她的手向下摸。费伊想抽出那只手，但几乎没有用力，反抗得非常微弱，最后他又说"求你了"，手上的力气变大了一点，她放松肌肉，让亨利做他想做的事情。他脱掉长裤，引着她的手走完剩下那段路，伸进内裤里面。她碰到亨利的时候，他猛地一跳。

"别睁眼。"他说。

她没有睁开。她感觉到亨利贴着她的手掌抽动，感觉到他滑过她的指肚。这是一种抽象的感觉，剥离了真实事物的世界。他的面颊贴着她的脖子，他耸动臀部，她发觉他在哭泣，轻轻地啜泣，温暖的眼泪在肌肤相接之处蓄积。

"对不起。"他说。

费伊觉得自己应该感到正在遭受羞辱，但实际上她更多感觉到的是怜悯。她为亨利感到难过，为他的绝望和负罪感，为折磨他的肉体欲望，为他今晚表达欲望所使用的无可救药的手段，为他在沙地里的这番折腾，为他的孤注一掷。于是，她搂住亨利抱紧他，忽然，随着一阵颤抖和一股喷射的暖流，事情结束了。

亨利呻吟着倒在她身上，痛哭流涕。

"对不起。"他一遍又一遍说。

他贴着费伊蜷起身体，她手里的他迅速变小。"我很抱歉。"他说。费伊说没关系，慢慢爱抚他的头发，抱住他，啜泣使得他浑身颤抖。

人们谈论宿命、爱情和命运的时候，费伊心想，指的绝对不会是这个。坐在冷冰冰的河岸上，忍受湿漉漉的感觉，抱着一个啜泣的男人。不，宿命、爱情和命运，这些东西仅仅是点缀，是掩盖残酷事实的装饰品：今晚主宰亨利的不是爱情，而是欲望，纯粹是古老的动物冲动。

他贴着她的胸口呜咽。她的手觉得黏糊糊、冷冰冰的。真爱，她心想，险些笑出声。

7

去施温格家共进晚餐，玛格丽特说，有两个条件：首先，去药店取一个小包裹；其次，别告诉任何人。

"小包裹里是什么东西？"费伊说。

"甜食，"玛格丽特说，"巧克力之类的。糖果。我老爸不许我吃这些东西。他说我必须注意体形。"

"你才不需要注意体形呢。"

"我就是这么说的！不觉得很不公平吗？"

"确实非常不公平。"

"谢谢，"玛格丽特说，抚平裙子上的褶皱，动作像极了她母亲，"所以取包裹的时候，你能假装那是你的东西吗？"

"行啊，没问题。"

"谢谢。我已经付过钱了。我用你的名字订购的，这样就不会被我老爸吼了。"

"我明白。"费伊说。

"晚餐是给我父亲准备的惊喜，所以等你在药店见到我父亲，就说你那天晚上有个约会。当然是和亨利。打他一个措手不及。"

"好的，我知道了。"

"最好告诉所有人你那天晚上有约会。"

"所有人？"

"对，别告诉其他人你要来我家。"

"没问题。"

"要是大家知道你要来我家，我老爸就有可能知道和起疑心。我知道你不可能想要毁掉他的惊喜，对吧？"

"当然不可能。"

"要是你告诉别人，风声就肯定会传到我老爸耳朵里。他的人脉很广。你没告诉过别人，对吧？"

"没有。"

"好，很好，非常好。总之记住，你去药店取盒子，说你要和亨利约会。"

保证是个让人一辈子都忘不掉的派对。玛格丽特信誓旦旦说会有气球、横幅、她母亲著名的鲑鱼肉冻、三层蛋糕、自制香草冰激凌，结束后甚至要开敞篷跑车去河边兜风。费伊觉得受宠若惊，因为玛格丽特唯独选中了她来参加派对。

"谢谢你的邀请。"她对玛格丽特说。玛格丽特轻拍她的肩膀，说："我觉得你是最合适的人。"

派对的那天晚上，费伊在卧室里面对同一条裙子的两个版本举棋不定，它们是时髦的夏装裙，一条绿，一条黄，都是为了费伊已经不记得的某个特殊场合购置的。多半和教堂有关系。她看着镜子，把一条在身前比量，然后换一条再看。

床上，散放在毯子和枕头上的是芝加哥圈大的各种材料。递

出这些文档和表格，她就将正式在 1968 年的新生班级里占据一席
之地。下周截止期之前，她必须把它们放进信封寄出去。她已经填
好了所有内容，用墨水笔，用她最整齐的笔迹。每天晚上她都要摊
开这些材料，包括形形色色的简介和小册子，希望有什么东西会对
她开口，希望有什么东西能说服她留下或离开。

　　每次她觉得自己要下定决心了，就会有某种担忧推着她倒向
另一个方向。她读完又一首金斯堡的诗歌，心想：我要去芝加哥。
她翻开介绍材料，读到太空时代的校园，想象待在这么一个地方，
所有学生都那么聪明和认真，就算她在代数考试中再次拿到优秀，
他们也不会用奇怪的眼神打量她，这时她心想：我肯定要去芝加哥。
但随后她想到要是她去了，镇上的其他人会有什么反应，或者更
可怕的，要是她去了又回来，那无疑就是全世界最恐怖的事情了，
她在圈大跟不上了，不得不回家，全镇人都会传她的八卦，一起翻
他们的白眼。想到这儿，她心想：我要留在艾奥瓦。

　　然后周而复始，这个可怕的钟摆。

　　但她至少能做出一个决定：黄裙子。她觉得黄色更加喜庆，
更加适合生日气氛。

　　她下楼，发现母亲在看新闻。还是学生抗议的报道。另一个
夜晚，另一所大学沦陷了。学生挤在走廊里不肯离开。他们冲进校
长和教务长的办公室，就在人们工作的地方睡觉。

　　母亲看着电视上的这一切，惊叹于世上竟会发生这等怪事。
她每天晚上都坐在沙发上盯着新闻主播沃尔特·克朗凯特。最近的
大事件似乎都是外星奇闻：静坐示威，骚乱，暗杀。

　　"大学生的主流并不激进。"记者解释道，他采访了一个女孩，
她梳着好看的发型，身穿柔软的羊毛套头衫，对他说其他学生并不
同意极端分子的观点。"我们只想上课、得到好成绩和支持咱们在

海外作战的棒小伙儿。"她微笑着说。

切镜头,广角,走廊里挤满了学生:大胡子,长发,脏乱,喊口号,
演奏音乐。

"上帝啊,"费伊的母亲说,"看看他们。他们就像流浪汉。"

"我要出去。"费伊说。

"他们刚开始肯定也都是好孩子,"她母亲说,"肯定是交上了
坏朋友。"

"今晚我有约会。"

母亲终于望向她:"唔,你很漂亮。"

"我十点回来。"

她穿过厨房,父亲在拧过滤器的顶盖。他正在煮咖啡和做三
明治,为今晚要值的夜班做准备。

"拜拜,老爸。"她说,父亲朝她挥挥手。他身穿灰色工作服,
正面有化学之星的徽标,胸口互相交织的 C 和 S。她曾经和他开玩
笑说去掉 C,他就像超人了。但他们很久不这么开玩笑了。

她打开通向室外的门,父亲喊住了她:"费伊。"

"怎么了?"

"厂里的同事在打听你的情况。"

费伊在门口站住,一只脚在家里,另一只脚在外面。她扭头
望向父亲:"是吗?为什么?"

"他们想知道你的奖学金是怎么回事,"他说,过滤器的顶盖
咔嗒一声拧开了,"他们问你什么时候去念大学。"

"哦。"

"我记得咱们说好不告诉别人的。"

两人沉默地站在那儿,父亲舀出咖啡渣,费伊抓着门把手。

"你没有什么可羞愧的,"她说,"我去上大学,而且得到了奖

学金。我并没有——你怎么说的来着？炫耀？"

他停下摆弄过滤器的手，扭头望向她，露出他那种紧绷的笑容，双手插进裤袋。

"费伊。"他说。

"那只是——我不知道到底是什么。只是我做到了。不能算是夸耀。"

"你做到了。对。所有人都得到奖学金了吗？"

"不，当然没有。"

"所以你是特殊的，你被挑了出来。"

"我必须为此认真学习，得到好成绩。"

"你必须比其他人更优秀。"

"对，是的。"

"这就是骄傲，费伊。没有人比其他任何人优秀。没有人是特殊的。"

"这不是骄傲，而是……事实。我得到了最好的成绩，我考出了最高的分数。是我。这是客观事实。"

"还记得我说过的家宅精灵的故事吗？尼瑟？"

"记得。"

"还有偷吃尼瑟的晚餐的小女孩？"

"记得。"

"她被惩罚不是因为她偷了他的食物，费伊，而是因为她认为她有资格吃。"

"你觉得我没资格去念大学？"

他暗暗笑着，望向天花板，摇摇头："知道吗，绝大多数父亲想得很简单。他们教女儿重视努力工作和挣薪水。赶走坏男孩，买一套百科全书。但你？你会抱怨一本书翻译得不好。"

"你想说什么？"

"大家已经认为你很了不起了。你不需要为了证明这个而去芝加哥。"

"我想去芝加哥不是为了这个。"

"相信我，费伊。离开家是个坏主意。你应该待在你属于的地方。"

"你就离开了。你离开挪威来到美国。"

"所以我知道我在说什么。"

"你觉得那是个错误？你希望你留在那儿？"

"你什么都不懂。"

"这是我努力得来的。"

"你觉得会发生什么，费伊？你真以为只要你付出努力，世界就会善待你？以为世界欠你什么？不，这个世界根本不在乎你。"他转身继续煮咖啡，"无论你的成绩单上有多少个 A，无论你去哪儿念大学，其实都无所谓。世界是残酷的。"

开车去药房的路上，费伊依然很生气。因为父亲的冷嘲热讽而生气，因为曾经总是让她得到赞扬的事情——当一个好学生——此刻却让她成为了靶子。她觉得被出卖了，多年前得到的承诺背叛了她。

于是，她觉得今晚会见到施温格夫人大概是天意使然。因为假如全镇还有一个人不会指责费伊自命不凡，那必然是施温格夫人了，她热衷于炫耀她的世界旅行，崇拜东海岸淑女圈子里流行的所有新东西。施温格夫人无疑会支持她。

费伊来到药房，走向柜台，哈罗德·施温格正拿着记事本清点阿司匹林药瓶。

"你好，施温格医生。"她说。

　　他仔细审视她，视线严厉而冰冷，这个瞬间漫长得奇怪。他身材高大，肩宽体阔，高耸而紧密的发型散发着军人般的精确感觉。

　　"我来取我的包裹。"费伊说。

　　"对，我想也是。"他走进里屋，待的时间长得不寻常。铜管乐队在扬声器里细声细气地演奏华尔兹。自动空气清洁器发出微弱的噗噗声，几秒钟后，过于浓郁的合成百合香味充满了药店。药店里没有其他人。天花板上的日光灯闪烁着嗡嗡作响。柜台上，理查德·尼克松竞选总统的宣传徽章愣愣地盯着她。

　　施温格先生回来了，拿着一个用订书钉钉住的深棕色纸袋。他把纸袋扔在柜台上靠近他的那一侧——动作不怎么轻柔——离费伊太远，费伊无法很舒服地拿到它。

　　"是给自己买的？"他说。

　　"是的，先生。"

　　"你愿意发誓吗，费伊？你不是替别人买的，对吗？"

　　"哦，不是，先生，是给我买的。"

　　"假如是替别人买的，你可以告诉我。请诚实一些。"

　　"我在胸口画十字发誓，施温格医生。是给我买的。"

　　施温格先生夸张地长出一口气，显然是为了表达恼怒，甚至失望。

　　"你是个好姑娘，费伊。发生了什么事？"

　　"对不起，您说什么？"

　　"费伊，"他说，"我知道这是什么。我认为你应该再重新考虑一下。"

　　"重新考虑一下？"

　　"对。我会卖给你，因为这是我的职责。但告诉你这么做不对同样是我的职责，我的道德职责。"

"你可真好，但——"

"你这么做非常不对。"

她没有料到这次对话会这么激烈。"对不起。"她说，但不知道究竟为什么道歉。

"我一直认为你是个明辨是非的好女孩，"他说，"亨利知道吗？"

"当然，"她说，"我今晚要和他约会。"

"是吗？"

"和亨利，"她按照约定回答道，"我们今晚要出去约会。"

"他向你求婚了？"

"什么？"

"假如他是个绅士，现在应该已经向你求婚了。"

面对他的批评，费伊觉得必须要为亨利辩白几句，但说出来的话却显得很无力："等到适当的时候？"

"费伊，你真的应该仔细想一想你在干什么。"

"好的。非常感谢。"她说，趴在柜台上，拳头抓住棕色纸袋时发出了响亮而刺耳的哗啦一声。她不知道究竟发生了什么，但希望事情已经结束了："再见。"

她飞快地驶向施温格家，那是一幢气派的大宅子，坐落于俯瞰密西西比河的岩石断崖上，在平缓的草原地区算是个罕见的制高点。费伊穿过树林驶向屋子，却发现施温格家暗得出乎意料。灯关着，静悄悄的。费伊有些惊慌。难道是我弄错了日子？他们会不会先去其他地方聚会了？她正在考虑要不要回家打电话给玛格丽特，前门忽然开了，玛格丽特·施温格走出来，她身穿运动裤和宽松 T 恤，头发蓬乱，全堆在一侧，像是睡觉时被压在了底下。

"包裹带来了吗？"她问。

"带来了。"费伊把皱皱巴巴的棕色纸袋递给她。

"谢谢。"

"玛格丽特？你没事吧？"

"对不起，"她说，"今晚不能一起吃饭了。"

"哦。"

"你现在只能回家了。"

"你确定你没事吗？"

玛格丽特盯着她的脚尖，没有抬头看费伊："真的很对不起。因为所有事情。"

"我不明白。"

"听我说，"她抬起头，今晚第一次直视费伊的眼睛，她站得笔直，抬起下巴，尽量做出强硬的样子，"没人见过你今晚来过我家。"

"我知道。"

"你记住这一点。你无法证明你来过。"

说完，玛格丽特朝费伊点点头，转身离开，随手锁上了大门。

8

1968 年，费伊居住的艾奥瓦河畔小镇，毕业班的女孩们知道——虽然从来不会讨论——十几种办法能够摆脱计划外且不想要的未出生婴儿。有些手段几乎从未成功过，有些只是古老的民间传说，有些需要高级医学训练，有些恐怖得难以想象。

最有吸引力的当然是看似无意之举的办法，不需要任何特别的药品或工具。蹬自行车跑长线。从很高的地方跳下来。交替洗热水和冷水澡。把蜡烛放在肚子上，直到它烧完。站在其他人的头顶上。滚台阶。反复用拳头击打腹部。

假如这些手段不奏效——几乎从不奏效——女孩们就会投向新时代的科技，不会引发怀疑的方子。直接在柜台购买的普通商品。比方说，用可口可乐灌洗，或者消毒水，或者碘酒。摄入超大剂量的维生素 C，或者补铁药片。用盐水灌满子宫，或者水和柯克曼硼砂皂的混合物。吃刺激子宫的食物，例如薄荷冰酒，或者巴豆油、甘汞泻剂、番泻叶、大黄、硫酸镁。引发或促进月经的东西，例如欧芹，或者甘菊、生姜。

按照许多老祖母的说法，奎宁同样有效。

以及啤酒酵母、艾蒿、蓖麻油、草木灰。

还有其他一些手段，只有最绝望的姑娘才会考虑的手段：自行车打气筒、吸尘器、毛衣针、伞骨、鹅毛笔、通便栓、松节油、煤油、漂白水。

只有走投无路、最独来独往和没人缘的姑娘，在医药方面找不到朋友可以依靠的姑娘，才会去购买药剂师建议类药物[1]。甲基麦角新碱。合成雌激素。垂体浸出质。能够导致流产的麦角酸制剂。士的宁。别称"黑美人"的栓剂。通过导尿管灌注的甘油。苹果酸麦角新碱，引发子宫肌肉强直和收缩。养牛人用于规范动物生理周期的药物——很难买到，名字都很拗口：地诺前列酮、米索前列醇、前列甲脂、甲氨蝶呤。

纸袋里是什么？肯定不是巧克力糖果。费伊得出结论，她开车回家，拐弯驶入胜景山，她后悔她没有打开纸袋看一眼。为什么不打开呢？

因为钉死了，她心想。

因为你胆小，另一个她心想。

此刻，她有一种惊慌和悲伤的抽象感觉。玛格丽特今晚的表现太奇怪了。施温格先生也是。她觉得自己像是漏掉了某些本质性的事实，但又不敢揭开谜底。空气潮乎乎的，天上飘着雨雾，湿度像是她们正在煮东西的家政课教室。有一次，一个女孩忘了关火，炉子烧了一整天，水蒸发光了，锅被熏黑，烧得炽热，塑料把手熔化后烧了起来。烟雾触发了火警。

---

[1] 无须医生处方但购买必须得到药剂师同意的药物。

今晚就是那种感觉。仿佛某种迫在眉睫的危机就潜伏在身旁，但费伊还没有注意到。

回到家，这种感觉变得非常确定。屋里只亮着一盏灯——厨房里的灯。家里只亮一盏灯，这件事情不太对劲。从外面看，灯光接近绿色，就像卷心菜切到最核心处的颜色。

她父母就在厨房里等她。她母亲甚至无法抬头看她。她父亲说："你到底做了什么？"

"什么意思？"

他说他们接到哈罗德·施温格的电话，施温格医生说费伊今晚来药店取了一包药。什么药？唔，告诉你吧，医生说，我在这一行做了很久，知道女孩只会出于一个原因来买费伊今晚买的这种药。

"什么？"费伊问。

"为什么不告诉我们？"她母亲说。

"告诉你们什么？"

"你意外怀孕了。"他父亲说。

"什么？"

"我不敢相信你居然让那个农民崽子这么糟践你，"他说，"这么糟践我们。"

"但他没有！你们弄错了。"

电话响了一个晚上。彼得森家的电话，还有威尔逊家，卡尔顿家，威瑟尔家，克罗尔家。他们都说，有件事我得告诉你，弗兰克，我刚听说了你女儿的事情。

大家都是怎么知道的？为什么整个镇子忽然就全知道了？

"但那不是真的啊。"费伊说。

她想告诉他们有一场根本没有发生过的生日派对，想说玛格丽特今晚的奇怪举止。她想说出她立刻领悟到的事实：玛格丽特怀孕了，想瞒着父亲搞到某些药物，因此利用了费伊。她想说出这些，但她做不到，首先因为她父亲气得暴跳如雷，她毁掉了她的名声，她再也不能在镇上露面了，上帝会为她企图对自己孩子做的事情而惩罚她——他此刻朝费伊吼叫的字句多得超过了过去一年他对费伊说过的话——其次，还因为她感觉到一次发作就快来了。这次发作会非常严重，因为她难以呼吸，浑身冒汗，视野开始缩小。很快就会像是通过针眼在看世界了。她努力克服心中的念头：这就是最后的大发作，这就是最终会杀死她的大发作了。她努力克服她正在喘最后几口气的可怕念头。

"救命。"她想说，但发出的只是一声低语，完全淹没在了父亲的怒吼中，父亲正在说他花了多少年才在镇上建立起了一个好名声，却在一夜之间被她毁得干干净净，他绝对不会原谅她对他做出的事情。

绝对不会原谅她对他造成的伤害。

而她心想：等一等。

她心想：伤害他？

尽管她并没有怀孕，但假如她确实怀孕了，需要安慰的难道不是她吗？邻居会议论的难道不是她吗？和他有什么关系？她忽然有了反叛的念头，忽然不再有兴趣为自己辩护。她父亲的长篇大论终于结束，说："你还有什么要说的吗？"她尽可能站得笔直而高贵，说："我要走了。"

她母亲今晚第一次望向她。

"我要去芝加哥。"费伊说。

她父亲恶狠狠地盯着她看了几秒钟。他像是一个扭曲变形版本的他自己，脸上是他在地下室建造防空洞时的那个表情，同样的决绝，同样的恐惧。

她记得有一次他从地下室上来，衣服被粉尘染成灰色，不知道那天晚上他在做什么工程，费伊刚洗过澡，看见父亲她非常高兴，挣脱母亲正在帮她擦身体的毛巾，夺门而出，高兴地蹦蹦跳跳，简直像个小皮球。她那年八岁，精瘦，矫健，刚刚洗完澡，一丝不挂。父亲就站在这间厨房里，她冲进来，做了个侧手翻，她就是这么高兴。侧手翻，我的天，你想象一下，像巨型热带植物似的从马车轮中央向外伸展。他父亲见到的就是这么一幅光景。他皱眉道："我觉得这样太不合适了，你还是去穿上衣服吧。"她跑进房间，不太清楚自己做错了什么。有什么不合适的？她心想，赤身裸体地站在楼上房间的观景窗前扫视附近。她不知道父亲为什么命令她回房间，她有什么不合适的，她望着窗外，很可能第一次开始思考她的身体。更确切地说，第一次将身体作为自我之外的存在来进行思考。要是她想象一个恰好路过的男孩看见了她，谁会在乎呢？要是出于某些她也不太清楚的原因，这个景象始终能激起她的兴趣，谁又会在乎呢？从那一刻起，除了想象从窗外看自己是什么样子，费伊房间里的观景窗就失去了其他用处。

那是好几年前了。费伊和父亲从未讨论过这件事。时间消弭了许多事情，因为时间会带着我们走上其他的轨道，让过去变得难以想象。

现在，费伊又站在了这间厨房里，她在等待父亲开口，就仿佛那天在他们两人之间打开的空间终于达到了最远点。他们是两颗互相绕转的天体，彼此之间只剩下最微弱的维系。他们有可能重新飘回一起，也有可能永远分离。

"听见我说的了吗？"费伊说，"我说我要去芝加哥。"

弗兰克·安德烈森终于开口，声音里没有任何东西，没有情绪，没有感觉。那一刻他与自我分离了。他几乎不能算是在场。

"太好了，"他说，转身不再看她，"走吧，永远别回来。"

第五部分

我们每人一具尸体 _2011 年夏末

1

"哈喽？哈喽？"

"我在，哈喽？"

"哈喽？萨缪尔？你能听见吗？"

"很不清楚。你在哪儿？"

"是我，佩里温克尔！能听见吗？"

"那是什么声音？"

"我在游行队伍里！"

"你为什么在游行队伍里打给我？"

"我不是真的在队伍里！而是紧跟在队伍后面！我打给你是因为邮件！我读了你的邮件！"

"你脑袋旁边是不是有人在吹奏大号？"

"什么？"

"太吵了！"

"我打给你就是想说我读了——"电话里忽然安静下来，只剩下发闷而模糊的数码噪音，信号强度忽强忽弱，仿佛机器人的胡言乱语，声音被压缩和多普勒化，随后，"——才是我们想要的，大致如此。你能做到吗？"

"你刚才说的我一个字也没听见。"

"什么？"

"信号断了！我听不见！"

"妈的，是我，佩里温克尔！"

"我知道。你在哪儿？"

"迪士尼乐园！"

"听起来你走在游行乐队的正中间。"

"等一下！"

如同将贝壳放在耳边时听到那种呼呼声，大拇指或风经过麦克风时的摩擦声，抽象的音乐呜呜声，然后忽然安静下来，就好像佩里温克尔被关进了厚实的铅盒子。

"怎么样？能听见了吗？"

"能，谢谢。"

"手机信号这会儿似乎不太好。我猜是带宽问题。"

"你为什么会在迪士尼乐园？"

"因为莫莉·米勒。我们在为她的新 MV 做宣传。和一部迪士尼经典动画电影的再发行做捆绑宣传，这部电影数码重制并 3D 化了。好像是《小鹿斑比》？所有爹妈都在用手机拍摄游行，发短信给亲友。我猜信号塔完全被堵死了。你有没有来过迪士尼乐园？"

"没有。"

"从没见过哪个地方这么热衷于已经过时的科技。到处都是电影角色的机械模型。模型的木头部件嘎吱嘎吱乱响。说起来还挺复古的，对吧？"

"游行结束了吗？"

"没，我只是躲进了一家商店。旧时光汽水店，牌子是这么写的。我在仿造一百多年前景观的美国主街上。一条可爱的小街，真实世界中这样的街道正是被迪士尼这种跨国公司集体屠杀掉的，但大家似乎都没有注意到这份反讽。"

"我很难想象你玩过山车玩得很开心的样子。还有那么多孩子。"

"每个游艺项目的内涵都是一样的：令人痛苦的慢速穿越机器乐园。比方说'小小世界'，顺便说一句，那恐怖玩意儿就是一群被麻痹的傀儡没完没了重复机械的套路，我相信迪士尼并不是存心想用它精确地预言第三世界劳工的处境。"

"我记得那个项目说的好像是国际团结和全球和平。"

"啊哈。'激流勇进'简直就是在石油和天然气公司的一比一宣传模型里漂流。还有个项目叫'未来展望'。听说过吗？"

"没有。"

"本来是为1964年世博会建立的。自动机械剧场。一个男人和他的家人。第一幕是1904年，这个男人面对当时的新发明赞叹不已：煤气灯，熨斗，摇柄洗衣机。了不起的立体视镜。叹为观止的留声机。能想象吗？他老婆说现在洗一次衣服只需要五个小时了，观众哄堂大笑。"

"他们以为他们已经过得很舒服了，但我们比他们更清楚。"

"对。每次幕间休息他们都会唱一首可怕的歌，就是迪士尼式的那种朗朗上口。"

"唱给我听听。"

"没门。不过合唱部分好像是'明——天多么光辉美好'。"

"好吧，别唱了。"

"歌颂永无止境的发展。有段时间卡在我脑袋里就是忘不掉，

我甚至考虑过做大脑手术切掉它。总而言之，第二幕里他们来到
1920 年代。电气时代：缝纫机，烤面包机，松饼机，冰箱，电扇，
收音机。第三幕是 1940 年代，有洗碗机了，还有个巨大的冰柜。
你能想象这个项目想表达什么。"

"技术持续改善生活。前进势头不可阻挡。"

"对。多么可爱的 1960 年代中期幻觉，对吧？一切事物都将
改良。哈，我向上帝发誓，我之于迪士尼世界就好比达尔文之于
加拉帕戈斯群岛。说起来，汽水店的营业员一直像变态似的朝我
微笑。肯定有这条规矩，时刻对客人微笑。哪怕我在打电话，而
且"——吼叫——"明显对奶油苏打水不感兴趣！"

"你说你读了我的邮件？后面的话我一个字也没听见。"

"他们笑得就像喝醉酒的小孩，像嗑了药的地精。每天这么做
肯定需要无比坚强的意志。对，我读了你的邮件，你描述你老妈高
中生活的那些材料。在飞机上读的。"

"然后？"

"我忍不住注意到一个问题，那就是你几乎没提朝派克他妈的
州长扔他妈的石头。"

"就快写到了。"

"实际上是完全没提。要是我没算错，一个字也他妈的没有。"

"后面会写到的。我得铺垫一下。"

"铺垫。你需要铺垫几百页？给我个准数。"

"我要写出完整的前因后果。"

"你答应的是写一本书，既讲述你母亲的故事，同时也把她撕
成碎片——修辞意义上的。"

"对，我知道。"

"现在我担心的是'把她撕成碎片'的那部分。因为派克袭击

者之子为母亲辩护在一些方面或许挺催泪，但派克袭击者被亲生骨肉破腹挖心才是真正的看点。"

"我只是想讲述真相。"

"顺便再来点少女成长小故事。"

"你不太喜欢，对吧？"

"掉进熟悉的少女成长俗套了，我只是想说这个。还有，这里面有什么寓意？有什么人生教训？"

"什么意思？"

"绝大多数回忆录揭开伪装其实都是励志小册子，这不算什么秘密。所以你这本书打算怎么帮助其他人过得更好？教大家一个什么道理？"

"我连一秒钟都没想过这些。"

"我给你个建议吧：投票给共和党。"

"不，我写书绝对不是为了这个。根本不在同一个银河系里。"

"咦，这个人怎么就忽然变成了艺术家先生？听我说，在如今的市场上，绝大多数读者只想要容易理解的线性叙事，外加宏大的概念和简单的人生教训。你这本书里的人生教训，我说客气一点吧，太散了。"

"莫莉·米勒的书里有什么了不起的人生教训？"

"很简单：人生很美好！"

"对她来说当然很轻巧。生下来就有钱。念曼哈顿上东区的预科学校。二十二岁就成了亿万富翁。"

"你会吃惊于人们愿意撇开什么样的事实去相信，人生就是很美好的。"

"人生离美好远着呢。"

"所以我们才需要莫莉·米勒。这个国家在我们周围四分五裂。

不关注任何事情的人群也把这一点看得清清楚楚，就连缺乏信息的未决投票者群体也是。国家就在我们眼前崩溃。人们失去工作，养老金一夜之间消失，每个季度的报表都在说他们的退休基金又贬值了百分之十，已经连续贬值六个季度了，他们住宅的价值还不到购买价格的一半，他们的老板弄不到贷款来发工资，华盛顿成了马戏团，他们家里塞满了好玩的科技产品，他们看着智能手机心想，'一个世界能生产出如此伟大的产品，怎么会变得这么糟糕？'对，他们就在琢磨这个。我们做过研究。我想说什么来着？"

"你在说莫莉·米勒，人生很美好。"

"我给你说说大家对好消息有多么痴迷。《滚石》杂志想访谈莫莉，但他们报道的是她的书，而不是她的音乐，所以他们说，他们希望能做得更'真实'一些。更真实的访谈，折射出更真实的回忆录，大概是这个意思吧？暂且不提回忆录面向目标群体由雇用写手代笔？《滚石》所谓'更真实'的访谈从一开始就是设计好的？他们想要的不是事实，而是感觉起来比其他模拟更接近现实的模拟。总之无论如何，我们头脑风暴互相吼叫，有个新来的公关专家——刚从耶鲁毕业，我跟你说，他会成大器的——他想出一个绝妙的点子。他说不如请他们看她在家做意大利面。你说妙不妙？"

"我猜选择意大利面肯定有个特别的原因。"

"我们对焦点小组做过测试，效果比肉好。牛排或鸡肉如今包袱太多。放养的吗？无抗生素吗？人道宰杀吗？有机吗？洁净吗？养殖户有没有每晚戴着丝绸手套爱抚动物，唱轻柔的摇篮曲哄它们睡觉？要是不接受一个什么政治纲领，我他妈的如今连汉堡包都没法点了。意大利面依然没什么偏向性，不会引发抗议。当然了，我们也不可能让别人看见她实际上吃什么。"

"为什么？她吃什么？"

"蒸卷心菜和蘑菇汤为主。要是被记者看见，报道就完全变味了。一个可怜的少女偶像正在饿死自己。然后，我们就会被拖进该死的身体形象辩论，双方吵了那么久，谁也没有得到过公众的完全支持。"

"我不认为我真想读莫莉·米勒怎么做意大利面。"

"面对国家灾难和个人未来的彻底毁灭，人们通常会走上两条路中的一条。我们有成吨的论文支持这个判断。他们要么义愤填膺、过度敏感，往往会开始在'我感觉'之类的平台上发布自由主义宣言；要么沉浸在舒适的无知之中，对后者来说，看莫莉·米勒加热从罐子里倒出来的意面酱汁非常令人愉快，异常能转移注意力。"

"你说得好像这是什么公共服务。"

"还有谁能比网上那些自以为是的自由主义者更傲慢？这些家伙完全让人无法忍受。另外，对，这就是一种公共服务。想知道我私下里对你的书有什么期望吗？"

"当然。"

"我希望它能取代莫莉的回忆录登上畅销榜。想知道原因吗？"

"我觉得这个想法根本不可能实现。"

"因为很少有产品能够同时吸引上述两个人群：愤怒者和无知者。极少有产品能跨越这道鸿沟。"

"但我母亲的故事——"

"我们做过测试。你母亲有着巨大的跨越性吸引力。非常罕见，通常来说难以预测，有些东西就是会跳出文化领域，形成更广泛的影响。所有人都能在你母亲身上找到他们想看见的东西，所有人都会以自己的方式被触犯。你母亲的故事能让任何有政治看法的人大喊'你可耻'，现如今这本身就足够可口了。现在美国人最受欢迎的休闲活动已经不是棒球，而是伪善。"

"我一定会认真想一想的。"

"记住，少一些同情，多一些血腥。这就是我给您的建议。另外，莫莉那本书我们用的代笔写手。他们有时间。我让他们随时待命，免得你需要人帮忙写书。"

"不用了，谢谢。"

"他们非常专业，口风也紧。"

"我自己能写。"

"我相信你很想自己写这本书，但从你完成作品的记录看，情况恐怕不太乐观。"

"这次不一样。"

"我不是在评判你，只是在指出某些历史事实。说起来？这么多年，我一直没问过，你为什么一直没写出第一本书？"

"不是说我写不出——"

"我很好奇。到底发生了什么？我难道没有写信鼓励和称赞你？莫非你失去了灵感？你的雄心在期待的重负下卡壳了？你是不是——怎么说的来着——遇到了瓶颈？"

"不是这些原因，真的。我只是做了几个错误的决定。"

"几个错误的决定。这是用来解释宿醉的。"

"我做了一些很差的选择，都怪我。"

"这么解释你在成为一位著名作家的道路上遭遇了彻底失败倒是很可爱。"

"说起来，我一直想成为一位著名作家。我以为当上著名作家能帮我解决某些特定的问题。但忽然间，我成了著名作家，问题却还是没有解决。"

"某些特定的问题？"

　　"怎么说呢，总之和一个姑娘有关系吧。"

　　"哦，我的天，很抱歉，我不该问的。"

　　"一个我非常想给她留下深刻印象的姑娘。"

　　"让我猜一猜。你当作家是为了打动某个姑娘。但你没有得到她。"

　　"对。"

　　"这种事每天都在发生，并不稀奇。"

　　"我一直在想我有可能做得更好。我有可能得到那个姑娘。我只需要做出稍微有点不一样的事情。我只需要做出更好的选择。"

"选择你自己的冒险" 系列故事之
你可以得到那个姑娘!

这不是一个普通的故事。在这篇故事里,结果依赖于你的决定。仔细考虑你的选择,因为它们会影响故事的结局。

你是个温顺、羞怯而绝望的年轻男性,出于某些原因,想成为一名小说家。

一个真正重要的小说家,真正了不起的小说家,甚至是获奖作家。你认为解决人生问题的方法就是成为著名作家。但怎么做呢?

结果很容易。虽然你不知道,但你已经拥有了需要的全部特质。一切因素都已就绪。

首先,这是最基础的:你感觉绝望,不可救药地无人疼爱。

你感觉被遗弃,不被你生活中的那些人所欣赏。

尤其是女性。

尤其是你母亲。

你母亲,还有一个你小时候迷恋的女孩,她让你感觉晕眩、疯狂、晕头转向和郁郁寡欢。她叫贝萨妮,她之于你大致就是烈火之于木柴。

你母亲抛弃你之后不久,贝萨妮全家就搬到东海岸去了。两件事并无关联,在你脑海里却像是有所联系,初秋那个月是你生命中的重大转折点,你的童年在那里断成两截。贝萨妮保证她会写信给你,她说到做到:每年一次,你会在生日收到贝萨妮的来信。你读完信会立刻回信,会像疯子似的写信,直到凌晨三点,一稿接一稿地重写,企图写出一封完美的回信。然后,你会在接下来一个月里像偏执狂似的检查信箱。但信箱里不会有她的信，直到下一年你的生日，你会收到贝萨妮的下一封信，信里满是她的最新情况。她们家如今住在华盛顿特区。她还在拉小提琴。她的老师都是最优秀的人物。他们说她前途无量。她弟弟要去上寄宿制军校了，他过得很开心。她父亲现在大部分时间住在曼哈顿的公寓里。樱花树正在开花。毕晓普向你问好，说学校很不错。

信件那平淡而冰冷的语气总是让你沮丧不已，直到看见末尾的落款：

> 爱你的，
> 贝萨妮

她签的不是"顺致爱意"或"以我全部的爱"或其他没有深意的问候语。贝萨妮签的是"爱你的"，这三个字能支撑你整整一年。除非她真的爱你，否则又怎么会说"爱你"呢？否则她为什么不签普通人常用的那些祝词呢？万事如意。身体安康。谨启。

不，她写的是"爱你的"。

然而，当然了，还存在信件本身的问题，它们是那么冷淡、安稳、温和、缺乏浪漫色彩和爱意。你该怎么解释这个矛盾呢？

你的结论是，她父母会检查她的信件。

他们在监控她和你的通信。尽管那些烂事没有把你卷进去，但贝萨妮的弟弟对他曾经的校长做出某些可怕事情的那段时间里，你和他是最要好的朋友。因此，贝萨妮的父母很可能对你并不认可，也不会允许女儿选择与你谈恋爱。所以，为了逃避审查，她只能将心里话藏在信件末尾，在结束语里大胆地写道："爱你的。"

你假定你的回信同样会遭到审查，因此你在讲述生活中那些平淡琐事的同时，也会想方设法暗示你对她的磅礴爱意。你想象她能够从字里行间觉察到你的爱意，爱意如幽灵一般在文字上盘旋，刚好可以躲过她父母的视线。当然了，你会在信件末尾签上"也爱你的"，以此表达你收到了她通过信件传递的真正信息。你们就是这么交流的，仿佛战争时代的间谍，用陈词滥调掩饰意味深长的事实。

寄出回信后，你要等待一年才能收到下一封信。

另一方面，你在数你们再过多少天才能从高中毕业，去上大学，到时候你们的通信将会脱离她父母的审查，她就可以自由自在地表达她内心真挚的情感了。你用幻想麻醉自己：你和她进入同一所大学，成为校园情侣，挽着贝萨妮参加派对的感觉是多么美妙，你会立刻出名，因为你约会的对象是那位小提琴天才，那位美丽的小提琴天才（不，不止美丽，而是璀璨夺目，让旁人看得目瞪口呆，你知道这是事实，因为贝萨妮偶尔会在一年一次的来信里附上她和弟弟的新照片，她会在照片背面写上"想你！贝与毕"，你会把照片放在床头柜上，刚收到照片的第一个星期，你几乎没法睡觉，因为每隔一个小时就会从怪异的噩梦中惊醒，梦中照片会被风吹走，会突然解体，会有盗贼摸进你的房间偷照片，等等等等）。两人上同一所大学的美梦做到贝萨妮进入茉莉亚学院为止，你对父亲说自己想上茉莉亚，你父亲挑起一侧眉毛说"哦，好的"，语气非常轻蔑，你不明白为什么，直到你在高中的升学指导办公室看见茉莉亚学院的宣传资料，才发现这所学校基本上只培养音乐、戏剧和舞蹈方面的专才。另外，学费大约十倍于你父亲的既定预算。

所以，妈的。

你修改计划，对父亲说不去茉莉亚学院了，但还是纽约市的什么学校。

"也许哥伦比亚大学，"你说，因为从你在高中图书馆找到的纽约地图看，哥伦比亚大学离莱莉亚学院很近，"要么纽约大学？"

亨利当时正在测试一种新概念"开口乳蛋饼"冷冻餐的坚固性，吧唧吧唧地品尝着不成形的半液态面糊，在十五步流程图上做记录，他忽然停顿，咽下嘴里的食物，望着你说："太危险了。"

"天哪，别这样。"

"纽约是全世界的谋杀之都。想都别想。"

"没那么危险。就算危险，校园也不可能危险。我会待在学校里的。"

"听我说。我该怎么说你才明白呢？你住在橡树谷弄。纽约市连一条橡树谷弄都没有。完全没有这样的地方。你会被生吞活剥的。"

"纽约也有这样的里弄，"你说，"我不会有事的。"

"不。你不明白我的比喻。懂吗？我想说的正是这个。让我解释一下。有些人来自城市街区。然后呢，光谱的另一头是什么？有些人来自里弄，例如我们。"

"老爸，你别说了。"

"再说，"他说，转向正在迅速冷却的开口乳蛋饼，"纽约的学校也都太贵。对不起，但我们只得起本州公立学校。事实如此。"

你最后上的就是本州的公立学校，你在那里知道了电子邮件的存在，如今所有的学生都在使用电子邮件，贝萨妮在写给你的下一封信里留了电子邮件地址，你发了一封邮件给她，纸质通信就此退出历史。好处是你和贝萨妮的通信变得更加频繁，甚至可以每周一次。电子邮件是即时性的。刚开始你很开心，直到一个月后，你意识到了电子邮件的缺点，也就是其中不存在实体的物品，不存在贝萨妮触碰过的真实媒介。在你的青春岁月中，拿着贝萨妮使用的厚实信纸，看着她整洁的手写圆体字，你曾无数次地得到安慰：贝萨妮与你远隔千里，但这件东西能够代替她填补空白。你可以闭上眼睛，抱住信件，几乎能感觉到她在触碰信纸，她的手指抚摩每一张信纸，舌头舔湿信封的封口。其中关系到的是想象和信仰，犹如基督教的圣餐变体论，这个物品在你的脑海里暂时变成了一具躯体。她的躯体。因此，开始使用电子邮件后，尽管你们经常写信联系，你却觉得前所未有的孤独。象征她肉体的物品消失了。

同样消失的还有"爱你的"。

她上茉莉亚学院后，信件末尾的"爱你的"很快变成了"爱你啦"，刺得他的心隐隐作痛。"爱你啦"似乎是真爱去掉了仪式性和庄严感后的产物。

另一个问题是，尽管贝萨妮不再处于父母的管制之下，但信件也没有发生本质性的改变，最适合形容其语气的词语是通告性的，就像校园游览的导游词。贝萨妮得到了自由自在表达内心感受的机会，做的却还是老一套：报告近况，分享身边事。她用这种方式写了九年信，似乎把自己绕进了一个陷阱。这种语气太熟悉了，因此成了她能够使用的唯一一种语气。无论你知道了多少她身边的事情：某些课程很简单（例如听音练耳），某些课程很难（例如调性和弦），她那个室内乐小组的大提琴手很有天赋，学校食堂很差劲，她的室友是打击乐手，加州人，经常练钹练得自己偏头痛——这些消息似乎有一种缺乏情感和人性的特质。缺乏亲昵感，没有浪漫色彩。

然后贝萨妮开始向你讲述男生。性格轻浮的男生。厚脸皮的男生，在派对上逗得她狂笑不已，笑得弄洒了饮料。男生，通常是铜管乐手，尤其是长号手，请她出去约会。更糟糕的是她答应了。更更糟糕的是，约会很愉快。你的皮肤底下在沸腾，因为你追求这个女人已有九年，这些男人，这些陌生人却忽然冒出来，一个晚上取得的成就超过了你一辈子的。太不公平了。经历了你经历过的那一切，你应该拥有更好的待遇。就是在这段时间里，"爱你的"变成了"爱你啦"，随后又变成仅仅一个"爱"，最后则变成了"xoxo"（亲亲抱抱），到了这时候，你意识到你们的关系已经发生了本质的改变。不知什么时候，你失去了你的机会。

这样的失败，是成为著名作家的必经步骤。失去机会所带来的刺痛，让你拥有了丰富的内心生活，幻想你没有搞砸一切的各种可能性，幻想你赢回贝萨妮的各种方式。清单第一项：打败吹长号的小子们。手段：写有深度有艺术价值有重要性的伪知识分子小说。因为你不是能逗贝萨妮笑得弄洒饮料的那种人，在这方面你无法和吹长号的小子们竞争。因为想到她和给她写信的时候，你总是会变得极为认真和拘谨，类似于宗教性的反应，面对有可能湮灭你的力量，你肯定会变得庄重而正式。谈到贝萨妮，你就会彻底丧失幽默感。

于是，你开始写毫无幽默感的故事，处理所谓的"重大议题"，因为好玩的长号手拿着三米长的杆子也不会去碰[1]重大议题。（"三米长的杆子"是个烂俗说法，吹长号的小子们想也不想就会套用，而你事事都讲求原创，绝对不会使用。）你认为成为作家的重点在于向贝萨妮表现出你有多么独一无二和特别，多么不同于有着相同情绪、做着相同事情的普罗大众。你认为成为作家就像身穿最有创意最有趣的衣服去参加万圣节派对。你决定要成为作家之后——当时你二十岁刚出头，做出了极其重大的决定，也就是去念"创意

1　原文为 wouldn't touch big social issues with ten-foot pole，意思是尽可能避开某物或不可能接近某物。

写作"的硕士——将自己投向相应的生活风格，养成所有的俗套习惯，做你认为作家必然做的事情，包括：参加附庸风雅的读书会；在咖啡馆消磨时间；穿一身黑；乌压压一片黑的衣橱只能用"后启示录／后大屠杀"这种词形容；喝最烈的酒，往往喝到深夜；买皮面精装的刊物；用沉甸甸的金属钢笔，从不用圆珠笔，更别说按钮笔了；抽烟，刚开始是普通人在加油站购买的普通牌子，后来是时髦的欧洲牌子，装在长条形的烟盒里，只能在高级烟草制品店和专卖大麻烟草等制品的商店买到。你觉得抽烟让你像个作家。在公共场合觉得有人在审视、估量或评判你的时候，抽烟让你有事可做。抽烟的功能相当于十五年以后的智能手机，就像社交护盾，觉得尴尬的时候就从口袋里掏出来摆弄。你几乎每时每刻都觉得尴尬，你为此责怪你的母亲。

　　当然了，你绝对不会写这些。你通常会避免所有的内省。你内心有些东西是你情愿无视的。你内心深处有一团烧熔的痛苦和自怜，想压制住那团东西，最好的办法就是不去看它，甚至不承认它的存在。你写作时从不写自己。绝对不写。你甚至无法迫使自己用第一人称写作。你只能写出阴郁、沉重和暴虐的故事，给你带来了或许拥有秘密的名声。你的过去搞不好埋藏着什么真正凶残的事情。你没有想办法去纠正这个误解。你有个短篇说的是个虐待成性的酗酒整容医生，他每天夜里喝得烂醉，用难以想象的残暴方式强奸他仅有十几岁的女儿，她高中的那几年差不多都被这种恐怖支配，直到有一天，女孩想出了杀死父亲的计划：从他的美容诊所偷肉毒杆菌，投入他喜欢吃的酒浸樱桃。几杯古典鸡尾酒下肚，父亲的身体彻底瘫痪，女儿叫来她在某些诡秘环境下认识的一个极其凶残的基佬变态狂，无数次地强奸她父亲，她父亲意识清醒地经历了这一切。在他得到了应有的惩罚之后，女儿割掉他的生殖器，让他流血至死，他在地下室里挣扎了三天，没有人能听见他的惨叫。

换句话说，你写的故事与你的生活毫无关系，甚至与你熟悉的事情都毫无关系。

写这些故事的时候，你真正在乎的只有一点，那就是贝萨妮读到了会有什么想法。你明白这些故事其实只是一场盛大而漫长的表演的一部分，唯一的目标是让贝萨妮对你产生特定的看法。让她认为你有天赋，有艺术气质，有头脑，有深度。让她再次爱上你。

此处的悖论在于，你从来没有向贝萨妮展示过你的任何一篇小说。

因为，尽管你和写作的群体厮混，上写作课程，打扮得像个作家，像作家一样抽烟，但归根结底你也不得不承认你写得实在不怎么好。你的小说在课堂上得到了半冷不热的反应，教师的回复缺乏热情，投稿的编辑扔回来成堆的匿名模板退稿信。最糟糕的莫过于一名教师在一次尖锐得令人痛苦的定期面谈中问你："你为什么想当作家？"

潜台词当然是：也许你不该当作家？

"我从小就想当作家。"这是你油腔滑调、敷衍了事的回答。这个回答不完全是真话。你并不是从小就想当作家，而是自从十一岁被母亲遗弃后才有这个念头，因为母亲出走前你的生活已经陌生得像一场梦，事实上或许本来就是。那一天可以说是你的重生日。

这种话你当然不会对老师说。这种话被你藏在心里，那是一道极深的伤口，只能用有关你的每一件真实的事物填满夯实，于是就没有真实的事物留在外面了。尤其是你母亲消失的那天清晨，塞在伤口的最深处，母亲问你长大了想做什么。你说你想当作家，母亲微笑，亲吻你的额头，说无论你写什么她都会读。因此，当作家就成了你和母亲之间的唯一联系通道，一条单向的通道，就像祈祷。你心想，假如你能写出非常了不起的作品，母亲读到之后，根据某些离奇的微积分算法，就会向她证明她不该离开。证明你足够好，她应该留下。

但问题在于，你写出来的东西达不到那个品质，甚至差得很远。尽管接受了全套训练，你依然缺少某种难以捉摸的要素。

"真实。"年终会谈时，你的导师建议道，你当时被叫到这间办公室来，因为你在毕业前还有一篇小说要写，导师孤注一掷地想让你明白你必须"写一些真实的东西"。

"但我写的是虚构小说啊。"你说。

"我不在乎你管它叫什么，"导师说，"总之你写点真实的东西。"

于是，你写了你人生中为数不多的真实事件中的一件。这个短篇里有一对孪生姐弟，住在芝加哥市郊一个有铁门的高级社区里。姐姐是小提琴神童。弟弟爱惹麻烦。他们紧张地坐在餐桌前，接受股票经纪人父亲专横视线的检阅，饭后去夜色下冒险，给邻居家的按摩浴缸慢性下毒，邻居是他们上的精英私立学校的校长。下毒的手法很简单：大量杀虫剂。但解释呢？弟弟为何要给校长下毒？校长做了什么事情，招致了这样的报复？

这个问题很容易回答，但很难写出来。

线索在几年前就拼了起来。你终于连接起了十一岁时无法连接上的那些散点。毕晓普为什么知道他那个年龄不该知道的事情，与性有关的事情。例如你们在池塘边度过的最后一个下午，他准确地用性交姿势贴在你身上——他为什么会知道？他为什么会知道该那么做？他为什么会想到用色诱校长来逃过打板子？他那些色情物品，那些恶心的宝丽来照片是从哪儿来的？他为什么会是个行动派？会变成校园霸王？会被精英学校开除？喜欢杀害小动物？

给校长下毒？

　　上高中的时候，一天早晨你走向学校，脑子里根本没有在想和毕晓普或那个死去的校长沾边的任何事情，但所有要点同时涌入脑海，就像神启一样，就好像大脑一直在偷偷地拼合碎片，你忽然醒悟了过来：毕晓普受过性侵，被猥亵。毫无疑问，这就是真相。凶手就是校长。

　　负罪感汹涌而来，猛烈得让你几乎站不稳。你一屁股坐在别人家的院子里，头晕目眩，瞠目结舌，错过了上午的前三节课。你觉得你就在草坪上被炸成了碎片。

　　你怎么会没有看出来？你完全沉溺于自己的小小戏剧里：你对贝萨妮的迷恋，为她在购物中心挑选礼物，当时仿佛是全世界最重要的难题，你沉溺其中，没有看见就在眼前上演的悲剧。这是感知力和同理心的巨大失误。

　　也许这就是你最终决定把它写出来的原因。在你写双胞胎的短篇小说里，你在学校里写的最后一篇小说里，你描述了校长如何性虐弟弟。你没有闪烁其词，也没有逃避。你写出了你想象中的事件经过。你写得很真实。

　　不出意料，同学们觉得它很无聊。到了这个时候，他们早就厌倦了你和你写的主题。又是个儿童受虐的故事，他们说，老掉牙了，跳过吧。但导师却不寻常地充满热情。他说这个故事拥有另一种特质，关乎人性、宽容、善意和情绪，你以前那些小说里缺少的就是这种东西。后来，在另一次单独面谈中，导师说：有个叫佩里温克尔的纽约大牌出版商在四处打听，寻找还不为人知的年轻天才，不如我把你这个短篇发给他看看？

　　这是你成为著名作家的最后一步。这是实现母亲离开后你立下的野心的最后一步：从远方打动她，赢得她的赞赏。想让贝萨妮再次注意你，意识到你拥有长号小子无法匹敌的优点，让她用你应该被爱的方式来爱你，这也是你需要做的最后一件事。

你要做的事情只是说"好的"。

选择说"好的"，请翻到下一页……

你说好的。你没有考虑这么做的长期后果。没有考虑过贝萨妮或毕晓普对隐私被如此侵犯会有什么感想。你想让拒绝你的人承认、赞扬和敬畏你，这种欲望彻底蒙蔽了你的视线，因此你同意了。好的，当然好。

于是，你的导师寄出那篇小说，接下来的事情发生得非常快。第二天，佩里温克尔就打来电话。他相当有说服力地告诉你，你是美国文学领域一个重要的新声音，他希望你加入一个只收录年轻天才作品的书系。

"我们还没想好名字，但考虑称之为'下一代之声'，或者直接'下一代'，甚至'青柠书系'。说来奇怪，很多营销顾问似乎非常喜欢这个名字。"

佩里温克尔雇了几个代笔写手润色这篇小说。"这种操作很正常，每个人都这么干。"他说，然后想办法安排它登上了一本塑造群众口味的重要杂志，你被封为"二十五岁以下最优秀的五位作家"之一。接下来，佩里温克尔以这个公关成果为杠杆，给你搞到了条件好得可笑的书约：二十五万美元，买一本你还没动笔的作品。这件事情在 2001 年年初见报，同时出场的还有当时的诸多好消息：信息超级高速公路，"新经济"时代，美国的发动机强有力地轰鸣着滚滚向前。

恭喜。

你已经是一位著名作家了。

但有两件事让你无法乐在其中。第一，母亲依然杳无音信。沉默得令人痛苦，甚至无法证明她读到了这篇小说。

第二，贝萨妮。她肯定读到了这篇小说，因为她终止了和你的联系。没有电子邮件，没有纸质信件，没有任何解释。你写信给她，怀疑是不是哪儿出了差错，然后猜测肯定有哪儿出了差错，请求她和你谈一谈，然后猜测出的差错无疑是你剽窃了她弟弟的人生故事，从中获取了巨大的好处。你尝试为自己正名，辩解说这么做是作家的特权，同时为你没有先和他们说清楚而道歉。没有一封信件等来了回应，最后萨缪尔终于明白了，你希望用那篇小说赢回贝萨妮，结果反而杀死了你曾经有过的全部机会。

接下来的那些年里，你没有贝萨妮的任何消息。在这段时间内，你也没有写出任何东西，不过佩里温克尔还是每个月打电话鼓励你，说他有多么期待你交稿。但你没有稿子可以交给他。你每天早晨醒来时都想写点什么，但就是写不出来。你说不清楚你的日子都去了哪儿，但肯定没有花在写作上。时间一个月一个月飞驰而过，但填充它们的是不写作。你用预付款买了一幢宽敞的新房子，但搬进去以后也没有写作。你利用你那一丁点儿名声在当地一所大学搞到了一个教职，教文学，但自己从不写作任何文学作品。倒不是说你遇到了瓶颈，而是你根本没有其他东西可写了。你写作的原因，你最初的激励因素，已经烟消云散。

后来，你终于再次收到贝萨妮的消息。2001 年 9 月 11 日下午，在她群发给上百个人的电子邮件里，她说："我没事。"

然后是 2004 年初春的一天，那一天原本平淡无奇，直到你打开电子信箱，看见有一封来自贝萨妮·福尔的邮件。第一段她说有一件非常重要的事情要告诉你，你的心脏怦怦乱跳，因为你觉得，她想向你坦白的事情，肯定是她对你怀着终生不变的深沉爱意。

但事实并非如此。读到第二段你就意识到了，第二段的第一句话重新砸开了你紧锁的心扉。"毕晓普，"她写道，"去世了。"

事情发生在前一年 10 月。伊拉克。一颗炸弹引爆的时候，他就站在旁边。她觉得很抱歉，因为她没有立刻告诉你。

你回信请她详细说一说。你得知，毕晓普从军事预科学校毕业后考进了弗吉尼亚军事学院，毕业后进入陆军，从最底层的士兵做起。谁也搞不明白为什么。他接受过的教育和训练足以让他直接当上军官，但他拒绝了。拒绝直接当军官似乎让他很高兴，他更愿意走一条更艰难更辛苦的道路。贝萨妮不知道原因。那时候她和毕晓普已经很少交谈了，他们早已疏远。近几年他只是偶尔在节假日才回家看看，只有在那种时候他们才会见面。他在1999年入伍，在德国风平浪静地待了几年，9·11后被派往阿富汗，一段时间后调往伊拉克。他每年只和家里联系几次，每次的邮件都简短如商务备忘录。贝萨妮成了一位非常成功的小提琴演奏家，经常写信给毕晓普，讲述她遇到的所有事情（她在哪座场馆演奏了，与哪位指挥家合作），但就是得不到回应。每次都要等六个月，她才会收到又一封冷淡的简短电子邮件，讲述他去了什么新地方，最后他总是一本正经地落款：美国陆军一等兵毕晓普·福尔敬上。

然后，他死了。

你花了很长时间感觉心中的哀痛，你觉得从某种程度上说，你和毕晓普的短暂友谊是你没能通过的一场考验。曾经有一个人需要帮助，你没有能够帮助他，而现在无论做什么都来不及了。你写信给贝萨妮表达你感觉到的哀痛，因为只有她才可能理解。在你写给她的所有信件中，大概只有这封信里没有耍任何小聪明，没有使用手段，也没有其他的动机，只有这封信你没有蓄意想让贝萨妮喜欢你，而是在诚挚地表达一种真切的情绪，也就是你觉得很难过。这封信融化了你和贝萨妮陷入冰河期的关系。她回信说，她也很难过。两人有了这个共同点，一种相同的哀伤，你们共同哀悼，时间一个月一个月过去，邮件的内容转向其他话题，你的悲伤逐渐减退。然后有一天，贝萨妮在落款前写上了"爱你的"，这是多年以来的第一次。你的心思和执着再次被点燃。你心想：我或许还有机会！你的爱意和欲望如潮水般涌了回来，尤其是2004年8月第一周的某天，她写信请你去纽约。她说你要是愿意的话，月底可以过来看看。她说到时候会有一场游行，穿过曼哈顿的主要街道。那是一场沉默的守灵仪式，悼念在伊拉克牺牲的士兵。活动会赶在于麦迪逊广场花园召开的共和党全国大会期间进行。你可以住在她家。

忽然间，你每晚无法入睡，内心激动不已，幻想再次见到贝萨妮的种种情形，你知道这是你重新赢得她的最后一次机会，你担心自己会再次搞砸。感觉就像掉进了一本小时候钟爱的"选择你自己的冒险"，现在轮到你每一次都做出正确的选择了。你脑子里只有一个念头，直到出发的那一天：到了纽约，假如你做对了所有的事情，就能得到这个姑娘。

选择去纽约，请翻到下一页……

你开车从芝加哥来到纽约，路上只在俄亥俄停车加油，在宾夕法尼亚过夜休息，你住进一家破旧的旅馆，但你太累了，其实没睡着。第二天，天都还没亮，你就开完剩下的路程，把车存进皇后区一家停车库，然后搭地铁进城。你走上地铁站的楼梯，来到上午阳光下人来人往的曼哈顿下城区。她住在自由街 55 号高层公寓的某一层，这幢建筑物离世贸中心只有几个街区，2004 年的此时此刻，你就在这个位置。两座摩天大楼如今只剩下地面上一个清理得干干净净的刺眼坑洞。

你绕着建筑物的边缘行走，经过卖油炸鹰嘴豆饼或糖霜果仁的街头小摊，贩子叫卖摆在毯子上的手包和名表，阴谋论者塞给你声称 9·11 是政府毒手或在世贸中心 2 号楼的浓烟中看见撒旦面容的小册子，游客踮起脚尖张望围栏的另一侧，举起相机拍照后查看照片，然后再拍一张。你经过所有这些，经过马路对面的百货商店，欧洲游客利用美元疲软和欧元猛涨，拎着塞满了牛仔裤和夹克衫的大包小包，你经过挂着无免费卫生间标牌的咖啡馆，沿着自由街向前走，一个拉着两个小孩的母亲问你"去'9·11'怎么走"。最后你终于到了，自由街和拿骚街的路口，贝萨妮住的那幢公寓楼。

你知道这幢楼的一切，你来之前查过资料。1909 年建成，曾是"全世界最高的小建筑"（因为宽度非常窄），地基深达五层楼，对这个尺寸的建筑物来说毫无必要，但 1909 年的建筑师还不完全理解摩天大楼这种建筑物，因此做得有些过头。它隔壁曾经是纽约商会，现在是中国台湾"中央"银行驻纽约代表处。隔着拿骚街是联邦储备银行的背面。这幢楼的第一批租户里有前任美国总统泰迪·罗斯福的律师事务所。

你走进正门，穿过一道铸铁大门，大堂金光闪烁，墙壁从天花板到地板都贴着抛光的米色石板，石板之间贴合得非常紧密，你根本看不见接缝。整个大堂显得无懈可击。你走向保安台，对坐在里面的男人说你找贝萨妮·福尔。

"姓名？"他问。你告诉了他。他拿起电话拨号。他盯着你，等待电话另一头的人接听。他的眼皮似乎很沉重，不知道是因为缺觉还是无聊。等待接电话的时间似乎有点长，以至于门卫的视线让你觉得不太舒服，你放弃和他对视，假装打量大堂，欣赏它一丝不苟的整洁。你注意到这里没有裸露在外的灯泡，所有光源都巧妙地隐藏在暗处和凹室里，因此大堂看起来不像有灯光照明，更像是本身正在发光。

"福尔小姐？"门卫终于问道，"有一位叫萨缪尔·安德森的先生来见你。"

门卫始终盯着你，始终面无表情。

"好的。"他挂断电话，在台子底下做了些什么事情，有可能是转动钥匙，也有可能是扳动开关，总之结果是电梯门开了。

"谢谢。"你说，但门卫没有理会你，而是盯着电脑屏幕。

选择上楼去贝萨妮的公寓，请翻到下一页……

上楼的时候，你开始琢磨你可以在走廊里等待多久，然后贝萨妮才会怀疑你是不是迷路了。你觉得你需要一小会儿时间镇定下来。你有一种内心被掏空的紧张感觉，就仿佛你的五脏六腑都落在了脚上。此刻你浑身冒汗。你想说服自己，你产生这种感觉真是太愚蠢了，因为贝萨妮而紧张成这样，实在太愚蠢了。你和她只做了三个月的朋友。当时你只有十一岁。太傻了，简直滑稽。这么一个人怎么可能对你有任何影响力呢？你的生命中有那么多人，为什么这个人对你来说如此重要？这就是你对自己说的话，对于你肚子里的那场暴乱来说，这些话几乎毫无用处。

电梯停下，门打开。你以为会见到一条走廊或通道，就像旅馆那样，但门外是一间阳光明媚的公寓客厅。

唉，当然了。整个楼层都属于她。

走向你的人绝对不是贝萨妮。是个男人，与你年龄相仿，二十七八岁，也许三十岁出头。熨烫过的白衬衫，细长的黑领带。他腰杆挺直，眼神苛刻而专横，戴着一块看上去很贵的手表。你们彼此打量片刻，你正想说你大概是走错公寓了，却听见他说："你肯定就是那位作家。"说到句尾的作家，他改变了音调，因此这两个字带上了特定的色彩，仿佛他不认为作家是个真正的职业，因此他的语气就像一个人在说"你肯定就是那位灵媒"。

"对，就是我，"你说，"对不起，我在找——"

话音未落，她出现在了男人的肩膀背后。

"贝萨妮。"

有一瞬间，你仿佛忘记了她的长相，她塞在信件里的照片似乎没有存在过，你也没有在网上掘地三尺地寻找各种宣传照片、音乐会照片和庆功酒会偷拍照（贝萨妮站在某个富有的赞助人身旁，微笑，拥抱），就好像你只拥有她在房间里练习小提琴的记忆——

她以为只有她一个人，实际上你却在屋角偷窥，那时候你还是个孩子，你爱她爱得如痴如醉。出现在公寓里的贝萨妮是多么符合幻象中的她啊，依然是那么不动声色、镇定自若和充满信心——那么正式，即便是此刻，她大步走向你，给你一个柏拉图式的拥抱，亲吻你的面颊，就好像她亲吻的是成百上千的朋友、乐迷和祝贺者：算不上真正的吻，只是一个概念，落在你耳朵附近的空气中，还有她说话的语气："萨缪尔，介绍一下，这是彼得·艾奇逊，我的未婚夫。"就好像这件事没有任何奇怪之处似的。她的未婚夫？

彼得和你握手。"久仰久仰。"他说。

然后贝萨妮带你参观公寓，你觉得自己是全世界最傻的傻瓜。你尽量听她说话，假装你对这套公寓很感兴趣，公寓四面都有窗户，因此向西你能看见世贸中心原址的施工设备，向南能看见华尔街。

"这是我父亲的公寓，"她说，"但他已经不来住了。他退休后就不来了。"

她原地转圈，对你微笑。

"知道吗，泰迪·罗斯福曾经在这里工作？"

你假装不知道。

"他刚走上职场的时候是个银行家，"她说，"就像彼得。"

"哈！"彼得说，猛拍你的后背，"谁前程更远大还很难说呢。"

"彼得和我父亲工作。"贝萨妮说。

"为你父亲工作。"他说。贝萨妮挥手叫他别谦虚。

"彼得在金融方面非常有天赋。"

"没有的事。"

"当然是真的！"她说，"他发现有个重要的数字，还是一个公式，还是算法，还是什么？总而言之就是人们经常使用的东西，他却发觉它有错误。亲爱的，你解释一下吧。"

"我不想让咱们的客人觉得无聊。"

"但很有意思啊。"

"你真想知道？"

你百分之百不想知道。你点点头。

"好吧，我不会说得太详细，"他说，"但事情和 C 比率有关。听说过吗？"

你不确定他说的是字母 C 还是别的什么同音词。你说："提点一下？"

"大体而言，投资者用这个数字预测贵金属市场的波动率。"

"彼得发觉它有错误。"贝萨妮说。

"在特定的情况下，在非常特殊的情况下，C 比率不再是个有效的预测数据，而是会落后于市场。就像……该怎么形容呢？就像一个人认为是温度计在让气温升高。"

"非常了不起吧？"贝萨妮说。

"因此，所有人都看着 C 比率投钱的时候，我却反过来投。剩下的就是业绩了。"

"不觉得他非常了不起吗？"

他们都看着你，等你开口。

"了不起。"你说。

贝萨妮对未婚夫露出微笑。她手指上的钻石只能用"壮观"二字形容，黄金戒指托起钻石的样子就像刚接住一颗界外球的棒球迷。

谈笑之间，你发现自己几乎不敢看贝萨妮，而是将注意力全放在彼得身上，因为你不想被彼得发现你在盯着贝萨妮看。看彼得不看贝萨妮是你在对他说，你来不是为了抢他的女人，因为你盯着贝萨妮看了好几分钟后才发现自己在这么做。另外，每次你看贝萨妮你都会大吃一惊，因为过去的照片没有一张让你为见到真人做好准备。就好比名画的照片永远缺乏某些本质上的美感，你亲眼见到名画时总是会看得瞠目结舌。

而贝萨妮确实美得可怕。童年时仿佛猫科动物的相貌已经长开了。眉毛像两个对钩，棱角分明的下巴，线条优美的颈部，绿色的平静双眼。黑色长裙一方面很保守，另一方面又露出后背。项链、耳环和高跟鞋的组合完美地定义了相得益彰。

"喝一杯好像有点早？"彼得说。

"我很想来一杯！"你说，或许有点过于投入，你发觉这个男人的未婚妻越是吸引你，你对他就越是逢迎，"谢谢！"

他说他去给你倒一杯最特别的好酒——"不是每天都有小时候的笔友登门拜访！"他说——他们最近去苏格兰时买的威士忌，得过好几个大奖，某本杂志给了它有史以来唯一的满分，任何人在酒厂之外的任何地方都买不到，酿酒的工艺和配方严格保密，已经传了十代——贝萨妮始终朝他微笑，活像个骄傲的母亲——他递给你一个酒杯，里面有不到三厘米深的稻草色液体，向你描述这种酒会怎么挂壁，旋转时会出现什么样的花纹，你如何通过细节分辨苏格兰威士忌的品质，还有透光度。他请你举起酒杯，看液体如何过滤光线，你照他说的做，出乎意料地看见了世贸中心深坑上方的塔吊，经过液体的扭曲变形，塔吊的线条变得摇曳不定。

"很美丽，对吧？"彼得说。

"确实如此。"

"尝一尝，告诉我味道如何。"

"什么？"

"我想听一听作家的形容，"他说，"因为你那么擅长玩弄字词。"

你努力琢磨他是不是在挖苦你，但你看不出来。你尝了一口威士忌。你能说什么呢？就是威士忌的味道，非常强烈的苏格兰威士忌的味道。你搜肠刮肚寻找能够用来形容威士忌的字词。你想到了泥煤，但你不太确定它的意思。只有一个足够准确和模糊的词语跳进脑海：浓。

"味道很浓。"你说。彼得大笑。

"浓？"他说，再次大笑，笑得更凶了。他望向贝萨妮，说："他说它很浓。哈！笑死我了。浓。"

那天上午剩下的时间差不多都是这样。贝萨妮用半真不假的趣闻款待你，彼得想方设法大肆描述他们购买的物品是多么独特而高贵。比方说他们买的咖啡，全世界最少见的品种，由一种苏门答腊的猫科动物吃下去再排泄出来。彼得声称这种动物天生会挑选最好的咖啡，而消化过程提升了烘烤后的口味。还有他的袜子，由意大利女裁缝手工编织而成，她也为教皇制作袜子。还有客卧的床单，织物密度达到了四位数，埃及棉布相比之下就像砂纸。

"大多数人并不注重生活中的小细节，"彼得说，搂着贝萨妮，一条腿跷在咖啡桌上，三个人坐在真皮组合沙发上，沙发放在阳光好得夸张的公寓的正中央，"但那种生活对我来说完全不可想象。明白吗？你是说，一个普通的小提琴手和贝萨妮之间有什么区别？区别就在小细节上。我认为这就是她和我能够这么理解彼此的原因。"

他捏了捏贝萨妮的胳膊。"太对了！"贝萨妮对他微笑。

"那么多人把生活过得那么快，从不慢下来享受生活，也不懂感恩。知道我相信什么吗？我相信你应该欣赏每一个季节的变化。呼吸空气，喝酒，品尝水果。知道这话是谁说的吗？是梭罗。我在大学里读过《瓦尔登湖》。我心想，对啊，过好每一天，明白吗？

享受生活。对了"——他看一眼手表——"我得走了。两小时后在华盛顿开会，然后去伦敦。你们两个嬉皮士享受你们的抗议吧。我不在的时候别推翻政府。"

彼得和贝萨妮飞快地互相吻别，彼得穿上外衣，匆匆忙忙地出门，终于只剩下了你和贝萨妮，贝萨妮望着你。还没等你问笔友是什么意思，她就叫道："我看咱们该出发了！我打电话给司机！"语气过于狂躁，消灭了所有认真谈话的念头。你希望和她在去抗议现场的车上一对一敞开心扉地谈一谈，但你坐进了凯迪拉克"攀登者"越野车的后排座位，贝萨妮几乎一路上都在和司机聊天。司机是个年纪比较大的男人，满脸皱纹，名叫托尼，你得知他是希腊人，有三个女儿和八个孙子孙女，都过得不错，很不错，因为贝萨妮坚持要听他一个一个报告近况：人在什么地方，最近做什么，事业情况如何，等等等等。快到第34街的时候，托尼没有更多的后代可以聊了，所以他的话自然而然地说到了尽头。沉默只持续了一瞬间，贝萨妮随即打开了车顶下拉式的电视，调到新闻频道，节目里有关共和党全国大会和相关抗议的报道已经说了一大半，她说："你能相信吗，他们居然这么说我们？"剩下的那段路，她要么抱怨报道如何不公，要么在手机上打字。

新闻报道确实令人惊愕。记者说参加抗议的你和你的同类都是非主流的边缘群体，不知道从哪儿冒出来的人，满腹牢骚，故意煽动别人干坏事的破坏分子，队伍里弥漫着抽大麻叶的烟雾。电视上播放着1968年时芝加哥的情景：一个孩子对着旅馆窗户扔砖头。接着，记者开始推测抗议对核心地区摇摆选民会有什么影响。他们的看法？核心地区摇摆选民会非常讨厌这种行为。"俄亥俄州的普通选民不会响应这种事，"说话的不是主播也不是记者，而是一个中间类型的那种人——观点持有者。"要是最终以暴力收场，"

他继续道，"要是1968年芝加哥的情况在纽约重演，我敢打赌共和党会再次从中得利。"

　　与此同时，贝萨妮一直在玩手机，演奏小提琴的手指在小小的键盘上飞舞，发出的细微声音像是隔着耳塞听踢踏舞。她全神贯注，没有注意到你在盯着她，也可能根本没有理会你的视线，你望着她的侧影，望着用来在演奏时顶住小提琴的那个硬结，一团仿佛花椰菜的老茧，她浑身上下唯一不光滑的地方，苍白的疤痕组织上有一些暗棕色的斑点，这个丑陋的东西附着在她身上，那是她毕生音乐生涯的产物，让你想起你母亲离开前不久说的话。她说，你爱得最深的东西有朝一日会给你带来最严重的伤害。你们来到了目的地，中央公园的大草坪，今天游行的集合场地，贝萨妮把黑莓手机塞进包里，抢先下车，你意识到你的愿望不可能实现了，你不可能得到与她亲密相处的时间了，你的心直往下沉，现在你只想离开纽约，接下来隐姓埋名生活十年，你意识到你母亲说得对：我们爱得最深的东西最能够伤害我们。那是因为我们对它们的贪欲。

　　选择跟着贝萨妮走进公园，请翻到下一页……

棺材已经就位，正在等待你。

宽阔的绵羊草坪上，一千口甚至更多的棺材在簇生的草坪上摆成一张巨网。

"这是什么？"你问，望着眼前令人不安的景象，成百上千口披着星条旗的棺材，人们在棺材之间走来走去，很多人在拍照或者对着手机说话或者玩踢沙包。

"我们的示威活动啊。"贝萨妮说，像是没有任何值得大惊小怪的。

"和我想象中不一样。"你说。

她耸耸肩，挤过你，走进人群，走进公园，走向棺材。

最奇怪的地方莫过于见到棺材周围有着最常见的公园活动。比方说一个男人在遛狗，狗挣扎着凑到棺材旁边，闻了几下，看见的人已经提前惊恐起来：他难道要让狗在棺材上撒尿？结果他并没有。狗失去了兴趣，去其他地方解决生理需求了，但很难说这是男人的主意还是狗的主意。一个女人拿着手提式扩音器，很有官方组织人员的派头，她请所有人记住它们不只是棺材，而是尸体。把它们看作尸体，真的死在了伊拉克的士兵的尸体，因此请给予一些尊重。喃喃交谈声说明，她是在不怎么隐晦地提醒一些打扮得过于欢腾的参加者：一个剧团，身穿殖民时代的服装，打扮成制宪元勋，熟石膏脱模的头部比真人脑袋大十二倍；一群女人，身穿艳丽的红白蓝袍服，戴着洲际弹道导弹形状的系带式假阳具；许多美国总统乔治·布什模样的万圣节面具，画着希特勒的小胡子。所有的棺材上都盖着星条旗，看起来就像你在电视里见过的画面，特拉华州的某个空军基地，运输机从机尾卸下阵亡将士的棺材。三个没穿上衣的男人在玩飞盘，天晓得是不是活动的参加者。一个男人坐在草地上打字，笔记本电脑放在一口棺材上。拿扩音器的女人说每个人都可以领一具尸体，但假如你想领特定的某具尸体，请过去找她，她有一份表格。参加者收到过穿黑衣的通知，很多人遵守了规定。某处有人在敲鼓。第八大道上，刷着电视台显眼徽标的新闻转播车一字排开，在车顶伸向天空的天线就像一列黑松树。今天常见的标语有布什下台、逮捕布什和拿"布什"这个词开园艺或生殖器玩笑的双关语[1]。两个身穿比基尼的姑娘在晒日光浴，前去说服她们参加活动的人未能成功。几个男人在人群中兜售瓶装水，兜售反共和党的徽标、保险杠贴纸、T恤、马克杯、婴儿连体服、帽子、遮阳板和儿童绘本，书里藏在小孩床底下的怪物就是共和党人。附近肯定有人在抽大麻或者刚抽过大麻。毁灭布什，因为神憎恶地上的他，这种福音派标语让参加抗议的人群觉得不太舒服。一个打扮成山姆大叔的男人踩在高跷上，没人知道他为何这么打扮。沙包落地前平均会被踢三次。释放伦纳德·佩尔蒂埃[2]。一条横幅上写着这句标语。

"我们每人一具尸体！"拿扩音器的女人喊道，人们开始寻找自己的尸体，抬起棺材。许多人走来走去。玩飞盘的男人确实是来参加游行的，他们扔下飞盘，选择尸体。打扮成卡斯特罗的男人选好了，打扮成切·格瓦拉的男人选好了，衣服上写着列侬永生！的男人选好了。T恤上印着"干掉布什"的LGBTQ代表团选好了。整整一车大费城地区民主党青年团，每人一具尸体。一群人挥舞着"犹太人支持和平"的标语，每人一具尸体。纽约水管工1号公会，

1　英文中的bush除了代表姓氏布什，还有矮树丛和阴毛的意思。
2　Leonard Peltier，北美印第安原住民权益活动家。1977年，他因谋杀两名美国联邦调查局特工而被判刑，但该判决引起了极大争议，他的支持者坚称其遭受了政治迫害。

一具尸体。纽约城市大学的穆斯林学生会，一具尸体。身穿相同的粉红色舞会长裙的几个女人，问题（"为什么？"）和一具尸体。滑旱冰的小伙子，一具尸体。脏辫男人。神父。9·11遗孀，尤其是她。身穿迷彩服的独臂老兵，前排位置，一具尸体。你和贝萨妮，根据拿着扩音器的女人的表格，第三十排的一具尸体，没错，你们在那里找到一口棺材的侧面贴着写有"毕晓普·福尔"的标签。贝萨妮似乎没什么反应，只是轻轻抚摩棺材，像是在求好运。这时候，她望向你，哀伤地淡淡一笑，这大概是今天见面后你们分享的第一个真实的时刻。

这一刻结束得很快。你们所有人抬起各自的尸体。两个或三个或四个人一组，抬起你们的棺材。阳光灿烂，草地是绿色的，雏菊在开花，黑色的棺材点缀着宽阔的场地。一千口矩形的黑色木棺材。

棺材落在肩膀上。你们开始游行。你们全是抬棺人。

从这儿去共和党全国大会大概有三十个街区，中央公园里的棺材开始移动。吟唱随即开始。拿扩音器的女人喊叫着发号施令。游行者像岩浆似的缓慢地移动着，经过棒球场，来到大街上，经过顶着征服世界银球的那座摩天大楼。他们身穿黑衣，承受烈日的炙烤，但他们兴奋得喜气洋洋。他们在喊叫，在欢呼。他们离开中央公园，进入哥伦布圆环，立刻停下了脚步。警察严阵以待：路障，镇暴装束，胡椒喷雾，催泪瓦斯——炫耀武力，想在抗议开始前打掉参加者的气焰。人群踌躇不前，顺着第八大道向前望去，那是一条通往下城区的完美直线，两侧建筑物的高墙犹如分开的大海。警察将四车道减成了两车道。人群在等待。他们望着圆环中央的方尖碑，哥伦布的雕像站在最顶上，身穿飘拂的袍服，就像一名高中毕业生。第八大道向北的车流被截断了，面对抗议者的所有指示牌都显示请勿进入或此路不通。指示牌太多了，像是代表着什么重要的信息。

假如警察攻击你，请不要抵抗。这是活动组织者的指示，人群最前面拿扩音器的女人说。假如警察给你戴手铐，由他们去。假如警察想送你上警车、救护车、囚车，同样不要抵抗。假如警察用警棍和眩晕枪攻击我们，请不要抵抗、惊慌、还击或逃跑。我们的活动不能酿成暴乱。指示是一定要冷静，抬起头，时刻留意镜头。这是抗议活动，不是一场马戏。他们有橡皮子弹，被打中了会疼得要命。想一想甘地，和平与爱，禅宗似的心如止水。千万不要被胡椒喷雾喷中。请不要脱衣服。记住，要严肃。拜托，我们是抬棺人。这是我们要传达的信息。坚持我们的理念。

你抬着那口所谓的棺材的底部，贝萨妮在你前面，抬着象征性的棺材头部。你尽量不用这些字眼思考：底部，头部。你们抬着一口棺材：空的，没有重量。你们在等待，前方某处，海量人群缓缓向南蠕动。你们站立之处却是无风带，僵硬的手臂仿佛湖泊，棺材在上面微微起伏。你的内心充满冲突，充满彼此矛盾的冲动。你们扛着毕晓普的棺材，感觉很糟糕，点燃了你内心可怕的负罪感，你小时候没有能够拯救毕晓普的愧疚。还有另一种负罪感，因为这场活动可以算是贝萨妮弟弟的葬礼，而你琢磨的却是如何向她示爱。唉，天哪，你真是混蛋。你似乎能感觉到欲望悄悄爬进身体，然后慢慢死去。直到你再次看见贝萨妮，看见她裸露的后背，她肩膀上的汗珠，贴在脖颈上的几缕头发，肌肉和骨骼的棱角，脊椎的赤裸线条。她读着贴在棺材上的文字：毕晓普·福尔一等兵，2003 年 10 月 22 日牺牲于伊拉克。弗吉尼亚军事学院毕业，在伊利诺伊州溪林镇长大。

"没有写出他这个人。"她说，但不是对你说，不是对任何人说。更像是闪过脑海的念头，偶然间被说了出来。

但你还是回答了她。"对，"你说，"确实没有。"

"是啊。"

"应该提一句他有多么擅长《导弹指令》。"

轻轻一笑，似乎，是贝萨妮吗？你无法确定，因为她依然背对着你。你继续说下去："学校里的所有孩子如何爱他，仰慕他又害怕他，还有老师。他如何总是能够得到他想要的东西。他不费吹灰之力就成了众人视线的焦点。他让你做什么你都会心甘情愿地去做。你想取悦于他，尽管你不知道为什么。他就是有这种人格魅力。实在太巨大了。"

贝萨妮在点头，她望着地面。

"有些人，"你说，"一辈子就像一颗石子掉进池塘，连水花都溅不起来。毕晓普却像是在劈波斩浪，我们都活在他的尾迹里。"

贝萨妮没有看你，但她说："确实是的。"然后站得稍微直了一点。你怀疑她不看你是因为她正在哭泣，而且不希望被你看见，但你无法证实。

队伍动了起来，棺材开始行进，示威者开始吟唱。带头的拿着扩音器，跟着他们的几千人在唱歌，整齐划一地抬高嗓门，愤怒地举起拳头：嘿！嘿！嚯！嚯！

但吟唱随即崩溃，成了散乱的刺耳音节，因为人群不确定接下来该说什么，然后所有声音又重新聚集，喊出口号的最后一句：必须滚蛋！

什么必须滚蛋？完全是噪音。你同时听见了许多声音。有些人在喊共和党。也有人在喊战争。也有人在喊乔治·布什，迪克·切尼，钻井平台，种族主义、性别歧视，恐同。有些人似乎来自截然不同的多个阵营，他们在喊打倒以色列（镇压巴勒斯坦人），或者第三世界劳工，或者世界银行，或者北美自贸协定，或者关贸总协定。

嘿！嘿！嚯！嚯！

［听不清的杂乱叫声］

必须滚蛋！

没有人知道今天该喊什么口号。人群开始发泄各自胸中的怒火。

这都是抗议者来到第五十街附近某个地点之前的情形，抗议活动的反对者在这里沿街排成一列，向抗议者提出抗议，反而帮助参与此事的各色人等搞清楚了目标。抗议活动的反对者大声喊叫，挥动自制的标语牌。标语内容可谓修辞学的范例大全，从浅显直白的喊话（投票给布什）到机敏的讽刺（共产主义者支持克里[1]！），从滔滔不绝（战争从来没有解决过任何问题——除了终结奴隶制、纳粹、法西斯和种族屠杀）到吝于言辞（只有一张图片：蘑菇云叠加在纽约市的天际线上），从呼吁爱国（支持我们的大兵）到诉诸宗教（上帝投票给共和党）。也是在这个地点，各家新闻电视台架起摄像机，因此这场活动——从中央公园到麦迪逊广场花园的游行示威——将出现在今晚的荧屏上，简短的镜头里，半个画面由抗议者占据，另外半个是抗议活动的反对者，双方的态度都很差，用毫无关联的话语互相攻击，一方管另一方叫"叛徒！"，另一方回呛"耶稣会轰炸谁？"。整个场面只会显得很难看。

这将是抗议活动中最令人兴奋的遭遇战。所有人都担心警察的镇压，事实上却没有发生。抗议者会待在狭窄的言论自由区内。警察会茫然地望着他们。

说也奇怪，情况变得明朗之后，部分抗议者的激情似乎一瞬

1　John Kerry，2004 年美国大选民主党总统候选人，败给了竞选连任的乔治·布什。

间耗尽了。队伍逐渐退潮，你开始看见棺材被扔在街上，战死沙场的士兵再次牺牲。也许只是因为天气太热，也许因为要求太高，扛着木箱走那么远的路。贝萨妮只是一声不响地向前走，默然走过一个又一个街区。此刻你已经记住了她的背部轮廓，她肩胛骨的形状，她后脖颈的几小团雀斑。她的棕色长发有点打卷，末梢处略略弯曲。她穿平底芭蕾鞋，后跟有两道系带鞋留下的印痕。她不说话，也不吟唱，只是一步一步向前走，格外挺拔而端庄的姿态依然如故。每走一两个街区，你的一只手就开始酸痛抽筋，于是换上另一只手，她甚至没有换手。棺材对她似乎毫无影响，无论是三合板的粗糙边缘还是重量，这些在刚开始似乎没什么了不起的，但走了几个小时之后，你就觉得不那么轻松了。手掌的筋腱发僵，前臂的肌肉酸痛，胸腔后像是拧成了一个结——所有的痛苦都来自这个薄木板钉成的空箱子。并不怎么沉重，但时间久了，任何重量都会变得难以承受。

　　游行终于来到终点。扛着棺材走了这么远的参加者将棺材放在麦迪逊广场花园底下，共和党全国大会正在决定总统候选人提名。象征的意义不难解读：共和党要为挑起战争负责，也要为阵亡将士负责。棺材堆积的景象令人不安。一百口棺材覆盖了街道。两百口棺材仿佛墙垒。棺材很快就堆得太高了，游行者举起棺材放在他们自己够不着的地方，棺材像儿童积木似的越堆越高，岌岌可危地保持平衡，偶尔有几口棺材滑下来，倾斜着落在地上。整个场面开始像是临时堆起来的路障，你会想到《悲惨世界》中的场景。堆了大约五百口棺材之后，景象有了乱坟场的感觉，你再鹰派也会觉得非常不舒服。参与者继续堆积棺材，向共和党奉上各自挑选的口号，朝巨大的圆形剧场喊叫和挥舞拳头，场馆位于游行终点线的另一侧，市政府批准的许可规定了这条界线，从它另一侧严阵以待的安保措施就看得出来：钢铁围栏，装甲车，镇暴特警手挽手摆出阵势，免得你忘记了界线的存在，你们的言论自由区在哪里结束。

你和贝萨妮将棺材放在棺材堆里，动作非常轻柔。没有随随便便扔下它，也没有声嘶力竭地喊叫。你们将棺材轻轻地放在地上，听着周围的嘈杂声音。你们和其他抗议者，数以千计的你们，就一场示威活动而言人数颇为可观，但在正在电视上看着你们的观众数量面前就算不上什么了，某家有线新闻台将游行终点的现场信号用作外景画面，放在屏幕左侧的一个小方格里，右边还有几个更小的方格，政论家们的脑袋在争辩你们刚完成的抗议是会对你们造成反作用还是没有任何意义，你们的行为是叛国还是资敌，你们的画面底下有一行亮黄色的文字：自由主义者利用阵亡士兵达到政治目的。示威活动帮助这档新闻节目大获成功，取得了9·11以来最高的收视率，观众人数高达一百六十万，虽然比起今晚将会收看这个电视网播送的真人歌唱秀的一千八百万家庭来说算不上什么，但对于非付费频道来说已经是个很不错的成绩了，下一季度他们的广告投放率将因此提升十个百分点。

另一方面，贝萨妮几小时来第一次望向你，说："咱们回家吧。"

和贝萨妮一起回家，请翻到下一页……

　　以上似乎不是一个"选择你自己的冒险"故事，因为你还没做过任何选择。

　　你和贝萨妮待了一整天，听她那个讨厌的未婚夫喋喋不休，让她带你去参加抗议活动，跟着她走进公园，跟着她穿过整个曼哈顿下城，此刻她拦了一辆出租车，你跟着她坐进车里，一声不吭地跟着她往南驶去她奢华的公寓，你还没有做过哪怕一个有意义的决定。你没有选择你自己的冒险，冒险已经为你选好了征程。就连来纽约这个决定也不算真正的决定，更像是本能和冲动驱使下的应承。既然你根本没有考虑过不答应，那怎么能够算是"决定"呢？结果已经存在，避无可避地等着你，那是这么多年渴慕、期待和痴迷的总和。你甚至没有决定过自己会过上这样的人生，人生只是自己变成了这样而已。发生在你身上的事情塑造了你，就好像峡谷无法决定河川应该如何改变它的形状，只能放任自己被水流切割。

　　但也许有一种决定是你自己做出的，那就是每分钟都在不断做出的低阶战术决定，你决定要表现得多多少少正常一些，而不是热血上头忽然大吼"你他妈犯了什么毛病？"或"别嫁给彼得·艾奇逊！"或"我仍旧爱着你！"，更大胆更浪漫的男人或许会这么做，但对你来说似乎不太可能。这种行为违背你的天性。你永远不可能像那样掀翻桌子，永远不可能像那样吐露心声。你最大的梦想始终是彻底从人们的视野中消失，隐形，变成一块石头。你从很久以前就学会了隐藏你最强烈的情绪，因为触发哭泣的正是它们，没有任何事情能比在大庭广众之下哭泣更糟糕的了。

　　因此，你没有尝试将贝萨妮拖出她那种沉默、冷漠和令人愤怒的恍惚状态，你没有向她宣布你的爱意，你甚至没有觉察到这也是一种选择。你就像远古的洞穴画师在三点透视法发明前绘制二维动物，超出自己狭隘的维度，你就不可能再有任何行动。

　　但到了最后，你还是将不得不做出选择。你正在接近这个选择——你越来越接近这个选择，自从贝萨妮碰到写着她弟弟名字的那口棺材，你抵达她家后见到的那个神经质女人就消失了，她变得沉默、内敛和非常非常疏远。你们回到她宫殿般的公寓，她径直走向卧室，你以为她去睡觉了，她就是那么冷漠。然而，几分钟后，她回来了，换了一条长裙，从黑色换成黄色，时髦轻薄的夏装。她手里拿着一个信封，走到厨台前放下。她打开几盏灯，从专门储存葡萄酒的恒温柜里取出一瓶酒，问："喝一杯？"

　　你同意了。窗外，金融区在夜色中熠熠生辉，整幢整幢的办公楼亮着灯却空空荡荡。

　　"彼得的办公室在那幢楼里。"贝萨妮说，指给你看。你点点头。你对此无话可说。

　　"他确实很受器重，"她说，"我老爸提到他就赞不绝口。"

　　她停下了，望着手里的酒杯。你端起酒杯喝了一口。"对不起，我没有告诉你我订婚了。"她说。

　　"不关我的事。"你说。

　　"我也是这么对我自己说的，"她抬起她那双绿眼睛，再次看着你，"但并不完全是真的。你和我，我们的关系……很复杂。"

　　"我不知道我和你算是什么关系。"你说。她微笑，靠在厨台上，夸张地喟然长叹。

　　"有人说双胞胎里死了一个，另一个能感觉到。"

　　"听说过。"

　　"不是真的，"她说，喝了一大口葡萄酒，"我什么都没感觉到。我们知道的时候他已经死了好几天，我没有任何感觉。哪怕是后来，过了很久，哪怕是在葬礼上，我也没有其他人认为我应该有的感觉。我说不清。我猜我们大概就是疏远了吧。"

"我一直想写信给他，但终究还是没写。"

"他变了。他去上军校，完全变成了另一个人。不再打电话，不再写信，放假也不再回家。他消失了。他在伊拉克待了三个月，我们才知道他在那儿。"

"他大概很高兴能远离你父亲,但他想远离你还是让我非常吃惊。"

"我们从彼此的生活中消失了。我不知道是谁先开始的，但有段时间假装另一个人不存在反而更简单。我一向讨厌他利用别人，还有他逃过了多少惩罚。他一向厌恶我的天赋，还有成年人提到我就滔滔不绝。所有人都认为我是双胞胎里比较优秀的一个，而他是完蛋的一个。我们最后一次见面是在他的毕业典礼上。我们有礼貌地握手。"

"但他很爱你。我记得清清楚楚。"

"我们之间发生了一些事情。"

"什么事情？"

贝萨妮望向天花板，抿紧嘴唇，寻找合适的字眼。

"他受到过，呃，你明白的，性侵，很有可能。"

"哦。"

她走到一扇落地窗前，望向窗外，背对着你。她的面前，灯火辉煌的曼哈顿下城——在夜晚的这个时刻陷入沉寂——就像火焰熄灭后焖烧的余烬。

"是那个校长？"

贝萨妮点点头。"毕晓普不知道为什么被盯上的是他而不是我。后来他对我越来越刻薄，暗示说我为此感到庆幸。就好像那是我和他的一场竞赛，而我占了上风。每次我获得了任何一点成就，他就要提醒我说我的生活有多么轻松，因为我不需要应付他不得不应付的那些事情。这当然是真的，但他借此贬低我。"她转身望着你，"你觉得他的说法有道理吗？唉，我这个问题似乎自私得可怕。"

"并不自私。"

"不，我很自私。后来我差不多能够忘记它了。他去上军校，我们逐渐疏远，我觉得解脱了。有好几年我完全置之不理，就好像从来没有发生过。直到一天——"

她在你面前垂下头，看着你的表情让你瞬间明白了。

"你置之不理，"你说，"直到我的小说发表的那一天。"

"对。"

"我感到非常抱歉。"

"读你的小说就像意识到一场噩梦并不是梦。"

"我真的非常抱歉。我应该先请求你们的许可。"

"而我心想，上帝啊，你和我们只相处了短短几个月。连你都这么清楚地意识到究竟发生了什么，我岂不是一个非常糟糕的人？因为我假装什么都没有发生过。"

"我到很久以后才明白。当时并不知道。"

"但我当时就知道。我却什么也没有做，没有告诉任何人。我对你很生气，因为你把这堆烂事儿又刨了出来。"

"可以理解。"

"恨你比自责更容易，因此我恨你恨了好几年。"

"然后呢？"

"然后毕晓普死了。我整个人都麻木了。"她低头望着酒杯，用指尖轻抚杯沿，"就像你去看牙医，他们给你打了一针特别厉害的止痛药？你觉得挺好，但你确定在表面之下你还是很痛苦。只是那份痛苦没有进入你的意识。生活就给我这种感觉。"

"从那之后一直如此？"

"对。让音乐变得很奇怪。音乐会结束后，人们对我说我的演奏如何感动了他们。但对我来说音乐只是音符。他们听见的情绪只存在于音乐中，而不是在我身上，就像照着菜谱烹饪。这就是我的感觉。"

"彼得呢？"

贝萨妮大笑，抬起胳膊，你们两个人长久地望着半空中的钻石，厨房的筒灯照得它闪闪发亮，内部蕴含着几百万条细小的彩虹。

"很漂亮，对吧？"

"很大。"你说。

"他求婚的时候，我并没有感到高兴，不如说悲伤。非要我形容一下的话，大概就是一个人激起了别人兴趣的那种感觉。他的求婚感觉起来确实很有趣。"

"好像没什么诗意，是吧。"

"我认为他求婚仅仅是为了把我拉出抑郁，但结果适得其反。抑郁变得更加严重，因为我似乎无法摆脱那种情绪。现在彼得只能假装它不存在，大部分时间都待在其他地方，比方说伦敦。"

贝萨妮再次斟满酒杯。窗外，月亮爬上了布鲁克林参差的轮廓线。闪烁的彩灯排成一行穿过天空，飞机落向南边的肯尼迪机场。贝萨妮的厨房里有一幅非常小的公牛油画，很可能是毕加索的真迹，而不是复制品。

"你还恨我吗？"你问。

"不，我不恨你，"她说，"我对你没有任何感觉。"

"好吧。"

"你知道毕晓普根本没读过你那篇小说吗？我没有告诉他。我代替他恨你恨得咬牙切齿，但他根本没读过。不觉得很好玩吗？"

你因此松了一口气。毕晓普始终不知道，他的秘密对你来说不是秘密，至少他直到最后还保留了他的隐私。

"我很高兴。"你答道，没有继续说下去。

贝萨妮拿着瓶颈拎起酒瓶，她走进客厅，沉重地坐进沙发，连灯也没有开，只是在朦胧的黑暗中瘫坐下去，你没有看见她坐下，只是听见了昂贵的皮面的吱嘎声响（你猜是鳄鱼皮），所以知道贝萨妮坐在了它上面。你坐到她对面，就是今天早些时候你坐过的那张沙发，你曾经在那里倾听亢奋的贝萨妮和彼得模拟一段快乐的关系。公寓里唯一的光线来自厨房里的两盏小灯，还有从附近摩天大楼窗户映过来的灯光，总之不足以让你看清任何东西。贝萨妮开口了，声音像是来自虚空。就仿佛你们围着篝火交谈，你看不见与你交谈的人的面容。贝萨妮问你芝加哥怎么样。你的工作怎么样。你具体做什么工作。你喜不喜欢。你住在哪儿。你的家是什么样子。你的娱乐活动是什么。你回答她所有的闲聊问题，你说话的时候，她又给自己斟了一杯酒，然后又一杯，咕咚咕咚地大口喝酒，在你叙述的关键时刻说"嗯哼"应和着。你说工作挺好，除了学生难缠，他们毫无进取心，还有管理层，他们残酷无情，还有地理位置，学校位于百无聊赖的城郊，这么仔细一想，你其实并不怎么喜欢你的工作。你说你住的屋子有个后院，但你从来不用，花钱请人除草。有时候附近的孩子跑过你家后院，玩各种各样的游戏，你觉得无所谓，认为这是你对社区做出的贡献。除此之外，你对邻居一无所知。你在尝试写一本已经拿了稿酬的书，但你同样遇到了某种动机的问题。她问你这本书讲什么，你说："我也说不清。家庭？"

贝萨妮打开第二瓶葡萄酒，你能感觉到她在为某事积蓄力量，这件事需要勇气，喝酒有所帮助。她开始回忆，谈论旧日时光，你们小时候如何玩电子游戏，在树林里嬉闹。

"你记得你最后一次来我家吗？"她问。你当然记得。那天晚上你亲吻了她。你母亲离开前你最后一次由衷地感到喜悦。但你没有这么回答，你只是说："记得。"

"我的初吻。"她说。

"也是我的。"

"房间很暗，就像这里，"她说，"我看不清你。但感觉你离我非常近。你记得吗？"

"我记得。"你说。

贝萨妮站了起来——沙发告诉你她的动作，皮面的噼啪变形声，填充物恢复原状的轻微吸气声——她走到你身旁坐下，接过你手里的酒杯放在地上，她离你非常近，一侧膝盖贴着你的大腿，你开始理解她不开灯和喝酒的原因了。

"就像这样？"她说，她的脸凑近你的脸，她在微笑。

"比这儿更暗。"

"我们可以闭上眼睛。"

"确实可以。"你说，但你并没有。

"你离我大概就是这么远。"她说。你们的面颊差不多贴上了，你能感觉到她的体温，她头发散发的薰衣草香味。"我当时不知道该怎么做，"她说，"我只是伸出嘴唇，希望这么做没错。"

"完全没错。"你说。

"很好。"她说。她停顿了一秒钟，你不敢做任何事和说任何话，不敢移动或呼吸，觉得这个瞬间由空气构成，遇到最轻微的刺激就会分崩离析。你的嘴唇离她的嘴唇只有差不多十厘米，但你不敢贴上去。你和她之间的距离必须由她主动消解。她耳语道："我不想嫁给彼得。"

"你不是非得嫁给他不可。"

"你愿意帮我不嫁给彼得吗？"

选择帮助她不嫁给彼得，请翻到下一页……

　　于是，你终于亲吻了她，你内心深处的解脱感仿佛洪水决堤，还有你所有的痴迷、爱慕、担忧和悔恨，还有这个女人给你带来的无数种烦恼，还有因为无法让她爱你而产生的所有折磨和自我厌恶，它们似乎在这一瞬间粉碎。感觉就像你一直抱着一面玻璃墙不敢放开，但此刻你意识到松手也没什么大不了的，然后它就倒下了，它在你四周倾覆和粉碎的势头令你震惊——贝萨妮亲吻你，你克制住自己，你没有惊退，她用双手拉近你，你小时候亲吻她的感官记忆摧枯拉朽地淹没了你，当时你惊讶于她的嘴唇是那么干燥，你不知道该怎么做，只会把脸贴上她的脸，当时亲吻还不是一个里程碑，而是命运的终点。但现在你们都是成年人，都拥有了相关的经验，都很清楚该如何亲近另一具躯体——也就是说你们知道亲吻有时候是一种沟通手段，此刻你们在告诉对方的是你们都很想要更多。因此，你贴近她，双手绕过她的腰部，手指抓住长裙的轻薄织物，她揪住你的衣领，把你拉得更近了，你们还在亲吻，深深地、狂野地彼此品尝，你意识到自己意识到了这一点，你似乎能够集中精神同时关注所有的事物和感受所有的情绪：你的双手和她的皮肤和你的嘴唇和她的嘴唇和她的手指和她的呼吸和她的身体如何回应你的身体——它们不像是孤立的感觉，而是某种更巨大的感觉的许多层次，这样的意识漂移有可能在你和另一个人耳鬓厮磨时发生，一切都非常顺利，就仿佛你完全知道另一个人想要什么，能感觉到她的情绪震颤着流淌过她的身体，就好像它们也震颤着流淌过你的身体，就好像你们的身体边缘暂时消失，变成了没有界限的物体。

　　这就是你的感觉，这种无边无际的辽阔感，因此当贝萨妮突然惊起，撤身后退，抓住你的双手，阻止它们进一步的行动，说"等一等"时，你才会受到那么巨大的震撼。

　　"什么？"你说，"怎么了？"

"没什么……对不起。"她继续后退,完全离开你们的身体纠葛,蜷缩在沙发的另一侧。

"发生什么了？"你说。

贝萨妮摇摇头,用她那双哀伤、可怕的眼睛看着你。

"我做不到。"她说,你内心深处的感觉只能用直往下沉来形容。

"咱们可以慢慢来,"你说,"慢慢来,没关系的。"

"对你不公平。"她说。

"我不介意。"你说,希望没有泄露你内心那么巨大的绝望感,因为你知道,假如都走到这一步了,你还是拿不下这个姑娘,你会彻底四分五裂,你将永远无法恢复原状。"我们不需要非得做爱不可,"你说,"咱们可以,呃,我说不准,悠着点儿。"

"做爱不是问题,"她说,大笑,"做爱我没问题,我愿意。但我不知道你想不想。或者更准确地说,以后想不想。"

"我想的。相信我。"

"有些事情你并不知道。"

"什么事？"

贝萨妮站起身,抚平长裙,这个姿态应该意味着冷静和得体,非常认真地中断了沙发上的情欲戏码。

"有一封你的信,"她说,"在厨房台子上。毕晓普写给你的。"

"他写过信？写给我？"

"他死后几个月陆军交给我们的。他写信是为了预防不测。"

"他也写给你了吧？"

"没有。他只写给了你一个人。"

贝萨妮转过身,缓缓地走向卧室。她又恢复了她那独特的谨慎姿态:完全挺直,每一个动作都那么沉着和果断。她拉开卧室门,忽然停下,扭头望向你。

　　"听我说，"她说，"我读过信了。对不起，但我确实读了。我不知道信里在说什么，你也不需要非得告诉我，但我想告诉你，我读过了。"

　　"好的。"

　　"我待在房间里，"她朝卧室摆摆头，"读过信之后，假如你还想进来，我没问题。但假如你想离开"——她停顿片刻，转过去，垂下头，似乎望着地面——"我也能理解。"

　　她走进黑暗的卧室，房门随后关闭，发出轻柔的咔嗒一声。

　　选择读那封信，请翻到下一页……

　　一等兵毕晓普·福尔坐在布莱德利装甲车里，下巴顶在胸口，睡得正香。他在一个小车队的第二辆车里，这个车队共有三辆装甲车、三辆军用悍马和一辆补给卡车，排成一列驶向一个村庄。他们不知道这个村庄叫什么，只知道武装分子最近绑架了村长，在电视上直播了斩首。让车队里的士兵觉得怪异的不仅是处决有电视直播，更是判决用斩首这种方式杀人。感觉像是来自另一个时代的死刑，从黑暗年代召唤来的邪灵。

　　三辆装甲车和三辆军用悍马能运载大约四十名士兵，补给卡车上还有两名士兵，外加饮用水、汽油、弹药和几百盒 MRE（野战口粮）。MRE 盒子上有一张密密麻麻的成分表，那些名字复杂的营养物质让许多士兵声称 MRE 对身体健康造成了极大的威胁，仅次于斩首和 IED（简易炸弹）。有个很流行的游戏，是猜一种化学物质来自 MRE 还是炸弹。山梨酸钾？答案：MRE。焦磷酸二钠？答案：MRE。硝酸铵？答案：炸弹。硝酸钾？答案：都有。他们会边吃饭边冷嘲热讽地玩这个游戏，但不会在乘着装甲车去一小时车程外的村庄的路上玩。乘车出任务的路上，他们做的事情主要是睡觉。他们最近二十四小时轮班，因此在装甲车的铁板保护下休息一小时就像进天堂暂时歇脚。因为它通体漆黑，是军营铁丝网外唯一的安全场所。布莱德利装甲车全速前进时的声音就像脆弱的木板过山车开到了两倍音速，但士兵戴着耳塞，所以感觉既惬意又安全。所有人都喜欢它。只有一个叫老吐的家伙除外，没人记得他的真名，因为他的绰号早就定了下来，他每次坐上装甲车都会躲在最后面呕吐，起因是晕车。所以大家给他起了个绰号叫"吐满天"，很快变成了"小吐"，最后无可避免地成了"老吐"。

　　老吐今年十九岁，短发，身材精瘦，肌肉发达，比他在家的时候轻了不到七公斤，有时候会忘记刷牙。他来自一个乡下地方，没有人对那儿有深刻的印象（大概在内华达还是内布拉斯加？）。这个孩子对许多事情有着定见，任何事实或历史都无法改变他。举例来说，有一次他听别人称波斯湾的军事行动为"乔治·布什的战争"，老吐顿时气不打一处来，说布什只是在努力收拾前总统比尔·克林顿留下的烂摊子。于是引发了一场争论：宣战的是谁？最初决定入侵伊拉克的是谁？所有人都试图说服老吐，开战的不是克林顿，但老吐只是摇摇头，说："伙计们，我非常确定你们搞错了。"语气像是为大家感到惋惜。毕晓普不肯放过他，说无论你支持布什还是克林顿还是其他什么人都行，但谁发动了战争只是个简单的客观事实。老吐说他认为毕晓普必须"支持我们的司令总"，毕晓普听了一愣，问："司令总是什么？"老吐说："就是军队的指挥官啊。"于是他们又吵了起来，毕晓普说那不是司令总，而是总司令，老吐看着他不说话，满脸我知道你在拿我开玩笑但我就是不上当的表情。

不过，他们很少谈论政治。没有人谈论政治。政治和他们面临的问题没什么关系。

有一次，老吐求他们打开装甲车上的射击孔，好让他在路上看着地平线保持平衡，他说这样能帮助他克制眩晕和呕吐。但他的想法毫无意义，因为假如打开射击孔，车内就不是完全黑暗了，他们也就没法睡觉了，同时因为射击孔覆盖着装甲，考虑到他们迄今为止遭遇了多少地雷、炸弹和冷枪，没有人愿意放弃任何一块装甲。老吐说，布莱德利装甲车载有多把M231突击步枪，设计时就考虑到了要将枪管插进射击孔（M231基本上就是M16，但去掉了由于过高而无法插进射击孔的前置瞄准装置，枪托也短得多，因为装甲车内部相当狭窄），老吐进而问，车上有M231不就证明了我们应该打开射击孔吗？否则我们该如何通过射击孔开枪？毕晓普说，老吐这个逻辑真是了不起，虽说你只顾着自己舒不舒服。总而言之，这辆装甲车的指挥官——他凑巧就叫布莱德利，绰号"宝贝爹"，因为他参军是为了甩掉数次成家带来的恶果——决定不能卸下装甲。他说："既然你有防护措施，只有傻瓜才会选择不用。"这话从他嘴里说出来还挺好玩的。

　　一个人上车就吐，对世界大事缺乏起码的了解，会因为射击孔不能打开而抱怨不休，你肯定以为老吐是贱民阶层的首选代表。他们坐在装甲车里出任务的次数多得数不胜数，你肯定以为老吐会非常不受欢迎，但事实并非如此。老吐受到所有人的喜欢和爱护，原因是某次深夜突袭疑似敌方营地时，他的夜视镜坏了，他没有像别人遇到这种情况时那样撤回去，而是打开了该死的手电筒，继续开门和搜查房间。手电筒在这种行动中就好比用超大号霓虹灯拼出的朝我开枪！。说真的，这小子勇敢得已经没边儿了。有一次，他告诉毕晓普说，比别人对你开枪更糟糕的事情只有一件，那就是对你开枪的人逃跑了。毕晓普敢打包票，老吐更喜欢企图杀他的敌人站着别动，而不是根本没有人企图杀他。所以，大家都喜欢老吐。你知道他们喜欢他，因为他们总是叫他"老吐"，这个绰号在局外人看来有些残忍，因为它点明了一个人最大的缺陷，但实际上它证明他们接受了这个人，尽管他有这个缺陷，他们依然爱他。这是一种非常男性的表达方式，表达的是毫无条件的爱。当然了，以上这些都是不言自明的。

　　另外，那个姑娘也是一项加分。老吐的头号话题：朱莉·温特伯里。所有人都喜欢听她的故事。她是老吐那所高中毫无争议的头号美女，赢得了一个人能拿到的全部选美比赛的冠军，连续四年统治整所学校，她的脸蛋诱发了数以千计次勃起，在她的美丽面前，少年们不再像平时那样紧张兮兮地窃笑，而是感到有一种近乎实质的疼痛在啃噬他们的面颊内侧，往往立竿见影地驱散了傻笑的念头。她不正眼看你，你会感到沮丧，要是她正眼看你，你会当场爆炸。老吐有一张照片，中学毕业照，他拿给大家看，所有人都不得不承认他没有夸大其词。朱莉·温特伯里，他带着宗教徒般的崇敬说出这个名字。但朱莉·温特伯里的问题是，她的美丽完全震住了老吐，他连一次也没有和她说过话。她甚至不知道他叫什么。高中毕业后，他去参加基本训练，遇到了美国武装部队有史以来最严厉的教官。事后，他觉得既然我能从那个混蛋手下活着回来，那我肯定能和朱莉·温特伯里说话了。经历了基本训练的考验，她似乎不再是个不可战胜的目标。因此，在回家等待分配的那几周里，他去约她出来。她居然答应了。如今他们正在热恋。她甚至寄了几张她的色情照片给老吐，所有人都央求老吐给他们看看，但他就是不肯，跪在地上求他也没用。

在这个故事里，人们最喜欢的莫过于他终于约女孩出来的那个部分。因为按照老吐的说法，当时他已经不需要鼓起勇气去约她了。约她似乎已经不再需要勇气，也可能是他发现他内心早就有了足够多的勇气，等待被他使用，所有人都喜欢这么想象。他们希望同样的事情能发生在自己身上，因为他们在战场上经常吓得魂不附体，他们希望等他们需要变得勇敢的时候，也能真的变得勇敢。想象自己内心有着勇气的源泉，能帮助他们战胜前方无法想象的困难，这当然是个美好的愿望。

既然连老吐这样的小子都能泡到朱莉·温特伯里那样的姑娘，那他们肯定也能熬过这场毫无意义的战争。

他们清理现场时最喜欢求他讲这个故事，清理现场大概是整场战争中最不公平的事情了，士兵有时候不得不负责收拾自杀爆炸者的肉块。想象一下，你拎着一个麻袋到处找尸体碎片，从麻袋里渗出的东西怎么看都像南瓜瓤里的汁液。阳光炙烤路面，因此有些碎肉不是乖乖地躺在那儿，而是正在被慢慢煎熟。那股气味：鲜血，烤肉，无烟火药。每次执行打扫任务的时候，他们就会求老吐讲一讲朱莉·温特伯里的故事，帮他们熬过痛苦的时光。

最后，宝贝爹和老吐达成交易，老吐进了装甲车可以挨着炮手待在最上面。这么做无疑违反规定，因为一个人站在老吐那个位置上会阻碍M242链炮的转动。但宝贝爹愿意在这件事上稍微违反一下规定，总比每时每刻都能闻到呕吐物的气味强得多。因此，老吐如愿以偿地看见了地平线，从而克服晕车。当然还有个心照不宣的约定，就是一旦遇到情况就立刻跳进底下的货舱。他对此毫无意见，因为M242开火的时候你绝对不想待在旁边。那东西能像撕纸巾似的撕开一辆SUV，它的炮弹和老吐前臂一样长。

他们得知开车去村长最近被杀的那个村庄大约要一个小时。毕晓普坐在装甲车里，头盔拉下来盖住眼睛，耳塞插得都快碰到大脑了。幸福的寂静。六十分钟沉浸在美好的虚无之中。毕晓普甚至连梦都不做。战场给了他许多惊喜，其中之一是把他变成了睡眠大师。要是有人说你睡个二十分钟吧，他会把二十分钟全用在睡觉上。他分辨得出睡两小时和两个半小时的区别。他在这儿能感觉到意识的轮廓线，但在家里根本感觉不到。在家里，生活就像以每小时约一百公里的速度开车，所有细小的颠簸和特征都变得平淡，成了难以分辨的一片模糊。战争就像你停下脚步时用手指感觉到的路面。你的意识会这样向外伸展。战场让时间变得缓慢。你以你从未想象过的方式感觉自己的意识和躯体。

布莱德利装甲车突然刹车，毕晓普惊醒时知道目的地还没到，因为这个瞌睡只打了三十分钟。他从眼睛的感觉分辨得出，更确切地说，是紧挨着他眼球背后的空间的感觉，那里有一种特定的压迫感。

"我们走了多久？"他问老吐。

"你觉得呢？"老吐问。他们喜欢这样互相验证感觉。

"三十分钟？"

"三十二。"

毕晓普微笑。他爬到上面，炽烈的沙漠阳光照得他直眨眼，他眺望四周。

"路上有可疑物品，"老吐说，"正前方。很可能是 IED。这东西太有看头了，你绝对不会相信的。"

他把望远镜递给毕晓普，毕晓普扫视前方积满灰尘、遍布裂纹的沥青路面，直到发现了目标：路中央有个浓汤罐头。直立放置。标签正对车队。熟悉的红色徽标。

"难道是——"

"没错。"老吐说。

"一个金宝浓汤罐头？"

"正确。"

"番茄汤？"

"就在路中间，看不见才有鬼了。"

"那不是炸弹，"毕晓普说，"而是当代艺术。"

老吐奇怪地瞪了他一眼。

"沃霍尔，"毕晓普解释道，"就像沃霍尔作品。"

"战廊[1]是个什么鬼？"老吐问。

"当我没说。"

看见有可能是简易炸弹的东西，标准流程是召唤爆炸物处理人员前来，然后就地等待，庆幸拆除炸弹不是他们的工作。处理

1　沃霍尔（Warhol）的英语发音很像 war（战争）与 hall（过道、走廊）组成的复合词。

人员离他们有三十分钟车程，大家抽着烟紧张兮兮地等待，老吐望着远处，忽然对毕晓普说："我敢打赌，我能用你的步枪打中那头骆驼。"

所有人都扭头去看他说的骆驼在哪儿，见到远处有一头疲惫的骆驼，它孤零零的，周围没有其他东西，看起来很虚弱，独自在沙漠里行走，离他们大约四百米，沙漠辐射的热浪让它的影像闪烁不定。毕晓普被勾起了兴趣，老吐步枪射击的准头似乎没那么好。"赌什么？"他问。

"输家，"老吐说，他显然早就想清楚了，因为答案脱口而出，"在移动厕所里站一个小时。"

周围听见的人同时用喊声表达恶心。这个赌注很有看头。众所周知，比太阳下的沙漠更热的只有太阳下沙漠中的移动厕所。厚实的塑料板困住沙漠的热气，整个连队的粪便沸腾冒泡。大家都说移动厕所里能焖熟猪排，当然谁也不会真的付诸行动。正常人只会屏住呼吸，以最快速度解决问题。据说有人只是因为拉了一泡长屎就热到了脱水。

毕晓普考虑片刻。"一个小时？"他说，"总得想办法消磨时间吧。我可不希望你打飞机整整一个小时把自己弄死。五分钟怎么样？"

但老吐不为所动，因为所有人都知道毕晓普接受过狙击手训练，狙击手训练的要点之一就是你必须能够长时间屏住呼吸，甚至有可能长达五分钟。总之，坊间有这样的传闻。

"一个小时，"老吐说，"没的谈。"

于是，毕晓普假装左思右想，但所有人都知道他肯定会接受。你不可能拒绝这么一场赌博。最后，他说"行啊"，大家齐声欢呼，他把 M24 狙击枪递给老吐，说："无所谓，反正你打不中。"老吐

摆出跪姿，就像小孩玩的绿色军人小模型，总之绝对不是用 M24
射击的教科书姿势，毕晓普微笑摇头，旁观者——包括装甲车上的
全体队员，这会儿还加上了背后补给卡车上的战友——七嘴八舌地
指点他，有的建议挺靠谱，有的就不那么认真了。

"你觉得有多远，老吐？差不多四百米？"

"我说三百九。"

"更像三百七十五。"

"风速多少，五节？"

"十节！"

"蠢货，根本没风。"

"记得要算上从地面升起的热浪！"

"对，那会抬高子弹。"

"真的？"

"假的。"

"别捣乱。"

"开枪吧，老吐！已经瞄准了！"

众人继续闹腾，老吐完全置若罔闻。他摆足了姿势，屏住呼
吸，所有人都在等待他开枪，连宝贝爹也不例外。他是这辆装甲
车的指挥官，按理说应该置身事外，冷眼旁观，但私下里他很开
心，因为老吐的狂妄自大即将害得他自己在移动厕所里待一个小时
了（宝贝爹会上战场都是因为他肆意妄为，所以他就喜欢看着别
人自食恶果）。时间一秒一秒过去，大家安静下来，等待老吐开枪，
他们不知道应该盯着骆驼还是老吐。他又稍微动了动，吐出一口气，
再次吸气，毕晓普笑道："你想得越久，子弹就打得越偏。"

"闭嘴！"老吐说，然后——从他喊完闭嘴到开枪的时间短得
超过了所有人的想象——然后老吐就开枪了。众人望向骆驼，刚好

看见骆驼身上溅起一团血雾，子弹擦过了骆驼的左屁股。

"好耶！"老吐叫道，高举手臂，"我打中了！"

大家欢呼雀跃，望向毕晓普，毕晓普这下要在屎炉子里待上惨绝人寰的六十分钟了。然而毕晓普却在拼命摇头："不，不，不。你没有打中它。"

"你什么意思？"老吐说，"我当然打中了。"

"你看。"毕晓普指着骆驼说。可想而知，骆驼此刻又是惊慌又是生气，不知道刚刚发生了什么，它被吓坏了，朝着车队的方向狂奔而来。毕晓普说："那东西怎么看都不像一头死骆驼。"

"我们赌的不是骆驼死不死，"老吐说，"而是能不能打中。"

"打中是什么意思？"毕晓普说。

"我开枪，子弹打在它身上。就是这个意思，句号。"

"假如打中的意思就是擦破屁股上的皮，你知道我会有什么结果吗？降级，就是这个下场。"

"你这是输了想耍赖对吧？"

"我没输，"毕晓普说，"你对一个狙击手说你要打中什么东西，那个东西就非死不可，否则恐怕没法算是打中。"

这时候，骆驼正在以全速冲向车队，有几个看热闹的被它的愚蠢逗乐了，它居然在朝开枪打它的人跑。这东西和武装分子正好反着来，有人说。一头愚蠢的大畜生。老吐和毕晓普还在争论究竟是谁赢了，坚称自己对"打中"这个词的解释更加正确。老吐取的是严格的字面意思，毕晓普则认为语境和约定俗成更加重要。骆驼离他们还有九十米左右，忽然朝右侧稍微一拐，跑向了金宝汤罐头的大致方位。

宝贝爹第一个反应过来。

"喂！"他指着骆驼喊道，"哎！拦住它！杀了它！快杀了它！"

"杀了什么？"

"该死的骆驼！"

"为什么？"

"你们看！"

他们看见骆驼跑向汤罐头，身穿大得可笑的防爆服的拆弹专家也正在走向汤罐头，反应过来的士兵纷纷掏出手枪朝骆驼开枪。子弹落在骆驼身上，却被厚厚的毛皮挡了下来。噼里啪啦的枪声吓得骆驼越发惊慌，它加快速度，瞪着凸出的巨眼，嘴角冒出白沫，众人朝拆弹专家大喊"快躲！"和"跑啊！"。他们完全不清楚发生了什么，因为刚才开枪打骆驼的时候他们还没到。骆驼继续向前跑，行进路径无疑将经过汤罐头，众人就近寻找隐蔽处，闭上眼睛，捂住脑袋，等待炸弹爆炸。

过了几秒钟，他们才意识到什么也没有发生。

第一批探出脑袋的士兵目送骆驼越跑越远，空荡荡的汤罐头在它背后翻着跟头滚动。

他们望着骆驼跌跌撞撞地跑向辽阔的沙漠地平线，蒸腾而起的热浪终于吞没了它。拆弹专家摘掉头盔，慢吞吞地走向连队，大声地咒骂着什么。毕晓普站在老吐身旁，望着骆驼渐行渐远。

"见鬼。"老吐说。

"没事了。"

"太他妈险了。"

"不是你的错，你不是存心的。"

"就好像整个世界都变慢了，就好像——嗖，"他说，举起手掌挡在眼睛两侧，表现视野如何陡然变窄，像是钻进了隧道，"我是说，我在里面了。"

"什么里面？"

"战廊,"老吐说,"现在我懂了,那就是战廊。"

他们以为这个小插曲就这样结束了,一段怪异的小故事,回国后可以讲给别人听,这是那种超现实的离奇时刻,会在战场上突然自己冒出来。大家放下心来,回到各自的岗位上,车队开始隆隆地向前移动,但只过了三十秒,毕晓普在装甲车里感觉到猛地一震,热浪席卷而来,随后是正前方有什么东西爆炸的轰然巨响。就是那种声音,战场上最可怕的声音,在沙漠里隔着几公里也能听见,日后他们听见了就会下意识地躲闪,哪怕是回国待了几年后,附近有气球破碎或烟花爆炸也还是一样,因为那些声音会让他们想到战场,那是地雷或简易炸弹发出的声音,象征着暴力、惨烈、意外的横死。

惊恐的叫声随即传来,毕晓普爬上炮塔,站在老吐身旁,看见前方的那辆布莱德利装甲车着火了,车上涌出沥青般漆黑的浓烟,士兵一个接一个爬出装甲车,血迹斑斑,头晕目眩。这辆布莱德利从驾驶座的位置被劈成了两截。两名士兵抬着另一名士兵,一条腿齐膝断开,只剩下一根红色的筋连着,断腿像咬钩的鱼似的晃来晃去。宝贝爹已经在呼叫直升机了。

"汤罐头,"毕晓普说,"肯定是诱饵,让我们放松警惕。"他转向老吐,老吐满脸惊慌和害怕,他立刻知道出事了。老吐用双手捂着腹部,按住伤口。毕晓普扒开他的手,却什么也没有看见。

"什么都没有啊,老吐。"

"我感觉到了,我觉得有东西扎进去了。"他的脸色已经变得苍白。毕晓普扶着他在车里坐下,拉开他的上衣,露出底下的防弹背心,但还是什么也没有看见。

"看,你穿着防弹衣呢,你没事的。"

"相信我,就在里面。"

毕晓普帮他脱掉防弹衣，老吐轻轻呻吟，自己脱掉内衣，他们看见了，就在他所说的位置，肚脐眼以上大约十厘米的地方，有一团十美分硬币大小的血迹。毕晓普擦掉鲜血，见到底下有个较大的木刺那种尺寸的小伤口，他不禁大笑。

"天哪，老吐，你大惊小怪就是因为这个？"

"严重吗？"

"你个蠢货杂种。"

"不严重？"

"一丁点儿大。你没事。你个混蛋。"

"我说不准，哥们儿，有什么事情不对劲。"

"没什么不对劲的。你他妈闭嘴吧。"

"感觉就是有什么事情非常不对劲。"

毕晓普守在他旁边，坚持说一切都很好，说你就别这么娘娘腔了，而老吐坚持说有什么地方感觉不对劲，他们就这么你一言我一语地争论，直到听见了直升机的隆隆声音，这时候老吐忽然变得非常平静，他说："哎，毕晓普，听我说，我有件事要告诉你。"

"说吧。"

"知道我有个女朋友对吧？朱莉·温特伯里？"

"当然。"

"她不是我女朋友。我瞎编的。她甚至不知道我是谁。我只和她说过一次话。我问她能不能给我一张照片。毕业的前一天。所有人都在交换照片。"

"伙计，这话你说出来肯定会后悔的。"

"听我说，我编故事是因为每天我都在后悔没有和她说话。"

"这条情报真不赖，你大概要多个新外号了。"

"我太后悔了，太后悔没有和她说话了。"

"说真的，你就等着被大家没完没了地嘲笑吧。"

"你听我说。要是我不行了——"

"你这么骗大家，肯定要连倒八辈子的霉。"

"要是我不行了，求你去找到朱莉，告诉她我对她的感觉。我想让她知道。"

"说真的，这事情要跟着你进坟墓的。你八十岁了我还会打电话拿朱莉·温特伯里嘲笑你。"

"求你答应我。"

"行啊。我保证。"

老吐点点头，闭上眼睛，急救员来了，用担架把他抬上直升机，直升机很快消失在暗铜色的天空中。剩下的车辆继续他们喧闹而缓慢的征程。

那天夜里，老吐死了。

一块弹片，仅有一厘米多一点长，细如喝饮料的吸管，切断了他的肝总动脉，到医生搞清楚的时候，他已经失血过多，肝脏严重衰竭。第二天，他们即将外出巡逻的时候，宝贝参告诉了他们这个消息。

"现在给我忘干净，"他说，因为这个消息无疑会在接下来的巡逻中影响他们的注意力，"要是军队希望我们有情感，肯定会定量配发的。"

那是个平静、平淡、平凡的夜晚，毕晓普从头到尾只有一种感觉，那就是愤怒。毕晓普愤怒于老吐毫无意义的死亡和安放炸弹的那群混球，但也愤怒于老吐本人和他的懦弱，愤怒于他再也不能向朱莉·温特伯里说出他的心里话了，愤怒于一个男人敢冲进黑暗的房间，直面想用冲锋枪杀死他的敌人，却没法和一个傻妞正常交谈。这两种勇气似乎截然不同，应该用不同的名字称呼它们。

那天夜里，他失眠了。他陷入沉思。他的愤怒已经扭曲，他生气的对象不再是老吐，而是变成了他自己。因为他和老吐没什么区别。因为毕晓普内心藏着一些可怕的事情，他无法鼓起勇气告诉任何人。他人生中最邪恶的秘密，有时候他觉得这个秘密巨大得恐怖，需要用一个新的内脏器官来盛放它。秘密盘踞在他体内，蚕食着他。它吞噬时间，随着时间的过去而变得越来越强大，如今想到它的时候，他已经无法区分事件本身和后来他因此产生的恐惧了。

校长对他做的事情。

所有人都尊敬和爱戴的人，校长。毕晓普同样爱戴他，五年级的时候，他选中了毕晓普做额外的周末辅导，但毕晓普必须保守秘密，否则其他孩子会嫉妒的。十岁的毕晓普觉得自己那么特殊和非凡，被校长从人群中挑选出来，受到照顾和关爱。多年以后，他只感到毛骨悚然，因为自己竟然如此容易哄骗，他没有怀疑过校长的用心，甚至在校长说他们的课程与女孩有关之后也没有，校长说所有男孩都害怕女孩，不知道该怎么和女孩打交道，毕晓普觉得自己很走运，因为有人愿意指点他。刚开始是杂志上的照片，有男有女，在一起的，单独的，裸体的。然后是宝丽来照片，然后校长建议他们互相拍照。毕晓普只记得一些片段、画面、瞬间。校长温柔地帮毕晓普脱掉衣服，毕晓普依然不觉得有什么不对。他心甘情愿地听从指挥。事情虽然发生在他身上，但就好像直到他做了才知道自己想那么做，而且是发自肺腑地想做。他允许校长触碰他，刚开始用手，然后用嘴，然后校长对毕晓普说他是多么俊美和特别。这样做了几个月，校长说：现在你在我身上试试看吧。校长脱掉衣服。毕晓普第一次看见了他的阳具：巨大、赤红、肿胀，有着奇异的吸引力。毕晓普尝试对校长做校长对他做的事情，动作笨拙而不熟练。校长很恼火，毕晓普的牙齿不小心碰到了他，

他第一次大发雷霆，他按住毕晓普的后脑勺耸动身体，说：不对，
要像这样。 呕吐反射弄得毕晓普流出眼泪，事后校长连声道歉。
毕晓普觉得都是自己的不对，他会好好练习，下次一定做得更好。
但下次并没有做得更好，再下一次也一样。一天，校长中途停下，
让他转身，然后趴在他身上，说：咱们用成年人的方式试试看吧。
你已经是成年人了，对不对？毕晓普点头，因为他不想再搞砸了，
不想再次惹校长生气，于是校长在毕晓普背后摆好姿势，插了进
去，毕晓普默默忍受。

　　这些事情带来的恐怖，当时的可怕画面，像瀑布似的涌向毕
晓普——多年以后，万里之外，沙漠中的战场上。毕晓普想到这个
秘密还藏着另一个秘密，更深层更具毁灭性的另一个秘密，让他确
定自己是邪恶和不正常的：校长做那些事情的时候，毕晓普居然很
喜欢。

　　他盼望下一次。

　　他想要下一次。

　　不仅因为他会觉得受到需要、独一无二和卓然众人，也因为
校长对他做的事情，一开始就让他觉得很舒服，以一种前所未有
的方式刺激他的身体。这种事情发生的时候让他很高兴，停下的
时候让他很想念。春天，校长突然中断了他们的授课。毕晓普感
觉受到了排斥和遗弃，在 4 月初忽然意识到校长看上了新的男孩，
他从他们在走廊里交换的刺人眼神看出来了，从那个男孩最近变
得易怒和安静看出来了。毕晓普因此暴怒。他开始违反校规，和
修女顶嘴，找人打架。终于被开除之后，他和父母坐在校长办公室
里，校长说走到这一步我深感抱歉，这句话有许多层含义，毕晓普
忍不住放声大笑。

　　下一周，他开始给校长的热浴缸下毒。

　　此刻，最让他惊恐的就是这一段了。他像被抛弃的女人似的企图报复校长。要是校长愿意重新接纳他，他肯定会停下所有的逾规行为。可怕之处在于，此刻他无法说服自己他只是个无辜的受害者。他觉得自己更像是一个同谋，参与了对自己的变态戕害。邪恶的事情已经发生，而他希望它再次发生。

　　他直到后来才完全理解这件事的恐怖。他进入青春期，在军校学习，军校里最可怕的事情莫过于你是个基佬或肏屁眼的了，假如你说另一个男孩是个基佬、肏屁眼的、死玻璃，他百分之百会和你打架，你向其他人展示你不是基佬或肏屁眼的方法是取笑其他人怎么那么像基佬或肏屁眼的，而且嗓门一定要大。这成了毕晓普的名片。他对二年级的室友格外残忍，那个叫布兰登的男孩只是稍微有点柔弱。每次布兰登走进公共浴室，毕晓普就会说："当心了朋友们，拿稳你们的肥皂。"睡觉前他会问布兰登："要我用胶带封住我的屁眼，还是你保证你一定会乖乖的？"诸如此类，就是1980年代末最典型的彰显男子气概的骂人话。他给布兰登起"屁眼大盗"或"菊花王子"这种外号。比方说，他们一起小便的时候他会说："眼睛往前看，菊花王子。"布兰登最后退学了，毕晓普因此松了好大一口气，因为他对布兰登产生了强烈得出奇的欲望，已经近乎肉体上的折磨了。他会盯着布兰登脱衣服，盯着布兰登咬着铅笔，在课堂上认真仔细地记笔记。

　　但那是那么多年前了，这么多年来他没有告诉过任何人。老吐去世的那天夜里，他突然从床上坐了起来，决定写一封信。老吐把那么多秘密带进了坟墓，临终愿望就是一吐为快。若是自己也会有这么一天，毕晓普不希望有他那种感觉。他想拥有更多的勇气。

　　他决定写信给生命中每一个重要的人。他要写信给姐姐，为他变得那么冷漠而道歉，解释说他抽身而去是因为他受到了损毁，校长肯定打开了他身体里的某个开关，现在他能感觉到那么多的愤怒，愤怒的对象是校长，因为他对他做了那些事，也是他自己，因为他那么可憎、变态、不正常，损毁得无可救药。他会告诉贝萨妮，他那是在尽量保护她，他不想连累她。

他会写信给父母，还有布兰登。他会找到布兰登，请求他的原谅。甚至安迪·伯格，他把那个可怜的孩子困在楼梯间里，在他身上撒尿，从此再也没有见过他。连山哥都需要他写一封信。他会每天夜里写一封信，直到摆脱他全部的秘密。他要了些信纸，坐在光秃秃的休息室里，荧光灯将混凝土墙壁照成绿色。他决定首先要写给萨缪尔。因为他非常清楚他想说什么，这封信不会很长，时间已经很晚了，再过几个小时他就必须起床，于是他开始了，灵感迸发，全神贯注，不到五分钟就写完了。他折叠信纸，放进美国陆军的标准信封，用口水粘住封口，在正面写下萨缪尔带连字符的全名，与其他个人物品一起放进私人储物柜。能够卸下胸中的重负，他感觉很不错，放下他内心憋了那么多年的秘密，他感觉真的很不错。他盼望着写信给姐姐、父母和一路上被他抛弃的那些朋友，他睡着了。这些信让他心情愉快，却不知道它们永远也不会被写出来了，因为明天他要外出巡逻，正在想朱莉·温特伯里（她无疑也需要一封信）的时候，两三米外的一个垃圾箱爆炸了。遥控引爆炸弹的人在附近一幢建筑物二楼的窗口望着街上，这个人并没有看清毕晓普的长相，只看见了毕晓普的制服，他早已不认为身穿这种制服的生物是人类了，假如他听见了毕晓普那一刻的心声，知道毕晓普正在脑海里写信给国内的一个漂亮女孩，说一个已经死去的朋友如何爱恋她，他大概就不会引爆那颗炸弹了。非常可惜，人类当然没有这种能力，无法听见别人的心声，因此炸弹就只能爆炸了。

炸弹的冲击力掀得毕晓普飞上半空，有一瞬间，整个世界都那么安静和冰冷，在炸弹的爆炸半径内的感觉就像钻进了他母亲的雪景球，周围的一切事物都仿佛悬浮在浓稠的液体里，自有其异样的美感，然后炸弹就震碎了他的全部内脏，他的感官停止工作，时间与空间之类的概念彻底丧失意义，毕晓普的躯体（已经不再是毕晓普这个人的容器了）重重地落在几米开外的街面上，这是本周第二次有人想着朱莉·温特伯里死去，此刻她身在一万多公里之外，说不定正在期待她终于能遇到一些令人兴奋的事情。

军队收拾起他的遗物，送还给他的父母，他们发现了那封写给萨缪尔·安德烈森–安德森的信，想起这个古怪的名字属于他们家女儿小时候的笔友，于是他们把信交给贝萨妮，她挣扎了好几个月才决定还是把信给你比较好。

这封信就这么从伊拉克某处一个名字保密的村庄来到了曼哈顿下城的这张厨房台子上，厨房的一盏吊顶筒灯像聚光灯似的照亮它。你拿起信——几乎没有重量，里面只有一张纸，你取出这张纸。他只写了短短几段。你感觉到你正在接近重大抉择的时刻。这个决定不但会塑造此刻的你，还会在以后多年中继续塑造你。你开始读信。

　　亲爱的萨缪尔，

　　人类的肉体那么脆弱，连最细小的东西也能毁灭它。一头骆驼中了二十颗子弹还能继续冲向你，但一根一厘米多长的弹片就足以杀死我们这些卑微的凡人。我们的肉体就像刀刃，将我们与湮灭分开。我最近逐渐能够接受这个事实了。

　　假如你在读这封信，那就说明我遭遇了不测，因此我想求你答应我一件事。那天早晨在池塘边，你和我做了一件可怕的事情。你母亲出走的那一天，警察来调查的那一天。相信你肯定记得。我们那天对彼此做的事情非常可怕，无法被原谅。我早已被玷污，我也玷污了你。而我已经发现，这种玷污不会自己消失。它会停留在你身上，毒害你，会一辈子陪伴你。对不起，但这就是真相。

我知道你爱贝萨妮，我也爱她。她那种美好是我永远也不可能达到的。她没有像我们那样受到过损毁。我请求你让她保持原状。

这是我的遗愿。我对你唯一的请求。为了她，也为了我，求你远离我的姐姐。

于是，你来到了命运的路口。现在你终于要做出抉择了。你右边是卧室门，贝萨妮在里面等你。你左边是大门和电梯和整个空虚的庞然世界。

时间到了。决定吧。你要选哪一扇门？

第六部分

入侵物种 _2011 年夏末

1

　　庞纳吉打开冰箱门，然后关上冰箱门。他站在厨房里，非常认真地回忆他来这儿的原因，但就是想不起来。他检查电子邮箱。他想登入《精灵征途》，但上不去，今天是星期二。他考虑要不要出去开信箱取信件，但最后并没有出去，因为邮件很可能还没送，而他不想跑两趟。他望向门前草坪对面的信箱，想仅凭盯着看就确定里面有没有信件。他关上前门。他觉得厨房里有事要做，但不知道究竟是什么。他打开冰箱，扫视里面的每一件物品，希望其中之一能触发记忆，让他想起他到底为什么走进厨房。他看见几瓶泡菜、塑料挤瓶装的番茄酱和蛋黄酱，还有一包亚麻籽，那是某次他被饮食乐观主义冲昏了头的时候买的，但到现在还没打开。底层架子上有五个茄子，明显已经从里面腐烂了，正在逐渐塌陷，五个小小的紫色枕头，下面是五小摊浅褐色的汁液。蔬菜抽屉里，他看见各种绿色蔬菜已经变成棕色枯叶。顶层的玉米也一样，它们变成了恶心的淡褐色，玉米粒也不再是黄色的饱满颗粒，而是萎缩得像被虫蛀烂的人类白齿。他关上冰箱门。

　　星期二会发生的事情是《精灵征途》服务器下线，一般要耗去上午的大部分时间，有时还会耗费掉下午的部分时间，为了例行维护、修复错误和电脑需要的其他天才级技术服务。除了这种时候，那些电脑每天持续运行二十四小时，允许千万名玩家同时在线，几乎不存在网络延迟，系统使用了全地球最无情的某种加密安全算法，服务器的速度、效率和强大能让用于航天计划、核导弹发射井或投票亭（举例来说）的电脑羞愧难当。一个国家既然能制造出《精灵征途》服务器，怎么就造不出能正常运行的电子投票机器，选举日前后的星期二，这个问题经常出现在《精灵征途》在线讨论版上，游戏社群耐心地等待服务器重新上线，他们偶尔也会去投票。

　　这种星期二里有一些非常特别和极其难熬，名曰"补丁日"，工程师给游戏加升级包，等玩家下次登入，就会有新的事情可做了——新的任务、成就、怪物、宝物。想让游戏保持新鲜和有趣，补丁是必不可少的东西。然而可想而知，升级日的游戏断线时间格外漫长，因为维护人员要对服务器和代码做各种精细复杂的事情。服务器整个上午和整个下午甚至——令游戏社区惊恐地——一直到傍晚都断线的先例也并非没有过。今天就是这么一个日子。游戏正在打补丁。今天是补丁日。

　　不知道服务器何时能恢复使得庞纳吉感觉精神紧张，这其实是个悖论，因为他玩《精灵征途》的表面原因，就是它能够有效地释放他的压力。每次生活中那些令人疲惫的琐事让他觉得难以承受时，他就投向游戏的怀抱。事情开始于一年前莉萨刚离开的时候，有一天他觉得压力格外巨大，没有一张影碟看上去让人喜欢，电视和在线影片里也没有任何节目能引起他的兴趣，他早就打穿了手头的所有主机游戏，那种古怪的恐慌感就像你坐在高级餐厅里，却没有任何一道菜让你觉得有胃口，又像你刚得感冒或流感的时候，连水都变得很难喝，就是那种吞没一切的负面黑暗，整个世界都显得那么无聊和沉闷，你觉得这颗星球无比乏味。他坐在客厅里，夏令时刚结束，黑暗在傍晚时分逐渐降临，天色在早得让人抑郁的时刻变得异常昏暗，他坐在那儿，意识到他即将正面撞上压力，假如他不立刻找到一种消遣活动，精神状态就会绷紧到危及血压和循环系统健康的地步，每次碰到这种情况，他的解决手段就是去电子产品商店买东西，这次他买了十来种游戏，其中之一名叫《精灵征途》。他从精灵勇士"庞纳吉"开始，拓展出整整一套角色，名字从"庞纳断""庞纳毒""庞纳尔"到"埃德加·爱伦庞"不一而足，他为自己在游戏服务器上创建角色，既是令人畏惧的剑术高手，也是强大而杰出的队伍领袖，带领一大群玩家对抗电脑控制的敌人。他觉得他就像战场芭蕾交响乐的指挥，很快就变得极为擅长此道，这是因为擅长此道意味着各种各样的研究，观看相关战斗的在线视频，阅读在线论坛的文章，在无数理论派网站上筛选资料，确定什么样的配置最适合什么样的战斗，他为每一种战斗都准备了一套略有不同的装备与武器组合，设计目标是从数学上最大化交战中的杀伤率，因为他认为无论做什么事都必须找到正确的方式，他会投入百分之一百一的努力。他乐于相信这样的工作态度很快就能帮助他完成翻新厨房和开始新饮食计划的任务，但目前它似乎只在电子游戏的领域内才会发光发热。他创建了更多的角色和账户，他可以在几台电脑上同时玩游戏。每创建一个新账号，他就需要买一台新电脑、一张新光盘、游戏扩展包和每月支付服务费，也就是说，每次他觉得有必要创建一个新角色（通常是因为其他角色都玩到了不可能更进一步的最高等级，俯视芸芸众生让他觉得有点无聊，而无聊感会触发他的压力警报，所以他只能立刻采取些什么行动），就会给他增加一大笔开支，因而他就觉得他必须在游戏上倾注更多的时间了。他也模糊地意识到了这其中的讽刺意义：他糟糕的财务状态引发压力，创造出用电子物品舒缓压力的需求，但购买电子物品的费用又高昂得可怕，从而加倍创造出他最初想要逃离的那种压力，手头那些电子消遣物的分神水平于是就显得不够高了，他只好去寻求更新和更昂贵的消遣物，压力与负罪感的循环因此再次扩张，有点像他时常在兰蔻专柜那些顾客身上注意到的消费者心理陷阱。她们购买化妆品反而巩固了美丽遥不可及的错觉，而最开始驱使她们购买化妆品的正是这种错觉，但是，出于某些原因，他看不清自己也面临着同样的问题。

他再次检查游戏服务器，还是没有上线。

感觉就像在等延误的航班，他心想：你在机场，知道爱你的人在另一个机场等你，阻碍你和他们团聚的是某种难以处理的技术故障，你感觉到的就是这种急迫。这就是补丁日的感觉：许多个小时的延迟之后他登入游戏，感觉就像回到了家。你很难对这种感觉视而不见。它很难不激起你内心的矛盾冲突。《精灵征途》里的世界——数字渲染的电脑动画——绵延的丘陵、迷雾森林、崇山峻岭，等等等等——以真实记忆的力量冲击他。这一点他想到就会略略不安。他对这些地方的思恋和喜爱超过他对生命中那些真实地方的喜爱——这就让他觉得五味杂陈了。一方面他知道游戏仅仅是虚假的幻象，他"回忆"中的那些地方并不是真的，它们仅仅存在于他电脑硬盘上的代码之中。但他随即又想到了他爬上《精灵征途》最西那块大陆最北端那座山的顶点，望着月亮爬上地平线，望着雪地在月光下闪闪发亮，他心想真是太美了，他想到人们说艺术品能够传递情绪，站在油画前你会无可救药地被它们的美丽折服，于是他认为他们的体验和他的体验事实上没有任何不同。没错，山不是真的，月光不是真的，但美呢？他对美的记忆呢？那是真实的。

因此，补丁日之所以能成为独一无二的恐怖之事，是因为他被切断了赞叹、美丽、惊喜的来源，被迫——有时候一整天——直面他平庸的非数字式存在。整整一个星期，他时常考虑该怎么消磨星期二，让起床到登入游戏之间那难以忍耐的间隙变得可以忍耐。他想找到一些能让时间过得更快的事情。他在智能手机上创建了名叫"补丁日待办事项"的清单，在这个星期里无论想到什么能让补丁日变得更愉快和容易忍耐的事情都记下来。这个清单目前有三个条目：

1. 购买健康食物
2. 帮助道奇
3. 发现伟大文学作品

最后一项每周都出现在待办事项里，已经持续了六个月，自从在附近一家大型书店看见一条写着发现伟大文学作品！的标语，他就把这一项加进了清单。他命令手机重复执行任务，将它放进从今往后每一周的列表，因为他一直想要读书，觉得抱着一本好书和一杯清茶一整个下午舒舒服服蜷在沙发上极为适合发到互联网上来打造自我形象。另外，要是莉萨出于好奇或离婚后难以摆脱的懊悔而偷偷查看他手机上的待办事项，见到"发现伟大文学作品"说不定会意识到他确实变了一个人，因此想要和他复合。

然而，在这六个月里，他没有发现任何文学作品，伟大不伟大倒在其次了。每次想到要去发现伟大文学作品，付出的努力就会让他感觉疲惫、倦怠和头昏脑涨。

于是就回到第一项任务上了：购买健康食物。

他已经尝试过了。上周，他终于走进了那家有机食品店，他已经在街上关注了它几个星期，看着人们进进出出，默默地研究他们的雅痞精英生活方式、贴身的时髦衣服和电动汽车。他觉得他有必要在脑海里精心筑起堤坝，然后才能走进这家有机食品店，因为他越是坐在车里研究顾客，就越是确信他们也在研究他。他们的判断结果是他不够时髦，体形不够好，钱不够多，因此没资格来这儿购物。在他的脑海里，他是这家商店里每一个故事的主角，他是所有人关注的焦点；他在被展览，他不属于这儿；这家店是个全景监狱，他是他们嘲笑和奚落的对象。他在脑海里构思着与收银员的长篇对话，他向他们解释说，他来这儿购物不是因为时尚，而是因为他在执行激进的新膳食计划，吃这些东西对他来说有着医学上的绝对必要性。他们来这儿仅仅是忠于某种时尚潮流——例如有机食品运动、慢食运动、土食主义运动，等等等等——而他来是因为他必须来，因此他比他们更有资格来这里购物，哪怕他并不符合这家店精心策划的品牌攻势营造的标准顾客的形象。在脑海里排练了几十次对话后，他觉得他准备好了，有了足够的意志力走进这家店，他在店里鬼鬼祟祟地转了一圈，悄无声息地把他平时在街角 7-11 购买的商品的有机版本放进推车：汤罐头、肉制品罐头、白面包、能量棒、冷冻披萨和冷冻快餐。

他来到结账柜台，取出购物车里的商品，归属感短暂地袭上心头，因为没有任何人不满于他的出现，事实上连多看他一眼的人都没有。直到收银员（一个可爱的姑娘，戴着时髦的方框眼镜，多半是个研究生，专业是生态学或社会正义学或诸如此类的什么学）看着他的各种盒装、罐头装和冷冻食品，说："看起来你在囤货备战飓风。"然后嘻嘻轻笑，像是在说我只是在开玩笑！，随后拿起商品扫码。他露出微笑，半心半意地呵呵了两声，但接下来的一整天都无法摆脱正在被收银员苛刻审视的感觉，她不怎么转弯抹角地告诫他，他购买的食物不适合日常消费，只适合最可怕的生存环境，例如世界毁灭。

我明白你的意思了。第二次来这里购物时，他只挑选生鲜。水果，蔬菜，蜡纸包裹的肉类。只选容易过期和腐坏的商品，尽管他一点也不知道该怎么处理这些食物，但光是购买它们，让它们出现在身旁，让人们看见他和它们在一起，他就觉得自己比以前健康了，就像和一个极其有吸引力的人约会，你会非常想和这个人在公众场所同进同出。此刻他也有这种感觉，因为他的购物车里装满了亮闪闪的茄子、玉米和多种绿叶蔬菜：芝麻菜、西兰花、瑞士甜菜。太美丽了。他向上次那个可爱的收银姑娘展示它们，感觉就像孩子把他在学校里制作的卡片送给母亲。

"有袋子吗？"她说。

他望着女孩，不太理解这个问题。要袋子干什么？

"没有。"他说。

"哦，"她失望道，"我们鼓励客人自带非一次性的购物袋。为了节省纸张，明白吧？"

"明白。"

"而且还有返点，"她说，"你每带一个购物袋来，就会得到一个返点。"

他点点头，眼睛不再看她，而是盯着收银台的显示屏。他假装非常认真地分析每件商品的价格，以免被多收钱。收银员肯定觉察到了他的不安和（再次）遭受苛责的感觉，于是尝试用改变话题来缓和气氛："这么多茄子，你打算怎么做？"

但这句话并没有缓和气氛，因为他只能想到一个答案，同时也是真实的答案："我不知道。"收银员似乎有点失望，他连忙补充道："也许，呃，做个汤？"

错得太他妈离谱了。他连正确地购物都做不到。

他回到家，找到一个出售非一次性购物袋的网站，这家机构用出售购物袋的全部所得资助某处某片热带雨林里的某项事业。更重要的是，这家机构的徽标显眼地印在购物袋的两侧，等他向收银员展示购物袋时，收银员会看见徽标并深为所动，因为他不但是个自带购物袋的环保主义好顾客，而且他的购物袋本身也在做对环境有利的事情，所以他比店里的其他顾客更加生态友好一倍。

他订购了袋子，空运隔天到。他回到店里。他买的还是容易腐坏的生鲜，但每种只买一件，免得因为某件商品买得太多而引来关注，就像上次的茄子。他找戴黑色方框眼镜的可爱收银姑娘结账。她说"你好"，但只是个一般性的问候。她不记得两人之间的联系了。她为他购买的商品扫码。她说："有袋子吗？"他故作轻松地回答，似乎他一直都是自带购物袋，没什么大不了的："哦，当然，我有袋子。"

"返点是给你，"她说，"还是捐掉？"

"什么？"

"你自带购物袋，所以有返点。"

"我知道。"

"要不要捐给我们认可的十五家慈善机构之一？"

他不由自主地说"不"，但不是因为他很小气，不愿用他的返点做慈善，而是因为他很清楚自己完全不知道该怎么在十五家机构中做出选择，他很可能没有听说过其中的任何一家。因此他拒绝了，因为对于推进和结束这项社交活动来说，这似乎是最平静和最不尴尬的一条路了。实话实说，这项活动吞噬了他大量的闲余脑力，他一整个星期都在想象着它，为它做准备。

"哦，"收银姑娘惊讶道，"呃，好，随便你。"嘴角向上一抽，眉毛讽刺地挑了挑，意思大约是：这年头还有谁不是混蛋啊？

她继续扫码和称量蔬果，态度在他眼中只能被解读为冰冷和机械。她的手指敏捷而专业地扫过收银机按键。她在这儿如鱼得水，安然自在。她对她的生活方式和观点没有哪怕一丁点儿的不安，因此能够轻而易举地评判和鄙视他。他觉得内心有某种东西破碎了，变质腐化了，怒火一路向下烧到他的肝脏。他将非一次性的购物布袋举过头顶，就这么举了几秒钟，也许是在等待其他人说些什么。但没有任何人开口，没有任何人向他投来哪怕一丁点儿的注意力。这似乎是最可怕的侮辱，他摆出象征着暴力和激情的戏剧性姿势，却没有任何人在乎。

于是他扔掉了购物袋，瞄准收银员的脚扔了出去。

扔购物袋的时候，他发出狂野而愤怒的战吼——至少他的意图是这样。事实上，从嘴里冒出来的却是低沉而粗哑的兽性呜呜声。他咕噜了一声。

购物袋打在收银员的大腿侧面，她诧异地尖叫一声，向后跳开，皱皱巴巴的购物袋无力地落在地上。收银员望着他，嘴巴微张，他向她走了一步，趴在收银机上，秃鹫似的张开双臂，吼道："你知道什么？"

他不知道他为什么要这样张开手臂。他发觉他脑袋里空白一片，不知道接下来该说什么。店堂里忽然变得异常安静，收银区的嘀嘀嘟嘟声响随着她的尖叫戛然而止。他环顾四周，看见几张惊骇的脸（以女性为主）望着他，眼神里充满嘲笑和恐慌。他从收银台慢慢地退开。他觉得他必须对人群说些什么，解释触怒他的原因是什么，证明他的爆发有正当理由，向他们传达他的无辜、良善和德行。

但说出口的却是："你必须表达！"

他不知道他为什么说这个。他记得他最近在一首流行歌曲里听到过几次这句话。莫莉·米勒的新歌。他在那首歌里听见这句话的时候就喜欢上了它。他觉得这句话听起来既敏锐又时髦，但话刚出口，他就意识到他根本不明白它的意思。他以最快速度离开。两只手插在裤袋里，一阵风似的夺门而出。他发誓绝对不会再回去了。那家店，那个收银员，你永远不可能符合他们的标准。你永远不可能让那些人高兴。

因此，第一项——购买健康食物——也没戏了。

补丁日，他的待办事务列表上还有一个条目可供完成：帮助道奇。实话实说，这似乎本来就是最有吸引力的一个选择，帮助他的公会伙伴，他新交的朋友，他的 IRL 朋友——这是《精灵征途》部分玩家使用的术语，IRL 是短语"现实生活中的"（in real life）在游戏社群中的通用缩写，他们谈论现实生活的语气就好像那是遥远的异国他乡。他想骗自己说他之所以觉得这个选择最有吸引力是出于某种利他冲动，他必须帮助一个需要援助的朋友。这种冲动或许确实存在，是他情感大杂烩的一部分，但追根究底之下，他不得不承认，真正的原因是他这位新朋友是作家。道奇有稿约，有出版商，能够接触到神秘莫测的图书世界，庞纳吉也想进入那个世界，因为庞纳吉也是一名作家。和新朋友在荡妇场见面的那天晚上，他难以完全集中注意力，因为得知新朋友是作家之后，他满脑子都是一本黑色皮面日记本，日记本里有一部小说的开头，他确定那部讲通灵侦探和连环杀手的小说将价值百万美元。他在初中的创意写作课上开始酝酿这个故事。写作课结束前的那个晚上，他写下了小说的前五页。老师说他"写得很好"，说他"有力地捕捉到了侦探的叙事声音"，侦探在幻觉中看见杀手用刀捅进一个女孩的心脏，老师在页边空白处写下"够吓人！"。这证明了庞纳吉能够做出超乎寻常的事情。他能够用他在一个晚上匆忙写出的文字引发真正的情感反应。这是天赋，要么有要么没有的天赋。

帮助新的 IRL 朋友能给他一个推动力，最终达到他想达到的所有目的。因为道奇事后会欠他一个人情，他能够用报酬丰厚的稿约兑换这个人情，不但可以将他拉出他所深陷的按揭泥潭，让他有钱购买真正的有机健康食物，更能说服莉萨回到他身边，因为他克服了她对他最不满的弱点之一——"欠缺进取心和动力"——她在使得离婚协议生效的文件中"不可调和的分歧"章节里令人痛苦地明确指出了这一点。

现在的情况是，道奇需要他母亲的资料，而他母亲不肯开口。他需要她过去的情报，但靠得住的信息只有一份不完整得令人痛苦的逮捕记录和一张 1968 年他母亲参加抗议活动时的照片。照片上，他母亲背后坐着一个姑娘，就是那个戴着飞行员太阳镜的人，有可能是她所在团体的另一名成员，庞纳吉心想她会不会还活着。有可能，甚至有可能依然住在芝加哥，或者有朋友依然住在芝加哥：他需要的仅仅是姓名。他把照片发给斧人，斧人是公会里的一名九十级精灵战士，在现实生活中是一名高中生，非常擅长写代码，极不擅长运动（不幸的是，他父亲只关心他会不会运动）。斧人的专精领域名叫"社交轰炸"，他能几乎同时将一条留言发到所有博客评论、维基页面、社交网站和留言板上。这个软件肯定能卖一大笔钱，但斧人目前只用它报复在学校里欺负他的那些擅长运动的同学，把他们的脸 PS 进同性色情片的截屏，然后将以假乱真的图片发给几亿人看。斧人说程序还在测试期，说还需要思考该怎么变现，但庞纳吉猜他只是在等十八岁后搬出父母家，这样就不需要让混蛋老爹分享他的几百万美元了。

总而言之，庞纳吉把照片发给斧人，附带简短的留言："炸了芝加哥的所有论坛，我想知道这个女人是谁。"

庞纳吉往后一靠，觉得自己实在太天才了。尽管从头到尾只花了一两分钟，但他还是觉得已经耗尽了全部力气：制订计划，实行计划。他觉得累了，今天到头了，被压力击败了。他尝试登入《精灵征途》，但服务器依然没上线。

他望向前窗外的信箱。他坐进椅子，考虑接下来该做什么，然后起身换了把椅子坐下，因为前面那把椅子不怎么舒服。他再次起身，走到房间中央，在脑海里做了个小游戏，试着站在房间的正中央，也就是离四面墙距离相等的地方。还没来到想取出卷尺来确定准度的那一步，他就放弃了这个游戏。他想看电影，但他的整个电影库都已经看过许多遍了。他想购买和下载新电影，但光是看电影似乎就会让他觉得疲惫。他走到屋子后侧，然后走到前侧，希望屋里能有什么东西触发某种念头。厨房里有事要做，他很确定。他能感觉到这件事在他的记忆边缘跳舞。他打开烤炉，然后关上。他打开洗碗机，然后关上。他打开冰箱，很确定冰箱里有什么东西会提醒他想起他应该想起来的和该死的厨房有关的什么事情。

2

这是什么？劳拉·波茨坦心想，因为她感受到了一种全新的情绪。她似乎从未感受过这种情绪。这就太奇怪了！她一个人坐在乱糟糟的宿舍房间里等拉里，摆弄着手机上的我感觉应用，第一次感觉到了这种新的情绪：怀疑。

对许多事情的怀疑。

此刻是对我感觉应用本身的怀疑，它不允许她表达她的怀疑。"怀疑"不是我感觉内置的五十种标准情绪之一。这个应用第一次让她失望了。有史以来第一次，我感觉不知道她内心的感受。

我感觉：难受，她输入文字，随即心想：不，我的感觉不是这个。"难受"是她又一次伤害了母亲感情后的情绪，是她饱餐一顿后的感觉。她此刻的感觉不是"难受"。她删掉这两个字。

我感觉：失落，她输入，但听起来又傻又俗气，绝对不是劳拉会用的词汇。人们找不到生活方向的时候会"失落"，但劳拉的生活有方向：成功的副总裁，主管商务沟通和营销，怎么样？成功的商科生？精英学生？她删掉"失落"。

　　我感觉：生气，还是不对，因为似乎不够重要。删掉。

　　我感觉的好处在于她能够向庞大的朋友网络随时广播情绪，朋友们的手机应用会自动回应，发送适合她所表达的情绪的信息。劳拉通常很喜欢这样，她用我感觉发个悲伤，几秒钟内鼓励、支持和振奋就会点亮她的手机，确实能让她感觉不那么悲伤了。她可以在五十种标准情绪中选择一种，附加一小段留言甚至照片发出去，然后坐等朋友的支持滚滚而来。

　　但此刻，劳拉第一次觉得这五十种标准情绪不够用了。她的感受第一次超出了五十种标准情绪，这让她大吃一惊，因为她一向觉得五十个选择已经够多的了。事实上，有些情绪她根本没有使用过。尽管无助就在五十种标准情绪之中，但她一次也没有用我感觉输入过无助。她从来没有输入过我感觉：愧疚或我感觉：羞愧，显然也从来没有输入过我感觉：衰老。她不怎么"哀伤"也不"自怜"。她感觉到的更像某种怀疑，她担心她的想法、感觉和行为并非完全正确。之所以心怀不安，是因为现实不同于生活给予她的首要印象，也就是她无论做什么都绝对正确和值得夸奖，无论她要什么都应该得到，因为她有这个资格，这大致就是她母亲不断向她传达的信息。与文学导论这门课的教授会见后，劳拉立刻打电话给母亲："他说我作弊！说我抄袭论文！"

　　"是真的吗？"她母亲问。

　　"不是！"劳拉说，然后隔了很久，"好吧，我说实话。我作弊了。"

　　"唔，我相信你肯定有个很好的理由。"

　　"我有个绝好的理由。"她说。她母亲总是这么做，帮助她想出无懈可击的借口。十五岁那年，她凌晨三点回到家，喝得烂醉，似乎还抽了几口大麻，送她回家的是三个非常闹腾的小伙子，年龄比她大得多，有的已经高中毕业，有的最近才辍学，她后脑勺的头发乱糟糟的，明显和轿车后座发生过剧烈的摩擦，她的精神近乎呆滞，她母亲问："你去哪儿了？"她什么都说不出来，只是站在那儿傻乎乎地前后摇晃，连她母亲出手救场都没用。

"你生病了吗？"她问劳拉，劳拉接住话茬，使劲点头，"你生病了，对吧。你得了什么病？大概是打了个瞌睡，然后忘了时间，对吧？"

"对，"劳拉说，"我不舒服。"为了圆谎，她第二天只好逃学回家，声称她得了感冒或流感，难受得无法忍耐。考虑到那天早晨她醒来时感觉到的严重宿醉，这么说也不算过于夸张。

这些交流之中，最奇怪的一点莫过于她母亲居然似乎深信不疑。

她并不是在给女儿打掩护，而是一厢情愿地沉浸在对女儿的幻想之中。"你是个坚强的女人，我为你自豪"，事后她会对劳拉说，或者"你无论想做什么都会成功"，或者"不要让任何人挡了你的路"，或者"我为你放弃职业生涯，你的成功对我来说确实就是一切"。诸如此类。

然而，此刻劳拉感觉到了怀疑，它不是我感觉允许你拥有的五十种情绪之一，这件事本身就害得她怀疑起了她此刻感觉到的是不是怀疑，她尽量不在这个让人头疼的悖论上消耗太多的心神。

文学导论绝对不能不及格。这个结论无比明确。有太多事情取决于这门课程的分数：实习机会、暑期工作、平均绩点、永久性的污点记录。不行，这种事绝对不能发生，她由衷地憎恨她的教授，只因为那么一篇愚蠢的文章，他就想夺走她的未来，对她犯下的过错来说，这个惩罚未免大得过分。

然而，好吧，连这一点她也有所怀疑，因为假如任何课业都不该判她不及格，那么据此可得，她可以在所有课业上作弊，永远也不会被判不及格。这个想法似乎有些奇怪，因为她在高中时每次作弊之前都会和自己达成约定，现在作弊没关系，等作业变得有意义，她一定会停止作弊，自己好好完成作业。这个约定直到现在还没有被履行过。四年高中和一年大学，她没有见过她觉得哪怕有一丁点儿意义的作业。因此她每次都作弊，每次都撒谎。次次如此。而且连一口唾沫的后悔都没有过。

直到今天。今天在脑海里折磨她的是这些念头：要是她什么都不学就混到了毕业怎么办？等她得到第一份大权在握的商务沟通和营销工作后，她会知道该怎么做吗？她忽然想到，她甚至不太清楚"营销"这个词包括哪些内容，只是本能地知道有人对她这么做了，而且做得很成功。

但每次想到也许应该集中精神听讲、自己做作业、认真学习以通过考试和亲自写论文，恐惧感就会攥住她的心脏：万一她做不到怎么办？万一她不够优秀怎么办？或者不够聪明？要是失败了怎么办？她害怕"真正的"劳拉，不靠欺骗和花招蒙混过关的那个劳拉，并不是她和母亲心目中的那个精英学生。

对她母亲来说，这个认知将是致命的打击。母亲离婚以后，写给劳拉的电子邮件末尾总用你是我唯一的快乐落款，绝对不可能接受劳拉的失败。她的毕生事业将因此毁灭。

因此，劳拉只能继续推进她的计划，无论要冒多少风险，为了母亲，为了她们两人。怀疑没有容身之处。

为什么？因为现在赌注已经垒得太高了。她打电话给院长确实免除了与《哈姆雷特》有关的所有痛苦，但也引来了一个意料之外的难题：院长投入了异乎寻常的精力，要向她展示校方有多么重视劳拉受到伤害的感情。院长要组织一场调解与解决冲突研讨会，据劳拉所知，这将是一场为期两天的高峰会议，她和安德森教授要面对面坐在一张桌子两侧，几位第三方调停人会在安全和尊重的环境中帮助他们交流、管控、处理和行之有效地解决两人之间的冲突。

听起来绝对是全世界最可怕的事情。

劳拉知道她不可能在两天的缜密审查中维持住她编造的谎言。她知道她必须以一切代价防止这场会议的召开，但她对她目前想到的唯一一条出路感觉怀疑，甚至还有一丝愧疚和懊悔。

有人敲门。拉里总算来了。

"等一下！"她喊道。

她脱下短裤和背心，扯掉胸罩和内裤，从壁橱里取出一块毛巾，她能找到的最薄最小的一块毛巾。甚至算不上真正的浴巾，因为它包不住她的身体，侧面从上到下露出了一整块肌肤。毛巾的宽度也不符合标准，因为底部刚好只到双腿与躯干相接之处那个柔软多汁的敏感位置。换句话说，稍微一动就会走光。毛巾是白色的，洗了太多次，有些地方已经磨得能一眼看穿了。她存心洗了它许多次，就是为了达到这个效果。这块毛巾的用途就像魔术师的怀表：催眠。

她打开门。

"嘿。"拉里说，看见她和她那条小得荒唐的毛巾，立刻转不开视线了。"我没穿衣服，对不起，"她说，"正要去洗澡。"

他走进房间，随手关上门。拉里·布罗克斯顿身穿他日常的行头：银光闪闪的篮球短裤，黑 T 恤，大号拖鞋。倒不是说拉里没有其他衣服——他有，劳拉看过他的衣橱，里面有的是漂亮的系扣衬衫，肯定是他母亲放进去的——而是他就喜欢穿成这样，每天早晨从地上捡起来，闻一闻然后重新穿上。不知道这一身他要穿多久才会厌烦，但已经一个多月了，她还没有见过他换衣服。她经常会发现男生能够多么执着于他们的欲望。他们喜欢某样事物，往往会没完没了地重复下去。

"你需要什么？"拉里问。男生经常殷勤地满足她的要求，尤其是当她身上只有一条毛巾的时候。拉里坐在她的床上。她站在他面前，身体位于他的视线前方。毛巾向上提三四厘米，他就会看见她修剪得整整齐齐的草丛。

"帮个小忙。"她说。

她在文学导论课上认识了拉里。她从一开始就注意到了他，拿不准他是想留胡子还是忘了刮脸。她在校园里看见他。她知道他永远穿同一套行头，开一辆特别大的黑色悍马。他从不和任何人说话，但一天下课后，他问她愿不愿意去他所在的兄弟会参加派对，是个主题派对。他们要烤一头整猪。烤汉堡肉饼做他们所谓的"雷龙堡"。调制名叫"侏罗纪汁"的饮料。这个派对名叫"穴居荡女"。

简直是侮辱人！这是个兄弟会派对，显然她必须穿得很淫荡。这是不言而喻的事实。他们难道觉得她是白痴吗？

不过，行啊，她还是去了。宽松的无袖皮袍，没穿内衣，去他妈的，痛饮侏罗纪汁，到最后觉得还挺好喝。她和拉里聊天，拉里在一句话里加审慎这种词，算他厉害。他们谈到大学里最糟糕的事情是什么。"上课。"劳拉说。"停车位太小了。"拉里说。劳拉感觉到熟悉的醉酒兴奋感攫住了整个身体，她只想紧紧地贴上离她最近的一个男人。但她还没醉到会在众目睽睽之下做这种事的地步。她邀请拉里去她的宿舍，她为他口交，他连招呼都不打就射在了她嘴里，她觉得他这么做很没礼貌，但也没什么大问题。

她不知道审慎是什么意思，但有时候你也必须给男人一点信心。权当那是个好词儿吧。

"你那份工作还在做吗？"劳拉说，指的是他在大学电脑服务中心那个了不起的工读职位，拉里每次值班三小时，基本上全花在看网络视频上，偶尔帮一帮不会连接打印机的倒霉教授。

"在啊。"他说。

"那就好。"她说，走向他，用腿轻轻蹭他的腿。

她第一次带拉里来她宿舍那天发生了一件怪事。他高潮的时候，她觉得有一块奇怪的东西忽然冲进嘴里，柔软，但无疑是固体。她把那东西吐在嘴里，发现是一块消化了一半的雷龙堡。她猜那东西肯定来自拉里，结论是他有把食物从阴茎射出来的特殊能力，真是恶心。从那以后，她命令拉里换别的地方射精。

"所以你那份工作，"劳拉说，"可以远程登入校园内的所有电脑，对吧？"

"对。"

"完美。有一台电脑需要调查一下。"

拉里皱眉道："谁的电脑？"

"安德森教授的。"

"噢，我天。真的？"

她用一只手爱抚他干草色的头发："没错。他在隐藏某些事情。某些坏事。"

劳拉没有考虑过另一种可能性：男性从生理学上说就不可能把胃里的东西通过阴茎射出来，那一小块雷龙堡早在口交开始之前就在劳拉的嘴里，卡在曾经长着智齿的那个空腔里，只是被拉里射精时的冲力撞出来了而已。换句话说，完全是个巧合，虽说是个不幸的巧合。事后，她对拉里说再也不准你射在我嘴里了，他兴致勃勃地讨论起了其他身体部位。脸蛋、胸部和屁股是期待中的首选目标。之所以期待，是因为他们都看过无数个小时的网络黄片，两个人只是在表演他们已经习以为常甚至觉得有点老套的场景。拉里希望每次性交都结束于他射在她的某个身体部位上，就好像性爱就应该这么结束。好吧，那就脸蛋、胸部和屁股吧，这大致算是强制性的要求，因为色情电影里的射精桥段都是这么拍的。但后来拉里开始扩展目标区域：他想射在她的双脚、后背、头发、鼻梁（他要她戴眼镜，好射在镜片上）、胳膊肘、手腕最细的部位上。他的要求明确得夸张！她完全摸不着头脑，就好像拉里有个他想射在上面的身体部位清单。她完全不懂，除了性对她来说就像一场宾果游戏，充满了不确定。

"安德森教授会隐藏什么东西？"拉里说，"在他的电脑里？"

"某些让人尴尬的东西。甚至和犯罪有关。"

"说真的？"

"百分之百，"劳拉说，她对此有百分之八十的信心，因为谁的电脑里没点让人尴尬的东西呢？可疑的下载图片，浏览历史里的可疑链接。概率站在她这一边。

"我只能在其他人求助时登入他们的电脑，"拉里说，"我不能随便乱看。"

"你可以说你在做例行维护。"

她向拉里走了一步，大得夸张的一步，好让身体从毛巾底下钻出来。她不确定底下发生了什么，因为她的注意力全放在拉里身上，但从他的表情看来——他不再摇头，而是直勾勾地盯着她——她估计她腰部以下彻底走光了。

"想一想，"劳拉说，"要是你找到了能证明他不适合当老师的材料，你就会成为英雄。我的英雄。"

拉里盯着她。

"愿意为我做这件事吗？"

"我会惹麻烦的。"他说。

"不会的，我保证。"她说，另一只手伸向他的脑袋，她松开了毛巾，毛巾轻柔地落在地上。

她一向喜爱这个时刻，男人意识到接下来会发生什么时的陡然转变，他们会多么迅速地切换到另一种紧张和聚精会神的状态啊。拉里已经开始动手动脚了。

"当然，"他说，"交给我了。"

她不禁微笑。此时此刻，他会答应一切要求。

这种时刻，诱惑的时刻，对劳拉来说从来都不成问题。问题在于事后。男人和她好上几个星期后总是会逐渐飘走。男人都是靠不住的。举例来说，她遇到过三个男人，全是有油水可挤的那种所谓的朋友，认识没多久就纷纷自称是双无性恋，也就是对两个性别都完全丧失了兴趣。

她心想，你说这个可能性有多大？

拉里完事后离开她的宿舍，她从小腿上（这倒是第一次）擦掉他黏糊糊的体液，重新打开我感觉，希望这会儿她能看得更清楚了，说不定能够搞清楚她该说什么，感觉到了什么。但运气不佳，她的情绪和先前一样陌生。

她决定打开我感觉上的自动更正功能，这个绝妙的小软件能采集你此刻感觉到的情绪，对比我感觉数据库收录的几百万个条目，通过用户情绪传递、数据挖掘之类的手段，推断出你此刻感受到的是五十种标准情绪中的哪一种。劳拉点击一个链接，屏幕上弹开一个文本框，她开始输入：

我感觉：我觉得我不该因为在一篇白痴论文上作弊而被判一门课不及格，但另一方面我也知道我不该在那么多的事情上作弊，因为从长远来看对我好像没什么好处 ~(´●﹏●`)~ 但再一方面，我现在之所以不得不总是作弊，是因为我过去也总是作弊，我通常根本不知道我那些课程都在讲什么 (⊙＿◎) 所以假如我停止作弊，成绩就会一塌糊涂，我甚至有可能会被退学。因此，要我说，反正都是死路一条，我还不如继续作弊，拿到我需要的学分，成为我妈妈拼命想要成为的大权在握的商务职业人士。所以我一定要阻止这次与教授面对面的会议，我已经想了很久，发现如果教授不是学校的雇员，学校就不会要求他必须到场 \(^.^)/ 所以接下来要搞臭他，让他被解雇，毁掉他的人生，虽然这会让我有一点点愧疚，但这么做也是学校逼的，我也很不爽，关键是我不得不做出事后令我感到后悔的事，只因为我抄袭了一份傻透了的论文¬_(⊙﹏⊙)_/¯

她按下"发送"，我感觉应用运行了一小会儿，自动更正功能跳出结果：

你的意思是"糟糕"吗？

对，这就是她想表达的情绪。她立刻发布了一条"我感觉：糟糕"。几秒钟后，留言如潮水般涌来。

姑娘开心点！ :)

不要觉得糟糕，你是最棒的！！

爱你！

你最了不起！！！！

等等等等，几十条留言，来自朋友和仰慕者、男朋友和情人、同事和熟人。尽管他们不知道她为什么觉得糟糕，但她很容易就能假装以为他们知道，也知道她的计划，于是每一条留言都更加坚定了她的决心。这就是她必须要做的事情。她想着她的未来，想着她的母亲，想着受到威胁的一切。她知道她必然正确。她将执行那套计划。教授是自找的。他活该。他不会知道是什么碾死了他。

3

　　亨利在一个城郊办公园区上班，两人在附近的一家连锁餐厅见面，这种地方耸立在高速公路旁，在一条繁忙得可怕的单向通道上。这段道路往往会搞死你的定位设备或地图应用，因为你需要完成一连串愚蠢而反直觉的 U 字掉头，才能穿过旁边那条十四车道高速公路逼着你走的各种高架桥、上下匝道和立体交叉路。

　　餐厅里，音乐是欢快的 Top 40 金曲榜上榜歌曲伴唱，脚下铺着工业用地毯，周围环绕着坐在高脚椅里的孩童，地上星星点点满是小块食物、弄洒的牛奶、蜡笔和湿漉漉皱巴巴的小团餐巾纸。几家人站在前厅等座，眼睛盯着服务员递给他们的塑料圆盘，这个小玩意儿里有某种马达和声光装置，排号轮到他们时会振动并闪光。

　　亨利和萨缪尔坐在一个卡座里，他们拿着菜单——压膜的大张菜单，色彩缤纷，划分成复杂的区块，大致是电影《十诫》里十诫石板的尺寸。食物就是标准的连锁餐厅食谱：汉堡、牛排、三明治、沙拉和一系列有创意的开胃小菜，名字往往带有稀奇古怪的形容词，例如嘶嘶响的。这家连锁餐厅据称与其他连锁餐厅的所谓区别是他们烹饪洋葱的奇特手法：切片后油煎，洋葱受热后会卷起来，装在盘子里仿佛脱水的多指手爪。店方有积分俱乐部，你可以靠吃这种东西攒积分。

他们的桌上摆着几样开胃菜，都是亨利用公司信用卡买的。按照亨利的说法，公司正在进行所谓的"田野调查"。他们采集菜单的样本，讨论哪些菜色有可能成为速冻餐：黄金油炸切达奶酪块，可以；单面煎黄鳍金枪鱼，恐怕不行。

亨利把这些全记在笔记本电脑上。他们正在品尝一盘味噌串烤鸡肉，亨利终于问起了他渴望讨论但尽量假装无所谓的话题。

"哦，说起来，你母亲怎么样？"他轻描淡写地说，用叉子扒开一块鸡肉。

"不太好，"萨缪尔说，"今天我在伊利诺伊大学芝加哥分校图书馆泡了一个下午，查阅档案，研究他们 1968 年的所有记录。年鉴，报纸。希望能找到老妈的什么材料。"

"然后呢？"

"几乎没有。"

"好吧，她在大学里没待多久，"亨利说，"大概一个月？你什么都找不到我也不会吃惊。"

"我不知道该怎么办了。"

"你在她的公寓见到她的时候，她看上去，怎么说？开心吗？"

"不怎么开心。比较安静，有戒心。还有点绝望的听天由命。"

"听起来很耳熟。"

"也许我该再去见见她，"萨缪尔说，"找个律师不在的时候去一趟。"

"这个主意太糟糕了。"亨利说。

"为什么？"

"首先？她不配。你活到这么大，她除了麻烦什么都没给过你。其次？犯罪，实在太危险了。"

"哎呀，你就算了吧。"

"我说真的。地址是哪儿来着？"

萨缪尔报出地址，父亲把地址输入电脑。"这儿说，"亨利指着电脑屏幕，"那附近发生过六十一起罪案。"

"老爸。"

"六十一起！仅仅是上个月。普通伤害，普通斗殴，非法侵入，蓄意破坏，盗窃机动车，入室盗窃，又一起普通伤害，私闯民宅，盗窃，又一起普通伤害，就在人行道上，我的天。"

"我已经去过一趟了。没事的。"

"大白天，就在人行道上。光天化日之下！一个人扑上来给你一撬棒，拿走你的钱包，扔下你等死。"

"我保证不会发生这种事的。"

"但确实发生过，而且就是昨天。"

"我是说不会发生在我身上。"

"盗窃未遂。还有一起非法持有武器。寻获人口，我猜是该死的绑架。"

"老爸，听我说——"

"公共汽车上的普通伤害。严重斗殴。"

"好的，我明白了。我会当心的。你说什么就是什么。"

"我说什么就是什么？那就别去。根本不要去。待在家里。"

"老爸。"

"让她为自己辩护。让她烂在牢里。"

"但我需要她。"

"不，你不需要。"

"又不是要一起过圣诞节。我只是需要她的故事。要是我不搞明白，我的出版商就要起诉我了。"

"一个非常坏的坏主意。"

"你知道我的另一个选择是什么吗？宣告破产，搬家去雅加达。这就是我的选择。"

"为什么选雅加达？"

"只是一个例子而已。重点在于，我必须让老妈开口。"

亨利耸耸肩，嚼着嘴里的鸡肉，在电脑上做笔记。"昨晚看小熊队的比赛了吗？"他盯着电脑屏幕问。

"最近我可没心情。"萨缪尔说。

"嗯，"亨利点头道，"好一场比赛。"

他们通常就是这么维系关系的——通过运动。每次谈话变得无聊或悲伤，或者进入了个人化的危险地带，两人就会扑向这个话题。费伊离开后，萨缪尔和父亲极少谈到她。他们各自沉浸在自己的痛苦里。他们聊得最多的是芝加哥小熊队。她离开后，两人同时发现他们突然对小熊队产生了强烈得惊人、虔诚得能燃烧一切的热爱。萨缪尔卧室里晦涩难懂的现代艺术画作复制品从卧室墙上取了下来，他母亲挂在旁边的无意义诗歌海报也取了下来，二垒手赖恩·桑德伯格与外场手安德烈·道森的海报和小熊队的旗帜挂了上去。工作日下午听芝加哥电台时，萨缪尔诚心诚意向上帝祈祷（跪在沙发上，眼望天花板），祈祷时交叉手指，和上帝谈条件以换取一个本垒打、一场后三回合的胜利、一个取胜的赛季。

他们偶尔去芝加哥看小熊队打比赛——总是在白天，之前总有一整套复杂的仪式。他父亲会在车里塞满足以熬过任何一场公路灾难的物资。备用的几大罐清水，供饮用或散热器过热。备用轮胎，通常两条。信号弹，应急手摇民用无线电。里格利村的徒步地图，写满了以前旅行时留下的标注：找到停车位置的地方标一颗星，遇到乞丐或毒贩的地方标一个叉。看上去特别令人不舒服的区域彻底划掉。他还买了个假钱包，免得遇到劫匪。

他们越过城界进入芝加哥，车流开始淤积，市郊变成城区，这时候他父亲会问："门锁了吗？"萨缪尔抓住把手晃了晃："锁了！"

"眼睛放亮点？"

"好的！"

两人保持警醒，时刻防范罪犯，直到踏进家门。

亨利以前从不这么焦虑，但自从费伊消失后，他就变得忧心忡忡，时刻害怕会遇到灾祸或抢劫。失去妻子让他相信还有更多的损失就在拐角等着他。

"我想知道发生在她身上的事情，"萨缪尔说，"在芝加哥，在大学里。是什么使得她突然离开？"

"我怎么知道？她从没谈过这些。"

"你问过吗？"

"她能从芝加哥回来我就谢天谢地了，所以不想破坏好运。送你的马别看牙口，知道这句话吧？过去的事我就让它过去了。我觉得我很开明和有同情心。"

"我必须搞清楚她都遇到了什么事情。"

"哎，给我个意见。我们正在启动一条新产品线。你更喜欢哪个徽标？"

亨利把两张光面纸从桌上推给他。一张写着农场冻鲜食品，另一张写着农场冰鲜食品。

"你这么关心儿子过得好不好，我非常高兴。"萨缪尔说。

"说真的，你更喜欢哪个？"

"我的个人危机对你来说这么重要，我非常高兴。"

"别说台词了。选一个。"

萨缪尔研究了一小会儿："我猜我会选冻鲜吧？要是有疑问，就选词法没错的。"

"我就是这么说的！但广告部那帮人说冰鲜让产品显得更有趣。他们就是这么说的。更有趣。"

"当然我也要说，冻鲜这个词也不算全对，"萨缪尔说，"更像个不是名词的词被强行打扮成名词。"

"我的儿子，英语系教授。"

"我总觉得这是为了修饰前面的词。比方说金枪鱼三明治，或者谷物脆片。"

"广告部那帮人成天做的就是这种事。他们说，三十年前你写个简明扼要的陈述句就能过关了：真美味！要快乐！但如今的消费者更有鉴赏力，所以你必须玩弄语言花招。品尝美味！找到你的快乐！"

"我有个问题，"萨缪尔说，"一样东西怎么可能既农场鲜采又冷冻呢？"

"会停下来思考这种事的人比你想象中要少得多。"

"一旦冷冻了，按照定义，不就不再是农场鲜采了吗？"

"这是个触发词。假如他们想向时髦人群营销食物，就会说农场鲜采，或者手工制作，或者本地生产。向新千年一代，他们会说复古。向女性，他们会说低脂。你可千万别逗我说那些农场鲜采食品的来源是引号农场引号完。我是艾奥瓦人。我知道农场是什么样。那地方绝对不是农场。"

萨缪尔的手机叮咚一声，他收到了新短信。他本能地伸手去掏口袋，忽然停下，把双手叠放在桌上。他和亨利对视了几秒钟。

"你不看吗？"亨利说。

"不看，"萨缪尔说，"我们在谈话。"

"说不定有要紧事。"

"我们在谈你的工作。"

"不算真的谈。更像你在听我抱怨，又不是第一次。"

"还有多久能退休？"

"哦，太久了。但我已经在数日子了。等我最后滚蛋的时候，最高兴的肯定就是广告部那帮人。你该看看我怎么和他们吵的，他们想把墨西哥辣椒爆米花叫作辣弹风暴，把奶酪味脆薯条叫作芝士嘎嘣脆。辣弹风暴，嘎嘣脆。不，谢谢，免了。"

萨缪尔记得他父亲得到这个职位、搬家来到溪林镇的那天有多么高兴——他们终于搬出拥挤的公寓楼，来到满眼翠绿、房屋间距合理的橡树谷弄，某些事情发生在了他母亲身上。他们第一次有了院子和草坪，他父亲想养狗。家里有洗衣机和干衣机，再也不用在星期天下午跑洗衣房了。再也不用拎着百货杂物走五个街区了。再也不用忍受小流氓乱划汽车了。再也不用听楼上的夫妻打架、楼下的婴儿哭号了。他父亲欣喜若狂，母亲却怅然若失。夫妻之间有可能争执过，她想留在城市里，他想搬去城郊。天晓得这种问题是怎么解决的。父母总是会向孩子隐瞒另一部分更值得玩味的生活。萨缪尔只知道母亲输掉了这场争执，她对失败的所有象征皱起眉头——宽大的茶色车库门，后院露台，中产阶级的烧烤架，满是快乐、安全、养儿育女的白人私密街区。

亨利肯定觉得他把这辈子都安排好了——一份好工作，一个家庭，一幢漂亮的城郊住宅。他一直以来想要的就是这些，结果当梦想分崩离析的时候，情况才会那么糟糕，甚至险些打垮了他的整个人。首先是妻子抛弃了他，然后工作也做了同样的事情。那是2003年了，亨利在那家公司已经工作了二十多年，再过短短十八个月就可以舒舒服服地提前退休了，美好未来近在眼前，他已经开始制订旅行计划和考虑新爱好——这时公司忽然申请破产。更恶劣的是，公司在宣布破产前的两天向全体员工发送了"万事安好"的通知，宣称破产传闻完全是谣言，请大家捂好手里的股票，不妨再多吃进一些，因为公司股价此刻被严重低估，亨利就这么做了，但后来人们发现 CEO 赶在这个时候甩掉了他的全部股份。亨利的退休计划完全放在此刻变得一文不值的公司股票上，而公司摆脱破产困境并重发股票时，只补偿了董事会成员和华尔街大投资商的损失。亨利因此成了个穷光蛋。他积攒多年的养老金在一天之内蒸发殆尽。

那天，当他终于意识到退休必须推迟十年甚至十五年的时候，亨利脸上的困惑表情与费伊失踪那天如出一辙。本应保护他的东西再次背叛了他。

如今，他只剩下了愤世嫉俗和谨慎提防。不再相信任何承诺的人就是这个样子。

"一个普通美国人每个月吃六份冷冻餐，"亨利说，"我的任务是把六变成七。我不知疲倦地为了这个目标工作，有时候连周末也不休息。"

"听起来似乎没多少热情。"

"问题是，办公室没人有长远眼光。他们眼睛里只有下个季度的账目和下一份盈利报表。他们看不见我看见的东西。"

"你看见了什么？"

"无论我们如何识别新的空白市场，从长远来看，我们的努力只会毁灭它。这就像我们的指导原则，我们的根本哲学。1950 年代，斯旺森发现全家人总是坐在一起吃饭，于是想打入这个市场。他们发明了电视餐。结果家庭意识到他们并不需要坐在一起吃饭。

销售家庭餐反而导致了家庭餐的灭绝。从那以后，我们一直在摧毁自己的市场。"

萨缪尔的手机又是叮咚一声，另一条新短信。

"有完没完啊，"亨利说，"你们这些年轻人真是离不开手机。你就看一眼吧。"

"抱歉，"萨缪尔说，掏出手机查看短信。发信人是庞纳吉，内容：我天，找到照片里的女人了！！！

"对不起，一秒钟就好。"萨缪尔对父亲说，在手机上输入文字。

什么女人？什么照片？

你老妈1960年代的照片！我找到照片里的女人了！！

真的？？

快来荡妇场，我全告诉你！！！

"感觉就像我在找公司里的实习生谈事情，"亨利说，"你的脑袋同时在两个地方。对任何东西的关注都是皮毛。我不在乎这么说是不是让我像个老头子。"

"对不起，老爸，我得走了。"

"你永远坐不住十分钟，总会忽然有事，总是这么忙。"

"谢谢你的饭。回头打电话给你。"

萨缪尔驱车向南疾驰，来到庞纳吉居住的城郊。他在荡妇场的紫色灯光下停车，快步走进室内，看见他的《精灵世界》战友坐在吧台前看电视，一个很受欢迎的美食频道正在播放极限大胃王节目。

"你找到照片里的女人了？"萨缪尔一边坐下一边说。

"对，她叫艾丽丝，住在印第安纳，在超级远的穷乡僻壤。"

他递给萨缪尔一张照片——来自互联网，打印在复印纸上：一个女人，站在沙滩上，阳光灿烂，她对镜头微笑，戴软踏踏的绿色大遮阳帽，穿登山靴、工装裤和印着"快乐露营者"的T恤。

"真的是她？"萨缪尔说。

"百分之百。1968年拍示威现场那张照片的时候，她就坐在你母亲背后。她亲口对我说的。"

"有意思。"萨缪尔说。

"最带劲的？她和你母亲曾经是邻居。大学宿舍里的邻居。"

"她会对我开口？"

"我已经安排好了。她明天等你去。"

庞纳吉递给他一份电子邮件的打印件，上面还有艾丽丝的地址和去她家的路线图。

"你怎么找到她的？"

"补丁日闲得发慌。没啥了不起的。"

他再次望向电视："噢，快看！你觉得他真能吃完那东西吗？我猜他能。"

他指的是电视节目的主持人，这个男人有个著名的本事，他能吃下多得荒谬的食物，却不会昏迷或呕吐。他的名字刻在全美国几十家餐厅的"名人堂"铭牌上，原因是他征服了招牌大餐：两公斤的上等腰肉牛排、超级加大号的汉堡披萨、比新生婴儿还重的玉米煎饼。他那张脸肉乎乎的，一看就知道他全身上下都覆盖着六毫米厚的多余脂肪。

主持人正在用多姿多彩的语言评论大厨，他们似乎在一家廉价餐馆的厨房里，大厨正在用褐色的大号煎锅做土豆煎饼，他将土豆泥做成象棋棋盘大小的一整块。大厨在土豆煎饼上堆了两把碎香肠、四把碎培根、牛肉末、洋葱碎块，然后撒上白切达或莫苏里拉或蒙特杰克奶酪的碎末，融化的白色奶酪彻底盖住了肉制品。屏幕右上角有几个字：纪念 9·11。

"哥们儿，我欠你一个人情，"萨缪尔说，"太谢谢你了。有什么需要的话，尽快开口。"

"不用客气。"

"我说真的。有什么我能帮你的吗？"

"没什么。我挺好。"

"行，要是有，千万告诉我。"

大厨在白色奶酪层上加了六大团酸奶油后抹平。他将这整整一大块卷成一根柱子，煎土豆的一面向外，然后切成两半，把它们竖着放在白色餐盘上。两根柱子的外壳有几处破损，奶油和脂肪流淌出来。这道菜名叫"双子塔爆肠大餐"。主持人在就餐区坐下，周围是因为能上电视而兴高采烈的客人。金黄色的土豆肉卷摆在他面前。他请众人默哀片刻。所有人都低下头。镜头推向流出白色浆液的爆肠大餐。镜头外的某个人向观众打暗号，他们开始大喊"吃！吃！吃！吃！"，主持人拿起刀叉，切开爆肠大餐的脆皮，挖了一团滴淌肉汁的土豆泥塞进嘴里。他咀嚼片刻，直视镜头说："够分量。"观众大笑。"朋友，我看我好像吃不完。"切广告。

"真的？"庞纳吉说，"好吧。确实有件事你能帮我一把。"

"尽管开口。"

"我有一本书。"庞纳吉说，"好吧，更像是个写书的点子。一部悬疑惊悚小说？"

"通灵侦探故事。我记得。"

"对。我一直想写这本书，但我不得不推迟写作，因为在动笔前我有许多任务必须完成——你要明白，读者会希望我知道警察是怎么办事的，司法体系是怎么运转的，因此我必须先找个真正的警探跟他待一段时间，意味着我必须找到一名警探，向他解释说我是作家，正在写一本和警察办案有关的小说，我需要在执法岗位上待几个晚上，感受一下真正的警察行话和流程的味道。诸如此类的。"

"没错。"

"你明白的，实地调查。"

"对。"

"但是呢，呃，要是直接写信给警探，我担心他们不会相信我是个作家，因为我从没出版过任何作品，警探肯定能得出这个结论，因为警探必定知道该怎么调查事情。因此在我联系警探之前，我必须先在几本文学杂志上出版几个短篇，最好能获几个小奖，这样我就可以理直气壮地自称作家了，然后警探肯定会更倾向于允许我跟着他执勤。"

"应该吧。"

"更不用说我这本书写的是超感官知觉和其他超自然心灵现象了，我需要大量阅读，否则就不可能写得真实可信。说真的，我在动笔前有那么多事情必须完成，我都觉得我找不到驱动力了。"

"具体说说，你要我做什么？"

"要是能有出版商预订我这本书，那么我联系的警探自然而然就会相信我是个作家，另外我也会有动力去拿起笔开始写作了。另外还有预付款，我需要资金来翻修家里的厨房。"

"所以你希望我把你的书介绍给我的出版商？"

"对，要是不太麻烦的话。"

"没问题。交给我。"

庞纳吉笑着拍了一把萨缪尔的后背，转身继续看电视。那个男人已经吃完了半份爆肠大餐，两根柱子被他消灭了一整根，另一根的结构稳定性正在逐渐瓦解，土豆肉碎变成了黏糊糊的圆锥体。主持人疲惫地看着镜头，表情属于踉跄站立、精疲力尽但还在努力保持清醒的拳击手。大厨说他几年前创作"双子塔爆肠大餐"这道菜是为了"永远铭记"。主持人盯着另一根柱子，缓慢地移动刀叉。叉子明显在颤抖。好心的观众递给他一杯水，他没有接受。他吞下又一口食物。他看上去很憎恨自己。

　　萨缪尔望着艾丽丝的照片，琢磨着1968年意气风发的抗议者怎么会变成这么一个人，她身穿工装裤和反讽T恤走在沙滩上，看起来既快乐又自在。两个迥然不同的人怎么会栖息在同一个躯体里？

　　"你和艾丽丝谈过了？"萨缪尔说。

　　"对。"

　　"感觉怎么样？你对她的印象如何？"

　　"她似乎对葱芥特别感兴趣。"

　　"葱芥？"

　　"对。"

　　"是什么俗语吗？"

　　"不。就是字面意思。"庞纳吉说，"她对葱芥超级感兴趣。"

　　"我不懂。"

　　"我也不懂。"

　　电视上的男人已经吃到了最后几口。他疲惫不堪，凄惨万分。他的额头搁在桌上，伸出双臂，要不是他还在沉重地喘息，而且浑身大汗淋漓，他看起来完全就是个死人。他几乎吃完了整道菜，观众看得如痴如醉。大厨说，这还是第一次有人这么接近胜利。人群高喊着"USA! USA! "，主持人颤抖地举起叉子，最后一口食物高高地插在顶上。

4

艾丽丝家屋后的森林里，她跪在柔软而有弹性的地面上。她抓住一小把葱芥向上提——用力不太大，也不是垂直向上，她的动作很轻，左右晃动几下，让菜根摆脱沙质土壤，而没有折断根须。这是她在大多数日子里做的事情。她在印第安纳州的山丘树林中漫步，清除丛生的葱芥。

萨缪尔站在二十步开外望着她。他脚下是一条穿过森林的砾石小径，连接了艾丽丝居住的小木屋和远处的车库。按照城区的标准，这条小径很长，大概有四百米，要翻过一道小丘。他爬上山坡，艾丽丝的狗叫了起来。

"问题在于种子，"艾丽丝说，"葱芥的种子能存活好几年。"

她在密歇根湖南岸的山丘间打这场只有她一个女人参与的漫长斗争。这种外来的芥类植物从欧洲原生地来到印第安纳州的森林中，开始杀灭本地的花草、灌木甚至树木。假如她不在这里发动反击，那东西只用几个夏天就会彻底取胜。

　　昨天，她正在读她管理的一个芝加哥地区入侵物种在线讨论版，她的工作是看见发错分区的帖子就通知发帖人并把帖子转移到其他的讨论版去。她管理得井井有条，拾掇数字世界的手段完全模仿了她大多数日子在树林里的行为：剪除不属于这儿的东西。全世界所有网站每天都在遭受数不胜数的垃圾信息轰炸，其中以男根增大药、色情物品和天晓得说什么的西里尔字母内容为主，连最小和最专业的网站也需要管理员认真巡视讨论版，删除不想要的帖子、广告和垃圾信息，否则没有意义的信息就会淹没讨论版，网站也就变得毫无用处了。假如艾丽丝不去清理葱芥，不陪狗和伴侣，时间就会全花在这种事上，反击步步进逼的混乱，在二十一世纪的疯狂中寻找启迪和秩序。

　　她在笔记本电脑上查看入侵物种讨论版，见到一个叫"斧人"的家伙发了一个帖子："你认识这张照片里的女人吗？"怎么看都像垃圾信息，因为它毫无必要地使用大写字母，更因为它和讨论版名义上的特定主题——忍冬（金银忍冬、马氏忍冬、贝氏忍冬、郁香忍冬和鞑靼忍冬）——不可能有任何关系。她正要把帖子转移到"灌水版"并责怪斧人发错了讨论版时，却不小心点开了帖子里的照片，她不敢相信她的眼睛，因为她看见了自己。

　　照片拍摄于1968年，芝加哥那场盛大的抗议活动。照片里的她戴着旧墨镜，身穿军装，盯着镜头。天哪，她当年可真酷。她在公园里，草地上全是狂欢的学生。数以千计的抗议者。她背后是各种旗帜、标语以及芝加哥那些著名建筑物的天际线。费伊坐在她前面。她不敢相信自己见到的是这张照片。

　　她联系斧人，斧人牵线联系到一个名叫庞纳吉的怪人，庞纳吉牵线联系到萨缪尔，萨缪尔第二天就来找她了。

　　萨缪尔站在她十几步开外，远离这一丛茂盛的野草，乍看之下它们没什么特别的，实际上却是葱芥。一株葱芥的每根枝杈都有几十粒种子，种子会卡在你的鞋跟里、袜子内、裤腿上，随着走动而传播。她不许萨缪尔靠近它们。艾丽丝穿着齐膝高的塑胶靴，看上去很适合跋涉穿越沼泽或湿地。她带着黑色塑料袋，小心翼翼地裹住每一株葱芥，防止拔出葱芥时有种子撒落。每一株葱芥有几百粒种子，她不允许任何一粒逃脱。她拿着装满了葱芥的塑料袋，动作小心翼翼，将口袋与身体保持一定距离，那样子就像是口袋里装着小猫的尸体。

"你怎么会卷入这种事？"萨缪尔问，"我说的是葱芥。"

"我刚搬到这儿来的时候，"她说，"葱芥正在杀死本地所有植物。"

艾丽丝的木屋俯瞰密歇根湖边的一座小丘，是你在印第安纳州能找到的最接近海滩住宅的房产了。她在1986年没花多少钱就买下了这幢屋子，当时湖水的水位正处于历史高位。水面离门廊只有两三米。要是水位继续上升，这幢屋子就会被冲走。没有人想买它，太冒险了。

"买这幢屋子是赌博，"艾丽丝说，"不过不是毫无根据的乱赌。"

"你根据什么呢？"

"气候变化，"她说，"夏季更炎热和干燥。干旱时间更长，雨水更少。冬季结冰更少，蒸发更多。要是气候科学家没说错，那么水位就必定会下降。因此，我发现我开始拥护全球气候变暖了。"

"那种感觉肯定，呃，我说不准，很复杂？"

"每次我堵在车流里，就会想象这些车辆排放的二氧化碳正在拯救我的屋子。这种感觉太怪异了。"

水位后来确实下降了。如今她有了一幢漂亮的沙滩豪宅，俯瞰湖水曾经覆盖的地方。她花一万美元买下的产业如今价值数百万。

"我是和我的伴侣一起搬到这儿来的，"她说，"那是 1980 年代。我们受够了隐瞒我们的关系。我们受够了告诉邻居说我们是室友，她是我的好朋友。我们想过点清静日子。"

"你的伴侣呢？"

"她本周出差。家里只有我和狗，三条狗，都是从救护所领养的，我不许它们去树林里玩，因为爪子会沾上葱芥种子。"

"那是当然。"

艾丽丝的白发向后绾成简单的马尾辫。塑胶雨靴里是款式简单的蓝色牛仔裤。上身穿简单的纯白色 T 恤。她有自然主义者对外表不屑一顾的气度，对当代的化妆和修饰不感兴趣，这种不感兴趣不像冷漠，更像是已经超越了它们。

"你母亲怎么样？"艾丽丝问。

"当了被告。"

"除此之外呢？"

"除此之外，我什么都不知道。她不肯对我开口。"

艾丽丝回想她曾经认识的那个沉静的年轻姑娘，费伊到头来终于没能摆脱心魔的折磨，她对此感到惋惜。但人们就是这样，他们热爱的东西让他们痛苦。在社会运动分裂和变得丑恶危险之后，她在伙伴们身上见过了许多例子。他们一直过得很痛苦，痛苦似乎在喂养和培育他们。不，不是痛苦本身，而是伴随着痛苦的熟悉和恒定的感觉。

"真希望我能帮助你，"艾丽丝说，"但我恐怕没什么能告诉你的。"

"我只是想尽量理解过去发生的事情，"萨缪尔说，"我母亲把芝加哥的所有事情当作秘密。你是我遇到的第一个在芝加哥认识她的人。"

"真不知道她为什么从不提起那段时期。"

"我希望你能告诉我。她在那里遇到了一些事情，一些很重要的事情。"

他说得当然对，但艾丽丝没有接话。

"我能说什么呢？"她说，尽量假装无动于衷，"她来学校待了一个月就走了。大学不适合她。一个很常见的老套故事。"

"那她为什么要保密呢？"

"也许她觉得不好意思。"

"不，没那么简单。"

"我认识她的时候，她是个遭受折磨的可怜人，"艾丽丝说，"小镇姑娘。聪明，但有点笨拙。安静。读书很多。有进取心，有驱动力，但那种方式意味着她的父女关系有严重的问题。"

"什么意思？"

"我打赌她父亲总是觉得她让他失望，明白吗？她担心让父亲失望的焦虑转换成了驱动力，她要变得在所有人眼中都足够特殊。心理分析专家管这个叫转移。儿童理解了其他人对她的期待。我没说错吧？"

"大概吧。"

"抗议结束后，她立刻离开了芝加哥。我甚至没找到机会和她告别。她就嗖的一声没影了。"

"是啊，她很擅长这么做。"

"你是从哪儿搞到这张照片的？"

"新闻节目播的。"

"我不看电视。"

"你记得拍照的是谁吗？"他问。

"那一整个星期就像一大团糨糊。各种东西和其他东西全混在了一起。我根本记不清一天和另一天的区别。总而言之，不，我不记得拍照的是谁了。"

"照片里她似乎靠在某个人身上。你记得那是谁吗？"

"多半是塞巴斯蒂安。"

"塞巴斯蒂安是谁？"

"一张地下报纸的编辑。《芝加哥自由之声》。你母亲被他吸引，而他会吸引任何一个关注他的人。两人并不般配。"

"他后来怎么了？"

"不知道。那是很久以前了，1968 年，抗议一结束我就退出了社会运动。后来也没关注其他人的下落。"

艾丽丝拔出来的葱芥高约三十厘米，长着绿色的心形叶片和小白花。在未经训练的眼睛里，它们只是普普通通的地面灌木，没有任何出奇之处。问题在于它们生长得太快，抢走了其他地面植物的阳光，连小树苗也难以幸免。它们没有天敌，本地的鹿群除了葱芥什么都吃，任由这种植物自由自在地繁殖。葱芥还会释放出化学物质，杀死其他植物生长所必需的土壤细菌。换句话说，葱芥是完美的植物恐怖分子。

"我母亲参加那场运动了吗？"萨缪尔说，"她是，怎么说呢，激进的嬉皮士吗？"

"我是激进的嬉皮士，"艾丽丝说，"你母亲绝对不是。她只是个平平常常的年轻人。她更像是被拖进来的，违背了她自己的意愿。"

艾丽丝想起年轻时信奉理想主义的自己：拒绝拥有任何东西，拒绝任何财产，拒绝锁门和带现金。那些疯狂的行为，她现在连想都不愿意想了。年轻时的自己担心随财产而来的麻烦——领地意识，忧虑，得失，当你拥有宝贵的物品，这个世界的样子就会改变：世界会变成一个巨大的威胁，随时准备夺走你的财产。是啊，她后来在印第安纳的山丘间买下这幢屋子，塞满了她的各种物品，每一扇门上都有锁，她用沙袋垒墙以阻挡湖水，她给房屋清扫、抛光和上漆，雇用杀虫队和包工队，拆旧墙，砌新墙，这个家自然而然地逐渐成形，就像维纳斯从大海中诞生。对，没错，她过去的激进主义热情如今全都倾注在了其他的事情里，例如挑选完美的吊灯，优化理想的厨房工作流，打造绝妙的嵌入式书架，寻找最安抚心灵的主卧室色调搭配，其中完美地融合了她在冬日清晨望向湖水时见到的那种蓝色。那些时刻的湖面覆盖着冰雪，微光闪烁，呈现出（名词取决于她使用的涂料色样）"冰蓝""水蓝""蓝铃花蓝"或所谓"高空蓝"的美妙灰蓝色。她如今在乎的就是这些事情。是的，没错，有时候愧疚和悔恨会像闪电似的袭上心头，因为让她感兴趣的是这些曾经的人生苦恼，而不是她二十岁时打算为之奉献生命的和平、正义和平权运动。

她的结论：你二十岁时对自己的看法有八成会被证明是错误的。问题在于你要到很久以后才有可能知道哪个微小的部分是真实的。

"是谁把她拖进去的？"萨缪尔说。

"没有特定的谁，"艾丽丝说，"所有人。只是因为当时的各种事情。你要知道，那个时代实在太容易让人激动了。"

对艾丽丝来说，她那一小部分真实的自我，是她想找到值得她相信和献身的东西。她年轻时见到人们成家后退守住所，无视世间的巨大问题，她打心眼里厌恶这种人：机器里的中产齿轮，不会思考的绵羊庸众，自私自利的混蛋，视线从不越过自家的地界。他们的灵魂，她心想，肯定是渺小而干瘪的东西。

但后来她成长了，买了屋子，有了恋人，领养了几条狗，她照料她的土地，用爱和生活填充住所，她意识到了年轻时的错误：这些事情并不会让人变得渺小。事实上，这些事情似乎反而拓展了她。选择少数几样非常私人的事情，将心思全都投注进去，她从没觉得这么充实过。说来矛盾，减小关注的范围反而让她更加慷慨，更有能力去爱和共情，甚至更加和平与公正。这就区分开了自发去爱（因为社会运动要你这么做）和爱你真正爱的事物。爱，真正的、慷慨的、不计回报的爱，能够为更多的爱创造空间。自由给予的爱能够自我增殖。

然而，听见社会运动时的故交说她"出卖了自己"，她还是不免觉得有些刺痛。这是最可怕的一种指控，因为它无疑是正确的。但她该怎么解释出卖自我并不都是一个样呢？她出卖自我换取的并不是金钱？她在出卖自我后时常能感觉到她在革命岁月中从未感觉到的激情？她无法向他们解释这些，他们听不进去。他们依然抱持着当年的信条：毒品，性爱，抵抗。哪怕毒品一个接一个地杀死他们，哪怕性爱开始变得危险，但他们依然在其中寻找答案。他们不知道他们的抵抗已经变得可笑。警察揍他们的时候，群众会为之欢呼。他们以为他们在改变世界，结果却帮助了共和党的尼克松当选。他们觉得越南战争难以忍受，拿出的答案却是让自己变得难以忍受。

那时候比战争更不受欢迎的东西就是反战运动。

这个真相显而易见，但他们全都视而不见，对自己的正当性深信不疑。

她尽量不去想这些事情，斩断她和过去的联系。大多数时候，她脑子里只有狗和葱芥。但偶尔还是会有一些东西跳出来，提醒从前那段生活的存在，比方说费伊·安德烈森的儿子来到山丘间找她问这问那。

"你和我母亲，"他说，"你们关系近吗？你们是朋友吗？"

"算是吧，"她说，"但我和她不是特别熟。"

他点点头，似乎很失望。他本希望能知道更多的事情。但艾丽丝能说什么呢？她这些年一直在想费伊？费伊留下的记忆很短，却始终陪伴和刺痛着她？因为这就是真相——抗议结束后，费伊立刻就离开了，艾丽丝一直觉得她该为此负责。她保证过要照顾好费伊，但事态超出控制，她失败了。她一直不知道费伊遇到了什么事情。她再也没有见过费伊。

不存在更可怕的痛苦了：同等分量的愧疚和悔恨。她将这段过往和年轻时犯下的其他错误一起埋进山丘间的野地。此刻，她不会再把这些往事挖出来，哪怕是为了这个显然无比需要它们的男人。他母亲的话题就像一根他不可能拔掉的肉刺。她抓起一小株葱芥向外拔，用力不太大，轻轻转动手腕，让根系与土壤分开。她早就练熟了这套手法。两个人之间的沉默保持了好一会儿，除了从泥土里拔出葱芥的声音外，耳畔只有附近湖水的拍岸声，还有一种鸟叫出啊啊，啊啊，啊啊的声音。

"就算你全搞清楚了，"艾丽丝说，"又有什么用处呢？"

"什么意思？"

"就算你知道了你母亲的往事，也改变不了任何事情了。过去的已经过去了。"

"大概因为我希望往事能提供答案，关于她做过的所有事情。再说她麻烦缠身，也许我能帮她。有个法官似乎下定决心要送她去坐牢，好像他特地从退休中回来折磨她。尊敬的查理·布朗大人，可尊敬个屁。"

艾丽丝猛地一惊，从葱芥上抬起视线。她把半满的垃圾袋放在地上，摘掉手套——特制的橡胶手套，不会沾上葱芥的种子。她走向萨缪尔，因为穿着雨靴，所以步子迈得大而笨拙。

"他叫这个名字？"她在萨缪尔面前站住，问，"查理·布朗？"

"很好笑，对吧？"

"哦，老天，"她腿一软坐在了草地上，"哦，不。"

"怎么了？"萨缪尔说，"出什么事了？"

"听我说，"艾丽丝说，"你必须带你母亲离开。"

"什么意思？"

"她必须离开。"

"现在我确定你有什么事情没告诉我了。"

"我曾经认识他，"她说，"那个法官。"

"好的。然后呢？"

"我们的命运曾经纠缠在一起——在芝加哥，在大学里——我和法官和你母亲。"

"这种事你似乎应该早点告诉我。"

"你必须带你母亲离开芝加哥，立刻。"

"告诉我为什么。"

"最好带她出国。"

"帮我母亲逃出美国。这就是你的建议。"

"我为什么要搬到这儿来，搬到印第安纳来，我刚才没有完全说实话。真正的原因就是他。听说他回到了芝加哥，我就立刻搬走了。我害怕他。"

萨缪尔也在草地上坐下，两人对视良久，都陷入了震惊。

"他对你做了什么？"他问。

"你母亲有麻烦了，"艾丽丝说，"法官绝对不会满足的。他无情而危险。你必须带她走。听懂了吗？"

"我不明白。他和我母亲有什么仇吗？"

她叹了口气，望着地面："他就是美国最危险的物种——异性恋白人男性，没有得到他想要的东西。"

"你必须告诉我究竟发生了什么。"萨缪尔说。

她看见左手边一米外有一小丛葱芥——今年发的新芽，只是藏在草地里的一小簇绿叶。它要到明年夏天才会结籽，但到时候就已经长得比周围的植物都高了，将会杀死这一整块草地。

"我从没对别人说过这段往事，"她说，"任何人。"

"1968 年到底发生了什么？"萨缪尔，"请告诉我。"

艾丽丝点点头。她用双手抚摩青草，感觉着叶片扫过掌心的刺痒。她在心里记住要清理这片区域，也许就是明天。葱芥的麻烦在于你不能砍断了之。它们的种子能存活好几年，很容易就会死灰复燃。你必须拔得干干净净。你必须斩草除根。

第七部分

圈大 _1968 年夏末

1

她自己的房间，她自己的钥匙和信箱，她自己的书籍。所有东西都是她的，只有卫生间除外。费伊没有考虑到这一点。宿舍那间洋溢着医院怪味的公用卫生间。死水，肮脏的地面，水槽里漂着头发，垃圾桶里全是纸巾、卫生巾和团成球的棕色厕纸。缓慢腐烂的气味，让她想起森林。就在地面之下，费伊想象着，存在无数蚯蚓和蘑菇。卫生间竟然承载着这么多不顾后果的使用的证据：肥皂碎块与托盘结在了一起，仿佛化石；一个马桶永远堵塞；墙上的黏液就像大脑，记忆着每一个女孩的清洁过程。她心想，假如你仔细查看地面，说不定能在粉红色瓷砖上找到铭刻其中的地球历史：细菌，真菌，线虫，三叶虫。学生宿舍是个糟糕透顶的点子。谁能想到把两百个姑娘关进一个混凝土笼子呢？狭小的房间，公用的卫生间，巨大的食堂——无可避免地让人想到监狱。她们的宿舍，就像一座令人毛骨悚然的黑暗碉堡。混凝土结构裸露在外的建筑物就像殉道者被剥皮后的胸腔——肋骨历历在目。圈大校园内的所有新楼都是这个样子：横平竖直，内外颠倒，袒露构造。她去上课时偶尔会用手指摸过墙壁，涂漆的混凝土仿佛青春痘。她为这些建筑物感到尴尬，疯癫的设计师挖出其内脏挂在光天化日之下。对宿舍生活来说，她心想，倒是个绝妙的暗喻。

比方说这个卫生间，许多女孩的体液在此处混合。淋浴大开间的地上，腐臭的积水仿佛灰色的胶质。一种蔬菜的气味。费伊穿着拖鞋，假如邻居醒着，她们会从啪嗒啪嗒的声音听出来是费伊在走廊里，但她们都还在睡觉。此刻是清晨六点，卫生间只属于费伊一个人。她可以单独洗澡。她更喜欢这样。

因为她不想和其他女孩一起洗澡，她那些邻居们夜复一夜地聚在狭小的房间里，嘻嘻哈哈，嗑药，谈论抗议和警察，她们来回传递抽大麻的烟管，她们用来拓展心灵的药物，她们跟着号叫的电音歌曲——"就好像这整个世界上的所有人／他们都看不起我！"——她们对着唱机哭泣，仿佛它放了她们的血。费伊隔着墙听见她们的哭号，仿佛是在向某个恐怖神灵做着例行祷告。真是难以想象，这些姑娘居然是她的邻居。怪异的披头族，嗑迷幻药的革命者，按照费伊的看法，她们应该先学一学用过卫生间后该怎么清理干净，她望着墙脚下一团几乎变成纸浆的面巾纸。她脱掉睡袍，打开花洒，等水变热。

每天夜里，姑娘们都在嘻嘻哈哈，费伊听得清清楚楚。真不知道这些姑娘怎么能唱得如此无拘无束。费伊不和她们交谈，她们经过时她总是盯着地面。她们在课堂上咬铅笔头，抱怨老师只教过时的狗屁玩意儿。她们说，柏拉图、奥维德和但丁都是死了几千年的混球男人，对今天的年轻一代来说毫无意义。

她们用的就是这个词——今天的年轻一代——就好像如今的大学生是个新物种，与过去和生下他们的文明世界切断了所有联系。不过在费伊看来，文明世界的其他人也同意这个看法。哥伦比亚广播公司新闻频道每晚讨论"代沟"的节目里，年长的成年人没完没了地抱怨他们。

费伊走进热水底下，让水打湿身体。花洒头上有一个洞眼堵住了，喷出来的水柱更细也更有力，她感觉到水柱像刀锋似的落在胸口。

刚进大学的这段时间，费伊几乎不和其他人来往。每天夜里，她单独坐在房间里做作业，画出关键段落，在页边上写笔记，听着隔壁房间的姑娘们嘻嘻哈哈。大学的宣传册可没提过这些——圈大出名的难道不是出类拔萃的学风、严格的学术纪律和现代化的校园吗？事实证明，这些承诺没一样是真的。尤其是校园，校园是个钢筋水泥、缺乏人性的恐怖场所：水泥建筑物、水泥步行道和水泥墙壁使得这里并不比停车场更加舒适和有魅力。到处都没有草坪。遍布坑洞和罗纹的水泥大楼让人想起灯芯绒，或者鲸鱼的体内。有些地方的水泥被敲掉，锈迹斑斑的钢筋袒露在外。窗户的宽度绝不超过二十厘米。笨重的建筑物像肉食动物似的俯视学生。

能在原子弹爆炸中幸免于难的就是这种建筑物。

校园里难以确定方向，每一幢建筑物都和其他建筑物一模一样，因此方向变得混乱而毫无意义。二楼高度的步行道覆盖整个校园，在宣传册里听起来很酷——空中步行高速公路——在现实中却是圈大最恶心的地方。宣传册里说，这里是学生聚在一起共享友谊的地方，但通常发生的情况却是你在步道上看见底下有个朋友，你朝朋友嚷嚷挥手，却找不到办法好好聊天。费伊每天都会看到朋友之间互相招手，但接下来又不得不彼此抛弃。另外，无论你从哪儿去哪儿，这条步道都不是最短路径，上下步道的位置隔得很远，你在上面走的路程比在底下走多一倍，而8月中午的阳光会把水泥地烤得能摊煎饼。因此，绝大多数学生只走它底下的人行道，所有学生都在挤来挤去，因为支撑步道的水泥巨柱使得狭窄的走廊人满为患，充满幽闭恐惧的气氛，步道遮住了阳光，底下永远黑乎乎、阴森森的。

有个不能完全斥之为无稽之谈的传闻说，圈大校园是五角大楼设计的，为的是在学生中散播恐惧和绝望的情绪。

宣传册承诺的是适合太空时代的校园，她得到的却是每一幢表面都让她想起老家砾石小路的建筑物。宣传册承诺的是勤奋好学的学生群体，她得到的却是隔壁那些姑娘。她们对学业毫无兴趣，更感兴趣的是如何搞到毒品，如何溜进酒吧、混到免费的酒水和如何性交，她们谈起这个就没完没了，这是她们最喜欢的两个话题之一，另一个是抗议。对民主党全国大会的抗议即将开始，再过几个星期就是。芝加哥将发生一场伟大的战争，情况越来越明朗，这是今年最重要的时刻。她们兴奋地讨论她们的计划：全女性的游行队伍，从湖岸公路开始，用音乐和爱的形式去抗议，整整四天的革命，公园里的狂欢，银铃般的完美人声唱歌，我们要爱抚白鬼子的年轻人，破坏国际圆形剧场的表演，把一根长钉插进美国的眼睛，我们要夺回街道，还有看电视的那些人？我们要在他们眼前进行反美活动。凭借全部能量，我们将阻止战争。

费伊觉得这些烦恼离她很远。她给身上打肥皂，胸部，手臂，腿部，打上厚厚的肥皂。泡沫让她觉得自己是幽灵或木乃伊或通体白色的其他什么吓人东西。芝加哥的水和家里的水不一样，无论怎么冲洗都冲不干净。薄薄的一层肥皂像清漆似的粘在皮肤上。双手摸过臀部、小腿和大腿时感觉多么毫不费力和光滑。她闭上眼睛，想到了亨利。

她回想她在艾奥瓦的最后一个晚上，亨利用双手抚摩她的身体。他的手冰冷而坚硬，伸进她的上衣，贴在她的腹部，感觉像是从河底下捞上来的石头。她倒吸一口气。他停下了。她不希望他停下，但她无法用符合淑女的方式告诉他，而他不喜欢她不像个淑女的时候。那天晚上，他给了费伊一个信封，叮嘱她说到了大学再打开。里面是一封信，她担心又会是一首诗，但实际上只有短短的两行短诗，一下子击中了她：回家来／嫁给我。另一方面，他说到做到，主动加入了军队。他发誓要去越南，最后却去了内布拉斯加。他参加镇暴演练，准备应付接下来不可避免的国内骚乱。他练习用刺刀戳假人，假人的身体里灌满黄沙，穿着嬉皮士的衣服。他练习使用催泪弹。他练习站方阵。他们会在感恩节再次见面，费伊感到害怕。因为她不知道届时如何答复他的求婚。她读了一遍他的信，像对待违禁品似的藏了起来。但她也盼望河岸上的那种时刻，两人单独相处，他可以再次爱抚她。清晨单独洗澡的时候，她总是不自觉地想到这些。假装她的手属于另一个人，或许是亨利。更确切地说，是一个抽象的男人——在想象中，费伊看不见他，只能感觉到他的存在，一团坚实温暖的男性气息贴在她的身上。她想象着这些，感觉着身上的肥皂、滑溜溜的水、她揉进头发的香波的气味。她转身冲掉肥皂水，睁开眼睛，见到一个姑娘站在卫生间另一头的水槽前望着自己。

"对不起！"费伊惊叫道，因为这是那些姑娘中的一个，她叫艾丽丝。费伊的邻居。长发，面容刻薄，银丝框的太阳镜卡在鼻梁中央，她的视线越过太阳镜，好奇而令人恐惧地打量着费伊。

"对不起什么？"艾丽丝问。

费伊关掉热水，用浴袍裹住身体。

"朋友，"艾丽丝皱眉道，"你这就太过了。"

艾丽丝，她们当中最疯狂的一个。嬉皮士，嗑迷幻药，绿色迷彩服，黑色皮靴，狂放不羁的黑发姑娘，信奉佛教，经常盘腿坐在餐厅的桌子上呜里哇啦地吟诵。费伊听说过艾丽丝的传奇——周末晚上搭车去海德公园，见男孩，搞毒品，走进陌生人的卧室，出来时变得更加一言难尽。

"你总是这么安静，"艾丽丝说，"总是一个人待在房间里。到底都在干些什么？"

"我说不准。读书？"

"读书。读什么书？"

"很多书。"

"你读布置给你的作业？"

"应该吧。"

"老师叫你读什么你就读什么，然后拿一个好成绩。"

费伊现在能看清她了，她双眼充血，头发蓬乱，皱巴巴的衣服散发怪味，烟草、大麻和汗水混合在一起的刺鼻气味。费伊意识到艾丽丝没有睡过觉。清晨六点，艾丽丝刚过完那些女孩追求自由性爱的奥德赛之夜。

"我读诗。"费伊说。

"是吗？什么样的诗？"

"各种各样的。"

"好的，念一首给我听听。"

"什么意思？"

"念一首给我听听。背一首。既然你读了那么多诗，应该很容易吧。来。"

艾丽丝的面颊上有一块费伊以前没见过的色斑：聚集在表皮下的红色与紫色。一块瘀伤。

"你没事吧？"费伊说，"你的脸。"

"我没事。我好得很。关你什么事？"

"没什么……有人打你了吗？"

"你管好自己的事就行。"

"好的，"费伊说，"当我没说。我得走了。"

"你不是很友好，"艾丽丝说，"你看不起我们还是怎么着？"

又是那句歌词。《看不起我》。她们每天晚上都放这首该死的歌。整个世界上的所有人！她们会一连唱上四五遍，而且还跑调。他们看不起我！就好像这些姑娘需要他们——全世界除她们外的所有人——需要被他们看不起，于是就有理由唱这首歌了。

"不，我没有看不起你们，"费伊说，"但我不会向你道歉。"

"为什么道歉？"

"因为我做了我的功课。因为我认真学习。我受够了因此感到内疚。祝你今天过得好。"

费伊走出卫生间，踢踢踏踏地回到宿舍里，她穿上衣服，内心充满了怨毒、悔恨和抽象的恐惧。她坐在床上，抱住膝盖，前后摇晃。她变成了钟摆，摇晃得缓慢而小心。她的头在痛。她把头发向后梳，戴上难看的圆眼镜，她忽然觉得这副眼镜像个精心制作的威尼斯狂欢节面具。她皱着眉头照镜子。艾丽丝敲门的时候，她正在把教科书收进背包里。

"对不起，"她说，"刚才我很没有姐妹精神，请接受我的道歉。"

"没关系。"费伊用最轻的声音说。

"允许我弥补一下吧。今晚我带你出去。有个集会。希望你能去看一看。"

"我看就没这个必要了。"

"算是个秘密。别告诉其他人。"

"说真的，没关系。"

"我晚上八点来找你，"艾丽丝说，"到时候见。"

费伊关上门，在床边坐下。不知道艾丽丝有没有看见她在浴室里做的事情，费伊在想到亨利时做的事情：想象他用双手抚摩她。肉体是多么可怕的叛徒，公然泄露头脑的秘密。

亨利的信藏在床头柜最底下一个抽屉的最里面。她把信夹在一本书里。《失乐园》。

2

人们在《芝加哥自由之声》的办公室集合，这是一份不定期出版的油印传单，自称"街头报纸"。走进一条暗巷，穿过一扇没有标记的门，爬上一段狭窄的楼梯，艾丽丝领着费伊走进一个房间，房门上的标牌写着：今晚开始！女性的性别意识和自我防卫。

艾丽丝用食指敲了敲标牌，说："一枚硬币的两面，对吧？"

她没有用任何方式遮挡脸上的瘀伤。

她们到的时候，集会已经开始。房间里挤了二十几个女人，闻起来像是沥青、煤油、旧纸和灰尘的混合物。油墨、胶水和烈酒的温暖气息悬在半空中，仿佛一团浓雾。各种气味在嗅觉范围内飘进飘出：鞋油，亚麻籽油，松节油。溶剂和油脂的刺鼻味道让费伊想起艾奥瓦的车库和工具屋，他的舅舅们将漫长的下午耗费在摆弄几十年未曾发动的车辆上：在拍卖会上低价购入的大马力赛车，只要能找到时间和足够的劲头，就一年一年、一个部件一个部件地缓慢修复。她的舅舅们用赛车徽标和海报女郎装饰车库，但这间办公室最宽敞的一面墙上却挂着越共旗帜，比较小的角落里则贴满了往期的《自由之声》，一个头版头条印着芝加哥是集中营，另一个印着今年属于学生，还有在街头与条子战斗等等。墙壁和地板覆盖着一层黑灰，炭黑的保护色将房间里的光线变成了墨绿色。费伊觉得皮肤潮乎乎的，粘上了尘粒。运动鞋很快就脏了。

女人们坐成一圈，有些坐在折叠椅上，有些靠在墙上。无论肤色黑白，她们都戴墨镜，穿军装上衣和战靴。费伊在艾丽丝背后坐下，听此刻演讲的女人在说什么。

"你扇他耳光，"那女人说，一根手指指着天空，"你咬他，你用最大的声音尖叫，就像你尖叫着火了。你打断他的膝盖。你掌击他的耳朵，震破他的耳膜。你竖起手指，抠出他的眼珠。发挥你们的想象力。把他的鼻子砸进脑袋。攥紧钥匙和毛衣针，那就是你们的武器。拿起身边的石块，敲得他脑浆迸裂。假如会功夫，就用功夫。更不用说你们可以反复膝撞他的腹股沟"——围成一圈的女人点头鼓掌，用没错和太对了鼓励讲话者——"膝撞他的腹股沟，高喊你不是男人！击毁他的意志力。男人攻击你是因为他们认为他们可以。膝撞他的腹股沟，高喊，不能这么做！，别指望其他男人能帮助你。所有男人在心底里都希望你被强奸。因为那证明你需要他们的保护。安乐椅强奸犯，这就是他们"——艾丽丝高喊："真他妈的对！"其他女人欢呼，费伊不知道该怎么自处。她觉得僵硬和紧张，她环顾四周，看着房间里的二十几个女人，她努力模仿她们自然而然的恶劣姿态，讲演者开始总结陈词："男人有性能力，而强奸可以替代性地证明雄性机能，因此他们永远也不可能采取措施阻止强奸。除非我们迫使他们。因此，我说我们必须表明态度。不再要什么丈夫了。不再要什么婚礼了。不再要孩子。除非等到强奸绝迹，永远绝迹。彻底抵制生育！我们要让人类文明陷入停顿！"女人得到了激烈的掌声，其他人起身拍打她的后背，费伊正要起身加入喝彩的行列，房间里最远的黑暗角落却响起了震耳欲聋的金属摩擦声。所有人扭头张望，费伊第一次见到了这个男人。

他叫塞巴斯蒂安。他系着一条满是油污的白色围裙，擦手的地方抹成了灰色，他蓬乱的黑发像碗似的扣在头上，挡住了他的眼睛，他不好意思地望向众人，说："对不起！"他站在一台机器背后，机器的构造像是火车头：金属铸造，通体黑色，闪着润滑油的亮光，有着银色的转轴和犬牙交错的齿轮。机器嗡嗡震动，内部时不时响起金属物滚落滑道的叮当响声，就像一把硬币撒在桌上。这个男人——年纪很轻，橄榄色的皮肤，神情羞愧——从机器里拉出一张纸，费伊意识到机器是印刷机，那张纸是一份《自由之声》。艾丽丝对他喊道："喂，塞巴斯蒂安！你在折腾什么？"

"明天的报纸。"他微笑道，把那张纸拿到灯光底下。

"什么内容？"

"写给编辑的来信。我有一大摞。"

"有看头吗？"

"能炸了你的脑袋，"他答道，把更多的纸张塞进机器底部，"对不起，你们请随意，就当我不在。"

于是众人又转过身，集会继续下去，费伊的视线却留在了塞巴斯蒂安身上。看他如何摆弄旋钮和曲柄，看他如何放下机器的头部，将墨水印在纸张上，看他如何抿紧嘴唇集中精神，看他白衬衫的衣领如何被染成深墨绿色，她心想，他多么像个可爱而马虎的疯狂科学家啊，她感觉与他建立起了联系，就是局外人彼此之间的那种亲近感，这时她听见人群中有人在说高潮。费伊扭头去看说话的人——高个子，金发像瀑布似的垂在背上，脖子上挂着一串珠子，穿亮红色的衬衫，领口开得很低。她俯身向前，提出有关高潮的问题。你们是不是只能在一个姿势下达到高潮？费伊觉得难以置信，房间里还有一个男人，她居然在说这种话。机器在她们背后冲压纸张，搏动的声音仿佛心跳。有人说你可以在两个姿势下达到高潮，甚至有可能多至三个姿势。另外一个人说高潮是虚构的，是医生捏造的概念，用来让我们感到羞耻。羞耻什么？我们没有男人那样的高潮。众人纷纷点头。她们继续讨论。

有人说你吸了大麻可以高潮，有时候嗑了迷幻药也行，但吸了海洛因就不行了。有人说自然状态下的性爱才是最好的。一个女人的男人只有喝醉了才能做爱。另一个女人的男人最近要她灌肠。有个男人在做爱后花了一个小时用拖把和杀菌剂清洗卧室。还有一个女人的男人给自己的阳具起名叫肉泵筒先生。还有一个女人的男人在结婚前只肯口交。

"自由性爱！"有人喊道，其他人大笑。

因为无论报纸上怎么说，这个时代都不属于自由性爱。自由性爱只存在于纸面上，广泛地受到谴责，极少有人实践，遭到了恶劣的宣传。女人赤裸着上身在伯克利校园公开跳舞的照片广为传播，也广受抨击。全美国所有人家的卧室里都在聊着耶鲁大学的口交丑闻。所有人都听说了巴纳德女子学院的姑娘未婚同居。大学女生的下半身抓住了人们的想象力，曾经贞洁的姑娘不到一个学期就变成荡妇的故事传得沸沸扬扬。杂志文章谴责手淫，联邦调查局提醒民众当心阴蒂高潮，国会派人研究口交的危险。官方言行从未如此露骨。政府提醒母亲注意性爱成瘾的信号，提醒孩童拒绝犯罪和摧毁灵魂的快感。警方直升机飞过海滩，抓捕赤裸上身的女性。《生活》杂志称淫妇有阴茎嫉妒情结，真汉子正在被她们变成娘娘腔。《纽约时报》称无所不在的奸情导致年轻女性患上精神疾病。中产阶级家庭的好孩子纷纷变成同性恋、毒虫、辍学者、披头族。千真万确。知名新闻主播克朗凯特在节目上说的。政客信誓旦旦，说要强硬镇压。他们责怪药物、放任自流的自由派父母、节节攀升的离婚率、下流的电影、脱衣舞俱乐部、无神论。人们惊愕地看着年青一代失控发狂，摇着头去寻找更刺激感官的故事，找到后就一字不落地贪婪阅读。

这个国家的健康标准似乎就是中年男性对大学女生行为的看法。

但对于年轻女性来说，这个时代并不属于自由性爱，而是属于笨拙性爱，尴尬、紧张而无知的性爱。没有人写这种报道，讲述信奉自由性爱的姑娘如何聚集在黑洞洞的房间里担心这个担心那个。她们读过所有的文章，而且深信不疑，因此认为自己确实做错了什么。"我想当个嬉皮士，但我不希望我的男朋友睡其他女人。"许多姑娘发现自由性爱依然与各种古老的命题纠缠在一起：嫉妒，羡慕，权力。这是一种偷梁换柱的把戏，自由性爱的真实效果完全比不上它天花乱坠的宣传。

"假如我不想和别人做爱，是不是意味着我是个假正经？"集会上的一个女人说。

"假如我不想在抗议现场脱光，那么我是个假正经吗？"另一个女人说。

"假如你在游行示威中脱掉上衣，男人会认为你是个嬉皮小妞。"

"伯克利的裸体姑娘都拿着花朵。"

"他们卖了许许多多报纸。"

"在乳房上画迷幻彩绘，然后摆姿势拍照。"

"她们是自由的。"

"那算是什么样的自由？"

"她们这么做只是为了出风头。"

"她们并不自由。"

"她们这么做是为了男人。"

"否则还能为什么？"

"不可能为了其他原因。"

"也许她们就喜欢呢。"一个新声音怯生生地说，众人扭头去看说话的是谁：戴可笑的圆眼镜的那个姑娘，安静得不正常，直到此刻才第一次开口。费伊的脸涨得通红，低头看着地面。

艾丽丝转身盯着她。"她们喜欢它什么？"她问道。

费伊耸耸肩。她震惊于自己居然敢开口发言，更不用说还冒出这么一句了。她想立刻收回这句话，一把抓住，塞进她愚蠢的嘴巴里。也许她们就喜欢呢，啊，天哪，啊，上帝啊，众人望着她，等她说下去。她觉得自己像一只受伤的小鸟，掉在一屋子的猫群中间。

艾丽丝侧着头问："你喜欢吗？"

"有时候吧。我说不清。不，不喜欢。"

她忘乎所以了。她被这个时刻所吸引：所有人都在谈论性爱和裸体，所有姑娘都那么兴奋，她想象自己站在家里卧室的观景大窗前，想象皮肤黝黑的陌生人路过看见她，一个念头油然而生，她脱口而出：也许她们就喜欢呢。

"你喜欢演给男人看吗？"艾丽丝问，"炫耀你的奶子，于是他们就会更喜欢你了？"

"我不是这个意思。"

"你叫什么？"有人问。

"费伊。"她说，姑娘们等她开口。她们望着她。她多么想夺门而出，但那样会引来更多的注意。她蜷成一个球坐在那儿，绞尽脑汁想能说点什么。这时，塞巴斯蒂安从暗处走出来，拯救了她。

"很抱歉打断诸位，"他说，"但我有件事要宣布一下。"

他一开口，众人仁慈地忘记了费伊。她坐在那儿，心潮澎湃，听着塞巴斯蒂安说话——他在说即将开始的抗议活动，市政府不肯批准他们占据公园，但活动还是要按计划举行。"记得转告你们的朋友，"他说，"叫上所有人。我们要聚集十万或更多的人。我们要改变世界。我们要结束战争。没有人会去工作。没有人会去上学。我们要让这座城市停止运转。在每一个路口唱歌跳舞。猪猡们不可能阻止我们。"

听他提到猪猡，条子放声大笑。

因为他们在监听。

他们挤在南边几公里之外的一间小办公室里，这个所谓的"作战室"位于国际圆形剧场的地下室里，他们在这里监控全市有可能存在的非法活动。今晚，警探在通过无线电监听塞巴斯蒂安的号召和姑娘们空洞无物的闲聊。他们在拍纸簿上记录，评论大学生怎么会如此愚蠢和轻信。《芝加哥自由之声》的办公室已经被窃听了多久？多少个月来着？这些年轻人居然完全不知道。

圆形剧场外是许多屠宰场——芝加哥著名的联合性畜场，警察走向所谓"作战室"的路上能听见动物的叫声，牛和猪最后的哀号。有些警察一时兴起，爬上围墙向里看，见到铁钩和小车将动物拉离地面，送去处死和分尸，地上满是内脏和粪便，工人不知疲倦地砍开肢体和喉咙——一切都是那么恰如其分。屠夫的弯刀给警察一种透彻感，一种意图的纯粹感，赋予他们的工作某种不言而喻但有帮助的引导性隐喻。

警察监听并记录下所有对话，记下可供起诉的威胁：号召暴力对抗，煽动言论，共产主义宣传，而今晚，他们又有了特别的收获——一个名字，一个以前没有听说过的名字，一个新人：费伊。

　　他们望向新人，他站在角落里，手里拿着记事簿：查理·布朗警员，最近刚从巡警提拔进"红色分队"。他点点头，写下这个名字。

　　"红色分队"是芝加哥警察局的秘密反恐情报机构，创建于1920年代，目的是监控工会组织者，1940年代扩张，将共产主义者纳入监控范围，如今主要处理以学生和黑人为主的激进左派对国内安全造成的威胁。这是一份光荣的工作，布朗意识到有些年长的警员不怎么认可他和他的晋升：他太年轻，精神过于紧张，短暂的职业生涯乏善可陈。到目前为止，他的工作基本上就是痛揍脑子进水的嬉皮青年，理由可以是最轻微不过的违法行为（流浪、乱穿马路、违反宵禁），以及用模糊的法律条规打击公开猥亵。作为巡警，他的任务是骚扰他们，希望嬉皮士在不厌其烦之下能主动放弃，去另一片城区或干脆另一个城市。芝加哥就不需要应付被公认为有史以来最糟糕的这一代人了。无疑是最糟糕的，尽管他也属于这一代人。他比他痛揍的那些年轻人大不了多少。但制服让他觉得自己年龄更大，除了制服，还有平头、妻子、孩子和养老金，还有他更喜欢去安静的地方，例如不放音乐的酒吧，你在那只能听见嗡嗡的交谈声和偶尔响起的台球碰撞声。还有教堂。去教堂，在教堂里见到其他的巡警：这是一种兄弟情谊。他们是信奉天主教的男人，守护邻里的汉子。你看见他们，拍他们的后背打招呼。他们是好男人，喝酒但不酗酒，对老婆好，自己修房子、造东西，偶尔打扑克，定期付按揭。他们的老婆彼此认识，孩子们一起玩耍。他们从小就住在同一个街区。他们的父辈、祖父辈也住在这儿。他们曾是爱尔兰人、波兰人、德国人、捷克人、瑞典人，但现在都是百分之百的芝加哥人。市政府发他们养老金，因此对附近想安顿下来的女性来说是个好选择。他们彼此爱护，他们爱这座城市，爱美国，不是小孩子宣誓效忠的那种抽象的爱，而是发自肺腑的爱——
因为他们很快乐，他们享受生活，他们过得很成功，他们辛勤工作，
养育子女，送孩子去该死的学校。他们曾经看着父辈养育自己，和
所有的男孩一样，他们也担心被比较。但他们还是在努力，努力生
活，并为此感谢上帝，感谢美国，感谢芝加哥市政府。他们要得不多，
但他们的愿望都实现了。

　　面对这些事情，你很难不从个人角度去思考问题。新生的坏
风气吹进你的街区，你很难不觉得这是冲着你来的。这就是个人
角度。布朗警员的祖父搬进这片街区时非常年轻。他以前名叫切
斯拉夫·布朗尼考夫斯基，乘船登陆纽约时被美国移民局官员起
名查尔斯·布朗。家族每一代的长子都继承了这个名字。尽管自
从孩子们在一年级左右开始看那部该死的漫画[1]后，他就没少被取
笑，但他依然喜欢这个名字——这是个好名字，一个美国式的名
字，合并了他家族的过去和未来。

　　这是一个融入社会的名字。

　　因此，假如有个外地毒虫、反战流氓、长发嬉皮怪人从早到
晚坐在人行道上讨要零钱，吓得老妇人魂不守舍，这当然是个人
看法。他们为什么不能融入社会？对黑人来说至少还算合理。假
如黑人不喜欢美国，好吧，他还能理解他们的思路。但这些年轻
人，这些中产出身的白种年轻人，喊着反美的口号——谁给你们这
个权利的？

　　因此，他的工作很简单：找到城市里的坏分子，在法律允许
的范围内尽可能地骚扰他们。稍微越界一点也没关系，只要在不会

1　指美国报纸连载漫画《花生》(*Peanuts*)，主角也叫查理·布朗，是个三年级小学生，
　个性单纯正直，但常被别人嘲笑。

危及养老金或害得市政府和市长丢脸的范围内。对，偶尔会有人跳上电视，通常是东海岸的白痴，完全不知道自己在说什么的那种人，指控芝加哥警察粗暴野蛮，妨碍公民行使第一修正案赋予的权利，等等等等。但根本没人在意。有个说法：芝加哥的问题，芝加哥的解决手段。

举例来说，一个"垮掉的一代"小子凌晨两点步行穿过你的辖区，你很容易就能因为违反宵禁令而抓他。众所周知，这种货色很少有人随身携带证件，因此他们说"宵禁令不适用于我，条子"。你可以回答"证明一下"，而他们当然无法证明。太简单了。于是，他们只能在拘留所度过难熬的几个小时了，慢慢领悟你想传达的消息：你们在这儿不受欢迎。

这份工作其实很适合布朗警员——他知道自己的天赋和局限，他没有野心。他满足于当一个巡警，直到偶然认识并赢得了一名嬉皮领袖的信任，他告诉指挥官说他"与一名学生激进分子领袖取得了联系"，而且"已经渗透进了地下组织"，请求调入红色分队——特别是调查芝加哥圈大反美活动的小分队——他们不情愿地答应了。（警队里还没有人员打入圈大，那些学生能轻而易举地分辨出假货。）

红色分队监听特定的房间和电话，偷拍照片，尽其所能破坏反战的极端组织。他认为这升级了他在街头的工作，也就是骚扰和拘捕嬉皮士，只是现在改为秘密做事而已，使用的战术几乎超出了所谓法律的边界。举例来说，他们扫荡了左派激进组织"争取民主社会学生会"的办公室，抢走了档案，砸烂了打字机，在墙上喷了"黑人力量"以误导学生。这么做似乎不太符合道德，但按照他的看法，他的旧工作和新工作之间唯一的变化就是手段。他觉得道德价值恐怕是相同的。

　　芝加哥的社会问题，芝加哥的解决手段。

　　此刻他得到了一份礼物：一个新名字供他调查，一个新近抵达圈大的激进分子。他把这个名字写在记事簿上。旁边加上一颗星。他很快就会了解这个费伊是什么人了。

3

    费伊，室外，草地上，校园里一棵大树的树荫下，把报纸轻轻地放在大腿上。她抚平报纸的褶皱，将已经卷曲的边角向回折。这份报纸感觉不像普通的新闻纸——相比之下更硬也更厚，甚至有点像蜡纸。未干的油墨弄脏了她的指尖。她在草地上擦了擦手。她看着报头——总编：塞巴斯蒂安——露出微笑。塞巴斯蒂安不留姓氏的做法既厚颜无耻又扬扬自得。他有足够的名气，因此他在公众中可以只用名字，就像柏拉图、伏尔泰、司汤达、崔姬[1]。

    她打开报纸。正是塞巴斯蒂安昨晚忙着印刷的那一期，全是写给编辑的信件。她开始阅读。

    亲爱的《芝加哥自由之声》，
    你喜欢躲避条子和其他盯着我们批评我们的人吗？就因

1　Twiggy，本名 Lesley Hornby（1949—？），英国著名模特与演员。

为我们的服装和发型？我想说我曾经害怕他们，但现在不了。
我和他们交谈，说服他们喜欢我，和我交朋友，然后告诉他们
我抽大麻。假如他们喜欢你，他们或许会和你一起抽，听你说
话。你将让我们的队伍再增加一个人，而我们的数量正在持续
增加，我估计全美国有一半人在抽大麻，而缉毒局还以为我们
全都是精神病，哈，哈。

今天很热，阳光灿烂，小虫乱飞：蚊蚋直往她脸上撞，眼睛
和纸页之间多了几个黑点，就像标点符号在逃离报纸。她驱赶开虫
子。她单独坐在草地上，周围没有其他人。她在校园东北边找到了
一个安静的角落，被一段树篱与人行道隔开的一小片草丛，位于
新建的行为科学大楼背后，这幢楼大概是整个圈大最遭人唾弃的建
筑物。所有的宣传册都会提到它，声称它根据场论的几何原理来设
计，按照宣传册里的说法，它全新的结构旨在打破昔日建筑结构中
所谓的"方形霸权"。堪称时代先锋的结构摒弃了方形，带内切圆
的八边形彼此重叠搭成网格。

这个形状为什么在建筑哲学上比方形更好，宣传册一个字也
没解释。但费伊能猜到：方形过时、传统、古老，因此就是坏的。
她觉得，在这个校园里，无论是对于学生还是建筑物，最糟糕的事
情莫过于循规蹈矩。

因此，行为科学大楼非常摩登，有许多棱角，在实际生活中
是一团让人挠头的乱码。互相连接的蜂巢结构打破了全部直觉，走
廊曲里拐弯，你走不出三米就必须面对选择方向的难题。费伊的诗
歌课教室在这幢楼里，光是找到正确的教室就耗尽了她的耐心和
空间知觉。有些楼梯哪儿也不通，尽头只是墙壁或上锁的门，而另
一些楼梯通往狭小的楼梯平台，与另外几条楼梯交会，但所有的楼

梯看上去都一模一样。看似死胡同的通道实际上出乎意料地连接着另一块区域。你能从二楼看见三楼,却找不到去三楼的明显路径。所有东西都修成环形和斜角,确保无论什么人进来都会迷路,每一个初次走进这幢楼的人都是满脸困惑,他们企图在左右这些概念几乎失效的地方寻找方向。

这里不像学生学习行为科学的场所,更像行为科学专家研究学生的实验室,看学生能在这个荒谬的环境中忍耐多久而不发疯。

因此绝大多数学生对它避而远之,反而成了费伊独自阅读的好地方。

　　周围的人觉得你脑子不正常?我是说,你属于那百分之五十的人口对不?我是说,你们都吸大麻对不对?我当然吸。我工作勤奋认真,邮局里的任何一个人都比不上我。我的同事都知道我吸,我是说,他们总问我是不是有某盒茶叶闻着像大麻。今天我真找到了一种像的,他们大多数人都想闻一闻。于是咱就包裹好寄走了。收到包裹的人这会儿估计已经吸上了。他肯定很享受咱的小包裹。说不定正在读咱的小宣言。朋友你好哇。

附近的动静吸引了她的注意力,她抬起头,有点担心。假如某个老师看见她在读《芝加哥自由之声》,假如负责管理奖学金的校方行政人员看见她在读鼓吹吸毒、支持越共、反体制的“街头报纸”……唔,他们会对她产生一些不怎么令人愉快的想法。

因此,当眼角余光瞥见一条人影逐渐走近,她立刻从报纸上抬起头。她只看了一眼就意识到这个人不是老师也不是行政人员。他的发型太张牙舞爪了,不可能是那两种人。大家传来传去的名词是拖把头，但他的头发早就超越了拖把，仿佛一朵盛开的花朵，肆意生长。费伊望着他走近，她的脑袋快要塞进报纸了，免得他发现她在盯着自己看，他越走越近，五官变得清晰，费伊意识到她认识这个人。他就是昨晚集会上的那个小伙子，塞巴斯蒂安。

她撩起头发，擦掉额头的汗珠。她举起报纸遮住脸。她用背部贴紧墙壁，还好这幢楼有那么多凸出和转角。也许他会径直走过去呢。

我更愿意和蠢条子分享同一根大麻卷，而不是每次看见他们就落荒而逃，你们明白我的意思吧？我是说，假如所有人都吸，岂不是皆大欢喜？没有争斗也没有战争！只有一大群快活的人类。这个念头太荒诞了，对吧？

她把脑袋埋进报纸——她意识到这个动作非常可悲，就像鸵鸟。她听见塞巴斯蒂安踩着草坪的脚步声。她觉得面颊的体温升高了十摄氏度。她感觉到太阳穴冒出汗珠，她用手指擦掉汗水，攥紧报纸，举在眼前。

你们这些人，我的同胞，我是说我们所有人，该怎么团结起来呢？我是说至少一千万美国人——好吧，也许只有九百万。我当然想和你们这些好人握手。我们现在需要的就是一个地点，举办咱们盛大的"吸草节"，让他们知道咱们到底有多少人。

脚步声停下了。随后重新响起，越来越近。他在走向费伊，费伊用力呼吸，擦掉额头的水汽，默默等待。他来到近处了——可能是三米开外，可能是一米半。报纸遮住了她的视线，但她能感觉到他的存在。假装他不存在未免有点可笑。她放下报纸，看见他在微笑。

"哈喽，费伊！"他说。他蹦蹦跳跳地跑过来，在她身旁坐下。

"嗨，塞巴斯蒂安。"她答道，点了点头，露出最真挚的微笑。

他看起来很英俊，甚至像个职业人士。他微笑。她记得他叫什么，这似乎让他很高兴。疯狂科学家的白大褂脱掉了，此刻他穿着合身的西服上衣（中性米色，灯芯绒）、纯白色的衬衫、海军蓝的细领带和棕色正装长裤。他看起来很体面，符合大众的标准，除了发型（太长，太凌乱，太蓬松），完全是个好男生的料子，你甚至可以领着这么一个他去见父母。

"你的报纸很不错，"费伊说，已经想到了如何在这种情境中表现得讨人喜欢，如何获得他的欢心——支持他，尽量夸奖他，"邮局员工的那封信？我确实认为他说得有道理。非常值得玩味"。

"哎呀我的天，你能想象那家伙组织一场吸草节吗？一千万人？哈，好笑。"

"我不认为他真的想组织一场吸草节，"费伊说，"我认为他只是想确认自己并不孤独。我觉得他似乎很寂寞。"

塞巴斯蒂安假装惊讶地望着她：他歪着头，挑起一侧眉毛，继续微笑。

"我认为他是个傻蛋。"他说。

"不。他只是在找伙伴，他在他们身边可以做他自己。我们谁不是呢？"

"哈，"塞巴斯蒂安盯着她看了几秒钟，"你和其他人不一样，对吧？"

"我不知道你在说什么。"她擦掉额头的汗珠。

"你很真诚。"塞巴斯蒂安说。

"是吗？"

"安静，但很真诚。话不多，但一开口就说真心话。我认识的绝大多数人说个不停，但一句实话都没有。"

"我应该说谢谢？"

"另外，你脸上全是油墨。"

"什么？"

"油墨，"他说，"脸上全都是。"

她望向指尖，报纸的油墨染黑了指尖，她一下子明白了。"哦，不。"她说，从背包里翻出化妆包。她打开带镜小粉盒，从镜子里看见发生了什么：额头、面颊和太阳穴上，凡是她擦过汗的地方，都留下了一道一道的黑色印痕。这种时刻有可能毁掉她的一天，这种时刻通常会引发胸口发紧和惊恐发作，因为她在陌生人面前做了蠢事。

然而，此刻却不一样，此刻发生的事情让她也大吃一惊。她没有惊恐发作，而是放声大笑。

"我变成斑点狗了！"她叫道，哈哈大笑。她不知道自己为什么要笑。

"都怪我，"塞巴斯蒂安说，递给她一块手帕，"我该用更好的油墨。"

她擦掉脸上的污渍。"对，"她说，"确实怪你。"

"陪我走走吧。"他说。他把费伊拉起来，两人离开树荫，走向校园，费伊的脸蛋干干净净，容光焕发。"你真有趣。"他说。

费伊觉得像是没了重量，很开心，甚至有点轻飘飘的。她这辈子第一次有人说她有趣。她说："先生，你记性很好。"

"是吗？"

“你记住了我的名字。”她说。

“哦，嗯，你给我留下了印象。因为你在集会上说的话。”

“我说话没过脑子，直接脱口而出了。”

“但你说得对，这个理由站得住脚。”

“胡说。”

“你的意思是，有时候一个人想要性，和她们的政治主张刚好背道而驰，因此在场的所有人都觉得不自在。另外，那伙人喜欢揪住害羞的人不放。你当时似乎掉进了一个大麻烦。”

“我不是害羞，”她说，“只是……”她停下来寻找合适的字眼，用准确而容易理解的方式形容自己，然后完全跳过了自我辩解这一步。“谢谢你替我解围，”她说，“感激不尽。”

“没什么，”塞巴斯蒂安说，“我看见了你的玛阿。”

“我的什么？”

“你的玛阿。”

“玛阿是什么？”

“我在西藏学到的知识，”他说，“我去国外探访了一个教派的僧侣，他们是全世界最古老的佛教团体之一。我想见他们是因为他们解决了人类移情的问题。”

“我怎么不知道这里存在问题需要解决？”

“当然存在。问题是，我们永远也不可能真的感觉到。因为移情远不是理解他人情绪那么简单的事情，因此移情这种体验不仅属于意识，还属于肉体，肉体像调音叉似的振动，响应他人的悲伤和苦痛。例如，你在你素昧平生的人的葬礼上哭泣，见到吃不饱的孩童让你的身体感到饥饿，看空中飞人表演时你觉得头晕目眩。等等等等。”

塞巴斯蒂安望向费伊，想确定她感兴趣。“继续说。”费伊说。

"好。那么，沿着这条思路走向结论，我们会发现移情成了一种纠缠的印象，一种难以达到的状态，因为我们每个人都有不同的自我，我们都是不同的个体，没有谁能够真的成为另一个人，这就引出了移情的最大难题：我们能够接近但不可能领悟它。"

"就像光速。"

"没错！大自然拥有一些固有的限制，我们无论如何也不可能触及它们，完美的人类移情就是其中之一。但这些僧侣解决了这个难题，办法就是玛阿。"

费伊听得如痴如醉。因为有个年轻男人在说这些话题，而且还是在对她说。没有人曾用这种语气对她说过话。她想伸出胳膊搂住他，她想哭。

"你可以把玛阿视为情绪的所在，"塞巴斯蒂安说，"它存在于你的躯体内部深处，胃部附近的某个地方——所有的欲望，所有的渴求，所有的爱、激情与色欲，一个人所有的秘密愿望和需要，全都在你的玛阿里。"

费伊用手掌按住腹部。

"对，"塞巴斯蒂安微笑道，"就在那儿。所谓'看清'一个人的玛阿，就是理解这个人的欲望——不需要你问，也不需要他说——然后在此基础上采取行动。后半部分同样重要，只有为此做了些什么，'看清'才会变得完整。因此，男人只有在无须请求的情况下满足女人的欲望才算是'看清'了它们。女人只有在不需提示的情况下拿食物给饥饿的男人才算是'看清'了他的玛阿。"

"好的，"费伊说，"我明白了。"

"我热爱的正是移情中的这种主动，也就是一个人必须对另一个人做出超越天然关系的事情。他还必须主动完成这些事情。"

"移情只有通过行动才有可能实现。"费伊说。

"对。我在集会上看见那群人开始挑剔你，于是转移了他们的注意力，这样我就看清了你的玛阿。"

他们来到一片空地，费伊正要向他道谢，却看见前方聚集着一群人，听见了人们的吟唱。两人散步的路上，逆时针绕过行为科学大楼，沿着你在校园里必须采取的曲折路径移动时，她一直能听见轻微的喧闹声。塞巴斯蒂安讲述移情、僧侣和如何看清她的玛阿时，喧闹声变得越来越响。

"那是什么声音？"她说。

"哦，抗议活动。"

"什么抗议活动？"

"你不知道？到处都贴着海报。"

"我大概没注意到。"

"抗议化学之星的活动。"他说，两人走进大学行政楼这个庞然大物门前的院子，行政楼是校园里目前最高大、最让人望而生畏的建筑物。圈大的建筑物以三层矮楼为主，但行政楼是个三十层的怪物。你在任何一个角落都能看到它，它屹立于树木之上，顶上比底下更肿胀——没有个性，方方正正，犹如暴君。看起来就像浅褐色的水泥外骨骼附着于尺寸稍微小一点、颜色稍微棕一点的另一幢建筑物上。这幢楼和校园里的其他建筑物一样，窗户也小得容不下一个人。只有最高一层除外。整个校园只有一扇窗户似乎宽敞得可以用来跳楼，它就可疑甚至热情地踞于全校园的最高点——行政楼的最高一层——这个事实让比较愤世嫉俗的学生觉得既恶毒又凶险。

示威者是几十名学生，长须长发，怒气冲冲，他们聚成一群，朝一幢楼高喊口号，朝这幢楼里的行政人员、官僚和校长高喊口号，他们手里的标语牌上画着化学之星的徽标，徽标滴出鲜血或被打上红叉。费伊太熟悉这个徽标了：它就绣在她父亲工作服的胸前，颜色明艳的字母 C 和 S 互相交织。

"化学之星干什么坏事了？"她说。

"他们制造凝固汽油弹，"塞巴斯蒂安说，"屠杀妇女和儿童。"

"不可能！"

"真的！"塞巴斯蒂安说，"大学购买他们的清洁用品，所以我们才会抗议。"

"他们制造凝固汽油弹？"她说父亲从没提过这个。事实上，他对工作的事情向来只字不提，从来不说他在工厂里做什么。

"那是苯和聚苯乙烯的混合物，"塞巴斯蒂安解释道，"做成凝胶后加入汽油，就会变成极易燃烧的黏稠液体，烧得越共皮焦肉烂。"

"我知道凝固汽油弹是什么，"费伊说，"但我不知道那是化学之星制造的。"

费伊长大和念书靠的都是化学之星的薪水，此刻她不敢告诉塞巴斯蒂安，以后恐怕也做不到。

而塞巴斯蒂安只是望着抗议人群，似乎没有注意到她的不安。（他已经停止去看她的玛阿了。）塞巴斯蒂安望着人群边缘的两名记者：一名文字记者和一名摄影师。文字记者没有在记录，摄影师也没有在拍照。

"来的人数不够，"他说，"没法上报纸。"

这群人只有三四十个，叫得很凶，他们举着牌子绕圈，吟唱："杀人犯，杀人犯。"

"几年前，"塞巴斯蒂安说，"十几个人示威就能帮你在第六版弄到十厘米见方的版面了，但如今人们见惯了抗议活动，标准已经改变。每一场抗议都让下一场变得更加稀松平常。这就是新闻业的大缺点：一件事发生得越频繁，就越不值得报道。我们不得不遵循股票市场的规律：持续不断、永不停止的增长。"

费伊点点头。她在想老家的化学之星广告牌：让我们美梦成真。

"我觉得有个办法能保证这件事上报纸。"塞巴斯蒂安说。

"什么办法？"

"有人被捕。屡试不爽，"他转向费伊，"很高兴和你聊天。"

"谢谢。"她心不在焉地说，脑子里还在想父亲，想他下班回来时身上的气味：有点像汽油，还有一些其他气味，令人窒息的刺鼻气味，像是汽车尾气或热沥青。

"希望很快能再次见到你。"塞巴斯蒂安说，拔腿跑向人群。

费伊吃了一惊，大喊："等一等！"但他跑得飞快，冲向人群附近的一辆警车。他跳上警车的引擎盖，再一步跳上车顶，向天空举起拳头。学生们疯狂欢呼。摄影师拼命按快门。塞巴斯蒂安上下蹦跳，在车顶留下凹痕，他转身望向费伊。他朝费伊微笑，盯着她的眼睛，直到警察抓住他，警察的动作很快，他们把他拽回地面，给他戴上手铐，塞进车里走了。

4

　　塞巴斯蒂安被重重地按在警车上，下巴撞在引擎盖上。警察很粗鲁。费伊想象他这会儿在牢房里，下巴瘀肿。他需要有人帮他用冰块敷下巴，换绷带，按摩酸痛的后背。费伊想着有没有人——某个特殊的人——能帮他做这些。她发觉自己希望他没有。

　　她的作业摊在床上。她在读柏拉图。《理想国》，是一部柏拉图的对话录。她读完了布置下来的阅读材料，她知道了柏拉图的洞穴寓言。寓言里的人活在寓言里的洞穴中，只能看见真实世界的投影，相信投影就是真实的世界。柏拉图的意思大体是说，我们心目中的世界未必符合现实中的世界。

　　她读完了布置的作业，此刻在读教授没有指定要读的另一个章节。整本书里只有这一章是教授没有指定要读的，似乎有点古怪。然而，这会儿读到一半，费伊大致明白了。在这个章节里，苏格拉底在向一群年长的男教授如何吸引非常年轻的男孩。目的是满足性欲。

　　苏格拉底的建议是什么呢？绝对不要赞扬那个男孩，他说。不要求爱，不要讨好他。假如你称颂一个美丽的男孩，他说，男孩就会自视过高，变得难以捕获。你这个猎人会吓走你的猎物。你说一个有魅力的人有魅力，只会让自己变得更加丑陋。因此最好完全不要赞许他，语气不妨稍微刻薄一点。

　　费伊琢磨着这会不会是真的。她知道每次亨利说她美丽，她都会更加认为他是多么可怜。她因此厌恶自己，但或许苏格拉底说得对。也许最好不要把欲望说出口。她无法确定。有时候，费伊希望她能过上另一种平行的人生，除了她做出的决定外，其他的一切都完全相同。在那种人生中，她不需要这么担惊受怕。她想说什么就能说什么，想做什么就能做什么，亲吻男孩，不用担心名声，尽情看电影，不再痴迷于考试和作业，和其他女孩一起洗澡，穿最时髦的衣服，和嬉皮姑娘们坐一张桌子，仅仅为了找点刺激。在那种更有意思的人生中，费伊不必担心任何后果，那会是多么美妙、愉快啊。她这样畅想了十秒钟后觉得这想法太过荒谬。那完全超出了她的能力。

　　因此，今天的巨大成功——与塞巴斯蒂安相处时愉快而坦诚的困窘时刻——才是如此美好的一个突破。她在一个年轻男人面前让自己陷入困窘，居然还能放声大笑。她涂得满脸都是油墨，发现后却没有惊恐，甚至没有感觉到惊恐，即使此刻也没有执着于这件事，没有被它吞噬，没有在脑海里重现那一刻，没有一遍又一遍地重演那段经历。她决定她必须更深入地了解塞巴斯蒂安。她不知道她该说什么，但她必须更深入地了解他。她也知道该去哪儿了解他。

　　艾丽丝住在隔壁紧挨着消防通道的拐角套房里，那儿是时代青年的避难所，他们大部分是女性，大部分是费伊在集会上见过的那种人，半夜三更跟着唱片号叫，扎堆抽大麻。费伊朝房间里张望（房门几乎总是敞开），几张脸转过来看她，但其中没有艾丽丝。她们说她有可能在"民众法律"，她在那儿有个管理图书的没薪水的职位。

"民众法律是什么？"费伊问，三个姑娘面面相觑。费伊意识到她害自己丢脸了，泄露了自己是个平凡人的事实。这种事总是发生在她身上。

"他们帮助因为抗议示威而被捕的人。"一个姑娘解释道。

"把他们从监狱里弄出来。"另一个姑娘补充道。

"哦，"费伊说，"他们能帮助塞巴斯蒂安吗？"

姑娘们再次微笑。还是那种微笑，但这次有了新的心照不宣的意味。某些事情众所周知，只有费伊除外。

"不需要，"一个姑娘说，"他有他自己的办法。你不用担心塞巴斯蒂安。他被捕了，用不了一个小时就能出来。谁也不知道他是怎么做到的。"

"他是魔术师。"另一个姑娘补充道。

她们给了她民众法律的地址，那个地址是一家五金店，挤在一幢破旧的两层公寓楼的底层。这幢楼上辈子是一幢金碧辉煌的维多利亚式住宅，如今被分隔成迷宫般的小间，作为住宅或办公室对外出售。费伊四处寻找标牌或大门，却只找到了一般五金店应有的储物架：钉子、锤子、胶皮管。她怀疑那些姑娘是不是给错了地址，要么就是她们在戏弄她。木地板吱嘎作响，她能感觉到地板向最沉重的储物架弯曲和倾斜。她正要离开，店主——一个瘦高的白发男人——问她在找什么。

"我在找民众法律。"她说。

他令人不安地盯着费伊看了几秒钟，似乎在打量她。

"你？"他最后说。

"对。我没走错吧？"

他说民众法律在地下室，出去拐到楼后的巷子里，有扇门能下去。费伊走进那条小巷，这儿只有五六个垃圾箱在接受烈日的烘烤，她敲响了一扇标着"民法"的木门。

开门的是个女人，比费伊大不了多少，说今天没见过艾丽丝，建议费伊去一个叫"自由之家"的地方找她。于是，费伊不得不再次演练整套仪式：承认她不知道自由之家是什么，尴尬的表情，因为不知道众所周知的事实而感到尴尬，对方解释说自由之家是个庇护离家少女的场所，禁止费伊向任何男性透露那个地点。

就这样，费伊走进一幢毫无特征的三层红砖建筑物，来到顶楼一套毫无标记的公寓门前，用秘密手法敲响房门（顺便说一句，是 SOS 的摩斯密码），她在客厅里找到了艾丽丝。这间客厅非常朴素，互不相配的家具无疑是二手货或别人捐赠的，只有几件针织物品还显得稍微有点人气，艾丽丝坐在沙发上，两腿搭在咖啡桌上，正在看一本《花花公子》。

"你为什么在看《花花公子》？"费伊问。

艾丽丝扔给她一个不耐烦的灼人眼神，表达她有多么不在乎这种愚蠢的问题。

"读文章呗。"她说。

在费伊看来，艾丽丝身上最吓人的一点莫过于她似乎根本不在乎别人喜不喜欢她。她似乎不会浪费任何力气去讨好别人，满足他们的愿望、期许、欲求，还有他们对端庄稳重、礼仪和礼节的基本要求。而费伊的看法是，每一个人都应该想要被喜欢——不是出于虚荣，而是因为想要被喜欢的欲望就像社交中必不可少的润滑剂。这个世界并没有复仇成性的上帝，因此在费伊看来，想要被喜欢和融入群体的欲望就成了检验人类行为的唯一标准，她不确定自己是否相信存在一个复仇成性的上帝，但很清楚艾丽丝和她那伙人都是骨子里的无神论者。她们可以愿意怎么粗鲁就怎么粗鲁，不必担心来世会遭受什么惩罚。你很容易放下戒心。就像和一条喜怒无常的大狗共处一室——那种永远存在的潜在恐惧。

艾丽丝重重地叹了一口气，仿佛这场对话将造成巨大的精神负担。就好像艾丽丝早就料到费伊会浪费她的时间，而费伊必须证明事实并非如此。

"你看看这个女人。"艾丽丝说。她抬起脚放在地上，把杂志扔在咖啡桌上，打开中间折页。这是一张纵向的照片，占据了整整三页。费伊首先感觉到的是震惊，她的肚子里好一阵翻腾，因为她发现她在看自己绝对不该看的东西。震惊过去之后，费伊歪着头仔细查看照片，她的第一个想法是照片里的年轻女人似乎很冷，生理上的冷。她站在游泳池里，背部略微侧对镜头，从腰部向外转动，因此躯体以侧影为主。她站在美丽的青绿色池水里，抱着一个充气玩具，那是一只天鹅，她抱着天鹅的长脖子，把天鹅贴在脸上，像是能在那里得到一丝温暖。她当然赤身裸体。臀部和后腰的皮肤似乎很粗糙，因为起了鸡皮疙瘩而变得仿佛鳄鱼皮。臀部和大腿根挂着水珠，大腿有几厘米没入了水面之下，但也仅仅只有那几厘米。

"我这是在看什么？"费伊说。

"色情照片。"

"我知道，但为什么呢？"

"我觉得她很漂亮，这个姑娘。"

中间折页上的姑娘。"八月小姐"，照片的一角标着。粉红色的躯体上，有几个地方的颜色稍微染上了一丝栗色，或者是因为寒冷，或者是因为血色穿过皮肤透了出来。水沿着她的后背一道一道地淌下来，有几滴附着在她的手臂上，但不足以显得像是她真的游过泳——也许是摄影师为了制造效果朝她喷了水。

"她身上有一种自在感，"艾丽丝说，"一种平静的魅力。我敢打赌她很有能力，甚至非常厉害。但问题是她根本不知道她能做到什么。"

"但你喜欢她的外形。"

"她很美丽。"

"我在某处读到过，你不该称赞一个人的外形，"费伊说，"这么做会矮化自己。"

艾丽丝皱起眉头："谁说的？"

"苏格拉底。柏拉图转述。"

"说起来，"艾丽丝说，"你有时候可真是奇怪。"

"对不起。"

"没必要为这种事道歉。"

她的笑容并不真诚，是一个觉得很冷的人听到命令后硬挤出来的机械笑容。她的脸上有一些夏日晒斑。两滴水挂在右侧乳房上，要是落下去，就会滴在她赤裸的腹部。费伊能感觉到那股寒意。

"就教化整体而言，色情是个巨大的问题，"艾丽丝说，"假如有理性、有文化、有道德、受过教育、讲求伦理的男人还要盯着奶子看，那你说我们到底算是进化了多少呢？保守主义右派想清除色情物品，手段是禁止。自由主义左派也想消灭色情物品，但手段是教化，让人们根本不需要去盯着奶子看。压制对教育。警察对老师。目标相同——都很伪善——但手段不一样。"

"我的舅舅们都是订户，"费伊指着杂志说，"他们会把摊开的杂志就扔在咖啡桌上。"

"有人说，性革命的重点不是性爱，而是羞耻。"

"这个姑娘似乎并不觉得羞耻。"费伊说。

"这个姑娘似乎什么都不觉得。我们讨论的不是她羞不羞耻，而是我们。"

"你觉得羞耻？"

"我这个我们是一般性的我们，抽象的我们。"

"哦。"

"泛指的观众，泛指的旁观者。不专门指我们，我或者你的我们。"

"我觉得羞耻，"费伊说，"好像稍微有一点。我也不想的，但事实如此。"

"为什么呢？"

"我不希望任何人知道我看过这张照片。他们也许会认为我很古怪。"

"定义一下'古怪'。"

"我盯着姑娘看，别人也许会认为我喜欢女孩。"

"而你担心别人的想法？"

"我当然担心。"

"那不是真正的羞耻。你觉得那是羞耻，实际上并不是。"

"那到底是什么？"

"恐惧。"

"好吧。"

"自我厌恶。异化。孤独。"

"这些只是词语而已。"

还有这本杂志摆在两人之间的怪异事实，它的客体性。照片上的折痕，纸页的波浪起伏，光面纸反射光线的方式，卷曲纸张对湿气的敏感性。钉住杂志纸张的一枚订书钉立在八月小姐的胳膊上，她像是被弹片击中了。公寓敞着窗户，附近有一台小电扇在呜呜转动，杂志折页在气流中起起落落，微微发光，像是有了生命——八月小姐仿佛在动，在抽搐，试图在冰冷的池水中保持静止，但就是做不到。

"参加运动的男人都喜欢说这种屁话，"艾丽丝说，"你不想和他们搞，他们就会琢磨你为啥有这么巨大的情感障碍。你不想脱衣服，他们会说你不需要为自己感到羞耻。你不让他们摸你的奶子，你就没资格参加运动。"

"塞巴斯蒂安也这样吗？"

艾丽丝停下来，眯着眼睛看她："你为什么想打听他？"

"没什么。好奇而已。"

"好奇。"

"他似乎，呃，你知道的，很有意思。"

"怎么个有意思法？"

"我们度过了一个愉快的下午。今天。草坪上。"

"喔，我的天。"

"怎么了？"

"你喜欢上他了。"

"别胡说。"

"你在想他。"

"他似乎很有意思。没别的。"

"你想搞他不成？"

"我不会用这样的措辞。"

"你想干他。但你想先确定值不值得，所以你才会来找我，为了打听塞巴斯蒂安。"

"我们只是聊得很愉快，然后他在化学之星示威现场被捕了，现在我很担心他。我担心我的朋友过得好不好。"

艾丽丝俯身向前，胳膊撑在膝盖上："你在老家有男朋友吗？"

"我看不出这有什么关系。"

"但你有，对吧？你这样的姑娘肯定有。他这会儿在哪儿？在老家等你？"

"他参军了。"

"噢，哇！"艾丽丝一拍巴掌，"哈，这就好玩了！你男朋友在越南，你想背着他睡一个反战抗议者。"

"当我没说。"

"不是个普通的反战抗议者，而是个最了不起的反战抗议者。"艾丽丝讽刺地鼓掌。

"你闭嘴。"费伊说。

"塞巴斯蒂安的墙上挂着越共旗。他向民族解放阵线捐款。你知道的，对吧？"

"不关你的事。"

"你男朋友会吃枪子，买子弹的是塞巴斯蒂安。现在看你要选谁了。"

费伊站起身："我要走了。"

"就像你自己扣动了扳机，"艾丽丝说，"太卑鄙了。"

费伊转身背对艾丽丝，迈开大步走出公寓，双手攥成拳头，胳膊僵硬挺直。

"这就是了，"艾丽丝在她背后喊道，"羞耻，真正的羞耻。妹子，这才是羞耻的感觉。"

费伊恶狠狠地摔上门，最后看见的是艾丽丝把双脚放回咖啡桌上，继续翻看那本《花花公子》。

5

　　没有叫出租车的钱，没有坐地铁的代币。艾丽丝相信自由，自由自在的行动、自由自在的状态——此时此地，清晨五点的紫色光线下，走在潮湿而寒冷的芝加哥街头。太阳刚爬上密歇根湖，林肯公园那些建筑物的立面泛着粉色的微光。有些小餐馆正在开门，店主用水龙头冲洗人行道，卡车上扔下来的成捆报纸垒成小山，就像一袋袋谷粒。她望向一堆报纸，看见头条消息——尼克松获得共和党提名——她啐了一口。她深深吸入城市清晨的味道，它苏醒时的气息：沥青和机油。店主只当没看见她。他们看见她的衣着——她上身穿着大号绿色军装，脚蹬皮靴，下身穿着破洞紧身牛仔裤——他们看见了她凌乱的头发，银框太阳镜从她鼻梁上滑落，露出一副无神的眼睛，因而准确地判断出她不是花得起钱消费的顾客。她身边没有现金。他们没有理由要礼貌对待她。她喜欢这种交流的透明性，她本人和世界之间不需要多说一个字的废话。

　　她不带手包，因为假如带了手包，她或许就会受到诱惑，把钥匙放在手包里，假如有了钥匙，她或许就会受到诱惑，锁上房门，假如她开始锁门，或许就会受到诱惑，购买需要锁起来的东西：在商店里出售的衣服，而不是朋友们手工缝制的货色——这将是起点——然后是鞋子、裙子、珠宝、供收集的收藏品，然后更进一步，电视机，刚开始是小电视，然后是大电视，然后再来一台，一个房间一台，还有杂志、烹饪指南、锅碗瓢盆、挂在墙上的带框画片、真空吸尘器、熨衣板、值得熨烫的衣物、需要用吸尘器清洁的地毯，还有架子、架子和架子，更宽敞的住所、公寓、独栋住宅、车库，轿车，车锁，房门锁，最终将本来就是监狱的住宅变得更像监狱的多重门锁和窗户插销。她对这个世界的姿态将发生根本的改变：从邀请世界进入她到把世界拒之门外。

假如她带了手包或钥匙或现金或能够轻松勒死各色歹人的小零碎，今晚本来不会变成现在这个样子。她出来寻找免费的刺激，没多久也没费什么力气就找到了：市中心的两个男人邀请她上楼去他们肮脏的公寓，他们痛饮威士忌，播放爵士乐大师桑·拉的唱片，她和他们跳舞，摇摆她的屁股，后来一个男人昏了过去，她温柔地亲吻另一个男人，直到大麻吸光。音乐缺乏旋律，并不适合跳舞，她心想，但非常适合亲热。她玩得很开心，直到男人解开裤扣，说："愿意用你的嘴做点什么吗？"她其实已经在考虑这么做了，但这男人连正经问一声都不会，甚至不敢说他想要什么，她觉得他很可悲。她说不愿意，男人显得非常吃惊。"我以为你是解放了的。"他说，言下之意是她应该满足他的所有欲望并乐在其中。

这就是所谓的新左派对女性的期待。

她依然能感觉到大麻在身体里，在双腿里，她觉得她像是在踩高跷，腿比清醒时的正常双腿更硬更细和更长。她一步一步向西走去，穿过城市，返回宿舍。艾丽丝迈着小丑的步伐，这让她更热爱自己的肉体了，因为她能够感觉到肉体在运转，感觉到它无与伦比的各个组成部分。

她正在感受双腿的时候，警察看见了她。她蹦蹦跳跳地经过一个巷口，他的警车藏在这条小巷里，他对她喊道："喂，宝贝儿，你这是去哪儿？"

她停下脚步，转向那个声音。是他。有个可笑名字的条子：查理·布朗警员。

"上哪儿玩去了，宝贝儿，"他说，"待到这么晚？"

他庞大得像一场雪崩，脸像是南瓜，用暴力捍卫卑鄙的法律——禁止行乞、乱扔垃圾、乱穿马路和违反宵禁。警察最近会因为微不足道的小事拦住他们，还要搜身，寻找任何一种违法物品，任何一个逮捕人的借口。绝大多数猪猡是白痴，但这一头不一样。这一头挺有意思。

"过来。"他说。他靠在警车的引擎盖上，一只手扶着警棍。小巷很暗，像个洞穴。

"我问你问题呢，"他说，"你在干吗？"

她走向他，在一臂之外停下。她盯着他，看着那座庞然肉山。他身穿浅蓝色的制服，近乎婴儿蓝，短袖，对他来说有点小。他的胸部像酒桶，纽扣嵌在了肉里。他留着淡金色的小胡子，只有到这么近的近处才能看见。五角银星的警徽别在心脏的位置上。

"没干吗，"她说，"正要回家。"

"回家？"

"对。"

"凌晨五点？走路回家？没做任何违法的事情？"

艾丽丝不禁微笑。他在按照她给的剧本背台词。她佩服布朗警员的地方不多，坚韧不拔是其中之一。

她说：“滚开，傻条子。”

他扑向她，揪住她的脖子，把她拖到面前，鼻子贴上她的头皮，在她的耳朵上方大声吸气。

“闻着一股大麻味儿。”他说。

“所以呢？”

“所以我要搜你的身。”

“你要先申请许可令。”她说，他用他那种招牌的假声大笑着，但艾丽丝并不觉得讨厌。他把她转过去，将她的胳膊固定在背后。他押着她走进小巷深处，把她按在巡逻车的后备箱上。仅仅两个晚上之前，他们已经这么做过了，但只走到把她按在车上的这一步，布朗就打破了角色设定。他推搡她的动作稍微重了一点——说实话，她任由他按倒她，在关键时刻卸掉了力量——面颊碰到金属箱盖时，她有一瞬间感到天旋地转，而这正是她想要的：暂时逃脱头脑的束缚。

之前那次，看见她的脸像那样撞在车身上，他当时吓坏了。瘀青几乎立刻出现。“小猪！”他喊道。她因为他使用了他们的安全词[1]而训斥他，解释说安全词仅限她使用，从他嘴里冒出来毫无意义。他耸耸肩，悔恨交加地看着她，保证下次一定演得更好。

艾丽丝要布朗警员做的事情大致如此：她希望他随便哪天晚上找到她，必须出乎她的意料，不但要假装不认识她，还要表现得仿佛两人之间没有持续了一整个夏天的偷情，就好像她是个普通嬉皮怪人，他是个普通凶恶警察，他把她拖进黑暗小巷，按在巡逻车的后备箱上，扯掉她的衣服，强暴她。这就是她的愿望。

这个请求弄得布朗警员心神不定。他想知道她为什么非要这

1　原文为 safe word，是指在虐恋式性行为中，受虐方提醒施虐方停止施虐的词。

么做，为什么不像以前那样在后座上做爱。她说出了她觉得这有意义的唯一一个理由：因为她已经试过了普普通通的后座做爱，但没试过这个。

她的脸贴在车身上，布朗的手紧紧掐住她的脖子——这次他似乎能一口气做到底了，而她并不怎么乐在其中，更像是希望自己很快就能乐在其中，如果他能坚持下去的话。

另一方面，布朗警员非常害怕。

害怕他会伤害她，也害怕他会伤害不到她，更害怕无法用正确的方式伤害她，害怕他对她来说不够好，害怕假如他不够擅长她要他做的这些怪事，她就会起来离开他。这是其中最巨大的恐惧——艾丽丝会丧失兴趣，彻底离开他。

他每次都是这么想的。布朗警员碰到嬉皮姑娘的次数越多，就越是害怕和多疑，担心他有可能失去她。他知道这是自己的心魔。他能感觉到事情正在发生，但依然无力阻止。每次碰面之后，再也碰不到她的念头就会变得更加让人痛苦和难以忍受。

他私下在脑海里用的就是这个词：碰到。

因为"碰到"听起来并不积极，甚至接近巧合。你在小巷里"碰到"一名陌生人。你在森林里"碰到"一头熊。事情似乎是偶然发生的，而不是像现实中这样出于精心和蓄意的策划。碰到这个词听起来像是他并没有主动背着妻子偷腥，但其实当然恰恰相反。他是有意的，而且很频繁。

想到妻子有可能发现他的秘密，他感到一阵羞愧。想到他向妻子承认他做了什么，而且还做得那么深思熟虑、鬼鬼祟祟，他的内心就充满了羞耻和厌恶。是的，没错，但同时也有不服气和正当化的愤怒：他的妻子无法责怪他，妻子逼着他投入了嬉皮姑娘的怀抱，因为自从女儿出生，他的妻子就变了个人。

　　彻底而根本的改变。自从女儿出生以后，他妻子开始叫他"爹地"，而他叫她"妈咪"。他以为那是个玩笑，是两人之间的小游戏，他努力适应这些新规则，就像度蜜月时她一直叫他"丈夫"。感觉起来非常突然而正式，怪异而不寻常。"愿意和我共进晚餐吗，我最亲爱的丈夫？"他们结婚后的第一周，她每晚都这么问他。两人会笑着倒在床上，觉得自己太年轻太不成熟了，配不上"丈夫"和"妻子"这种称呼。女儿出生后过了几天，他在医院里忽然想到，他和妻子互称"妈咪"和"爹地"也一样好笑，用不了多久就会过去。

　　但那是五年前了，她到今天依然叫他"爹地"，他也依然叫她"妈咪"。她没有挑明了让他这么称呼她，但渐渐地不再对其他称呼做出反应。太古怪了。他在另一个房间叫她"亲爱的？"没有反应，"宝贝儿？"没有反应，"妈咪？"她立刻出现，就好像她能听见的称呼只剩下了这一个。她叫他"爹地"让他觉得寒毛直竖，但毫无用处，大多数时候他不会明说，但偶尔也会拐弯抹角地暗示一下："你不想的话就别那么叫我了。"他这么说。而她回答："但我就是想啊。"

　　还有性爱的问题，事实上，他和妻子之间已经不存在性爱这回事了，他归咎于家里已经形成惯例的卧室安排，也就是女儿睡在他们的床上，睡在两人之间。他不记得自己答应过，但事情就这么发生了。他怀疑让女儿睡在他们床上并非完全是为了女儿好，也有他妻子的原因。他妻子喜欢和女儿睡在一张床上，早晨女儿醒来后会爬到妻子身上，上上下下亲吻她，说她有多么美丽。他觉得妻子不想失去这个日复一日的仪式。

　　事实上，她在训练女儿这么做。

　　起初并不是存心的，但妻子无疑积极地仪式化了这种行为。

　　刚开始非常单纯，某天早晨女儿醒来，睡眼惺忪地说："妈咪你真漂亮。"多可爱啊。妻子拥抱女儿，说谢谢你。依然单纯。但几天后的一个早晨，妻子问："你还觉得我漂亮吗？"女儿热情洋溢地给出肯定的答案。这不是什么值得说三道四的怪事，但他还是在脑海里悄悄地记下了一笔。又过了几天，妻子问女儿："咱们早上应该对妈咪说什么啊？"女儿自然而然地说："早上好。"妻子说不对，猜谜游戏继续下去，直到女儿说出正确的答案："你真漂亮！"

　　这就有点怪了。

　　更怪的是，隔了一周，女儿没有对妻子说你真漂亮，妻子居然主动惩罚了女儿，不但去掉了周六早餐惯例的煎饼和晨间动画，还命令女儿去打扫自己的房间。女儿失望得眼泪汪汪，问妻子为什么要这么待她，妻子说："今天早上你没有说我漂亮。"他觉得这简直怪到了极点。

　　（不用说，他对妻子说她很漂亮的时候，她只是翻个白眼，指给他看她又有哪个部位多了几条皱纹或几团脂肪。）

　　他开始值夜班。为了逃避每天开始时已经习以为常的瀑布般的亲吻和空洞的恭维。他白天睡觉，整张床都属于他。夜里他上街巡逻，就这样碰到了艾丽丝。

　　刚开始，她和其他嬉皮士没什么区别，他会记住她只是因为她大半夜戴着太阳镜。他看见她走在街上，要求她出示证件。不出意料，她拿不出来。于是，他给她戴上手铐，把她压在警车上，搜身寻找毒品，这种人每三个就会有一个愚蠢地把毒品揣在口袋里。

　　这个姑娘却没有。她身上什么东西都没有：没有毒品，没有钱，没有化妆品，没有钥匙。他以为她是游民。他送她进拘留所后就把她忘了个一干二净。

　　第二天夜里，她出现在同一个地点。

时间也完全相同。衣着也是：绿色军装上衣，快要滑到鼻尖的太阳镜。但这次她不是在走路，而是站在人行道上，仿佛正在等他。

他停下警车，问："你在干什么？"

"违反宵禁令。"她说，目光灼灼地瞪着他，站得僵硬而笔直，用姿态传达抽象的愤怒和反抗。

"你想再体验一下？"他问。

"你爱怎样就怎样吧，傻条子。"

于是，他又给她戴上手铐，把她按在警车上。她还是什么都没带，除了身上这套衣服。去拘留所的路上，她一直瞪着他。绝大多数人会浑身瘫软，气馁地靠在车门上，像是想找个地方藏起来。但这个姑娘不是，她的视线让他紧张。

第三天夜里，他再次看见了她，还是同一个地点，同一个时间。她靠在一幢红砖建筑物的外墙上，一条腿抬膝站立，双手插在口袋里。

"喂，你。"他说。

"喂，条子。"

"又来违反宵禁令了？"

"算是吧。"

他觉得他有点害怕她。他不习惯遇到这样的反应。怪人和嬉皮士当然让他难以忍受，但他们的行为肯定都符合逻辑。他们不想进监狱，他们不想被搜身。但这个姑娘，她散发出一种危险感，一丝挑逗感和狂热感，让他觉得既陌生又难以预料，甚至让他激动。

"你要铐上我吗？"她说。

"你在惹麻烦吗？"

"行啊，假如惹了就有手铐戴。"

第四天他不值班，但他找到了一个想换班的同事。她又出现在同一个地方。他开车经过她，一次，两次。她用视线尾随他。他第三次转过这个街区时，她公然嘲笑他。

他们第一次苟合是在警车的后排座位上。遇见艾丽丝，老时间老地点。她指了指小巷，叫他把车停进去。他开进去停车。小巷很黑，完全遮住了警车。她叫他去后排座位。他去了。他不习惯接受年轻女人的命令，尤其是一个街头嬉皮怪姑娘。他有一瞬间对整件事起了抵触情绪，但这种情绪立刻烟消云散，因为她跟着他钻进了后排，随手关上门，解开他的腰带，挂着无线电、警棍和佩枪的腰带掉下去，咣当一声落在车内地板上。嬉皮姑娘甚至没有上来亲吻他。她似乎不想吻他，但他吻了她——这么做似乎比较绅士，亲吻她，用手指爱抚她的脸庞，他希望能用这个姿态传达体贴和人对人的感情，能让她知道他想要的并不只是钻进她的裤裆，尽管钻进她的裤裆基本上就是他想要的一切，此刻尤其如此。她脱掉他的长裤，妻子、警局同事、局长、市长，以及有人路过并看见他们的微乎其微的可能性，所有这些念头顿时消失得无影无踪。

他们两个人不像是在"一起"做爱，更像是艾丽丝在生气勃勃地主动搞他，而他只是躺在那儿做个参与者。

事后，她爬出车门，转身露出狡黠的笑容，说："回头见，傻条子。"他当班剩下的时间里一直发疯般地思考她这句话究竟是什么意思。回头见，而不是"下次见"，也不是"明天见"，甚至不是"再见"。她说的是回头见，她不可能说得更不直截了当和更加模棱两可了。

每次碰面后接踵而来的永远是相同的情绪反应：巨大的宽慰，因为嬉皮姑娘又回来了，接下来是无尽的担忧，害怕她再也不会出现了。

　　而他需要她回来，不顾一切、肝肠寸断地需要，就好像他的胸部和内脏只靠一个木头夹子固定在一起，她只需要不露面就能松开那个夹子。他想象着他来到他们通常碰面的地点却再也见不到她了，他感觉内脏像水气球似的由内而外炸裂。这样的拒绝能要了他的命，他心知肚明。因此，他做出了一个在道德上值得怀疑但在他看来非常必要的决定：请求调入红色分队。

　　于是，他的全职工作就变成了监控艾丽丝，这当然是最完美的结果了。他不但能够每时每刻掌握艾丽丝的行踪，而且更美妙的是，要是有人发现他们的私情，他还可以拿出一个说得过去的理由：他没有在偷情，而是在潜入调查。

　　他给她的房间装窃听器。他拍摄她进出颠覆分子聚会的各种知名场所。和她做爱的时候，他觉得稍微自在了一点——直到她开始请求他做一些他认为离奇得不止一星半点的事情为止。

　　"铐上我然后肏我。"她说，那次是他们第一次从标准的后座做爱转向更古怪的行为。

　　他问她到底为什么会想做这样的事情，她对他露出他最讨厌的表情，让他无地自容、感到渺小的讥讽表情。"因为我从来没有戴着手铐做过。"她答道。

　　但他不认为这是个好理由。他能想到一百万件他没做过但没兴趣尝试的事情。

　　"你喜欢搞我吗？"她说。

　　他停下了。他不喜欢这样，不喜欢讨论他和他的情绪。他妻子生下女儿后的改变有个好处，那就是彻底不问私人问题了。他忽然想到，他有好几年不需要用语言表达内心的情感了。

　　喜欢，他说。他喜欢和她做爱，她嘲笑他——用"做爱"这种委婉的词。他脸红了。

"你以前想过你有可能喜欢搞我这么一个披头族怪物吗？"

"没有。"

她耸耸肩，像是在说显然我是对的。她向他伸出双手，露出手腕，他不情愿地给她戴上手铐。

下一次，她又要他给她戴手铐。

"试着稍微粗暴一点。"她说。

他请她说得具体一些。

"我说不清，"她说，"总之别太温柔。"

"我不太明白在实际中应该怎么做。"

"把我的脸按在座位上什么的。"

"什么的？"

这就成了他们每一次交流的定式：艾丽丝要他做更新鲜更奇怪的事情，布朗从未做过甚至根本没考虑过的事情，让他觉得毛骨悚然甚至担心自己不可能做出来的事情——无法按照她的标准做出来。布朗会严词拒绝，直到害怕会辜负或失去艾丽丝的恐惧战胜了羞耻心和惊恐感，他鼓足勇气闯过她想要的天晓得什么性爱场景，从头到尾一直觉得很尴尬，并没有乐在其中，但知道拒绝的话结果会更糟糕。

"有东西想让我看看吗？"他问，把艾丽丝腹部向下按在车上，然后压上她的身体。

"没有。"

"裤子里没藏东西？最好现在就承认。"

"说真的，没有。"

"咱们走着瞧。"

她感觉到他的双手插进她的裤袋，前面的后面的，从内到外翻了出来，除了棉绒和烟草屑什么都没有。他拍打她的双腿，先是大腿外侧，然后内侧。

"看见了？"她说，"什么都没有。"

"闭嘴。"

"放开我。"

"你闭嘴。"

"你他妈的傻条子。"她说。

他用力将她的脸按在冰冷的车壳上。"再说一遍，"他说，"有胆子再说一遍。"

"他妈的没鸡巴的傻条子。"她说。

"没鸡巴？"他说，"我给你看看什么叫没鸡巴。"

他趴在她身上，对着她的耳朵说话，音调高了五个八度，充满温柔和怜爱："演得不错吧？"

"别打破设定。"她责怪道。

"好的，"他说，"没问题。"她感觉到他开始扒她的牛仔裤。她感觉到他按着她的脸贴在车壳上的地方微微下陷。她感觉到清晨的凉风，因为他让她的身体裸露出来，脱掉她的牛仔裤，踢开她的双腿，方便他的进入。然后他进入她的身体，他挤压她，长驱直入，她感觉到他在她的体内胀大，越来越粗，越来越壮，随后他开始抽插。呻吟，抽插，每次挺身都像小狗似的轻轻叫唤，毫无韵律可言。混乱的痉挛，很快就结束了，只坚持了一两分钟，以灾难性的一戳而告终。

然后，他飞快变小，身体渐渐变软，双手变得温柔。他松开她，她站起身。他把被他脱掉的牛仔裤递给她。他羞怯地看着地面。她微笑着穿上牛仔裤。两人一起坐在巡逻车背后，彼此依偎，靠着保险杠。他终于开口了。

"太粗暴了？"他问。

“不，”她说，“挺好。”

“我担心我会不会太粗暴了。”

“真的挺好。”

“因为上次你说你要我再粗暴一些。”

“我知道。”她说，转动后背，先朝向一边，然后另一边，抚摩面颊接触后备箱的地方，脖子上刚才被他掐住的位置。

“你为什么每次都一个人走夜路？”他问。

“我不会有事的。”

“不安全。”

“非常安全。”

“街上到处都有危险的人。”他说，用粗壮的手臂抱住她，恰好碰到了疼痛的地方。

“哎呀。”

“天哪，”他松开她，“我太蠢了。”

“没事，”她拍拍他的胳膊，“我得走了。”艾丽丝站起身，感觉到牛仔裤弄湿的地方变得凉丝丝的。她想回家。她需要洗澡。

“我开车送你。”布朗说。

“不，”她说，“会被别人看见的。”

“我到离宿舍两个街区的地方放你下车。”

“不用了。”

“下次什么时候能见到你？”

“唔，说到这个。下次我想换个新花样。”她说。他的心脏一阵狂跳：还会有下一次！

“下次，”她说，“我要你掐住我的喉咙。”

布朗心中飞舞的蝴蝶消失了：“你说什么？”

“你不用真的掐死我。你可以把手放在那里假装要掐死我吗？”

她说。

"假装？"

"要是你想用力些，也可以。"

"天哪！"他说，"我才不会掐你喉咙呢。"

她皱起眉头："你有什么问题吗？"

"我有什么问题？是你有什么问题吧？我没听错吧？掐你喉咙？这就太离谱了。我到底为什么要这么做。"

"我们讨论过了。因为我没试过。"

"不，不是这样的。那是尝试照烧的理由。绝对不是我他妈的掐你喉咙的理由。"

"但我只有这一个理由。"

"假如你想要我这么做，那就必须解释清楚。"

这是他第一次反对她的意见，话刚出口他就后悔了。他担心她会耸耸肩转身就走。和绝大多数关系异常的夫妻一样，他们两人对这段关系的需要程度也是失衡的。不言而喻的冰冷事实是，她随时都可以离去，几乎不会有任何痛苦，而他则会被彻底摧毁，会陷入弃绝的泥潭。因为他知道这种事情在他余生中再也不可能发生在他身上了。他再也不会遇到艾丽丝这样的女人，她离开后他只能返回他原本的人生，而她已经向他证明了那有多么乏味和贫瘠。

他给艾丽丝的答案，实际是对一夫一妻制和凡人必死之局限性的回应。

艾丽丝坐在那儿想了一会儿，他从未见过她像这样陷入沉思。她之所以显得那么自信，有一部分原因是她似乎无论什么时候都很清楚她想说什么，因此这段沉默显得非同寻常且不符合个性。她很快恢复了精神，从她永远戴着的太阳镜上望向他，重重地吐出一口有些恼怒的长气。

"跟你说实话吧，"她说，"我对和男人正常做爱不是真的很感兴趣。我指的是普通的那些花样。大多数男人对待性爱就像在打弹子机，一次一次又一次拍打相同的手柄。非常无聊。"

"我没打过弹子机。"

"这不是重点。好吧，我换个比方：想象一下，所有人都在吃一个蛋糕。他们对你说，这个蛋糕有多么好吃。然后你试了一口，却发现难吃极了，还不如啃硬纸板。但你的朋友一个个都吃得兴高采烈。请问你会有什么样的感觉？"

"大概是失望吧。"

"还有恼火。尤其是他们还会对你说这不是蛋糕的错，说真正的问题在你身上。说你吃蛋糕的方式不对。我知道这个比喻很不恰当。"

"所以我是你找到的一块新蛋糕？"

"我只是想要感觉到一些什么。"

"你对你的朋友们提过我吗？"

"没。怎么可能？"

"我让你觉得丢人。你因为我感到羞耻。"

"听我说，在真实生活中，我是个反权威的无政府主义者。但我还有向往刺激的一面，想被一个警察粗暴侵犯。我能接受，不做好坏判断。但我不认为我那些朋友能够理解。"

"我们做的那些事情，"他说，"手铐，粗暴的动作。有用吗？"

她露出微笑，轻轻抚摩他的面颊，她第一次这么温柔地抚摩他："你是个好人，查理·布朗。"

"别这么说，你知道我讨厌这种话。"

她亲吻他的头顶："去打击犯罪吧。"

她感觉到他目送她离开。感觉着脖子和面颊上的瘀伤。一步一步走远，感觉到他留下的一大团冰冷黏液从身体里滑了出来。

6

校园里有个传闻，在最狂热的学生之间传播。这是一个秘密，支持战争的在校预备役军官训练团学员不知道，兄弟会那些四肢发达的男生不知道，初入社交场所、忙着挑选丈夫人选的富家小姐也不知情。只有最忠于事业、最诚挚的斗士才有资格听见：在特定的日子里，在迷宫般的行为科学大楼某间特定的教室，每次持续一个小时，战争正式结束了。

在这一个小时期间，在这间教室里，越南战争不复存在。艾伦·金斯堡，刚从东海岸来到这里的伟大诗人，他带领他们，每堂课都以相同的一句话开始："战争正式结束了。"然后他们重复这句话，然后再重复，异口同声，许多个声音形成和声，这句话因此变得更加真实。金斯堡告诉他们，语言拥有力量，思想拥有力量，将念头释放进宇宙能够引发雪崩，促使念头变成现实。

"战争正式结束了，"金斯堡说，"战争正式结束了。重复这句话，直到意义消失，字词变得只是物理性的声音，直到字词化作坚固的物体射向天空，你看见它们弹出身体，因为佛教咒语里使用的神的名字与神本身毫无区别。这一点非常重要，"他竖起一根手指指着天空，"假如你说'湿婆'，你不是在召唤湿婆，而是在创造湿婆，创造者与保护者，毁灭者与庇护者，战争正式结束了。"

费伊躲在最后面的角落里望着他。她和其他人一样，坐在积灰的油毡地毯上——望着他脖子上银色的和平标志项链晃来晃去，眼睛在角质框眼镜背后充满喜悦地紧闭，他蓬乱的头发，缠结的黑色乱发从头顶长到了面颊和双下巴上。他摇头的时候，大胡子跟着晃动，像是在最繁盛的教会里祈祷和吟唱，胡须随之摆动不已，他的整个身体都投入其中，他闭着眼睛，盘起双腿，他坐在自己带来的专用地垫上。

"身体的振动就像在非洲平原上那样，"金斯堡说着，边用脚踏式风琴和指钹演奏着伴随吟诵的音乐，"或者印度的群山中，或者任何一个没有电视机替我们振动的地方。我们全都忘记了该怎么做，除了某些时刻，例如民谣歌手菲尔·奥克斯连续两小时演唱列侬的《战争结束了》，这个咒语比哥伦比亚广播公司所有的天线加起来都要强大，比民主党全国大会所有的传单加起来都要强大，比整整十年的政治演说加起来都要强大。"

学生们盘腿坐在地上，没有跟随音乐前后摇摆，而是跟着身体内部的私有节拍。看起来就像一屋子陀螺正在旋转。课桌被推到了教室边缘。一个人的外衣挂在房门的窗户上，挡住了外部的视线，以防行政人员或校园保安或不够嬉皮的老师路过。

费伊知道"战争正式结束了"的吟唱最终会变成"赞美奎师那，赞美罗摩"[1]，然后在齐声念出神圣元音"唵"中结束共处的这

1　奎师那和罗摩均为印度教中的神，都是毗湿奴的化身。

一个小时。到目前为止，他们的每一堂课都是这么上的，想到她从大诗人艾伦·金斯堡那里学到的就是如何摇摆、如何吟唱、如何号叫，费伊就觉得心如死灰。这个人写下的诗歌曾经烧穿了她，课程第一天，她坐在椅子上，害怕自己见到他会当场吓傻。然后她看见了他，心想作者照片里那个整洁好看的男人去哪儿了。格子呢西服和梳理过的头发不见了，金斯堡全然拥抱了反文化运动那些最显眼的象征性打扮，刚开始费伊感到很失望，因为这种行为预示的是缺乏创造力。现在她的感觉更接近纯粹的恼怒。她想举起手问："我们什么时候才能开始学习，你知道的，诗歌？"然而这个问题无疑不会受到欢迎，因为课堂上的学生根本不在乎诗歌——他们只在乎战争、他们想就战争发表的看法和他们如何能停止战争。民主党全国大会即将召开，他们最在乎的莫过于即将举行的抗议游行，只剩下短短几天了。那将是一场盛大的活动，他们都这么说。所有人都会来。

"假如遇到警察的攻击，"大诗人说，"我们就坐在地上。我们念'唵'，向他们展示和平是什么意思。"

学生们摇晃身体，哼哼唧唧。有几个人睁开眼睛，交换眼神，用心灵感应告诉对方：要是警察来了，我才不会傻坐着，我他妈会拔腿就跑。

"那会用上你们能聚集起的全部勇气，"大诗人说，像是读懂了他们的想法，"但面对暴力，唯一正确的答案就是暴力的反面。"

学生们闭上眼睛。

"这就是办法，"他说，"咱们先练习一下。感觉到了吗？无疑是一种主观体验，但也是唯一重要的体验。客观事物实际上是不可感知的。"

费伊的其他课程全得了优。经济学、生物学、古典学——每周测验里她还没答错过一个问题。但诗歌？金斯堡似乎不会给他们打分。大多数学生认为这是一种解放，费伊却因此寝食难安。不知道别人如何衡量她，她该如何表现？

于是她尽可能地投入冥想，但同时又对自己冥想时的样子感到极端的敏感。她想全心全意、百分之百地投入吟唱和摇摆，感受大诗人说她应该感觉到的东西，灵魂的拓展，意识的释放。但每次她刚开始认真冥想，一个带刺的小念头就会在脑海里冒出来：她冥想的方式不对，每个人都注意到了。她害怕睁开眼睛会发现所有人都盯着她，嘲笑她。她努力推开这个念头，但她越是冥想，这个念头就越是强烈，到最后她甚至没法好好坐着了，因为焦虑和怀疑彻底淹没了她。

于是她睁开眼睛，意识到自己是多么可笑，然后整个过程再周而复始。

她发誓这次她一定会认真冥想。她会进入那个时刻，不会感觉到拘束和不安全。她会假装这里只有她一个人。

但实际上这里当然不止她一个人。

在诸多无名的陌生人之间，她左边五步前面两排的地方，坐着塞巴斯蒂安。自从他几天前被捕以来，这是费伊第一次见到他。有人说，她会在这儿找到他，此刻她能够强烈地感觉到他的存在。她在等待，看他会不会注意到她。每次睁开眼睛，视线都会被引向他。他似乎还没有发现她，也可能他注意到了，但并不在乎。

"你该怎么拓展灵魂？"大诗人问，"这就是办法——诚实地感受你的感觉，然后重复。你吟唱，直到吟唱变得不由自主，你去感受一直隐藏在表面下的感觉。我说的拓展灵魂不是要你们增加什么，就像给房屋增建一个房间。房间从一开始就在房屋里。此刻只是你第一次走进这个房间。"

她想象大诗人走进她某个舅舅在艾奥瓦州的车库，他留着可笑的大胡子，戴着和平标志的项链。她的几个舅舅对他大加取笑。

尽管不是很情愿，但她还是被说服了。尤其是他劝人冷静与平和的布道词。"你们的头脑里想法太多，"他说，"那里有着太多的噪音。"费伊不得不承认她大多数时候都是这样，从早到晚焦虑得无地自容。

"你们吟唱的时候，必须只想吟唱，只想你们的呼吸。活在你们的呼吸里。"

费伊尽量尝试，但将她拉出恍惚状态的不是担忧，而是想偷看塞巴斯蒂安的冲动。她想知道他在干什么，他有没有进入状态，是不是在吟唱，对待这套玩意儿的态度认不认真。她想盯着塞巴斯蒂安的侧脸看。反文化的丑陋风格充斥着这个房间：稀疏的大胡子、沾着唾沫的小胡子、浸透汗水的头带、扯破的牛仔裤和牛仔上衣、在室内显得很可笑的太阳镜、他妈的贝雷帽、二手服装店的霉味、烟草的气味——塞巴斯蒂安无疑是教室里最好看的男人。客观来说，费伊心想：柔顺的头发精心梳成不羁的样子，胡子刮得干干净净，有一丝婴儿的那种可爱劲头，蘑菇头发型。他聚精会神时抿紧嘴唇的模样。她看清楚所有的细节，闭上眼睛，再次尝试进入完美而彻底的静心境界。

"忘记你对自己的关注，"大诗人说，"假如你只对自己感兴趣，那么你就只能和自己为伴，只能和自己的死亡为伴。那将是你拥有的一切。"

他敲响指钹，念诵"唵——"。学生们跟着重复"唵——"，他们念得参差不齐，和声刺耳，既不同步也不合调。

"没有你，"大诗人说，"只有宇宙和大美。成为宇宙的大美，大美将进入你的灵魂，将在那里成长，取而代之，等你死去，你就是宇宙了。"

费伊刚开始想象（按照指示）完全觉悟的纯白光体，那是平静的涅槃境界，（按照指示）躯体不再产生声音和意义，而是只产生至福的极乐感觉，这时她感觉有人靠近她，靠得非常近，恼人地坐进她的个人空间，打破她入迷的状态，将她拉回了肉体和烦忧的世俗之中。于是，她重重地吐出一口消极对抗的长气，扭动身体，希望能让对方知道她的意识流确实被打断了。她再次尝试：白光，平和，大爱，至福。整个房间的人齐声说："唵——"她感觉到来到身旁的人凑得离她更近了，她感觉有什么东西迫近耳朵，然后她听见了他的声音，他咬着她的耳朵说："你进入至高的完美境界吗了？"

这个声音属于塞巴斯蒂安。意识到这一点带来的震惊让她一瞬间觉得自己被氦气充满了。

她重重地吞了口唾沫。"你觉得呢？"她说。塞巴斯蒂安嗤之以鼻，发出隐藏不住的笑声。她逗他发笑了。

"我会说对，"他悄声说，"至高的完美境界，你做到了。"

她感觉暖意在脸上扩散。她微笑道："你呢？"

"不存在我，"他说，"只有一个宇宙。"他在取笑大诗人。她不禁松了一口气。对，她心想，这整件事都傻透了。

他继续凑近，贴在她的耳朵上。她能感觉到一股电流淌过面颊。

"记住，你完全冷静，内心平和。"他悄声说。

"好的。"她答道。

"什么都无法扰乱你完美的平静。"

"对。"她说。这时候她感觉到了他，他的舌尖轻而又轻地舔了一下她的耳垂。她险些在冥想中叫出声来。

金斯堡说："想象一个完全静止的瞬间。"费伊全神贯注地倾听他的声音，借此尽量收敛心神。"也许是卡茨基尔山区中的一片草原，"他说，"梵高画作中的树木活了过来。或者是你在听唱机播放的瓦格纳，音乐变得梦幻般性感和鲜活。想象那样一个瞬间。"

她曾经有过这样的感受吗？一个超验的时刻，一个完美的瞬间？

对，她心想，她有过。就是此刻。此刻就是那个瞬间。

而她置身其中。

7

星期一晚上，艾丽丝通常会单独坐在房间里读书。平时总有一群姑娘聚在她的房间里，跟着唱机狂热地吟唱，捧着很像高杆水烟袋的吓人东西抽大麻。星期一晚上，这些姑娘通常不在，估计是各自休养去了。尽管她喜欢公开发表批判言论，抱着"家庭作业是一种压迫工具"的人生观，但艾丽丝还是会利用星期一的夜晚读书。她的诸多秘密之一，是她确实做作业，她勤奋好学，热爱读书，独处的时候会贪婪而迅猛地大量阅读。她读的可不是什么极端言论的书籍，而是课本。有关会计、定量分析、统计学、危机管理的书籍。每逢这些夜晚，连唱机里播放的音乐都不一样了。不再是其他日子里吱哇乱叫的民谣摇滚，而是古典音乐，柔和，安慰心灵，钢琴奏鸣曲或大提琴组曲，都是让人放松、没有威胁感的作品。她的这一面无人知晓，她动也不动地在床上一坐就是几个小时，唯一的响动就是每隔四十五秒一次的书页翻动。她在这些时刻拥有一种特别的沉静感。布朗警员爱极了她的这一面，他坐在两公里开外一个不开灯的旅馆房间里看着她，手持芝加哥警察局红色分队配发的高倍望远镜，听着古典音乐和窸窸窣窣的翻页声，无线电收发机调到窃听器使用的高频上。几周前他把窃听器放在了天花板顶灯上面，取代了更早以前他放在她床底下的那个，床底下收到的声音发闷且带有回响，完全不可接受。

间谍工作，他在这方面还是新手。

他看着她读了一个小时的书，忽然听见一声刺耳的巨响：有人敲门。他有一瞬间晕头转向，不知道被敲的是他的房间门还是艾丽丝的宿舍门。他愣住了。他竖着耳朵听。他松了一口气，因为艾丽丝从床上跳起来，过去打开了门。"哦，哈喽。"她说。

"我能进来吗？"一个没听过的声音说。年轻女性。年轻女性的声音。

"当然。谢谢你跑一趟。"艾丽丝说。

"我收到了你的字条。"新来的姑娘说。布朗认出了她——艾丽丝隔壁的新生，戴着一副大大的圆眼镜——费伊·安德烈森。

"我想说声对不起，"艾丽丝说，"因为在自由之家说的那些话。"

"没关系。"

"当然有关系。我一直这么对你。我不该这么做。不符合姐妹精神。我不该那么羞辱你。对不起。"

"谢谢。"

这是他第一次听见艾丽丝道歉或以任何一种方式表示懊悔。

"你想睡塞巴斯蒂安，"她说，"那是你的事情。"

"我没说我想睡他。"费伊说。

"你想不想让塞巴斯蒂安搞你，完全取决于你。"

"我真的不想这么说话。"

"你希望塞巴斯蒂安肏得你欲仙欲死——"

"你还是闭嘴吧！"

两个人放声大笑。他在日志中写道：大笑。但日后每次打开这些记录，他都想不通这么记录到底有什么理由和必要。红色分队的监控训练简短而含糊得让人发疯。

"说到塞巴斯蒂安，"艾丽丝说，"他有没有开始下手？"

"你的'下手'是什么意思？"

"动手动脚？表现出特别的感情？"

费伊盯着她看了几秒钟，在脑袋里盘算片刻："你干了什么？"

"所以是有了？"

"你是不是对他说了什么？"费伊说，"到底说了什么？"

"只是传达了你对他的兴趣非常不一般。"

"我的天。"

"你特别迷恋他。"

"天哪，不。"

"你心底里的秘密感受。"

"对，秘密。那是我的秘密。"

"我帮你们加把劲嘛。我觉得我欠你一个人情。因为我在自由之家对你说的那些话。现在咱们扯平了。不用客气。"

"这算什么扯平？你难道想说你这是在帮我？"

费伊在房间里踱来踱去。艾丽丝盘腿坐在床上，自得其乐。

"你只会默默地在单相思中忍受煎熬，"艾丽丝说，"承认吧，你自己是不会对他说的。"

"你知道什么！我才不是单相思呢。"

"所以他动手动脚了。他干了什么？"

费伊停下脚步，盯着艾丽丝。她似乎在咬腮帮子："他在冥想练习中舔了我的耳垂。"

"性感。"

警察在日志中也记下这条：舔耳。

"现在，"费伊说，"他要我过去找他。去他那儿。星期四晚上。"

"抗议前的那个晚上。"

"对。"

"多么浪漫。"

"大概吧。"

"岂止，简直浪漫得发疯。第二天将是塞巴斯蒂安一生中最重要的一天，他即将一头扎进危险的抗议和暴乱。他有可能受伤，甚至丢掉小命。谁知道呢？而他想和你共度最后一个自由的夜晚。"

"说得好。"

"实在太，怎么说呢，像维克多·雨果了。"

费伊在艾丽丝的书桌边上坐下，低头望着地板："我真的有男朋友。在老家。他叫亨利。他想和我结婚。"

"好的。你想嫁给他吗？"

"也许吧。我不确定。"

"这种模棱两可往往等于不想。"

"不是模棱两可。我只是还没下决心。"

"要么你想嫁给他，比世上任何事情都想，要么你不想。就这么简单。"

"没那么简单，"费伊说，"一点也不简单。你不懂。"

"那就解释给我听。"

"我打个比方好了。假设你渴得快要死了，渴得都快疯了。你能想到的只有满满一大杯水。对吧？"

"理解。"

"你幻想那满满一大杯水，画面在你脑海里简直栩栩如生，但并不能止渴。"

"因为你不能喝想象中的那杯水。"

"对。于是你左看右看，见到一个油乎乎的泥泞池塘。那并不是满满一大杯水，但有个优点，它里面有水。真的水，而那满满一大杯水不是真的。你选择了这个油乎乎的泥泞池塘，尽管你想要的并不是这个。这差不多就是我为什么和亨利在一起。"

"但塞巴斯蒂安不一样。"

"他，我认为，就是那满满一大杯水。"

"值得为此写一首乡村歌曲。"

"所以我根本不想和塞巴斯蒂安搞到一起。我担心他会想要，你知道的，也许"——费伊停顿片刻，寻找合适的字眼——"和我亲热？"

"你是说他搞你？"

"对。"

"好的，所以呢？"

"所以，我希望……"

简短而沉重的死寂。费伊盯着双手，艾丽丝盯着费伊。两人都坐在床上，望远镜的取景器完美地包围并框住了她们。

"你需要建议。"艾丽丝先开口了。

"对。"

"我的建议。"

"对。"

"关于上床。"

"没错。"

"你认为我在这方面是专家，为什么？"

警察不由微笑。她真会作弄人，他的嬉皮姑娘。

"啊，"费伊的脸一下子耷拉下来了，"我不是想暗示——"

"天哪，你轻松点。"

"真对不起。"

"这就是你的问题所在。想听我的建议？你需要放松一些。"

"我不确定我知不知道该怎么做。我指的是放松。"

"就是，你知道的，放松。呼吸就好。"

"没那么容易。医生教过我使用某种呼吸技法，但有时候我会变得特别紧张，就是做不到。"

"你不会呼吸？"

"方式不对。"

"怎么了？你脑袋里在想什么？连放松和呼吸都做不到。为什么？"

"很复杂。"

"说来听听。"

"呃，好吧，我开始练习呼吸技法，首先感受到的就是羞耻。一练习我就立刻感受到有点羞耻，因为我必须练习呼吸。怎么说呢，你知道的，就好像我甚至做不好最基础的一件小事，就好像呼吸是我搞砸的又一件事情。"

"好的，"艾丽丝说，"你继续。"

"然后我真的开始呼吸了，我忍不住担心我做得对不对，也许我的呼吸有缺陷或者什么的。不够完美，不符合理想的呼吸技法。尽管我不知道理想的呼吸技法是什么样，但我确定它肯定存在，只要我不是那么呼吸，我就觉得自己搞砸了。不止是搞砸了呼吸，而是搞砸了所有事情。就好像我无法正确地呼吸，我的整个人生就会完蛋了。我越是思考该怎么呼吸，呼吸就变得越困难，到最后我觉得，怎么说呢，我要过度换气或者昏过去了之类的。"

布朗在日志中写道：过度换气。

"然后我开始想，要是我真的昏过去，别人发现了会闹得人尽皆知，然后我就不得不解释我为什么会毫无原因地自己昏过去了，向别人解释这种事情实在太愚蠢了，因为他们以为自己是大英雄，从严重受伤或心脏骤停之中拯救了一个人，等他们发现我的问题只是吓得自己不会呼吸了，他们就会，呃，怎么说呢，非常失望。你会在他们脸上看出来。就像在说：喔，就这么简单？然后我又开始惊慌，因为我不符合他们的期待，我不是个合格的病人或伤员，我的问题不够严重，配不上他们的担忧，他们会因此满腹怨恨。就算这些事情都没有发生，仅仅是或许会发生的可能性就足够让我紧张得像是已经发生了。我觉得那是我的亲身体验，明白吗？一件事情不需要发生，感觉起来也已经非常真实了。你是不是觉得很疯狂？"

"你继续说。"

"嗯，好，就算奇迹发生，我正确地实践了呼吸技法，达到了内心的平静和放松，但我的快乐和放松也只能持续顶多十秒钟，然后我就会开始担心这种美好的感觉能持续多久了。我担心我无法让它维持足够长的时间。"

"足够长做什么？"

"为了，你明白的，成功地实现它，正确地做到它。我从客观上每感受到一秒钟的快乐，离失败和变回真正的自我就近了一秒钟。我的这种感觉，打个比方，就像我在走一条没有起点也没有终点的钢丝。你在上面待得越久，就要用越多的能量保证自己不掉下来。你迟早会有悲哀和末日的感觉，因为无论你多么擅长走钢丝，到最后都是会掉下来的，只是时间问题，结局早已确定。因此我无法沉浸在快乐和放松的感觉之中，而是会有一种强烈的恐惧感，担心我不再能够感觉到快乐和放松的那个时刻。结果自然是这种心情消灭了快乐。"

"我的天。"

"我脑袋里差不多每时每刻都在转这些念头。所以'呼吸就行'这几个字的意思对你和对我恐怕不太一样。"

"我知道你需要什么了。"艾丽丝说。她从床上滚到另一头，拉开床头柜最底下的抽屉，在几个棕色纸袋里翻了一阵，她找到了她想找的纸袋，翻过来晃出两粒红色小药片。

"我的个人存货，艾丽丝的药方。"她说。布朗警员考虑了一会儿要不要记下来，最后还是决定算了。他不会写下任何真有可能指控她的证据。

"什么东西？"

"能让你放松的东西？"

"呃，我看未必吧。"

"保证不危险。只是能让你的头脑稍微冷静一点，降低抑制作用。"

"我不需要。"

"不，你需要。你整个人就是抑制作用筑起的一道长城。"

"不用了，谢谢。"

那是什么药丸？布朗心想。也许是裸盖菇素、墨斯卡灵致幻剂、牵牛花子？还是抗抑郁药梅太德林、二甲色胺、STP 致幻剂、某种巴比妥酸盐？

"听我说，"艾丽丝说，"你想不想和塞巴斯蒂安共度一个愉快的夜晚？"

"想，但是——"

"以你现在的精神状态，你认为你能做到吗？"

费伊沉吟片刻，思前想后："我表面上能装得很像样。我猜塞巴斯蒂安会认为我过得非常开心。"

"但实际上呢？内心深处呢？"

"几乎无法遏制的恐惧和惊慌。"

"很好，所以你需要这个——假如你对真正的快乐还有一丁点儿兴趣。不是为了他，而是你自己。"

"吃了有什么感觉？"

"阳光灿烂的日子。就像你在灿烂的阳光下散步，没有一丝一毫的忧虑。"

"我这辈子都没有过这样的感受。"

"副作用是会口干，还有怪异的梦。轻微的幻觉，但非常罕见。最好和食物一起吃下去。咱们走。"

艾丽丝抓住费伊的手，两人离开房间。大概是去食堂了，时间很晚，食堂里多半没什么人。能吃的大概只有早餐麦片或者冰箱里的晚餐剩菜，肉糜糕。布朗的调查格局不大，但足够详尽。他对宿舍的规程了如指掌，比对他自己家里的事情还要熟悉，说到家里，他妻子再过六个小时就会起床，接受女儿犹如雨点落下的亲吻和恭维。天晓得她能从这些恭维中得到多少乐趣，鉴于她知道那都是威胁和勒索的结果。他猜她有九成会乐在其中。几乎全部。但另外那一点，他心想，恐怕会心中隐痛。

食堂里在发生什么？他希望两个姑娘在谈论他。他希望艾丽丝吐露她和一名警察打得火热，尽管不情愿，但她确实为他倾倒。夜间监控令人沮丧的一点，是他意识到了只要他们不在一起，艾丽丝就很少提到他，甚至似乎不会想到他。更准确地说，从不。她从不提他，一次也没有。他们碰面后，艾丽丝总是回宿舍洗澡，就算和别人交谈，聊的也永远是无聊的琐事：学校、抗议、女性话题。最近的首要话题是艾丽丝为本周五组织的女性游行——她们计划沿着湖岸公路游行，但没有申请许可，随心所欲地阻断交通和当街示威。艾丽丝没完没了地聊这个。她一次也没有提到他。只要他不在她身边，他对她就是不存在的，这一点很折磨人，因为他几乎每时每刻都在想她。买衣服的时候，他想的是该如何打动艾丽丝。在红色分队每天听简报的时候，他始终在等待或许会和她扯上关系的消息。和妻子一起看电视的时候，他想象坐在旁边的是艾丽丝。他就像指南针，永远被她吸引。

他望向宿舍楼背后的湖畔灯光，还有灯光背后广阔的密歇根湖，灰蒙蒙的湖水是一片微光闪烁的炽热虚无。天空中的光点是要去经停机场降落的飞机，其中许多架载着民主党全国大会的先遣代表队，包括参议员、大使、各种委员会的主席、产业说客、民主党党团成员、民意调查专家、法官以及副总统。副总统的行程是个机密，白宫甚至不肯和警方分享。

他坐在床上等待。他冒险开了一盏小灯读报，报纸的整个头版都是民主党全国大会和抗议大会的游行。他从小吧台倒了一杯威士忌，他知道旅馆不会收酒钱，就像全城的餐厅都会向警察免费提供咖啡。这份工作也有它的好处。

他肯定是睡着了，因为笑声忽然惊醒了他。姑娘们的笑声。他的脸压在揉皱的报纸上，觉得嘴里黏糊糊的。他关掉小阅读灯，拖着沉重的脚步走向望远镜后的位置，他步履蹒跚，摆动着手臂，脚底擦过地毯。他坐下，摇了几次脑袋，努力驱散睡意。他不得不使劲揉了几下眼睛，然后才能从望远镜里看见东西。他觉得空荡荡的胃里酸痛不已。值夜班迟早会杀了他。

两个姑娘已经回来了。她们面对面坐在床上。她们因为什么事情而大笑。眼屎挡住了视线，他抬起手抹掉。望远镜里的画面失焦了，真奇怪，就好像他睡觉时两幢建筑物悄悄地爬开了一段距离。

他拨动旋钮，两个姑娘的影像随之起伏弹跳，引发了轻度的晕车感，让他想起坐在轿车后座读书的感觉。

"你的内心有那么多情绪，"艾丽丝说，刚从一阵狂笑中恢复过来，她轻轻爱抚费伊卷曲分叉的头发，"那么多的喜悦。"

费伊还在咯咯笑着。"不，没有，"她开玩笑地拍开艾丽丝的手，"不是真的。"

"不，你错了。比真更真。你应该记住这个。这是真实的你。"

"完全不像是真实的我。"

"你第一次发现了真实的你。当然会有些陌生。"

"我累了。"费伊说。

"你应该记住这种感觉，清醒以后想办法重新找回来，就像一张地图。这会儿你兴高采烈，你怎么就不能一直这么高兴下去呢？"

费伊盯着天花板。"因为我被鬼魂缠住了。"她说。

艾丽丝大笑。

"我说真的，"费伊说，坐起来抱着膝头，"有个鬼魂住在我家地下室，家宅精灵。我触怒了它。现在我被它缠住了。"

她抬头审视艾丽丝的反应。

"我没告诉过任何人，"费伊说，"你很可能不会相信我。"

"先让我听完。"

"鬼魂跟着我父亲从挪威来到美国。鬼魂曾经缠着他，但现在我被缠住了。"

"你应该把它送回去。"

"回哪儿去？"

"哪儿来的回哪儿去。这就是摆脱鬼魂的方法。送它回家。"

"我累了，真的累了。"费伊说。

"好吧，来，我帮你。"

费伊醉醺醺地横躺在床上。艾丽丝摘掉她的眼镜，轻轻放在床头柜上。她走到床尾，解开费伊的鞋带，轻轻地脱掉运动鞋。脱掉袜子，团起来，小心翼翼地塞进鞋里，她把鞋放在门口，脚趾向外。她从床底下拿出一条薄毯子，盖在费伊身上，掖好边缘。她脱掉自己的鞋袜和裤子，在费伊身旁躺下，贴在费伊身上，爱抚费伊的头发。布朗从未见过艾丽丝这么温柔的样子，比和他在一起的时候无疑温柔得多。这是她全新的一面。

"你有男朋友吗？"费伊说，声音已经变得含糊——她嗑药了，或者快睡着了，或者两者都有。

"我不想聊男孩，"艾丽丝说，"我想聊聊你。"

"你太酷了，不需要男朋友。你不会做交男朋友那么老土的事。"

艾丽丝大笑。"我有，"她说，布朗警员在两千米外发出兴奋的嘶哑叫声，"算是吧。我有个男性朋友，我经常和他亲热，我能说的就是这些。"

"为什么不说他是你的男朋友？"

"我不愿意给东西定性，"艾丽丝说，"一旦命名、解释、合理化你的欲望，你就会失去它，明白吗？一旦你尝试弄清楚你的欲望，你就被它限制住了。我觉得最好还是保持自由和开放。不要思考和评价，跟着欲望走。"

"现在听起来很有意思，但很可能是因为那些红药片。"

"随波逐流，"艾丽丝说，"我就是这么做的。比方说，拿我那个男人举例？我的男性朋友？我对他没什么特别的感觉。我对他并没有任何承诺。我和他好，直到我觉得他没意思为止。就这么简单。"

马路对面，布朗觉得内脏直向下坠。

"我总在寻找一个更有意思的人，"艾丽丝说，"也许就是你？"

费伊睡意蒙眬地嘟囔道："嗯哼。"

艾丽丝隔着费伊关掉灯。"你所有的担忧和秘密，"她说，"我可以给你变个戏法。你会喜欢的。"

床嘎吱嘎吱响，她们中的一个或两个伸展身体。

"你知道你很美吗？"她在黑暗中说，"这么美丽，你却根本不知道。"

布朗警员开大音量，躺在床上，用双臂搂住一个枕头。他集中精神听她的声音。最近他有了些新的可怕念头，白日梦：抛弃妻子和女儿，说服艾丽丝和他私奔。他们可以去密尔沃基开始新的人生，或者克利夫兰，或者图森，反正她想去哪儿就去哪儿。疯狂的白日梦，让他觉得既愧疚又兴奋。他妻子和女儿在家里继续睡一张床。往后的那些年，她们可以一直这么睡。

"留下吧，"艾丽丝说，"一切都会好的。"

艾丽丝出现之前，布朗甚至没有觉察到他的生活中缺少至关重要的一块，直到他忽然有了。他已经拥有了这样东西，无论如何都不可能再放手。

"你愿意待多久就待多久，"他听见艾丽丝说，他努力想象她并不是在对费伊说话，"我哪儿都不会去。我就待在你身旁。"

他假装她在对他说话。

8

骚乱前一天，天气突变。

芝加哥的炎夏终于松开巨手，天气变得像是宜人的春季。人们几周来第一次睡了个整晚的好觉。黎明时分，地上薄薄地结了一层滑溜溜的露水。世界变得生机勃勃，活力四射。感觉起来充满了希望，乐观向上，而全市却在积极备战，数以千计的国民警卫队乘着绿色平板卡车到来，警察忙着清洗防毒面具和枪支，示威者练习逃跑和自卫，装配各种各样的投掷物准备扔向警察，一切都显得那么格格不入。双方所有人都有一种感觉：如此巨大的一场冲突只有更糟糕的天气才配得上。他们觉得他们的恨意应该能够点燃空气。阳光舒舒服服地落在每个人的脸上，谁还有心思闹革命呢？然而这座城市充满了欲望。1968 年最盛大、最壮观、最暴力的抗议活动的前一天，欲望渗透了这座城市的每个角落。

民主党代表已经抵达。警察护送他们住进康拉德·希尔顿饭店，他们在一楼的干草市场酒吧紧张地碰面，喝得也许稍微多了点，做出了他们在更平常的环境下肯定不会做的事情。后悔，他们发现这是一种具有可塑性和相对性的情绪。平时不会公开酗酒或肆意滥交的人发觉此刻的环境非常适合这两种行为。芝加哥即将爆炸。总统任期就快结束。他们美好的美利坚正在分崩离析。面对灭顶之灾，小小的婚外情简直就像背景噪声，渺小得不会被人记住。尽管打烊时间早就过了，但酒保并没有关门。酒吧人来人往，小费颇为丰厚。

外面，隔着密歇根大道，警察骑马在公园里巡逻。他们声称在找惹祸精和颠覆分子，实际上只发现了成双成对的年轻人——在灌木丛中，在树荫下，在河滩上——这些年轻人的衣服脱到了不同程度，如胶似漆地纠缠在一起，甚至没有听见接近的马蹄声。他们在拥吻（或者更进一步），在格兰特公园的泥地上，在密歇根湖的沙滩上，做不可描述之事。警察叫他们滚蛋，男孩们不情不愿地蹒跚走开。要不是警察知道这些年轻人明天还会回来，喊叫，厮打，扔东西，挨揍，他们或许会觉得挺好玩的呢。今晚，肉欲的狂欢，明天，血腥的屠场。

连艾伦·金斯堡都从抑郁中找到了片刻的慰藉。他赤身裸体地坐在一个皮包骨头、二十来岁的希腊侍者的床上。那天下午，他在一家餐厅里与几位青年领袖密谋和策划，结果却发现了这个小伙子。金斯堡和青年领袖们猜测会有多少人参加游行。五千？一万？五万？他们问他怎么看，他给他们讲了个故事。

"两个男人走进一个花园，"他说，"第一个男人开始数杧果树和每棵树上结了多少颗杧果，计算整个花园的大约价值。第二个男人摘下水果开始吃。请问，这两个人谁更有智慧？"

孩子们都望着他，眼神空洞得活像羔羊。

"吃杧果的那个人！"他说。

　　他们不明白。话题进行到了当下的重大危机，市政府最终拒绝了他们在市区游行、在街头示威、在公园睡觉的申请。明天将会聚集起大量的人群，这些人除了在公园睡觉外无处可去。他们当然会去公园睡觉，他们当然会上街游行，因此他们讨论的是在缺少许可和资格的情况下，警方有多大的可能性会插手干涉。可能性是百分之百，他们认为。大诗人想集中精神，但他的大部分心思都在琢磨那位侍者如何让他回忆起他在雅典见过的一名海员。他曾经在一个夜晚走在骨白色卫城脚下的古老街道上，看见那名海员热烈而温柔地亲吻一个少年男妓，就在大庭广众之下，在苏格拉底和赫拉克勒斯的土地上，这里所有的雕像都拥有光滑的肌肉。这个侍者面容酷似那名海员，有着相同的肉欲感觉。（大诗人对这种事的直觉向来很好。）大诗人吸引了侍者的注意，他问到他的名字，上楼去他的房间，脱光他的衣服：皮包骨头，但阳具硕大。这难道不是定律吗？事后他们偎依在被单下，他读济慈的诗给年轻人听。明天将开战，但今晚有济慈，有从窗口吹进来的微风，有这个年轻人，有这个年轻人温柔地握着他的手，轻轻地这儿捏一下那儿戳一下，就像正在挑水果。这一切都太美了。

　　此刻，费伊正在擦洗身体。她买了几本少女杂志，杂志众口一词地推荐新娘在成事前要认真、仔细、不懈地用各种介质清理身体：软布、海绵、指甲锉、粗浮石。她把本周一大半的食品预算花在了这些东西上，希望让自己遍体光滑，散发难以抗拒的芬芳。几个月来第一次，她想到了高中家政课教室里的海报。尽管远隔千里，但那些海报依然无比可怕，因为现在要成事的是她自己。塞巴斯蒂安很快要来了，而费伊依然在洗洗刷刷，还没有涂上某种气味浓郁的油膏，她担心这种软膏会刺痛皮肤，玫瑰和百合的香味强烈得让她想起殡仪馆。因为殡仪馆总是用大量花束掩盖象征着死亡的药剂气息。费伊买了香水、除臭剂、灌洗器，买了应该用来洗澡的浴盐、应该用来擦身的香皂、应该用来含着再吐出来的薄荷味酒精漱口水。她开始理解她为什么会低估磨光、擦洗、清洁、洗头所需要的时间了，挤出和涂抹各种新油膏和乳霜还没有计算在内呢。卧室地上满是漂亮的粉红色空纸盒。她不可能在塞巴斯蒂安敲门前做完所有事情。她还没有涂指甲，没有给头发定型，没有合适的带胸罩的运动上衣。这些细节全都是不能让步的，绝对不是可有可无的。她刚磨完左脚的老茧。她决定暂时放过右脚。要是塞巴斯蒂安注意到她一只脚有老茧而另一只脚没有，就只能希望他不会说出来了。她发誓要直到最后一刻才脱鞋。她希望到时候他就不会注意她的脚了。想到这里，想到她真的在这么做，她的心脏像鸟儿似的扑腾不休。她重新把注意力放在新买的美容用品上，它们能让性爱变得模糊、安全和抽象，仿佛某个营销的点子，而不是她的身体将要完成的行为。在约会的时候。今晚。

她有二种颜色的指甲油，都是紫色的变种：有"李子紫""茄子紫"和更概念性的"宇宙紫"，她最后选的是"宇宙紫"。她给脚指甲涂指甲油，在脚趾之间塞好棉球，用脚跟在房间里走来走去。卷发器在加热。她用海绵蘸着小瓶装的奶油色粉底涂在脸上。用棉签掏耳朵。拔掉几根眉毛。把白色内衣换成黑色，然后又换回去，然后再换成黑色。她打开窗户，城市凉爽的空气扑面而来，她和其他人一样，感觉到了希望、乐观和肉体上的愉悦。

全城的人们都在这么做。或许曾经存在一个时刻，假如大家抓住这个机会，接下来的所有事情就有可能避免发生。假如每个人都深吸一口仿佛春天的富饶空气，意识到这是一个征兆。那么市长办公室就会向示威者下发他们申请了几个月的许可，示威者就会和平地聚集起来，不会投掷任何东西，也不会辱骂任何人，警察就会乐呵呵地在远处望着他们，示威者表达完和平愿望后会各自回家，不会留下瘀青、脑震荡、剐伤、噩梦和疤痕。

这么一个时刻或许存在，然而现实中发生的事情却是这样的：

凌晨三点，他乘从苏福尔斯来的大巴抵达芝加哥——一个二十一岁的年轻人，漫无目标的漂泊者，来芝加哥很可能是为了参加游行，但具体原因我们永远也不会知道了。他衣衫褴褛——旧皮外套的衣领开裂，拎着用胶带纸补破口的旧行李袋，棕色鞋子的鞋底磨平了，肮脏的牛仔裤的底部是如今年轻人最喜欢的喇叭口。但真正让警察将他识别为敌人的是头发。刚过皮外套衣领的缠结长发，很久没有洗过的蓬乱头发，他不得不一次又一次地从眼前撩开的长发，这个动作在受过军事训练的保守派看来非常女性化。娘娘腔，像同性恋。不知道为什么，这个动作会让他们怒火中烧。他撩开眼前的长发，拉到侧面，像魔术贴似的和胡须粘在一起。在警察眼中，他就像一个本地的嬉皮士。在他们眼中，长发已经给对话画上了句号。

但他不是本地人。他不具备本地反文化运动成员的可预测性。芝加哥左翼分子纵然有种种不好，但他们被逮捕的时候绝对不会折腾得太厉害。他们也许会用难听的词语骂警察，但他们对手铐的反应大体而言都很小，通常只是恼人的不配合，偶尔上升到整个身体的瘫软。

从苏福尔斯来的年轻人却拥有另一套理念。他的人生中发生过一些黑暗而真切的事情。没有人知道他为什么来芝加哥。他在芝加哥是个陌生人。他孤身一人。也许他听说了抗议的消息，想参与一场对苏福尔斯而言异常遥远的社会运动。生活在南达科他州的一个小地方，你可以想象他心中的孤独。也许他遭受了骚扰、嘲弄、霸凌、殴打。也许他不得不反抗警察或"地狱天使"（所谓

"不爱就滚"文化的自封捍卫者）的暴行，而且不止一次。也许他已经受够了。

真相是没有人知道他遇到过什么事，导致他在旧皮外套的口袋里藏了一把六发左轮手枪。警察在宛如春季的蓝黑色凉爽凌晨拦住了他，没人知道他为什么会拔枪射击。

他肯定不知道芝加哥正在发生什么，不知道警察如何认真看待每一个闲逛的危险分子，不知道连值两个甚至三个班次的警察如何烦躁，不知道嬉皮士宣称要在全市的饮用水里投入 LSD 致幻剂让整个芝加哥嗨上天，尽管需要五吨 LSD 才有可能实现这个目标，但警方依然向全市所有的供水泵站派驻了警察，不知道警察已经带着防爆嗅弹犬在康拉德希尔顿饭店巡逻了，因为嬉皮士威胁要炸掉副总统及全体代表下榻的这家饭店。据说嬉皮士计划假扮司机去机场绑架代表们的妻子，让她们吸迷幻药，和她们发生不可描述的关系，因此警察直接从跑道护送贵宾离开。威胁多得数不胜数，那么多的情况，那么多的可能性，警察不可能一一响应。举例来说，你该怎么阻止嬉皮士剃掉胡须和长发，换上正常衣服，用伪造的身份混进圆形剧场后引爆炸弹呢？你该怎么阻止他们学习奥克兰的榜样，聚集起来掀翻马路上的汽车呢？你该怎么阻止他们学习巴黎的榜样，筑起工事，攻占全城的每一个街区呢？你该怎么阻止他们学习纽约的榜样，占领一座建筑物呢？你又该如何当着新闻记者的面把他们从建筑物里驱逐出来，而记者只知道恶意攻击警方野蛮执法能卖掉许多份报纸？反恐斗争的悲哀逻辑弄得他们神经过敏——警察必须为所有可能性做好准备，而嬉皮士只需要成功一次就够了。

于是，警察环绕圆形剧场用铁丝网围起周界，便衣警察在周界内寻找可能惹麻烦的人，命令任何一个似乎不支持目前政府的人出示证件。他们封死窨井盖。直升机上天巡逻。狙击手在高楼就位。准备好催泪瓦斯。召唤国民警卫队前来。穿上沉重的防弹服。他们听说苏联坦克就在这个星期滚滚驶过布拉格的街道，有一小部分怀有复杂难言心思的人对苏联人既嫉妒又佩服。对，他妈的就该这么做，他们心想。压倒性的武力。

但这位从苏福尔斯来的小伙子不可能知道这些事。

否则，他在拔枪前肯定会仔细思考一下。清晨时分，天还没亮，他走在街上，这是一个澄明透彻的时刻，他能看见无数星辰悬在密歇根大道之上。警车从他身旁驶过，警车停下了，两个身穿天蓝色短袖警服的条子下车走向他，腰带上的各种物件起伏不定，他们说什么他违反了宵禁令，请他拿出证件。假如他知道此刻的芝加哥正在发生什么，肯定会觉得因为持有未注册的手枪而蹲几天拘留所也没什么了不起的。但他刚在大巴上度过了可怕的三十个小时，好不容易才来到芝加哥，或许他这辈子一直在等待这场抗议，或许这是他的什么人生转折点，或许错过整个示威活动会让他痛苦得难以承受，或许他实在太仇恨战争了，或许他只是不想失去那把枪。枪说不定是他唯一的安全保障，他在南达科他度过了糟糕的青春期，是个不合群的孤独小子。他脑袋里的想法是这样的：他拔枪，开枪警告，趁着警察躲闪，钻进最近的暗巷逃之夭夭。就这么简单，或许他做过类似的事情。他很年轻，他跑得快，他从小跑到大。

但事实上，警察没有躲闪，也没给他机会逃跑。枪声一响，警察就掏出左轮手枪开始射击。四枪，正中胸口。

消息很快传开了，从警察到特勤处到国民警卫队到联邦调查局：嬉皮士有武器了。他们会开枪。这一点完全改变了局势。离抗议只有短短一天了，他们都同意这是一个非常不好的兆头。

学生们互相打听，想知道有谁在等从苏福尔斯来的朋友。他是谁？他来芝加哥干什么？自发的烛光守灵活动冒了出来，纪念一个无疑是他们兄弟的年轻人。他们高唱《我们必将胜利》，私下里琢磨他们会不会为了大业而牺牲。他们认为，他的抗议比这漫长的一整年的所有骚乱都要伟大——因其私密、孤独和代价而伟大。他让他们心碎，因为他在芝加哥以这样一种方式死去，在任何人知道他的名字前死去。

塞巴斯蒂安听说消息的时候，正在《芝加哥自由之声》办公室接受哥伦比亚广播公司的采访。电话铃响起，对方说有个从南达科他来的流浪汉中弹身亡。塞巴斯蒂安的第一个念头，第一个冲进脑海的本能想法，就是这个时机简直绝妙。哥伦比亚广播公司的人就在他面前，黄金般的机会。于是，他义愤填膺地对记者宣称"条子刚刚冷血谋杀了一名抗议者"。

乖乖，他们的注意力一下子就被抓住了。

每次讲述他都会修正说辞。他对《芝加哥论坛报》说："我们的一位弟兄被枪杀了，罪名是不赞成总统。"他对《华盛顿邮报》说："警察不分青红皂白杀死我们，就像在越南扔炸弹。"他对《纽约时报》说："芝加哥正在成为斯大林格勒的西方前哨。"他组织烛光守灵，把地点告诉电视台的新闻人员和摄影师，送不同媒体去不同的地点，每一家都以为自己搞到了独家新闻。比起恰当的报道，记者更喜欢的无疑是抢先报道。

这就是他的工作，煽风点火。

抗议前的这几个月，他在《自由之声》上刊登了几篇荒谬绝伦的消息，声称有人要在芝加哥的供水系统里投LSD，要绑架代表们的夫人，要在圆形剧场引爆炸弹。这些计划是否存在并不重要，他早就明白：印在报纸上的文字就是真相。他极大地夸张了预计会参加游行的人数，市长召唤国民警卫队让他倍感自豪。消息已经传出去了。消息，叙述，这才是他在乎的。在他的想象中，这就像是个鸡蛋，他必须把它抱在怀里，细心呵护，保证温度和供养，只要他做得对，这个鸡蛋就能长得像童话里说的那么巨大，闪闪发光，飘浮在众人的头顶上，仿佛信标。

然而，就在抗议前一天的晚上，他才忽然意识到他的所作所为会造成什么后果。年轻人纷纷赶来芝加哥，他们将被警察痛揍，甚至因此而丧命，基本上已经无可避免了。这些念头到此刻还只是构思、幻想和宣传，还只是塑造公众看法的练习，到了明天将成为现实。这是一种孕育，想到这里他不禁颤抖。因此他在这里，孤独一人，做任何人都想不到大胆自信、无所畏惧的塞巴斯蒂安会做的事情：他眼泪汪汪地坐在床上。因为他了解明天会发生什么，了解他在其中扮演的怪异角色，知道事已至此早就无法改变，结局在令人痛苦的过去已经注定。

今晚，他的悔恨犹如一座灯塔。因此他在哭泣。他必须停止思考这些事。他模糊地记得今晚有个约会。他用凉水洗脸，穿上夹克衫。他看着镜子，说：打起精神来。

城市的另一头，一位警察也正在对他自己说这句话。他坐在巡逻车的后保险杠上，巡逻车停在平时那条暗巷里，艾丽丝坐在他身旁，她似乎想和他分手。打起精神来，他对自己说。

和芝加哥所有的人一样，布朗警员今晚也想尽情放纵。然而，他见到艾丽丝之后，她却没有上车，也没有提出任何古怪的要求，而是重重地坐在后备箱上，说："我认为咱们得停一停了。"

"停一停什么？"他问。

"所有。全部。你和我。咱们这段地下情。"

"能问为什么吗？"

"我想换点新东西试试。"艾丽丝说。

布朗思考片刻。"你的意思是你想换个新的人试试吧。"他说。

"嗯，对，"艾丽丝说，"我遇到了一个人，我觉得。一个有意思的人。"

"你为了这个人和我分手。"

"严格来说，分手的前提是我们有关系需要中断，忠诚于彼此的某种关系，但显然我们并没有。"

"但——"

"但你说得对。"

布朗警员点点头。他盯着小巷的另一头，一条狗在钻一家小餐馆的垃圾堆。全城无数条流浪狗中的一条，有德国牧羊犬的血统，但被另外几种狗的基因弄成了矮矬子。它从翻倒的垃圾箱里掏出一个黑色垃圾袋，开始用牙齿咬。

"所以假如没有这个新人，你就不会和我分手了？"他问。

"两件事没关系，只是存在这个新人而已。"

"权当迁就我好了。想象一下，假如这个新人不存在，你就没理由结束我们的地下情了。"

"嗯。对。一个合理的假设。"

"我想告诉你，我认为这是个错误。"他说。

她用他最难以忍受的居高临下眼神望着他。这个眼神传达了她这个人多么有趣和时髦，而他却深陷无处可逃的小资式的中产泥潭。

"这个新人能给你什么我无法给你的东西？"他问。

"你不明白。"

"我可以改变。你要我做点什么不一样的？我没问题。我们不需要像现在这样经常见面。可以隔一周见一次，或者一个月一次。或者你要我更粗暴一些？我可以变得更粗暴。"

"我想要的已经不是这些了。"

"咱们可以，怎么说呢，保持自由的关系。非正式的关系。你可以既和这个新人好，也和我好，行不行？"

"行不通的。"

"但为什么呢？你没有告诉我任何好的理由。"

"我不想和你继续下去了。这个理由不够好吗？"

"不够。离好还差得很远呢。因为没有解释。你为什么不想继续下去了？是我做错了什么吗？"

"没什么。你没有做错任何事情。"

"太对了，所以你不能这样惩罚我。"

"我没有想惩罚你。我只是想诚实地对待你。"

"但结果就是惩罚了我。太不公平了。你要我怎么做我就怎么做，连奇怪的事情都照着做了。我百依百顺，所以你不能拍拍屁股转身就走，你必须给我一个好理由。"

"你就别哀号了好吗？"她说，从车上跳下来，走开了几步。她突然的动作引来了野狗的注意：它绷紧身体，评估她的意图，守护它的剩菜。她说："就不能像个男人似的面对现实吗？咱们结束了。"

"我们在一起做的那些事情，那些奇怪的事情。它们构成了一个承诺。尽管你从来没有说出来过。但现在你要打破这个承诺。"

"回家去找你老婆吧。"

"我爱你。"

"去你妈的。"

"真的。我爱你。听我说，我爱你。"

"你不爱我。你只是害怕孤独和无聊。"

"我从来没遇到过你这样的人。求你别离开我。我不知道我会做出什么事来。我说过了，我爱你。难道没有任何意义吗？"

"我求求你，别说了行不行？"

在艾丽丝看来，他处在某种爆发的边缘，不是痛哭就是暴力。你永远也猜不透男人的反应。小巷对面，流浪狗发觉她对它的食物并没有企图，于是放下心来，继续埋头吃扔掉的汉堡包、变凉发软的炸薯条、卷心菜沙拉和金枪鱼肉泥，吃得狼吞虎咽，搞不好会害得自己呕吐。

"听我说，"她说，"你想要一个好理由？我给你一个理由吧。我想换点新玩意儿试试了。我和你能开始也是因为这个。我想试试我从没试过的玩意儿。"

"这个新玩意儿，具体是什么？"

"姑娘。"

"妈的，别逗了。"

"我想试试姑娘。我明白自己非常想要这么做。"

"哎呀，我的天，"他说，"求你别说你忽然变成了一个女同，求你别说我一直在搞一个女同。"

"谢谢你给我的美好时光。祝你一生平安快乐。"

"不会是你隔壁的那个姑娘吧？叫什么来着？费伊，对不对？"

她盯着他，困惑不已，他放声大笑："你别告诉我真是她。"

"你怎么知道费伊这个人的？"

"你和她过夜了，星期一，对不对？别跟我说你爱上她了。"

艾丽丝整个人似乎在这个瞬间变成了钢筋水泥。她柔弱的一面，她和他在一起时的放松感觉，一下子都消失得无影无踪。她咬紧牙关，攥起拳头。

"你他妈怎么知道？"她问。

"你别说你离开我是为了费伊·安德烈森，"他说，"那就太可笑了。"

"你在监视我？该死的精神变态。"

"你肯定不是同性恋。这一点我可以保证。否则我一定知道。"

"咱们结束了。我再也不会和你说话了。"

"不可能的。"他说。

"等着瞧。"

"你离开我，我就逮捕你，还会逮捕费伊。我会让你们过得生不如死。你和她两个人。我向你保证。你必须留在我身边。我说结束才能结束。"

"我会告诉你的警察兄弟你有多么喜欢搞我。我会告诉你老婆。"

"我他妈能宰了你。容易得很，"他打个响指，"就这么容易。"

"再见。"

她离开巡逻车向前走。她后背刺痒，等待着某些东西——他的大手，一根警棍，一颗子弹。她没有理会内心的警报，没有转身去看他在干什么。她不想和他对视，不想再次看见他。她向前走。她的耳朵里能听见自己的心跳声。她的双手紧紧地攥成拳头，就算她想松开，肌肉也不肯松开。这段路还剩下二十步左右，她听见了：手枪射击时的清脆枪声。

他开枪了。有人开枪了。有东西被击中了。

她转过身，以为会看见他的尸体躺在地上，脑浆涂在墙上。但他就站在那儿，眼睛盯着餐馆后门口的垃圾箱。她明白了刚才发生了什么。他没有自杀，而是打死了那条狗。

她拔腿飞奔。尽其所能地奔跑，还好今天她和平时一样，没有携带任何东西，她不会被任何东西拖慢速度，也不会落下任何东西。轻装逃命。刚跑出去两条马路，他的巡逻车呼啸而过。巡逻车超过她向西而去，朝着圈大校园，朝着宿舍楼的方向而去，而费伊此刻就在那里，收拾得干干净净，散发着鲜花的香味，化好妆，穿上了最精致的衣服，等待塞巴斯蒂安的到来。她吃了艾丽丝给她的两粒红药片，暖意和乐观精神正在扩散。此刻她兴奋得难以自制。她孤独了一辈子，被期待着嫁给一个她并不爱的男人，此刻在等一个仿佛白马王子的男人。塞巴斯蒂安似乎是她人生的答案。紧张已经过去，现在她只感到激动。也许是药片的效果，但谁在乎呢？她想象着和塞巴斯蒂安共度人生，充满艺术和诗歌的人生，他们每天讨论各种社会运动和诸位作家的优劣——她拥护艾伦·金斯堡的早期作品，而他当然更喜欢他的晚期作品——他们会听音乐、旅行、在床上读书，做艾奥瓦州劳工阶层女孩绝对不会去做的所有事情。她幻想着和塞巴斯蒂安一起搬去巴黎，然后回到家乡，让施温格夫人看一看什么是真正的优雅，让她父亲知道她到底有多特别。

她真正想要的生活似乎就要开始了。

因此，当电话铃响起、楼下的门卫说有人找她的时候，她不禁欣喜若狂。她离开房间，蹦蹦跳跳地来到一楼的大堂，却发现找她的人不是塞巴斯蒂安，而是那个警察。

想象一下当时她脸上的表情。

剃平头的大块头警察给她戴上手铐，沉默地押着她走出宿舍楼，所有人都看着他们，费伊大喊："凭什么抓我？"他怎么能忍心这样伤害她？他怎么能把她塞进巡逻车的后座？去市区的一路上，他怎么能一遍又一遍地骂她婊子？

"你是谁？"她不停地问，但他已经摘下了自己的徽章和名牌，"肯定是弄错了。我没有做任何坏事。"

"你是个婊子，"他说，"一个他妈的婊子。"

他怎么能逮捕她？怎么能因为卖淫而拘留她？怎么能真给她

办完全套手续？拍照的时候，她努力挤出冷静和挑衅的表情，但那天晚上在牢房里，她感觉到一阵无比强烈的惊恐即将发作，她蜷缩在角落里，呼吸，祈祷，希望自己别死在这儿。她祈祷，希望能活着出去。求求你了，她对上帝说，或者宇宙，或者任何一尊神灵，她摇晃身体，哭泣，对着湿冷的地面赌咒发誓。求求你，帮帮我。

第八部分

搜索与捕获 _2011 年夏末

1

查尔斯·布朗法官在黎明前醒来。他永远在黎明前醒来。妻子睡在他身旁，她会继续睡三小时左右。从他们刚结婚的时候就是这样，那会儿他还是个值夜班的巡警。两个人的作息时间很少能够合拍，后来也就一直延续了下去，成了习惯和常态。最近他思考过这件事，很久以来第一次。

他爬下床，坐进轮椅，摇到窗口。他望向天空：深海军蓝，但颜色正在改变。这会儿大概四点多，四点一刻左右。肯定是很烂的一天，他看得出。垃圾筒已经推到了路中间。垃圾筒的另一侧，他家正门口的人行道旁停着一辆车，就好像存心藏在垃圾筒背后。

蹊跷。

从来没有人在那儿停车。不可能是邻居。他的邻居都住得比较远。他在这附近买房的原因之一就是这个小区完美地模仿了森林中的私密生活。他家的马路对面是一小片糖槭树。两排橡树远远地挡住了邻居家的房屋，一排在他家的地界内，另一排在邻居家的地界内。

他望向床头的显示屏，他家有复杂的安保系统，显示屏就安装在床头：没有门被打开，没有窗户被打破，没有任何动静。

法官猜测是不安分的青少年。他们永远是最好的替罪羊。多半是一个男孩偷偷摸摸地来找街区另一头的哪个女孩。昨天夜里怕是有人在激情之中失去了童贞。说得通。

他坐电梯去一楼的厨房。揿下咖啡机上的按钮。咖啡机按部就班地沸腾冒泡，滤出咖啡，他妻子昨晚已经加好了咖啡粉和水。他们的惯例。通过类似的方式，他知道他确实和另一个人住在一起。两人很少见面。他去上班的时候她还没睡醒，她去上班的时候他还没回家。

倒不是因为他们有意避开对方，而是事情自然而然地就成了这个样子。

近四十年前，他离开警队，决定去上法学院，她在医院值夜班。他们当时还有个女儿要抚养，彼此妥协的结果是两个人总有一个在家陪女儿。后来女儿长大成人，搬了出去，但他们的作息时间并没有改变。他们已经习以为常。她会留下一盘食物给他吃。她会在晚上弄好咖啡机，因为她知道他不喜欢摆弄滤纸和研磨机，又不好意思在凌晨四点叫人帮忙。她依然会做这些小小的好事让他心怀感激。周末两人见面的时间比较多，前提是他没有从早到晚闷在书房里折腾各种各样的文书、判例、判决书、记录和法规。这时候，他们会向对方讲述各自完全独立的生活中最近都有什么新鲜事，语焉不详地承诺等退休后会在一起做什么事情。

他一只手拿着咖啡，摇着轮椅来到书房，打开电视。早晨的另一项惯例：看新闻。他想在上班前了解世界各地都发生了什么。

你绝对不希望在重大事件上被人发现掉队了。到了他这个年纪，别人的视线总在寻找衰老的迹象，等待他无可避免的败亡。他记得他还是个年轻的检察官时，有几位到了一定年纪的法官临近退休就开始放任自流。他们不再紧跟时事要闻和当地政界的动态，不再阅读工作所必需的大量材料。他们变得像是疯狂科学家——喜怒无常，妄自尊大，对正在减退的能力无比自信，对待法庭就像个人实验室。他发誓绝对不会滑进那个深渊。他每天早晨看新闻节目，取送上门的报纸（虽说这年头读实体报纸已经有点过时了）。

新闻里还是最近躲不开的那个话题：选举。选举日还很遥远，看新闻你却感觉不到，新闻节目抱着初选不肯撒手，十几名总统候选人彻底占据了有线新闻频道和艾奥瓦本地频道，你都无法想象今年的第一轮提名投票还要过三个来月才会开始。在这些候选人里，根据各种民调和市调的结果，谢尔顿·"州长"·派克在初期将一马当先，政论家争辩州长走红是不是因为受到袭击后的同情加分，这样的泡沫会不会很快破灭。到目前为止，费伊·安德烈森的袭击似乎是他遇到过的最好的事情。

这个国家明年不得不关注的就是这些东西。整整十二个月的政治演说、失言、广告、攻击和犯傻，尤其是犯傻，令人痛苦的犯傻，离败德只差一线的犯傻。就仿佛每隔四年，其他所有地方的所有新闻都彻底失去了重要性。几十亿美元砸在早已无可避免的结果上，整个选举完全取决于俄亥俄州凯霍加县的五六张摇摆自由选举人。选举背后的数学就注定了会发生这种事情。

民主！我呸！

电视上形容派克造势活动的最流行的两个词似乎是"噪音"和"势头"。派克在集会上大谈近期他生命受到的"威胁"使得他前所未有地坚定。他说他不会向自由主义暴徒低头。他在造势活动上播放《打乱我的步伐》的合唱段落。怀俄明州的新州长，向他颁发了一枚荣誉紫心勋章。有线新闻的名嘴不是说他"不顾个人面临的巨大危险，勇敢地继续造势活动"，就是说他"把一件小事的价值压榨到了尽头，听得人耳朵起老茧"。似乎没有谁的观点处于这两者之间。派克袭击者朝州长扔石头的录像被播放了一遍又一遍。一个频道说这是自由主义阴谋的证据，在人群中圈出有可能是帮凶或教唆犯的其他人。另一个频道说州长躲闪和逃跑的模样"缺乏总统的风度"。

新闻提到派克州长的时候必然会提到费伊·安德烈森面临的审判，这让法官心里很高兴，让他觉得自己是个重要的大人物。州长"在芝加哥遭受野蛮攻击后的民调依然高歌猛进"，这是他们的原话。当然了，原因非常简单：袭击帮他出名，名声往往会引来更多的名声。财富往往会自我增殖，名声也一样，名声是一种社会财富，是一种概念性的富足。审理费伊·安德烈森的案件有许多好处，其中之一是能帮布朗法官出名。另一个是能延迟退休到审结为止，他估计至少一年。

这些好处虽然促使他做出了决定，但并不是他接这个案件的首要原因。首要原因当然是费伊·安德烈森的下场无论多么凄惨都是活该。天赐的礼物啊，这个案件。就像提前得到的退休礼物，是正义为他多年受苦而给他的奖赏。

上帝啊，退休。退休以后，他和妻子到底能一起做些什么呢？

各种各样的俗套：女儿说你们应该去旅游。对，去旅游，也许可以去巴黎、火奴鲁鲁、巴厘岛或巴西。随便去哪儿都行。但所有地方似乎都一样可怕，因为人们说到退休旅游时绝对不会告诉你，想愉快成行有个必不可少的前提，那就是你要能够忍受和你一起旅游的那个人。他想象着两个人无时无刻不待在一起，飞机上，餐厅里，旅馆房间中。他和他的妻子，再也无法逃离对方。他们目前的作息时间安排有个好处，那就是能够将彼此的分隔归咎于工作。他们很少见到对方，是因为两个人的时间表都安排得很紧，而不是他们彼此憎恶到了极点。

如此简单的伪装很容易就能变成你的人生，变成你人生的真相。

他想象他们在巴黎努力没话找话。她会絮絮叨叨地说这个国家的健康保障体系如何创新，他会就法国的司法体系发表类似演讲。这些话题能让他们熬过一天，甚至两天。接下来他们只能聊恰好出现在眼前的东西了：迷人的巴黎街道，天气，侍者，过了晚上十点还不肯退去的阳光。博物馆是个好选择，因为馆内必须保持安静。但出了博物馆他们会坐在餐厅里看菜单，她会说这个看上去不错，他会说那个看上去不错，他们会盯着其他人的盘子，说这个那个看上去也不错，说似乎应该改变主意，点些其他菜色，你在餐厅点菜时的内心讨论会被说出声来，整个表演的目的就是填补空白，用毫无意义的琐碎闲谈排解寂静，这样就不需要谈起他们从不谈论但心里有数的话题了：假如他们生在另一个更能够接受离婚的时代，两个人早就分道扬镳了。几十年以来，他们一直在回避这个话题。就好像他们达成了协议：他们就是他们，天生如此，他们接受的教育认为离婚不符合道德，他们公开鄙视比他们更年轻的离婚男女，但私底下非常嫉妒那些人，因为那些人能够分手和再婚，重新找到幸福。

虔诚给他们带来了什么？谁从中得到了好处？

她永远不会原谅他年轻时的放荡，他早年的不检点。她永远不会原谅他，但也永远不会提起往事，尤其是那场事故害得他坐上轮椅之后，残疾有效地清偿了他的罪孽。对，上帝惩罚了他的放荡，妻子也惩罚了他几十年，如今他的工作就是惩罚他人，非常适合他。没有比这个更棒的教训了。

不，他们不会去旅游。更现实的是，他们各自沉浸在业余爱好之中，在退休后尽可能重现他们的工作时光。他们会占据宽敞住宅的不同楼层。这种生活谈不上舒适，是啊，甚至令人痛苦，却是他们熟悉的生活。比起最终承认心中的怨气和仇恨，开诚布公地交谈，这样的生活反而比较轻松。

有时候我们最想逃避的不是痛苦，而是难测。

他喝完半壶咖啡，听见送报纸的卡车开过，听见报纸轻轻地落在他家门前的车道上。他打开正门，沿着门前的斜坡下去，上了人行道后让冲力带着他滑上车道，橙色防水塑料封套裹着的报纸就扔在地上。他注意到那辆车还在原处。那辆车还停在马路对面。没什么特征的轿车，有可能属于任何人，外国人或美国人都有可能。浅茶色，车前保险杠有轻微的凹痕，但并不会让人看得不舒服，开在路上你绝对不会多看一眼，推销员会用"明智选择"这种词推销给普通家庭。青少年借了老爸的座驾，布朗心想。最好早点开走，否则很快就会惊动其他的邻居了。再过不到一小时，邻居会出门慢跑和遛狗，看见陌生人会警觉起来，尤其是一个刚打完炮的青少年走在街道上。

布朗法官弯腰去捡报纸，某种东西吸引了他的注意力：树丛里，一个细微的动作。天空刚开始变亮，街区依然暗沉沉的，那辆车后方的树木仍是漆黑一团。他盯着车周围，想要证实刚才的印象：有人在那儿动了一下？有人正在看着他？他寻找像是人影的形状。

"我看见你了。"他说，虽说什么也没看见。

他摇着轮椅上了街，就在这时，一个人影从树丛中走了出来。

法官停了下来。他有敌人，每个法官都有。难道是哪个毒品贩子、皮条客、瘾君子等在马路对面伺机报复？这种人数不胜数。

他想到他的枪，他的老左轮，毫无用处地躺在楼上卧室的床头柜抽屉里。他考虑要不要叫妻子出来帮忙。他尽可能挺直腰杆。他摆出此刻能摆出的最冷静、严峻和吓人的表情。

"需要帮忙吗？"他说。

人影向前走，来到了阳光底下——男人，年纪不大，三十五六岁，一张克己而怯懦的脸，布朗在司法体系里待了这么多年，一眼就认出了这个表情：尴尬，正在做坏事时被逮了个正着。他不是前来寻仇的瘾君子。

"你是查尔斯·布朗，对吧？"男人说，声音很年轻，有点尖。

"我就是，"布朗说，"这是你的车？"

"嗯哼。"

"你躲在树后面？"

"好像是的。"

"能问问为什么吗？"

"没什么特别好的理由。"

"尽量找一个。"

"心血来潮的决定。我想见你，想知道你更多的情况。说实话，这会儿我为自己辩解，脑子里反而觉得比较符合逻辑了。"

"咱们从头说起。你为什么偷窥我家？"

"我来是因为费伊·安德烈森。"

"哦，"布朗说，"你是记者？"

"不是。"

"律师？"

"就说我是一名有关人士好了。"

"别逗了，小子。我记住了你的车牌号码。我一进屋就去查。你遮遮掩掩毫无意义。"

"我想和你谈谈费伊·安德烈森的案子。"

"这种事通常在法庭上谈。"

"我在想有没有可能，怎么说呢，撤销对她的所有指控？"

布朗大笑："撤销所有指控。有意思。"

"还有别去骚扰她？"

"太好笑了。你很会说笑话。"

"因为，事情是这样的，费伊从没做过任何错事。"男人说。

"她朝总统候选人扔石头。"

"不，不是那个。我指的是 1968 年。当时她没做过任何错事。对你。"

布朗因此犹豫了片刻。他皱起眉头，打量那男人："你以为你知道什么？"

"我知道你和她之间发生的所有事情，"他说，"我知道艾丽丝。"

想到艾丽丝，布朗的喉咙收紧了。"你认识艾丽丝？"他问。

"我和她谈过。"

"她在哪儿？"

"不可能告诉你。"

布朗咬紧牙关——他能感觉到他的老毛病要犯了，每次想到艾丽丝和当年的所有事情，他的整张脸仿佛就会收缩和变硬，这个习惯在他上年纪以后害得他吃了许多与下颚关节有关的苦头。他对艾丽丝的记忆从未褪色过，反倒成了一个深达几十年的水库，保存着他全部的愧疚、懊悔、欲望和愤怒。她的旧照片最近在电视上出现时，来自她身体的强烈触觉记忆陡然涌上心头，他有一瞬间感觉到了当年夜阑人静时看见她走在马路上的那种兴奋。

"这么说，你是来勒索我的？"布朗说，"用我同意放过费伊·安德烈森，换取你不向媒体公开那些事情。是这样吗？"

"我根本没动过这个念头。"

"你还想要钱？"

"我令人尴尬地不擅长这种事，"男人说，"你刚刚想出了一个比我想的好得多的计划。我来这儿只是想看你一眼。"

"但现在你考虑勒索我了。可以这么说吗？你威胁我，勒索我。你威胁一名法官。"

"喂，等一等。你记住，我可没说过这种话。你这是在把有罪供述塞进我的嘴里。"

"你打算怎么对媒体说？怎么解释当年的事情？我很想听听你的说法。"

"呃，我想大概是说实话吧。你和艾丽丝有婚外情，费伊破坏了那段孽缘。你等了许多年来实施报复，所以你才会接这个案子。"

"嗯哼。祝你好运，希望你能证明。"

"假如我告诉所有人——我的意思不是我一定会告诉所有人，记住我说的是假如，仅仅是个构想，你明白的——那你就会在公众面前丢脸。媒体会审问你，给你定罪。因此到时候你会被迫放弃这个案子。"

布朗微笑，翻了个白眼："你看，我是库克县巡回法官。我定期和市长吃早午餐。芝加哥律师协会选我当年度人物。我不知道你他妈是谁，但光看你的烂车，我就知道不是任何人的年度人物。"

"你想说什么？"

"如果我们的说法有出入，我对胜算挺有信心。"

"但费伊没有对你做过任何事。她不该为她没做过的事情进监狱。"

"她毁了我的一生。她害我坐轮椅。"

"她甚至不知道你是谁。"

"我警告过她一次，绝对不要在芝加哥被我逮住。我就是这么对她说的。我说到做到。而你居然有胆来这儿教我该怎么对她？我给你解释一下后面会发生什么。我会动用我的全部权力，确保她被判最重的罪名。我会看着她被吊死。"

"你疯了！"

"你最好别企图阻止我。"

"否则？"

"你知道威胁法官的刑罚是什么吗？"

"我根本没威胁你啊！"

"但看起来不是这样。我的门廊上有监控探头，从那个角度看起来是你躲在树林里——已经非常可疑了——等待我离开住处，然后以威胁性的方式接近我。"

"你有监控探头？"

"我有九个。"

听见这句话，男人走向他的车，上车发动引擎。发动机静静运转。随着电动引擎的呜呜声，驾驶座的车窗降了下来。

"艾丽丝说得对，"男人说，"你精神变态。"

"你反正别碍我的事。"

轿车开动，在布朗的目送下开到小街尽头转弯，灰溜溜地逃跑了。

2

费伊瘫坐在沙发上，眼神呆滞，面无表情。她背后，萨缪尔从厨房走到沙发旁又走回去，观察着母亲。她不断切换频道，每个频道停留一到五秒。如果是广告立刻跳过，其他节目给一次呼吸的时间，看能不能打动她，然后还是换掉。小电视放在无法点火的壁炉的架子上。萨缪尔敢发誓上次他来的时候还没有这台电视。

外面，密歇根湖的水面亮闪闪地反射上午的阳光。窗户开着，萨缪尔能远远地听见汽车喇叭声。工作日的城市喧嚣。向西望去，他看见丹·赖恩高速公路上的车流一如既往地像胶水似的慢慢流淌。结束他与布朗法官的惨淡会面之后，萨缪尔直接来到这里。萨缪尔认为他有必要提醒母亲，告诉她他已经知道法官的事情了。他按了一次门铃，然后第二次，第三次，正要朝费伊在三楼的窗户扔石子，这时前门终于咔嗒一声打开。他上楼，见到的母亲就是这样：安静，心不在焉，有点迷糊。

她再次切换频道，屏幕上出现情侣翻新厨房的真人秀，似乎吸引了她的注意力。

"这个节目表面上在说家庭装潢，"她说，"但实际上是观看伴侣连同石膏粉尘一起清扫死亡婚姻的灰烬。"

节目在片段之间切换，一会儿是两个人不成功的 DIY 尝试，一会儿是他们在访谈中互相抱怨。丈夫，在拆旧阶段中似乎有点过于兴高采烈，挥舞铁锤时有点过于急切，就是小男孩摧毁蚂蚁山的那个表情，他在墙上砸出了一个窟窿，他本以为那面墙也是要拆掉的，但事实上并不是。切到妻子抱怨的片段，数落他如何从不听人说话，无论如何非要和别人对着干。切到丈夫检查墙壁损坏情况的片段，他假装权威地宣称：没问题，大家冷静。

"这两个人彼此仇恨，"费伊说，"厨房对他们来说就像越南之于美国。"

"你在看的电视机，"萨缪尔说，"上次我来的时候还没有。我非常确定。"

费伊没有回答，而是呆呆地直视前方，看了足有一分钟。在此期间，她看着丈夫猛踢一面隔断墙，断开的板材飞到了房间的另一头，尽管落地时离妻子足有将近两米远，但她还是吼叫得像是遭遇了生命危险：哎！我站在这儿呢！这段结束，费伊眨眨眼，使劲摇头，就像一个人从恍惚中惊醒，她望向萨缪尔，说："什么？"

"你好像意识不清，"萨缪尔说，"是不是嗑了什么药？"

她点点头："你来之前我吃过药，我本来想出去走走的。"

"什么药？"

"治血压的心得安，治应激反应的吩噻嗪，阿司匹林，还有一种药，研发是为了防止男性早泄，现在用于治疗焦虑和失眠。"

"你经常这么做？"

"不经常。你知道有多少种能治病的药物原先是为了治疗男性性功能障碍而研发的吗？简直就是制药业的驱动力啊。感谢上帝创造了男性性功能障碍。"

"今天早晨有什么理由要吃这么多药吗？"

"西蒙打过电话。记得西蒙吧？我的律师。"

"记得。"

"他通知了我一些消息。检方似乎在扩大起诉范围。他们今天加了两条新罪名。国内恐怖主义活动，制造恐怖主义威胁，诸如此类的。"

"你开玩笑吧。"

她拿起插在沙发坐垫之间的记事簿念道："行为对人类生命造成危险，导致畏惧、惊恐或胁迫，或企图通过胁迫与威压影响政府的决策。"

"听上去很牵强。"

"布朗法官说服检察官添加了新罪名。我猜他今天一早忽然心血来潮，打算让我在监狱里度过余生。"

萨缪尔觉得他的内脏一下子冻住了。他很清楚法官的这一波狂热从何而来，但此刻无法向母亲吐露真相。

"所以我今天很不安，"费伊说，"还有焦虑。因此只能吃药。"

"我明白了。"

"还有一件事。西蒙说我不该和你说话。"

"实话实说，我对他的法律才能有些疑问。"

"他怀疑你的动机。"

"好吧，"萨缪尔看着鞋子说，"谢谢你让我进来。"

"你居然想见我，我很吃惊，尤其是经过上次的事情。你和西蒙的碰面？恐怕谈不上愉快吧。对不起。"

外面，列车吱吱嘎嘎地停下，车门嘶嘶打开，提示铃声叮咚响起，自动播报系统说：请远离正在关闭的车门。萨缪尔意识到这是有生以来她第一次向他道歉。

"你为什么要来？"费伊说，"不打招呼，突然袭击。"

萨缪尔耸耸肩："我不知道。"

电视正在播放丈夫的访谈，他差遣妻子去家庭装潢大卖场去买一件根本不存在的工具：石膏板卡尺。

"这些人不可能修复他们的关系，"费伊说，"因此转而修理最能代表婚姻的象征物。"

"我需要透透气，"萨缪尔说，"出去走走。"

"好的。"

他走到母亲面前，伸出手拉她起来，她抓住他的手，他摸到母亲枯瘦冰冷的手指，意识到这是他们多年以来的第一次身体接触。多年前她出走的那天清晨，她亲吻萨缪尔的额头，把脸埋进他的头发，他保证会写书，她保证一定会读。此刻是从那天起他们的第一次身体接触。抓住母亲的手拉她起身之前，他没有料到自己会想到这些，但碰到她的手像是攥住了他的心脏。他不知道他需要这样的接触。

"对，我的手很凉，"费伊说，"那些药的副作用。"她站起身，颤颤巍巍地去找鞋子。

离开公寓，她似乎醒过来了，情绪也有所恢复。这是夏末的一天，气候温和宜人。街上几乎空无一人，静悄悄的。他们朝东走向密歇根湖。他母亲描述附近的房地产在经济衰退前如何蓬勃发展。上世纪初，这里是肉类加工和屠宰业集中的地区。后来这里荒弃多年，直到最近，仓库纷纷被改造成时髦的跃层公寓。然而，随着房地产泡沫破裂，翻新热潮也逐渐停滞。工程半途而废，建筑物改造到一半被扔在那儿。几幢比较高的建筑物旁还立着塔吊。费伊说她曾经在窗口望着它们用托盘吊起石膏板和木料。有段时间，这个街区的每一幢建筑物旁都立着塔吊。

"就像一个小池塘旁聚集了一群渔夫，"她说，"就是这种景象。"

但大多数塔吊后来都拆除了，没拆的也有好几年没动过地方了。因此，这附近依然空空荡荡，只有最稀少的一点人烟。

她说她搬到这儿来是因为房租很低，也因为不想和其他人打交道。开发商蜂拥而至，她震惊不已，她气愤地看着他们开始给建筑物起名：大使俱乐部、绅士衣匠馆、飞轮社、里程碑、哥谭村。她知道一幢建筑物有了漂亮的名字，讨厌的人群就会蜂拥而至。年轻的职业人士、遛狗的、推婴儿车的、律师和他们的烦人精老婆。餐厅用降低特色和安全的主流方式重现意大利饭馆、法国小酒馆和西班牙酒吧。有机食品店，奶酪店和死飞单车店。她见过她居住的社区变成这样，全城最新的雅痞巢穴。她担心房租会上涨，担心会不得不和邻居交谈。后来住房市场崩溃，开发商销声匿迹，漂亮名字的标牌在风雪中逐渐剥落，她不禁喜出望外。她一个人走在空荡荡的街道上，欢欣鼓舞，这是隐居者渴望的孤独和主权。这个废弃街区属于她。这其中有着巨大的愉悦。

房租必须足够低廉，否则按照她的工作，她就不可能付得起房租了，她的工作其实是读诗给孩童、生意人、术后病患和监狱囚犯听。一个人的非营利性慈善服务机构。她已经这么做了许多年。

"我曾经以为我想当诗人，"她说，"我年轻的时候。"

他们来到了一片比较有生气的区域：一条主干道，有行人，有几家小店。这个地方还没有被中产阶级占领，但他已经看见了中产阶级化的先锋队：一家号称有免费无线网络的咖啡馆。

"你为什么没有成为诗人呢？"萨缪尔问。

"我试过，"她说，"我不够出色。"

她解释她如何放弃写诗但没有放弃诗歌。她建立了一个非营利性机构，把诗歌送进学校和监狱。她认为既然她无法写诗，那就退而求其次好了。

"无法劳力者，"她说，"可以劳心。"

她的生活费来自艺术团体和联邦政府的小笔拨款，这种拨款总是不太牢靠，总是受到政客的抨击，总是随时有可能彻底消失。经济衰退前的膨胀时期，几家地区性的法律事务所和银行雇她向雇员提供"每日诗歌启迪"。她在商业研讨会上主持诗歌讲座。她学会了中层管理者的语言，也就是把愚蠢的名词变成更愚蠢的动词：激励化、最大化、会话化、杠杆化。她编写PPT讲述如何杠杆化诗歌启迪以最大化客户沟通价值，如何通过诗歌外在化压力和降低工作场所的暴力风险因素。听讲座的初级副总裁根本不知道她在说什么，但他们的老板照单全收。这都是经济衰退前的往事了，那时候大型银行还会扔钱打水漂玩儿。

"我收他们的钱比收学校的高十五倍，而他们连眼睛都不眨一下，"她说，"后来我又翻了一倍，他们还是毫不在意。我都快疯了，因为我给他们讲的全是胡扯，都是我现编的。我一直在等他们揭穿我，但一直没有等到。他们只是继续雇用我。"

但经济衰退结束了这一切。等人们认清事实，明白全球经济大体而言彻底完蛋了，她的工作机会很快消失得无影无踪，一同消失的还有那些初级副总裁，他们中的大多数被公司毫无征兆地在一个星期五解雇，解雇他们的老板不到一年前还希望他们拥有充满美丽和诗意的生活。

"另外，"她说，"你第一次来的时候，我把电视藏起来了。这件事你没说错。"

"藏起来了。为什么？"

"没有电视的房屋就是一个声明。我想增加禅意的美感。我想让你觉得我是个有深度的人。不服气吗？"

他们继续散步。他们正在返回他母亲居住的街区，这个街区东面的边界是一座大桥，像拉链一样穿过城市的铁轨，在桥下拧成一个结。许多条铁轨，在往日足以源源不断地将饲料和牲畜送进屠宰场，足以让冶炼厂源源不断地倾倒炉渣，在今天足以运载几百万住在市郊的通勤者进出城区。一条宽阔的堤道，涂鸦完全淹没了挡墙，全城热爱冒险的年轻人留下了一层又一层的签名，他们肯定是从桥上跳下去的，因为另一条进入堤道的途径是高大的铁丝网围栏，最顶上装着刀锋刺网。

"今天早晨我去见了法官。"萨缪尔说。

"什么法官？"

"你的法官。布朗法官。我去了他家。我想看看他。"

"你去偷窥一名法官。"

"大概算是吧。"

"然后呢？"

"他无法走路，坐轮椅。你想起点什么吗？"

"没有。为什么？应该想起什么吗？"

"我说不准。就是……事实如此。出人意料。法官是残疾人。"

萨缪尔觉得涂鸦自有其浪漫的一面，尤其是喷在危险地点的那些涂鸦。一个作者冒着受伤的危险写下一些字词，这里有一种浪漫的气息。

"你对法官的印象怎么样？"他母亲问。

"他似乎很愤怒，个头很小，但他的小是曾经块头很大然后慢慢萎缩的那种小。白人，面糊那种白。皮肤比纸还薄，几乎透明。"

当然了，涂鸦作者也不会写任何重要的文字。顶多只是他们的名字，一遍又一遍，越来越大，越来越响亮，越来越五颜六色。说起来，全国各地连锁快餐店的广告牌也在使用这个策略。仅仅是自我推销。仅仅是更多的噪音。他们之所以书写，不是因为有话非说不可。他们是在为自己的品牌打广告。鬼鬼祟祟、冒着生命危险，只是为了制造反哺主流审美观的东西。太令人沮丧了，连叛逆也被腐蚀了。

"你和他交谈了吗？"

"我本来不想的，"萨缪尔说，"我其实只想看一眼。我在搜集信息，纯粹只是踩点而已。但他看见了我。"

"你们的交谈有可能与今天上午新增的罪名有关系吗？"

"我猜有这个可能。"

"你猜有可能是你害得我被指控参与国内恐怖主义活动，是这个意思吗？"

"或许。"

他们已经回到了她的街区。他看得出他们就快回到母亲家了，因为周围的建筑物像是卡在了科幻片的时间陷阱里，底下几层来自未来，上面几层来自过去。没有窗玻璃的崩裂建筑物的底下是空荡荡的崭新店堂，时髦的蓝绿色橱窗和光滑的白色塑料，象征着信息时代的电子器件。城市的普通人群在这附近不见踪影，只剩下无所不在的巨大沉默。一个空购物塑料袋顺着街道滚过来，推动它的是从密歇根湖吹来的风。

"关于法官，"萨缪尔说，"有件事你必须知道。"

"好的。"

"他就是 1968 年逮捕过你的那个人。"

"你在说什么？"

"抗议前一天夜里逮捕你的那个警察。他就是查尔斯·布朗，现在的法官。同一个人。你没做错任何事，但他就是要逮捕你。"

"我的天。"费伊说，看着萨缪尔，抓住他的胳膊。

"他说是你害他坐轮椅的。他说他残废都是你的错。"

"太荒谬了。你是怎么知道这些的？"

"我找到了艾丽丝。还记得她吗？你的邻居？大学宿舍？"

"你和她谈过了？"

"她说了你在圈大时的所有事情。"

"你为什么找这些人谈？"

"艾丽丝说你应该离开美国。立刻。"

他们拐过一个弯，公寓楼出现在前方，他们看见了奇特的景象：一辆巨大的警用厢式货车——侧面用粗体字刷着代表"反恐特警"的 SWAT——停在萨缪尔那辆车的旁边，傲然耸立，就仿佛黑熊守着食物。警察正在离开公寓楼，挨个儿跳进厢式货车敞开的后门，他们身穿着全黑的突击战斗服和军用防弹背心，戴着头盔和护目镜，冲锋枪紧紧地固定在胸口。

萨缪尔和母亲缩回拐角的另一头。

"怎么了？"费伊说。

萨缪尔耸耸肩："有其他路回家吗？"

她点点头，萨缪尔跟着她走过半个街区，钻进一条小巷，走进垃圾箱旁一扇锈迹斑斑的红色铁门。两人默默地走下楼梯，在楼梯间里默默地听着最后一名警察离开公寓楼。他们又等了十分钟，然后钻出楼梯间，走向她的公寓，看见碎裂的大门躺在地上，只剩下最底下的铰链还连着墙壁，而那个铰链也扭曲变弯了。

公寓里，家具被掀翻在地，撕成碎片。沙发坐垫被割开了。床垫扔在地上，正中间有一道长长的刀口，填充物被扯出来扔在旁边。床垫从顶到底被切开，就好像警察不但搜查了床垫，更是解剖了它。床垫棉絮扔得到处都是。书架上的书散落在地上。厨房柜橱敞着门，里面的东西要么翻倒要么破碎。垃圾桶翻了过来，里面的东西倒在地上。玻璃碎片在脚底下吱嘎作响。

他们面面相觑，迷惑不解，这时卫生间里响起了声音——冲水声，水龙头打开又关上。门开了，一个人走出来，边走边在茶色长裤上擦手。西蒙·罗杰斯。

他看见两人，微笑道："哎呀，你们好！"

"西蒙，"费伊说，"发生什么了？"

"哦，"他挥挥手，"警察来过。"

3

今天是他退出《精灵征途》的日子。

从今天开始，他再也不会玩《精灵征途》了，这其实是庞纳吉昨天断然做出的决定。当时他坐在那儿发誓要戒掉《精灵征途》，但随即又想到，在送他装备得堪称完美的角色进数字坟场之前，有几件事情需要安排妥当。其中首先就是向众多的公会伙伴告别，经历了这么长的时间，他对他们已经产生了某种责任感和父母般的溺爱，就像夏令营的辅导员对他手下那群孩子的感情，庞纳吉知道，假如他不说一声就消失，他们会产生遭受背叛的痛苦情绪和缺少结局的失落感，会冲击他们认为这个世界存在规律、能够被理解、大体而言美好而公正的世界观（顺便提一句，这些公会成员里有几位恰好就是该上夏令营的年纪，他尤其不愿以任何方式背叛或伤害他们）。因此，昨天上午开始玩游戏后不久他就做出了决定，在退隐和删号之前，他首先要找许多《精灵征途》老玩家一对一地聊几句，过去这几年里，他每天都要和他们并肩作战差不多十二个小时，因此他必须给每一位玩家写一封情深意切的短信，说清楚他不再有时间玩《精灵征途》了，因为接下来他要将注意力转向一个全新的职业：成为一名著名的侦探小说作家。他要向同伴解释说纽约的出版社很快就会要求他拿出小说初稿，他必须将精神百分之百地投入小说写作。他尝试写作，却发现《精灵征途》的日程安排与这项事业冲突——尤其是那数以百计的日常小任务，他每天上午要用他所有的角色打完这些任务，五小时的麻木操作堪称折磨——他发誓明天要跳过日常小任务，利用这段时间在他的侦探小说中取得一些像样的进展，他认为他每小时应该能写两页（根据各个小说写作自助网站的说法，这个数字相当合理），也就是每天十页，照此计算，仅仅使用他打日常小任务的时间，他就能在一个月内完成这本侦探小说了。这样的决心和坚毅将会保持下去，直到第二天上午，他打起精神想写小说，却发现脑子里只有一个念头，那就是每日小任务此刻已经解锁，他可以上线刷经验了，于是他和自己达成约定，为了让自己忘记日常任务和聚精会神地写小说，他应该暂时停止写作，只完成首要角色的任务，就算他那些次要角色无法拿到全勤奖，他也可以接受现实，你不可能不付出任何代价就成为一位著名的悬疑惊悚类作家嘛——可是，完成首要角色的二十个小任务后，他感觉到了那种令人惶恐的精神疲惫，仿佛有人像揉面团似的蹂躏了他的大脑，被揉压挤捏得软绵绵的大脑无疑不适合伟大文学作品的诞生。于是他继续玩下去，做完了所有角色的每日小任务，五小时后他和昨天一样，再次感觉到了对自己的憎恨和厌恶，他又发誓明天一定会跳过每日小任务，从早到晚写小说。但到了第二天早晨，这种感觉依然不够强烈，循环周而复始，直到最后他不得不承认，假如他还想写出那本小说，唯一的办法就是彻底退出游戏，毁灭性地删除所有的角色，斩断他的退路，但当然了，他还是必须先向全体伙伴告别，他对他们说为了腾出时间写书，他只能退出游戏了，他们的第一反应总是"不！！！！！！！！"（实话实说，挺让他高兴的），然后表达信任，说他们知道这本书肯定会大卖，尽管他们完全不清楚他的小说写的是什么，甚至不知道庞纳吉的真名是什么，但他依然喜欢听别人说他未来的成功犹如板上钉钉，因此他会一连许多个小时坐在椅子上，等游戏伙伴一个一个上线，然后向他们通报消息，享受他已经享受过了二三十遍的相同对话。在此期间，他始终保持着相同的坐姿，一条腿压在屁股底下，由于时间太长，人造革椅子的条纹在腿部皮肤上留下了深深的印痕，有一种疾病正在他这条腿内攻城略地，它的医学学名叫深静脉血管栓塞，简而言之就是血栓，会导致组织红肿、轻微疼痛、过度敏感、发热和刺痛，他本来应该有所感觉，但这条腿在身体底下压得太久，情况早就过了针扎般的疼痛阶段，已经麻木得像是打了麻药，因为他花了太多的时间向朋友们道别，解释他为什么即将删除账号，他们往往会说"纪念一下老时光吧"，拉他最后打一次任务或跑一趟地下城。他吃惊地发现自己竟然这么恋旧（说起来，他之所以会忘记移动双腿或站起来或伸懒腰或用任何方式疏通下半身或其他部位的血脉，全身只有操作游戏必不可少的拇指和食指动个不停，这也是原因之一），朋友们想重演往日胜利的场景，那种劲头儿和有些人特别期待高中同学聚会是一个道理。因此他陪每一个朋友重走他们几周、几个月甚至几年前的冒险征程，于是庞纳吉有了个主意：他想走访《精灵世界》巨型地图中他喜欢或有过深刻记忆或在他成为一名铁杆玩家的过程中起过重要作用的每一个地点，算是对他熟悉和热爱的这片大地的"告别之旅"。这么做当然需要他聚精会神地投入许多个小时的时间（开发者喜欢吹嘘这个虚拟世界的尺寸和精细度有多么惊人，说假如《精灵征途》世界真实存在，那么它占据的面积会和月球表面差不多），就这样，他造访了银沼森林（他的角色第一次死亡的地点，当时他八级，凶手是潜行的黑豹）、杰德纳洞窟（险胜了一窝恶魔）、阿莱娜神殿（神殿里的配乐超级牛屄）、韦密斯特河岸（他第一次遇到龙）、古鲁巴希废墟（他第一次杀死半兽人），等等等等。他爱死了这些怪异的地名，他乘着超快的狮鹫兽从一个地点飞到另一个地点，随即想到他刚开始玩这个游戏的时候，还没有得到飞行或骑行的坐骑，只能徒步穿越大地，他边走边欣赏风景，望着生态系统彼此交替，他渴望当时的那份简单和纯真，于是把狮鹫兽停在《精灵征途》世界最大的大陆的最北端，徒步向南而去。他首先穿过白剑冰川的积雪苔原，然后翻过木霜山脉，进入霜蓟峡谷，路上只遇到了几次角马或北极熊的冲撞，他穿过半智慧的冰山雪人控制的洞穴，他和这个种族的关系很好，他向南走，一路向南走，偶尔像游客拍照似的截屏留念，半兽人玩家看见他就落荒而逃，因为他们知道他是谁和他有什么名声。到了这个时候，全游戏全高九上的精英玩家即将退隐的消息已经充满了在线留言板，庞纳吉不停收到私聊消息，大家都在问他是不是真要离开，恳求他改变主意，这些留言确实有可能改变他的主意，因为他忽然意识到他作为有血有肉的人类不可能比他在游戏中的角色更加受到欢迎、支持和爱戴，这让他感到伤心和略微的恐慌。他想起了上次补丁日时，将近一整天无法登录游戏，他焦虑得在房子每个房间里转圈走，几个小时盯着房外的信箱。于是，他沿着大陆向南行进的过程中，想到如果自己真的要完成所谓的"告别之旅"，那么之后的每一天就会像上个补丁日那般难熬，这一点顿悟像冷雨似的浇在他头上，他感觉到他的意志力和决心都在动摇。他得出结论：假如他还想退出《精灵征途》和删除他的诸多账号，唯一的可能性就是这些角色不再是精英和超级酷的人物，无法赢得所有人的爱戴和支持。

想达到这个目标，唯一的办法就是扔掉他不眠不休收集到的所有财宝。此处的思路是，假如他失去了他史诗级的宝藏，那么就应该不再是广受爱戴和拥护的精英玩家了，因此也就更容易退隐江湖。另外，他在最高处待了那么久，回到图腾柱的最底层会过得很痛苦，想到要重新赢回那些财宝就头疼不已，麻烦到了他宁可永远退出的地步。于是，他向公会伙伴宣布，他打算送出他的全部财产，他们可以在他徒步向南的旅程中去找他，他会送出一些非常酷和有价值的物品，级别较低的玩家很快就在他背后排成了游行队伍——值得一提的是，就在他灵机一动，向全公会宣布这个消息时，他换了一条腿压在屁股底下，腿部的深层血栓脱离原位，沿着循环系统缓缓地向上移动，这一团和玻璃球差不多大的硬块被血流推动着穿过他的身体，他偶尔感觉到血管发紧和一阵阵痛，但它们淹没在了他每时每刻都感觉到的生物体背景噪音之中。他几乎永远筋疲力尽，从不活动，餐食主要由咖啡因和冷冻微波炉加工熟食构成，这种生存状态使得他浑身上下阵痛不已，故而血栓移动造成的阵痛无法给他留下非同寻常的印象，因为他几乎总能感觉到一阵阵的刺痛，但刺痛的感觉被钝化了。事实上，他几乎不会记住他感觉到的刺痛，因为缺乏睡眠、营养不良和长时间暴露在电脑屏幕下（累积量大到危险，科学家甚至无法理解有多危险）已经导致大脑额叶和海马区严重萎缩。因此每次他感觉到刺痛，过度疲劳、严重透支的大脑只会主动排斥这条消息，等他再次感觉到那种犹如刀割的可怕痛楚时，就好像是第一次感觉到它，他会认真地记下来，心想假如再疼一次，他就肯定要去找个什么健康专家寻求一些什么帮助了，顶多再拖一个星期什么的——伙伴们全都聚集在他身旁，他开始赠送道具。首先是钱币，不计其数的金币、银币和铜币，他从被他杀死的半兽人玩家身上抢来的钱币，他从恶龙守卫的宝箱里捡来的钱币，他从服务器的拍卖行里赚来的钱币。他在拍卖行学会了操纵各种原材料的兑换价格，几乎垄断了《精灵征途》世界的供应链，将他的财富放大了许多倍，他知道这些钱币在现实世界中也有价值，有人在现实世界中的拍卖网站将《精灵征途》游戏的钱币卖给其他玩家，换取实打实的美元，他知道有个斯坦福的经济学家甚至编写了游戏钱币到美元的转换程序，假如确实如此，那就意味着他可以卖掉游戏钱币，挣到的钱不会比在复印店的工资少，但他绝对不会这么做的，因为《精灵征途》很好玩，而他凭经验知道工作不可能好玩。（不过仔细想来，他不得不说，他的《精灵征途》游戏体验也不是百分之百的好玩，因为每天开始都是五个小时完全相同的日常小任务，他玩了一遍又一遍，到最后完全是单调的体力劳动。这当然毫无乐趣可言，但它能解锁奖品，让他在稍晚使用奖品时享受乐趣，但每次等他得到了一批奖品，游戏开发者多半就会发布新补丁，新出现的奖品比旧奖品总是稍微好那么一丁点儿，因此他在赢得奖品的时候就已经知道它们贬值了，而更好的奖品就在地平线的那一头。仔细想来，他不得不说，他的《精灵征途》游戏体验以他准备享受乐趣为主，但他几乎不会真正地享受到乐趣，只有他和公会伙伴合作打任务的时候除外，他们齐心协力杀死某个重要的邪恶敌人，赢取某个特别酷的宝藏，但乐趣也只存在于刚开始的几次里，然后就会变成重复性的劳动，不再能够提供乐趣，反而会在公会打输了他们几周前打穿过的任务时产生大量的压力和愤怒。于是，做任务的夜晚与享受乐趣的关系越来越小，与避免愤怒的关系越来越大。于是他得出结论：乐趣肯定存在于其他的什么地方，有可能根本不在断断续续的游戏时间之内，而是在玩游戏的抽象状态之中，因为每次他登入《精灵征途》，就会产生他在现实生活中不可能得到的满足感、统治感和归属感，他愿意将这些情绪理解为"享受乐趣"。）总而言之，庞纳吉拥有的钱币堪称海量，他以一千金币为单位散尽家财，几百名玩家排队领了很久才耗尽他的钱袋，庞纳吉不由觉得他有点像罗宾汉，穿梭于森林中，把财产送给穷人。钱币送完之后，他开始送出装备，他在周围的一大群人里随便挑选对象，白送武器给他们：长剑、阔剑、砍刀、双刃大刀、轻剑、匕首、长匕首、马刀、镰刀、弯刀、毒刃、斧头、棍棒、短柄斧、铁锤、战斧、钉头锤、锥剑、短棍、长棍、长矛、梭镖、戟，甚至还有他不记得自己从哪儿搞来的神秘武器焰形剑。送完了武器，他开始送装甲，赢来或抢来的锁子甲和板甲的各个组件，遍布钢钉的超高级肩甲、遍覆刀锋网的胫甲、超炫的巨型牛角头盔，他戴上怎么看都像他妈的希腊神话里的牛头怪（他的慷慨正在成为传奇，几个玩家拍摄了庞纳吉南征的视频，冠以"史诗玩家送出全部财产！"的名字发在网上）。送出所有物品刚开始还让庞纳吉后悔得阵阵心痛，因为他热爱他的这些东西，也因为他知道他花了多少时间和精力去获取每一样物品（光是牛角头盔就用了两个多月），但这种情绪很快消失，取而代之的是出乎意料的冷静与决然、发自灵魂的良善和慷慨，甚至还有温暖与平静（这或许是因为疲惫，因为到此刻他已经连玩三十个小时了）。他送出了全部财产，无数仰慕者跟随着他，他觉得自己大概正在激励这些人，他应该说些什么了不起的睿智警句，他琢磨着是不是有个与此类似的佛陀故事，或者甘地，或者耶稣，或者天晓得什么人，故事的主角送掉了所有东西，自己走个不停——感觉实在太熟悉了，庞纳吉不再将这整件事视为拼死一搏的绝望努力，退出一个他无法用意志力退出的游戏，而是围绕放弃而展开的无私灵性之旅，就好像他在做一件重要的好事，为众多的玩家树立榜样。这种令人愉快的感觉颇为强烈，直到人群开始散去，等他显然没有东西可以送出之后，人们纷纷发私信问他："就这样了吗？没有了吗？"他意识到他们来这儿不是为了陪他走完漫长的玄妙旅程，而只是想要够酷的新玩具。庞纳吉对他们愚鲁的物质主义感到非常愤怒，还好很快就想到了这本来就是他散尽财产的目标，他将被众人抛弃，人气戏剧性地消失殆尽，然后他就不会受到诱惑继续去玩《精灵征途》了。但此刻事情真的发生，他真的被抛弃了，他独自走在开阔的大地上，没有武器没有铠甲没有金币，更没有朋友，只是一个裹着缠腰布的精灵，样子可怜而虚弱，他却依然不怎么想退出。于是他继续向南走，一直走到这片陆地的尽头，俯瞰海洋的一片乱石高原，他知道旅程已经来到了终点，现在该下线删除账号了，该开始过他的真实人生了，他要写书和成名，要重新赢得莉萨的芳心，要开始他的健康食谱，彻底地改变一切，过上他理想中的生活。尽管他想不出任何理由要留在游戏里，尽管他的角色在此刻的赤贫和裸体状态下什么都做不了，但他还是无法退出，他愣愣地望着数字生成的海洋，抛弃游戏重返真实世界的念头依然让他满心恐惧，这种恐惧远远超过了机能正常的成年人类能够感受到的恐惧，因为数年《精灵征途》成瘾导致他的大脑出现了严重的生理问题，神经显微结构异常重组，除了不可避免的机体损伤（例如体重上升、肌肉流失、后背疲劳、胸腔后部半永久性地肌肉痉挛，似乎和重复性地使用右手操作鼠标有关），前扣带回下皮质区也重度退化。这个区域位于大脑前侧，功能类似于征募人员，负责在矛盾冲突之时调度更理性的脑区（就像一个非常冲动和狂躁的人向更冷静的朋友求助，希望能得到更有洞察力和客观的建议），对正常认知和冲动控制来说必不可少，但庞纳吉的这个脑区正在开始完全关闭，就像一幢屋子逐渐关闭圣诞彩灯，海洛因依赖者见到海洛因时大脑里就会发生这种事情：前扣带回下皮质区彻底关闭，他们不再能够从大脑更聪明的区域得到决策输入，大脑也就无法帮助他们克服最需要帮助去克服的、最基础、最原始的自毁冲动了。而这正是庞纳吉眺望大海时发生的事情：他从生理上记得要退出游戏的欲望，但大脑没有任何一个部分在命令他这么做，再加上眼窝前额皮质有几处脑灰质容量严重减少，这个脑区负责目标导向和激励，萎缩后使得大脑尽管能意识到目标的存在，但无法提供助力以实现目标，而是傻乎乎地看着遥不可及的目标，就像中西部农民对待天气似的（"是哦，要下雨了"）。这是《精灵征途》的又一个神经生物学陷阱，《精灵征途》玩得越多，大脑就越是只能处理最短期、最近在眼前的目标，而这凑巧就是《精灵征途》游戏的各种目标——按照游戏的设计，每隔一两个小时，系统就会奖赏玩家一件够酷的新宝物或升一级，每完成一个任务，游戏里就会号角齐鸣，烟花绽放——他越来越习惯于这种隐伏、琐碎、近未来的目标，而需要认真计划、自律和毅力的长期目标（例如写小说或开始健康食谱）在大脑看来完全是痴人说梦。以上还没有算上他大脑内囊深处发生的事情呢，那是庞纳吉对《精灵征途》不可救药上瘾之后唯一得到加强的脑区，初级运动皮质在这里分出控制手指运动的突触，因此庞纳吉的手指非常灵活，右手不停点击多键鼠标，左手操纵一百零四键的标准键盘，布局在脑海里有完整的映射，所以他看也不用看就能在瞬息之内按下上百个按键中的任何一个，这种行为改变了大脑的实质结构，大大地提高了内囊中的突触密度。然而问题在于，从演化角度来说，如此巨量的手指控制神经纤维从未拥有过任何必要性（十五键游戏鼠标对人类祖先来说不存在等价物），而内囊中的脑区体积有限，不怎么适应计划外的突然增长，也就是说，庞纳吉大脑内与手指运动相关的巨量脑白质正在挤压更基础的脑组织，其中以连接额叶和皮层下区域的神经束为主，皮层下区域的功能是执行决策和（更重要的）协助抑制不正常的行为，这或许解释了庞纳吉在有机健康食品商店的举动和他过去一年间的整体倾向：他在电脑前消磨人生，他糟糕的睡眠和饮食，他对成为著名作家和赢回莉萨的宏大妄想。这些是局域性的微中风，他对此一无所知，起因是缺乏睡眠或电脑屏幕的强光或严重的营养失衡（也可能是三者的共同作用），生理表现是肢体丧失感觉、皮肤突然瘙痒和视野边缘出现闪烁物体，这些症状本应该驱使庞纳吉去看医生，但他的背外侧前额叶皮层已经彻底停工，这个脑区负责的是决策和情绪控制，在需要同时处理多项繁重任务的大脑中，遇到所谓的"信息过载"就会进入休眠，大脑的情绪中枢于是接管决策控制，对神经系统来说等于把铲车的钥匙交给一个六岁儿童。庞纳吉的意识无疑是过载的，因为电脑屏幕上塞满了各种各样插件的弹出框，不间断地实时反馈对手的剩余血量、他的可用战术、让他知道其他战术何时可用的各种计时器、招式在当前瞬间有可能造成的最大伤害、每个队友的状态、全组人马的每秒伤害输出、按战场职责用不同颜色标出主要成员的鹰眼视图。除了正在玩的游戏本身，他还必须关注这些闪烁发光的弹出框，而庞纳吉要监控的不止是这块屏幕（本身就足以让你大脑深处那个生活节奏缓慢的十八世纪农夫濒临精神崩溃了），他通常总是在多开多控地操纵好几个角色，他同时监控六块屏幕上的所有事件，他每秒钟处理的信息比芝加哥奥黑尔机场所有空中交通管制员处理的加起来还要多，因此他大脑中负责感性和逻辑的脑区全都竖起白旗跑路了，使得他的情感中枢能够轻而易举关闭残余的那一丁点儿逻辑、理性和自律。简而言之，《精灵征途》玩得越久，他就越不可能停止玩《精灵征途》，这早就不是简单的戒除恶习问题了，而是进入了大脑形态学的研究领域，他的神经中枢发生了最根本而彻底的畸变，庞纳吉的意识不可能允许他退出《精灵征途》。庞纳吉也逐渐明白了这一点，他站在大陆最南端的海角上，琢磨着接下来该做什么，他什么也想不到，只能呆呆地站在那里，直到敌人接近的警报响起，游戏镜头自动切换，显示有个半兽人在背后远远地窥探他。换作平时，他会立刻冲向半兽人，用盾牌砸得他晕头转向，然后用超常尺寸的巨斧砍到他死得不能再死。尽管此刻他没有盾牌和巨斧，事实上没有任何武器可以攻击半兽人，但他还是本能地想发动冲锋——但他做不到，某些因素阻止了他，他感觉意识模糊、恶心欲吐、头重脚轻，他发现他无法移动手臂，不，仔细想来，他甚至无法呼吸了（不得不插一句，腿部形成的血栓此刻已经变成了全面发作的肺栓塞，堵住了通往肺部的血流，庞纳吉每次呼吸都会胸部剧痛，同时又发疯般地想继续呼吸。庞纳吉注意到了这一点，同时也注意到光线正在迅速变暗，就像太阳在片刻之内陡然熄灭，从白昼跳过黄昏，径直跌进了茫茫黑夜），庞纳吉没有向半兽人发动攻击，半兽人慢慢靠近他，越来越有信心，每次前进一两步，试探他，时刻准备逃跑，直到半兽人进入格斗距离，庞纳吉发狂般地想攻击他，但他觉得胸口像是压着一块铁砧，因此身体无法动弹，半兽人见到庞纳吉没有进攻，从腰间拔出一把小匕首——他犹豫片刻，多半在琢磨这么做是不是个好主意，本服务器最著名的精灵战士会不会是在装死——半兽人捅了他一刀，然后又是一刀，然后第三刀，庞纳吉只缠着裹腰布的精灵只是站在那儿，前后摇晃，到处警报大作，他的血条陡然猛跌，他坐在椅子上，惊恐地望着这一幕，身体动弹不得，逐渐被黑暗包围，视野越来越狭窄，忽然像是在隔着万圣节面具看世界，他完全丧失了运动控制能力，嘴唇和指尖也变成了青紫色。伤痕累累的精灵战士终于倒地而亡，庞纳吉望着半兽人踩着他的尸体跳舞，光线彻底熄灭前，他最后看见的是半兽人大喊：日了天啊老子庞你一脸哈哈哈哈！！！！！庞纳吉决心要抢回他所有的财宝，变得比以前还要强大一倍，追杀这个该死的

半兽人，杀他一遍一遍又一遍，他立刻就要开始这么做，等他能够
移动手脚了就要开始，就此刻而言，还有呼吸，尽管他的所有生理
系统都进入了雪崩般的完全衰竭，大脑却说他现在优先级最高的任
务是杀死这个半兽人，但他永远不可能做到了，因为今天是他退出
《精灵征途》的日子，意识不允许他这么做，肉体就只能代劳了。

4

西蒙·罗杰斯穿过费伊被砸烂的公寓，小心翼翼地绕过满地的物品碎片，解释说有某些法律允许所有这些（说到"所有这些"，他挥舞双臂，指的是已经化为废墟的这套公寓），9·11后通过的某些法规，允许动用武力搜查恐怖主义嫌犯的窝点。

"大体而言，"他说，"只要警方愿意就可以派出反恐特勤小队，我们没有任何办法阻止、预防、要求撤销命令或申请补偿。"

费伊在厨房里，默不作声，拿着一个没打碎的杯子，搅拌里面的茶水。

"他们在找什么？"萨缪尔问。他踢了踢电视的残骸，某种蛮力砸碎了电视，里面的电子元器件散落一地。

西蒙耸耸肩。"例行公事。你母亲被控告参与国内恐怖主义活动，他们有权这么做。因此就这么做了。"

"她不是恐怖分子。"

"对，但他们基于为基地组织潜伏特工制定的法案指控她，就像她是个真正的恐怖分子一样对待她。"

"太乱来了。"

"制定这部法律的时候，人们对第四修正案不怎么感兴趣。说起来，应该是第五修正案。不，其实是第六。"他自顾自地大笑，"或者第八。"

"他们不需要任何具体的理由来搜查住宅吗？"萨缪尔问。

"需要，先生，但那是他们的机密。"

"他们不需要搜查令吗？"

"需要，但已经封存。"

"是谁批准的？"

"保密，先生。"

"难道就没有人监督这种事吗？能让我们投诉的人？"

"存在某种人身保护程序，然而是保密的。理由是国家安全。大体而言，先生，我们应该相信政府会尽量保障我们的利益。我还注意到这种搜查并不是强制性的，取决于法院，并不是非搜不可。作为律师，我确定检察官没有提出申请。"

"因此肯定是法官了。"

"从程序上说，这种信息不会对外公布。但你说得没错，布朗法官。我们可以肯定，是他亲自下令的。"

萨缪尔望向母亲，她低头盯着茶杯。她似乎并没有在喝茶，而只是用力地搅拌茶水。木质调羹叮叮当当地碰撞瓷杯内侧。

"所以我们该怎么办？"萨缪尔问。

"我准备进行激烈的抗议，先生，反对检方指控新的罪名。我认为我能说服陪审团相信你母亲不是恐怖分子。"

"理由是什么？"

"从根本上推翻，所谓恐怖主义威胁的对象，派克州长，并没有感觉到恐惧。"

"你打算传唤派克州长？"

"对，我打赌他不愿意在公众面前承认他被你母亲吓坏了。尤其是在总统竞选期间。"

"就这样？这就是你的抗辩？"

"我还会说你母亲仅仅做了个威胁性的动作，并没有通过口头、电子、上电视或文字传达恐怖主义威胁，出于某些繁复的理由，这是一个可以争取轻判的因素。我希望她的刑期能从终身监禁减到仅仅十年，最高戒备级监狱。"

"听起来不像是胜利。"

"我不得不承认，我更擅长言论自由方面的法律。为恐怖主义活动辩护不是我的……怎么说呢……那杯茶？哈哈。"

他们望向费伊，她依然盯着茶杯，没有任何反应。

"失陪一下。"律师说，穿过两堆撕破的枕头、沙发坐垫和还在衣架上的衣服，走进卫生间。

萨缪尔走向厨房，每走一步就激起一声碎玻璃的尖叫。食物摊在厨台上，警察把食品柜翻了个底朝天——咖啡粉、麦片、燕麦片、大米。冰箱被拖离原位，拔掉了电源，滴出来的水在地上积成一摊。费伊把茶杯抱在胸口，茶杯似乎是手工制作的陶器。

"妈妈？哈喽？"萨缪尔说。她早些时候吃过强效抗焦虑药物，不知道她现在是什么心情。

此时此刻，她似乎对所有事情都感到麻木，毫不在意。就连她搅动茶水的样子也显得无意识和机械。他怀疑警方突袭造成的震惊使她进入了某种神游模式。

"妈妈，你没事吧？你能听见我吗？"

"这种事不该发生，"她终于说，"不该这么发生。"

"快说你没事。"

她搅动茶水，盯着杯子："我一直在犯傻。"

"你犯傻？这是我的错，"萨缪尔说，"我去见法官，结果害得情况更加糟糕了。太对不起你了。"

"我做了多么愚蠢的决定啊，"费伊摇头道，"一个接一个。"

"听我说，咱们得商量一个计划。艾丽丝说咱们必须离开芝加哥，甚至出国。"

"对。我也开始相信她了。"

"稍微躲一阵。既然布朗快退休了，不如等他出局再说？让他看明白好几年后才有可能开庭。甩掉他，换个法官。"

"我们去哪儿？"费伊说。

"不知道。加拿大，欧洲，雅加达。"

"恐怕不行，"她说，把杯子放在厨台上，"我们没法离开美国。我被控告参与恐怖主义活动。他们不可能让我们上飞机。"

"呃，也是。"

"我想我们必须相信西蒙。"

"相信西蒙。真希望这不是我们最好的选项。"

"否则还能怎样？"

"艾丽丝说那个法官绝对不会退让。他真的打算把你关到老死。不是开玩笑。"

"感觉也不像开玩笑。"

"他说他坐轮椅都是因为你。你对他做了什么？"

"什么都没做。我完全不知道他在说什么。我发誓。"

卫生间传来冲水的声音，西蒙走了出来，休闲西装的袖管上溅了些水花。

"安德森教授，很高兴你在这儿。我一直想找你谈一谈。关于你那封信？你在不知疲倦地写的那封信？"

"呃，对，怎么了？"

"嗯，我想感谢你，先生，为你毫无疑问已经投入其中的大量精力和时间。但你应该知道，我们已经不再需要你的服务了。"

"我的服务。听起来像是你要解雇我。"

"对。你在写的那封信？已经没这个必要了。"

"但我母亲陷入了一个很大的麻烦。"

"哦，对，显然是的，先生。"

"她需要我的帮助。"

"她确实需要别人的帮助，先生，但恐怕不需要你的。不再需要了。"

"为什么？"

"我该怎么说得好听一些呢？只是因为我开始相信，先生，你所处的位置不足以帮助你，恐怕还会让情况变得更加糟糕。我指的当然是那个丑闻。"

"什么丑闻？"

"大学里的，先生。太可怕了。"

"西蒙，你到底在说什么啊？"

"咦？你还不知道吗？哦，天哪。非常抱歉，先生。看来我总会给你带来坏消息，是吧？哈哈。你似乎应该多查查邮件，或者看看本地新闻？"

"西蒙。"

"当然当然，先生。唔，贵校有个新成立的学生组织，获得了相当可观的关注。这个组织的目标，唯一的存在理由，恕我直言，似乎就是让校方解雇你。"

"说真的？"

"他们有自己的网站,在你以前和现在的学生之间广为传播。按照公关人员的定义,你现在完全是所谓毒药的活标本。因此,我们不再需要你为你母亲背书了。"

"我的学生为什么希望我被解雇?"

"你还是自己看一看好了。"

西蒙从手提箱里取出笔记本电脑,调出这个网站:新成立的学生组织,简称 S.A.F.E.,全称"学生反对教师铺张浪费"——主旨是声称有些教授在浪费纳税人的钱。证据?根据网站所述,有个叫萨缪尔·安德森的英语系教授在滥用办公室电脑的使用特权:

> 电脑支持中心在例行维护期间,在日志中发现安德森教授用电脑玩《精灵征途》游戏,每周消耗的小时数多得令人震惊。这种浪费大学资源的行径完全不可接受。

网站上还有个征集签名的联名请愿活动,希望能唤起院长、媒体和州长办公室的关注。整件事已经提交到大学纪律委员会,并准备举行一次听证会。

想到要站在委员会面前,向一群满头银发、毫无幽默感的哲学、修辞学和神学教授解释什么是《精灵征途》,萨缪尔叹道:"唉,真见鬼。"想到要向同事证明他那个精灵盗贼第二人生的正当性,他就已经汗出如浆了。唉,我的天哪。

网站引用 S.A.F.E. 主席的原话,号召学生必须时刻紧盯教职员工的一举一动,以免他们缴纳的学费被肆意滥用。这个学生的名字,不出意料,正是劳拉·波茨坦。

"去他妈的。"萨缪尔说,合上电脑。他走到公寓北侧的宽幅大窗前,眺望城市参差不齐的天际线。

　　他想起佩里温克尔可笑的建议：宣布破产，搬去雅加达。这会儿听起来像是个好主意。"我觉得现在该离开了。"他说。

　　"先生，你说什么？"

　　"现在该跳上飞机离开了，"萨缪尔说，"扔下我的工作、我的生活和这个国家。换个地方，重新开始。"

　　"你当然可以这么做，但你母亲必须留下，在法律的严格限制内继续斗争。"

　　"我知道。"

　　"我宣过各种各样的誓，禁止我对受到犯罪指控的人说他们应该逃离某个司法辖区。"

　　"无所谓，"萨缪尔说，"她反正没法走。她肯定在禁飞名单上。"

　　"哦，不，先生。她应该还没上名单。"

　　萨缪尔转过身。律师正在小心翼翼地把电脑塞回手提箱的特制夹层里。

　　"西蒙，这话怎么说？"

　　"唔，禁飞名单由恐怖分子甄别中心管理，说来有趣，这其实是联邦调查局下属的国家安全的分支机构，由国防部出资建设。很多人错误地以为禁飞名单由运输安全管理局控制，它是国土安全部的分支机构。两个部门完全不是一码事！"

　　"好的，所以呢？"

　　"所以一个人要进入禁飞名单，必须由获得过授权的政府职员提名，部门包括司法部、国土安全部、国防部、国务院、美国邮政总局和特定的私人外包商，这些部门各有各的标准、方针、规则和流程，更不用说各自的档案和表格了，不同行政机构有着同样功能的档案和表格时常互不兼容，甄别中心必须筛查所有申请，评估和标准化测评。不同的机构和部门都在使用自己定制的电脑软件，情况就变得更加复杂了。比方说，库克县巡回法院用的是至少过时三代的视窗操作系统，而联邦调查局和中央情报局的系统以 Linux 为主，要是我没记错的话。你想让这两种系统对话？啊哈哈。"

"西蒙，说重点。"

"好的，先生。我想说的是，你母亲被定为恐怖主义分子的信息必须交给库克县巡回法院的市一法庭处理，然后提报到联邦调查局的地区办公室，然后到甄别中心，由中心内多个机构的行动分部和战术分析小组评估并批准申请，信息再呈报到国土安全部，安全部下发到运输安全局，使用的手段多半还是传真机，最后才会向所有的机场和安全人员披露这条新的禁飞信息。"

"所以，我母亲其实不在禁飞名单上。"

"暂时还不在。整个流程从开始到结束通常耗时四十八小时左右。碰到周五还要延长。"

"所以，假设一下，如果我们想离开美国，只要今天动身，我们就能走掉。"

"没错，先生。你必须记住，我们在和巨大的官僚机构打交道，这些机构里的绝大多数员工薪水低得堪比犯罪。"

萨缪尔望向母亲，母亲也在看他，她似乎思考了一秒钟，思考这件事的严重性，最后对他点了点头。

"西蒙？"他说，"非常感谢。你实在太有用了。"

5

芝加哥奥黑尔机场，5号航站楼，人们安静地排队等待：排队
取票，排队托运行李，排队通过安检。所有队伍都排得那么迟缓和
不情愿，步调老实说非常缺乏美国特质，所有人都被迫接受航站
楼那令人晕头转向的抑郁和混乱气息。无处不在的怪味来自外面无
数出租车排放的尾气，也来自里面黄金海岸热狗店从早烤到晚的
肉肠。以萨克斯风为主的轻音乐占领了安全广播通知之间的听觉空
间。电视屏幕上在播放机场新闻节目，它们和普通新闻节目只存在
不可知的区别。萨缪尔感到很失落，因为外国人会在这里得到对美
国的第一印象，美国给予他们的是一家麦当劳（向入港宾客传达
的重大消息是肋排堡回来了）和必要性值得怀疑的各种小玩意儿：
高清视频笔、指压按摩椅、蓝牙遥控阅读灯、热水足浴盆、压缩袜、
自动葡萄酒开瓶器、电动烧烤刷、矫形狗沙发、猫用束缚背心、减
肥臂带、防白发药、代餐包、液体蛋白质、旋转电视台面、电吹风
架、一面写着"脸"另一面写着"屁股"的浴巾。

这就是我们。

男士卫生间里，除了自己你什么都不需要碰。自动皂液器，能把一小团粉色液体皂挤在你手上。水槽，一次流出的水不够你洗手。同等威胁等级的警告，频繁得令人作呕。强制性的安防措施，掏空口袋，脱鞋，取出笔记本电脑，凝胶和液体放在单独的包装袋里，重复次数太多，到最后所有人都充耳不闻。这一切全都那么自发自动、习惯成自然和迟缓，旅客纷纷神游天外，有人在玩手机，也有人默默忍受这种独特而现代化的第一世界折磨，感觉并不"痛苦"，但无疑让人疲惫，衰减你的灵魂。所有人都有点后悔，觉得作为人类，我们应该能够做得更好。但我们没有。买肋排堡的队伍排了二十个人，安静而肃穆。

"我这会儿对咱们的计划感到不太乐观，"费伊对萨缪尔说，他们在排队等待安检，"我是说，你觉得他们真会放咱们过去吗？还是说，哦，你好，逃犯女士，这边走。"

"能克制住这种感觉吗？"萨缪尔说。

"我能感觉到药效快过去了。我能感觉到焦虑在我心里撞来撞去，就像一条走丢的狗。"

"咱们是两个普通乘客，普普通通地出国度假。"

"我衷心希望咱们要去一个引渡条例格外严格的国家。"

"别担心。记住西蒙说的。"

"我能感觉到我对这套计划的信心正在瓦解。就好像有人拿着芝士刨对付咱们的计划。我就是这个感觉。"

"安静，放松点。"

他们搭出租车来到机场，买了最近一个国际航班的单程票：伦敦，无中转。他们换了登机牌，没有任何问题。他们托运行李，还是没有任何问题。他们排队接受安检，把机票和护照递给穿蓝色制服的运输安全管理局职员，他的工作是用眼睛验看他们的照片，用条码扫描器扫他们的机票，等电脑发出令人愉快的叮咚响声和指示灯变成绿色。可是，他们的机票被扫描后却没有发出令人愉快的叮咚响声，而是刺耳的滋滋怪声，就像篮球比赛结束时的电子蜂鸣声，代表着权威和终结。假如你听不懂这个声音代表着什么，变成红色的指示灯也能告诉你。

安检人员稍微坐直了一些，诧异地看着屏幕上的否定结果。5号航站楼很少出现如此戏剧化的场面。

"请到那里稍等一下。"他指着一小块滞留区说，地上贴着几条脏兮兮的紫色胶带纸，这就是滞留区全部的标志物了。

他们默默等待，其他旅客偶尔看他们一两眼，然后低头继续看手机。头顶上的电视屏幕在播放机场新闻频道，此刻报道的是派克州长。

"他们认识我，"费伊对萨缪尔耳语道，"知道我是犯人。我要弃保潜逃。"

"你不是犯人，也没有潜逃。"

"他们当然知道。如今是信息时代。所有人都能访问同一套数据。他们多半正在一个满墙电视屏幕的房间里监视咱们，在中情局总部，或者洛斯阿拉莫斯的国家实验室。"

"你的危险等级好像没那么高。"

他们望着队伍缓缓通过安检口：人们脱鞋，解皮带，站进透明的塑料拱门，双手举过头顶，灰色金属机械臂环绕他们的身体，探测是否存在异常情况。

"这就是后9·11世界，"费伊说，"后隐私时代的世界。执法部门知道我每时每刻都在什么地方。他们当然不会允许我飞走。"

"别紧张。咱们还不知道究竟在发生什么呢。"

"还有你。他们会把你当成共犯逮捕的。"

"什么的共犯？度假？"

"他们绝对不会相信咱们只是去度假。"

"协助与教唆你出国度周末？好像算不上犯罪吧。"

"此刻他们就在成排的电视和电脑屏幕上监视我们。多半在五角大楼的地下室里。信号来自世界各地的所有机场。一捆捆的光纤。面部识别软件。我们甚至不知道其存在的高科技。他们此刻说不定正在读唇语。联邦调查局和中央情报局与本地执法部门合作，新闻里总是这么说。"

"咱们又不在新闻里。"

"还没上而已。"

来了一个手持写字板的男人，正在和安检人员低声交谈，偶尔看他们一眼。他像是来自上个时代——头发剃成平头，白色短袖衬衫，黑领带，方下巴，明亮的蓝眼睛——就好像他曾经是阿波罗号的宇航员，如今却在干这一行。他衬衫口袋上挂着的东西乍看之下是徽章，其实是印着徽章图案的压膜卡片。

"他在说我们，"费伊说，"快要发生什么事了。"

"保持冷静。"

"记得我跟你说的魅魔故事吗？"

"哪个故事？"

"白马。"

"哦，对。白马。挑选孩童，然后淹死他们。"

"就是那个。"

"特别适合说给九岁的孩子听，顺便提一句。"

"还记得那个故事的寓意吗？"

"你爱得最深的东西会最严重地伤害你。"

"对。还有人们会成为彼此的魅魔。有时自己甚至浑然不知。"

"你的重点是什么？"

拿写字板的男人开始走向他们。

"我对你就是这样，"她说，"我是你的魅魔。你爱我爱得最深，而我伤害了你。你问过我为什么离开你和你父亲。这就是原因。"

"你这会儿突然愿意告诉我了？"

"我想在大难临头前把话说清楚。"

拿写字板的男人跨过紫色胶带纸，清了清喉咙。

"看起来咱们碰到问题了，"他的语气快活得非同寻常，你打客服电话有时候也会遇到这种似乎特别热爱本职工作的人，他没有直视两人的眼睛，而是盯着写字板上的天晓得什么东西，"看起来，按这上面说，你上禁飞名单了，就在这儿。"他似乎不怎么愿意说这番话，仿佛这一切都是他的错。

"是的，对不起，"费伊说，"我就知道的。都怪我。"

"哦，不，不是你，"男人讶异道，"上名单的不是你，是他。"

"我？"萨缪尔说。

"是的，先生。这上面写得清清楚楚。"他敲敲写字板，"萨缪尔·安德烈森-安德森。禁止登上任何飞行器。"

"我怎么会上禁飞名单？"

"呃，"他翻看文件，就好像他也是第一次见到它们，"你去过艾奥瓦？"

"对。"

"你在艾奥瓦停留期间有没有去过化学之星工厂？"

"路过来着。"

"你有没有，唔"——他压低声音，像是要说什么见不得人的勾当——"拍摄工厂的照片？"

"对，拍了两张。"

"唔，"他耸了耸肩，仿佛在说答案不是明摆着的嘛，"这就是了。"

"你为什么要拍化学之星的照片？"费伊说。

"对，"拿写字板的男人说，"为什么？"

"不知道。大概是怀旧吧。"

"你拍一家工厂的照片，因为怀旧，"他说，皱起眉头，他有所怀疑，并不买账，"谁会做这种事？"

"我外公在那里工作。曾经在那里工作。"

"这部分是真的。"费伊说。

"什么叫这部分？全都是真的。我去探望我外公，拍了几张小时候去过的地方的照片。老宅，老公园，还有，对，老工厂。我觉得更应该问的是，我为什么会因为拍摄谷物加工厂而上禁飞名单？"

"呃，唔，那些厂房有一些非常危险的有毒化学品，而且就在密西西比河上。就这么说吧，你的出现引起了"——他竖起两根手指代表引号——"国土安全方面的关注。"

"我明白了。"

"这儿写着，"他又翻过一页纸，"他们在闭路电视摄像头上看见了你，安保人员接近你，你逃跑了。"

"逃跑？我只是拍完照片了。我没有逃跑。我离开了。我根本没看见什么安保人员。"

"假如逃跑的是我，我也一定会这么说。"男人对费伊说，她点点头。

"我明白，"她说，"完全正确。"

"你说够了吗？"萨缪尔说，"我难道永远不能坐飞机了？上黑名单就是这个意思吗？"

"意思是你今天肯定没法飞。但你可以采取行动，将自己从禁飞名单中剔除。有个专门的网站。"

"网站。"

"要是你更愿意打电话，还有个 800 号码，"他说，"处理时间平均是六到八周。很抱歉，现在我必须护送你离开机场。"

"还有我母亲？"

"哦，她愿意去哪儿都行。她不在名单上。"

"我明白了。能给我们几秒钟吗？"

"啊，当然！"男人说。他退到紫色胶带纸的界限外，转过去用四分之三的后背对着他们，双手放在身前，轻轻地前后晃动身体，像是一个人在自顾自地吹口哨。

"算了吧，"费伊轻声说，"咱们回家吧。法官愿意怎么做就怎么做。我觉得我也是活该。"

萨缪尔想到母亲进监狱，想到他的生活恢复正常，丢掉工作，负债累累，孤独一人，在数码浓雾里消磨白天的时光。

"你必须走，"他说，"过后我再去找你。"

"别傻了，"费伊说，"你知道法官会对你做什么事吗？"

"远远比不上他会对你做的事。你非走不可。"

她盯着萨缪尔看了一会儿，考虑要不要和他争论。

"别争了，"萨缪尔说，"你就走吧。"

"好吧，"她说，"但咱们可不能弄出那种黏糊糊的母子分别时刻来，对吧？你不会哭的，对吧？"

"我不会哭的。"

"因为我从来就不擅长处理这种事。"

"祝你一路平安。"

"等一等，"她说，抓住他的胳膊，"咱们必须断得干干净净。要是分开了，咱们就再也不能相互联系了。完全静默。"

"我明白。"

"所以我要问你，你准备好了吗？你能处理好吗？"

"你要我的允许？"

"允许我离开你。再一次，第二次。对，要的就是你的允许。"

"你打算去哪儿？"

"我也不知道，"费伊说，"到了伦敦再琢磨吧。"

头顶的电视上，机场新闻台结束一段广告，开始报道派克竞选总统的宣传攻势。派克州长在艾奥瓦州似乎早早取得了领先优势，他们说，他在芝加哥遇袭似乎增加了他的人气。

费伊和萨缪尔对视一眼。

"咱们怎么会弄成这样？"他问。

"都怪我，"她说，"对不起。"

"你走吧，"他说，"你得到了我的许可。快离开吧。"

"谢谢。"她说，拎起手提箱，盯着萨缪尔看了几秒钟，然后把手提箱扔回地上，靠近萨缪尔，搂住他，把脸埋进他的胸口，用力抱紧他。萨缪尔不知道该怎么做，这个动作太不符合母亲的个性了。她使劲吸气，像是即将跳进水里，然后就松开了萨缪尔。

"你要好好的。"她说，拍了拍他的胸膛。她拿起行李，慢吞吞地走向安检员，安检员放她过关，一切太平。拿写字板的小胡子男人问萨缪尔准备好了没有。萨缪尔目送母亲走远，因为那个突如其来的拥抱而微微战栗。他轻轻抚摩母亲用脸紧贴过的胸口。

"先生？"拿写字板的男人问，"准备好了吗？"

萨缪尔正要说好了，却听见机场那无处不在、他通常会置之不理的噪音中忽然蹦出了一个熟悉的名字。名字来自头顶上的电视：盖伊·佩里温克尔。

萨缪尔抬头看他有没有听错，结果第一眼就在电视里看见了他，佩里温克尔坐在演播室里，正在对主持人侃侃而谈。他的名字底下标着：派克的竞选顾问。主持人问他为什么会被这份工作吸引。

"有时候这个国家认为它该被打屁股，有时候它想要一个拥抱，"佩里温克尔说，"需要拥抱的时候，它会投票给民主党。但我觉得目前它该被打屁股了。"

"现在你真的该走了。"拿写字板的男人说。

"一秒钟。"

"保守派比其他人更认为我们需要被打屁股。这话你愿意怎么理解都行。"佩里温克尔大笑，主持人跟着笑，他在电视上如鱼得水。"目前在这个国家眼中，我们就像是欠管教的孩子，"他继续道，"人们投票的时候，在内心深处，实际上是在外在化某些童年创伤。有堆积如山的论文能证明这一点。"

"真的该走了，先生。"拿写字板的男人越来越不耐烦。

"好的，好的。"萨缪尔说，让他护送自己从电视走向通往机场外的大门。

但就在离开前，他转过身。恰好看见母亲在安检门的另一侧拿起行李。她没有看他，没有向他挥手。她只是拎起手提箱，转身，离开。于是，萨缪尔人生中第二次，望着母亲远去，消失，一去不回。

第九部分

革命 _1968 年夏末

1

　　厚厚的平板铅玻璃将街道与康拉德·希尔顿酒店的底层酒吧隔开,挡住了除最近的警笛和尖叫之外的所有声音。警察排成方阵,把守酒店的正门,许多特勤局探员监督着警察,这些人必须确保进入酒店的人员都经过登记和没有威胁:代表、代表的妻子、候选人的后勤团队以及候选人,也就是尤金·麦卡锡和副总统,他们都在这儿,还有一些次要的文艺名流,阿瑟·米勒和诺曼·梅勒,总算有两名警察还认得这两位。酒吧里今天坐满了与会代表,灯光很识相地调暗,窗帘也拉了起来,以适应谈政治必不可少的隐私气氛。表情严肃的人们三五成群,在卡座里小声交谈,许诺,交换人情。所有人都在抽烟,几乎每个人都在喝马提尼酒,音乐是大乐队爵士——例如班尼·古德曼、贝西伯爵、汤米·道尔西的作品——音量响得足以盖过附近的谈话,但又不需要你扯开嗓门喊叫。吧台上方的电视在播放着哥伦比亚广播公司新闻频道。代表们在吧台四周走来走去,见朋友,握手,拍打后背,因为差不多每次都是相同的这些人来做这些事情。吊扇的速度只够吸起和吹散烟雾。

　　政治活动的局外人有时候会抱怨说，真正的决策都来自烟雾缭绕的黑暗房间，这就是那种房间之一。

　　吧台前有两个男人，绝对不会有人接近或捉弄他们。他们戴着镜面太阳镜，穿黑色正装，显然是不当班的特勤局探员，他们看着电视，在喝某种透明液体。嗡嗡的交谈声暂时停歇，因为有个嬉皮士闯过封锁线，沿着密歇根大道跑过来，在酒吧的平板玻璃窗外被摞倒在地，酒吧里的所有人——除了两位特勤局探员的所有人——都停下来望着这一幕，铅玻璃使得景象有些朦胧，穿浅蓝色制服的警察扑倒那个倒霉蛋，用警棍猛砸他的后背和双腿，酒吧里的众人听不见那些声音，只能听见克朗凯特在电视里的解说和格伦·米勒携乐队演奏的《蓝色狂想曲》。

2

他们上方的高处，康拉德·希尔顿酒店的顶层套房，副总统休伯特·H.汉佛莱要再洗一个澡。

这将是他今天的第三个澡，从圆形剧场回来的第二个澡。他吩咐女服务员去放水，幕僚奇怪地看着他。

他们今天上午去了一趟圆形剧场，让3H练习他的演讲。因为他教名、中名和姓氏都是以H开头的，所以幕僚喜欢叫他"3H"，但特勤局探员不肯，而是执意叫他"副总统先生阁下"，他更喜欢这个称呼。他们去圆形剧场，好让他站在讲台上，想象人群，构思演讲，想一些正面的念头，就像管理顾问教他的那样，想象人群坐满那片宽阔的空间。那片空间足以容纳他老家小镇的全部人口再加上好几千人，他站在台上，在脑海里练习演讲，品味会引来掌声的台词，想一些正面的念头，重复默念"他们希望我赢，他们希望我赢"，但他真正在想的却是气味。难以掩饰的动物粪便气味，还有血液的甜腥味和清洁剂的气味，云团似的笼罩着屠宰场。

一个什么样的地方啊，居然要在这儿开大会。

　　那股气味依然在他的衣服里，尽管他已经换了一身行头。他依然能在头发和指甲里闻到那股气味。要是无法摆脱这股气味，他觉得自己肯定会发疯。他需要再洗一个澡，管他妈的幕僚怎么想。

3

与此同时，地下一层，费伊·安德烈森望着墙上的黑影。事实证明，这里不是官方或市属的监狱，而是临时搭建的拘留所，似乎是用康拉德·希尔顿酒店的一间储藏室改造而成的。隔开牢房的不是铁栏杆，而是铁丝网。自从上一次惊恐发作结束，她就一直跪在地上祈祷，那次发作折磨了她几乎一夜。拍完照，录完指纹，她被拖进这间牢房，门锁上以后，她对着黑暗苦苦哀求，说肯定有什么地方完全弄错了，想到家里人发现她被捕（因为，上帝啊，卖淫）就哭得不能自已，这时紧张和惊恐开始让他浑身颤抖，她只能在角落里缩成一团，感觉着剧烈的心跳，说服自己相信她不会死掉，但她深信这就是等死的感觉。

第三轮或者第四轮发作过后，奇异的冷静笼罩了她，那是一种奇异的听天由命，也可能是耗尽了全部精力。她太疲倦了。痉挛和无法控制的恐惧折磨了她一整夜，震颤在身体里回荡。她躺在地上，心想现在也许能睡着了，实际上却盯着黑暗，直到第一缕曚昽的晨光穿过地下室唯一的气窗照进房间。那是一缕灰蓝色的光线，看上去病恹恹的，像是深冬的阳光，经过毛玻璃的过滤，变得散乱、褪色和窒塞。她看不见窗户本身，只能看见穿过窗户落在对面墙上的光线。还有在光线前经过的物体的影子。刚开始是几个人，后来是许多人，最后是无数人在游行。

然后门开了，昨晚逮捕她的大块头警察走进房间，他留平头，依然没有佩戴徽章或名牌或任何可识别身份的东西。费伊站起身。警察说："你只有两个选择。"

"你弄错了，"费伊说，"肯定是个大误会。"

"第一，你立刻离开芝加哥，"警察说，"第二，待在芝加哥，因为卖淫而受审。"

"但我什么都没做啊。"

"另外，你嗑了药。你滥用非法麻醉品。你吃的红色药片。等你父亲发现你是个婊子加毒虫，你觉得他会怎么想？"

"你是谁？我对你做了什么？"

"你离开芝加哥，整件事就当没发生过。我已经尽量把话说清楚了。你离开，平安无事。但要是再让我在芝加哥逮住你，我发誓会叫你后悔到死。"

他抓住笼子摇了摇，看它够不够结实。"给你这个周末考虑一下，"他说，"游行结束再见。"

他离开了，出去后锁上门，费伊坐在地上，再次望向影子。游行在我头顶上正进行得如火如荼，她心想，望着人影经过对面的墙壁。细长的影子，就像上下颠倒的剪刀，几乎可以肯定是人腿。人们在行走。游行毕竟还是开始了。市政府肯定让步了，颁发了许可。隆隆的声音忽然响起，与之相关的巨大黑影挡住窗户，她估计那是几辆皮卡，车厢里站满了来抗议的学生，她想象着他们挥舞自制的和平旗帜。她为他们感到高兴，因为塞巴斯蒂安和其他人终于还是出发了，因为今年——这十年——最盛大的抗议活动终于还是开始了。

4

 但那些黑影其实不属于游行的学生，而是国民警卫队的卡车，坐满车厢的士兵抱着上了刺刀的步枪。不存在什么游行，市政府没有让步。费伊看见的黑影是来回巡逻的警察，正在遏阻呼喊着冲过街道的示威者。为了防止任何列队游行的企图，运兵车的通气格栅上安装了刀锋网，让示威者知道他们在街头有多么不受欢迎。

 数以千计的示威者在格兰特公园集合。艾伦·金斯堡也是其中的一员，此刻他盘腿坐在草地上，举起手掌，伸向正在倾听的宇宙。年轻人在他周围喊叫革命口号。他们唾弃咒骂警察国家美利坚、联邦调查局、总统、崇拜物质没有性爱没有灵魂的可悲的小资产阶级杀手，他们把十亿吨炸弹扔在农民和孩童头上。现在该把战争带上街头了，附近有个年轻人举着大喇叭喊道：我们要关停芝加哥！去你妈的警察！不支持我们的就是资产阶级白鬼猪猡！

 金斯堡因此颤抖。他不想带着这些年轻人走向战争、苦难、绝望、血腥的警棍和死亡。这个念头像铁丝网似的在他肚子里翻搅。一个人不能用暴力对抗暴力，只有机器才会这么思考，还有总统，还有报复成性的一神教。想象一下，一万个赤身裸体的年轻人举着标语：

警察请不要伤害我们
我们也爱你们

或者戴着花冠盘腿而坐，挥舞纯白色的旗帜，吟唱光辉的涅槃诗歌，赞颂神圣的造物主。这是对待暴力的另一种反应——用美——金斯堡想这么说。他想对举着大喇叭的男人说：你就是你在寻找的那首诗！他想安慰他们。前进的方式就像水流。但他知道这不够好，不够激进，无法满足年轻人狂野的胃口。因此金斯堡捻着胡须，闭上眼睛，内省自观，用他能做到的唯一一种方式给出回应，他从腹部深处发出低沉的吼声：那个伟大的音节，宇宙的神圣之声，智慧的完美化身，在这种时刻唯一值得发出的声音：唵——

他感觉到嘴里吐出炽热的圣言，释放出升腾的音乐气息——从肺部和咽喉，从肠道和心脏，从胃部，从红血球和肾脏，从膀胱和胆囊和他身体底下的瘦长双腿——音节从所有这些事物中喷薄而出。假如你静静地、仔细地听，假如你足够冷静，放慢心率，就会听见这个音节存在于所有地方：墙壁、街道、外面的车辆、灵魂、太阳，很快你就不再是在吟唱了。很快这个声音就会沉入你的肌肤，而你会倾听躯体一如既往地发出这个声音：唵——

受过太多教育的年轻人难以发出这个音节。因为他们太关注自己的思维而不是身体。他们用头脑而非灵魂思考。这个音节是你脱离意识后剩下的事物，是你减去自我后的产物。金斯堡有时候喜欢给他们配对，用双手抚摩他们的头顶，说"你们结婚了"，让他们思考接下来会发生什么。因为尽管他们总在谈论无拘束的爱，却疯狂地需要其他人的肉体进行放纵。他们疯狂地需要离开自己的大脑。他想对他们尖叫：你们带着第一等的灵魂！他希望他们将饱受折磨的头脑投入至福的虔信。此刻，他们尝试吟唱这个音节，但错得一塌糊涂。因为他们像对待小白鼠或诗歌似的对待它：拆开，肢解，解释，展露内脏。他们以为这个音节是什么仪式或象征，是神圣的符号，但他们完全错了。你在大海里沉浮的时候，海水并不代表湿润。海水只是在那里存在，托起你们的身体。这就是那个音节，宇宙低沉的吼叫，仿佛海水，无所不在，无穷无尽，纯粹完美，它是至善神祇的触摸，来自最遥不可及、最显赫不凡、最巅峰兀立、至高无上的所在。

　　唵——，他说。

5

一架直升机在他们上方呼啸着向北而去，因为有新闻说湖岸公路突然出现了非法集会：一群年轻女人游行喊叫，对天空挥舞拳头，昂首阔步地走在马路中央，拍打路过汽车的挡风玻璃，劝说司机们加入她们向南而去的队伍，司机们无一例外地拒绝了。

直升机来到队伍上方，摄像机的镜头对准她们，这一幕出现在电视观众的眼前——费伊的父亲那样的人，还有费伊那几个魁梧的舅舅。此刻，他们聚在一间客厅里，这个艾奥瓦河畔小镇离芝加哥有三百多公里远，但通过电视联结在一起——他们问：这些都是姑娘？

嗯，对，这群抗议的学生激进分子，没错，全都是年轻女人。至少看起来是的。有几个姑娘用大手帕包着脸，因此难以确定。还有一些人的发型让舅舅们齐声说：那家伙怎么看都是男人嘛。此刻他们在看他们这些人拥有的最好的电视机：天顶牌二十三英寸彩色电视机，大得像一块巨石嗡的一声活了过来——他们想让朋友和朋友的老婆看见他们正在看的景象，听见他们正在听的声音。因为这些姑娘在喊什么？她们在喊疯狂的屁话！她们在喊："嗬！嗬！胡志明！"随着每一个音节对天空挥拳，完全无视朝她们鸣笛的汽车，见到迎面而来的车辆也不为所动，就看那些车有没有胆子像打保龄球似的撞过来，她的舅舅们很希望这样：那些车，压死她们。

这时，他们不好意思地望向弗兰克，说我确定费伊不在那里面，弗兰克点点头，气氛变得安静而尴尬，直到一个舅舅打破沉默，说：看见那小妞穿的是什么了吧？大家纷纷点头，发出表示厌恶的各种声音。倒不是说他们认为所有女性都该打扮得像是淑女，但总该有点底线吧。和这些姑娘相比，在美国小姐赛场外抗议的姑娘们都成了美国小姐。举例来说：镜头始终对准一个带头的姑娘，她站在队伍最前面，似乎负责指挥队伍的前进，你看她穿的那是什么东西：首先？军装上衣，她的舅舅们认为这实在太不尊重了，从爱国主义的角度说，这是第一点。第二点是，女孩穿军装上衣既不合身也不好看，因为它们是为男人设计的。这个姑娘知道她要上电视，她难道希望用这个面貌出现在电视上？穿一件不适合她这个性别的外套？这就引出了第三点，那就是她多半想当男人，私底下，内心深处。他们心想，行啊，好的，就当那娘们儿是男人，征她入伍，送她去越南，让她匍匐穿过丛林，巡逻寻找绊索、没有爆炸的炸弹和狙击手，然后咱们再看她有多喜欢胡志明。

敢打赌她好几天没洗澡了，一个舅舅说。多少天？六天，这是他们的看法的平均数。

新闻说，领头的姑娘叫艾丽丝啥啥啥，说她是个著名的校园女权主义者，舅舅们对此嗤之以鼻，一个舅舅说难怪，所有人点头，大家都明白他是什么意思。

6

　　康拉德·希尔顿酒店的底层酒吧叫干草市场，两名特勤局探员坐在吧台前慢吞吞地喝无酒精饮料，这个名字对他们中的至少一位似乎有着重要的历史意义。

　　"好像有个，呃，干草市场暴乱，"探员甲对探员乙说，"还是干草市场大屠杀？这种事件？"探员乙趴在一杯汽水上，他非常希望杯子里装的是波旁威士忌，他摇摇头。"不记得，"他说，"想不起来了。"

　　"在芝加哥？一八八几年来着？工人在干草市场广场罢工游行。很重要的历史事件。"

　　"我记得干草市场广场在波士顿。"

　　"这儿也有一个。从这儿往东北走，没几步路。"

　　"他们为什么罢工？"探员乙问。

　　"八小时工作制。"

　　"天哪，我现在太需要了。"

探员甲晃动杯子，酒保过来斟满。他不当班时最喜欢的饮料就是这个，里面只有糖浆、柠檬汁和玫瑰水。你在一般地方很难找到玫瑰水，但干草市场酒吧存货充足。

"当时是这样的，"探员甲说，"那些工人在示威，游行，举标语，然后警察冲出来袭击他们，然后一颗炸弹爆炸了。"

"伤亡？"

"几个吧。"

"犯人？"

"不知道。"

"你这会儿提起这个是因为？"

"因为你不觉得很巧合吗？咱们在干草市场酒吧？此时此刻？"

"暴乱中心。"探员乙说，用大拇指指了指背后平板玻璃外数以千计的抗议者。

"我就是这个意思。"

"外面闹得那叫一个稀里糊涂。"

探员甲扭头看一眼搭档："你的意思是稀里哗啦吧？"

"对，闹得叮铃咣啷。"

"确实噼里啪啦。"

"是的，先生，百分之百的夸嚓嘣嚓。"

"吱哩哇啦。"

"喊锵隆咚。"

"乒铃乓啷。"

两人对视微笑，按捺住笑声。两人碰杯。他们可以这么说一整天。外面，人群搅动、沸腾。

7

　　人群中有一片椭圆形的空地，但只是相对空旷，实际上有几十个人坐在那里。他们或者看着艾伦·金斯堡，或者和他一起念唵，点头，拍掌。他仰着脸，像是在接受神祇的旨意。对紧张和惊恐的人群来说，他的吟唱就是巴比妥酸盐式的镇静类药物。这个声音单调、决然和坚毅，就仿佛你被护士温柔地抱在怀里。和他一起念诵唵——的人对世界有了更好的看法。这个神圣的音节是他们的铠甲。谁也不会殴打一个坐在地上吟唱唵——的人。谁也不会朝他们扔催泪弹。

　　这种宁静，这种平和，犹如水波涟漪，环绕着格兰特公园传播到了最远的角落。呆站着的抗议者迷失在人群之中，人们朝警察喊叫，在狂怒和野性的瞬间发作中挖出人行道上的路砖，扔向康拉德·希尔顿酒店，他们对所有事物都充满了愤怒，因此当别人从背后轻拍他们肩膀的时候，他们转过身看见一双温和而安定的眼睛，立刻变得平静而安谧，因为他们被背后的人的情绪感染了，而背后

　　的人反过来又被他们背后的人感染，那是一条长长的传导链，可以追溯到大诗人身上，他吟唱出的巨大力量支撑着这整个过程。

　　他拥有足够多的平静，可以分给他们所有人。

　　他们感觉到他的歌声倾注到了他们的身体，他们感觉着它的美丽，于是他们也融入了那份美丽。他们和他的歌声是一体的。他们和大诗人是一体的。他们和警察还有政客是一体的。屋顶上的狙击手、特勤局探员、市长、记者、干草市场酒吧里跟着他们听不见的音乐摇头晃脑的快乐宾客：他们全都是一体的。同样的光线穿透了他们所有人。

　　于是，宁静环绕着大诗人缓缓地笼罩了人群，像水波涟漪似的向外荡漾，仿佛他无比热爱的松尾芭蕉的俳句：古池塘，青蛙入水，发清响。

　　扑通。

8

　　姑娘们的游行队伍还在向南走。白人女孩，黑人女孩，褐色女孩。此刻的镜头是面部特写。吟唱，呼喊。在费伊的舅舅们看来，队伍里一共有三种姑娘：马脸、大饼脸和尖嘴的鸟脸。队伍最前面的姑娘，那个叫艾丽丝啥啥啥的，他们觉得她以马为主。（哈哈，她身体里有一匹马，哈哈。）主要是马脸，但也有一点鸟脸。当然了，他们只能看见她的小半张脸，没有被太阳镜或邋遢头发遮住的小半张脸。假如把姑娘们的面容分布做成三维坐标图，他们会把她这张脸放在三分之二马脸、三分之一鸟脸的那个点上。

　　但她带着武器，那么她就只能被放进迥然不同的另一个分类了。一个女孩像她这样充满暴力，面容就会发生翻天覆地的变化。

　　队伍里几乎所有姑娘都带着武器：长木板，有几块木板的头上插着锈迹斑斑的铁钉，看起来非常险恶；石块和路砖；铁棒；砖头；天晓得装着什么的口袋——要他们猜？屎尿，加经血。恶心。电视说，有流言称激进分子购买了大量炉膛清洁剂和氨水，听起来像是制造炸弹的原材料，但舅舅们也并不十分清楚这方面的化学原理。不过，假如说有谁会带着炉膛清洁剂制造的炸弹走来走去，要他们说，那就只可能是这些姑娘了，因为在日常生活中会经常接触这类东西的只有女人。

哥伦比亚广播公司暂时切掉老克朗凯特的镜头，播放这一幕未经剪辑的现场画面。正在收看的观众听见了克朗凯特对当前情况的评估，但舅舅们怎么看？关于暂时看不见克朗凯特？他们觉得很好。老先生最近变得有点软蛋，还有点左倾，有点傲慢，站在新闻巅峰发表各种自大言论。他们更愿意从源头获取不掺水的消息。

举例来说：在大街中央向南游行的年轻女人。这是现场。这是原汁原味的新闻。尤其是此刻，一辆警车驶近队伍，但没有履行驱散人群的职责，反而遭到了姑娘们的攻击！她们用球棒戳警笛！用石块砸车窗！可怜的警察从另一侧跳下警车，老天哪，你看那小子逃跑了！不过他要躲避的不是普通女孩，而是几百个意图不良的凶恶婆娘。姑娘们聚集在警车旁，就像一群蚂蚁围住一只死甲虫，准备美美地饱餐一顿。领头的马脸姑娘大喊：使劲！她们真的掀翻了警车！舅舅们这辈子都没见过比这更惊人的画面！姑娘们为自己的成就欢呼雀跃，她们继续向南游行，边走边唱，警笛还在呜呜叫，但没有用最大的音量，这个声音听起来沮丧而悲伤，可怜巴巴地低吟哀叹，像是电池即将耗尽的电子玩具。

姑娘们朝警察大喊，喊什么"来啊，条子小可爱！哼！哼！嘎！嘎！"，这大概是舅舅们一个月以来在电视机上见过的最带劲的画面了。

9

康拉德·希尔顿酒店离会场并不近。民主党全国大会将在国际圆形剧场召开，剧场位于联合牲畜场附近，在酒店以南八公里的地方。普通人根本不可能靠近圆形剧场：它被铁丝网包围，国民警卫队来回巡逻，所有的窨井盖都用沥青粘牢，每个十字路口均设置了路障，连飞机也禁止途经此处。代表进入剧场后，就再也不可能接触到他们了。因此抗议地点是全体代表下榻的酒店。

另外，还有气味的问题。

休伯特·汉佛莱的脑子里只有这一个念头。他的幕僚正在说这场党内辩论将如何围绕和平展开，但他似乎每次一回头就能闻到那股气味。

在屠宰场旁边召开全国大会，这究竟是谁的主意？

他能感觉到它们，闻到它们，听见它们，挤在联合牲畜场里的那些可怜动物，每小时都有几百只被杀，用来喂养一个繁荣的国家。入栏时还是崽子，出来后就变成了肢体。他能闻到那些气味，恐惧得发疯的肉猪，挂在铁钩上的死猪，开膛破肚，鲜血和下水倾泻而出。氨水的刺激气味，用于清洁肮脏不堪的地面。害怕死亡的动物放开了喉咙和臭腺，这种恐惧听得见也闻得着。百万只动物被截断的惨叫，变成化学物质排向天空，那是酸臭的血肉气味。

屠宰的气味让人恶心也让人入迷。饲养一具肉体，用于弥补另一具肉体的缺失。

一堆粪肥，足有五米高，甚至超过了铁丝围栏。某个嗜粪狂的癖好发作，堆出了这座像印第安帐篷似的圆锥形的屎山，赤裸裸地被阳光烘烤，就像远古的邪灵从更新世地层冒了出来。有机物的烂泥，纤维和毛发固定了它的形状，向空气中散发刺鼻的恶臭。

"那是什么鬼东西？"3H指着屎山说。他的保镖放声大笑。他们是农夫的儿子，他是药剂师的儿子。他只见过处理与粉碎后的这类生化产物。他想把鼻子塞进自己的胳肢窝。那股气味更像是重负，而不是气体。感觉就像全世界的败德都忽然有了形状，来到芝加哥齐聚一堂。

"谁去点根火柴！"一名特勤局探员说。

那股气味直到此刻还在他身上。女服务员说洗澡水放好了。谢天谢地。此时此刻，洗澡对他来说更像一针镇静剂。

10

费伊在囚笼里待了快九个小时，鬼魂开始出现。

她跪在地上，双手合十，面对人影来来去去的对面墙壁，祈求上帝帮她一把。她说她什么都愿意，愿意付出任何代价。求求你，她说，前后晃动身体，无论你要什么我都愿意。她这么祈祷了很久，直到觉得头晕目眩，她祈求身体让她稍微睡一会儿，但她闭上眼睛，只觉得自己像一根被不停拨动的吉他弦，全身战栗却又愤怒不已。她在两种状态之间徘徊，一边是过于疲惫而无法保持清醒，一边是过于激动而无法进入睡眠，这时鬼魂向她现身了。她睁开眼睛，感觉到附近有个存在，她环顾四周，借着窗户的黯淡蓝光，在对面墙上看见了这个怪物。

他长得就像，怎么说呢，侏儒。或者，小个子的巨怪。事实上，他看上去和她父亲多年前给她的家宅精灵小雕像一模一样。尼瑟。他很矮，圆滚滚的，高约一米不到，毛发浓密，白胡子，胖乎乎的，脸像穴居人。他靠在墙上，抱着胳膊，双腿交叉，双眼圆睁，怀疑地看着费伊，像是不相信她的存在，而不是反过来。

看见他，她本来会惊慌失措，但她的身体太疲惫了。

我在做梦，她说。

那就醒来吧，家宅精灵说。

她努力醒来。她使劲摇头。她知道将她推出梦境的往往是自己认识到在做梦，这一点时常让她沮丧。因为她知道，你知道自己在做梦的梦境永远最精彩。你可以为所欲为，不必担心后果。在她的人生中，只有做梦的时候才能摆脱所有烦恼。

如何？鬼魂说。

你不是真的，她说，尽管她不得不承认，感觉起来并不像在做梦。

家宅精灵耸耸肩。

你花了一整夜祈求帮助，等援手真正到来的时候，你却侮辱了它。费伊，你总是这样。

我在幻听，她说，因为那些药片。

听着，假如你不需要我，假如你已经控制住了局势，那我就祝你好运了。世上有的是人会对我的帮助感激涕零。他用粗短的手指指着窗户和外部的世界。你听，他说，声音几乎碾碎了宽敞的地下室房间，那是无数人祈求帮助、恳求保护的叫声，彼此交叠，嘈杂刺耳，那些声音有老有少，有男有女，就好像房间忽然变成了无线电通讯塔，同时收到刻度盘上所有频率的信号。费伊听见学生恳求上帝保护他们不受警察的伤害，警察恳求上帝保护他们不受学生的伤害，神父恳求上帝赐下和平，总统候选人恳求上帝赋予他力量，狙击手希望他们不必扣动扳机，低头看着刺刀的国民警卫队队员祈求上帝给他勇气，所有人都愿意竭尽所能献出一切以换取安全：承诺他们会更频繁地去教堂，会成为更好的人，会立刻打电话给父母或孩子，会写更多的信，会捐款给慈善机构，会善待陌生人，会停止做他们正在做的一切坏事，会戒烟戒酒，会当一个更好的丈夫或妻子。无数善念汇成一部交响乐，假如不是来自今天这个丑陋的日子，说不定还有成真的机会。

然后，和出现时一样突然，这些声音消失了，地下室再次陷入寂静，最后一个淡出的声音是某人吟唱时低沉而单调的声音：唵——

费伊站起身，望着家宅精灵，他无辜地看着自己的指甲。

你知道我是谁吗？他说。

你是我们家的精灵。我们的尼瑟。

这是一种叫法。

其他叫法呢？

他看着她，漆黑的眼睛充满恶意。你父亲讲的那些故事，像岩石、白马或树叶的鬼魂？对，那就是我。我是尼瑟，我是魅魔，更不用说各种各样其他的精灵、怪物、恶魔、天使、巨怪了，等等等等。

我不明白。

对，你不会明白的，他说，打了个哈欠，你们这些人现在还没想通。你们的路线图完全偏离了方向。

11

姑娘们喊叫的口号从"嗬！嗬！嗬！胡志明！"变成了"杀死臭条子！杀死臭条子！"费伊的舅舅们目不转睛地盯着电视，因为自从掀翻警车后，她们每个人都充满了信心，此刻显然觉得自己勇不可当，她们慢吞吞地向南而去，见到警察就大肆嘲笑，叫喊什么"喂，条子小可爱！"之类的话。舅舅们之所以不肯换台，还动不动大喊宝贝儿快来看这个，考虑要不要打电话给好朋友以确保他们也在看电视，不就是因为警察嘛，还有国民警卫队。他们就在几个街区外等着这群小婊子。这就像个陷阱，他们埋伏在姑娘们的路线以西，准备包抄她们，冲进她们的队伍，插进（哈！哈！）她们的队伍，姑娘们根本不知道即将发生什么。

他们之所以知道，是因为有直升机镜头。

就此刻而言，他们对直升机镜头的感激就好比过生日时对母亲的感激。他们希望能有办法录下来即将发生的事情，一遍又一遍欣赏直升机镜头拍摄的画面，甚至放进剪贴簿或时间胶囊，装进卫星发射到太空里，让火星人或其他天晓得什么人明白啥叫娱乐节目。而火星人呢？等他们驾驶飞碟在白宫草坪上降落，开口第一句会是啥？他们会说，*那些姑娘活该*。

大约一百名警察等着那些姑娘，背后是一个排的国民警卫队，士兵头戴防毒面具，步枪上了他妈的刺刀，背后是一台金属的庞然大物，前侧装有许多喷口，仿佛来自未来的恐怖除冰车，电视播音员说那是用来喷气体的，是催泪瓦斯。一台的容量将近四千升。

这些人守在一幢建筑物背后，等待姑娘们走近，舅舅们觉得身临其境，激动异常，就好像自己也在警察的队伍里，他们认为这个时刻——尽管他们什么也没有做，而且与现场远隔数百公里，他们只是坐在沙发上看着一个电子盒子里的画面，而晚饭正在慢慢变凉——这个时刻就是他们这辈子遇到过的最美好的事情了。

因为这就是电视的未来：纯粹的好斗欲望。老克朗凯特的问题在于，他像对待报纸一样对待电视，被纸面媒体那些烦人的规矩框死了。

直升机镜头提供了一条全新的道路。

更快，更直接，充满多义性——事件和对事件的解读之间不再存在看门人。新闻和舅舅们对新闻的评论被压平，变成了同时发生的事情。

警察开始行动了。他们抽出警棍，放下头盔的挡脸，他们开始奔跑，冲刺。等姑娘们意识到即将发生什么，盛大的游行队伍顿时崩溃，就像石块被子弹击碎，残片飞向四面八方。有些姑娘调头往回跑，却被囚车拦住去路，警察早就料到了这一步。其他人跳过北向和南向车道之间的隔离栏，跑向远处的密歇根湖。大多数姑娘遇到的问题是空间不足。人群过于拥挤，她们无处可去。她们互相磕碰摔倒，像一群瞎眼幼狗似的扑腾。警察首先对付的就是她们，警察用警棍痛打她们的腿、屁股有肉的地方、后脊梁。警察放翻这些姑娘的势头就像在割草——胳膊飞快地一挥，姑娘们就弯腰倒下了。从空中望去，那景象就仿佛高中生物学教材的幻灯片，描述免疫系统如何歼灭外来异物，白细胞包围并消除威胁。警察冲进人群，双方混战起来。舅舅们看见姑娘们的嘴巴在动，他们真希望能听见她们的惨叫，可惜直升机螺旋桨的噪音盖过了一切。警察把姑娘们拖上囚车，以抓胳膊为主，也有抓头发或衣服的，舅舅们不禁兴奋起来，巴不得嬉皮小婊子的衣服被扯开，让他们看一眼她们的肌肤。顺便说一句，这些姑娘里有几个的脑袋血流成河，或者被打得天旋地转，坐在路中间痛哭，或者昏倒在路边。

直升机镜头旋转，寻找领头的马脸姑娘艾丽丝，但她已经逃向了南面的格兰特公园，大概是去投奔康拉德·希尔顿酒店门前的嬉皮大军了。那可就太糟糕了，否则那个场面肯定很带劲。警棍对棒针。国民警卫队甚至都还没出手。他们只是默默观看，抱紧各自的长枪，显得杀气腾腾。说起来，喷毒气的巨大机械正在隆隆驶向南方聚集在公园里的人群。姑娘们已经完全被驱散了。少数几个逃到了湖岸的沙滩上，在惊呆的全家老小和救生员面前哭得上气不接下气。一大群姑娘坐在囚车里或囚车附近，有几个在地上打滚，抱着肚子像是在犯痛经。直升机镜头向南而去，报道公园里的情况，但就在这时，天杀的哥伦比亚广播公司把画面切回了老克朗凯特。他脸色苍白，惊魂未定，他和舅舅们看的是同一段影像，得出的结论却迥然不同。

"芝加哥警察，"他说，"是一帮暴徒。"

胡扯什么？未免太偏心了吧？一个舅舅跳起来，打长途电话给哥伦比亚广播公司总部，根本不在乎要花多少钱，因为只要能给老克朗凯特一个教训，无论花多少钱他都愿意。

12

查理·布朗警员，没戴徽章，没有身份，他正在扫荡人群，为了寻找艾丽丝。他知道艾丽丝肯定就在这儿，在这个全女性的游行队伍里，他挥舞警棍，警棍落在又一个嬉皮士的脑门上，他觉得自己此刻就像芝加哥小熊队的厄尼·班克斯。

厄尼·班克斯在绿箭球场打出本垒打的时候，在观众欢呼之前，在他小步跑垒之前，甚至在他离开击球区之前，在任何人找到半空中的棒球、推测出行进路线、明白球肯定会飞出常青藤覆盖的外墙之前，必然存在一个瞬间，整个球场只有厄尼·班克斯本人知道他打出了一个本垒打。甚至在他抬头目送球越飞越远之前，必然存在这么一个瞬间，他还低着头在看空中的一个点，片刻之前棒球还在那里，顺着球棒向上传输进双手的震荡感觉就是他拥有的全部信息，但这种感觉就是特别对劲。就好像这一球没有任何阻力，球棒的正中间击中了球的正中间。在所有事情发生之前，必然存在一个瞬间，他知道了一个秘密，他渴望将这个秘密告诉每一个人：

他打出了本垒打！其他人都还不知道。

布朗想着这些，用警棍痛揍嬉皮士的脑袋。他假装他是厄尼·班克斯。

因为你很难每次都能打准和使上力气，非常挑战一个人的运动能力和准确性。布朗估计每挥四次胳膊有三次无法打中目标，警棍不满意地颤动着。嬉皮士会乱动。她们不会乖乖等着挨揍。你无法预测她们的行动。她们企图用双手和胳膊保护自己。她们会在最后一瞬间转开。

差不多每挥四次胳膊就会打偏三次。击中率大约是两成五。比不上厄尼，但依然颇为可观。

但也有凑巧的时候。可能是他准确预测到了嬉皮士的动作：警棍握在手里，打中嬉皮士脑袋的血肉声响，就像敲西瓜的空洞砰砰声，嬉皮士忽然不知道她们身处何方和发生了什么事的那个瞬间，她们完全不知道自己被什么打中了，大脑在脑壳里好一阵乱晃，然后嬉皮士颓然倒地，就像一棵无根大树，倒下去或者呕吐或者昏厥，布朗知道这样的事情即将发生但又尚未发生，他希望他能永远活在这一刻。他希望把这一刻印上明信片或装进雪景球：嬉皮士即将倒下，得意扬扬的警察在她上方，警棍刚砸中嬉皮士的脑袋。随着他完美的挥棍动作继续向前画出弧线，他脸上的表情无疑就是厄尼·班克斯又打出一记角度刁钻、让对方疲于应对的球时的表情：毫无瑕疵完成任务时那种令人眩晕的满足和愉悦。

13

　　费伊累极了。她已经一天多没睡过觉了。她趴在墙上，背对房间，尽量保持神志清楚，光是为了做到这个，她就快哭出来了。

　　帮帮我，她说。

　　家宅精灵坐在囚笼外的地上，用指甲抠牙齿。

　　我可以帮助你，他说，我可以让这一切都成为过去。只要我愿意。

　　求求你。费伊说。

　　行啊。和我做交易。让我觉得值得费这个工夫。来，打动我吧。

　　于是，费伊保证会成为一个更好的人，帮助需要帮助的弱者，按时去教堂，但家宅精灵只是微笑。

　　我为什么要在乎需要帮助的弱者？他说，我为什么要在乎教堂？

　　我会向慈善机构捐款，费伊说，我去做义工，捐钱给穷人。

　　呸，家宅精灵说，喷出吐沫星子，这也太没诚意了，你得给我脱下一层皮来。

我会回家，费伊说，去大专待两年？等风头过去再回芝加哥。

去大专待两年？就这样？说真的，费伊，这都不够补偿你的恶劣行为呢。

但我到底做错了什么？

不重要。但假如你非要知道的话，不服从父母，傲慢自大，贪婪，有不纯洁的念头。还有，你今晚是不是打算发生婚外情来着？

费伊垂下头，说是的，因为撒谎毫无意义。

对，你应该承认。另外，你嗑药了。此时此刻，药劲还没过去。另外，你和另一个女人睡一张床。还要我说下去吗？还想听更多吗？要我说你和亨利在河岸上的勾当吗？

我放弃，她说。

家宅精灵用胖乎乎的手揉搓下巴。

我会忘记所有这些事，她说，回家嫁给亨利。

家宅精灵挑起一侧眉毛。继续说。

我会嫁给亨利，让他高兴，忘掉大学，我们会去教堂，过普通人的生活，就像所有人都希望的那样。

家宅精灵笑了，牙齿参差不齐，满嘴的石块。

继续说，他说。

14

　　老克朗凯特正在访问市长，芝加哥城的独裁者，下巴上全是赘肉，模样活像暴徒。克朗凯特在直播镜头前提问，老记者的心思却在别处。他心不在焉，但这并不重要。市长是个久经考验的职业政客。他不需要记者提问就能说出他想说的话，此刻他想说的是外来的煽动分子对警方和普通美国人甚至民主制度本身构成了可怕的威胁，来自本市以外的激进分子在这座守法城市里引发了无数麻烦。他似乎特别强调"来自本市以外"这一点。大概是想向投票者证明，无论他管理的这座城市遇到了什么问题，都肯定不是他的错误。

　　再说，就算老克朗凯特聚精会神，提出切中要害的尖刻问题，市长也会使出政客的招式，不回答你提出的问题，而是回答他希望你提出的问题。假如你继续追问，坚持说你没有回答我的问题，那么反而会使你显得像个混球。至少在电视荧幕上会是这样，会是你在苦苦纠缠这个魅力十足的男人，而他已经说了很多似乎和问题有所关联的话。至少对观众来说是这样，他们的注意力分成几部分，一部分给克朗凯特，一部分给跑来跑去的孩子，还有一部分在切电视餐中央的索尔兹伯里牛肉饼。假如你逼问这位政客，你会显得像个烦人精，美国不喜欢看烦人精的节目。多么令人胆寒的念头，政客操纵电视媒体的手法远远超过了电视台专业人士。老克朗凯特意识到了这一点，他想象着以后成为政客的会是什么人。他害怕得不禁颤抖。

于是，他半心半意地访问市长，实际上很清楚他的任务只是把麦克风塞到市长面前，这样哥伦比亚广播公司新闻频道就能用反方观点平衡一下已经播放数小时的警察暴行了。因此，老克朗凯特并没有在听市长说什么。他在观察。看市长尽可能把头部向后拉的坐姿，像是一个人在躲避难闻的气味，他的下巴若是长在雄鸡身上，大概会被称为"肉垂"，那一坨肉随着他的说话摇摆不定。你很难不盯着那东西看。

所以，老克朗凯特有一部分心思在看这个，望着市长仿佛肉冻的肥肉在颤抖。但他的大部分心思还在别处：他在想象飞翔。他想象自己是一只鸟，飞过天空。在极高的天顶，一切都黑暗而安静。这个画面占领了沃尔特·克朗凯特四分之三的心思。他是一只鸟，正在飞翔的敏捷小鸟。

15

费伊在黑暗的地下室牢房里，又一次惊恐发作的可能性让她提心吊胆，因为她觉得家宅精灵热乎乎的气息就在她身旁。他抓着铁丝网，把脸贴在铁丝网上，两只黑眼球暴凸，对她说她要付出什么代价：报复和惩罚。

但为了什么呢？

她多么希望母亲在身旁，用浸过冷水的湿布擦拭她的额头，对她说你不会死，拥抱她直到她睡着。明天早晨醒来，费伊会暖烘烘地裹着毛毯，母亲躺在身旁，照顾她到半夜某个时候也睡着了。

现在费伊异常渴望那份温情。

对，但你需要你父亲的时候，他在哪儿呢？*鬼魂*说，这会儿他在什么地方？

费伊不明白他的意思。

你父亲，他是个邪恶的人，你肯定知道。

嗯，大概吧。他把我从家里踢了出来。

哦，所以一切都和你有关，对吧？天哪，费伊，自私不自私？

好吧，那他坏在哪儿？因为他在化学之星工作？

少来了。你知道我是什么意思。

费伊对父亲的印象仅限于一个极度沉默的男人，有时候痴痴地望着远方。这个男人把所有心事都闷在肚子里。总是有点忧郁，只有讲述故国旧事的时候除外，只有和家族农场有关的话题才能让他高兴起来。

费伊说：他在老家做了些什么，对吧？在他来美国之前。

太对了，鬼魂说，现在他为此受到惩罚，你也在为此受到惩罚。你的家族会一直为此受到惩罚，直到重孙和玄孙辈。这就是规矩。

好像不太公平。

哈！公平！公平是什么？宇宙如何运转和你觉得公平不公平是截然不同的两码事。

他不快乐，费伊说。无论他做了什么，他都为此感到抱歉。

地上的每个人都在为他祖上犯下的恶行而付出代价，这难道是我的错？不，不是。这不是我的错。

她父亲经常遥望远方，站在后院盯着天空一看就是一个小时，费伊时常会琢磨他的脑海里究竟在转什么念头。他对自己来美国前的人生一向讳莫如深。他会提起的仅限于他的家，哈默费斯特那幢美丽的红色屋子。其他的细节全是禁忌。

艾丽丝对我说过，费伊说，她说过，想摆脱鬼魂，最好的办法就是送它回家。

家宅精灵抱起胳膊。这就好玩了，他说，我倒是想见识一下。

也许我该去挪威。送你回你的故乡。

哦，就看你敢不敢吧。看你有没有这个胆子！那肯定好玩得没话说。去吧。去哈默费斯特，打听一下弗兰克·安德烈森。看你会得到什么。

为什么？我会发现什么？

你还是别知道比较好。

告诉我。

我只想说，宇宙间有些秘密还是保持神秘比较好。

求你了。

好吧。先警告一句？你不会喜欢的。

我听着呢。

你会发现你和你父亲一样糟糕。

这不是真的。

你会发现你和他完全是一种人。

我们不是。

去吧。试试运气。去挪威。咱们一言为定。我这就把你弄出监狱。作为交换？你去搞清楚你父亲这个人。祝你玩得开心。

就在这时，储藏室的门突然开了，头顶上有一盏灯嗡嗡亮起，日光灯的光芒倾泻而下，一个她连想都不敢想象的人出现在门口：塞巴斯蒂安，头发乱如树丛，穿一件宽松的夹克衫。他看见费伊，走了过来。他有囚笼的钥匙。他打开门，蹲下，拥抱她，对着她的耳朵轻声说："我是来救你的。咱们走。"

16

市长这会儿正在对可怜的老克朗凯特长篇大论，老先生显得沮丧、萎靡而哀伤。有许多威胁，市长说，针对所有候选人的刺杀企图，炸弹威胁，甚至还有针对市长本人的威胁。老克朗凯特似乎没有看他，而是望着他背后的某个地方。

"真的吗？"探员乙问——"我说的是那些威胁。"

"当然不是，"探员甲答道——"没什么靠得住的。"

他们在干草市场酒吧看挂在吧台上方的电视。市长拿着老克朗凯特的话筒，看上去像是在采访自己。他说："某些人企图刺杀包括我在内的许多领导人，刺杀的消息传得沸沸扬扬，事情就发生在我们的城市，我不希望达拉斯和加利福尼亚的悲剧在芝加哥重演。"

听见他这么说起肯尼迪两兄弟遇刺身亡，两位特勤局探员有点生气。他们小口品尝面前的假鸡尾酒。

"他在撒谎，"探员甲说——"根本没有人企图刺杀他。"

"对，但老克朗凯特能怎么样？在直播里说他是骗子？"

"老克朗凯特的心思似乎根本不在这儿。"

"毫无激情。"

市长的采访暂时中断，画面切到密歇根大道，一辆实打实的军用坦克隆隆驶过密歇根大道。电视上，这个画面像是来自二战纪录片，例如巴黎解放的景象。坦克刚好开到酒店门前，两人的身体感觉到了它的隆隆震动，聚集在酒吧里的政客凑近平板玻璃窗，望着它巨大的身影缓缓驶过——只有吧台前的两位探员除外，坦克的出现并没有让他们觉得意外（事前许多"仅供参阅"的备忘录中提到了它），再说特勤局永远要在公众面前营造镇定自若、冷静自律的形象，因此他们不为所动，看着坦克在电视里隆隆行驶。

17

　　费伊祈祷了一整夜，希望能够得到拯救，但此刻有人来救她了，她却听见自己拒绝他。

　　"'不要'是什么意思？"塞巴斯蒂安说。他蹲在地上，双手抓着她的肩膀，像是要使劲摇晃她，让她恢复理性。

　　"我不想走。"

　　"你在胡说什么？"

　　"当我没说。"她答道。她的大脑眩晕而肿胀。她尝试回想家宅精灵说了什么，但那段记忆已经开始模糊。她记得自己和家宅精灵交谈的感觉，但已经不记得他的声音是什么样了。

　　她望着塞巴斯蒂安，他的脸上写满担忧。她记得他们昨晚应该幽会来着。

　　"对不起，我放你鸽子了。"她说，塞巴斯蒂安大笑。

　　"下次再约好了。"他说。

　　攥住她胸口的重压开始释放，她的肩膀渐渐松开，胃里的胆汁悄然散去。她感觉身体就像弹跳后的弹簧。她在慢慢放松——至少感觉起来像是放松。

"你进来的时候我在干什么？"她问。

"我不确定。好像什么都没做吧。"

"我在和人说话吗？我在和谁说话？"

"费伊，"他用手掌温柔地抚摩她的面颊，"你刚才在睡觉。"

18

厄尼·班克斯每次打出本垒打的时候，他多半还有另一种感觉。除了职业技艺的成就感，多半还存在着另一种更丑恶的感觉——该怎么说呢？报复？发泄？伟人之所以能够变得伟大，有一部分原因不就是他必须以伟大的方式对伤害他最深的人做出回应吗？对厄尼·班克斯来说，是年纪和块头更大的男孩说他皮包骨头，是白种男孩不让他打球，是女孩抛弃他投向更聪明、更强壮、更有钱的男孩，伤了他的心，是父母说他该找点更像样的事情去做，是老师说他注定一事无成，是巡警见了年轻黑人就提高警惕。厄尼·班克斯在当时无法证明自己，但此刻他做到了：每一个本垒打都是他的反击，每一个敏捷得难以置信的中外野接球都是他在为自己辩护。他挥动球棒，感觉到那美妙的冲击，知道他又做到了，这时候他肯定感觉到了强烈的职业满足感，但同时他也肯定心想：老子再一次证明了，你们这些混球错了。

所以，这也是一个根本因素。这就是此刻布朗警员脑袋里的念头。从某种角度说，这是报复，这是主持正义。

　　他还想到了和嬉皮姑娘共度的那些夜晚，警车后座上的那些碰撞，她多么希望他用暴力手段对待她，推搡她，掐她脖子，粗暴地拉扯她，留下印记。他对此觉得多么不安、矜持、羞怯。他不想那么做，其实是觉得他没有这个能力，觉得那需要完全不同的另一种男人：一个不用大脑思考的野蛮人。

　　然而此刻，他却在用警棍痛揍嬉皮士的脑袋。结果证明，他内心深处蕴藏着海量的野蛮，只是直到此刻才被开采出来。

　　某种程度上说，这么做让他高兴。他比他想象中更加丰富和复杂。他想象自己此刻和艾丽丝交谈。你以为我做不到，对不对？他砸翻了又一个嬉皮士。你说要我更粗暴一些，好的，老子来了。

　　他想象对厄尼·班克斯来说，最完美的本垒打肯定是抛弃了他的女孩在看台上亲眼目睹的那一个。布朗想象艾丽丝此刻就在混战中的某处看着他，欣赏他前所未有的活力、力量和野蛮的雄性气概。她深受触动。或者，等她看见了他，看见了他的变化，意识到他已经变成了她一直希望他变成的样子，她一定会回到他身边。

　　他打中一个嬉皮士的下巴，听见内涵丰富的咔嚓声响，惨叫声此起彼伏，嬉皮士惊恐逃窜，一个警察抓住他的肩膀说："哎，哥们儿，悠着点。"布朗警员看见自己的双手在颤抖。确实在抖，像是抽搐，他使劲抖了抖，像是手上沾了水。他对此有点羞愧，假如艾丽丝确实在看他，希望她没有看清这个细节。

　　他心想：我是厄尼·班克斯，正在绕垒奔跑——这个画面充满了宁静的喜悦。

19

离奇的景象很快变得稀松平常，迅速得令人感叹。没多久，投掷物击中干草市场酒吧的玻璃窗时，客人们已经不再大惊小怪。石块，水泥块，甚至台球——全都嗖嗖地穿过天空，从警察封锁线的脑袋上飞过去，砸在酒吧的窗户上。里面的人已经置若罔闻，即便注意到了，也只会居高临下地说："小熊队倒是用得上这么一条好胳膊。"

警察算是守住了阵地，但偶尔也会有一群抗议者突破封锁线，一两个年轻人在酒吧窗户前挨揍，然后被拖上囚车。这种事发生了太多次，酒吧里的人已经见怪不怪了。他们强迫自己对他们视若无睹，就像在路上经过流浪汉时那样。

电视上，市长继续接受老克朗凯特的访问，后者和平时一样满脸痛悔。

"有一点我可以告诉你，"老记者说，"你在全国各地都有许多支持者。"市长点点头，就像罗马皇帝下令处决犯人。

"完蛋的是你的强硬政策,"探员甲说——"你的蓄意捏造情报。"

外面,警察痛揍把越共旗帜当斗篷裹在身上的大胡子男人,枪托砸在斗篷中央,男人四仰八叉地飞出去,姿势像是在上本垒,脸朝前撞在干草市场的厚玻璃窗上,咔嚓一声闷响淹没在酒吧里吉米·道尔西那甜美的萨克斯风音乐中。

老克朗凯特说:"我不得不称赞您一句,市长先生,芝加哥警察局真是特别友善待人。"

两个警察扑向趴在玻璃窗上的大胡子,警棍雨点般地落在他头上。

"一个人已经自暴自弃时就是这副表情。"探员甲指着老克朗凯特说。

"给他一个痛快吧,谢谢了。"探员乙点头道。

"你想知道一个拳手知道他输定了时是什么样子吗?喏,这就是了。"

与此同时,警察拖走了大胡子男人,在玻璃窗上留下一抹血迹和油渍。

20

比方说一只海鸥，老克朗凯特心想。他最近在绿箭球场看了一场比赛，发现第九局开始后不久，海鸥成群结队地从湖畔飞向体育场。它们是来吃座位底下的爆米花和花生碎屑的。它们对时间的把握让克朗凯特惊叹不已。海鸥怎么知道已经打到第九局了呢?

假如你从海鸥的高空视角看这座城市，芝加哥会是什么样子?多半是个安静而平和的地方。全家人待在屋里，电视的蓝灰色光线在闪烁，厨房里亮着一盏金色照明灯，空荡荡的人行道上只有野猫出没，许多个街区毫无动静，他想象自己在空中翱翔而过，发现除了康拉德·希尔顿酒店周围一两公顷之外，芝加哥是此时此刻全世界最平静的地方。也许这才是应该报道的。不是几千个正在抗议的年轻人，而是几百万没有上街的普通人。为了取得哥伦比亚广播公司正在寻求的平衡，也许应该派一组人去城北的波兰人社区、城西的希腊人社区、城南的黑人社区，拍摄什么都没有发生的画面。为了显示这场抗议只是一个微小的光点，而黑暗要广阔和浓密得多。

电视观众看得懂吗？抗议之类的事件逐渐扩张，将一切都吸了进去。他想对观众说，他们在电视里看见的实景不是现实。想象一滴水，那是抗议。现在你把这滴水放进一桶水里，那是抗议运动。现在你把这桶水倒进密歇根湖，那是现实。然而，老克朗凯特理解，电视的危险在于人们开始通过一滴水看整个世界。一滴水折射的光线成了整个世界的图景。对许多人来说，他们今晚见到的场面将固化他们对抗议、和平与 1960 年代的看法。他紧迫地觉得，他的任务就是阻止这个结局。

但他该怎么开口呢？

21

塞巴斯蒂安抓住她的手，领着她离开临时牢房，走进一条煤渣砖砌成的走廊，走廊完全是灰色的，毫无特征。一个警察急匆匆地走出一个房间，费伊看见他就往后缩。

"没事的，"塞巴斯蒂安说，"走吧。"

警察和他们擦肩而过，朝他们点点头。来到走廊尽头，他们穿过一道双开门，走进一个富丽堂皇的地方：红色长毛绒地毯，壁灯绽放金色光芒，白色墙壁装饰华美，给人以法国贵族的感觉。费伊看见一扇门上的牌子，知道了他们在康拉德·希尔顿酒店的地下室里。

"你怎么知道我被捕了？"她说。

他转向费伊，露出精明的笑容："小道消息。"

他领着费伊穿过酒店的正中，与警察、记者和酒店工作人员擦身而过，所有人都急匆匆地走向什么地方，所有人的脸色都严肃而凝重。他们来到通向室外的厚金属门前，守门的两名警察朝塞巴斯蒂安点点头，放他们过去。他们穿过装卸台，走进外面的小巷，走进室外的开阔地。抗议的声音远远传来，难以分辨的咆哮声似乎同时来自四面八方。

"你听，"塞巴斯蒂安的耳朵侧向天空，"所有人都来了。"

"你怎么做到的？"费伊说，"我们从警察面前走过去。他们为什么什么也不说？"

"你必须向我保证，"他抓住她的双臂，"绝对不会提起这件事，不会告诉任何人。"

"告诉我你是怎么做到的。"

"向我保证，费伊。一个字也不能说出去。就说是我保释了你。没别的了。"

"但你没有保释我。你有钥匙。你为什么会有钥匙？"

"一个字都不能说。我信任你。我帮了你，现在你必须还我这个人情，那就是保守秘密。可以吗？"

费伊盯着他看了一会儿，意识到他并不是她想象中的那个一根筋的学生激进分子，他有他的秘密，一层又一层。从某种程度上说，他反而变得更加有吸引力了。她知道其他人都不知道的事情。她的内心为他绽放。他和我是一种人，她心想，他也拥有隐秘的浩瀚生活。

她点点头。

塞巴斯蒂安微笑着握住她的手，领着她走出小巷，来到太阳底下。他们刚拐过路口，她就看见了警察、军队和路障，还有路障另一侧公园里的人山人海。他们不再是墙上的黑影，而是变成了有细节和色彩的真人：嫩蓝色的警察制服，国民警卫队士兵的刺刀，前保险杠装上刀锋网的吉普车；人群仿佛涌动的野兽，包围和占领了酒店对面的格兰特[1]像，三米高的格兰特坐在三米高的马背上，人群爬上青铜马腿、马背、马尾和马头，一个勇敢的年轻人继续向上爬，爬上将军的身体，站在格兰特宽阔的肩膀上，有些摇晃但还是站稳了，他举起手臂，在头顶上拼出和平标志，挑衅已经注意到他的警察，警察正要过来把他拖回地面上。他的结局肯定不会美妙，但人群为之欢呼，因为他是他们之中最勇敢的一位，是整个公园里站得最高的人。

费伊和塞巴斯蒂安悄悄溜过混乱的战局，钻进没有名姓的人群。

---

1 尤利塞斯·辛普森·格兰特(Ulysses Simpson Grant, 1822—1885)，第 18 任美国总统。

22

　　布朗警员继续砸脑袋，周围的警察都拿掉了徽章和名牌。他们用镇暴头盔挡住脸。他们是无名人士。新闻对局势如此发展并不满意。

　　警察打人却不需要承担任何责任，记者在哥伦比亚广播公司新闻中说。他们要求信息透明，要能够追溯责任。他们说警察拿掉徽章和遮住面容是因为他们知道自己的行为不合法。他们将其与苏联人今年早些时候开进布拉格打得捷克人落花流水相提并论。芝加哥警察局的行为就像那样，记者说。这是西方的捷克斯洛伐克。捷加哥，没多久就有聪明人造出了这个名词。

　　"在美国，政府必须对人民负责，而不是反过来。"一名同情反战运动的宪法专家就警察隐去姓名一事评论道。

　　布朗警员还在肆意发泄，所有警察中就数他最兴奋，只有他真的瞄准了嬉皮士的致命部位：头部、心口，甚至面门。他是第一个摘掉徽章和名牌的人，他周围的警察也都拉下了镇暴头盔，摘掉了名牌，但原因不是想加入他的狂欢，而是恰恰相反。他们注意到他有点发疯，而他们无法阻止他，摄像机镜头正在乱转，准备瞄准警方使用暴力的画面，他周围的所有警察都摘掉了警徽和拉下了头盔，因为这个混球显然是不想要退休金了，而他们可不想丢掉自己的那一份。

23

克朗凯特知道这是他发表评论的惩罚。因为他对市长的访问，提出那些毫无挑战、软塌塌的问题。因为克朗凯特称芝加哥警方为"一群暴徒"，而且是在直播时这么说的。

唉，但他们就是一群暴徒！他对制片人这么说，制片人说他这是主观臆断，他不该这么做，决定警察是不是暴徒的判断应该留给观众来做。他反驳说他只是在描述观察的结果，电视台雇他就是为了这个：观察和报道。他们说他表达了看法。他说有时候观察结果与看法密不可分。

但这些话似乎没有说服他的制片人。

然而警察确实在街上用警棍开瓢。他们摘掉警徽和名牌，用镇暴头盔遮住脸，因而没有了面容，免除了责任。他们把年轻人打得不省人事。他们殴打媒体的人，摄影师和记者，砸烂相机，抢走胶卷。他们甚至一警棍捣在可怜的新闻主播丹·拉瑟的心口上。你管这种人叫什么？当然就是暴徒。

但他依然没有说服制片人。克朗凯特认为警察在殴打无辜百姓。市长办公室说警察在保护无辜百姓。谁对谁错？他不禁想起一个古老的故事：一个国王请一群盲人描述一头大象。他让一个盲人摸大象的头部，另一个摸耳朵，再一个摸象牙、鼻子、尾巴，等等，然后说：这就是大象。

盲人无法达成共识。他们彼此争论，有人说大象是这样的，有人说是那样的！他们用拳头互殴，国王看着这幅景象，乐不可支。

也许此刻的市长就是这么开心，老克朗凯特给市长喂球，颂扬芝加哥警察是多么训练有素、英勇过人和广受支持。市长的眼睛在放光，老克朗凯特从未见过这么恶心的画面，市长因为击败了一个值得战胜的对手而兴奋。克朗凯特当然是一位值得战胜的对手。你可以想象市长办公室和哥伦比亚广播公司制片人之间打了多少个漫长的电话，经过多少争论和威胁，终于达成某种妥协，因此老克朗凯特只好站在市长面前，赞美不到三小时前他还称之为一群暴徒的那些人。

做这份工作，偶尔吃屎也在所难免。

24

　　这一天将近结束，就在日落前，创痛有了片刻喘息之机。警察退回去，陷入惊愕和羞愧。他们不再举起警棍，而是举起了扩音器。他们请抗议者离开公园。抗议者望着警察，等待他们的下一步行动。这座城市像个受伤的孩童。一个幼儿磕破了脑袋，短暂的延宕过后，纷乱的感官信号汇集变成疼痛，孩子开始哭号。这座城市正处于那段延宕之中，在受伤和痛哭之间，在因与果之间。

　　人们希望喘息的时间能延续下去。至少艾伦·金斯堡这么希望，他希望这座城市尝到和平的滋味，就不想重新投入战斗了。格兰特公园已经安静下来，他暂停吟唱和念唵，行走在美丽的人群之中。他的包里永远有两样东西：《西藏度亡经》和银色柯达雷丁娜单反相机。他此刻拿出的是柯达相机，他经常用它记录生活中的闪光瞬间，而此刻的光线足够明亮。聚集起来的抗议者席地而坐，嬉笑，唱欢快的歌曲，挥舞自制的旗帜，旗帜上绣着最俏皮的标语。他想用这一切写一首诗。他的相机是一台用旧了的二手货，但很结实，内部依然完好。他喜欢它抓在手里的金属触感、仿佛鳄鱼皮的黑色手柄上的起伏花纹、进胶卷时的齿轮声响，连光明正大贴在正面的"德国制造"贴纸也都那么美丽。他拍了一张人群的照片。他在人群中行走，他们的身体为他分开，他们的面孔对他绽放。他看见一张熟悉的面容，他半跪下去，他记得那是一名学生领袖。橄榄色皮肤，相貌俊美。他和一个漂亮的姑娘坐在一起，姑娘戴着大大的圆眼镜，脑袋靠在他的肩膀上，显然已经精疲力尽。

费伊和塞巴斯蒂安。他们彼此偎依，仿佛一对恋人。艾丽丝坐在他们背后。金斯堡举起相机。

年轻的男人歪着嘴对他笑了笑，他几乎为之心碎。快门咔嚓一响。金斯堡站起身，露出哀伤的笑容。他继续向前走，广阔的人群、这炽烈的一天吞没了他。

　　大诗人走开了，艾丽丝拍拍费伊的肩膀，朝她使个眼色："所以你们两个昨晚玩得开心吗？"

　　艾丽丝当然不知道发生了什么。

　　于是，费伊向她解释，说有个神秘的警察逮捕了她，她在监狱里待了一夜，费伊不知道那个警察叫什么，也不知道她到底招惹了谁，警察命令她立刻离开芝加哥。艾丽丝吓坏了，因为她立刻就猜到了那是布朗警员。只可能是他。

　　但她无法告诉费伊。至少现在做不到。坐在这群抗议者之中，听着他们愤怒地辱骂警察，而她和这些警察中的一个有过一段颇为热烈的地下情，她该怎么开口呢？不，她做不到。

　　艾丽丝紧紧地拥抱费伊。"对不起，"她说，"但你别担心。一切都会好起来的。你哪儿都不需要去。我会罩着你的，无论发生什么事。"

　　就在这时，警察在公园外围集合，用扩音器说：给你们十分钟清场。他们已经这么说了快一个小时。这个要求非常可笑，因为公园里聚集了上万人。

"他们真以为我们会离开？"艾丽丝问。

"恐怕不至于。"塞巴斯蒂安说。

"那他们会怎么做？"费伊说，环顾占领了公园的固执人群，"难道用武力驱散这么多人？"

事实证明，他们正是这么打算的。

开始时只是压缩空气释放的噗的一声轻响，声音很柔和，甚至称得上悦耳——他们向公园发射了一罐催泪瓦斯。在见到瓦斯弹飞过来的那些人眼中，看见它和意识到其中的含义之间有一段奇异的延迟。瓦斯弹沿着抛物线飞上天空，天空美丽得无法容纳它的存在，瓦斯弹似乎在所有人头顶上悬停了一瞬间，在他们中的一些人看来就像是北极星，他们的罗盘指向了这个东西，这个奇异而确凿地飞行着的物体。然后它开始下落，呼喊和尖叫越来越响，抛物线落点附近的人接受了它正在飞向他们的事实，明白他们的静坐示威即将被画上句号。弹筒内的成分已经开始泄漏，留下一道橘黄色的尾迹，仿佛一颗正在坠落的流星。它咚的一声砸在草地上，像高尔夫球似的溅起泥土，然后完全引爆。它原地旋转，喷出有毒的浓烟，康拉德·希尔顿酒店的方向传来更多的噗噗轻响，又有一两颗催泪弹落向人群，相对而言的平静和秩序就这么迅速地变成疯狂。人群开始奔跑，警察开始奔跑，公园里几乎所有人都在惨叫。因为催泪瓦斯，因为它侵袭你的眼睛和喉咙。感觉就像滚烫的热油滴进瞳孔，你必须强忍剧痛才能睁开红肿的眼睛，无论你怎么揉都没用。还有咳嗽，像溺水时一样突如其来和难以遏制，肉体反射彻底绕过了意志力。人们惨叫、咳吐，跑向没有催泪瓦斯的地方，这就引出了一个最基本的容量问题：不知是有意还是巧合，催泪弹落在大部分人群的后方，因此想躲避瓦斯造成的痛苦，你只能朝另一个方向逃跑，也就是密歇根大道、康拉德·希尔顿酒店和密密麻麻的警方路障，因此这个容量问题就是，想跑上密歇根大道的人实在太多，远远超过了密歇根大道为他们留出的容纳能力。

无法阻止的力量就这么撞上了不可动摇的障碍，上万名抗议者的大军正面冲向芝加哥警察局的利齿。

塞巴斯蒂安在人群中，抓着费伊的手拖着她。艾丽丝望着他们，知道他们最不该去的就是那个方向，没有警察把守的只有一条路，那就是跑向仿佛橙色浓雾般悬在半空中的催泪毒云。她喊他们，要他们停下，但她的声音（粗哑而细弱，因为先前一直在吟唱，此刻又吸入了微量催泪瓦斯）淹没在人群的咆哮和呼喊之中，所有人都在四散奔跑，彼此冲撞。她望着塞巴斯蒂安和费伊消失在人群中。她想追赶他们，但某些因素阻止了她。大概是恐惧。对警察的恐惧，尤其是对其中一名警察的恐惧。

她打算回宿舍等费伊。要是费伊不回来，什么也无法阻止她去找到她，但这又是另一个谎言。事实上，她将再也不会见到费伊了。此刻她还不知道，但已经有所感觉，她停下脚步，转身望向抗议者和公园。就在这一刻，费伊拉了一把塞巴斯蒂安的胳膊，因为艾丽丝不见了。费伊停下脚步，转身望向他们来的地方。她希望艾丽丝的面容能在混乱中浮现，但两人之间隔着橘红色的毒气云团。那就等于一道混凝土的墙壁，或者一整片大陆。

"咱们得走了。"塞巴斯蒂安说。

"再等一等。"费伊说。

许多张面容从眼前掠过，但没有一张属于艾丽丝。人们撞上她的肩膀，躲开她，继续逃跑。

　　艾丽丝已经在催泪毒云的另一侧了。她能看见湖水。她跑到湖边，捧起湖水泼在脸上，平息催泪瓦斯造成的刺痛，她沿着湖畔悄悄溜回住处，她把最喜欢的太阳镜和军装上衣扔在沙滩上，绾起头发，尽其所能地扮演一个普通中产阶级守法好孩子的角色，就这样永远告别了她的抗议生涯。

　　"咱们必须走了。"塞巴斯蒂安说。

　　费伊只好同意，因为艾丽丝已经无影无踪。

26

顶层总统套房的浴室里，休伯特·H. 汉佛莱正在用酒店免费赠送的多芬香皂清洗指甲下的缝隙，在他漫长的沐浴过程中，原本扁圆形的香皂已经变成了长条形。

探员一次又一次伸头进来问："副总统先生，您还好吧？"

他知道有许多事情要做，可以做事的时间很少，洗一个长达九十分钟的澡不在竞选经理制订的时间表上。然而，要是不洗掉那股恶臭，他就什么事情都没法做。

他的手指已经洗得发紫，皮肤吸饱了水分，看上去像是披在真正皮肤上的一层软毛毯。蒸汽将镜子变成了灰色的不透明物体。

"没事，我很好。"他对探员说。

话虽这么说，但他知道他并不好。因为他的喉咙里忽然一阵刺痒，喉结背后的位置感到轻微的擦痛。他有一个半小时没说话了，此刻一开口就感觉到了生病的第一丝征兆。他试了试喉咙，他宝贵的金嗓子，他的声带和肺部，这几天他最需要的就是这些器官，无论是在对全国人民讲话还是在接受总统提名时都用得上——他发了几个音符，哆来咪，最基础的音阶。没错，他感觉到了，针扎般的疼痛，摩擦的烧灼感，软腭有些肿胀。

天哪，坏了。

他关掉淋浴龙头，擦干身体，穿上浴袍，像疯子似的闯进套房的会议区，大声说他要维生素 C，现在就要。

几个人好奇地看着他，他说："我的喉咙有点疼。"语气严肃得像是医生在说这个肿瘤是恶性的。

探员们胆怯地面面相觑。有几个人清清嗓子。其中一个上前说："先生，有可能不是嗓子疼。"

"你怎么知道？"3H 说，"我需要维生素 C，我他妈现在就要。"

"副总统先生，很可能只是因为催泪瓦斯。"

"你在胡说什么？"

"催泪瓦斯，先生。标准的使动性武器，先生，用于非暴力驱散人群。会刺激眼睛、鼻腔、口腔，还有，对，先生，喉咙和肺部。"

"催泪瓦斯。"

"是的，先生。"

"在这儿？"

"是的，先生。"

"在我的酒店套房里。"

"从公园飘过来的，先生。警察们在用催泪瓦斯驱散抗议者。今天，呃，您知道，吹的是东风——"

"风速约每秒六十米。"另一名探员补充道。

"没错，对，谢谢，强风将瓦斯吹过密歇根大道，进入酒店，一直吹到了顶层。先生，也就是咱们这层楼。"

3H 此刻觉得眼睛开始流泪，有点烧灼感，就是你切洋葱时的那种感觉。他走到套房的观景窗前俯瞰公园，惊恐逃跑的年轻人、紧追不舍的警察和橘红色烟雾将公园变成了混乱的海洋。

"是警察干的？"他问。

"是的，先生。"

"他们不知道我在楼上？"

对可怜的休伯特·H. 汉佛莱来说，这就是他的极限了。这场大会原本属于他，是他的光辉时刻。为什么非得发生这种事？为什么每次到最后都要弄成这样？忽然间，他回到了南达科他老家，汤米·斯科隆普夫正在毁灭他的八岁生日派对，汤米癫痫发作，躺在厨房地板上抽搐，医生接走汤米，父母带着各自的孩子回家，应该送给休伯特的礼物还没拆开就被拿了回去。那天夜里，他内心深处不那么大度的一部分跳了出来，他哭泣不是因为汤米有可能死去，而是因为汤米为什么没死。时间跳到他十九岁，他刚念完大学一年级，成绩不错，他很开心，他擅长念书，他交了些朋友，认识了一个姑娘，生活终于走上正轨，这时候他父母突然叫他回家，因为他们没钱了。于是，他只好回家。时间又跳到 1948 年，他刚初次当选美国参议员，他父亲忽然急病去世。今天他即将被提名竞选总统，却陷入了争斗、催泪瓦斯、屠宰场、屎尿和死亡的重围。

为什么这种事总是发生在他身上？他为什么总要用悲哀和鲜血来换取胜利？他所有的成功都终结于泪水。从很多方面来说，他依然是那个失望的八岁小孩，对汤米·斯科隆普夫有一些不妙的念头。直到今天，那天的刺痛依然深入骨髓。

生命中那些最美妙的事物为什么总会留下最深的伤疤？

他聘请管理顾问，正是来纠正这种自毁的负面思想。他默念给自己树立信心的咒语：我是赢家。他取消了要维生素 C 的命令。他穿上衣服，继续工作。*Sic transit gloria mundi.*[1]

1　拉丁文，可直译为：尘世繁华转眼即逝。现在一般用来形容某个重要人物的离世或某个重要时代的终结。

27

老克朗凯特侧向右边，靠在演播台上，这个姿态出现在电视里代表着严肃的沉思和坚强的意志，意味着说话者的工作就是向全国传达坏消息，他就这么靠在演播台上，侧着脑袋，盯着镜头，满脸父辈式的"这个消息给我的伤害比对你的伤害更大"的表情。他说："民主党全国大会即将"——戏剧性的漫长停顿，好让观众为接下来的话做好准备——"在一个警察国家召开。"

然后他又说："我似乎找不到其他的表达方式。"他想借此安慰制片人，但不难想象，他们此刻正在主控转播车里摇头，因为他又说出了这种明目张胆的话。

但他必须说些什么，让坐在家里显然不明所以的观众知道一些事实。哥伦比亚广播公司的总机今天都忙疯了。自从马丁·路德·金遇刺，电视台第一次接到这么多电话。对，没错，民众怒火万丈，老克朗凯特说，警察已经失控。

对，民众怒火万丈，制片人对他说，但气愤的对象不是警察。

他们说，他们讨厌的是那些年轻人，他们责怪年轻人犯了错误，他们说年轻人咎由自取。

是的，有些抗议者确实不怎么——怎么说呢？——讨人喜欢。他们企图侵犯你的感情。他们总是惹你生气。他们打扮得像是流浪汉。他们头发蓬乱，形容不整。但比起聚集在希尔顿酒店外的民众来说，他们只是其中的一小部分。绝大多数年轻人看上去普普通通，有可能是任何人家的孩子。也许他们一头扎进了他们不甚明白的事情，被卷入了更宏大的社会事件。但他们不是罪犯。他们不是变态，不是激进分子或嬉皮士。他们有可能只是不想被强征入伍，有可能只是真心诚意地反对越战。话也说回来，这年头谁不是这样呢？

然而，镜头里每出现一个倒霉的年轻人被警棍敲脑袋，哥伦比亚广播公司就会接到十个支持拿警棍的那一方的电话。记者在街头吸催泪瓦斯，回到总部看见来自千里之外的电报，说记者不懂芝加哥在发生什么。老克朗凯特听见这个消息，立刻明白他失败了。他们报道了太多的激进分子和嬉皮士，已经完全挡住了观众的视线。灰色地带不复存在。老克朗凯特对此有两个看法。第一，假如你认为电视能让全国人民坐下来好好对话，用移情和悲悯彼此理解，那么你显然是弄错了。第二，共和党的尼克松无疑会赢得这次总统大选。

28

　　计划失败了，警察要求抗议者离开公园，却没有给他们显而易见的出路。在公园聚集已经不再合法，但穿过警方封锁线同样不合法，而公园的四面八方都有封锁线。于是他们陷入经典的两难困境。事实上，只有公园东侧湖畔的一角没有封锁线，但愚蠢的是催泪瓦斯弹恰好落在那里。因此抗议者只能向前冲，因为他们别无选择，没有其他地方可以去。跑在最前面的冲上密歇根大道，像失控的怒涛般直扑康拉德·希尔顿酒店的外墙。他们像水花似的溅在水泥地和砖墙上，然后死死地钉在那里，警察意识到今天的复杂事态中有些因素已经悄然改变。改变的是力量对比。抗议者人数占优，此刻又在绝望中逃命，因此占据了上风。于是警察推搡回去，将人潮导向酒店的外墙，双方互有进退。

　　塞巴斯蒂安和费伊就在其中的某处。他攥紧她的手，握得她很疼，但她不敢放开。她感觉到自己被裹挟进了涌动的人体洪流，压力从各个方向传来，有时甚至将她抬离地面，游泳或漂流似的悬浮片刻后回到地面，此刻她想得最多的就是如何保持平衡，站稳了别跌倒，因为人群已经陷入恐慌，一万个惊恐的人就会变成这样：一群愚钝的庞然野兽。要是跌倒，她肯定会被践踏而死。她的惊恐已经超越了惊恐，化作某种冷静和透彻。这是生死之间。她更紧地抓住塞巴斯蒂安的手。

人们奔跑时用手帕捂着脸，用衬衫包着嘴。他们无法忍受催泪瓦斯，无法待在公园里。但另一方面，局势也越来越明显，朝这个方向跑同样是个错误，因为越是接近密歇根大道另一侧安全的黑暗都市，他们能够占据的空间就越是有限。重型机械、围栏、铁丝网、警察封锁线和三十人纵排的国民警卫队像漏斗似的挤压人群。塞巴斯蒂安想去希尔顿酒店的正门，但人群实在太拥挤，人潮实在太汹涌，因此他们偏离了目标，被带到那幢楼的侧面，贴在干草市场酒吧的平板玻璃窗上。

布朗警员就在那里看见了他们。

他一直在人群中寻找艾丽丝。他站在一辆陆军运兵车的后保险杠上，比其他人都高出一米多，他俯瞰人群，在高处望去，芝加哥警察局的嫩蓝色头盔仿佛丛生怒放的毒蘑菇。忽然，一张脸在人群中冒了出来，一张女人的脸，在酒吧旁边。乐观情绪涌上心头：应该就是艾丽丝，因为这是他今天第一次体验到一丝熟悉感，他在脑海里播放的镜头（艾丽丝看见他痛揍嬉皮士，意识到他正是她一直在寻找的野蛮男性）重新开始播放，直到那张脸变得清晰，他失望得无以复加，因为他看见的不是艾丽丝，而是费伊。

费伊！他昨天夜里逮捕的那个姑娘。这会儿应该在监狱里待着。她正是艾丽丝抛弃他的原因。

狗娘养的臭婊子。

他跳进人群，掏出警棍。他向前挤，推开众人，冲向困住费伊的平板玻璃窗。他和费伊之间有几排警察，一大群臭烘烘的嬉皮士被困在这里，渔网里的金枪鱼在翻肚皮挣扎。他用肩膀挤过人群，吼叫："让一让！背后有人！"警察乐于放他过去，他们和锋线之间又多了一个人。他越来越接近警察和抗议者之间的边界线，标出这条边界线的是噼里啪啦落下的无数警棍，它们动得太快，就像一台近乎卡住的打字机。他离边界线越近就越是难以移动。周围的一切都在翕动，仿佛它们全是一只庞然病兽的身体器官。

就在这时，一个班的国民警卫队——其中有个人扛着火焰喷射器，但谢天谢地，他没有使用——凿穿密歇根大道上的抗议者人潮，轻而易举地拦截了这群人，将他们和剩余的人群分开，因此康拉德·希尔顿酒店旁的这一小群人发觉他们被困住了：一面是警察，另一面是国民警卫队，背后是酒店外墙。

他们无路可逃。

费伊被压在玻璃窗上，一侧肩膀重重地撞上窗户。再重一点，她心想，恐怕就要断了。她透过似乎在震颤而裂开的玻璃，望着干草市场酒吧的内部，她看见两个穿正装打黑领带的男人盯着她。他们喝着饮料，面无表情。周围的抗议者挣扎闪躲。警棍砸在他们头上，戳在肋骨上，他们倒下后就被拖上囚车，费伊觉得那样反而更好。在警棍砸头和上囚车之间，她宁可选择囚车。但她连转身都做不到，更别说倒下了，压在她身上的那些身体压得就有这么紧。她就快松开塞巴斯蒂安的手了。两人之间多了一个人，费伊和塞巴斯蒂安之间多了一个抗议者，他做的事情和他们两人做的事情毫无区别，简而言之就是逃命和尽可能扛过殴打。这是非理性的求生欲望在起作用。他们无路可逃，但他们依然在逃跑。费伊不得不做出选择，因为假如她抓着塞巴斯蒂安的手不放，她的胳膊肘多半会被压在身上的一个男人折断。另外，背对着警察，她会变成最容易攻击的目标。假如能转个身，她说不定就可以弯腰躲过他们胡乱挥舞的警棍。于是，她做出了决定。她松开塞巴斯蒂安的手。她让他汗津津的手指逐渐滑开，尽管她能感觉到他用上了更大的力气想抓住她，但也无济于事。她的那只手自由了。她收起胳膊，两人之间的男人倒在窗户上——撞得玻璃一阵颤抖，发出脚踩冰块的尖锐破裂声——她转过身。

第一眼看见的就是那个警察在扑向她。

两人对视。就是昨晚在宿舍逮捕她的那个警察。她看清的第一张脸正属于他，他的面容从人群中跳了出来，因为那双眼睛直勾勾地盯着她。那张脸，那个恐怖的男人，昨晚她在警车后排座位上痛哭，哀求他放她走，他连看都不肯看她一眼，她望着后视镜里他的倒影，他除了"你是个婊子"之外一言不发。

此时，此地，他又一次找到了她。

他的面容冷静得像个变态狂魔。他挥舞警棍，动作迅速，毫无感情，看上去就像一个人正在割草，没有任何情绪，只知道这是他必须完成的任务。她望着他巨大而凶恶的身躯，望着他挥舞警棍时的蛮力，警棍打在头部、胸腔和四肢上的速度，她知道她企图靠敏捷来躲避警察殴打的想法既天真又难以实现。这个人可以为所欲为。她不可能阻止他。她无力反抗。他步步逼近。

她的解决办法是尽量蜷缩起来。她只能想到这一条出路。尽其所能变成最小的一个目标。她努力缩成一团，收起双臂，低头弯腰，降到比她前面那些人更低的高度上。

这个姿势像是在祈求。内心的所有警铃同时鸣响，往日里纠缠她的情绪再次袭来，就像她被困在逼仄空间内的时候，所有的恐惧同时释放，她像从前一样感觉到惊恐发作即将开始，沉重的分量压在胸腔内，仿佛她在从体内受到挤压。她心想，天哪，千万别是现在，警察还在惩罚凑巧挡在他和费伊之间的每一个人。抗议者高喊"和平！"或"我没有抵抗！"，他们高举双手表示投降，但警察还是痛揍他们，头部，脖子，腹部。他真的很近了。他和费伊之间只隔着最后一个人，一个瘦削的年轻男人，他留着大胡子，穿迷彩服，迅速地认清了形势，挣扎着企图逃开。费伊的肺部锁死了，她感觉到一阵眩晕，身体摇晃不定，直冒冷汗，她的皮肤又湿又冷，她汗出如浆，迅速打湿了额头和脖颈，她嘴里又干又涩，她甚至无法哀求警察不要做他想做的随便什么事情——与此同时，她望着警察推开穿迷彩服的男青年，继续在人群中向前挤，来到了能够摸到费伊的范围内，警察扭动身体，调整角度想在一片混乱中举起武器。但就在这时，他们背后传来了噗噗两声，声音清脆，像是一个人在拍打瓶口。在今天之前，这个声音对任何人来说都没有任何意义，但此刻抗议者已经听够了这种声音，他们知道它代表着催泪瓦斯。他们背后有人发射了瓦斯弹。人群对声音和片刻之后升腾而起的烟雾做出相应的反应：恐慌和逃跑，就在警察扑向费伊的时候，人浪也涌到了费伊的面前，他们一起狠狠地撞在平板玻璃窗上。

事实证明，如此重击远远地超过了玻璃的承受能力。

窗户并没有裂开，而是炸成了无数锐利的碎片。费伊和警察还有向玻璃施加压力的诸多抗议者同时跌倒，摔在其他人身上，掉进干草市场酒吧的烟雾和音乐之中。

29

　　这一天过得实在太不寻常，酒吧里的客人花了几秒钟才意识到此刻发生了更不寻常的事情。平板玻璃窗碎了，抗议者、警察和无数锐利的玻璃碎片掉进酒吧。客人们有一瞬间只是傻乎乎地望着这一切，就好像他们在看吧台上方的电视。他们看得入了迷。他们既被眼前的景象吸引，同时也与它格格不入。他们是看客，不是参与者。

　　就这样，在随后的几秒钟内，抗议者和警察拼命挣扎，企图恢复他们失去的平衡，许多人在酒吧的黑白地砖上扭打，酒吧里的客人被迫而饶有兴味地望着这一幕，大致就是：哇哦。

　　带劲。

　　真不知道接下来会发生什么？

　　接下来发生的是催泪瓦斯被吹进酒吧里，警察们勃然大怒，挤过酒吧侧面的新开口，冲出饭店大堂，因为绝对不该在芝加哥发生的事情居然发生了：代表和抗议者待在了同一个房间内。

　　警察得到的命令非常明确：去机场接代表，从代表下飞机的那一刻开始保护他们，用警车送他们到康拉德·希尔顿酒店，在军队级别的护送下用大巴送他们去圆形剧场和接他们回酒店——他们是代表的盾牌，是代表的保护罩，将代表和嬉皮士隔离开，因为嬉皮士企图扰乱和威胁我们的民主制度，市长每天都在报纸和电视上重复这番话。（抗议者领袖回应说，假如你隔离开民主制度的代表和他们所代表的人民，那么民主制度也就不再民主了，但这番话没有见报，市长及其发言人也没有给出回应。）

　　总而言之，警察气势汹汹地赶来，他们涨红了脸，在挂满各色武器的武装腰带允许的范围内跑得飞快。差不多就在这个时候，事情在酒吧里的客人眼里终于变得无比真实。催泪瓦斯熏得他们咳嗽流涕，奔跑的警察和乱飞的警棍撞在他们身上，他们意识到自己并不是看客，而是身在其中的参与者。酒吧外的现实迅速侵入并湮灭了酒吧内的现实：仅仅两发催泪瓦斯。酒吧成了街头的延续。

　　锋线已经转变。

　　他们心想，再过多久锋线就会继续向内移动？再过多久他们的旅馆房间也将不复安全？他们的住处？他们的家人？对他们中的许多人来说，在此刻之前，在催泪瓦斯毒害他们之前，抗议只是疯狂的街头剧场。他们想到砖块有朝一日会打破他们家的窗户，想到女儿长大会被大胡子长发、一身烟味的男人勾引，于是连最拥护和平的代表也默默后退，让警察完成他们残忍的工作。

　　换句话说，天下大乱，混乱加恐慌。费伊重重地摔在地上，另外几个人压在她身上，头部和下巴狠狠地磕了几下，她眼冒金星，使劲呼吸，刚才那一下摔得她都快没气了。她努力把注意力集中在琐碎的小事上，隔着金星飞舞的绿色与紫色屏障盯着地板，还有周围大大小小的玻璃碎片，有些碎片被已经占领酒吧的混战人群像冰球似的踢来踢去。一切感觉起来都那么遥远。她眨了眨眼。她使劲摇头。她看见奔向她的警察的脚，看见逃跑的客人的脚。她抬起手摸额头，发现头上多了个核桃大小的肿包。她记起片刻之前还在追赶她的警察，看见他面朝上躺在窗口，半个身子在室内，半个身子在外面。

30

　　他无法动弹。他望着上方，看见了平板玻璃窗上方残余的参差边缘——在大约两米四以上，他视野的等分线。等分线以北是酒吧的铁皮天花板，以南是天空，烟雾缭绕的矇眬黄昏。他倒下时转了半圈，后背着地时感觉到一阵剧痛。此刻，他躺在那里一动不动，思考着他此刻的感觉。什么都感觉不到，这就是他的感觉。

　　其他警察在他周围穿过玻璃窗跳进酒吧。他觉得他必须拉住他们中的一位说些什么，但他不知道他该说什么。总之，他觉得有什么事情非常不对劲。他不明白究竟发生了什么，但他能感觉到这件事非常重要，比代表或嬉皮士或酒吧都重要。警察在他周围跳进酒吧，越过他跳进酒吧，他尝试对他们说话。但他的声音很轻、很细。他说"等一等"，但没有人停下。他们冲进酒吧，抓起地上的嬉皮士扔回街上，他们用警棍痛揍嬉皮士，说不定也打了几个代表，因为酒吧里太暗，抡起警棍胡乱打人的时候看不清楚。

31

塞巴斯蒂安爬起来，看见费伊躺在地上，抓住她的胳膊把她拉起来。她还有点眩晕，有点摇晃，她最想做的莫过于坐进似乎很舒服的酒吧卡座，喝点蜂蜜热茶，然后最好睡一觉——天哪，她多么想睡觉，哪怕是现在，哪怕就在全世界的暴力中心。她依然能看见几颗金星。她的脑袋一定被撞得很重。

塞巴斯蒂安拉着她走，她没有反抗，听凭自己被拉着走。他们没有走向正门——另外几个抗议者正在跑向正门——也没有回到街道上，而是走向酒吧深处，来到最偏僻的角落，那儿有投币电话和卫生间，还有一扇有圆形玻璃窗的银色弹簧门通向厨房。他们走进厨房，希尔顿酒店的工业级厨房，厨房正在疯狂地处理客房服务的订单，客人不敢出门，全都要求酒店把晚餐送到房间去，几十个穿白围裙戴白帽子的男人站在上等牛排和菲力牛柳滋滋作响的煎锅前，站在三明治厨台前制作大得难以想象的巨型三明治，站在酒瓶前将酒杯擦拭得毫无瑕疵。他们看见塞巴斯蒂安和费伊闯进厨房，一个字也没说。他们继续工作。事情和他们没关系。

　　塞巴斯蒂安拉着费伊穿过喧闹而忙碌的厨房，经过喷吐火焰的烤架和烹制酱汁与面条的炉子，经过洗碗台和刷锅水，一团蒸汽笼罩着他的脸。他们穿过后门，来到垃圾区，垃圾箱弥漫着馊牛奶和死鸡的刺鼻气味，他们穿过垃圾区走进后巷，远离了密歇根大道，远离了噪音和催泪瓦斯，也终于远离了康拉德·希尔顿酒店。

32

布朗警员依然躺在酒吧窗口的一块碎玻璃上，他渐渐明白过来，他感觉不到双腿的存在了。先前他倒在某件尖锐的东西上，肾脏附近感觉到一阵刺痛，此刻他什么都感觉不到了。一种慢慢扩散的寒意，麻木的感觉。他想起身，但做不到。他闭上眼睛，发誓自己被困在了一辆车底下，感觉起来就是那样。但睁开眼睛，却没有任何可见的东西困住他。

"救命，"他对着天空喊道，一开始声音很轻，但渐渐地，越来越急切，"救命！"

酒吧里已经没有嬉皮士了，客人也全都回到了自己的房间。只剩下两名特勤局探员还没走，他们慢吞吞地走到他身旁，说："警官先生，你这是怎么了？"但这种轻佻的热络语气很快就消失了，因为他们试着扶他起身，却发现怎么都做不到，还沾了满手的鲜血。

刚开始布朗警员以为他身体底下的碎玻璃割伤了他们，随后意识到鲜血不是他们的，而是他的。他在出血。他在大量出血。

但他怎么可能在出血呢？

因为他没有任何疼痛的感觉。

一名探员在他身旁坐下，一只手紧紧按住布朗警员的胸口。布朗警员对他说："我没事。"

"那当然，哥们儿。你不会有事的。"

"我说真的。我一点也不疼。"

"嗯哼。你好好躺着别乱动。我们叫人来帮你。"

布朗警员看见另一名探员拿着对讲机说有警官受伤，速派救护车来，他说速派的语气让布朗警员闭上眼睛，说"对不起，对不起"，但对象不是探员，而是上帝，或者整个宇宙，或者此刻正在决定他命运的随便什么因果业力。他为一切事情道歉——他和嬉皮姑娘的幽会，他背着妻子出轨，而且以这么丑陋的一种方式出轨：在黑暗中，在后巷里，在警车后座上，因为他欠缺阻止自己这么做的意志力，而且管不住自己，没有自控能力，他为这些事道歉，他为自己直到此刻才感到懊悔而道歉，但现在为时已晚，他感觉到冰冷在下半身逐渐蔓延，他意识到（但无法感觉到）尖锐的碎玻璃刺穿了脊髓，他不确定他具体遇到了什么麻烦，但无论是什么，他都觉得很抱歉——无论发生什么，都是他活该。

33

全芝加哥的教堂都打开了庇护之门，接纳遭到催泪瓦斯和警棍摧残的年轻人。他们得到清水、一顿饭和一张小床。白天尝够了暴力的苦头，微小的善意让他们中的一些人几乎落泪。外面，骚乱已经散尽，化作零星的打斗和街头混战，少数警察撵着年轻人跑进酒吧和餐厅，冲进或逃出公园。这会儿待在室外并不安全，因此年轻人衣衫褴褛、成群结队地出现在这种地方：市区麦迪逊街古老的圣彼得教堂。他们甚至懒得找其他抗议者闲聊，他们每个人都经历了惨痛的一天。他们懊丧地坐在那儿。神职人员向他们发放一碗碗温热的罐头汤，他们说"谢谢，神父"，他们说得真心诚意。神父给他们温热的湿毛巾，因为毒气熏得他们眼睛充血。

费伊和塞巴斯蒂安坐在第一排长凳上，一言不发但坐立不安，因为他们有很多话想说却不知道如何说起。他们盯着前方的祭坛，精致的祭坛雕像，就是位于芝加哥市中心那座著名的耶稣像：石雕天使，石雕圣徒，石雕的耶稣悬在水泥十字架上，直视前方，底下是两个石雕门徒，就在他的腋窝底下，一个抬头望着他，满脸愤怒和同情，另一个盯着自己的脚尖，露出羞愧的表情。

费伊用右手抚摩头上的肿块。这会儿已经基本上不疼了，摸起来很奇怪：一团异常的生长物，她皮肤下的一颗硬玻璃球。继续把玩这个鬼东西，她就能抵抗住诱惑，不问她渴望知道答案的问题，这些问题在过去的二十分钟内逐渐成形，摆脱危险后她收拾思绪，用逻辑和理性的眼光审视今晚的遭遇，这些问题落入了她的脑海。

"费伊，听我说——"塞巴斯蒂安说。

"你到底是什么人？"她说，她再也忍不住了，无论额头的肿块摸起来有多么好玩。

塞巴斯蒂安露出哀伤的笑容。他低头看着鞋子："唉，对，这个问题。"

"你熟悉那些建筑物附近的道路，"费伊说，"你怎么会知道？还有钥匙。你有牢房的钥匙。还有，你怎么会认识地下室的那些警察？到底是怎么一回事？"

塞巴斯蒂安坐在那儿，像个被责备的孩子，他似乎甚至没有勇气直视她。

两人背后，艾伦·金斯堡也来到了这所教堂。他无声无息地走进大门，在疲惫的身躯之间穿梭，祝福沉睡的人们，抚摩还醒着的人的头顶，说赞美奎师那，赞美罗摩，以他特有的方式轻轻摇头，大胡子仿佛一只瑟瑟发抖的哺乳动物。

若是一个月之前，金斯堡的出现会引来许多关注。但此刻他是抗议景象的一部分，示威活动的诸多色彩中的一种。他走来走去，孩子们对他露出精疲力竭的微笑。他祝福他们，继续向前走。

"你为警察工作？"费伊问。

"不，不是的，"塞巴斯蒂安说，他俯身向前，双手互相攥紧，仿佛在祈祷，"更像是我协助他们工作。没有正式的身份，其实连协助都算不上，更像是我们共同合作。我们有着某种共识，某种互惠关系。双方都明白几点简单的事实。"

"什么事实？"

"简而言之，我们需要彼此。"

"你和警察。"

"对。警察需要我。警察爱我。"

"今天发生的事情，"费伊说，"看上去不像爱。"

"我提供热度，戏剧性。警察需要理由去打击激进左翼。我给他们这些理由。我印刷小报，声称我们要绑架代表、给饮用水下毒、炸弹袭击圆形剧场，让我们看起来像是恐怖分子。警察要的就是这个。"

"所以警察可以像今晚这样，用毒气熏我们，殴打我们。"

"在电视镜头前，人们在家里看得欢呼雀跃。是的。"

费伊摇摇头："但为什么要帮他们？为什么促成所有这些……"她抬起胳膊挥了半圈，指着逐渐坐满避难所的鲜血淋漓的年轻人——"所有这些疯狂，这样的暴力？"

"因为警察打击得越凶，"塞巴斯蒂安说，"我们这一方看起来就越强大。"

"我们这一方？"

"和平运动。"他说。"警察越是打击我们，我们的主张显得就越正确，"他靠回椅背上，呆呆地直视前方，"其实真是绝妙。抗议者和警察，进步力量和权威——他们彼此需要，因为他们都需要可供妖魔化的对手。想感觉你真正属于某个团体，最好的办法就是创造出另一个团体去憎恨。从广告学的角度说，今天之所以如此神奇，这就是原因。"

两人背后，金斯堡在教堂的诸多长椅之间行走，悄然祝福在那里沉睡的人们。费伊能听见他吟唱印度教颂歌的单调声音。她和塞巴斯蒂安望着祭坛，石雕的圣徒和天使。她不知道该怎么看待他。她觉得受到了背叛，更准确地说，她觉得她应该感觉受到了背叛——她从未将自己视为和平运动的一分子，但有许多人这么认为，因此她努力为了他们而感觉受到了背叛。

"费伊，听我说。"塞巴斯蒂安说，他用胳膊肘撑着大腿，呼吸沉重，眼睛盯着地面。"那还不是完整的真相，"他说，"真相是，我没法去越南。"

教堂里的光线开始变暗，抗议者走进大门的涓涓细流已经停止流淌。尘埃落定，人们三三两两地沉沉睡去。没多久，照亮教堂的就只剩下了圣坛上的蜡烛，那是一种柔和的橘红色光线。

"我跟所有人说今年夏天我去了印度，"塞巴斯蒂安说，"其实并没有。我在佐治亚州，军队的训练营。他们本来要送我去越南，但忽然有人来问我要不要做个交易。市长办公室的职员，说小伙子我可以帮你走走关系。他们知道我有一份小报纸，在社会运动中有一定的可信度。他们说你刊登这种文章，我们就把你弄出军队。我对上战场连想都不敢想。于是，我就接受了他们的条件。"

他望向费伊，焦虑、创痛和悔恨扭曲了他的面容。"我相信你现在一定非常恨我。"他说。

是的，也许她应该恨他，但费伊反倒感觉自己对他的态度柔和下来了。她发现，自己与塞巴斯蒂安之间的差别并非那么悬殊。

"我老爸在化学之星工厂做事，"她说，"我上大学的一半费用来自制造凝固汽油弹的酬劳。所以我似乎没有资格评判你。"

他点点头："我们只能做我们必须做的事情，不是吗？"

"换了是我肯定也会接受他们的条件。"费伊说。

他们望着祭坛，直到一个念头划过费伊的脑海："所以你说你看见了我的玛阿？"

"然后？"

"你说你从西藏僧侣那儿学到了这个词。"

"嗯。"

"当时你说你在印度，但实际上你没去印度。"

"我在《国家地理杂志》上看见的。其实连西藏僧侣都不是。仔细一想，那篇文章说的好像是澳大利亚某个离群索居的部落。"

"你还对我撒了什么谎？"费伊问，这个问题脱口而出，"我们的约会，也是在撒谎吗？"

"不是，"塞巴斯蒂安笑着说，"那是真正的我。我真的想和你约会。"

她点点头，然后耸耸肩："我怎么知道呢？"

"其实还有一件事，还有一个小小的谎言。"

"好的。"

"我并不是特地要骗你，你要明白，更像是我对所有人撒的一个谎。"

"说来听听。"

"塞巴斯蒂安不是我的真名。是我编出来的。"

费伊大笑。她忍不住。今天过得太荒谬了，此刻在最顶上再点缀一份疯狂似乎也非常合理。"你觉得这是个小谎？"她问。

"就当是个化名好了。我从圣塞巴斯蒂安[1]那儿借来的。知道那

1　天主教圣徒，公元三世纪时死于罗马皇帝戴克里先对基督徒的迫害。在文艺作品中，他常被描绘成被捆住后用乱箭射穿的形象。

位殉教烈士吧？警察需要可以被他们射箭的对象。我提供这个目标。我以为这么做挺机灵。你甚至不想知道我的真名。"

"对，不想，"费伊说，"这会儿还不想。现在不想知道。"

"反正我的真名不是一个能召集指挥千军万马的名字。"

金斯堡走到了他们身旁。他在教堂里徘徊，沿着所有的长凳来回穿梭，此刻终于轮到了他们。他站在两人面前，点点头。两人点头回应。教堂里安静极了，只剩下大诗人一个人发出的声音，他的金属项链摩擦碰撞，他喃喃低语的祝福。他伸手按住两人的头顶，柔软而温暖的手，轻轻的摩挲。他闭上眼睛，小声说了几个难以理解的音节，就好像在对他们念咒语。结束后，他睁开眼睛，抬起手。

"我刚才是在给你们证婚，"他说，"现在你们是夫妻了。"

他拖着脚走开，自顾自地哼着小曲。

34

"不要告诉别人，"费伊认识的那个自称塞巴斯蒂安的男人说，
"我的事情。"

"我不会的。"她说，她知道她能守住这个承诺，因为她再也
不会见到这些人了。到了明天，她就不在芝加哥了，不再在圈大念
书了。今天一整天，她对这个想法的认同感变得越来越强烈。她不记
得自己是怎么做出这个决定的，更像是这个决定本来就存在，早就替
她做出了。她不属于这里，过去一天发生的种种事情证明了这一点。

她的计划很简单：天亮就离开。趁着所有人还在酣睡的时候，
她将悄然离去。她要回一趟宿舍。她会上楼去她的房间，会发现门
敞开着，屋里开着灯。她会发现艾丽丝躺在她的床上。费伊不会
叫醒她。她会蹑手蹑脚走到床头柜前，非常慢地拉开最底下的抽
屉，取出几本书和亨利的求婚信。她会悄无声息地离开，最后再看
一眼艾丽丝，脱掉了太阳镜和军靴的艾丽丝像是变回了普通人类，
温驯，脆弱，甚至美丽。她会祝福她过得一帆风顺。然后，费伊将

离开，艾丽丝甚至不会知道她回来过。费伊会搭第一班大巴回艾奥瓦州。她会盯着亨利的信看差不多一个小时，直到疲惫终于战胜她，她在睡梦中度过回家的剩余时间。

这就是她的计划。她会借着第一缕晨光逃跑。

但还有好几个小时，此刻她还在芝加哥，坐在塞巴斯蒂安身旁，感觉像是脱离了时间。昏暗而宁静的教堂，烛光闪耀。她不想知道塞巴斯蒂安的真名，她想，干吗要毁掉这个氛围呢？神秘本来就是一种迷人的东西。他可以是任何人，她也可以是任何人。她知道明天她就会离开，但此刻她还没有离开。明天将充满因果，但此刻不需要考虑那么多。此刻无论发生什么，都不会有任何反响。身处放弃的边缘，感觉还真不赖。她可以无忧无虑地做事，想干什么就干什么。

她想抓住塞巴斯蒂安的手，拉着他去祭坛背后的暗处。她想感觉他温暖的身躯压在自己身上。她想让冲动控制自己，就像那天晚上和亨利在操场上，那仿佛已经是上辈子的事情了。但即便她这么做了，即便她主动把嘴唇压在塞巴斯蒂安的嘴唇上，他还是有些抗拒，悄声说："你确定吗？"她对他微笑，说："没问题，我们已经结婚了。"两人倒在瓷砖地面上，她知道她这么做只有部分原因是她想这么做。她这么做更是因为她想向自己证明一些事情，证明她确实已经改变了。浴火重生后，你难道不应该成为另一个人吗？成为一个不同且更好的人？难熬的一天过去了，她可不想继续做之前的自己，不想被各种琐碎的焦虑和怀疑所困扰。她想证明自己经历了恐怖的一天，现在已经变得更强大和更好了，尽管她并不确定那是不是真的。一个人怎么能知道自己有没有变得更强大和更好呢？只能通过行动，这是她的结论。这就是她的行动。她脱掉塞巴斯蒂安的上衣，然后是自己的。两人坐在那里脱鞋，咯咯笑，因为鞋太紧，不可能以性感的方式脱掉。这是她盛大的示威，对自己，也是对整个世界：为了证明她已经改变，她是一个女人，她在做女性的事情，而且做得毫无畏惧。她解开塞巴斯蒂安的腰带，拉下他的裤子，直到他直挺挺地跳了出来。连高中家政课教室里的海报都不再能够影响她了，因为她能感觉到皮肤沾上的沙粒，能闻到塞巴斯蒂安的气味——此刻是汗味、香烟、体臭和催泪瓦斯的混合物，她对此的感觉是她想享用他，而他也想享用她。实话实说，两个人在干净光滑得闪闪发亮的地板上打滚，做着龌龊之事，感觉真是既美妙又自由自在，这片地板属于上帝，抬起头就能看见石雕的耶稣，耶稣垂着头，从这个角度望去，就好像在盯着她看，她那可怕的上帝不赞成她在自己的圣堂里如此胡作非为，但她喜欢这样，她喜欢塞巴斯蒂安，喜欢此时此刻发生的事情，她知道明天她就要回艾奥瓦了，明天她就要回去继续当以前的费伊了，她会恢复她真实的自我，就像游荡的灵魂回到身体里，她会对大学说"不"，对亨利说"好的"，她会成为一个妻子，一个奇异的新生物，将今晚发生的事情锁在内心深处。她将再也不会提起它，尽管每天都会想几遍。她会惊讶于自己居然能够成为如此截然不同的两个人：真正的费伊和另一个费伊，大胆、进取、冲动的费伊。她会渴望成为这另一个费伊。随着时间一年一年过去，她的日常生活塞满了琐碎和幼稚的小事，她会频繁地回忆这个夜晚，到最后它会变得比现实生活更加真实。她会开始认为她作为妻子和母亲而存在的身份是个幻觉，是她投射向这个世界的伪装，和塞巴斯蒂安在圣彼得教堂的地板上打滚的费伊才是她真正的自我。这种信念将深植于她的内心，将彻底刺穿她的意识，最终取代她原本的自我，会变得过于强烈，无法忽视。到了那个时候，她不会觉得是自己抛弃了丈夫和儿子，而是在取回她多年前在芝加哥抛弃的真实人生。她对此会觉得很愉快，因为她面对了真实的自己。她会觉得自己像是找到了真正的费伊——至少刚开始会这么觉得，直到她开始重新渴望自己的家庭，所有的困惑又重新产生。

盲人摸象的故事里，通常被忽略的一点是，每个人的描述都正确无误。费伊无法理解、或许永远也不可能理解的是，在许多虚假的自我背后，并没有隐藏着一个真实的自我。事实上，遮蔽一个真实自我的是许多同样真实的自我。对，她是那个顺从、羞怯、刻苦的学生。对，她是那个惊惶、害怕的孩子。对，她是那个大胆、冲动的诱惑者。对，她是妻子和母亲。她还有许多其他的身份。她坚信其中只有一个是真实的，这就掩盖了更大的真相，而那就是盲人摸象公案的关键所在：重点不在于他们是盲人，而是他们停止得太快，因此永远也不可能知道还有更大的真相需要把握。

对费伊来说，更大的真相，像房梁支撑起一幢房屋似的支撑起了她生命中每一个重要环节的事实是：她总是在逃跑。她总是在惊慌失措地逃跑，为了躲避耻辱而逃离艾奥瓦，为了逃离芝加哥而投向婚姻，她将逃离家庭，最终会逃离这个国家。她越是相信只存在一个真实的自我，她就越是要逃离现状去寻找它。就像一个人困在流沙中，越是挣扎就陷得越深。

她有可能理解这一点吗？天晓得。看清自己是个一辈子的大工程。

此时此刻，这些念头早就远离了她。此时此刻，一切都非常简单：她是一具躯体，正和另一具躯体纠缠在一起。塞巴斯蒂安的躯体很暖和，密密实实地贴在她身上，他皮肤的味道像是盐和氨水。黎明时分，她将重新使用她的头脑，但此时此刻一切都很简单——就像品尝滋味那么简单。她是一具躯体，正在感知这个世界，她的所有感官都被填满了。

35

　　教堂里还有一个人知道他们在干什么：艾伦·金斯堡，他盘着腿靠在墙上，面露微笑。他能看见塞巴斯蒂安和费伊躲到了祭坛背后，能借着两人背后的烛光看见他们的身影，能听见解开腰带那熟悉的叮当声响。他因此感到高兴，这两个年轻人在享用彼此疲惫而肮脏的身体。算他们走运。他不禁想起了他多年前写的一首有关向日葵的诗歌——多久了？十年？十五年？无所谓。他曾经写道：*我们不是我们肮脏的外皮，我们内里都是那金色的向日葵，多亏我们自己的种子还有毛茸茸赤裸裸的完美躯体在落日中长成了狂野有形的黑色向日葵……*[1]

　　是啊，他心想。他闭上眼睛，允许睡意袭来，满足而喜悦。

　　因为他知道他是正确的。

1　此段出自艾伦·金斯堡 1955 年的名作《向日葵箴言》（Sunflower Sutra）的最后一节。

第十部分

去杠杆化_2011 年夏末

1

费伊再一次欺骗了儿子。

这次还是一样，有些事情她觉得过于羞耻，不敢告诉他。在芝加哥机场，他问她打算去哪儿，她撒了谎。她说她不知道，说到了伦敦再考虑，但其实她很清楚她要去哪儿。她发现自己会单独出发后，就下定决心要去这个地方：挪威的哈默费斯特，她父亲的老家。

按照父亲的说法，他们家在哈默费斯特的老宅很惹眼：位于镇区边缘，宽阔的三层木屋，屋后正对大海，有一道长长的栈桥，他们家一个下午就能钓满满一桶北极红点鲑，屋前是一片田地，整个夏天都有金色的大麦随风摇曳，还有个小兽栏，养着几头山羊、绵羊和一匹马，标出农庄边界的是美丽的蓝绿色云杉，到了冬天会积满皑皑白雪，积雪多得有时候会扑啦啦地化作大团雪粉掉落。屋子每年春天都会重新粉刷成明艳的鲑肉红，因为冬天的风吹雨打会抹掉上一年的涂料。费伊坐在父亲脚边听着他讲述这一切，在脑海里构建家族祖居的图像，在背景里添加一道犬牙交错的山脉，用她在《国家地理》杂志上见过的火山黑沙覆盖海滩，还有她在电影或杂志里见过的其他美丽事物，任何一个富有田园色彩和异国风情的地方都会成为这里：哈默费斯特的老家。随着童年的过去，它慢慢地聚集了她所有的幻想，成了所有美好事物的存放之地，到最后，她对那里的想象糅合了北欧、法国乡村、托斯卡纳和《音乐之声》里演员在巴伐利亚茵茵群山中放声歌唱的壮丽场景。

　　然而，费伊发现，真正的哈默费斯特根本不是那个样子。她坐短途航班从英国到了挪威奥斯陆，转机去哈默费斯特，乘坐的德哈维兰航空飞机看起来过于庞大，单凭螺旋桨似乎无法让它留在空中。落地时，她发现哈默费斯特是个怪石嶙峋的贫瘠地方，除了最坚韧多刺的灌木和矮树，长不出任何植被。北极圈的寒风呼啸吹拂，风里夹杂着石化产品的甜腻气味。因为这是一个石油城，一个天然气城。巨大的橙色运输船将液化天然气和原油送往海岸边林立的炼油厂，灌进从空中望去仿佛死物上勃发的蘑菇的白色球形储罐和蒸馏塔，港口的渔船相比之下仿佛侏儒。采集天然气的钻井平台从镇子里就能看见。没有随风摇曳的大麦地，只有空荡荡的乱石堆场，扔着锈迹斑斑的废弃炼油设备。怪石嶙峋的陡峭山丘上覆盖着苔藓。没有海滩，只有遍布巨石、无法涉足的悬崖，像是经历过一场牵涉到炸药的事故。几幢房屋粉刷成明艳的黄色和橙色，显得更像一道抵挡暗沉冬日的防波堤，而不是快乐生活的证据。这怎么可能是她想象中的那个美丽地方？它看上去是那么陌生。

　　她以为能在游客中心找到人帮助她，她说她在找安德烈森家的农庄，他们看她的眼神像是在看一个疯子。没有什么安德烈森家的农庄，他们说。根本不存在什么农庄，他们说。于是她描述了一下那幢屋子，他们说那幢屋子不可能还在，打仗时肯定被德国人毁掉了。德国人毁掉了那幢屋子？德国人毁掉了每一幢屋子。
他们给了费伊一本介绍战后重建博物馆的小册子。她说她在找的地
方有一小片农田，周围种着云杉，屋子背对大海。他们知不知道该
去哪儿找这么一个地方？他们说有许多地方符合这个描述，她不妨
走一圈看看。走一圈看看？是啊，这又不是什么大城市。于是她就
开始走了。费伊沿着哈默费斯特的外圈漫步，寻找符合父亲描述的
地方，位于小镇边缘能看见大海的农庄。她经过的建筑物以毫无
特征、四四方方的公寓楼为主，它们似乎挤在一起取暖。没有什么
田地，没有什么农庄。她走向镇外遍地石块和野草的地方，只有
把根系扎进岩石的植物才能在这里存活，又硬又脆的野草在笼罩
极地两个月之久的极夜黑暗中陷入休眠。费伊觉得自己像个傻瓜。
她一口气走了几个小时。她曾经以为自己很清楚会在这里见到什
么，她确实相信了自己的幻想。这么多年过去了，她依然在犯同
样的错误。她看见野草中被踩出来的小径，小径通往附近的一道
山梁，她走了上去，迷失在自暴自弃的念头中，每走两步就大声骂
一句"傻瓜，傻瓜"。因为这就是她，一个傻瓜，她做出的所有的
愚蠢决定最终带她来到这个傻地方，孤身一人走在世界荒芜尽头积
着白垩粉尘的小径上。

　　"傻瓜。"她说，盯着双脚，沿着爬上并翻过陡峭山坡的小径
向前走，心想来这儿很愚蠢，找家族老宅很愚蠢，连她这身衣服
都很愚蠢——平底小白鞋，完全不适合在冻土带远足，紧紧裹在
身上的薄衬衫，因为尽管现在是夏天，但寒风依然凛冽。我充满
了愚蠢决定的人生中的又几个愚蠢决定而已，她心想。来这儿很
愚蠢，重新联系萨缪尔很愚蠢，她把他撇给亨利因此觉得她该为
他负责，这个想法也很愚蠢。不，并不愚蠢，但嫁给亨利从一开
始就很愚蠢，离开芝加哥也很愚蠢。费伊一边爬山，一边回顾她

人生中绵延不断的糟糕决定。究竟是从哪儿开始的？是什么让她走上了这条愚蠢的人生道路？她不知道。回顾往事，她只能看见想要独处的熟悉愿望。想要远离人类、他们的评判和他们的无谓纠缠。因为每次她和什么人扯上关系，灾难就会接踵而至。她和玛格丽特在高中扯上关系，结果成了全镇的贱民。她和艾丽丝在大学里扯上关系，结果是被捕和被卷入暴力与混乱。她和亨利扯上关系，结果毁了他们一起生下的孩子。

在机场，得知萨缪尔被列入禁飞名单的时候，她松了一口气。此刻她对此感觉不太好，但事实如此。她的心情很矛盾，一方面是开心，因为萨缪尔似乎已经不恨她了，另一方面是解脱，因为他不会跟着她。否则的话，她该怎么和他一起度过飞往伦敦的那段漫长时间啊——疑问会像海洋似的淹没她。不敢想和他一起旅行，和他一起在行程的终点安顿下来（不知为何，他似乎想去雅加达）。他的需要过于强烈，一向过于强烈，她无法胜任。

她该怎么告诉萨缪尔，她打算去哈默费斯特，仅仅因为一个愚蠢的鬼故事？她小时候听过的故事，她第一次惊恐发作那天晚上她父亲讲的尼瑟的故事。这个故事始终陪伴着她，听见萨缪尔提到艾丽丝的名字，她想到了她这个老朋友多年前说的话：想摆脱鬼魂，最好的办法就是送它回家。

这种迷信，实在太愚蠢了。"傻瓜，傻瓜。"她说。

她仿佛真的被恶鬼缠身了。她经常怀疑父亲是不是真的从故国带来了什么诅咒，或者某种幽灵。但此刻她心想，或许她并没有被恶鬼缠身，或许纠缠别人的正是她，或许她就是那个诅咒。因为每次她接近某个人，就必定会付出代价。也许她就适合待在这儿，一个人，全世界最偏僻的角落。不会再有人和她扯上关系，不会再毁灭什么人的生活。

她爬上坡顶，完全迷失在思绪之中，琢磨着这些苦涩的念头时，忽然觉察到了另一个生命。她抬起头，看见一匹马站在小径上，马离她大约六米远，山梁在那里转向下坡，通往一条小山谷。她吓了一跳，惊叫道：噢！但马似乎并不吃惊。它站着一动不动，没有在吃东西。她似乎没有打扰它的清静。感觉很奇怪——就好像它在等她。这是一匹白马，肌肉发达，侧腹部偶尔颤抖，一双又大又圆的黑眼睛似乎在睿智地打量她。它嘴里有嚼子，脖子上有缰绳，但没有马鞍。它望着费伊，就好像刚提了一个重要的问题，正在等她回答。

"哈喽。"她说。马似乎不怕她，但也并不显得友善，只是似乎暂时被费伊吸引了全部的注意力。看它等待自己做些什么或说些什么的样子，感觉其实有点诡异，但费伊不知道她该做什么或说什么。她朝马走了一步，马毫无反应。她又走了一步。依然没有反应。

"你是谁？"她问，她刚开口，答案就跳进了脑海：魅魔。过去了那么多年，她站在一道山梁上，底下是巨浪拍岸的乱石港口，这里是挪威，全世界最北的城镇。她发现自己掉进了童话故事。

马直勾勾地看着她，眼睛眨也不眨，像是在说：我知道你是谁。她觉得自己被它吸引，想伸出手抚摩它，想摩挲它的侧肋，想跳上马背，让马带她去它想去的任何地方。那会是一个适合我的结局，她心想。

她走近那匹马，她抬起手抚摩马的面颊，它依然没有退缩。它依然静静等待。她抚摩它双眼之间的地方，那里的触感比她之前想象的要坚硬许多，那里的颅骨非常接近体表，只有薄薄一层皮毛和骨头。

"你在等我？"她对着马的耳朵说，灰色与黑色的马耳上有一些银色斑点，样子像是瓷质茶杯。她琢磨着她能不能跳上马背，问题在于她有没有这个本事。那将是最困难的一个环节，接下来就简单了。马甩开四蹄奔跑，十几步就能来到不远处的悬崖边。落进大海只需要几秒钟。人生如此漫长，却有可能结束得这么迅速，她觉得很惊讶。马还在等她。

这时，费伊听见了一个声音，风带着这个声音从底下的山谷飘上来。一个女人正在走向她，嘴里用挪威语喊着什么。女人的背后，就在她的背后，是一幢房屋：四四方方的小屋子，屋后有个面对大海的凉台，有一条小径通往摇摇欲坠的木头栈桥，屋前有个大花园，有几棵云杉，有一小片草场，养着几头山羊和绵羊。屋子的外墙是灰色的，经历了日晒雨淋，但在几个风吹不到的地方——屋檐底下和百叶窗背后——费伊看见了旧日涂料的残存痕迹：鲑肉红。

看见这些，她险些坐到地上。屋子不是想象中的样子，但她依然能认出来。感觉依然很熟悉，就好像她曾经来过许多次。

女人走近了，费伊发现她是个结实的年轻女人，大概和萨缪尔差不多年纪，有着费伊在这个国家时常见到的那些外貌特征：白皙的皮肤，蓝色的眼睛，长长的直发，颜色介于黄金和棉白之间。她微笑着对费伊说了句什么，费伊听不懂。

"肯定是你的马吧。"费伊说。她觉得很不好意思，因为她只能冒昧地使用英语，但她别无选择。

然而女人似乎不觉得受到了冒犯。她得到了这个新信息，侧着头像是思考了几秒钟，然后说："英国人？"

"美国人。"

"啊，"她点点头，像是费伊的答案解决了一个重要谜题，"这匹马有时候会乱跑。谢谢你拦住它。"

"不是我拦住它的。我看见它的时候它就站在这儿，更像是它拦住了我。"

女人自我介绍：她叫莉莉安。她穿一条人字纹的灰裤子，布料似乎很结实，浅蓝色毛衣，一条像是自己织的羊毛围巾。她是谦逊北欧人的活样本——沉静而优雅。有些女人就是能毫不费力地用好一条围巾。莉莉安抓住马缰绳，两人一起走向那幢屋子。费伊心想她会不会是我的远亲，因为这里百分之百就是她在找的地方。这么多细节都对得上，尽管她父亲讲述的版本有所夸张，此刻她看清楚了：屋前不是田地，而只是花园；没有长长一排云杉，而只有两棵；海边的也不是什么宽阔的栈桥，而只是一个年久失修的小码头，估计只能容纳独木舟停靠。费伊心想不知道父亲是存心吹牛骗人，还是离家多年后，在他的想象中，屋子变得越来越巨大和雄伟。

莉莉安在和她攀谈，问费伊从哪儿来，玩得开不开心，打算去哪儿。她建议费伊可以去尝试哪几家餐馆，可以去附近的哪些景点看看。

"这是你家？"费伊问。

"我母亲的。"

"她也住在这儿？"

"那当然。"

"她在这儿住了多久？"

"差不多一辈子。"

屋前的花园生机勃勃，灌木、青草和花卉郁郁葱葱，几乎没有人工整理过。这是个闹哄哄的古怪花园，鼓励大自然肆意生长得乱七八糟。莉莉安把马牵进围栏，关上摇摇欲坠的木门，用绑成结的一小段麻绳闩上门。她感谢费伊帮她找到离家的马。

"希望你的假期玩得开心。"她说。

尽管这就是费伊来挪威寻找的地方，但她此刻只觉得舌头打结和精神紧张，不确定该怎么说和该怎么做，不确定该如何解释前因后果。

"听我说，其实我不是来度假的。"

"嗯？"

"我在找人。其实是家里人，我的亲戚。"

"叫什么？也许我能帮你。"

费伊咽了口唾沫。不知道自己为什么会如此紧张："安德烈森。"

"安德烈森，"莉莉安说，"这个姓氏很常见。"

"对。可是，听我说，我认为就是你这儿。我的意思是说，我认为我的家里人曾经住在这儿，就是这幢屋子。"

"但我们不姓安德烈森，"她说，"我们家也没有人去美国。你确定就是这个镇子吗？"

"我父亲叫弗兰克·安德烈森。他在这儿的时候叫弗里乔夫。"

"弗里乔夫。"她说，她望向上方，聚精会神地思索这个名字为何如此熟悉，答案似乎过了好一会儿才揭晓。然后她忽然想到了，低头盯着费伊，视线灼人。

"你是弗里乔夫的亲戚？"

"对，他女儿。"

"啊，天哪，"她说，抓住费伊的手腕，"跟我来。"

她领着费伊走进屋子，首先经过食品储藏室，架子上摆满了精心装瓶、腌制和贴标的蔬菜，然后穿过温暖的厨房，炉子里在烤某种糕点，空气中弥漫着酵母和豆蔻的香味，最后走进一间小客厅，木地板咯吱作响，木质家具像是手工制作的古董。

"在这儿等一下。"莉莉安说，放开费伊的手腕，走进另一扇门消失了。这间客厅很舒适，铺着地毯，有许多靠垫，墙上挂着照片。应该是家庭照片，费伊走过去细看。没有眼熟的人，但有几个男人的眼睛长得很眼熟，很像她的父亲（抑或仅仅是她的想象？）
眯着眼睛看人的样子，眉毛生长的角度，双眼之间的细纹。到处
都是台灯、吊灯、烛台和灯架，大概是为了在漫长的黑暗冬季把
这里照得亮如白昼。巨大的壁炉占领了整整一面墙，此刻没有生
火。另一面墙摆满了书籍，朴素的白色书脊上印着费伊看不懂的书
名。有一台笔记本电脑，在这个古朴的房间里显得格格不入。隔着
门，费伊听见莉莉安在说话，音调柔和，但说得很快。费伊对挪
威语连一个字都听不懂，因此这种语言对她来说只是个声学现象，
元音有点平淡，像是低了半个音的德语。和美式英语以外的绝大多
数语言一样，它的语速似乎特别快。

没多久，门开了，莉莉安回到客厅里，她的母亲紧随其后，
见到她的时候，费伊感觉就像在照镜子——两个人的眼睛，两个人
拱起肩膀的姿势，年龄对两个人面容造成的影响。那女人也感觉
到了，因为她看见费伊就陡然停下了脚步。她们对视良久，都一动
不动。任何人在场都会明白无误地认出，她们二人是姐妹。费伊
从那个女人的五官看到了她父亲的面貌特征：颧骨、眼镜还有鼻
子。那女人怀疑地侧过头，一头灰色的乱发在头顶用带子扎了起
来。她穿着纯黑色的衬衫和旧牛仔裤，点缀着无数家务琐事留下的
证据：油漆和抹墙粉，还有裤腿和膝盖上的泥点。她光着脚，用一
块深蓝色的破布擦手。

"我叫弗雷娅。"她说，费伊的心猛地一跳。她父亲讲的每一
个鬼故事里都有一个美丽的小女孩，而他给她起的名字正是这个：
弗雷娅。

"很抱歉打扰你了。"费伊说。

"你是弗里乔夫的女儿？"

"是的。弗里乔夫·安德烈森。"

"你从美国来？"

"芝加哥。"

"所以，"她自言自语道，"他去了美国。"她朝莉莉安打个手势。"给她看看。"她说。莉莉安从书架上取出一本书，在沙发上坐下。这本书很古老，纸页泛黄发脆，两片皮革保护封面封底，正面有个搭扣。费伊见过类似的书册：他父亲的《圣经》，里面有家谱树，写满了外国人的名字，父亲曾经给她看过，对那些人嗤之以鼻，因为他们太胆小，不敢来美国寻求更好的生活。莉莉安膝头的《圣经》也是这样，头两页是家谱树。但她父亲的那棵树止于费伊，而哈默费斯特的这棵树却在继续蓬勃生长。莉莉安是弗雷娅的六个孩子之一。孙子辈填满了下一排，再往下还有几个重孙辈。这个家族兴旺得需要换一页才能写完名字。弗雷娅的名字之上是她父母的名字，母亲叫玛尔特，而另一个名字被涂掉了。弗雷娅蹒跚着走过来，站在费伊的面前，弯下腰，指着那个地方。

"这就是弗里乔夫。"她说，指甲在纸页上压出一轮新月。

"他也是你的父亲。"

"对。"

"他的名字被涂掉了。"

"我母亲涂的。"

"为什么？"

"因为他是个……呃，你们怎么说的来着？"她望向莉莉安，寻求帮助。她用挪威语说了句什么，莉莉安点头表示明白，说："哦，你是说懦夫。"

"对，"弗雷娅说，"他是个懦夫。"她望着费伊，等着看她对这句话的反应，看会不会触怒她。弗雷娅很紧张，或许在等着和费伊大吵一架。

"我不明白,"费伊说,"懦夫,为什么?"

"因为他离开了。他抛弃了我们。"

"不,他移民了,"费伊说,"他想为自己寻求更好的生活。"

"对,为他自己。"

"他从没提过他在这儿还有一个家。"

"只能说明你不怎么了解他。"

"能说给我听听吗?"

弗雷娅用力呼吸,望着费伊的眼神似乎是不耐烦或厌恶。

"他还活着吗?"

"活着,但什么都不记得了。他太老了。"

"他在美国是做什么的?"

"在一家工厂做事。化工厂。"

"他过得好吗?"

费伊思考了一会儿,想到她看见父亲一个人的那些时刻,想到他如何和其他人保持距离,如何离群索居,如何活在自己建造的监牢中,孤零零地站在后院里盯着天空一看就是几个小时。

"不,"她说,"他似乎总是很悲伤,还有孤独。我们一直不知道为什么。"

听她这么说,弗雷娅似乎缓和了一些。她点点头,说:"留下吃饭吧。我告诉你到底是怎么一回事。"

晚饭是面包和炖鱼,她边吃边讲述往事。母亲在弗雷娅长到能理解这些事情之后就告诉了她。故事始于1940年,从此就再也没有人听说过弗里乔夫·安德烈森的消息了。和哈默费斯特的大多数年轻人一样,他也是个渔民。他十七岁,刚结束码头给儿童安排的工作,也就是清洗渔获、掏内脏和剔骨。如今他在船上做事,这份工作从方方面面说都要好得多:报酬更丰厚,乐趣更多,更激动人心，尤其是把整整一网鳕鱼、星鲽和难看又难闻的狼鱼拖上船的时候，大家都同意打狼鱼比给它掏内脏更轻松。他们从早到晚待在水上，忘记时光的流逝，因为夏天北极圈内的太阳从不落下。他感到很自豪，因为他能熟练地使用这个行当的各种工具，浮标、渔网、木桶、钓线和鱼钩整整齐齐地存放在船舱里。他最喜欢的莫过于坐在最高一根桅杆上的瞭望台里，因为全船就数他的眼神最锐利。他看见一整个夏天时常会拐进海湾的隆头鱼鱼群，看见海面上有一片地方水花四溅，他大喊"有鱼了！"，所有人都会跳下床，戴上帽子，开始工作。他们会放下小船，两个人一艘，一个人摇桨，一个人拉网，他们会在小船间拉起渔网，他在高处指挥他们行动，直到鱼群游到附近，他们包围鱼群，把无数沸腾的鱼儿抬出水面。这是一种权力，是他们对蛮荒大海的控制，他们觉得自己势不可当，尽管若是来到离嶙峋海岸太近的地方，假如他们的航海经验不够丰富，他们那艘渔船肯定就会报销。

弗里乔夫比大家能记得的任何人都擅长找鱼群。他有全镇最锐利的一双眼睛，只要回到岸上，他就会吹嘘自己的本事。他说大海是一张纸，只有他能读懂上面的文字。他很年轻，有一点钱，在酒吧里消磨时间。他认识了一个叫玛尔特的女招待。说他和她坠入爱河恐怕并不准确，更像是两人都感觉到了只属于年轻人的某种欲望，而他们凑巧能够满足彼此。他们第一次做爱是在玛尔特家农庄附近的山上。那天他等到酒吧关门，陪她回家，两人躺在灰白色太阳照耀下粗硬的草地上。事后，她带他参观农庄，漆成鲑肉红的大屋，伸出海面的长长栈桥，长长一排云杉树，大麦地。她喜欢这里，她说。她是个有魅力的姑娘。

也是在那年夏天，战争开始了。所有人都以为哈默费斯特太偏僻，不具备任何重要性，然而德国人想找个城市来干扰盟军向俄国运送物资，同时充当德军潜艇的补给基地。纳粹军队要来了，这个消息在挪威的海岸线上传播，从港口到港口，从渔船到渔船。弗里乔夫那艘船上，人们在讨论逃跑。他们可以逃到冰岛去，在那儿开始新生活，或者继续向前走。有人说可以从冰岛的雷克雅未克去美国。但潜艇怎么办？潜艇才不在乎一艘小渔船呢。但水雷呢？弗里乔夫一眼就能发现，他们说。肯定能成。

弗里乔夫想相信部分年长者的看法，他们说德国人更想要码头，而不是城市，只要大家别抵抗，德国人就不会来烦我们，他们要打的是俄国和英国，不是挪威。但很快传闻四起，说的是南方发生的事情，月初的突袭，多个村镇被烧毁。弗里乔夫不知道该怎么想。下一次在哈默费斯特上岸的时候，他们将做出决定：留下还是离开。想留下的人可以留下。想冒险去冰岛的人将带上他们能搞到的全部物资。

只有弗里乔夫别无选择。至少在他看来是这样，因为年纪比较大的男人们把他拉到一旁，说他们需要他的好眼力。只有他能瞥见水雷，这些水雷把岛屿外的海域变得凶险莫测。只有他能看懂漩流和浪涛，发现德军潜艇。只有他能辨认出刚冒出海平面的船只是否属于敌军，免得开得太近，他们避无可避。他有天赋，所有人都同意。没了他，他们会送命。

那天晚上，他等到酒吧关门后去找玛尔特。她见到他非常高兴。他们再次在草地上做爱，事后她说她怀孕了。

"咱们必须结婚，当然了。"她说。

"当然。"

"我父母说你可以和我们住。以后我们可以继承农庄。"

"嗯，好的。"

"我外婆猜是个女孩，她在这方面向来很准。假如是女孩，我想叫她弗雷娅。"

　　他们花了大半个夜晚规划未来。早上，他说他要去东北海域打鳕鱼。他说一周后就回来。她微笑，吻别他。从此再也没有见过他。

　　弗雷娅出生的时候，哈默费斯特已经被占领了。德国人进驻后，将大多数家庭赶出住处。士兵住进民宅，其他人只能蜗居公寓楼、学校、医院和教堂。玛尔特和另外十六户人家共住一套公寓。弗雷娅最早的记忆来自那段饥饿和绝望的时间。他们这么住了四年，直到德国人撤退。1944年冬天的那一天，德国人命令哈默费斯特的所有活人离开镇区。服从命令的人逃进森林，不服从的人悉数被杀。德国人将镇区烧成平地。除教堂外的全部建筑物都荡然无存。居民回来的时候，发现他们无家可归，眼前只有岩石、瓦砾和灰烬。那年冬天，他们住在山上、岩洞里。弗雷娅记得当时的寒冷，记得篝火冒出的浓烟，烟熏得大家无法入睡，咳得撕心裂肺。她记得自己把酸水和煤烟呕在手心里。

　　春天，他们走出临时的栖身之处，开始重建哈默费斯特。但他们缺少资源，无法将它恢复原貌。所以这座城市的很多地方才会变成现在的样子：廉价，缺乏特色，彰显的不是美丽而是生存的韧性。玛尔特家尽可能地重建农庄，甚至把屋子漆成原先的鲑肉红，后来等弗雷娅长到足够的年龄，玛尔特说出了弗里乔夫·安德烈森的故事，她的父亲，战后再也没有人听说过他的消息。他们猜他和许多其他人一样，也逃到了瑞典去。有时候，弗雷娅会去看渔船，想象他在某艘船的桅杆顶上扫视海面寻找她。她幻想他的回归，但一年一年过去，她渐渐长大，有了自己的家庭，不再盼望他回来，而是开始恨他，后来连恨也没有了，只是彻底忘记了他。在费伊到来之前，她有好些年没想到过她父亲了。

"我认为我母亲一直没有原谅他，"弗雷娅说，"她一辈子都不怎么快乐，因为他而愤怒，也因为她自己。她已经去世了。"

时间刚过七点，金色的阳光斜射进厨房。弗雷娅用手掌一拍桌子，站起身。她说完了这件事。

"咱们去海边吧，"她说，"看日落。"

她拿了件厚外套给费伊，出去的路上向她解释说日落在哈默费斯特如何宝贵，因为一年也看不到几次日落。今晚，太阳将在八点十五分落下。一个月前，太阳在半夜落下。再过一个月，五点半就会天黑。11 月中旬的某一天，太阳将在上午十一点左右升起，大约半小时后落下，再次看见太阳就是两个月以后了。

"两个月的黑暗，"费伊说，"你们怎么受得了？"

"只能习惯了，"莉莉安说，"否则还能怎么样？"

他们坐在码头，静静地喝着咖啡，感觉从海上吹来的冷风，望着黄铜色的太阳落入挪威海。

费伊尝试想象父亲坐在海面上的高处，一艘渔船桅杆顶上的瞭望台里，寒风吹得他脸色通红。对他来说，落差是多么大啊，相比在艾奥瓦的化学之星工厂里：转动旋钮，记录数字，写报告，站在平地上。他们离开挪威去冰岛的时候，他望着哈默费斯特在视野中越来越远，抛弃自己的家和孩子，他当时会在想什么呢？他会后悔多久？那份悔恨会有多么巨大？费伊估计他一辈子都在后悔。悔恨成了他的秘密心脏，他埋藏得最深的东西。她回想起他以为没有人在看他的时候，望着远方的那个样子。费伊一直在琢磨那些时刻他究竟在看什么，此刻她认为自己知道了。他看见的是这个地方和这个女人。他在想要是他做了另一个决定，事情会变成什么样。你不可能忽视两个名字之间的相似性：弗雷娅（Freya）和费伊（Faye）。他给她起名费伊的时候，想到的是不是他的另一个女儿？

他呼唤费伊的名字，听见的是不是另一个名字的回响？费伊会不会只是在提醒他想起被他抛弃的那个家？他是不是在试图惩罚自己？他描述哈默费斯特的老家时，描述得像是他真的住在那里，仿佛那是他的屋子。也许，在他的心灵深处，它确实就是。也许紧邻着现实世界的就是幻想，是他的另一种人生，他继承了农庄和鲑肉红的屋子。有时候这些幻想比你的人生还要可信，费伊很清楚这一点。

有些事情不必发生，你也会感觉它就是真实的。

每次描述这个地方，就是她父亲最活跃、最快乐的时候，连小时候的费伊也能意识到这一点。她明白父亲有一部分灵魂始终在别处，每当他看她的时候，见到的未必真是她。此刻，她不禁要想，她那些惊恐发作和情绪问题会不会只是想要吸引父亲的注意，希望父亲能够看见她。多年前她说服自己，来自故国的鬼魂纠缠上了她，其实是因为——尽管她不是从这个角度理解的——她想变成他的弗雷娅。

"你有孩子吗？"弗雷娅打破了长时间的沉默。

"有个儿子。"

"你们亲近吗？"

"嗯。"费伊说。她太难为情，不敢说出真相，她该怎么告诉这个女人，她对儿子做了弗里乔夫对她做过的事情？"非常亲近。"她说。

"好，很好。"

费伊想到萨缪尔，想到又在几天前的机场看见了他，对他说再见。此时此刻，她发觉一种特别的愿望完全征服了自己，她想紧紧地拥抱他，切实地感觉他的存在。结果她发现，她最怀念的是他的温暖。她离开家庭后的那些漫长岁月里，她最渴望的莫过于人类的温暖，那是萨缪尔又一次被噩梦惊醒后爬上她的床的许多个清晨，那是他发烧难受时紧贴她身体的感觉。无论什么时候，只要他的这种需要足够强大，他就会来找她，这个小小的蒸汽锅炉，这个热烘烘湿漉漉的小肉球。她会用她的脸贴着他，闻着小男孩汗水加糖浆加青草的气味。他跑得浑身滚烫，她身体碰到他的地方都会沾上湿气，她想象他的内核在熊熊燃烧，释放这具身体长成大人所需要的全部能量。她在机场突然渴望的就是这种温暖。她有很长时间没产生过这样的感觉了。大多数时候，她浑身发冷，也许是因为药物，她吃抗焦虑、降低血黏度和 β-受体阻滞药。最近她总觉得寒冷彻骨。

太阳已经沉下去了，她们望着紫色的天空。莉莉安说她进去生壁炉。弗雷娅坐在那儿听潮起潮落。她们右边，沿着海岸向北，有个小岛，在越来越浓的暮色中，费伊看见那里有一团明亮的光线。

"那是什么？"她指着那里问。

"梅尔肯雅，"弗雷娅说，"有一家工厂，生产天然气。"

"那个光是什么？"

"火，一直在烧，我不知道为什么。"

费伊望着烟囱向夜空喷吐的橘红色火焰，恍惚间仿佛回到了艾奥瓦，她和亨利坐在密西西比河的岸边，她望着氮肥工厂熊熊燃烧的火焰。她在全镇的任何一个角落都能看见那团火。她曾管那个装置叫"灯塔"。已经过去那么久了，感觉像是上辈子的事情。突然想起这段沉睡已久的记忆，费伊忍不住哭了起来。不是痛哭，而是轻轻的啜泣。她想到萨缪尔会怎么称呼这种哭泣——一级——她不禁笑了。弗雷娅要么没有看见她在哭，要么看见了也假装没看见。

"对不起，我有他，而你没有，"费伊说，"我指的是我们的父亲。对不起，他离开了你。很不公平。"

弗雷娅朝她挥挥手，表示没什么："我们熬过来了。"

"我知道他非常想念你。"

"谢谢。"

"我认为他一直想回来。我认为他很后悔，觉得不该离开的。"

弗雷娅站起来，看着水面："他不在也挺好。"

"为什么？"

"你看看你周围，"她说，展开双臂，包围了那幢屋子、这片土地、兽栏里的动物、莉莉安和她正在生的壁炉，还有《圣经》前两页繁盛的家谱，"我们并不需要他。"

她向费伊伸出手，两人握手，一个正式的姿态，表示这场对话已经画上句号，费伊的拜访也随之结束。

"很高兴认识你。"弗雷娅说。

"我也是。"

"希望你在这里住得开心。"

"好的。谢谢你的招待。"

"莉莉安开车送你回旅馆吧。"

"离这儿不远。我走回去好了。"

弗雷娅点点头，转身走向屋子。沿着小径没走几步，她忽然停下，转向费伊，望着她，知晓一切的眼神像是能够刺穿费伊的外壳，触及她内心的所有秘密。

"往事已经不重要了，费伊，回到你儿子身边去吧。"

费伊能做的只有点头表示赞同，目送弗雷娅走完剩下那段路，消失在屋子里。她在码头又逗留了一会儿，然后也离开了。她沿着自己那条小径爬上山脊，来到坡顶后，就在她遇到那匹马的地方，她转身望向山谷里的屋子，屋子已经亮起了温暖的金色灯光，烟囱里冒出一缕细细的蓝色烟雾。也许这就是她父亲曾经站立的地方，也许这就是他记忆中的景象。也许在爱荷华的那些夜晚，他盯着虚空的时候，见到的就是这个画面。这段记忆将一辈子存留在他心中，但也将永远像鬼魂一般纠缠着他。那个像一块石头模样的鬼魂的故事忽然掉进她的脑海：你带着它离岸越远，它就变得愈加沉重，直到最终你无法承受。

费伊想象父亲带走了一小块泥土，一个纪念品：这个农庄，这个家庭，他对它的记忆。就是他讲的那个叫溺死石的故事。他带着这块泥土出海，去了冰岛，然后漂洋过海去美国。但只要他还抓着它不放，他就会持续不断地沉向海底。

2

如今的医院病房为什么越来越像旅馆房间？萨缪尔不禁心想，他望着病房的米色墙壁、米色天花板、米色窗帘和工业级的结实地毯，地毯的颜色可以被称为茶色、麦色或米色。墙面选择涂料的根据是无侵略性、容易遗忘、低刺激性和高度抽象，不会让任何人联想起任何事情。根据梳妆台上的硬纸板小标牌，电视能收到十亿个频道，包括免费的家庭影院频道。仿橡木贴面的梳妆台，抽屉里有一本《圣经》。病房角落的桌子有许多连接线和插拔口，那是所谓的"无线工作台"，打印了无线网络密码的覆膜纸片有几道折痕，边角已经开裂。病房服务菜单说，你可以点炸鸡排、薯条和奶昔，然后送到大楼里的任何一个地方，心脏病区也不在话下。电视机的遥控器用魔术贴固定在电视机上。电视机用铆钉固定在墙上，偏转角度对准病床，看起来像是电视在看患者，而不是患者在看电视。有一本小册子，列举附近的市区景点。对面墙边的沙发其实是折叠床，你一屁股坐上去就会意识到这一点，因为坚硬的金属框架会硌得你生疼。带电子钟的收音机的绿色数字显示此刻已是午夜。

病房里有一位医生，光秃秃的头顶上没有一根毛，正在向一批学生描述这个病例。"患者姓名，未知，"他说，"只有一个化名，叫，呃，让我看看，普—旺—阿吉？"

医生望向萨缪尔，寻求帮助。

"庞纳吉，"萨缪尔说，"三个音节，和翁纳吉[1]押韵，但开头是庞。"

"翁纳吉是什么？"一名学生说。

"他是说奥兰治吗？"另一名学生说。

"我好像听见他说坡里奇。"

医生对学生说，他们今天在这儿真是走了好运，因为他们很可能永远也见不到同样的病例了，事实上，医生正在考虑要不要就这名患者写一篇论文，投给《极端危重病例学报》，当然了，他会拉这些学生当共同作者。学生们望着庞纳吉，好奇的探究眼神就像在看酒保为他们精心调配免费的鸡尾酒。

庞纳吉已经一口气睡了三天三夜。没有陷入昏迷，医生指出，而是沉睡。医院给他静脉滴注营养液。萨缪尔不得不承认庞纳吉的样子有所好转，皮肤不再是蜡黄色，面部不再浮肿，颈部和手臂上的斑块红疹已经褪色，差不多变回了正常的样子。连头发都显得更健康了，长得更结实了（萨缪尔只能想到这个形容方式）。医生在列举患者被送进急诊室时的各种危急情况："营养不良，体力透支，恶性高血压，肾脏和肝脏衰竭，长时间脱水，实话实说，我不确定患者为什么没有沉迷在与水相关的幻觉里。"学生们拼命记录。

---

1 原文为 ownage，在电子游戏的语境中，意为"毫发无损地碾压对手"。

医生的头部、面部和手臂全无毛发，光滑得仿佛鲨鱼皮，足以令人啧啧称奇。学生们拿着写字板，无一例外地散发着消毒皂和香烟的气味。一组导线和吸盘将心率监测仪连接在庞纳吉身上，此刻监测仪没有在哔哔叫。萨缪尔站在斧人身旁，不停地偷瞄他，心里祈祷斧人没有发觉。萨缪尔至少听过一百次他说话，但从没在现实中见过他，萨缪尔体会到了视觉与听觉对不上的那种错乱感，就好像你第一次看见某个电台播音员，心想：真的没搞错？斧人说话总是嘀嘀咕咕，带点鼻音，让你觉得他肯定是那种体重只有四十公斤、满脸青春痘的近视娘娘腔，完全符合网络游戏玩家的刻板印象。他尖细的声音就好比打人不疼的拳头。那种声音会让你觉得他的嘴巴早在多年前就被霸凌者塞进了鼻腔。

"——还有心律不齐，"医生说，"糖尿病性酮酸中毒，糖尿病，他很可能根本不知道他有糖尿病，所以他没有以任何方式控制病情，因此他的血液黏稠致密得像是即食布丁。"

现实生活中的斧人既时髦又活泼，身穿紧身短裤和小背心，晒黑的手臂肌肉发达，但不是很俗气的那种发达，他光脚穿一双帆船鞋，中等长度的鬈发等着你和他开玩笑弄乱它，他的打扮像是来自仅供年轻时尚同性恋男人参考的穿着手册。很快他就会发现性爱的美妙，然后会开始怀疑自己为什么要在电子游戏上浪费那么多时间。

"所以我们都在那儿，"斧人说，"雾水角的悬崖上。知道那地方吗？"

萨缪尔点点头，雾水角是《精灵征途》地图上的一个地方，西大陆的最南端，庞纳吉就在那儿陷入了险些丧命的危重状态。斧人就在那里发现了他——他的游戏角色——赤身裸体，已经死亡，他注意到庞纳吉处于超长的"afk"状态，也就是"暂时不在键盘前"，斧人知道庞纳吉几乎从不离开键盘，于是打电话给现实生活中的执法部门。他们上门查看，隔着前窗见到庞纳吉不省人事地瘫坐在电脑前。

"我通知了大家去雾水角碰头，"斧人压低声音说，免得打断医生的讲演，"我发了个帖子。'为庞纳吉烛光守夜'，结果很不错，来了差不多三十个人。全都是精灵，当然了。"

"当然了。"萨缪尔说。他感觉到有一个漂亮的女医科生正在偷听他们的对话，每次现实生活中有人发现他在闲暇时做什么——玩《精灵征途》——他都会觉得非常不好意思。

"这么多精灵站在那儿，手持点燃的蜡烛。只有一个人除外，他在背景里跳霹雳舞，并没有参与我们的活动，场面肃穆庄严，美极了。"

"——他胳膊上有一块红斑，看上去非常像坏死性筋膜炎，不过还好不是。"医生说。他的秃顶闪闪发亮，让人感觉房间变得更宽敞了，一面大镜子也能造成同样的效果。

"但有个问题，"斧人说，他揪住萨缪尔的衬衫，紧紧地拉住，既是为了留住萨缪尔的注意力，也是为了表达他的愤慨，"我把守夜的计划贴在仅供精灵进入的论坛里，结果有几个巨怪也看见了。"

"巨怪？"

"对，半兽人。"

"等一等，你说巨怪还是半兽人？"

"来挑事的半兽人。[1] 你知道我是什么意思。有些半兽人玩家看见了烛光守灵的帖子，转到仅供半兽人进入的论坛里，我当然没看

1　英文中，troll 既是神话故事中的"巨魔"，也有"恶意挑衅"的意思。

见，因为我不上他们的论坛，因为我有自尊。"

心率监测仪之所以不哔哔叫，萨缪尔心想，是因为现实生活中的心率监测仪并不哔哔叫。哔哔叫是好莱坞的艺术夸张，用来向观众表达患者胸腔内正在发生什么。连接在庞纳吉身上的心率监测仪只是慢慢地打出一条参差细线，使用的窄幅卷轴打印纸很像收银机里用的那种。

"所以我们完全不知道，"斧人说，"我们在雾水角悬崖上守灵的时候，一群半兽人藏在北面不远处的一个洞穴里。我们的仪式进行到一半，我必须强调一下——除了跳霹雳舞的那家伙，他后来脱光了衣服到处跳来跳去——场面非常庄严肃穆和美丽，但刚进行了一半，我正在演讲，赞扬庞纳吉是个多么了不起的好人，我们多么希望他能尽快痊愈，我号召大家寄祝福卡给他，我把医院地址念给大家听，这样他们就可以寄真正的纸卡了，结果突然一群半兽人从树林里冲出来开始杀人。"

漂亮的女医科生似乎在咬铅笔，不知道是为了忍住微笑还是大笑。也可能她吸烟，这只是一个吸烟者无意识的口部癖好。医生的脑袋亮得像是还没拆封的新保龄球。

"我们所有人的半兽人警报同时响起，大家转过身开始和他们厮杀，"斧人说，"但我们不可能和他们打。你知道为什么吗？"

"因为你们都拿着蜡烛？"

"因为我们都拿着蜡烛。"

医生甚至没有眉毛和睫毛，萨缪尔过了几分钟才意识到这个令人不安的特点。在此之前，萨缪尔只是觉得他不太对劲，但具体哪儿不对劲就说不出来了。

"于是有个半兽人上来和我打，"斧人说，"我本能地抡起手里的东西，虽然打中了他，但用的是一根蜡烛啊，伤害只有零点，他一遍又一遍地发 ROFL[1]。于是我点开控制面板，选择角色分页，点中蜡烛，然后在武器分页里点长剑，然后双击交换，游戏系统问我你确定要切换物品吗？从头到尾半兽人一直慢吞吞地在用斧子砍我的脑袋，就那么随随便便地挥舞武器，我像一棵树似的傻站在那儿，完全无法阻止他，我简直想对游戏吼，对，我要切换物品！我他妈的非常确定！"

医生和学生都望向突然爆发的斧人，厌恶的表情像是在说，要不是你救了这个患者的小命，而我们能用这个患者写出一篇妙不可言的好论文，我们早就把你扔出去了。

"所以总而言之，"斧人稍微冷静了一些，"到最后我也没机会切换武器，因为没等我走完整个流程，脑袋就已经被砍掉了。我的鬼魂在最近的坟场复活，我让鬼魂跑回躯体里重生，结果你猜发生了什么？"

"半兽人还在那儿。"

"半兽人还在那儿，而我还拿着一根他妈的蜡烛。"

"——还有乳酸性酸中毒，"医生说，声音稍微响了一点，想盖过斧人的大嗓门，"还有甲状腺机能亢进、尿潴留、义膜性喉炎。"医生的完全无毛越来越像一种疾病，而非美学的取向了，他大概患有某种遗传失调症，整个童年都在被其他孩子嘲笑，萨缪尔不禁为盯着他看而感到有些内疚。

"同样的事情重复了二三十次，"斧人说，"我回到身体里重生，几秒钟之内被砍死。复活，死掉，重复。我等半兽人玩厌，但他们就是不停下。我最后气得要命，干脆退出游戏，在仅供半兽人的论坛上好好发了一通火，说半兽人突袭我们守夜的行为不符合道德，

1　英文网络用语，"滚地大笑"（rolling on the floor laughing）的首字母缩写。

应该受到谴责。我说管理方应该禁掉这些人的账号，他们应该向我们公会的所有人道歉。这就引发了一场大辩论。"

"结论是什么？"

"半兽人说这种行为完全符合半兽人的身份。他们说，趁我们守夜屠杀我们符合游戏世界的规则，尤其是半兽人的行为模式。我说有时候游戏世界和现实世界在某些地方有所重叠，现实世界应该优先，比方说一群朋友为他们病重的领队和伙伴庄严守夜的时候。他们说他们的半兽人角色不知道'现实世界'是什么东西，对角色来说，《精灵征途》是唯一存在的世界。我说假如是这样，它们就不可能知道守夜仪式的存在了，因为半兽人没有笔记本电脑，无法进入仅供精灵登录的论坛，而就算他们能上网，也不可能理解论坛里的文字，因为半兽人读不懂英文。"

"听起来怎么这么复杂？"

"于是这就引出了一个巨大的形而上学问题，也就是你在玩《精灵征途》的时候，究竟纳入了多少现实世界的成分。我们公会的大部分成员这个星期都不做任务了，就为了思考这个问题。"

"你后来还登入过游戏吗？"

"一直没有。我的精灵还在悬崖上，而且没有脑袋。"

医生说："我向上帝发誓，我这还是第一次见到有人身上最轻的病是肺栓塞。比起他的一大堆其他问题，用抗血凝剂治血栓简直是小菜一碟。"

萨缪尔感觉到手机在口袋里轻轻振动，说明他收到了新的邮件。他看见发件人是他母亲。尽管他们有约在先，但他母亲还是写信给他了。他说声对不起，然后去走廊里读邮件。

萨缪尔，

　　我知道我们说过我不该这么做，但我改变了心意。要是警察问起，你就说实话好了。我没有留在伦敦，也没有去雅加达。我去了挪威的哈默费斯特，全世界最北的城市。这里偏僻得可怕，人烟稀少。你会觉得很适合我。我这么说是因为我决定不留下。我遇见的某些人说服了我回家。我回头会详细解释的。

　　事实上，我刚刚发现，哈默费斯特已经不是全世界最北的城市了。从地理角度说，它是第二北的城市。有个名叫霍宁斯沃格的地方，它同样在挪威，比哈默费斯特还要靠北一点点，几年前宣称建市了。但它只有三千常住人口，因此这个"市"恐怕有点名不副实。因此大家吵得很厉害。哈默费斯特的大多数居民对所有地方来的人都很友好，只有霍宁斯沃格除外，他们认为那儿的居民是狗娘养的篡夺者。

　　稀奇事真是多，对吧？

　　总而言之，哈默费斯特偏僻而与世隔绝。我要花好几天才能回到家里。

　　另一方面，我希望你能去找一下你的朋友佩里温克尔。请他告诉你真相。你有资格了解一些实情。就说我要他把所有事情都告诉你。他和我早就认识，我必须告诉你，我们是在大学里认识的。我曾经和他有过一段感情。假如你要证据，那就去我的公寓。书架上有一本很厚的诗集，是一本金斯堡作品全集。翻开那本诗集，你会发现一张照片，是我许多年前夹在里面的。等你看见了，千万别对我生气。很快你就会得到你想要的所有答案了，到时候请记住一点：我想做的仅仅是帮助你。我做得很笨拙，但我做这些都是为了你。

爱你的，
费伊

　　萨缪尔对斧人说谢谢，请他等庞纳吉醒了以后通知他一声。他离开医院，开车飞快地赶往芝加哥市区。他穿过被砸烂的门走进母亲的公寓。他找到那本书，先翻了一会儿，然后拎起来使劲摇。它散发出旧书的气味，干燥的霉味。纸页发黄，在指尖下摸起来有点脆。一张照片飞出来落在地上，面朝下。背面有签名：致费伊，蜜月快乐，爱你的艾丽丝。

　　萨缪尔拾起照片。就是他在新闻里见过的那张照片，拍摄于1968年的抗议现场。照片里有他母亲，戴着一副大大的圆眼镜。有艾丽丝，在他母亲背后，表情严肃得可怕。但这张照片是完整的，没有被截断。他看见了他母亲所倚靠的那个男人，他浓密的黑色爆炸头，他斜着眼睛狡黠地望向镜头，眼神里充满淘气。他那么年轻，半张脸在阴影中，但轮廓清晰可辨。萨缪尔见过这张脸，简直和盖伊·佩里温克尔一模一样。

3

　　盖伊·佩里温克尔的曼哈顿下城办公室在二十层楼的东南角上,俯瞰华尔街金融区。有两面墙完全是玻璃,另外两面刷成中性石板灰色。房间中央有一张小小的办公桌和一把转椅。墙上没有艺术作品或家庭照片,房间里没有雕像或盆栽,办公桌上也只有一张纸。这里的审美取向早就不能用极简主义形容了,而是更接近苦行僧的自我克制。这一整个宽敞的空间里,唯一的装饰是一张装框的广告,宣传的是某种新的薯片。这种新薯片状如小型鱼雷,而不是传统的圆形或三角形。广告中占主导地位的是一张照片,照片中有一男一女,因为能吃到这种薯片而兴奋得连眼珠都要掉出来了,这个神态只能用"狂暴"二字来形容。照片上方是一行三维黑体字:让你的日常零食鲜活起来吧!广告和电影海报差不多大,与华美的金色画框显得格格不入。

　　萨缪尔已经等了二十分钟,他在房间里踱来踱去,活像一颗豆子在豆荚里弹跳,时而在窗口,时而在广告前,然后再回到窗

口，他会尽可能长久地端详每一样东西，直到恼怒逼着他开始转身
踱步，他觉得必须走几步才能平静下来。他走出母亲的公寓就直接
来了纽约。这是他人生中第二次从芝加哥开车到纽约，似曾相识的
感觉异常强烈，此刻他能感觉到一种低烈度的背景恐惧：上次他开
车来纽约，结果可并不美妙。此刻你不可能不回想这件事，因为
从佩里温克尔的办公室落地窗向外看，向东隔着几条马路就是那幢
熟悉的老建筑，白色的细长公寓楼，接近屋顶处有一排滴水怪兽：
自由街 55 号，贝萨妮的住处。

　　他望着那幢楼，琢磨贝萨妮此刻会不会就在那儿，会不会正
在看这个方向——萨缪尔的方向，望着底下的喧哗骚动。因为贝萨
妮那幢楼和佩里温克尔这幢楼之间的地面上是祖科蒂公园——不
过称之为"公园"有点夸大其词，其实只是一小片水泥地，比几
个网球场加起来大不了多少，抗议者已经在那里聚集了几个星期。
萨缪尔一路挤过人群才走进这幢楼。我们是百分之九十九，他们手
里的牌子写着：此处已有人。从楼上望去，他能看见聚集起来的
人群，他们的帐篷是一个个荧光蓝的尼龙气泡，外围有一圈人打
鼓，他在二十层楼上只能听见这个声音：无休无止、无始无终的
鼓声。

　　他转身走向广告画。鱼雷形状的新薯片装在特制的塑料杯里，
顶上是酸奶包装的那种揭盖。一对男女盯着薯片看，想吃薯片的欲
望疯狂得近乎恐怖。

　　门开了，佩里温克尔终于走进房间。他和平时一样，穿着紧
身的灰色正装，打着一条色彩缤纷的领带——今天是绿松石色。刚
染过的头发像是刷了一层黑漆。他见到萨缪尔在看薯片广告，说：
"二十一世纪的美国，你需要知道的所有事情全在这个广告上。"

　　他转身坐进椅子，转了大半圈，然后面对萨缪尔。"为了完成

工作，我需要知道的事情全在那上面，"他指着广告说，"假如你能理解这个广告的内涵，那你就能征服整个世界了。"

"只是在卖傻乎乎的薯片。"萨缪尔说。

"当然是在卖傻乎乎的薯片了。我喜欢的是那个短语：日常零食。"

外面，大概是出于某种即兴的音乐逻辑，鼓声忽然变响，随即烟消云散。

"我好像没看出来，"萨缪尔说，"天才在哪儿？"

"你仔细想一想。一个人为什么要吃零食？零食的必要性何在？答案——我们做过上百万次的研究——很简单：我们的生活充满了乏味的劳作和无尽的苦工，我们需要一丁点儿的乐趣去驱散越来越浓的黑暗。因此，我们小小地款待一下自己。

"但问题在于，连用来打破日常的事物也变成了日常。连我们用来逃避人世间悲哀的东西本身也变得悲哀。这个广告隐含的事实是，你一直在吃各种零食，但你依然不怎么开心，你一直在看各种节目，但你还是觉得孤独，你一直在关注各种新闻，但仍旧勘不破这个世界，你一直在玩各种游戏，但抑郁只是越来越深地渗透你的内心。你该怎么逃避呢？"佩里温克尔说，双眼放光。

"买新薯片。"

"买一种长得像导弹的新薯片！这就是答案。这个广告的意义在于它证实了你内心深处的怀疑和存在主义式的恐惧：消费主义是一个失败，无论你花多少钱，都永远不可能找到任何意义。因此对我这种人来说，最大的挑战就是说服你这种人，前述问题并非系统性的。让你感觉空虚的不是零食，而是还没有找到适合你的零食。并不是说电视事实上是人类联系的糟糕替代物，而是你还没有找到合适的节目。并不是说政治只剩下了绝望和破产，而是你还没有找到合适的政治家。这个广告堂而皇之地宣告这一点。我向上帝发誓，那就像你打扑克的对手把牌亮在桌上，但性格的力量还是让他不由自主地虚张声势。"

"我来找你想谈的不是这个。"

"仔细想来，这是一份宏大的事业。我指的是我的工作。美国到现在依然擅长的事情只剩下了这一样。我们并不制造零食。我们的特长是找到想象零食的新思路。"

"好的，非常爱国。你是一位爱国者。"

"听说过肖维岩洞的壁画吗？"

"没有。"

"在法国南部。有史以来发现的最古老的绘画作品。我说的是三万年那么古老。描绘的是旧石器时代的景象，马匹、牛、猛犸象，诸如此类。没画人类，但有一幅描绘的是阴门，真是天晓得为什么。最有意思的是科学家用碳14方法测定那地方的年份，发现同一个洞穴里的两幅壁画在时间上相差六千年，看起来却一模一样。"

"好的，所以呢？"

"你想一想啊。六千年，没有任何进步，也没有证据能说明存在想改变任何事情的任何冲动。人们安于他们固有的生活方式。换句话说，这些人的灵魂并没有孤独的感觉。你和我每天晚上都需要新刺激来消磨时间。这些人却整整六十个世纪毫无改变。他们对他们的日常零食并不觉得厌倦。"

外面的鼓声逐渐变响，然后降低成不祥的咚咚声。

"忧郁，"佩里温克尔说，"必定是被发明的。文明有其意外的副作用，那就是忧郁。厌倦，重复，沮丧。随着这些东西的诞生，我这种人也出现了，使命就是解决它们。所以呢，不，这和爱国没关系，只是演化而已。"

"盖伊·佩里温克尔，演化的巅峰。"

"我明白你是想挖苦我，但巅峰这种词在演化的语境中毫无意义。请记住，演化不涉及价值判断。重点不在于谁最优秀，而在于谁生存了下来。我猜你来是为了谈你母亲？"

"对。"

"她最近在哪儿？"

"挪威。"

佩里温克尔盯着他看了一会儿，消化这个事实。

"哇。"他最后说。

"挪威北部，"萨缪尔说，"全世界最顶上的地方。"

"我没话说了，算是我的破天荒第一次。"

"她要你告诉我真相。"

"哪件事的？"

"所有的。"

"我表示深切的怀疑。"

"关于你和她。"

"母亲的有些事情，怎么说呢？孩子是有权不知道的，你应该明白我的意思。"

"你们是在大学里认识的。"

"我深切怀疑的是，她想让你知道所有的事情。"

"她的原话，'所有的'，她就是这么说的。"

"对，但她确实是这个意思吗？因为有些事情——"

"你们是在大学里认识的，你们是情人。"

"我说的就是这个！有些细节，有些和性爱相关的事情——"

"你就跟我说实话吧，求你了。"

"有些，怎么说呢？低俗的细节，希望你能原谅我略过不提，你我肯定都同意我们应该避免彼此的尴尬。"

"你和我母亲是在大学里认识的，在芝加哥。对不对？"

"对。"

"你是怎么认识她的？"

"老掉牙的故事。"

"我的意思是，你怎么会认识她？"

"她是新生，我是反文化英雄。当时我用的是另一个名字，塞巴斯蒂安。很性感，对吧？比盖伊强多了。一个反文化英雄可不能叫盖伊。这个名字太普通了。总而言之，你母亲算是迷上了我。事情就发生了呗。而我，是啊，我也爱上了她。她很酷。甜美，聪明，有激情，完全没兴趣吸引别人的注意，在我当时的社交圈里实在太稀奇了，因为我那些朋友连穿衣打扮都带着快看我的潜台词。费伊从来不感兴趣，让人耳目一新。总而言之，我出版一份名叫《芝加哥自由之声》的报纸。所有的狂热年轻人都读它。用你能理解的话来说，就像是 1960 年代末的互联网流行热点。"

"会被这种事情吸引，听起来不像我母亲。"

"那份报纸非常有影响力。说真的。每一期都能在芝加哥历史博物馆读到。你必须戴上白手套才能摸原件。也可以用缩微胶片机查阅，全都存档和胶片化了。"

"我母亲不喜欢和人打交道。她为什么会参与抗议活动呢？"

"她也不想的。怎么说呢，她更像是被别人一把推进去的。你知道缩微胶片是什么吧？还是说你太年轻，不知道那是什么？小小的黑白胶卷，插进一台往外吹热风的机器，每次翻页就会发出铿唧一声。非常模拟时代。"

"她被人一把推了进去，是因为你吗？"

"我、艾丽丝还有那个牵扯进来的警察。那家伙有严重的嫉妒心理。"

"布朗法官。"

"对。再次遇到他真是出人意料。1968年他是警察，我认为他非常想杀死你母亲。"

"因为他认为她和艾丽丝有私情，而艾丽丝是他爱的那个人。"

"正确！连主动和被动的关系都说得完全正确。恭喜恭喜。你继续说。把你知道的事情告诉我。给我说说1988年。那是二十年以后，你母亲最终还是离开了你父亲和你。她去了哪儿？告诉我。"

"不知道。她去芝加哥生活了？她那套小公寓？"

"再仔细想一想，"佩里温克尔说，他在座位上俯身向前，双手互握，搁在办公桌上，"前一秒你母亲在大学里，抗议活动那搏动的心脏里，下一秒她嫁给了你父亲，一个冷冻食品销售员，过上了安稳的城郊生活。她经历了那么多的刺激、禁药和性爱——具体细节我就不展开说了——你想象一下她会有什么感觉。她没有选择的道路，她本可以过上的生活，在这些东西开始吞噬她的内心之前，她能乖乖地当多久的家庭主妇？"

"她来找你了？"

"她来找我了，盖伊·佩里温克尔，反文化英雄。"他摊开双臂，像是在等待拥抱。

"她为了你而抛弃我父亲？"

"你母亲这种人呢？无论在什么地方都待不安稳。事实上，她抛弃你父亲并不是为了我。她抛弃你父亲是因为逃跑就是她的本性。"

"所以她也抛弃了你。"

"也没那么夸张，但确实如此。她倒是吼了几嗓子，表达了一些厌恶。她说我放弃了我的原则。但那是1980年代。那会儿我在挣钱，所有人都在挣钱。她想要书本和诗歌的生活，但那并不是我的，怎么说呢，职业路线？她想再一次活得像个激进分子，因为上次她搞砸了。我说，你也该长大了。她把所有事情都告诉你是这个意思吗？"

"我觉得我需要坐下了。"

"坐我的椅子。"佩里温克尔站起来，走到窗口向外看。

萨缪尔坐下，揉着太阳穴，此刻的感觉像是偏头痛或宿醉或脑震荡。

"底下的鼓声像是即兴和混乱的，"佩里温克尔说，"但实际上在循环。你需要等足够长的时间，然后就能听见它在重复了。"

萨缪尔对这些新信息的感觉暂时只有麻木。他估计很快就会体验到一些剧烈的情绪。但此时此刻，他只能想象母亲一点一滴积蓄勇气逃往纽约，但到了纽约后没多久幻想就破灭了。他想象母亲这么做，为她感觉悲哀。他们母子确实很像。

"所以我那本丰厚的书约并不是什么巨大的巧合。"

"你母亲在网上挖掘了一下，"佩里温克尔说，"发现你是个作家，或者说想当作家。她打电话给我，请我帮忙。我觉得我至少欠她这个人情。"

"上帝啊。"

"戳破了你的肥皂泡，对吧？"

"我还以为我是靠自己出名的呢。"

"只有连环杀手才真靠自己出名。其他人都需要我这种人。"

"举例来说，派克州长。他需要你这种人。"

"话题就回到了现在。"

"我看见你在电视上为他辩护。"

"我在他的竞选团队里。我是顾问。"

"难道不构成利益冲突吗？一方面为他的竞选团队做事，另一方面又出版写他的书？"

"你似乎搞错了你在这儿扮演的角色，你不是记者。你说那是利益冲突，我说那是协同增效。"

"所以我母亲袭击州长的那天，你也在芝加哥，对不对？你和他在一起。在他的筹款活动上。他的搂钱大会。"

"他富有乡土气息的可爱称呼，是的，我在。"

"你来了芝加哥，"萨缪尔说，"顺便约我见面。在机场，告诉我你们要起诉我。"

"因为你没能写出那本书。因为你搞砸了我们给你的书约。这个合同你本来没资格拿到的，现在请允许我补充一句，既然咱们正在摊牌。"

"你告诉了我母亲，你约了我见面，公司要起诉我。"

"你当然可以想象，她非常恼火，因为她又一次扰乱了你的生活。她求我在和你见面前先和她谈一谈，大概是想说服我放弃吧。我说行啊，咱们公园见。她说咱们在老地方见，就是多年前警察朝我们发射催泪弹的那个地方。你母亲有时候真是个怀旧的笨蛋。"

"结果你和派克州长一起出现了。"

"一点不错。"

"她肯定打心底里厌恶你，因为你居然在为这种人效力。"

"唔，咱们看一看啊。她抛弃自己的婚姻，追寻某种模糊的自由主义反建制理想。而派克呢？大概是有史以来最拥护建制的威权主义候选人了。所以她不高兴是可想而知的。她对他有着自由主义死硬派的那种本能厌恶，拿他和希特勒之流相提并论，说他是法西斯分子。实际上她只是不明白我明白的事实。"

"什么事实？"

"派克的骨子里和其他想竞选总统的人没什么区别。无论左派还是右派，他们都是同一种材料做成的。只是他的形状更像导弹而不是薯片。"

外面的鼓声放慢了一会儿，然后陡然停歇。寂静只持续了几秒钟，熟悉的砰啪—砰啪—砰啪—砰啪强劲节拍重新响起。佩里温克尔竖起一根手指。"鼓声又从头开始了。"他说。

"你希望这些事发生，"萨缪尔说，"你希望我母亲做出那种反应。"

"有人或许会说那是激情犯罪，但我说我给了你母亲一个机会。"

"你下套害她。"

"就在那个瞬间，她有机会给你一个足以履行书约的故事，帮她自己摆脱扰乱你生活的宿命，让我的候选人当众挨那么一下，他实在太需要这样的曝光了。你赢我赢她赢他赢大家赢。你对我生气只是因为你没能看清全局。"

"我真是不敢相信。"

"还有，请你记住，我只是幕后策划者。捡起石头扔出去的是你母亲。"

"她瞄准的不是派克州长，而是你。"

"而我在他的队伍里，对。"

"新闻里的那张照片？1968年她在抗议现场靠着你的照片。你有一份拷贝。"

"一位大诗人送给我们的美好礼物。"

"你剪掉了你自己，然后交给媒体。照片是你泄露出去的，还有我母亲的被捕记录，那件事你也很清楚。"

"我在煽风点火。我做的就是这一行，而且向来很擅长。我应该说，你母亲用石块袭击我是一个敌意姿态。我相信，她一直很恨我。然而事后，我和她都同意，为了尽量利用好目前的局势，她应该对你守口如瓶。不告诉你任何事情。这样一来，你就没得选了，只能赞同我设计的路线图。说起来？"

他从写字台背后的架子上取出一本书交给萨缪尔。纯白色，封面用黑色印着：派克袭击者。

"清样，"佩里温克尔说，"我请代笔写好了。我需要你允许我把你的名字印在封面上。否则咱们就只能接着打官司了，结局对你来说恐怕会很不幸。你面前那张纸用非常令人困惑的律师语言写清楚了各种细节。请签上你的名字。"

"这本书对她只怕非常不友好吧？"

"会公开而彻底地毁灭她。我相信这很符合你的心愿。派克袭击者。朗朗上口，但又不沾沾自喜。我喜欢，但我更喜欢副标题。"

"是什么？"

"深度揭秘美国最著名的左翼激进分子，由被她抛弃的亲生儿子执笔。"

"我觉得我不能让你把我的名字印上去。"

"绝大多数非小说作品全靠副标题卖书。你大概不知道吧。"

"我做不到，我的良心承受不了。把我的名字印在这么一本书上，我觉得太不对劲了。"

"怎么？害怕会毁掉我为你创造的名声？"

"她真是美国最著名的左翼激进分子？"

"我们要把这本书当回忆录卖。这个门类允许一定的发挥。"

"怎么说呢，这本书在我看来，你要明白，纯属捏造。"

"签不签当然你说了算。但假如你不肯把你的名字印上去，那我们就会继续跟你打官司，你母亲会继续当她的逃犯。请记住，我没有逼着你做任何事情，只是给你指明了两条道路，假如你还没有彻底发疯，其中之一显然是明摆着的正确选择。"

"但这本书不真实。"

"对我们来说有任何意义吗？"

"我觉得它会让我夜里睡不着。我觉得我们应该拒绝出版凭空捏造的东西。"

"什么是真实？什么是虚假？假如你还没有注意到，请允许我提醒你一下，这个世界早就放弃了启蒙时代的理念，不再认为真相必须基于观察得到的资料。现实过于复杂和吓人。不，撇开不符合定见的全部资料，只相信符合定见的那一部分，这么做要容易得多。我相信我相信的事情，你相信你相信的事情，咱们求同存异就好。这是自由派的容忍态度糅合了黑暗时代的否定主义。如今就流行这个。"

"听起来太可怕了。"

"我们在政治上前所未有地狂热，宗教上前所未有地盲信，思想上前所未有地僵化，同时又前所未有地缺乏同情心。我们的世界观非黑即白而又坚不可破。我们完全忽视多样化和全球互通所隐含的问题。因此，没有人关心真假这种老掉牙的概念。"

"我必须好好想一想。"

"说真的，这会儿你最不该做的就是思考。"

"我会通知你的。"萨缪尔说，站起身。

"这会儿你最错误的选择就是盘算局势，努力思考孰对孰错。"

"我会打电话给你的。"

"听我说，萨缪尔，说真的，听过来人说一句？理想主义是个可怕的重负。会污染你以后做的所有事情，会无时无刻不纠缠你，直到你无可避免地变成世界需要你成为的愤世嫉俗之人。你就放弃理想主义吧，做出正确的选择。以后你就再也不会有什么事情可后悔了。"

"谢谢。回头联系。"

4

佩里温克尔那幢楼外，人行道上一片喧嚣。目前占领祖科蒂公园的那些人，他们的新关注点是警察威胁要履行市政府禁止占领公园的条例。警察站在公园边缘，望着抗议活动的组织者开会公开讨论遵从警察指挥的好处和坏处。因此，今天的气氛很紧张。另外还有打鼓的问题：人们在抱怨鼓声无休无止地持续到深夜，主要是居民，尤其是孩子要早早上床睡觉的那些人，还有附近的商户，他们愿意让抗议者使用卫生间，但假如鼓声不能立刻停下，他们恐怕就不会那么愿意了。打鼓圈在公园的一头，另一头是多媒体转播营地、发言台、图书库和管理委员会，假如鼓手是本我，那他们就是超我。有人这会儿正在讨论打鼓的问题，一个穿着貌似古着运动上衣的年轻人说了几个词，离他最近的一群人喊出这些词，旁边一片区域的人跟着喊，随后就像涟漪似的逐渐扩散，一声喊叫刚开始平息就立刻被放大和再次放大，仿佛逆时间传播的回声。这么做有其必要性，因为抗议者没有麦克风。市政府援引公害方面的法令，禁止在此使用音频放大设备，但他们至今还不逮捕鼓手的原因就只有天晓得了。

　　说话者正在说他完全支持鼓手，他认为抗议应该是个开放、兼容并蓄、欢迎一切人参加的活动，他明白不同的人表达政见有不同的方式，不是每个人都乐于对着"人民的麦克风"发出理性和民主的声音，有些人希望比起政治提案、论据文章和多步宣言（他想补充一句，这些都是这群人煞费苦心地通过多数一致方法慢而又慢地撰写出来的，克服了难以想象的困难，其中包括警方的不间断监控、媒体的详细审查和压过鼓声的交谈），他们所传达的信息能够更加，怎么说呢？——抽象。但没关系，他们应该接受形形色色的多样性，感谢有这么多不同类型的人参加抗议活动，不过他正要提交一个议案，代表占领公园的群众集体请求鼓手每晚到九点左右就停止打鼓，谢谢，因为大家必须睡觉，所有人都在崩溃边缘，不算彻夜不停的该死鼓声，光是在水泥地上的帐篷里睡觉就已经够艰难了。他将这份议案提交给管理委员会表决。许多只手立刻伸向天空，手指飞快旋转。没有人当场反对，动议即将通过，直到有人说，他们还没有听取鼓手的意见，我们必须听取鼓手的意见，因为即便我们不赞同鼓手的做法，但听取每一个人的意见依然重要，我们必须尊重每一个人的观点，而不是像法西斯分子那样独断专行，引号把结论塞进别人的喉咙引号完。呻吟声在各个角落响起。然而，他们还是派遣使者去打鼓圈邀请代表来开会了。

　　萨缪尔冷静而茫然地望着这一切。他觉得他和此处发生的一切远隔万里，他是那么孤独而绝望。这些人似乎有他们的使命感，他却彻底迷失了。你发现你的成年生活完全是个骗局该怎么办？他以为他靠自己拼搏而来的那些成就，包括出版的书、后续的书约和教职，仅仅是因为有人欠了他母亲一个人情。没有一样是他应得的。他是个骗子。被掏空，这就是身为骗子的感觉。他觉得自己空荡荡的，极度失望。为什么这些人还没有注意到他？他渴望人群中有谁能注意到此刻肯定印在他脸上的纠结表情，过来说：难以忍耐的剧痛似乎正在折磨你，我能如何帮助你吗？他只希望被看见，希望别人了解他的痛苦。他很快意识到这是一种幼稚的愿望，就像给母亲看你的伤口以换取一个亲吻。成熟些吧，他对自己说。

"就警察的问题。"发言者改变了话题，他们在等待鼓手停止打鼓，过来和他们谈话。

"就警察的问题。"人群重复道。

萨缪尔转身离去，沿着自由街向北走了两个街区，来到贝萨妮那幢老公寓楼前。他站在楼下，抬头向上看。他不知道他在找什么。从上次到现在的七年间，这座建筑物似乎毫无变化。他生命中一些最重要的时刻就属于这里，他难以想象它居然能够一如既往地存在下去，拒绝被周围发生的事情留下印记。上次在这里的时候，贝萨妮在卧室等他，等他来破坏她的婚姻。

即便到了现在，回想起这个瞬间，熟悉的苦涩、后悔和愤怒的情绪依然像洪水一般涌来。愤怒是因为自己，因为他做了毕晓普要他做的事情；愤怒是因为毕晓普，因为毕晓普要他这么做。萨缪尔无数次地重温这个瞬间，一再沉溺于幻想：他读完毕晓普的信，把它重重地拍在厨台上。他打开卧室门，看见贝萨妮坐在床沿上等他，床边点着三支蜡烛，只有这些小小的琥珀色火苗照亮了宽敞的房间，她的面容随着火光投下的影子舞动。在他的梦想中，他走向贝萨妮，拥抱她，他们最后在一起了，她离开可恶的彼得·艾奇逊，与萨缪尔坠入爱河，萨缪尔过去七年间的所有事情随之改变。就像时间旅行的电影里，主角回到现在，得到了以前生活中绝对不可能见到的美好结局。

　　萨缪尔小时候读"选择你自己的冒险"时，碰到非常艰难的选择就会插一个书签，要是故事的结果不够美好，他就回去换一条路尝试。

　　他非常希望人生也能这样。

　　见到烛光掩映下美丽的贝萨妮，他会在这个时刻夹上书签。下一次他会做出截然不同的决定。他不会像现实中那样说"对不起，我做不到"，因为他当时觉得他有责任遵从毕晓普的意愿，因为毕晓普已经去世，需要得到尊重。直到很久以后，萨缪尔才意识到他尊重的不是毕晓普，而是损毁毕晓普的最严重的伤害。无论毕晓普和校长之间发生了什么，无论是什么情绪苦苦折磨小时候的毕晓普，它们都持续纠缠着他来到海外的战场上，因此催生出了那封信。它不是一份责任，而是赤裸裸的仇恨、自我厌恶和恐惧。遵从这种意愿，萨缪尔再一次辜负了毕晓普。

　　萨缪尔直到很久以后才完全意识到这一点，但他始终有所感觉，感觉到他做出了错误的决定。哪怕在他坐电梯下楼的时候，哪怕在他走出自由街55号的时候，他都在一遍又一遍地对自己说：快回去，快回去。哪怕在他找到他的车，离开纽约驱车穿过中西部的黑夜时，他还在一遍又一遍地对自己说：快回去，快回去。

　　一个月后，消息出现在《时代》杂志的婚礼版上：彼得·艾奇逊与贝萨妮·福尔结婚。金融天才和小提琴演奏家，艺术和金钱的完美结合。《时代》照单全收。两人结识于曼哈顿，新郎为新娘的父亲工作。两人即将在长岛举行婚礼，地点是新娘家一位朋友的私人住所。新郎专精于贵金属市场的风险管理。蜜月计划包括航海和列岛环游。新娘将保留娘家姓。

　　是的，他想返回那个夜晚，做出不同的选择。他想抹掉过去

的这几个年头——如今他看清楚了，这是一段漫长、模糊、单调
而愤怒的时间。要是有可能，他想再往回跳几年，再次见到毕晓
普，帮助他。或者说服母亲不要出走，但那还不够早，不足以拾回
他失去的东西，那是他因母亲的残忍干涉所牺牲的东西，是他开始
尝试讨好她时埋葬的那一部分真我。假如他的本能没有不停朝他喊
叫，说他母亲随时有可能离他而去，他会成为一个什么样的人呢？
他有可能摆脱那份重负吗？他有可能成为真正的自己吗？

　　你行将崩溃时就会问自己这些问题。你忽然意识到你不但过
着你从来都不想过的生活，而且觉得你过的生活在攻击和惩罚你。
你开始搜肠刮肚寻找你一开始究竟在哪儿拐错了弯。是哪个时刻
带着你走进迷宫？你不禁怀疑迷宫的入口会不会也是出口，假如
你能够找到你搞砸的那个时刻，就可以来一个巨大的路线修正，
从而拯救自己。因为这些，所以萨缪尔心想，假如他能再次见到
贝萨妮，重新和她建立起某种关系，哪怕只是柏拉图式的友善关
系，那么他就有可能修补某些重要的事物，他就有可能让自己走
上正轨。这就是他此刻的精神状态，这样的逻辑对他来说合情
合理，他认为目前唯一的出路就是回头，揿下他人生的复位按钮，
关闭整个操作系统——他逐渐明白他迫切需要的就是这种焦土战
术，此刻他站在贝萨妮的公寓楼前，手机嗡嗡震动，上司又发来
一封邮件，他越读越觉得灵魂从深处开始颤抖：本人在此通知你，
你的办公室电脑已被扣留，将作为反方证据提交给针对你的教师事
务审查之用——他听见毕晓普的声音在耳畔响起：萨缪尔母亲离
开的那天，毕晓普说这是一个好机会，他可以成为一个新人，一个
更好的人。此时此刻，萨缪尔无比希望这个梦想能够成真。更好的
人。他走进自由街 55 号。他对门卫说，请给贝萨妮·福尔带个话。
他留下姓名和手机号码，说他在纽约，问她愿不愿意见一面？二十

分钟后，他沿着百老汇漫无目的地向北走，经过苏豪区的古着店，舞曲和空调冷气从店里漏到了人行道上，这时他收到了贝萨妮的短信：你在纽约。惊喜！

她说她在彩排，很快就会结束，他愿不愿意共进午餐？她建议在摩根图书馆见面。曼哈顿中城，离她很近。图书馆里有一家餐厅。她想给他看一样东西。

就这样，他来到了麦迪逊大道一幢富丽堂皇的石砌大楼前，这里曾经是美国银行业与工业巨子 J. P. 摩根的住所。室内的感觉像是存心设计得让来访者觉得自己很渺小——无论是身高、智力还是金钱方面。房间的天花板高达九米，精致的壁画深受梵蒂冈的拉斐尔画作影响，但圣徒的位置被世俗英雄取代，比方说，伽利略，还有哥伦布。所有外表面不是大理石就是镀金。三层楼的书架上摆满了几千几万册古书——初版的狄更斯、奥斯汀、布雷克、惠特曼——虽然能看见，但黄铜格架确保参观者无法碰到它们。莎士比亚的初版对开本。古腾堡印刷版《圣经》。梭罗的日记。莫扎特的《哈夫纳》交响曲的手稿。《失乐园》幸存至今的唯一一份原稿。爱因斯坦、济慈、拿破仑、牛顿的信件。壁炉比纽约市绝大多数人家的厨房还要大，上方挂着一面织锦，标题恰如其分：贪婪的胜利。

这里感觉像是萨缪尔的大学办公室，只是更加宏伟，设计用意在于威逼和矮化他人。他不禁觉得在公园的那些人抗议超级富豪的举动迟到了大约一百年。

他望着乔治·华盛顿的面部倒模塑像，这时贝萨妮看见了他。

"萨缪尔？"她说，萨缪尔连忙转身。

一个人在短短几年内的变化能有多大？萨缪尔的第一印象（也是他能想到的最恰当的阐述方式）是，她看上去更真实了。她不再像他幻想里那样闪闪发光。她更像她自己了，换句话说，更像个普通人了。也许改变的不是她，而是环境。她的绿眼睛依然如故，雪白的皮肤依然如故，总是让萨缪尔觉得自己不够精神的挺拔站姿也依然如故。但她有些地方不一样了，她眼睛和嘴巴四周的皱纹，它们代表的不是岁月和年龄，而是情绪、经验、心痛和智慧。这种事情他在片刻之内就能认识到，但无法具体说清究竟是什么。

"贝萨妮。"他说，两人拥抱，动作僵硬，近乎形式，就像你和以前的同事拥抱。

"很高兴见到你。"她说。

"我也是。"

她大概不知道接下来该说什么了，所以扭头环顾四周，说："很安静，对吧？"

"好地方。好收藏。"

"非常漂亮。"

"美丽。"

两人毫无意义地四处张望，打量除彼此之外的每一样东西。萨缪尔开始觉得惊恐——难道我们已经找不到其他话题了吗？这次见面恐怕是个大错误。"我一直在想，"贝萨妮终于开口，"这些东西到底给了他多少乐趣。"

"什么意思？"

"他的藏品来自很多了不起的人物——莫扎特、弥尔顿还有济慈。但找不到他真实生活的证据。这些东西总让我觉得是投资者的藏品。他建立了一套多样化的投资组合。里面似乎没什么感情。"

"也许有几件他喜爱的作品。他藏起来不给别人看。只属于他一个人。"

"也许。也许那样也就更可悲了，他甚至无法和别人分享。"

"你想给我看什么？"

"跟我走。"

她领着萨缪尔来到一个角落，玻璃罩底下展示的是几份手写乐谱。贝萨妮指给他看其中之一：马克斯·布鲁赫第一小提琴协奏曲，作于1866年。

"你听我演奏的第一场音乐会，我演奏的就是这个，"贝萨妮说，"还记得吗？"

"当然。"

泛黄的手稿在萨缪尔眼中犹如天书，他看不懂乐谱不是唯一的原因。写下来的文字被划掉，音符被擦掉或画上黑叉，墨水底下似乎还有一层铅笔草稿，纸页上印着咖啡或油漆的污渍。作曲家在最顶上先写下甚快板，然后划掉甚，换成中。第一乐章的标题"前奏曲"底下有一段极长的副标题，占据了大半张纸，完全被潦草的字迹、线条和涂鸦盖住了。

"这是我演奏的部分。"贝萨妮指着乱糟糟的一团音符说，它们似乎只是勉强被底下的五条线留在纸上的。这堆乱七八糟的东西能够变成萨缪尔那晚听见的音乐可真是奇迹。

"知道这部作品他没有拿到酬劳吗？"萨缪尔说，"他卖给了两个美国人，但他们始终没有付钱。我记得他去世的时候很穷。"

"你怎么知道的？"

"我母亲告诉我的，其实就是在你的音乐会上。"

"你居然还记得？"

"记得很清楚。"

贝萨妮点点头，没有问下去。

"所以，"她说，"你最近怎么样？"

"快被开除了，"他说，"你最近怎么样？"

"离婚了。"她答道。两人露出微笑。微笑逐渐变成大笑。笑声似乎融化了两人之间的某种东西：拘谨，防备。两人各有各的灾难，他们在博物馆的餐厅吃饭，她讲述她和彼得的四年婚姻生活。到了第二年，但凡有国外音乐会的邀约她就会抢着答应，因为她无法容忍和彼得待在同一个国家，也就不需要面对她从一开始就心知肚明的事实了：她很喜欢彼得，但并不爱他，或者就算曾经爱过，那种爱也经不起时间的考验。他们相处得挺好，但没有激情。婚姻的最后一年，她结束了长达一个月的中国巡演，想到回家就满心恐惧。

"这时我终于不得不结束婚姻了，"她说，"应该早些分手才对。"

她用叉子指着萨缪尔说。"都怪你那天晚上跑掉。"她说。

"对不起，"萨缪尔说，"我应该留下的。"

"不，你离开是正确的。那天晚上我只是在寻求一条简单的出路。但我觉得艰难的那条路对我来说好处更多。"

他讲述他最近跌宕起伏的人生，从他母亲离奇的再次出现开始——"派克袭击者是你老妈？"贝萨妮说，引得其他桌的客人望向他们——警察和法官，一直说到今天他和佩里温克尔的会面，还有代笔出书的两难处境。

"听我说，"他说，"我觉得我想从头开始了。"

"开始什么？"

"我的人生。我的职业。我觉得我想一把火全都烧干净。彻底重启。返回芝加哥我连想都不敢想。过去这几年就像一段漫长的车轨，我必须摆脱它。"

"好，"贝萨妮说，"我觉得很好。"

"我知道我这个请求非常冒失、放肆、突然，但我希望你能帮我一个忙。希望你能卖我一个人情。"

"没问题，你需要什么？"

"一个住处。"

她露出微笑。

"就住一小段时间，"他补充道，"等我厘清几件事情。"

"说来也巧，"她说，"我的公寓好像有八间卧室。"

"我保证不打扰你。你甚至不会注意到我。我保证。"

"彼得和我住在那儿的时候几乎从来不见面。所以肯定能做到。"

"你确定？"

"愿意待多久就待多久。"

"谢谢。"

午餐结束，贝萨妮必须回去参加第二场彩排。两人再次拥抱，这次抱得很紧，很亲昵，像两个朋友。萨缪尔在布鲁赫手稿前逗留了一会儿，打量纸上乱糟糟的字迹。大师刚开始也会失误，杰作有时候也需要返工，他不禁觉得很欣慰。他想象作曲家将手稿寄往海外之后，想象他不再拥有这部音乐作品，只剩下有关它的记忆。写作的记忆，演奏起来会发出什么样的声音。他的钱迟早会花光，战争即将爆发，到最后他拥有的仅仅是他的想象，或许还有幻梦：假如事情的结果稍微有那么一点不同，他的生活会变成什么样子，他的音乐将如何在更明朗的日子里充满庄严肃穆的空间。

5

　　劳工统计局传来的消息在一夜之间登上了头版头条：失业形势毫无起色。

　　电视新闻很快跟进，插入的临时节目宣布了令人震惊的统计结果：过去一个月内，全国经济未能增加新就业。

　　这是当天最大的新闻。实打实的数字证实了 2011 年秋天人们心中不安的模糊感觉：世界正朝着崩溃一路狂奔而去。海岛国家纷纷破产，欧盟近乎解体。老字号银行突然关门。股市在夏天已经暴跌，大多数专家称熊市将持续到冬天。华尔街的流行词语是"去杠杆化"——每个人都欠了太多债。事实证明，这个世界拥有的物资比这个世界能用金钱购买的东西多得多。节俭成了新的时尚。黄金依然坚挺，资金流入黄金市场，因为形势严重恶化，人们对纸币的合法性都产生了怀疑。有人认为纸币只是群体性幻想支撑起的骗局，这种边缘观点逐渐在主流话语中站稳了脚跟。经济回到中世纪，如今真正宝贵的只有贵金属：黄金、白银、黄铜和青铜。

　　这是一场前所未有的全球性大萧条，巨大得难以理解，复杂得难以想象。你不可能退到足够远的地方去看清全局，新闻只能从各种零碎的角度报道它——劳工数据，市场趋势，资产负债表——大故事里的小片段，能够被衡量的现象涌出之处。

　　因此，失业率的报道才引来了那么多的关注。切实的数字才拥有这种完整性，而"去杠杆化"之类的抽象概念无论如何也做不到。

　　于是，有人想出了一个标题：大零蛋！他们制作了色彩缤纷的精致图表，用以反映近期糟糕的就业形势。新闻主播向专家、评论家和政客提出尖刻的问题，让他们在分割画面中互相吼叫。电视台召集"街头美国人"参加有关就业危机的"圆桌讨论"。感觉像是一场铺天盖地而来的雪崩。

　　萨缪尔坐在电视机前，在几个新闻频道之间换来换去。他很好奇，想知道他们今天会说些什么，发现居然是这个话题，他松了一口气。新闻越是痴迷于失业统计数字，就越是不会讨论另一个潜在的大新闻，也就是一本新书的上市：《派克袭击者》，费伊·安德烈森-安德森的丑闻传记，作者是她的亲生儿子。

　　前一天晚上，萨缪尔去这本书的宣传派对转了一圈。这是他和佩里温克尔达成的协议的一部分。

　　"别难受，"拍完强制性的照片后，佩里温克尔说，"这是你一辈子最明智的决定。"

　　"这样就能解决法官的麻烦了吧？"

　　"我已经解决了。"

　　法官发现费伊·安德烈森-安德森已经潜逃挪威的当天——意味着他面临的是很可能会持续好几年的一场引渡官司——他接到了派克总统竞选团队的电话，邀请他接受一份工作：犯罪克星。唯一的条件是，他必须放弃这个案子。由于费伊的案件明摆着不可能很快结案，也因为犯罪克星的工作邀约来自一位随身带枪的总统候选人，他不可能拒绝这个请求，因此法官答应了这些条件。他无声无息地把案件塞进有关管辖权的法律官僚黑洞，正式从法官的位置上退休。他在新工作上的第一份政策提案是削减第一修正案赋予左翼抗议者的人权，派克州长狂热地为这份提案背书，他希望能在衷心厌恶所谓"占领华尔街"事件的保守主义人群中轻而易举地捞取一些分数。

　　萨缪尔每天都能听见华尔街抗议者弄出的声音。早晨他醒来，喝咖啡，一口气写作到下午，他坐的大皮椅旁边就是俯瞰祖科蒂公园的窗户，抗议者的耐心似乎好得出奇。他们显然打算一直睡到冬天去。贝萨妮让他随便选房间，他选了西边的这个房间，白天能够看见抗议的人群，傍晚能够见到太阳落下。他逐渐喜欢上了鼓声，尤其是鼓手已经通情达理地同意只在白天打鼓了。他喜欢鼓声的节拍，无休无止的前进势头，鼓手能够片刻不停地连打几小时的劲头。他努力学习他们的自律，因为他开始了一个新项目，正在写一本新书。摆脱了旧合同的约束后，他对佩里温克尔说过这件事。

　　"我要写我母亲的故事，"萨缪尔说，"但我写的是真相。真正发生过的事情。"

　　"你指的是哪些事情呢？我很好奇。"佩里温克尔说。

　　"所有的事情。这本书将无所不包。完整的故事。从她的童年一直到今天。"

　　"所以这本书会有七百页，顶多只有十个人能读完？祝你顺利。"

　　"那不是我写作的原因。"

　　"哦，你写作是为了艺术。你也变成了那种人。"

"差不多吧。"

"姓名必须要换掉，你明白的。可被识别的基础事实也要更改，我可没兴趣再起诉你一次。"

"起诉我诽谤还是造谣？我不记得区别了。"

"诽谤加造谣，还有中伤、侵犯隐私、污蔑、名誉损失、财产损失、精神创伤和违反双方合同中的竞业条例。还有律师费，还有连带损失。"

"我会当小说写的，"萨缪尔说，"名字肯定会换掉。保证给你一个特别可笑的名字。"

"你母亲怎么样？"佩里温克尔问。

"不知道。大概很冷吧。"

"还在挪威？"

"对。"

"陪伴驯鹿和北极光？"

"对。"

"我见过一次北极光。在加拿大阿尔伯塔省北部。我参加了一个名叫'饱览北极光'的旅行团。我希望北极光能让我大开眼界，结果确实如此。我大开眼界。但我非常失望，因为北极光完全符合我对它的期望。完全就是我花钱去看的东西。就当是我给你买了个教训吧。"

"什么教训？"

"写你这本史诗巨著。还有你期望它能为你达到什么目标。就当北极光是你的教训吧。当然了，这是个比喻。"

萨缪尔不确定他想达到什么目标。刚开始，他以为假如他能搜集足够多的信息，最终就能得出母亲离家出走的原因。但他真能找到那个原因吗？任何一个解释都显得过于简单，过于凡俗。因此他不再寻求答案，而是开始书写她的故事，认为假如他能从她的角度观察世界，也许就能得到比答案更宏大的东西：也许他能找到谅解、同情和宽恕。因此他写母亲的童年，母亲如何在艾奥瓦长大，去芝加哥念大学，1968年的抗议，失踪前和家人度过的最后一个月，他越是写，这个故事就变得越广阔。萨缪尔写他的母亲、父亲和外公，写毕晓普、贝萨妮和校长，写艾丽丝、法官和庞纳吉——他尝试理解他们，尝试写出以前因为痴迷于自我而未能看清的事情。甚至是劳拉·波茨坦，恶毒的劳拉·波茨坦，萨缪尔甚至想分一丁点儿同情给她。

劳拉·波茨坦，此刻正觉得人生和世界真是太美好了，因为那个混蛋英语系教授已被解雇，替换他的是个倒霉蛋研究生，因抄袭被判不及格的《哈姆雷特》论文消失在学术的迷雾之中。因此她觉得一切都好极了，整件事证明了她母亲从她小时候就一再灌输给她的念头，那就是她是个强大的女人，应该得到她想要的东西，假如她想要什么东西，就该奋起争取，而此刻她想要的是几杯深水炸弹混合鸡尾酒，庆祝正义得到伸张：教授滚蛋，她的职业生涯得救。她瞥见了未来，她不可避免必将成功的未来在前方铺展开来，仿佛F-16战斗机的跑道。在这个未来之中，任何人企图挡路，她都会把他们碾成齑粉。教授这档子事是她的第一项重大考验，她通过了，大获成功。情况变得越来越好，劳拉的S. A. F. E.活动吸引到了大量关注，晚间新闻和校董会议揪住它大做文章，她的朋友开始说她下个学期应该参加学生委员竞选，她的回答当然是别他妈开玩笑了。直到派克竞选活动开进校园，派克州长本人想和劳拉来个合影，因为她代表伊利诺伊州所有辛苦工作的纳税人而付出的努力给他留下了深刻印象。他说："我们必须采取行动来保护我们的学生和钱包，不受那些在过时领域内毫无建树的自由派教授侵害。"在媒体发布会上,记者问派克州长如何评价劳拉的进取心和勇气,这位声名远扬的总统候选人答道:"我认为她以后应该去竞选总统。"

于是,她改换了主修专业。再见了,商务沟通与市场营销。她立刻投向另外两个她认为会在未来竞选总统中起到极大帮助的专业:政治学和表演。

萨缪尔并不怀念教劳拉·波茨坦这种学生,但他对他教导他们的方式有所悔悟。此刻想到他如何轻视他们,他就忍不住要皱眉头。到最后他只能看见他们的缺陷、弱点和短处,他们如何不符合他的标准。他的标准时常改变,学生永远也不可能符合,因为萨缪尔很容易就会生气。愤怒是一种简单的情绪反应,是不想努力做事的人的避难所。因为他在 2011 年夏天的生活是那么贫瘠和毫无前途,他为此感到无比愤怒。他愤怒于母亲的离开,愤怒于贝萨妮不爱他,愤怒于他的学生无法管教。他沉迷于愤怒之中,因为愤怒比起要逃脱愤怒而付出的劳力实在太容易了,比起通过反省来理解他的所作所为使得他不值得被爱和责怪贝萨妮不爱他要轻松得多,比起想办法激发学生的灵感和责怪学生都是榆木疙瘩要轻松得多。随便哪一天,瘫坐在电脑前都比面对他停滞的生活要轻松得多,比认真面对母亲抛弃他之后在他内心留下的空洞要轻松得多,假如你每天都做出轻松的选择,这种事就会变成习惯,而习惯会变成你的生活。他沉入《精灵征途》的世界,就像破船沉入大海。

这种生活本来会一年一年过下去,就像庞纳吉那样。说到庞纳吉,此刻他终于睁开了眼睛。

他睡了一个月——本县医疗史上最漫长的一场"小睡"——此刻他睁开了眼睛。他的身体补充好了营养,意识得到了足够的休息,循环系统、消化系统和淋巴系统或多或少排净了废物,恢复了正常状态，他不再像以前那样感到嗡嗡耳鸣的头疼、百爪挠心的饥饿和刺骨入髓的关节痛，肌肉震颤也消失了。事实上，他不再能够感到不间断陪伴他很长一段时间的背景式疼痛了，此刻只觉得像是发生了奇迹。比起以前的感觉，他觉得他要么是死了，要么是嗑药了。因为除非是嗑了什么猛药或者进了天堂，否则他绝对不可能感觉这么好。

　　他环顾病房，看见莉萨坐在沙发上。莉萨，他美丽的前妻，对他微笑，拥抱他，她的胳膊底下夹着一个破旧的黑色皮面笔记本，他那本侦探小说的头几页就写在这个笔记本上。她说一家大牌纽约出版公司寄来了几个包裹，里面是各种各样需要他签字的文件，庞纳吉问她都是什么文件，她笑嘻嘻地说："你的书约！"

　　这是萨缪尔向佩里温克尔提出的另一个条件，请佩里温克尔出版他朋友的小说。

　　"写什么的？"佩里温克尔当时问。

　　"呃，通灵侦探追捕连环杀人狂？"萨缪尔说，"最后发现杀手是侦探前妻的男友，好像是，还是继子或者其他什么人。"

　　"说真的，"佩里温克尔说，"听起来很有意思嘛。"

　　庞纳吉曾经对萨缪尔说过，你生活中的每个人都属于敌人、障碍、谜题和陷阱四者中的一种。对 2011 年夏天前后的萨缪尔和费伊来说，他人无疑就是敌人。他们对生活的要求无非是让我一个人待着。然而你不可能一个人承受这个世界的折磨，萨缪尔越是写这本书，就越是意识到以前的自己错得有多么厉害。因为假如你将他人视为敌人、障碍或陷阱，就会和他们以及自己争斗不休。然而假如你将他人视为谜题，将自己也视为谜题，你就会总是过得很开心，因为无论什么人，只要你挖掘得足够深入，揭开这个人的表层生活，你就迟早会找到一些熟悉的东西。

当然了，比起认定他人就是敌人，这么做更加劳神费力。理解永远比纯粹的憎恨困难。但这么做能拓展你的生活。你会觉得不像以前那么孤独了。

萨缪尔就在这样努力，他在努力适应他和贝萨妮共度的这种怪异生活。他们不是情侣。或许以后会是，但目前还不是。萨缪尔对此的态度是任其自然。他知道他不可能回到过去，重新过一遍他的人生，他无法更正以前犯下的错误。他和贝萨妮的关系不是一本"选择你自己的冒险"。因此他尽量这么做：澄清过去，阐述过去，尽可能更好地理解过去。他会尽力阻止自己的过去吞噬掉他的当下。他尽量活在这个时刻之中，不让他的幻想污染这个时刻本身。他努力以贝萨妮的本来面目看待她。这难道不是每一个人的心愿吗？看得更清楚一些？他向来痴迷于贝萨妮的几个特点：比方说眼睛和站姿。但有一天，她说她最像毕晓普的就是眼睛，因此每次照镜子看见自己的眼睛，她都会有点悲伤。还有一次，她说小时候其他孩子都在荡秋千和躲草坪洒水器，而她年复一年地上身姿矫正技巧课，所以这个站姿已经深入她的骨髓。听她说完这两段往事，萨缪尔彻底改变了对她眼睛和站姿的看法。然而他也意识到，随着这些方面的减损，整体印象却极大地扩展了。

因此有史以来第一次，他开始看清贝萨妮的本来面目了。

他母亲也一样。他在努力理解她，看清她，而不是通过被愤怒扭曲了的视线。萨缪尔只在一件事情上骗了佩里温克尔，那就是费伊待在挪威。这应该是个善意的谎言，假如所有人都认为她还在北极圈，就不会有人去打扰她了。真相是她已经回来了，她回到了艾奥瓦河畔的小镇，照顾她年迈的父亲。

弗兰克·安德烈森的痴呆症已经非常严重。费伊第一次见到他的时候，护士说："你女儿来看你了。"他望着费伊的眼神里充满了惊讶和诧异。他瘦得只剩下一把骨头了，额头上遍布抓挠留下的红色斑块。他望着费伊，就好像见了鬼。

"女儿？"他说，"什么女儿？"

要是费伊不知道实情，要是她不知道除糊涂以外也许还有更深层次的原因，她会将其归咎于犯傻。

"是我，爸爸，"她说，然后决定冒险试一试，"是我，弗雷娅。"

这个名字落进了他内心深处的某个地方，他皱起脸，愤怒而绝望地望着她。她走到父亲面前，拥抱他脆弱的身躯。

"没事了，"她说，"不要悲伤。"

"对不起，"他说，这个男人一辈子都不愿和别人对视，此刻他的视线专注得出奇，"真的非常对不起。"

"后来大家都很好。我们都爱你。"

"你也是吗？"

"大家都非常爱你。"

他仔细打量费伊，长时间地端详她的面容。

十五分钟之后，这一幕就永远消失了。他正在说一个故事，忽然停下来，愉快地望着费伊，说："亲爱的，你是哪位来着？"

但那个时刻似乎松动了他内心的某些东西，似乎解开了某个重要的心结，因为他现在讲的都是玛尔特年轻时的故事，他们如何在光线朦胧的午夜天空下散步，费伊从来没听过这些故事，护士听得很不好意思，因为散步明显是交合后的事情。他似乎卸下了某种重负，内心变得轻松了许多。就连护士也这么说。

于是，费伊在护理院附近租了一套小公寓，每天早晨步行过来，陪父亲度过一整天。有时候他认识她，但大多数时候不认识。他讲述古老的鬼故事，讲述化学之星工厂的往事，讲述在挪威海捕鱼的事情。每隔一段时间，他见到她的时候，她从他的表情看得出他实际上见到的是弗雷娅。每当这种时候，她就会安慰他，拥抱他，对他说大家后来都很好，他问起农庄，她描述给他听，她描述的时候会夸大其词——不仅前院种着大麦，放眼望去的田野里全是小麦和向日葵。他微笑，他在想象那幅景象。她的讲述让他高兴，听她说"我原谅你，我们都原谅你"也让他高兴。

"但为什么呢？"

"因为你是好人。你已经尽力了。"

确实如此。他尽力了。他是个好人。他尽可能地扮演了父亲的角色。费伊以前只是没有看到这一点。有时候，我们完全沉迷于自己的故事之中，没能看清我们在其他人的故事中只是配角。

安慰父亲，陪伴他，一遍又一遍地宽恕他，这就是现在她能为父亲做的事情了。她无法拯救他的身体和意识，但她能够减轻他灵魂的负担。

他们交谈一阵，然后他就需要打个瞌睡了，有时候他会一句话说到半截忽然睡过去。他睡觉的时候，费伊坐在旁边读书，再次漫步于艾伦·金斯堡诗集的世界之中。有时候萨缪尔打电话给她，这时她会放下书，回答他的问题，他那些巨大而可怕的问题：她为什么离开艾奥瓦？为什么离开大学？离开丈夫？还有儿子？她尽量诚实和完整地回答问题，克制内心的恐惧。这是她人生中第一次不再隐瞒有关自己的重大事情，她袒露得险些惊恐发作。她从未像这样将自己交给其他人。过去，她总是一点一点地开放自我。这一块给萨缪尔，那一小块给父亲，几乎没什么剩下给亨利了。她从不把自己放在完整的一块之内，感觉风险太高。因为她持续多年的最大恐惧，就是假如一个人完全了解了她——真正的她，最本源、最深微的她——肯定不会找到值得爱她的理由。她的灵魂不足以滋养另一个灵魂。

　　但现在，她向萨缪尔和盘托出。她回答他的问题。她不隐瞒任何事实。尽管答案让惊恐在她的内心滋生——萨缪尔会认为她为人很差，会不再打电话给她——但她依然向他吐露真相。她以为他对她的兴趣肯定已经耗尽，她的答案证明了她是一个不值得他爱的人，但这时候发生的事情恰恰与她的想象相反。他似乎更加有兴趣了，电话打得更频繁了。有时候打电话只是为了聊天——不是询问她丑陋的过去，而是问她今天过得好不好，天气如何，最近有什么新闻。她不禁产生了希望，有朝一日他们会只是两个彼此坦诚相待的人，忘记他们扭曲的过往，忘记那些不可改变的错误。

　　她会保持耐心。她知道这种事无法强迫。她会默默等待，会照顾父亲，回答儿子无数的问题。萨缪尔想知道她的秘密，她就说出她的秘密。他想聊天气，她就聊天气。他想谈论新闻，她会谈论新闻。她切换电视频道，看世界上都在发生什么。今天的话题是失业、全球性的去杠杆化、经济萧条。人们惊恐万状，不确定感前所未有地高涨，危机隐然威胁。

　　但费伊的看法是，有时候危机并不必然是危机，也有可能是一个新起点。因为她从所有这些事情中得出一个结论：假如新起点确实能让一切重新开始，感觉就会像是一场危机。真正的改变刚开始时肯定会让你害怕。

　　假如你不害怕，那就不是真正的改变了。

　　所以银行和政府在多年肆意妄为后开始清理账本。舆论一致认为，每个人都欠了太多的债，我们即将忍受好几年的痛苦。但费伊心想：好的。事情大概就该是这样。这大概就是自然之道。我们就该这样找到回去的路。要是儿子问起，她就会这么回答。到了最后，所有的债务都必须清偿。

（全文完）

致 谢

本书中对 1968 年各种事件的描述混合了历史事实，亲历者访谈，作者的想象、无知和幻想。举例来说，艾伦·金斯堡参加了芝加哥的抗议活动，但他不是圈大的访问学者。1968 年的圈大也没有学生宿舍。行为科学大楼直到 1969 年才启用。我描述格兰特公园抗议活动时没有遵照史实的时间顺序。等等等等。就 1968 年抗议活动更具历史精确性的叙述而言，我推荐以下几本书，它们在本书写作过程中都起到了不可估量的作用：戴维·法伯的《芝加哥 1968》、托德·吉特林的《全世界都在看》、弗兰克·库施的《芝加哥战场》、诺曼·梅勒的《迈阿密与芝加哥围城》、布雷特·摩根导演的《芝加哥 10》、沃尔特·施奈尔编辑的《如实讲述：芝加哥骚乱》和约翰·舒尔茨的《无人被杀》。

另外，我还必须感谢以下书籍，它们帮助我将这个时代描述得更加可信（但愿如此）：戴维·阿林的《要做爱，不要战争》、维尼·布赖内斯的《年轻、白种而可悲》、朱尔斯·亨利的《文化与人》、马克·库兰斯基的《1968 年》、杰弗里·奥布莱恩的《梦想时代》和埃德·桑德斯的《上帝的碎片》。

本书中艾伦·金斯堡说出的话，部分来自他的文章与信件，收录于比尔·摩根编辑的《思虑之作：杂文选编（1952—1995)》和戈登·鲍尔编辑的《日记：1950 年代初，1960 年代初》。

至于那些了不起的挪威鬼故事，我要向雷达尔·克里斯蒂安森所著、帕特·肖·艾弗森翻译的《挪威民间传说》一书致以敬意。魅魔（nix）是这种鬼怪的日耳曼语族名称，在挪威它实际上被称为 nøkk。

我对惊恐发作的了解来自芭芭拉·G. 马克威及其他人合著的《死于尴尬》和阿里尔·斯特拉文斯基的《恐惧他人》。有关欲望和挫折方面的洞见，我必须感谢亚当·菲利普斯的《遗漏：赞颂未曾活过的人生》。

我要向尼克·伊和他的代达罗斯计划表示感谢，感谢他在大型多人在线角色扮演游戏的心理学和行为研究方面做出的贡献。我提出的电子游戏中的四种挑战得到了菲尔·科所著《游戏关卡设计》的帮助。庞纳吉的大脑紊乱症状来自尼古拉斯·卡尔的博客"粗鲁文字"和袁凯等人的论文《网络成瘾青少年的显微结构异常》（《美国公共科学图书馆期刊》，2011 年 6 月号）。

费伊的家政课教室里的女性生理卫生广告来自网站"在妈妈家地下室里发现的东西"（pzrservices.typepad.com/vintageadvertising）。劳拉·波茨坦的某些情况来自打给丹·萨维奇的电台节目《萨维奇爱之播音》的几个特别有意思的电话。我对莫莉·米勒 MV 的描述需要感谢安德鲁·达利的《视觉数码文化》。圈大的野兽派建筑风格的部分资料来自安德鲁·比恩的卫斯理大学荣誉论文《无人喜爱的校园：伊利诺伊州大学芝加哥分校的感知演化》。抵制生育的论述摘自《我难道不是一个女人（3）·第一卷》（1972）里的一篇文章。费伊在《芝加哥自由之声》上读到的致编者信摘自寄给《芝加哥种子报》的未发表信件（已捐给芝加哥历史博物馆）。塞巴斯蒂安关于玛阿的叙述来自弗兰卡·塔米萨里的《舞步的意义在于之间：舞蹈与赞美的诅咒》，登载于 2000 年 8 月号的《澳大利亚人类学杂志》上。艾伦·金斯堡的故事《吃杧果！》来自《罗摩奎师那的教诲》。

感谢芝加哥历史博物馆员工的协助。为了本书的修订，我要向明尼苏达州艺术委员会和圣托马斯大学大声说谢谢你们。

感谢我的编辑蒂姆·奥康奈尔，为了他在本书成形过程中给予的无私帮助，更不用说他像佩里温克尔一样的热诚和狂热了。感谢诺夫（Knopf）出版公司的所有好心人：汤姆·珀尔德、安德鲁·里德克尔、保罗·鲍加兹、罗宾·戴瑟尔、加布里埃尔·布鲁克斯、詹妮弗·库尔戴拉、卢安·沃尔瑟、奥利弗·芒迪、凯西·胡里根、艾伦·菲尔德曼、卡梅伦·艾克罗伊德、卡拉·艾奥夫和桑尼·梅塔。

感谢我的经纪人埃米莉·福兰德，因为她的智慧、耐心和加油鼓劲。感谢玛丽安娜·梅罗拉，感谢勃兰特与霍赫曼（Brandt & Hochman）出版代理公司所有了不起的好人。

感谢我的家人、朋友和老师，为了他们的爱、仁慈、慷慨和支持。感谢莫莉·多洛津斯基在读完漫长的初稿后给出的建议。

最后，感谢珍妮·格罗恩，我的第一名读者，帮助我在十年写作中找到自己的道路。